U0041814

匡超人

駱以軍

洞的故事

——閱讀《匡超人》的三種方法

／王德威

駱以軍最新小說《匡超人》原名《破雞雞超人》。前者典出《儒林外史》，後者卻讓讀者摸不清頭腦。超人是陽剛萬能的全球英雄，怎麼好和雞雞——嬰兒話／化的男性命根子——相提並論？更何況駱以軍寫的是「破」雞雞超人。超人如此神勇，怎麼保護不了自己那話兒？小說從《破雞雞超人》改名為《匡超人》又是怎麼回事？駱以軍創作一向不按牌理出牌，他的新作破題就可見一斑。

一切真要從雞雞破了個洞開始。話說作家駱以軍某日發現自己的雞雞，準確的說，陰囊上方，破了個洞；一開始不以為意，隨便塗抹藥水了事，未料洞越來越大，膿臭不堪，甚至影響作息。作家帶著可憐的破雞雞四處求治，期間的悲慘筆墨難以形容。越是如此，作家反而越發憤著書。破雞雞成了靈感泉源。那洞啊，是身體頹敗的癥候，雄性屈辱的焦點，是難言之隱的開口，但也是自虐慾望的淵藪。這個洞甚至餵養出駱以軍的歷史觀和形上學，從量子黑洞到女媧補天，簡直要深不可測了。

就這樣，駱以軍在《西夏旅館》、《女兒》以後，又寫出本令人瞠目結舌的小說。駱以軍的粉絲應該不會失望，他的註冊商標——偽自傳私密敘事，接力式的碎片故事，詭譎頹廢的意象，還有人渣世界觀——無一不備。但比起《西夏旅館》那樣壯闊的族裔絕滅紀事，或《女兒》那樣糾結的性別倫理狂想曲，《匡超人》畢竟有些不同。這裡作家最大的挑戰不是離散的歷史，也不是禁忌的慾望，而是自己肉身沒有來由的背叛。他真正是盯著肚臍眼，不，肚臍眼正下方，寫出一則又一則病的隱喻。

駱以軍早年曾有詩歌《棄的故事》，預言般投射他創作的執念：一種對「存在」本體的惶惑，一種對此生已然墮落的弔詭式迷戀。他的文筆漫天花雨，既悲欣交集又插科打諢，更充滿末路詩人的情懷。而相對於「棄」，我認為駱以軍《匡超人》亮出他文學創作另一個關鍵詞——「洞」。如果「棄」觸及時間和慾望失落的感傷，「洞」以其曖昧幽深的空間意象指向最不可測的心理、倫理和物理座標。

駱以軍的小說以繁複枝蔓為能事，一篇文章當然難以盡其詳，此處僅以三種閱讀「洞」的方法——破洞，空洞，黑洞——作為探勘他敘事迷宮的入口，並對他的小說美學和困境作出觀察。

破洞

前陣子睪丸下方破了個大洞，自己去藥局買雙氧水消毒，那洞像鵝嘴瘡愈破愈大，還發

出臭味，但好像不是花柳病，而是一種頑強黴菌感染；同時還發現自己血壓高到一百九，暈眩無力。（〈打工仔〉）

這究竟是駱以軍的親身遭遇，還是捏造的故事？駱以軍擅長以真亂假，我們也就姑妄信之。疾病敘事一向是現代文學的重要主題，從肺病（鍾理和，《貧賤夫妻》）到花柳（王禎和，《玫瑰玫瑰我愛你》）到愛滋（朱天文，《荒人手記》）歷歷在案，但拿自己的隱疾如此作文章，而且寫得如此嬉笑怒罵、哀怨動人的還是僅見。雞雞是男性生殖器，從這兒理論家早就發展無數說法。男性主體象徵，社會「意義」權威，價值體系的主宰……佛洛伊德到拉岡到齊澤克，是類論述我們可以信手拈來。但駱以軍的新作還是展露不同面向。

駱以軍的破雞雞不僅暗示了去勢的恐懼，也指向一種自我童騃化——或曰賣萌——的展演。這些年駱以童言戲語的「小兒子」系列書寫成為網紅，在某一程度上，可以視為雞雞敘事的熱身。網上的討拍賣萌，老少咸宜，基本潛台詞是我們還小，都需要被愛。然而那所謂關愛的資源又來自哪裡？還是這關愛本身就是無中生有，卻又無從落實的慾望黑洞？

從這裡我們看到破雞雞敘事的辯證面，也是駱以軍從網紅轉向「深度」虛構的關鍵。雞雞GG了。昭告天下之餘，他同時轉向心靈私處，毫不客氣的檢視原不可告人的一切。在〈砍頭〉一章裡他寫道，「破雞雞超人是個什麼概念呢？你想像著，他是受傷的，有個破洞在那超人裝最突兀的胯下部位，那成為一個最脆弱的窟窿，傷害體驗的通道入口，一個痛楚的執念。」注意駱以軍敘事的關鍵詞，像突兀、受傷、脆弱、傷害、痛楚，在此一次出清。而所有感覺、經驗或省思都被具象化為一個窟窿，一個洞。

駱以軍曾有詩歌《棄的故事》，根據周代始祖后稷出生為母姜嫄所棄的神話，他描寫「遺棄是一種姿勢」，「是我蜷自閉目坐於母胎便決定的姿勢」，是與生俱來的宿命；但另一方面，遺棄也是一種不斷「將己身遺落於途」的姿勢，「其實是最貪婪的，／企圖以回憶／躡足擴張詩的領域。」換句話說，遺棄不只是一個位置，也是一種痕跡，而這痕跡正是詩或文學的源起——或作為一種「存有」消失、散落的記號。幾乎駱以軍所有作品都一再重寫棄的故事。面對族群身分的錯置（《月球姓氏》），親密關係的患得患失（《遠方》、《女兒》），身體的毀損頹敗（《遺悲懷》），或歷史理性的潰散崩解（《西夏旅館》），不由你不放棄，遺棄，廢棄，或是自暴自棄。與此同時，一種叫做小說的東西緩緩成形。駱以軍的敘事者每以無賴或無能者（或他所謂的人渣）出現，且戰且逃，因為打一開始就明白，生命敘事無他，就是不斷離／棄的故事。

《匡超人》訴說洞的故事。「棄」牽涉他者，意味拋棄對象物或為其所拋棄；「洞」則是那開啟與吞噬一切的罅裂，帶來一種（自我）分裂的恐懼和不可思議的誘惑。小說中的洞始於陰囊下不明所以的小小裂口，逐漸成為敘事者駱以軍焦慮的根源。而這身體不明不白的窟窿——「鮮紅還帶著淋巴液的鵝口瘡」，「好像有一批肉眼不見的金屬機械蟲，在那洞裡像礦工不斷挖掘，愈鑿愈深」——讓駱不良於行，更讓他羞於啟齒。但這只是開始，隨著敘事推衍，那洞被奇觀化，心理化，形上化，甚至導向半調子宇宙論。在某一神祕的轉折點上，洞有了自己的生命：

「身體軸心空了一個很深的洞」的殘障感，和手部或腳部截肢的不完整感、幻肢感，身體重心偏移的感受不同；也和古代閹人整個男性荷爾蒙分泌中心被切除的尖銳陰鬱不同……那個雞雞上的洞，很像一個活物，每天都往你不知道那是什麼境地的，反物質或黯黑宇宙，那另一個次元，靈活蹦跳的再長大，深入。（〈吃猴腦〉）

藉此，駱以軍寫出一種生命神祕的創傷，這創傷帶來困惑，更帶來恥辱。這其實是駱以軍擅長的母題。即便如此，駱以軍每一出手，仍讓讀者吃驚：「或許猥褻一點的傢伙會這樣羞辱我：『你就是在一個男人的屌上，又長了一副女人的屄。』」

恥辱猶如那個化膿的傷口，一旦失去療癒的底線，竟然滋生出詭異的——猥褻的——妄想耽溺。恥辱的另一面是傷害，是莫名所以的罪，是橫逆的惡。而在駱以軍筆下，罪與惡的極致，有了變態狂歡的趣味。雞雞童話直通春宮也似的狂言譫語；生命種種命題不過就是洞的故事連番演繹——死穴的故事。就這樣，二〇一七年的台灣，一位身體GG了的作家寫他紛然墮落斷裂的世界。虛耗的身體，斷裂的敘事，空轉的社會，一切都被掏空：阿彌陀佛，這是駱以軍「破洞」倫理的極致了。

空洞

如果「棄」的痕跡遷延迤邐，形成駱以軍小說的敘事方式，「洞」則不着痕跡，通向漫無止境的虛無。駱以軍雞雞破洞的故事蔓延開來，形成將近三十萬字的荒謬敘事。他的敘事拼貼種種文字情節，其間漏洞處處，一如既往。但此書因為「洞」的隱喻，反而有了某種合理性。不論如何，駱以軍除了聚焦第一人稱敘事者的我之外，對浮游台北的眾生相也有相當描述。但這些人物面貌模糊，老派，大小姐，美猴王……其實個個面貌模糊，氣體虛浮。他們來來去去，訴說一則一則自己的遭遇，也間接襯托駱以軍面對當下世路人情的無力感。

但小說裡面還有小說。駱以軍用心連鎖《儒林外史》和《西遊記》和他自己身處的世界。「匡超人」典出《儒林外史》最有名的人物之一。匡超人出身貧寒，侍親至孝，因為好學不倦，得到馬二先生賞識，走上功名之路。然而一朝嘗到甜頭，匡逐漸展露追名逐利的本性。他夤緣附會，包訟代考，不僅背叛業師故友，甚至拋棄糟糠。我們最後看到他周旋在達官富戶之間，繼續他的名士生涯。匡超人不過是《儒林外史》眾多蠅營狗苟的小人物之一。以此，吳敬梓揭露傳統社會階層——儒生文士——最虛偽的面目。

匡超人和破雞雞超人有什麼關係？這裡當然有駱以軍自嘲嘲人的用意。超人本來就是個不可能的英雄。所謂當代文化名流，不也就是像兩三百年前那些名士，高不成，低不就，卻兀自沾沾自喜的賣弄著風雅——用《儒林》裡的話，「雅得俗」？他們也許百無一用，但社會需要他們的詩云子曰裝點門面。駱以軍在匡超人這些人身上，竟然見證歷史的永劫回歸。他們曾經出沒在明清官場世家裡，現在則穿梭在台北香港上海文藝學術圈，骨子裡依然不脫「幾百年前幻燈片裡的搖晃人影印象」（〈大小姐〉）；他們一個個你來我往，相互交錯，運作猶如鑲嵌在機器裡的螺絲釘。「超人」成了反諷的稱號。

但駱以軍讀出《儒林外史》真正辛酸陰暗的一面。匡超人（和他的同類）就算多麼虛榮無行，畢竟得「努力」在他的圈子裡力爭上游。在一個「老謀深算耗盡你全部精力的文明裡」，誰不需要過人的「濾鰓」或「觸鬚」鑽營算計，才能出人頭地？但饒是機關算盡，也不過是命運撥弄的小小棋子。匡超人溫文儒雅，舌燦蓮花，但面具摘下，又如之何？午夜夢迴，他恐怕也有走錯一步，滿盤皆輸的恐懼吧。

駱以軍更尖銳的問題是，在每一個匡超人的胯下，是不是都有個破雞雞？表面逢場作戲隱藏不了背後的栖栖遑遑，你我私下都得有見不得人的破洞。而更深一層的，所謂的「破」洞可能根本就是「空」洞。駱以軍要說，這是所有人都「虛空顛倒」的世界。匡超人和我輩不過是「如衡天儀複雜齒輪相銜處的小傀偶……隨意作異次元空間跳躍呢。」（〈哲生〉）

相對匡超人意象的是美猴王。駱以軍顯然以此向《西遊記》致敬，小說中有大量章節來自他重讀孫悟空和八戒、沙僧保唐僧西天取經冒險。對駱以軍而言，孫悟空是超過「人」的超人，更是種神祕意象，「描述一種超出我們渺小個體，能想像的巨大恐怖，一種讓人目眩神迷的場景。」（〈在酒樓上〉）。但齊天大聖卻是個「完美的被辜負者」（〈美猴王〉）。他的七十二變功夫畢竟跳不出如來佛的手掌心；而他的那股桀驁不馴的元氣到底是要被「和諧」掉的。孫悟空等的取經之旅是怎樣的過程？「在時間之沙塵中逐漸形容枯槁，彼此沉默無言，知道我們終被世人遺忘。只剩下四個拖得長長的四個影子。那個懲罰呀，比那個尤里西斯要苦，要絕望多了。」（〈西方〉）。

與此同時，孫悟空應付一個又一個妖魔鬼怪，喧囂激烈，百折不屈。盤絲洞，琵琶洞，黑風洞，黃風洞，蓮花洞，連環洞，無底洞……每一個洞都莫測高深，每一個洞都腥風血雨。孫行者必須克服洞裡的妖怪，師徒才好繼續取經之路。而當功德圓滿，取經路上所有艱辛，驚險，誤會，證明全是「一場不存在的大冒險」，一場心與魔糾纏串聯的幻相。問題是，真相果然就在取經的終點豁然開朗麼？

在《匡超人》的世界裡，「美猴王」彷彿是卡夫卡的K，或卡繆的西西弗斯。現在他出沒台北，可能就是那老去的江湖大哥，是落魄的社會渣滓，也可能是雞雞破了的駱以軍。是非成敗，虛空的虛空。小說最後，「美猴王」英雄無用武之地，我們有的是猴腦大餐。孫悟空千百年來去時光隧道，尋尋覓覓，他的淪落不知伊於胡底：

> 美猴王沒敢說……這麼跋涉千里，要求的經文，就是講一個寂滅的道理。那好像是把一個死去的世界，無限擴大，彩繪金漆，成為一個永恆的二度空間……懵懵懂懂，隨風而

行，找不到塵世投胎的形體。這樣的輾轉流離、匯兑，像只為了把自己悲慘的、到底活在別人夢境、或酣睡無夢時，什麼也不存在的某種掛帳啊。要流浪多久？一千年？兩千年？（〈美猴王〉）

黑洞

駱以軍「洞」的敘事的核心——或沒有核心——最後指向黑洞。這並不令我們意外。有關黑洞的描述是科幻小說和電影常見的題材。廣義而言，黑洞由宇宙空間存在的星雲耗盡能量，造成引力坍縮而形成。黑洞所產生引力場如此之強，傳速極快的光子也難以逃逸。黑洞的中心是引力奇點，在那點上，三維空間的概念消失，變為二維，而當空間如此扭曲時，時間不再具有意義。在科幻想像中，黑洞吞噬一切，化為混沌烏有。

駱以軍未必是黑洞研究專家，但他對於宇宙浩瀚神祕的現象顯然深有興趣，像「莫比烏斯帶」、「克萊因瓶」、「潘洛斯三角」，乃至於訊息世界的「深網」……《匡超人》中他旁徵博引（都是小說電影），探問什麼樣的異品質空間裡，時空失控，過去與現在相互陷落彼此軌道，所有三維事物成為輕浮的二維。洪荒爆裂，星雨狂飆，一切覆滅，歸於闃寂。這可不是太虛幻境，而是黑茫茫一片的虛無入口，而且只有進，沒有出。這樣的黑洞觀也成為駱以軍看待歷史和芸芸眾生的方法。稱之為他的黑洞敘事學也不為過。

於是，《匡超人》裡，駱以軍描寫美猴王每個筋斗翻過十萬八千里，翻呀翻的，逐漸翻出了生命形態有效的連結之外；「七十二變」變成虛無的擬態：

你不知道這繼續變化的哪一個界面，是翻出了邊界之外？也許在第六十九變到第七十變之間？諸神用手捂住了臉，悲傷的喊，「不要啊！」「再翻出去就什麼都不是啦。」但我們其實已在一種臉孔像脫水機的旋轉，全身骨架四分五裂的暴風，變成那個反物質、反空間、在概念上全倒過來的維度。（〈藏在閣樓上的女孩〉）

這是作為小說家的駱以軍夫子自道吧。有多少時候，我們為他文字筋斗捏一把冷汗：他這樣鋌而走險的書寫，會不會再翻出去就什麼都不是啦。而在千鈞一髮的剎那，他又把故事兜了回來。如是在敘事黑洞邊緣的掙扎，往往最是扣人心弦。

從敘事倫理學角度來說，小說編織情節，形塑人物風貌，詮釋、彌補生命秩序的不足，延續「意義」的可能。駱以軍的小說反其道而行，用他喜歡的意象來說，敘述像是驅動引擎，或不斷繁衍增殖的電腦程式，一發不可收拾，就像「蔓延竄跑在深網世界的那個『美猴王』，已經失控了」。或用《匡超人》裡的頭號隱喻，小說本體無他，就是個「洞」的威脅與誘惑。

對駱以軍而言，治小說有如治雞雞，沒來由的破洞開啟了他的敘述，他越是堆砌排比，踵事增華，越是顯現那洞的難以捉摸，「時間停止的破洞」。敘述將他拖進一個吸力不斷湧動的漩渦，越陷越深。更恐怖的，「但那洞太大了。」「或者是，這一個『洞之洞』，反物質的概念，在那破裂感、撕碎感、死滅、痛苦的黑暗空無中，再造一個『第二次的破洞』。」（〈吃猴腦〉）

我曾經指出，當代台灣小說基本在「遲來的啟蒙」話語中運作。如果以一九八七年解嚴作為分界點，三十年已經過去。這段時間台灣社會經歷大蛻變，政治解嚴，身體解放，知識解構，形成一股又一股風潮。無論是國史家史譜系的重整、族群或身分的打造，或是身體情慾的探勘，性別取向的告白，環境生態的維護，都可以在現實世界中找到對應。從敘事學的角度看，絕大部分作品處理小說人物從某種蒙昧狀態發現國族、性別，譜系、生態真相——或沒有真相——的過程，風格則從義憤到悲傷，從渴望到戲謔，不一而足。

駱以軍不能自外這一風潮。真相、真知的建構與解構張力重重，總帶來創作的好題材。「脫漢入胡」的離散書寫，父子關係的家庭劇場，慾望解放的嘉年華都是他一展身手的題材。但這些年來，駱以軍越寫越別有所圖。他似乎明白，潘朵拉的黑盒子一旦打開，未必帶來事物的真相，反而是亂相。「當街砍頭、彩色煙霧中的火災、飛機墜落於城市、海軍誤射飛彈……」（〈哲生〉）。在他筆下，台灣這些年從蒙昧到啟蒙的過程越走越窄越暗，以致曲徑通幽——竟通往那幽暗迷魅的淵藪。是在那裡，駱以軍與不斷輪迴的匡超人們重逢，與翻滾出界外的美猴王們互通有無。在轉型正義兼做功德的時代，他寫的是你我同是天涯淪落人的故事，只是這淪落的所在，是個有去無回的黑洞。

《匡超人》展演了駱以軍「想想」台灣和自己身體與創作的困境，但之後呢？小說家盡了他的本分。他運用科幻典故，企圖七十二變，扭轉乾坤。《超時空攔截》、《變形金剛》、《第五元素》，《十六隻猴子》……他幻想夾縫裡的，壓縮後的時空，逆轉生命，反寫歷史，彌補那身體、敘事，以及歷史、宇宙的黑洞。然而寫著寫著他不禁感嘆：通往西天之路道阻且長，而那無限延伸的空無已然瀰漫四下。

孫悟空，你在哪裡？世紀的某端傳來回聲——「我們回不去了」；「死亡的生命已經朽腐。我對於這朽腐有大歡喜，因為我藉此知道它還非空虛。」

我們彷彿看見變妝皇后版的駱以軍，挑著祖師爺爺（魯迅？）的橫眉冷眼，擺著祖師奶奶（張愛玲？）華麗而蒼涼的手勢，揣著他獨門的受傷雞雞，走向台北清冷的冬夜街頭。他把玩著雞雞下那逐漸展開、有如女陰的，洞。仔細看去，那洞血氣洶湧，竟自綻放出一枝花來，膿豔欲滴——惡之花。

＊王德威，美國哈佛大學Edward C. Henderson講座教授。

目次

匡超人

俄羅斯餐廳

我們走進那間俄羅斯餐廳。年輕的女侍安排我們坐在最角落一個多餘出來的小空間，那兒恰嵌進一張小桌几和兩張矮沙發。沙發很破舊（你坐下時可感受，屁股下的彈簧已完全鬆了甚至斷了），而那小几也像從街角人家扔棄即撿來的，非常輕，我們不小心一個騰挪，大腿或膝蓋便把桌面的水杯撞翻。

後來斐文跟女侍說可否讓我們換個桌位，我們便換到窗邊這張桌子。雖說它離那小柵門廁所很近，我（也許只是心理作用）聞到一股像大雨過後，水溝冒出的說不出是新鮮還是腐壞的嗆鼻味。但確實比剛剛那兒好多了。說來這整間店都籠罩著一股獨特的霉味，包括它的光線（可能燈罩都因疏忽而沒換新），擺設，在桌間巡走的女侍，或櫃檯後方一個出餐的洞口，時不時一瞥而逝的白廚師帽男人……整個都有種年代久遠，不該存在此刻的魔力。客人其實也寥寥無幾，且各桌不論一對低頭用餐的男女，或獨自一桌坐著的等候的，都有說不出的一股寂寥味兒。

我們點了一份松露蘑菇燉飯、一份辣腸起司蕃茄醬麵、一份烤春雞、一份有點像可麗餅但裡頭夾了薯條和牛排小切條的俄式鬆餅。都不算是典型的俄羅斯菜。但餐後一人會附上一份冰淇淋，那冰淇淋非常美味，比外頭專業的冰淇淋店還要高級，我們之所以走進這間餐廳，正因為它非常怪異的，即使在這樣的週末晚上，這一區外頭所有街道巷弄的店（賣刀削麵的、台南小吃的、南洋餐、日式拉麵、井飯的、韓式烤肉、江浙湯包的、連鎖攤販的鹹酥雞、拉餅、甜不辣、手工布丁……連按摩店也不例外），全像養蜂人的槽箱，每處孔洞都擠滿鑽動的蜜蜂，不，人潮，就它這家店，一推門進來，立刻像時空轉換的旋轉門，裡頭就是一種沒人光顧、唉聲嘆氣的空洞、靜寂感。我們正是轉了好幾家餐廳，全被它們門口黑壓壓仍在候位的人群嚇退，最後才鑽進這家，我們玩笑說，「也許被魔法隱蔽，不見得人人看得見」的衰敝餐廳。

其實我年前（啊！恐怕也七、八年了），這間俄羅斯餐廳剛開幕時，我和妻兒來過一次，它還有種異國的時髦和噱頭感。它的地下室有一間玻璃牆圍住的冰窖，裡頭放了一個小吧台和幾張高腳椅，溫度據說調到零下十幾度。客人感興趣的，他們會讓你穿上一件帶絨毛帽的大雪衣，你可以坐在那（外頭人都看得見，像動物企鵝館的）冰窖裡，感受在冰天雪地裡喝兩杯伏特加的滋味。

但這個點子好像沒有被炒起來。總之在這個每天像雨後蕈菇冒出各種新鮮豔異事物，因之人們變得無情的時代，或就像最難被討好的魔術秀觀眾的城市裡，這個「地下室的俄羅斯冰雪體驗」，就不尷不尬的被老闆將地下室封起來了。

勉強讓我們覺得有種謎團之感的，是這樣一家餐廳（餐價算高檔的，但隨著那馬戲團秀一般的「冰窖飲伏特加」的地下室被封，最初那些在客人餐桌表演「火烤牛排」、或大盤小盤擺滿的甜菜、醬料、馬鈴薯，刀叉琳瑯滿目，宛然如一個橫移過來的、想像中的俄羅斯貴族的餐宴擺設，也全取消了。剩下menu上可選擇的，和一般西餐廳無大差異的套餐），為何在這樣的黃金街區，明明門可羅雀，但這麼多年卻仍開在這兒？

「會不會入夜後，總會有一群，這城市平時不引人注意的俄羅斯流亡貴族，他們總要來這間店喝兩杯，激昂地唱唱他們的民謠？」

也許是我多心，但若是我這篇小說，在若干年後意外仍流傳下去，我怕未來的讀者誤以為我所描述的這間俄羅斯餐廳，是在諸如哈爾濱、齊齊哈爾、海拉爾或滿州里那樣的北方邊境之城，而失去了我想傳遞的幻異之感。不，我在的這座城市叫台北，是一南方島國的臨時首都。它的移民或餐館聚落形成的考古地層等景觀，應以日式餐館、北平餐館、蘇杭餐館、台灣小吃、美式餐廳為主流，乃至較近些在全球性擴張中成為贏家的義大利菜、南洋菜、間雜一間韓國銅板燒肉店，或港式餐廳或能生存。但在這樣的物種微勘礁岩中，有那麼一家俄羅斯餐廳、德國餐廳、希臘菜、西藏餐廳，相信我，老闆必然都是怪咖，或是不知真實世界艱難，把開店當玩玩的富二代。那就好像，若有人在滿州里，開那麼一家「台南古早肉粽」，成敗不論，但它總是像一隻物種孤證的奇幻蝴蝶吧。

總之，當我們在這間——櫥窗外的空氣混雜了那些日式燒肉的油煙；芒果牛奶冰殘盤倒入後巷大塑膠桶的甜腥味；蘇杭小館菜櫥裡小碟冷盤的蔥燒鯽魚、辣椒鑲肉、烤芙、荀干、醬茄子……全因這長時間食客川流手指進出、弄混的時間的長短，發出難以言喻的南方腐爛味；或孔蓋下水道流著各路背包觀光客無知肚腸內流著同樣的義大利麵條、北平刀削麵的榨醬豆瓣，或台南米糕的糕渣、肥鰻尾的細魚骨、捲在法式可麗餅裡的發酸的奶油、無花果醬、巧克力醬，所有斑斕的顏料——像無中生有的「俄羅斯空間」裡，用刀叉進食我們的松露燉飯、辣腸蕃茄醬麵、俄羅斯式烤雞和不知名的又甜又鹹的捲餅，那時我聽見我的身後，一個像女低音（用腹部發音的雄渾感）的聲調，說著一段像〈啟示錄〉那樣充滿詩意的魔幻話語：

「爸爸，你知道嗎？其實他們已經發動過核子攻擊了。不要以為這件事沒有發生過。只是消息被封鎖了。那有多慘你知道嗎？方圓幾十公里內所有建築都成為瓦礫，樹木全變成黑炭，沒有人影，你以為是一座空城，鬼城，不是的，上百萬人全被高溫瞬間煮沸、融化、蒸發了。地面是乾的，像塗上一層黑漆，上百萬人體，再加上貓狗的血液，怎麼是乾的呢？全蒸發到大氣層了。大樓的鋼筋啊、公共汽車啊、所有的汽車啊、所有的廣告招牌啊、所有人的手機啊、戴的項鍊手錶啊，全融解了，成為瓦礫堆上細細的、發亮的礦脈。」

斐文說：「你不要回頭。」

她小聲說，你們聽我說，這個女孩我認識，大概有十年前了吧。我常去隔壁兩條巷子有一家德國餐廳，它的扭結麵包做得非常好，我都是下午在那點一杯咖啡、一份扭結麵包，讀書或是寫稿。有幾次，我會遇到一對母女。那母親一看就是以前外省人官宦之家非常有教養的太太，年紀雖然大了，但我印象是她皮膚非常白，臉像某種剛枯萎的白色桔梗，很薄，似乎可以看到下一層細細的淡藍微血管那種印象。女兒就是現在在說話那個女孩，當然她可能有點智障，看不出年紀，就像個胖娃娃，但她們母女坐在一桌的，你就是覺得這女孩充滿生命力，不，應該說是一種物種較強勢者的力量。總是她在滔滔不絕的說，而那衰老的母親安靜的聽著。我那時在一旁坐著，聽著，常說不出的悲傷。我猜他們是家境非常好的人家，卻生了個這個有殘缺的女孩。可能從小就護著、哄著、讓著她。結果，比較美麗的母親慢慢衰老，怪物般的女兒卻愈長愈壯，充滿生命力。在她們的封閉小世界裡，她是個與世隔絕的霸王，我聽到她在跟她母親說話，都像上級在跟下屬說話，非常強勢。我想：萬一有一天，這母親走了呢？當時我從未見過這個老父親。也許那母親真的已不在人世了，現在換這個可憐小老頭的父親在陪伴她了。

我想：應該是常要裝作，女兒這樣在公眾場合，旁若無人發表演說，旁人怪異的眼光或竊竊私語，並不存在吧。也許因此，這家生意稀落的俄羅斯餐廳，成為他們常來用餐之處吧？

「爸爸，你都不相信，核子戰爭太可怕了。你知道，在西伯利亞，曾經發生過一個『通古斯爆炸』，方圓二百公里的森林，全部瞬間燒成一片枯白殘骸，那些樹木倒下的形式，全是一圈一圈同心圓樹冠朝外，像漣漪擴散的方式。整個地面原本潮濕肥沃的黑土，全被像用火燄器噴燒的一片赤紅的沙礫。那片地帶原本的熊啊、狼啊、獐子啊、麋鹿群啊、不同種類的飛鳥、貓頭鷹啊，都是瞬間在攝氏一千多度的高溫融解、蒸發。是因為那一代太偏僻無人居住了，所以當時的實際狀況是怎樣，科學家又沒有精確的數據。有人說那是一顆小行星的殞石墜落，在通古斯的上空發生爆炸。不是的，爸爸，那就是核爆。這件事一直到現在還在進行……」

「唔，唔。」事實上那父親可憐連這樣的聲音都沒發出，整間餐廳，包括我們，那段時間都靜默著，空間裡只有這女孩關於核子戰爭的演說。

那兩個傢伙起身，說要去外頭抽根菸。我趁這個空檔，從桌台下，塞了五千塊給斐文。因我上回詫異得知，她竟好幾年，過著一個月只花五千元開銷的貧窮生活。但這樣的推拒，總像避人耳目在摸她大腿那樣曖昧。這些年過去，斐文還是一副頹廢氣，這和她這十年脫離了那個現實運轉的機械鐘世界，跑進那隱晦神祕主義，多元宇宙（也就是她的玩伴變成一批比她少十歲的怪咖女孩，塔羅牌、新世紀書籍、超強刺青師或動漫狂人）而深居簡出有關。那樣發生在隱密處，兩人微弱的手指間推阻，我想，有點像性愛，因她推拒的力氣像風中枯枝敗絮，如此柔弱易折。那似乎驕傲的她無奈被探了脈膊，一種生命力的虛弱，但這次她拒絕了。原因是她爸過世後，有筆遺產轉到她和她妹名下。其實現在她比我有錢多了。

她自嘲：「原來我們這樣的廢物，是要等父母死了，那些遺產不論多少，到我們手上，才得到真正活在這世間的自由。」

我也確實感到一種像玻璃培養皿中，菌落生成和滅絕的不可測。

這時，那對父女似乎用完餐了，那個小老頭父親用一隻手倚附在那一層層排放了漂亮蛋糕或生鮮甜菜根、真空包裝牛肉的冷藏玻璃櫥櫃，等候結帳。那女孩不知哪個細節被羞怒了（原來她其實像海獅，面無表情，卻能接收、感知周遭對她歧視的目光），跺腳（其實只是我有這樣一個她「跺腳」的印象）說：「唉！幹嘛管他們的看法，好啦好啦那我到外面去，不讓你丟臉。」她的聲調、咬字，還是那麼的幻異像四、五十年前的新聞主播一樣。胖身體朝著餐廳唯一的門衝去時，恰好和剛抽完菸推門進來（門把繫的小鈴噹發出叮鈴細碎聲響），我那兩個同伴撞個滿懷。

那一刻，我的視覺出現了一種不可思議，超出我過往所有經驗能藉以參照的現象。就像是某種彈塗魚，突然兩顆眼球，各自從眼窪裡伸出的細細肉柱撐起，脫離了原本嵌入固定的位置，可以旋轉，看見這俄羅斯餐廳的室內全景，同時看見那扇門外頭的，那小巷、街道、行走的人群，在那一秒發生的——事實上，當那門闔上的那一刻，我想我看見，就那一瞬，所有景象全被光爆充滿，像每一個人皮膚上的每一個毛細孔，都變成瓦斯爐噴嘴那樣噴出火來，不可能的高密度的熾亮的火燄，這個世界在那一瞬間粉碎著。我的腦海裡竟然浮現出，我將和斐文，像瑪格麗特·愛特伍的小說，在一片焦土、荒原、瓦礫、或像那胖女孩所說的，連同類屍骸都不可見（因為全被蒸發了）的玻璃彩礦、末日之後，展開我們的旅程。

我們四個擠在這個全黑的小空間裡，不知道時間過去了多久。那就像電影裡在無垠太空漂流的小登陸艙裡的太空人們，或是某一個像母牛那麼胖的女人，子宮裡臍帶纏繞的四胞胎。我們頭和腳顛倒，臉頰、屁股貼著其他人不知那個部位的身體。我不知道為什麼我們處在這個狀態？而這個怪異的狀態多久了？似乎我從一場很久很久的睡眠中醒來，我就和他們這樣像披薩餡料疊在一起了。後來我聞到一股熟悉的氣味，我像是腦子分離，裡頭不同馬達運轉才猛然理解那是精液的味道。幹！怎麼可能在這種時候這種處境出現這個味道。這比四個人寒冬坐在開著暖氣的車內長途旅行，有人無聲放了個屁還要難堪。現在這裡頭只有我們三個男人和斐文一個女人。而斐文確實是那種，當她（和我們任何人一樣）在黑暗中睜開眼，發覺我們被纏縛在這個小間裡，而恰好某種位置的貼近，她是會（不管那是我們三個之中的誰）僅因好玩，將那貼在鼻前的褲襠拉開，吹吮舔弄某一個哥們翹起的雞巴。我記得有一回，很多年前了，我們一群人和幾個馬來西亞來的年輕詩人去KTV唱歌，那天我很醉了，縮在U型沙發角落睡，某一首歌的中途我發現斐文的手壓擠著我褲檔，而她另一隻手正拿著麥克風、一臉專注對著前方那光幕跳動的影像唱著，後來她的手乾脆拉開我的拉鍊伸進來，非常細膩的玩弄。那首歌還沒完我就在一種迷迷糊糊柔弱欲哭的狀況下射精了。這事我從未和其他哥們提過，那之後和斐文再遇見她也像什麼事都沒發生過一樣。而我猜想可能其他哥們也有人在不同情境被斐文這樣弄過。那就像個可愛的玩笑。她又是個大美人，但你又覺得她好像把這事，弄得像買一些金鱗燦亮的小金魚，扔進大水族箱裡，只為了餵食她真正養著的巨大古化石魚，看著那非洲巫師威嚴神祕的臉，張闔著、巡游著，將那些蹦跳驚嚇的小金魚吞下。你不要以為這會發生什麼「小圈子中的祕戀」。

然後我聽見斐文在哭。我們（包括那個剛洩了精的傢伙）像分別被掛在東西南北不同城樓上的鼓，距離遙遠氣力微弱的討論著。到底是發生什麼事了？幹他媽的為什麼我們像《百年孤寂》裡，雙胞胎兄弟其中之一，目睹了那場廣場大屠殺之後，醒來發現自己被扔在一輛載運三千具男人女人老人小孩屍體的火車上。哪來的屍體，這就是我們四個被關在一個小箱子裡，我聽見克隆在咒罵著。

這時有人把我們放出來——我很難描述那像是拆掉一面牆，或是用鑰匙串將層層鎖鍊咔嚓咔嚓轉開，或是被凍在冰塊裡眼珠發白的鮪魚，有人用瓦斯噴鎗將那封印的透明厚塊融解——總之我們是從原本的緊纏狀況，摔跌在地面上，忽大忽小搖晃著各種角度黑影的光束，我意識到原來這是在那俄羅斯餐廳的地下室。我們四人剛剛是被關在那「讓人感受在西伯利亞酷寒品嘗伏特加」的玻璃小室。但印象中它沒那小啊。放我們出來的人，用手中那緊急斷電逃生燈，輪流照著我們的眼睛。有一個空隙我想我知道救我們的是誰了。她用那讓人不舒服的低頻音說：「可以出去了。你們是劫後餘生的人。」

是那個智障女孩。

雷諾瓦風格

她可能比其他人，更相信眼前的一切，都是稍縱即逝的，都是不斷在細細索索的變動，像一座被狂風沙籠罩的沙堡，從基座一角無人知曉地剝落、崩塌。少女時期她以為是自己因早熟而被賀爾蒙紊亂所苦，但一路過來，她體內的某些發光、漂亮的尖銳感不見了，她發覺自己坐在某一群老女人姊妹淘中間，那種「眼前風景，正像一幅刺繡屏風，一根絲線一根絲線的抽掉」的感覺，仍那麼清晰、強大。有一次有一個算命的，對她說，其實她的「靈體」早已功德圓滿回去天上「銷案」了。現在留在人世的這個她，繼續經歷時間，是為了濟世助人，她的「靈體」在這一生的功課已經做完了，剩下的都是「多出來的」。

她很想回嘴：從她有自我意識開始，便覺得這一切都是多出來的。那「原本那個（沒多出來的）」是什麼？

她記得那時她和阿雯待在那幢綠光盈滿，有座花園的大房子裡，除了她們倆年輕女孩，還有一個廚子（他是個從部隊調來的金門小伙子），一個園丁（是一個退伍老兵，可能是先生從小就跟著他們家的侍衛），一個司機。屋外有一班衛兵，但他們在外面有個小營房，伙食也他們自理，從不進圍牆裡邊。先生和夫人出外應酬時，她們兩個女僕、園丁和廚子，便四個圍坐飯廳角落一張小方桌用餐。想想這樣的光景其實是常態（先生和夫人太難得沒有應酬了），日子實在太悠緩太無聊了，兩女孩便會和那廚子拌嘴。後來倒很像她們四個是一家人似的。

廚子的手藝很差，那個外頭世界入夜後還黑忽忽顯得行駛過的車燈特別刺眼明亮的貧窮時代，一個金門長大的小伙子能見識過什麼南北菜系？不過就是些紅蔥絲炒蛋、滷肉滷雞腿雞翅、蕃茄雞蛋湯、煎魚、韭菜炒肉絲這些家常菜。家中偶有宴客，夫人都會找外燴，不論西餐巴費或江浙館子的大廚和助手，都是整套大餐盤爐具載來，連埋鍋起竈宰雞殺魚全在庭院草坪一角，那些時候廚子的功能變成和她們兩女孩一樣，擦門窗搬桌椅，顧小孩幫跑腿，無頭蒼蠅團團轉。

或太太的那些年輕官夫人姊妹們聚會，也都講好個人帶一道顯本事的菜肴來，有不擅廚藝的會帶秀蘭小館的蔥燒鯽魚或烤麩這些涼菜，但都規定不得多，中西混雜，拼拼湊湊，像女學生野餐。

偶爾先生在家，會進廚房。他會讓廚子先切好蔥絲蔥花、芹菜丁、切肉剔筋膜、絞肉、剁椒、剁雞……然後先生自己下鍋炒。記憶中先生想吃點什麼他一時犯饞的，都是自己下廚。先生特喜歡炒一盤辣豆豉碎肉末，韭菜切得像女孩兒玩的小翡翠碎珠，放進冰箱，那樣一整禮拜，他應酬醉醺醺回來，舀一小碗，配白飯，香的不得了。

先生對他們非常親切，但她覺得那是先生的一種認知：這些是我的人，我這屋子裡的人，是我的延伸。感覺那是一種貴族對自己圈圈裡的自傲。她或阿雯偶要出門去市場或超市買些茶米油鹽、小孩奶粉尿片之類，門口那些衛兵會啪立正教軍禮。

那些衛兵養了一隻德國狼犬，有一次過年，先生讓衛兵們進花園，放起那些軍中送來的煙火，大爆竹、蝴蝶炮、大型沖天炮……給小孩看，那個年代外頭沒有這些琳瑯滿目的花式煙火，那些也才二十歲不到的年輕士兵大約也玩瘋了，不知怎麼疏忽讓那隻巨大狼犬鑽進花園來，她記憶中那大狗從輝煌閃爍如菸頭燎燄一亮即滅的暗黑中突然就出現在她臉前，不知為何就選上她，人立而起，前爪趴到她肩膀。那些年輕男人的喝斥和小孩驚嚇的哭聲中，她第一次聽到先生那嚴峻、近乎冷笑的，「讓屬下觳觫」的威嚴腔調：

「拖出去槍斃。」

後來那隻狼狗真的被他們用手槍處決了。那是幾天後廚子偷告訴她的，那狼狗有掛軍階（好像是士官），所以是依軍法處置。

其實她被咬的不嚴重，但印象中夫人在那事發生後，不准她靠近小孩（是怕她被傳染狂犬病或破傷風嗎？），當晚他們的家庭醫生就進屋來幫她注射了一劑破傷風疫苗。但那次她難以言喻地感到，夫人那美麗清澈的大眼突然的淡漠冰冷，當她（或是阿雯、廚子、園丁）若是遭到外面世界的侵襲而即使只是輕微損壞，他們便只像一個機器人僕傭被扔出這大房子外。

但其實夫人是他們這個神祕、低調，在古代就是皇室的第二代媳婦裡，唯一的平民出身。她也是要到許多年後，她早已離開那神祕的大房子，從電視新聞或報紙上看到夫人和小孩（已經長大）零星的報導（那時先生早已過世多年，那個家族也早貶謫、低調隱形成平民），才回想：那時至多也三十出頭的夫人，處在那樣的家族裡，真的「像穀糠在磨坊裡碾磨」，茫然如濃霧中摸索各種合宜言行的尺標，因為她完全缺乏那些官宦世家仕女們的細微教養。

那個記憶裡的畫面，像是雷諾瓦那些灑金或霧白，像煙波水聲碎影，拿著蕾絲花邊小陽傘，帶著圓頂蝴蝶結禮帽的野餐仕女。她們好像有意識的扮演著一個「外國」場景的夢境。夫人無疑是那裡頭最美的一個。她在晾衣服的時候，曾迷惑地從洗衣槽一堆衣團中撈起一件薄紗透明，小的不能再小的黑色蕾絲內褲，在那個年代，這完全是一超現實的存在（現在當然滿街女孩兒都穿著從屁股溝露出來的廉價丁字褲了），第一瞬她還把它舉在眼前翻轉端詳：想這不是個泳帽吧？後來意會，想到她穿在夫人胯部的形象，自己在洗衣間那，臉紅了起來。應該是先生託人從巴黎吧或哪個城市帶回來的昂貴外國時髦玩意。那一刻她心裡想好色阿。當然也是因為浮現在那內心禁忌暗影裡朦朧的形象，是夫人那白皙像白玫瑰花瓣，透光可見細微淡藍瓣脈的端莊美人臉龐，或，突然變得一絲不掛，淫蕩，妖幻，但一閃即滅的影影綽綽的，連想像都內在有個檢查機制懷疑自己會被趕出去的恐懼。

她覺得先生好色。平時那眼鏡下像睡眠不足、總是垂著眼皮，老僧入定的臉。

但其實很多時候，先生坐在他們這些下人們（其實就她、阿雯、廚子三個年輕人）的廚房長桌，獨自拿冰箱他自己炒的那盤辣豆豉肉末扒著白飯，和他們閒聊，他給她的印象，都像是個卡通片裡被一群小狐狸、小刺蝟、小松鼠調戲逗弄而不會生氣的，呵呵笑（且眼鏡很厚，因之畫上兩個漩渦）的小老頭。

有一次，老園丁在廚房和她們兩女孩大聊《隋唐演義》，講秦叔寶、尉遲敬德、李靖這些神將奇兵；講虎牢關之役，李世民如何帶著三千驃騎兵，神出鬼沒，除了小盔，只有兩肩上兩塊皮鎧，衝鋒時防逆風迎面之箭簇雨，像刀切豆腐，衝散潰解那竇敬德三十萬大軍；或講著「玄武門之變」，做老子的李淵如何優柔寡斷，顛三倒四，聽任建成太子和三子李元吉賄賂後宮，進功高震主的李世民讒言，如何布下戍衛宮禁之軍士，密謀襲殺這戰場上讓敵數十萬軍馬一瞬灰飛煙滅的神人二弟；而秦王府這邊如何長孫無忌、林如晦這些人，像京劇輪唱西皮流水，一個唱完換一個，臉孔隱沒於暗影，勸李世民在這黯晦絕望的死境，如雷霆出手，誅殺那就要收袋將他像剪去翅翼的鷹隼亂刀戳砍的白痴哥哥和凶殘弟弟；後來便是在那宮牆馬道近距離一段路，像在一個憂鬱恐怖的噩夢裡，張弓搭箭，射死親兄弟。

後來先生恰好走進廚房，拉開椅子坐下，吃著他自己冰在冰箱的剩菜，一邊也聽著園丁像講自己親人那樣說著，那些華麗盔甲，如天神摔跤有魔幻殺技的人名。最後，先生把一碗冷蛤蜊冬瓜湯喝了，說：

「這些人，衝殺、圍城、襲伏、設局要滅了對方，最後反被對方抓了要斬首前，還在鬥嘴羞辱嘲笑對方。那時可是血流成渠啊，但變成故事後，都像一群小男孩嘻嘻哈哈在玩騎馬打仗啊。」

另一次是夜裡，她走進廚房，發現黑暗微光中，先生獨自坐那餐桌旁，拿著小玻璃杯喝威士忌，並聽著一台錄音機放的京劇。她發現先生滿臉是淚。正驚嚇要退出時，先生（原本閉著眼跟著吟唱）突然說：

「妳拿妳要拿的東西。」

然後先生說，這唱的是曹操和楊修，他跟她說了一些奇怪的話，大意是曹操當然要殺楊修，而且其實曹丕原本也該殺掉曹植的（就是那個「七步成詩」），但他們全像小男孩那樣在撒嬌（「我要殺你嘍。」「求求你不要殺我啦。」），先生又說了一次，「其實像一群小男孩，你揍我，我揍你，你告狀，跟老師說我壞話，我就裝哭裝可憐，離開訓導處，我又從背後偷踹你一腳。」

很多年後，她回想那個似乎淹浸在一片妖異夢境白光裡的大房子，會有一種奇怪的領會：確實那個大屋子裡的花園、草坪、有陽光天窗的宴客廳、小孩房，先生或太太各自的書房，他們的臥房，傭人房，牆外的衛兵，偶爾來的一群衣香鬢影的美麗女客，後來小孩稍大一點後每週來一次教小孩彈鋼琴的女老師，午後那慵懶單調的叮叮咚咚練習曲……這一切，好像一個動過手腳的音樂盒時空。那遠超出二十歲時的她所能理解，一種「像小孩子那樣在這屋裡靜靜的生活」。

先生和夫人，童話裡的王子和公主。即使先生其實已是個長期酗酒，眼球濁黃的中年人，臉上仍帶著一種老男孩的彆扭和怕犯錯的謹慎。那屋外的世界，可能他的父親的手下的手下，如她後來這一切煙雲如夢散去，才知道那些黑衣服的理平頭的男人，在夜裡搭著黑頭車，偵騎四出，敲到某一戶人家門，將仍穿著睡衣的人帶走，那被帶走的人通常就永遠從世間消失。或是後來，他們這一族徹底淡出權力舞台（像曹操後來的那些根鬚錯繁的家譜孫輩們），那些從前來家裡誠惶誠恐，講話打穀薛的「家臣」們，在電視上竟成了「政爭」、「奪位」的要角。那確實讓人唏噓、困惑，當先生還是小男孩的時候，就有一組像鐘錶機械的頂尖設計師，繪出複雜的設計圖，把他的一生裝嵌結構森嚴的齒輪、簧片、機括、線路，讓他這一生「只能當個小男孩」：包括配置在他旁邊的美麗少女妻，他的小孩，圍繞著他的這些僕傭（她、阿雯、廚子、園丁？），都必須像一個維尼熊和他的驢子、小豬、袋鼠朋友，活在一個他們想像中，遙遠的美國人豪宅裡（那些車庫裡的大車子、滾筒式洗衣烘衣機、洗碗機、可以直接榨柳橙汁的大冰箱、酒窖、遙控的電視，或所有都有遙控器的小孩玩具賽車、直升機、會發出雷射閃光的機器人，他甚至有一把他叔叔的美軍顧問好友送他的「沙漠之鷹」手槍），或是也裝模作樣在他書房裡掛著左宗棠或溥心畬真跡的對幅，或他祖母（那妖幻老美人）畫的國畫山水或牡丹，書櫃上也陳列著（不知是誰幫他布置的）整套古今圖書集成、二十五史、一些他喊爺爺的大儒們的各種版本的聖經、著作，當然也有他祖父的著作和他父親的著作、一些家書信件的檔案抽屜……

那跟外面凶猛翻湧世界完全隔阻，不讓噩夢侵入的純潔孩童畫的生活。

有一次，她陪著夫人搭司機開車回夫人娘家，離開時，像後來電視那些汽車廣告，只有孩子的視覺可以從車頂天窗的那一塊透明玻璃，看見那些像倒插入藍色天空的不斷往後流動的黑色樹木枝杈；或那些如同沉在河流倒影世界的鐵窗舊公寓頂樓，那些塑膠遮雨棚、天線，或醜陋的銀色大水塔……但都像在天文館必須仰躺觀看的圓頂投影屏幕，這些倒過來的事物，甚至包括偶爾飛過的灰色鴿群，都像在一旋轉木馬的圓球裡，她會出現一種「這些景物只是沿著一個機械軌道般的圓弧往後跑，等繞足一圈之後，它們又會回到眼前」的幻覺。

但那時才三歲的孩子在後座大喊：「你們有看到屋子上面那個阿姨嗎？」夫人和她相視一眼，當然她們也抬頭從擋風玻璃看了，然後由夫人反覆詢問。歸納出那孩子看到（只要確定他不是信口胡謅）的是怎樣的畫面：

那是一個女的。臉很醜（孩子說的），頭髮亂亂的，她是綠色的（也許是穿著綠色的衣服），有，她一直盯著我們看，（她是什麼表情？）她在笑。（但車子不是一晃就經過她待著的那棟樓——如果她像隻鷹隼蹲伏在屋頂——為何這孩子能看到那麼精密的細節？）她跟著我們的車跑（像小飛俠那樣？）不是的，她是在天花板上跑著（也就是她是在一個和我們的世界倒立過來或倒影裡的世界？）

「是啊。」孩子聽不懂夫人追問而描述的方式，或聽出他們（包括習慣沉默的司機也動容了）可能認為她說的是弄混了卡通片裡的情節和真實街景無中生有，像神燈煙霧裡冒出的虛妄人物，於是賭氣那樣不再回答了。

夫人母親住的這一邊郊社區，被遮藏不出現在他們大房子那邊任何談話中，像一座鬼城。因為年輕人早在十幾二十年前都搬離，整條騎樓街就剩下一些老人，像時光廢墟裡忘了清除乾淨的牡蠣、蟑螂，或一些強悍的老藤。老人陸續死去，像這些搖搖欲墜的老樓房其中幾扇窗裡的燈燄被吹熄。有些透天厝根本裡頭長滿樹，磚牆梁柱都塌毀啦。老人們喜歡在後院種些冬瓜、絲瓜，或釋迦，荒草蔓長高過這些老人消失或無力整理的菜園瓜圃，於是也不知從哪裡來，藏了許多蛇。

甚至正午驕陽下，車疾駛過這條荒頹老街，竟在馬路正中央，盤著一條頭像貓那麼大的眼鏡蛇，上身筆直豎起，黑鱗閃閃，蛇信像風吹飾帶獵獵飄動。

另一次是，夫人要她帶著那孩子，在夫人娘家那條空城也似的老人之街更往靠海邊那一帶走。還是烈日曝晒，一些荒棄的磚瓦房、瓜棚，不知從哪竄出恐懼狂吠的三、四條癩痢狗……主要是那是她想像那像牡丹花般豐美的夫人，某一段渾渾噩噩如爬蟲類夢境的少女時光，從翻過那些像被人用槌子狠狠敲打凹碎的廢棄馬桶瓷座、被從原本嵌入之地基拔出故胎肚仍留著水泥殘塊或一結臍帶般的環節水管的大浴缸……穿過那些姑婆芋、樹蕨、瓜葉或被磚石塊壓塌的小雛菊，她想像少女時期的夫人，可以不花半小時即抵達的骯髒海邊。

但那次她和那孩子卻迷路了。好像夫人所描述，極安全，她少女時任意草上飛、攀藤呼嘯穿越的那片雜樹植被的祕境，被人用某種幻術將地圖卷軸變長了，且不知何時被布陣地放了這許多（以前沒意識到）的老瓦房或當作柴寮的獨立磚房，它們從她腦額葉裡這片荒蕪棄地裡像竹筍那樣長大了，然後又荒廢傾倒了。剩下一座無人空屋。

後來他和那孩子（等於是女傭和小王子）終於走累了，坐在其中一幢頹塌老屋略高起的磨石子地基邊沿，拿出水壺喝水。藍色的海面隔著一片雜亂藤掛灌林和土丘，在不遠處閃閃發光。突然那小孩說：「阿襲，好多的ㄉㄟˇㄉㄟˇ。」

他們眼前是一片空蕩蕩的院落，烈日強光下似乎空氣被高溫焰噴鎗灼燒得扭曲晃動著。他們坐在陰影的這一邊，但眼前那片空蕪之境是坦晒在光天化日之下啊。

她想：他是說看到許多個「爺爺」吧。想像著眼前有四、五十個老人，一臉好奇盯著這個單薄的年輕女孩，和可能命帶金光貴氣的小男孩，在場只有她看不見其他人。城裡人的教養壓過了恐懼，她想是無知的她和孩子侵犯了他們原本安靜自如的這個結界。她拉著小少爺往回走，盡量談笑自若，感到洋裝裙下的雙腿瑟瑟發抖。

另外有一次，在那南洋杉、橡樹、鳳凰木這些大樹灑下的陰影和碎光，在那像美國人庭院的草坪上，夫人和那些穿著麻質淺色洋裝的年輕太太們，像一朵一朵粉色、白色、水藍色的洋人玫瑰，在那其實燠熱而空氣像扭動的融化玻璃，燦亮但好像所有物體事物都在慢慢蒸發的景色中，她們像日本版畫美女圖裡的妖幻美人，嘻嘻哈哈在踢毽子。那次的聚會，可能是較年輕一輩的官家名媛，所以她們有點像女學生玩瘋了。她其實來這大房子後，也是第一回見到夫人整張臉頑皮笑開了，輕紗洋裝下的印象都是靜美儀態的身體，原來像運動員那樣靈活，夫人踢著那雉羽毽子，左踢右踢，腳內抬外抬，那撮飛羽在她四周飛舞垂降又彈起，如果遠遠看去，沒見到毽子，會以為夫人手舞腳蹈，在跳著一支好看的像她在電視看過的泰國舞。其他年輕太太們嘻嘻哈哈追逐著她，想撲抓阻擾她那水銀洩地、讓人驚異的踢毽子動作，但夫人真的像那些什麼巴西足球隊的森巴舞，把足球盤著、彈跳在自己膝、踝、胸、腳後跟，並躲開著人的神乎其技。不只她和她身旁帶著的小少爺，那時，她發現，阿雯、廚子、園丁，他們各自站在這庭院四周不同的位置，全站立不動，同時在看著平日在屋裡，交代她們這個那個，電話腴軟世故和不同身分的對方變頻地或急切、或冷淡、或恭敬、或低聲愁苦抱怨，或是偶爾和先生冷戰，或是學電影裡那些洋女人蹲下跟兒子說：「噢，寶貝，媽咪今天真的不能陪你，你要乖乖聽阿襲她們的話喔。」……一個合宜，或這大房子裡唯一和那許多條從外面世界進來，看不見的控制懸絲牽絆拉扯，保持這個大房子裡的時間，好像和外面世界時間，有所交涉、牽動，那樣一個，不會和他們親暱狎近的夫人，竟然有這樣陌生的面貌。那像是草坪中間，一群粉蝶，迴旋著，幾隻圍著中間一隻，翩翩飛舞，時而靠近時而分開。

這時，那前一秒還撩光碎影嬉笑閃躲其他年輕太太的夫人，突然倒下，這個庭院草坪像畫面外有根手指按下靜音鍵，一片寂靜。她牽著小少爺，阿雯丟下正在晾的床單，園丁、廚師，他們各自從不同方位衝向躺在草地上的夫人。

很多年後，她回憶那像電影裡綠光盈滿而一個正像蝴蝶在飛舞的美麗女人突然躺倒在草地上，她發現年輕時的她，當時竟然有一種科幻片的奇怪想法：完了，夫人故障了，他們會把她抬走，用車運去不知哪的垃圾場丟棄，然後換一只新的、完好無缺，看去和原來這個一模一樣的新的夫人回來。

但其實是所有其他年輕太太都嚇呆了，她身旁的少爺，跟著她踩著那些短草莖葉，跑到圍著夫人那一小圈外就停住。她也有點奇怪這孩子不像一般孩子，會哭著撲上去抱住昏倒的媽媽，而是隔一段距離，眼瞳像玻璃珠，觀察著那臉色慘白、兩眼緊閉、香汗淋漓的，「陌生的母親」。

那時，那孩子突然輕聲說（像在那海邊的廢圮老屋時）：

「ㄉㄟˋㄉㄟˊ。」

這時廚子和阿雯反應較快，她們倆（也顧不得男女主僕之防了）把夫人半抬半攙到廚房後陽台涼蔭處。這時阿雯要廚子跟園丁轉過頭去，她把夫人那麻紗洋裝後鈕釦解開，並伸進去在夫人背後解她胸罩的勒束釘釦。夫人髮鬟散垂、眉頭緊蹙，像喝醉了酒那樣身體歪靠任她倆擺布。但仍低聲說：「走開。」她從沒發現夫人的臉，那麼美，真是像一些什麼描述：「膚凝如脂」，「雪頸玉膀」，有一瞬她從夫人那褪下又拉起的洋裝褶皺空隙，彷彿看著她在這樣盛夏強光下，美麗的一只乳房（像女神的最聖潔但也最色情的隱匿之謎）蹦竄如銀綢，一瞬又被遮回。

她轉身向那些受到驚嚇的年輕女客們道歉，請她們進屋休息（但她們都識趣地告辭離去）。廚子去打電話叫家庭醫生趕來。阿雯拿著一杯水湊著夫人唇邊，夫人的臉頰慢慢浮現薔薇瓣的淡淡血色，然後虛弱的說：「真丟臉。」

其實，她一直收藏著，這後來離開那大房子了，那庭園裡像電影畫面的那些人兒，俱夢幻泡影，而她也又過了這大半輩子，那張信箋，她一直小心收藏著。是一張那個年代極普通的薄如蟬翼的信紙，上頭是先生娟秀如女人的鋼筆小字，抄了是一段《南華經》裡的文字：

……故絕聖棄智，大盜乃止；擿玉毀珠，小盜不起。焚符破璽，而民朴鄙；剖斗折衡，而民不爭；殫殘天下之聖法，而民始可與論議。擢亂六律，鑠絕竽瑟，塞瞽曠之耳，而天下始人含聰矣；滅文章，散五彩，膠離朱之目，而天下始人含其明矣；毀絕鉤繩，而棄規矩，攦工垂之指，而天下始人含其巧矣……

她不記得為何先生那麼多年前的這張字稿會在她身上？應該是他在某一次悒鬱苦憤的獨自心緒翻湧下，而隨手抄錄以解胸中鬱壘。但是難道是在一遮人眼目的私密身體衣裙輕觸的晦暗光影，揉成紙團塞進她口袋或衣襟。她紅了臉。想到先生說起隋末群雄，像白銀飛矢的李世民迅疾如閃電的騎兵，或如銅牆鐵壁的「瓦岡軍」，執銅錘的金吾武士，神力舉槊的秦叔寶，半路殺出的程咬金……先生說，那都像一群男孩兒嘻嘻哈哈在滿目瘡痍文明廢墟上玩著騎馬打仗啊。滅了人家一整族，或箭簇如蝗，砍殺陣腳大亂敵數十萬軍士，都像吉祥得說故事人聽故事人都笑瞇起眼睛的孩童的遊戲啊。

她記得那時，每晚睡前，她的最後一項工作，是先生交代的，用一種冷凍紅蟲（可能是類似孑孓的幼蟲吧），作為飼料，餵養有一只小玻璃缸裡，兩尾先生鍾愛的，俗稱「黑魔鬼」的黑色電鰻。

剛買回來的紅蟲是一整片薄薄瑪瑙色的硬冰，那應該是上千隻紅蟲在渾噩扭動中被急速冷卻。一瞬之死。像核爆後殘牆上仍保持活著最後一瞬動作姿態的灰色人形。她會先拿榔頭把那暗紅色薄冰片擊碎再擊碎，裝小塑膠袋放進冷凍庫。每晚抓一小撮那碎冰屑，仍進那只小玻璃水族箱，緩緩下沉的冰屑溶化成一條條細細血色的紅蟲，在幫浦打水的波流中旋轉翻滾，某些時刻她會出現「這些紅蟲解凍後又活回來了」的錯覺。牠們似乎在尖叫著，狂歡從一整全集體死亡的凍結壓縮塊解放出來，扭舞著。其實那都只是栩栩如生的屍骸罷了，原本潛伏在缸底的那兩尾黑電鰻，嗅到這些融化蟲屍的血腥味，會款款游上，一啄一啄吃下那些半浮半沉的紅蟲。

有一次，她掉了一塊那紅蟲碎冰在流理台的一角，隔一會過去，就是一灘髒紅的血水，連細小蟲型的形廓都沒有了。她每天幫先生，拿這「大批擠挨死在一塊而冰凍起來」的紅蟲，餵食那寂靜沉浮在白色細沙水族箱小方框裡的兩尾黑電鰻，牠們只有在進食吃那些早已死亡卻在解凍之瞬，矇騙像是活著（因為這種電鰻不吃乾飼料，不吃死物，只吃活的蟲）的游過的仍充滿生之狂歡的獵物。那一刻牠們才存在（不到兩分鐘吧）於「活著的時光」。她不知道這件事和她和阿雯、廚子、園丁，伺候著先生和夫人在這大房子裡，「靜靜的生活」，這之間有一種說不出的類似之處。

那些疊加的，挨擠在一塊，堵死在窄巷裡，白刀子進紅刀子出，那些好勇莽夫肌肉精實的身體，他們連死前吐出的輕輕哀鳴都和其他人因腸子掉出來而喘氣的聲音混在一起了。處決叛徒，刺殺政敵或大嘴巴記者，甚至自己身邊最親信的人為了怕權力中樞發生混亂，把老先生當年祕密在外頭一場真愛的那個美人兒給毒殺了。像他們說的三國「曹丕死於色（把老爸後宮嬪妃全圈占了），諸葛亮死於算，司馬死於鬼」。他們這一支的第三代，沒有活過四十八的。先生是從那擠在一起驚愕滑稽恐懼或像打噴嚏打不出來的無數張「死亡臉譜」，凍結成一塊的噩夢，他是吃這些惡夢融解後的幻影、留言、不能說的祕密……餵養成僥倖長大的男孩。

像小水族箱底那兩尾大部分時光靜蟄如死的黑電鰻。

先生那明明像個精明老頭的臉，卻說：「那只是像男孩們的摔跤，騎馬打仗。」槳聲燈影的一條淒清河流，是如何在這些蒸騰汗臭的男子們，仆疊而上的頑鬧死法，圍城一年，掘土充飢、易子而食，宛如鬼域，哭聲震天。開城門，或自縛著孝服而降，斬首於市，誅九族。白綾絞殺少帝，毒鴆父親，或宮門前射殺兄弟，亂劍砍成肉醬。原本會發生的，卻在這時光靜止的大房子裡，裊裊婷婷長出一朵病態的、妖異幽香的魔術奇花，以圍觀、玲瓏剔透理解女人，像掐金絲盤纏花鈿，「塗香莫惜蓮承步，長愁羅襪凌波去。只見舞迴風，都無行處蹤。偷穿宮樣穩，並立雙趺困。纖妙說應難，須從掌上看。」

哲生

我和那年輕作家，搭著慢車到中壢，走出火車站時，一種髒汙、混亂之感，像眨眼皮之瞬就被掃描存圖於腦額葉底層：揹著迷彩包的軍人、臉皮皺黑的老婦、穿著銀色高跟鞋薄紗透明罩衫和粉紅色短褲的辣妹、還有站在柵口外攬客的計程車司機，一旁公廁飄過來極濃的尿臭味。我掏出手機，發覺朱已於幾分鐘前打給我，但我沒接到。我記得朱之前在臉書說，他會到火車站來接我們，他開的是一輛灰色的轎車。我的眼睛在那底片曝光電影般的街道搜尋，發現停在路邊的是一輛賓士。我太驚訝了！我們當年念文大森林系時，朱是班上那一掛「宿舍幫」的，我則是在山裡頭租那種違建小屋，說來並不是一掛的。但有時他們一票一起打籃球，我也會和他們報隊打球。我的印象是，我們當年那些森林系的，畢業後都混得不好，灰撲撲的。朱算是那群人裡的痞子，打麻將、喝酒、抽菸、把馬子。在電玩店熬夜打賭博機台，熱心而好朋友，但又不是有錢人（我記得他爸是老兵），怎麼會混到開起賓士了？在我們這個世代，像我們這樣的廢材，哥們在社會打滾個三十年，但若有人開上賓士，那是一個分界線，要跳上那線的上方，難度太大了。

不是說你去租台跑車來把妹，或是身旁帶個正妹讓哥們豔羨，或是弄套好西裝高級皮鞋參加同學婚禮唬爛一下那麼簡單。那代表你從三十到五十，這短短二十年時間，在社會打滾，有極大的好運、機會、靈光和機警，就這樣翻身上去成為「有資產的人」。

後來在車上，朱倒是快速的交代了他這些年的際遇。主要是當兵時，他在左營當海軍，當時台灣接收了一批美國賣的直升機，一批美國教官過來訓練國軍的操控、維修、武器裝卸，整個連隊裡只有他是大學生，長官就丟了一本全是英文的機械工程書給他，要他上課時當美軍教官和鴨子聽雷的台灣士官之間的翻譯。「喔，我真是銼翻了。」他說。那兩年，他硬著頭皮K英文，就著美國人在白板上畫的機械圖，唬爛翻譯。假日還要幫美軍遛狗。這樣硬操了兩年，他的英文好像勉強ＯＫ，退伍後，一個軍中同袍拉他作「東南亞外傭仲介」，那可是台灣剛引進外勞的前幾年啊，賺翻了，他跑印尼、泰國、菲律賓，後來是越南。簡直像進口小機那樣，一飛機一飛機的仲介過來。

「原來你他媽是人口販子。」我說。

然後因為他跑東南亞跑得比較熟，後來認識他現在這個大老闆，那是印尼一個客戶想要找一種香蕉園種植可以套住香蕉不被鳥啄蟲蛀的紙袋，主要是塗在紙上的塗料技術，他便去找到一間在超偏僻鄉下的印刷紙工廠——這家工廠，我們台灣那種夜市的鹹酥雞紙袋，麥當勞包薯條炸雞的小紙袋，都是他們家做的。後來，這紙廠老闆很欣賞他，恰好台灣的紙業成本太高，老闆想整個工廠遷到泰國，又看上他熟東南亞這一塊，於是就挖他去泰國幫他設廠啦。

前年，他生了一場怪病，先是得了胸腺癌，做了半年的放射線和化療，之後又轉變成一種「重症肌無力」——好像是胸腺異常分泌一種化學物質，攻擊自體的肌肉——眼皮下垂睜不開，頭暈目眩，無法站立，甚至咽喉的肌肉失能，無法呼吸，完全像在地獄裡的景況啊。

總之，我和那年輕作家，搭著這大學時老同學的賓士車，聽著他那如夢幻泡影的半生遭遇，來到那間獨立書店。這時我發現這間獨立書店，根本是在荒野中的田裡，一幢四合院古厝（後來他們告訴我這房子之前是開卡拉ＯＫ的），我覺得頗荒謬，若非朱上臉書熱情提議到火車站接我們，我們還不知怎麼過來這省道上混在農舍、鐵皮工廠間的小書店啊。

演講的過程我就不回溯了，聽眾約二十來個，都是一些上了年紀的婦女，她們聽演講的氣氛頗專注、熱情，結束之後，我在書店老闆（一對年輕情侶）的引領下，巡視了一下他們排放在平台上的書：當然都是一些純文學的小說、詩集、哲學、文學理論……有一區堆放著我不同時期的書，我因害羞而故意翻翻弄弄其他的書，那時有一本小說（並不厚）吸引了我的注意。我現在描述這一刻——在那原是卡拉ＯＫ的農田中央挑高農舍，且用那種白鐵斗笠燈罩的吊燈照明，故而那空間裡的書本形成一種影翳流動的印象，翻開那本小說——都有一種，某顆小鋼珠掉進一整座工廠運作的機器，卡在某個滑輪的凹槽，突然成千組連繫在一起的轟轟運轉，在那一刻停止下來。那本書的作者是Ｊ。但我有個印象，Ｊ在十多年前，就已自殺死了啊。然而這時，我突然又不確定「Ｊ自殺死去」這件事。你看書店不是還擺放陳列他的新作（是我之前不曾讀過甚至聽過的），此刻站在這裡，若說我已是個不在世的作者，似乎也沒有違和感。基於對這種「在省道旁的田中央的農舍，開一間全是文學書的獨立書店」之支持，我抓了包括這本J的小說，還有幾本簡體版的翻譯小說，跟他們結帳。

一輛火車的車廂內，流動的窗影，像電扇的轉動，那種持續的快轉，視覺上會產生一種它在倒轉的錯幻，且那倒轉的槳葉，似乎變一種慢速的倒退。那就像是，電影快速撥放著一群人在往前跑，但你盯著螢幕看，其中一個人的身影，會在這連續動作，抽離出來，變成分解動作，慢動作的，只有他在後退著。

J的這部小說，基本上就是這樣的魔術：一群人搭著這輛行進中的火車，這火車並不是高鐵，哐啷哐啷的前進，窗外淹進妖幻的綠光，他們像雷蒙・卡佛小說裡的人物，像少了某些零件的機器人那樣，在各自的兩兩座位間，說著空蕩蕩的話。他們有少年、情侶、一個帶著小女兒要去陌生小鎮旅館自殺的母親……他們各自沉浸在過往時光，或是互相用一種溫柔哀傷的情感觀看著車廂裡的其他人。很奇怪的，這列火車以它的光影、氣味、人們在車廂內的說話聲和列車顛晃的悠緩節奏，應該是一列普通車，但似乎它並沒有停靠在任何一站。或是這三十萬字的小說將時間壓縮在一站和下一站之間短程的十來分鐘內。但閱讀的你會覺得火車在漫漫長途中，沒有停止的前進。這時，這車廂裡的一個男子，只有他，奇怪的如前面說的「電扇倒轉」的慢速魔術，只有他在這列行進中的列車，進入一種倒著流動的時間。

我很疑惑，J這部小說之前，還有兩、三部長篇，三、四本短篇集，但我都印象模糊。我記得的還是他三十多歲時，那幾篇得了文學大獎的短篇，都是一幅畫面之外的視覺：捉迷藏中被玩伴們遺忘的那個當鬼的小孩；或是也是這種火車上的眾生浮世繪，但是在一個小站停靠，人物們在一種「送行」的情緒和狀態：或一個過時的秀才，他的手錶壞掉了。當時我們倆都算是初露鋒芒的新銳小說家，各自出了兩三本短篇，常被評論界放在一起討論。當時我是否心底對J隱藏了某種競爭對手，像隔了厚玻璃，無聲的敵意？

我記得，當時一位比我們小個五歲，也常被和我們放在一起的年輕小說家H，在家上吊自殺，同輩的小說家們有一場懷念他的座談會，J是最後一個發言，他泣不成聲，近乎嚎哭。但我那時內心出現的情緒，是不應在葬禮時刻的怪異又清晰的心得：J在討論H作品的方式，和我如此不同，那個差異像是人們在找尋經度時，分岔成鐘錶精準派和星途繪製派，兩種完全不同的結構設計。

關於小說是「活著的時光」或「死去的時間」，這件事的辯證，似乎在我讀了這本J的「彷彿不存在的小說」的幾天後，就在我真實的生活裡，像牆的另一邊鋪架了太陽能板，將流動如金蛇的，不能捕捉的光，以一種質能交換、傳輸、再換算的方式，編寫成「我不僅是讀者，而以關係人被捲入J到底是死是活：是像《2666》波拉尼奧，或卡夫卡，或張愛玲生前寫了超出人們想像的多部長篇，以一種隱晦的遺囑，讓不可靠的這批遺稿持有者，在之後的十幾年後，分批出版？或是J仍躲在濱海小屋，或鄉村田野，繼續寫作？」的故事。

先是我接到一位大嫂的求救電話，說是家裡出了困局，她非常徬徨無助，約我在「科技大樓捷運站」出口旁的丹堤咖啡，希望我能給些建議。

那個廚房給我一個「梵谷的畫」的印象，或許是因為燠熱，那時大哥已經失業有十年了吧？在那樣的盛夏，他們家不開冷氣，所以我們坐在那長方餐桌，我覺得空氣像從鍋爐裡拖出的金屬，好像會折射金色的光，但那些挨擠在一起的冰箱、瓦斯爐、櫥櫃裡的碗盤和馬克杯，或是站在那裡炒著菜的大嫂，都在一種液態的晃動中。

但他們仍然非常溫暖、熱情，那一桌豐盛的菜肴：有煎鱈魚、烤羊肋排、筍絲滷蹄膀，有時有非常好的螃蟹、人參燉雞湯；飯後有各式各樣新鮮的水果，大嫂會將那些哈密瓜、西瓜、木瓜、鳳梨、芒果、水梨，切得漂漂亮亮，我們好像故事裡的四十大盜，滿桌吃不完的，像寶石珍珠那樣的肴饌。

大哥非常健談，主要是他的人生經歷非常豐富，他是少數那種將生命不同時期作橫切面——青春期到二十歲，二十到三十，三十到四十，四十到五十，五十到六十——每個時期都像化石層，因為地球環境或氣候劇烈變化，所以積岩的顏色出現極瑰麗的紋脈圖案。他高中是像侯孝賢電影《風櫃來的人》、《童年往事》裡那種迌迌仔，賭牌、撞球無一不精；後來上台北在《經濟日報》當小編輯，為了寄錢回家，下班後寫那種一個月可以寫二十萬字的武俠小說；當然他也見識了非常多那年代報社內部的黑暗、鬥爭、人性的複雜；然後他遇到台北當時一些絕頂聰明的傢伙，這些後來各自成為我們這時代的大導演、大出版家、大作家。事實上，這個大哥非常像宮本輝、赫拉巴爾那樣的小說家，他的故事像被散彈槍的鐵沙、彈屑穿透進身體裡的，時代的受創證據，那些故事要被展開，就像他拿著鑷子、鉗子在那些結痂、血肉髒汙的組織，挑翻出那些散灑、扎入柔軟內裡的堅刺傷害。那後頭正是台灣戒嚴時代、經濟起飛，各種社會關係在一種高壓、賁張的狀態下，人和人奇異的扭結在一起的運動。這個大哥，是個非常好的人，他有某種讓我自形慚穢我沒有的「古早人情義理之信仰」：絕不傷害人，絕不羞辱人，不貪一分不該得的、不講人是非——其實是老一輩人的道德堅持，但我們這十年來在他們家的這張餐桌，我像被海浪拍打的岩礁，這些故事像時光中分不清的無數波峰波谷，最後是一個「被傷害的人」，啊，那樣是這些充滿衝擊動能的波浪，其實都被不知哪處破漏的油輪，溢出的黑油給汙染了。這些故事一次一次拍打著，掙跳著，但浮著的油汙，最後便像瀝青厚厚抹在耳朵形狀的岩礁上。

他們的兩個兒子，在我的記憶裡，都是明朗，且內在有一種溫柔、體貼他人，說來算是超齡的，像對熱帶雨林中的繁多昆蟲、蜥蜴的空間解讀力，有點像是他們的父母，都是被這大人世界摧殘、欺負、無告、打傻了的無辜者，他們卻以孩子的身分，保護他們。但有幾年時間，我們去他們家，都是圍坐在那長餐桌聽大哥說故事，兩個男孩則躲在房間玩網路連線電玩。我想他們從小，在自家客廳，看到各式人物來來去去，大人們抽著菸，吃著他們母親埋首在瓦斯爐前烹煮，一盤盤端上的佳肴，有時喝著冰啤酒，他們聊天的人物，像命運交織的城堡，裡頭有錯綜複雜的關係：背叛、義氣、落魄時伸出的一雙溫暖之手、權力形態中人的變形、在不為人知的暗處對弱小者的不禮貌、某人在二十年前就預言某某將來一定是個重要人物，有的曾經在幾年前也在這客廳走動的人，後來成了陌路，誰誰誰曾經那麼聰明高貴後來竟寶變為石了……並不總是他們父親在講，而是所有伯伯叔叔阿姨都像高溫窯裡的一只只釉罐，嗶嗶剝剝表層的顏料流動著，冒泡著，她們在一種暗紅色的翳影裡憂鬱的說著那些故事。

這樣的男孩，後來個頭都長得比我們高了。從青少年時期面對我們這些「父親的朋友」的尷尬靦腆，到後來我們像是重考班互相勾肩搭背、見面搥胸虧兩句的好友。甚至某幾次我們聊到某個話題（譬如對網路世代的看法），他們會持和他們父親不同觀點，當桌爭辯起來。

如果在古早年代，他們應像是父母在商客、官員、軍士、鏢局來往必經的沙漠上的某處隘口，開了間客棧，他們聽聞、見識這諸多來去的旅者，不同的描述世界的方式；人心隱蔽在他眼見的是完全不同的另一個處所。然後他們成長成年輕流浪武士，比那些貴族的孩子更懂得一幅龐大的、亂針刺繡的浮世繪。

其中那個小兒子叫柯南，我想他應該就是大哥的縮影版——同樣正直、好義，不畏權威、對他人溫暖——但好像求學過程並不順利；或是說，擁有這樣一個老靈魂的孩子（他並不自知，以我們這樣大人的觀點看來，何其珍貴），和他的同儕相交，遇到的是更潦草、無縱深的負棄、傷害、或粗糙的評價。他好像會交到一些問題孩子，這在我們這些坐餐桌聽他父親說起的叔叔伯伯的認知，那不就是我們年輕時的遭遇嗎？這不就是同情心不擇流而出，而理解各種被體制甩離到邊緣的怪咖、壞棄者，這是像黃金一樣珍貴的品質啊。然後他進了重考班，待了三年，這對我們也沒什麼，「我當年就是留級又退學，然後重考、重考，又重考啊。」

我很難描述我想講的：一種時光之中，像沙紙細細磨某個金屬飾物，那樣外人無法感受的，臉頰、耳朵、眉骨、頭顱……所有稜突處皆被那孤獨的粉塵，慢速磨蝕的，延伸的疼痛。然而我對這事的看法是：生命本來就無比艱難，它就像是一塊冰結構的隕石，要穿越飛行過太陽系，你會在航行中發現自己逐漸融解、消失；或是愈飛行愈黑暗冰冷的所在。事情本來就是這樣。

大嫂告訴我，她們的小兒子，柯南，這陣子迷上了上吊。

「什麼？」我說。

我以為她哭了起來，但那只是我們侷促坐在這低價連鎖咖啡座，周邊人們離座或落座，撩亂的光線，薄薄投影在她臉頰的反光。她說得又急又輕，好像在說別人的事。

「他迷上了上吊，自己去買了好多童軍繩。我們都跟他談過，他也不像有憂鬱症那樣，還是溫和、細心，會講笑話哄我們。但已經好幾次了。有一天夜裡，他哥把我們叫醒，說收到柯南傳一個簡訊，沒頭沒腦就三個字：『對不起。』我們慌忙出門，飆車走高速公路到中壢，然後那宿舍樓下門鎖著，我們拚命拍打那玻璃門，弄得好大聲，才有他們學長下來開門，然後我們到四樓他房間，你大哥他用力撞門，把門撞開，還好他才剛站上椅子，但繩結都扣住脖子了。」

「但這是怎麼回事呢？」

「不曉得啊。我們都一直哭，他也一直跟我們說對不起。但之後我們又很好，像沒發生過什麼事一樣。你大哥說柯南這孩子最像他，他年輕時也曾想投河，但發覺那橋上站著一排人像在觀看，等著他自殺，他就賭氣了，在那河游來游去，然後上岸，若無其事離開。他說我們不要把它當作一件刻意的事，每個人年輕時都有這個過程，像發過天花，就沒事了。」

「那柯南後來呢？」

「他又上吊了兩次，但都在我們家裡。」

我和大嫂分開後，渾渾噩噩的走在那捷運高架橋下，老舊的建築騎樓，一間挨著一間店面：泰式按摩、樂透彩券行、老西藥房、一家賣什麼冷氣管線和冷媒的工程行、一間阿婆便當店，每一間店面都陰暗不見光，門口有光頭穿白背心的老人搬著板凳坐那聊天。這排騎樓的末端是一家長途客運公司的乘車點，但也是說不出的破舊，乘客也是一些似乎在夢境中哀傷排隊的老人，他們依序登上停泊路邊，一輛窗玻璃全黑，像一尾鯨魚的大遊覽車。我想這或就是我年輕時想像的，若我繼續活著，終會失去時間感，像魚終於放棄在激流中翻跳，最後待在其中的街景。

然後我在一十字路口左轉，走進一間附屬於一座老舊師範學校的小美術館。我是依約來看他們的一批展覽，然後我要替其中一個作品配音，作為導覽。

一個年輕人負責帶我在不同樓層參觀不同展區的作品。這種看展的經驗，很像跑去無人在家的，別人的私密空間。不知為何，我幾次到這類美術館看展，都是整棟建築的每一展間沒有半個人，只有暗黑的空間，牆上一台大螢幕電視播放著藝術家像黑白默片的夢境，或藝術家們並不能預知竟沒有人進來看展，整個空間成了墓室般的「無人在場的獨白」。有一個空間，牆上掛滿各種顏色之線軸，一個長工作桌上扔著一堆凌亂的衣服，但都是古代女人的繡裙、古代小孩的棉襖，顏色帶著金蔥、銀紅或鮮豔的牡丹之刺繡。年輕人說這藝術家會坐在這裡縫和服，如果參展人有破掉的衣服，也可帶來現場請她縫補。另一邊則是藝術家帶著一株水仙花，共同生活了半年，好像是她外婆過世那天，她種下這株水仙花，所以這株水仙花是她外婆魂魄的暫記型態？——她帶著這花旅行、去餐廳吃飯、睡覺、創作、和朋友唱ＫＴＶ、去公園溜達……如是每天拍照，記錄貼滿一整面牆。

另一個展區是幾排椅子，每張空椅子上都掛著一張名牌，對面牆上播放的是一個原住民舞團，但他們並不如習慣印象穿著部落的傳統服裝，而是穿著黑衣裝或白襯衫，穿著踢踏舞者的黑皮鞋，那使舞台上他們的舞蹈，很像外百老匯某個黑人舞團在唱跳著靈魂樂。年輕人跟我解釋，這些椅子象徵著部落裡每個個人，他（她）自己的故事、內在情感記憶、傷害史，演出前他們會各自坐在椅子上，像中邪說著個人的故事，但同時又對抗著之後集體舞蹈的一種神祕召喚力量。

另一個展區則是兩邊側牆投影光幕，是一個將京劇現代化的劇團的演出，劇情是一個老尼和她年輕的徒子，之間對情慾的煎熬，但他們約定共同畫一幅丹青，卻兩不相見，一在日一在夜，各自揣摩另一人的筆法、心意，接力作畫。

之後我走進那個，那年輕人似乎有種「這是最後一個房間」，好像這次聯展的底牌的展區。

這個藝術家以Ｈ自殺為啟發，布展了一個「自殺的時空」，投影牆上黑白光影，一個像是從前算命館門口會放置的「痣男」立牌——單眼皮、朝天鼻、厚嘴唇，重點是整張臉布滿了痣，而每顆痣旁，有這顆痣的名稱，像一種痣的百科圖鑑——那樣的人，在影像單調、緩慢、重複的一面紅磚牆前，抱頭蹲下，作出痛苦的模樣。旁白是一個女聲，說起這是藝術家的一個舅公，幾年前在鄉下農舍的這面牆腳，吞農藥自殺了。那個影像很像所謂「中陰界」，據說橫死之人其執念不散，會一直在死亡地點，像機器傀儡不斷重複將死、乃至死，那一段過程。那像是時間被取消，摘去了。即使入夜，眼前還是一片日光曝晒的輝白。老實說我心裡不太舒服，這個舅公，吞農藥自殺的老人，他和H有什麼關係呢？但這些「痣人」，在藝術家的影片裡，還擔任不同的角色：在一間汽車旅館裡，在其中一個人的家裡，在另一個分手的女友家裡，這些痣人，或說的冥蕒紙人，他們在那女生旁白憂悒的呢喃裡，也許是三D繪圖軟體的技術限制，你就是看到那些空洞、有殘缺的頭臉，不斷搖頭晃腦著。我想這位藝術家，可能將「自殺」，和吸毒之後的情景，或憂鬱症者眼中所見光度變黯的世界，混在一起了。投影牆之外，這個展覽空間，他還布置了一些舊昔年代的桌椅，一雙孤伶伶的皮鞋，還有一張小几上一架老式轉盤式黑色電話，那電話隔一陣便鈴鈴響兩聲，非常微弱的。那年輕人拿起電話讓我聽，我聽見話筒裡，竟是死去多年的J的聲音，啊，多麼熟悉的，帶著自嘲貓笑的聲音，他說：「我覺得『送行』這種玩意，送一次，你感到那種儀式性的完成，不捨啊，分別啊，祝福的心啊，火車月台啊，港口碼頭啊，機場啊……送一次很好。但若是送第二次，我就覺得很恐怖啦……」

J和H，他們兩相隔一年，先後都採上吊的方式自殺。那時，我身旁的同輩人，都開玩笑說：「拜託，下一個會不會是你啊？」

我說：「這美術館被這些裝置藝術，弄得好像『恐怖屋』喔。」

那年輕人只是嘿嘿傻笑，他說：「帶小學生導覽到這一間時，他們會很害怕，會鬼叫鬼叫逃出來。」

J和H，他們離世至今都十幾年了吧？應該沒想到，有一天他們會變成「美術館鬧鬼」的幢影。他們的自殺，和邱妙津不一樣，邱像是計畫性的，寫完了那本《蒙馬特遺書》，才執行自殺，死後這本遺書也成為她有限生命最讓人顛倒著魔的文學作品。但J和H，似乎不是獻祭般的，殉死於文學。沒有遺書。他們的作品是活著的時光，以會活到老年的想像那樣成書、出版。他們的自殺，很像在公路跑步，不小心腿一拐，摔進一旁的斜坡、叢林，那樣沒預料的離開人世。這個藝術家也引H死前一個月的一篇文章，完全無法作為——「預謀要死之人的證物」。他們是從尋常無奇的生活中驟然被攫奪進「自殺」的異境。不管後來的諸多傳說：憂鬱症、情傷，或我後來遇見一些同輩人，各人皆有一段祕密的，在他們自殺前，一個月，兩個禮拜，一個禮拜，兩天，不同方式遇到J或H。「如果我當時多用一分心，抓他去咖啡屋聊聊，說不定可以攔阻一下啊。」

但這年輕藝術家，他布展的那個「永動電池」，不，永劫回歸的自殺——確實我在這黑暗的房間裡，皮膚上的冷汗將毛孔變成細細一粒粒雞皮疙瘩，我想到這點：自殺並不是雷電一閃，茶杯摔碎，它在那單元時間內，其實有一個只有自己在場，流失渙散，感官變得遲鈍、時間流像果凍那樣緩滯，一個內心獨白的過程——很像是貧乏、苦瘠、荒蕪的田野；日光曝晒著那絕望的，銀白的枯草地；即使這些「痔人」們，離開那農村，混進城市，那燒乾草的味道、施肥的味道，農藥的味道、乾成沙的土的味道，仍帶進他們貧乏的城市空間漫遊。

我很想對那年輕人說：「但是J並沒有自殺死去啊。我最近還在讀他新寫的小說啊。」事情好像在哪裡出了細微的差錯。以J的小眾名氣和銷量，並不足以讓某個有才氣的創作者，仿冒他的名字寫一本偽書而出版。確實我在讀了那本J的小說之後，整個記憶的內腔，完全沒有「這個人已自殺死去」的刻紋。

我記得很多年前，有一次，我們的那家出版社請吃尾牙，在南京東路五段的一家餐廳包廂裡擺了兩桌，我們這一桌全是當時只出了一本、兩本書的新銳作家，J、H都在座中，還有幾個漂亮的年輕女作家。隔壁桌則是那些大咖作家，他們喝酒笑談，非常暢快，我們這桌則極安靜。當時我們各自的作品，都還像初綻嫩瓣的蓓蕾，並不很成熟的打開，我們可能比一般同齡人，眼神更帶有一種吸毒者，瞳孔被鑷子摘走的空洞。我們或許內心都希望自己有一天能像隔壁桌那些大作家，可以豪邁的舉杯、笑話接著笑話，知道自己的名字像天上的那些星宿。美麗的女孩們坐在我們這桌，但我們幾個男作家就像男童一樣，無可奈何，因為年輕，我們對自己內裡那孵養怪物的特殊性、非常吝嗇或像困在一個濃霧的夢中，所以我們只會靦腆的傻笑，老實說，根本不把同桌其他人的作品看在眼裡。我們會在這種場合聊一下各自喜歡的莒哈絲、雷蒙·卡佛、卡夫卡、吳爾芙，或普魯斯特？不可能，所以只能是一種臉皮漲紅、坐立難安，心裡猜想等會那幾個正妹或被叫去隔壁桌，讓前輩們調戲或灌酒吧？

我記得那頓飯結束後，我們下樓站在餐廳門口，那一帶的馬路入夜後如此荒涼。前輩們從停車場開出他們的BMW、奧迪，或很帥的路寶越野車，女孩們各自上了不同的車，好像聽說他們還要去續攤。最後，只剩下我和J，愣站在那暗黃色灰塵捲起的馬路旁，對面大樓群凌亂的招牌燈箱，有的亮著有的沒入暗影。我發現J臉上掛著和我一樣尷尬或自嘲的笑。我提議我們兩個去找個地方喝一杯吧。

我們在那像條月明星稀夜色裡之大河的南京東路上走了一段，然後找到一間蜜蜂咖啡，推門進去。時日久遠我留下的印象，是我們挨擠在和其他桌位的人極靠近的一張小桌，所有人的聲音嗡嗡轟轟成了一個整體。這時J掏出一條像口香糖的小包，從裡頭抽出一小張白紙，從另一小罐子裡抓出一小坨菸絲，開始在那桌位上捲菸。這個時髦的動作在我內心，原本他和我是混得最差的一條線，又被劃開了。然後我們各自抽著菸，乾巴巴的說著我們這一代真衰，一些無精打采的話。說來我們其實真不熟，但卻又是年輕輩裡常常被放在一起討論的小說家。但我感到我們各自都被生活、經濟或婚姻困住，那使得我們兩個頹喪的坐在這蜜蜂咖啡屋裡，像兩個討論年底考績有沒有黑幕的郵局辦事員。和幾年後我又認識的一些同輩創作者，他們那每每讓我聽得目瞪口呆、不可思議的性愛冒險，或瘋狂戀情，或在不同國家流浪旅行的經驗相比，那個晚上坐在小咖啡屋裡噴煙吐霧的我和J，真是無趣、苦悶，甚至某種意義的貧困，不知我們為何會寫出那些小說的兩個徬徨男子。

過了幾天，我到常去的咖啡屋，發現我的書包裡，除了裝在L形透明文件夾裡的我寫了一半的稿子，還有白紙；另有一本薄薄的書，我原以為是那天那美術館年輕人隨手塞給我的展覽小冊，但發覺那是封面印了J的名字的一本小說。和之前我在中壢小書店那晚尋到那本，似乎是另一本J的作品。這太奇怪了，我竟在這麼短的時間內，像是瞞著眾人，在不同地方收到絕對是珍藏孤本的，J的兩部作品。

他的小說裡填塞著一些奇怪的事情——我說填塞，是因為這些事件中的人物，像扔在龐大垃圾場的，斷胳膊少腿的破布玩偶，缺乏美感的被縫在一起——彷彿是某個人在耗盡心力，預言著未來將發生的事，所以那些事像默片裡比手畫腳的人偶。譬如有個小女孩，在一個上坡騎著小腳踏車，然後有個年輕人，快步追上，從懷裡掏出一把藍波刀，電光一閃就把小女孩的頭砍下。譬如有數百人，在一個遊樂園的會議廳開電音趴，男孩穿著海灘褲打赤膊，女孩穿著比基尼，突然朝他們頭上噴灑的彩色粉末發生爆炸，所有人在火團中哀嚎，有的瞬間被烤焦，許多人奔逃或爬出，身上衣服頭髮還帶著火焰，全部往一旁的泳池跳，然後水面浮滿剝落的人皮。或是有架飛機，栽落穿過高架橋，摔進基隆河裡，或是我們國軍有一艘艦艇，上面一個士兵，在演習時把儀表板的按鍵按了一輪，然後錯按到作戰模式，將一種叫做「雄三」的艦對艦飛彈射出，那發誤射彈在一百五十海里處擊中一艘漁船。這些事都荒謬古怪，帶有一種胡鬧的氣氛。但若你和我一樣都是活在此時此刻之人，便知那都是過去幾年，台灣真正發生過的新聞事件。這些事件發生當下，都造成整個社會的騷動。但J的這個小說給人的一個印象：就是它並不是在這些事件發生之後的複寫，而是在一無所知的之前，憑小說家的虛構天分，憑空想像出來的。因為是憑空想像，所以都有一種泥捏的玩偶泡進泥漿裡的模糊感。但若是在小說是預知了未來將發生之事，而事後證實確真的發生和小說預示一模一樣之事（當街砍頭、彩色煙霧中的火災、飛機墜落於城市、海軍誤射飛彈），那是何其驚人的預言能力。也就是說，這個小說家創造了一套並未發生的歷史，但之後我們所在的這個世界，卻照著他唬爛的那些情結一一兌現。冤枉的是，他這篇小說是在很多年後才出版，原先預示未來的那些時間已經耗去，那些事件都已發生了，神奇的預言書，變成平庸的無奇的將網路新聞翻抄的行為。

這讓我腦中有個區域發生了混亂：J是否在十幾年前即自殺死去？我隱約記得有那場喪禮，且確實自那個時間點之後，J即沒有出現於任何一次我們的創作友人的聚會，事實上他是個「不存在的人」。然而，當我在那間田中央的獨立書店，拿到J的這本小說，好像寫滿字的塑板浸入藥劑的池中，油墨成細絲狀被沖洗剝除。好像J這些年其實都和我活在同一座城市啊，只是我們恰好都錯身而過，沒有照面。J和我一樣，繼續寫小說，隔幾年便有新書出版。但若是這本小說寫於多年之前，他那像用高倍數天文望遠鏡投射向幾兆億公里外的星系，一切變成扁平、搖晃的光，而我正繼續活在那個他觀測的「未來」。小說如果作為預測未來，那樂趣在哪呢？最後的歷史都中規中矩符合他「在之前」的臆測，所以他不能任性加入瘋狂或變態的情節？那像一個在高溫爐邊，拿長鐵管吹玻璃的老人，「未來」一定按某種物理學限制，在吹管的另一端膨脹成一個圓弧，端看他肺葉噴吐出來的空氣。最後流動的液體會變成一只只擺放的玻璃壺或玻璃瓶。

有一個基本公式：小說繼續書寫，這個小說家一定是繼續活著。又不可能小說家已經死去，掛著他名字的小說，繼續被寫出，繼續編織新的情節，繼續被出版。

作為J的同業，我在翻讀他這本小說時，多了一分心思：也許這些年他躲去一個無人知曉的地方寫小說去了，那麼透過我們各自後來的小說，我想知道J是怎麼讓自己在這後來的時光，嚼碎現實然後吐哺成故事？後來的這個世界，可能比我倆那時在蜜蜂咖啡屋，惶惶不知未來，他捲著紙菸，我們哀嘆各自的倒楣，身旁流動的人影……要憂鬱無趣多啊。

大約又過了一個多月，有一天我發現我的手機有六、七個未接來電，全是大嫂打來的。我內心被一種說不出的沉鬱，像灌泥漿灌滿，我想是否他們的孩子柯南，終於上吊成功自殺了？這些年來，我安慰過幾位驟失摯愛之人的「垮掉的人」，我總用一種飽滿、不容懷疑，彷彿我是誦唱經文的僧侶，像超出畫面所需之光度，將一切暗影、陰慘的窟窿覆蓋，我對他們描述宇宙的無限、時間的幻覺、靈魂作為一種波頻，不會因肉身死亡的幻覺而清滅，他們愛的那離去的人，將繼續在繁花簇放的多維時空中流浪、旅行、感悟。但這樣的「將死描述成不是死」，其實超荷了我自己的天賦（愛的天賦，或說謊的天賦？），像是一核能動力引擎被它所輸出的高溫強光融蝕。我抽了許多根菸，才定下心魂打電話給大嫂。原來並不是柯南又自殺。「他很好。」她在電話那頭歡快的說著。因為收訊被干擾，有一些段落被遮蔽了，但大意是：柯南去接受一位心理醫生（可能是朋友的朋友）治療，某次療程，柯南提到了我是他父母的好友，沒想到那位醫生是我的讀者（大嫂說：「是你的粉絲吔。」），手上收藏了我早期自費印出的詩集，如今坊間絕難找到的某本短篇集（我自己都印象模糊有這本書）；講到他當兵時，或哪次往歐洲的飛機上，或前些年婚姻遇到低潮，萬念俱灰……不同時期恰讀到我的某本書，或某篇小說，給予他「另一個看待世界的眼光」。下一次的診療，這心理醫生拿了一本書，裝在醫院的公文紙袋，請柯南轉交給我。大嫂說剛剛大哥騎機車載她，他們已把書放進我家公寓樓下的信箱。

「但好像不是你的書，說是你一定知道的另一個小說家的書。」我拿到那本書，是J的另一本長篇。這時我心裡已沒有那種「我收藏到……究竟已不在人世，或某種神祕的寫書計畫……讓自己消失，但一本一本著作仍低調的出版」的混亂、猜疑。這件事變得明澈、純粹，就像拿著平板電腦刷屏，每一本書被翻過所有頁次，必然有一本新的另外的在怎樣的流動和寂靜中，從哪個角度就擺鰭換氣，衝出水面。

這個版本的小說非常怪，很像是J到了某個階段，想要做一次技藝、想像的飛躍，寫一部和他之前文字風格完全不同的大小說。但或是材料的收集太繁雜，或是小說發展的中途他又三心兩意，恣意亂長，使小說變成神話中的多頭巨犬。某些部分讀者覺得啊這是一部科幻小說，因為主人公近乎在一極深地下礦坑裡，見到傳說中的「大強子碰撞器」，也就是說可能會撞擊中一個反物質空間，然後將這群人吞噬到一個多元宇宙，但這樣的設計，你又發覺他似乎想讓小說中的人物，處於一種《儒林外史》式的，多組人物如衡天儀複雜齒輪相銜處的小傀偶，他們揖讓而升，說一些陽奉陰違的話，飯局間交際應酬，臉孔卻都像浸了一層薄薄積水的鐵盤，搖晃著光影卻猜不出各自真實的情感，好像有一套繁文褥節像蛛網密織包裹在所有人外圍，那些絲線細細連接著他們的後頸，甚至穿進腦中，而那銀光錯閃的懸浮，牽涉著這些說著話的小傀偶們，他們會不會掉腦袋或得到大利益。但這樣的「巨鐘內部的機械設計」，層層密銜的人物關係，它好像無法和科幻小說的劇烈情節跳躍相容。也就是說，小說一進入那樣的人物群表情細微變化，極大參數，無從直判他們的慾望、動機、情緒，一整座森林裡每一棵植物每一片葉子都在翻動閃爍著各自的可能，故事的時間便進入一種泥沼，或琥珀中的滯礙緩慢。這怎麼能讓這質量極大的，亂針刺繡密縫在同一命運裡的人物們，隨意作異次元空間跳躍呢。

我非常能體會J在展開這部他想望的「超級小說」，中間引擎輸出故障，需要借用飛行艙別的材料作為推進可能，這種「拼裝之困境」。一個長篇真的可以把我和J這代人，有限的生命經驗，全投入那巨大噴火渦輪瞬間燒完，那種超出能力，但時空跳躍的夢如此銷魂。想想我們這代人，又經歷了波赫士、卡夫卡、普魯斯特，要怎麼把核彈射出，照亮整個夜空，這個從材料、結構、動力、維生、平衡、大數據演算，超越這一切演算的奇特想像力與靈感，在一個小說家的腦袋裡，隨時都會分崩離析，核分裂乃至核融合，將一切炸成粉塵。

這於是在J的這部小說，某些部分已變成札記體般，不知伊底胡語的，文字扭結成一句子，但句子完全無法解釋的段落，但這些像大火焚燒後的廢棄汽車場，所有彩色烤漆的車殼、融化的玻璃和輪胎橡膠材質，或是覆上一層火山灰般的葉狀引擎、燈殼或座椅的形狀……全黏結成一大坨的小段落，J可能在發展這個長篇的過程，心中又向「小說必須有故事性」的魔鬼低頭，他又從各段落的廢墟景觀中，幽靈般的長出一個人物。這個人是個受創者，是個現代文明的犧牲。某部分我讀到卡謬《異鄉人》的影子，但有些時候他的竄長又讓我想到納博可夫或格林筆下的男主角。也就是說J終究還是反英雄人物或精神病患的偏好者。

這個人物是個電影導演——我當然是在不同章節，甚至翻回之前不同頁次，才讀懂J隱藏，散布在前後情節中，這個導演拍過的不同部電影的故事內容——但他其實是個演員，可能整個時代照亮星空，最燦爛的那個演員。他同時在中國大陸的許多部電影演一些戲份極小，但讓整部片子畫龍點睛的角色：古裝武俠片裡的變態老鏢頭、玩弄女人情感的老浪子、某個歷史劇裡的反派軍閥角色……同時呢這個人也在台灣那幾年的社會運動無役不與：反核、反拆遷、反台東美麗灣開發案、反都更強拆釘子戶、反歧視同性戀……總之，這樣一個可能成為華人電影的克林．伊斯威特或米基．洛克的導演，卻意外捲入進一場先由中國大陸網路發生，之後擴散到的洪災。

一開始是號稱「五毛」或「小粉紅」的一些網民，在一些特定微博「起底」，指出這個傢伙是「台獨」，要抵制他演的新片。一開始片方不以為意，但這個瘋狂民粹主義的浪潮愈演愈烈，乃至拍片方（後面有不同的投資人）要求他發出聲明：「我是中國人」。但這個克林．伊斯威特拒絕了。但他們接著傳訊息告訴他，他若不表態，上面的作法將封殺所有跟他合作過的電影，查他們的稅；以及他女友（事實上這是一個更紅，明日之星的天才女演員）在中國所有電影，一律封殺並查稅；以及之後到大陸發展的台灣藝人，全部受到封殺。這個J筆下的「美麗失敗者」在一種夢遊，或後來人們懷疑他嗑藥或有人將之囚禁，不是出於他本人之手的狀態，發表了一份三千字的聲明。當然他還是沒提他們要的那五個字。但幾乎就是徹底認慫了，聲音中交代他不是台獨，父親是一九四九年逃難到台灣的外省人，從小教育他當個「堂堂正正的中國人」……諸如此類。這份聲明見報後，換台灣這邊的網民炸了。一些深綠的網民將他斥罵成叛徒……J用相當的篇幅（這時他的筆法又讓我想到瑪格麗特．愛特伍的《末世男女》），寫這像海嘯般的，兩岸極端政治光譜者的網路暴動，這個導演如何在這瞬漲瞬爆的網路災疫中，一夕間「聲敗名裂，直如明朝之袁崇煥」。

這個人物在J那熱帶雨林般，繁密竄長的文字列陣裡，慢慢變成一個「活在死境的人」，他突然發現這麼多年，他只是活在不同部電影（大部分是他心目中的爛片）中那薄薄光影，皮影戲偶般的人。寒冬或酷暑，片場挨擠著導演、攝影、幾個大牌演員、場記、臨時演員、服裝師、化妝師、工作人員……有時人數多到數百人，他極少和人哈拉，坐在一旁椅子上吃便當或抽菸。出了這個荒謬、暴亂，說是在網路上的幽靈，卻真真將他的演藝事業斬斷。這過程竟然沒什麼朋友出來幫他說話，而那些浮光掠影中電影裡的台詞，完全和他真實遭遇之情境無法聯結。這之後可能好幾年（甚至永遠）沒有片子可拍啦。他像是那個故事裡的「穿牆人」：原以為可以穿透液態的那些老鏢師、壞男人、嚼檳榔滿口髒話的南部黑道混混、性侵女學生的教授、真正練家子的武術高人……原以為可以一生就這樣以一種即興的創意和爆發力，穿透不可知的許多其實不是他，但他又能上身變成那些人物群，卻突然像穿牆人受到詛咒，在穿透某道牆時魔法消失，永遠被凝固在牆裡。這時讀者意會過來，原來小說中穿插的一些無情節，只有某個場景（綠光充滿，長了許多小樹和藤蔓的一個之前可能是中學裡的實驗室之廢墟，或是軍隊的地下壕溝的通道，或是某一艘大船的船艙，或是像圓明園那樣巨石頹圮的迷宮，或是像麥特．戴蒙那部電影在火星上面對一片無垠的礫石和粉紅色天空），或許是小說中這個被乖謬命運痛擊的導演，他腦海中寂靜拍攝的一部部無人觀看的電影。這些J所描述的「不存在的電影」，難免讓我想到我們年輕時看的塔克夫斯基、柏克曼、安哲羅普洛斯、雷奈、侯麥的某些電影段落，詩意、空曠劇場、末日情境。但我翻著J的這本小說的約三分之二，心裡突然說不出的浮躁。這長篇小說的風格、視域，已和我十幾年前讀過J青年時期那批簡潔透明的短篇，有極大的轉變。甚至我有一種難以言喻的心機：J後來的這批作品，似乎像暗潮伏波朝我的小說風格趨近。依書底的出版年月來看，是和我那本得獎、受到好評的（也是我「畢其功於一役」的）長篇約在同一時期。但為何印象中並沒有關於J這部小說的報導或評論？以我和J三十歲出頭時，人們總愛將我們並列討論（「未來極有希望的年輕小說家」），J的這本「後來」的小說，應當被和我的那部小說，放在一起討論吧？為何它出版了卻像不曾出版過？且流落到二手小書店，被我意外拾獲？

公允的說，J和我相比，如果就我們各自「浸淫」於小說這件事，以我們從文學獎、出版社垂青、前輩作家或評論家點名，最初的那兩本短篇，之後又走過人生的這二十年——那像將兩輛不同汽缸、引擎、車體結構設計的汽車（譬如一輛福斯汽車和一輛豐田車），在公路漫漫長途跑過，檢視比對它們的行車記錄器——J沒有我文字的多變華麗，以及我天賦的暴力；但我不如J的在於他有一種地窖開箱，這口箱子撬開還會再有口箱子埋藏更底下，那種抽離出人世之外的執念。

如我愛作的比喻：銀幣的兩面，人像、花卉、建築、雀鳥，與另一面的數字；或是月球的光照面與暗影。J的這個長篇，和我那個耗竭心力（我不可能重來一次，再寫一次那樣的小說了）的作品，其實是不同的投影學，將我們共同經過的這個時代，恐懼、哀傷、華美、空洞，不同的拋射到各自的天文望遠鏡。我想像著J讀著我那部小說時，內心的翻湧，和我讀他這部小說時的百感交集，其實和牛頓與萊布尼茲的心結相近吧？J這個小說有一種類似鐵鏽或水蛭或黑洞的特質，會讓閱讀者感覺透過他文字、段落的流動，我們所在的這個活著的世界，慢慢被交換到一個光度不足、遲鈍緩滯的「某些重要東西死去了」的世界。我腦袋中有一小塊區域，像收音機被雜訊干擾，網路遭到病毒攻擊，想不起到底哪個環節曾發生問題？J的這部小說，或許該幹掉我那部小說，獲得那一、兩年的各種大獎。但為何沒有人（包括我）談論他這部作品呢？

J小說中寫的這位電影導演，這個「美麗失敗者」，J花了十幾個獨立章節，虛構他腦海中想像的那還未拍出的十幾部不存在的電影；但這位導演是我真實生命中的好友。事實上我的那部長篇，作為一個內核重要的人物，就是當年聽這位好友講述他祖父的故事，他父親的故事。（等於是一條魚，我切了魚頭，J切了魚身，我們各自烹調？）在我的小說裡，民國三十八年的那場史無前例的大撤退、大遷徙，這位導演的祖父是國民黨派在中國西北修築鐵道的工程師，他們並未如大部分國民黨軍隊、公務員，以渡海方式來到台灣；而是往西南逃竄，沿途死傷丟棄，穿過青康藏，流亡至印度。他的父親當時還是十多歲少年，曾在這逃之途中重病，被他祖父遺棄。十年後又從印度獨自到台灣念書，故而形成一個孤獨、不信任所有人的個性。

也就是說，J和我，在各自的小說？分別寫了這個人的前傳，和後來發生的事？

開心玩中國

他們給我安排了一間小辦公室，桌上有分機電話、一些書、文件、筆筒裡塞滿藍筆紅筆壓克力尺釘書機備忘標籤紙這些。這天是禮拜天，所以你知道這小房間平日應是某個職員，可能還是個女主管或會計的辦公間。基本上她是一個愛乾淨的人，桌面收拾得纖塵不染。這讓我有些懷念從前念書時，那些圖書館裡的研究小間，一種冷氣特有的空氣中大部分塵蟎都被殺死了或過濾了的單調氣味。

過了一會，第一組的組員進來了。他們是一對姊弟，年紀大約都二十五、六歲上下。可能還更年輕些。姊姊刻意化了淡妝，因此有點小美人的韻味。他們這次旅程的題目就叫「姊弟闖關東」，大約動機如下：他們是屏東人，有一天發現他們九十多歲的阿公，竟然年輕時（那時台灣還在日本人統治之下），曾跑去中國東北（那時叫滿州，也是在日本人的統治下，所以年代應是一九三〇年左右），考到了日本人發的駕照，在當時的滿州國開計程車。據阿公說，他曾當過大明星李香蘭（也就是傳說中的日本第一女間諜川島芳子嗎？）的司機，在瀋陽住在台灣人去異鄉打拚的簡陋宿舍時，隔壁另一個台灣青年叫做鍾理和，他們當時同病相憐，一樣惶然孤單，常互相打氣。但這對姊弟有一天發現，他們阿公說的那個「滿州國」，歷史課本真的提到。但家族裡所有的親人，沒有人理解阿公孤獨碎碎唸的，那個他曾去過的超現實之城。很難想像只會台語不會國語的這個老人，年輕時穿著制服，在那日本軍人控制，或一些穿著和服的日本女人、穿著西裝留著髭鬍的日本官員，和當時被占領的東北的臉孔的中國人，那樣幻燈片般的畫面裡，開著一輛本田產低底盤圓燈罩計程車，在城市裡來回巡弋。所以，他們這次的計畫，就是走訪瀋陽、長春這兩座阿公當年曾待過的滿州國城市，將阿公可能曾開著計程車跑過的街道、建築都拍攝下來，那隔了七、八十年的今昔之變化，回來也可以將這紀錄片放給阿公看。

我對他們說，事實上他們已通過這個補助計畫了，十萬塊說實話是很小的一筆錢。你們就好好出發這趟東北之旅，注意安全。但你們阿公的這段經歷太屌了，你們回來後，這邊的作品呈現結案後，一定要繼續將阿公的口述歷史完成。我提了一位施淑教授，印象中她做過一些偽滿時期東北的文學或文化研究。等你們這趟回來後，如果有需要，我可以設法幫你們連繫她做個採訪。這個口述史的踏查、重建，你們可以用一部記紀錄片或一本書的形式，可以去申請國藝會或文化部的專案補助，那有更多的經費。記住，這是一個很屌的案子，這個旅行計畫的十萬塊，只是其中的一小塊拼圖，有機會你們要第二次、第三次、第四次，一趟一趟的去，設法抓到更多線索，甚至看可否有當年派駐關東的日本人，現在或不在人世，但可否是耐心找懂日文的人在日本採訪他們的後人。要知道啊，說不定有一天，你們阿公這一段故事，被哪個電影公司相中，這可是可以投資十幾億的時代劇大片子啊。

這對姊弟被我唬的一愣一愣，睜大了眼，我想他們會不會覺得我是個酒鬼啊（桌底就藏著一瓶威士忌），然後我從背包掏出一本，許多年前我寫的某部家族故事小說，簽了名，再一次祝福他們旅途平安，便說他們可以出去了。第二組進來的是三十多歲的男生，他的計畫有點晦澀。他是個外省第二代（我也是，但他的年紀為何小我快二十歲呢？）。一切的源頭是他六歲那年，他的父親（當時已六十多歲了）和他的母親（當時四十多歲），不曉得是怎樣的念頭，帶著還那麼小的他（他是么兒，哥哥姊姊都大他十幾歲，當時也都在叛逆期，好像是沒人願意跟），展開了一趟返鄉之旅。他們先去他母親的故鄉湖南長沙，還見到當時仍健在的他外婆，是一所長沙的女子高校的老師，也見到了一些親人。之後，再搭飛機到他父親的故鄉，山東。印象中那是比較偏僻的鄉下，也見了許許多多的親人。他還記得那時已是個老人的他父親，跪在他祖父母的墳頭前嚎哭。為什麼會有那趟旅程呢？那對長大後的他就像霧中風景，印象中只是以小孩的視角，緊貼著他父親或母親的褲腿，惶恐的看著人來人往，不同的大人激動的說話，或是旅途中轉換火車，或長途巴士漫漫顛晃的截斷光景。然後是，他十八歲那年，父親和母親隔兩個月前後病逝。他哥哥姊姊各自剛出社會，也很艱難。於是他報考軍校。他父親母親都不是讀書人，也都是沉默之人，在台灣好像也沒有親戚。所以，關於他們在大陸的身世，隨他們過世，像潛艇的通訊器被關掉了，從此沉入靜默的深海之中。只剩下他自己對六歲那年，那趟奇異的旅行的回憶影像。但他也叫喚不出更多的訊息（他哥哥姊姊對父親母親都比較漠然，甚至有一種怨懟他們那麼窮苦的恨意，所以對大陸那邊還有什麼親人，或故鄉之類，全無興趣）。一直到他幾年前退伍（退伍前他當到連長），被一群軍中弟兄拉去「機車長途旅行」，他們曾經騎機車環繞整個澳洲，也去過美國德州。有一天他突然想：為什麼他不能到中國去，從湖南長沙，騎機車（他已上大陸的網站看過了，二手機車一輛約人民幣一萬五，證照的問題一定可以找到當地有人搞定）探訪他母親當年的親戚，或那些親戚的後人。然後一路騎機車走公路，到山東，他父親的故鄉，找他父親的親人們。

我告訴他他這個案子已經通過了，十萬塊是非常小的一筆數目。他的身世我聽了非常感動。事實上在上一次的初審會議，就是我力排眾議讓他這個計畫入圍的（因為另一位評審是位紀錄片導演，強烈質疑以紀錄片的觀點，不可能在這樣一趟機車旅程拍出「六歲那年隨父親和母親返鄉的旅途」。主辦方也在作業上擔心，台灣人到大陸，這樣短期要以摩托車為工具的旅行，所牽涉到的手續或法令）。若不是我如今自已亦為生活所困，我多希望可以跟他一起跑這趟摩托車之旅，甚至有一天我還會想把他的故事（六歲那年和父母跑進一霧中風景的幻燈片裡）寫成一部長篇小說。他眼睛濕潤看著我，說謝謝您。「我從來沒有想過我腦袋裡這個像神經病的狂想，會受到另一個人這樣當作一件正經事。我哥哥姊姊都罵我，年紀老大不小了，不好好找份正職（他目前在一家NET服飾當倉儲），也不找個女孩成家，想那些虛幻、已死、沒有意義的怪念頭。」我告訴他，都是這樣的。然後我從背包拿出一本，我當年寫的，關於我父親到大陸廬山旅遊，在江西省九江市小腦爆裂大出血，我和我母親飛去那「搶救父親」，和當地醫院打交道、待了一個月，最後找到「國際SOS」將父親運回台灣的長篇小說。他說他一定好好把這本書讀完。我簽了名，祝他一路平安。他便出去了。

第三組進來的是一對女孩，她們的旅行計畫是去廣東一個叫九江的小城，那裡保留著漁民幾百年來交易魚苗的一種叫「數魚花」古老歌謠。這種歌謠基本上是買賣雙方的漁民，用小杓邊撈那細微閃跳的小魚苗時，數數用的簡易順口溜，但因為年代久遠，又是老一輩的方言，因此成為一種神祕的、有些專有名詞只有行內人才懂的切語。為什麼她倆想作這個題目呢？因為她們已經在台南、高雄沿海漁村記錄了老一輩漁民，同樣在交易魚苗數，另一種叫「數魚栽」的計數歌謠。但這種幾近消失的老輩人口傳歌謠，是用台語唱的。她們很好奇這兩個地方，廣東語和閩南語，數魚花和數魚栽，之間有什麼關係？她們其中一位（我不記得是哪位了）是藝術大學影像創作研究所的，她們長期用田野、記錄的這個「數魚栽」的題目，正是她的碩士論文。所以你可以說她們是頗專業的。

我站在那棟大樓和一旁另一棟較矮的大樓之間的防火巷抽菸。我剛從它的頂端搭電梯走出的大樓，整個玻璃帷幕在熾亮的日照下發出銀色的光輝，像一座巨大紀念碑那樣超現實的矗立物。一些戴黃膠盔的工人赤膊著，坐在大石階旁的一大疊一大疊硬紙殼包住的大片大理石材料上吃便當。這窄小防火巷停滿了機車，車把手上或吊著小黃鴨安全帽，或是正常一般全罩式安全帽，它們都被晒得熾燙如地心剛挖出的燧石。這些機車整體有一種受傷海豚整排趴在此的哀傷氣氛，金屬支架、引擎褶縫、排氣管、輪胎……形成一種暗中還有灰影藏在更暗之處的，無能言說的傷害史。加上一種尿騷味。一旁那較矮建築的一樓是一間怡客咖啡。裡頭穿著白襯衫的年輕女孩，或一些較暗色T恤的男孩們，像水族館裡夢遊的魚群，或分桌據坐，或在一種較緩慢的水光中站起行走。

我站在這兩幢大樓間的隙縫，恰是一盛夏日光照不到的陰影之處。我抽著菸，當菸燒完我就隨手將它丟到一旁一輛機車的後輪下。你稍注意這窄巷遍地都是那被踩扁、短短小小的白色菸蒂。我想：我是出了什麼問題呢？為什麼一直有種暈眩、生命力在涓涓流失的感覺？這裡再往前走一點（會經過一極舊、像要場掉的老四樓公寓，騎樓開了一間彩券行、一家美而美早餐），那路口就是橫過的忠孝東路，但這一段恰是最沒被都更，像被時光遺棄的衰敗街景，穿過那個路口，就是審計部，那也是一幢像鬼屋的老建築了。再往下走一些，就是這個「學員行前會議」之後，我們要走去的記者會，那應是一個舊的倉庫，廢棄多年後被重新拉皮、整修，成為一個「文創園區」。據說每到假日，台北最正的年輕馬子都不去東區了，都出現在這兒。我去過幾次，就是一些威士忌的免費品酒會（會有一些甜美的酒促小姐，大白天拿一小紙杯一小紙杯的烈酒，ㄙㄞㄋㄞ要你試試看）；或是紙雕藝術展、火柴盒收藏展、合金或橡膠玩具超人收藏展、團名像7-11某種零食或飲料的年輕樂團、團名像某個法國新浪潮電影導演的情婦的小劇場……總之這些老倉庫因為這些像童話繪本裡的蜻蜓，不吃不喝可以一直掀翅飛行的美麗年輕人，弄得好像當初它們被蓋成倉庫，然後被棄置幾十年，就是為了這像窖藏老酒，開封後和這二〇一幾年的透明薄翼、惘惘不安、性格柔美男孩女孩身上的青春，混成一種難以言喻的醚味。

當然我沒有想那麼遠。我只是覺得頭暈、舌燥、噁心，我想著等下上去，還有幾組啊？三組還是四組？也不是說希望這一些趕快結束，這些結束了還有別的活兒，那都是些靦腆、眼睛帶著夢幻光彩的好孩子啊。他們設定了不同的計畫，要去那些不同名字的城市、草原、小鎮、鐵道去冒險。那些地方，有些我年輕時去過了，有些則聽都沒聽過。而評審桌上還有一位旅行社帶大陸團三十年的老前輩，據說他幾乎全中國沒有一個地名沒去到過。但之前的老人們一生曾去過的地方，和後來不斷生出來的年輕人，他們將踏上的旅程，這之間又有什麼狗屁關聯呢？

我能把我腦額葉中，像蟲卵寄生在海馬迴周遭的，那一小格一小格這生見過的風景，摘出來像幻燈片投影給他們看嗎？

我又踩熄了一根燒得極短的菸屁股，覺得耳朵裡說不出的刺癢，便用小指去摳，摳出一小根極細的鐵絲。

該死的。我說。

這時，一個老頭站在我前方的暗影裡，之前那裡沒半個人啊。他就像從地底裂開個洞鑽出來一樣。

這老頭說：「大聖，小神接駕來遲。恕罪恕罪！」是土地。我認得他。他們全長一個模樣。

美猴王

二郎神

那時，他睜開額頭上的第三隻眼，瞪著我。我才發現，那隻眼睛，映照著這世界全部海洋，全部山脈，沙漠，森林，城鎮，所有飛禽走獸，時間，獵殺，死亡或愛的瞬刻，所有曾經的男人女人，語言，音樂，謊言，戰爭中的衝擊和上萬人同時吶喊，星辰……所有所有這一切的反面。

「為什麼你那麼悲傷呢？」我問他。

其實像我們讀的社會版新聞，那些刺龍刺鳳，吸毒，早早拿西瓜刀砍人，愛哥們，對女人的眼淚不當回事的少年仔。他的舅舅是個大人物——比你能想像的最大咖黑幫老大，三顆星將軍，或蘋果電腦總裁還要大咖，好吧，事實上，比美國總統還大咖。當他第一次說：「我舅是玉皇大帝。」我們全抱著肚子倒在地上痙攣的笑。不過我們也沒有立刻被懲罰，蒸發成一縷輕煙就是。

但他媽當年就是被他舅，從外太空射下一道烈焰波，瞬間給蒸發。事情是這樣，他爸是個凡人，沒有背景的小人物，他媽作為宇宙最有權力者的妹妹，卻和這廢材男人私奔，還生下他。他舅一怒之下，將他媽壓在桃山下，一壓壓了十八年。小二郎，不，楊戩，於是拜師學藝，成年後，釜劈桃山將母親救出。其實我覺得應該是被關在桃山下的水泥混凝土防核爆的軍事指揮所，而他帶著傭兵兄弟，潛入，和守衛槍戰，炸開厚牆，駭入中央電腦偽造玉帝指紋和虹膜，打開最後密室的鈦合金門。但他虛弱的母親，才被他們扶著逃出指揮所，就被那變態舅舅，用殺手衛星的集束光精準的，嗖！蒸發，消滅了。

這麼悲慘奇幻的身世，所以他後來那麼強那麼強了，他還是不想跟天庭部隊有任何牽扯。也因之在孫悟空的故事裡，他留下了一句，對中國這個權力結構之強大的體會，那麼悲傷的文明來說，那麼美的一句話「聽調不聽宣」。就是說，你老舅舅的，我鬥不過你，但我不替你做事不領你糧可以吧？

但他去戰孫悟空的那段，那真是帥啊。這麼說吧，孫悟空在後來被壓五百年後放出來，隨唐僧去西天取經的那個，已不是原來的那個大鬧天宮的孫悟空啊。就像現在我們看到的柯比．布萊恩，不是湖人輾壓對手三連霸那時，一場球得八十分的柯比了。後來的孫悟空，好像阿貓阿狗都可以打敗他，或戰個不相上下。但當年那個大鬧天宮的孫悟空啊，那可是玉帝的哪吒托塔天王父子，各路戰鬥系天神，十萬天兵特戰部隊，全被打掛。可以說，除了如來那一大巴掌把老孫打翻蓋下，這之前，唯一曾打敗孫大聖打得他狼狽竄逃的，就是二郎神。

你看他「頭戴三山飛鳳帽，身穿一領淡鵝黃，縷金靴襯盤龍襪，玉帶團花八寶妝」，手執三尖兩刃槍，腰插銀彈金弓，身旁跟著桃山兄弟，後頭牽著嘯天犬，去攻打人家的總部。重點是那次兩戰神變形金剛尺寸的擎天大戰，大聖後來力怯而逃，一路變化匿蹤，二郎便一路在後也不斷跟著變：孫大聖變了麻雀兒，二郎就變作個鷂鷹兒；大聖變作一隻大鶿老，二郎就變作一隻大海鶴；大聖變作一個魚兒，二郎就變作個魚鷹兒；大聖變作一條水蛇，游近岸，鑽入草中，二郎就又變了一隻朱繡頂的灰鶴，伸著一個長嘴，與一把尖頭鐵鉗子相似，逕來吃這水蛇。大聖又變作一隻花鴇，就吃了二郎的彈弓，最後是以大聖變個山寨土地廟被二郎打爆收場。這一段前頭逃的，和後頭追的，都不斷變幻著，羽翼鮮豔，嘴喙忽長忽短，感覺他們可以這樣一直讓漫天神仙都目眩神迷的變幻下去。在玉帝的眼皮下，玩著天地間最孤寂兩人的換裝趴遊戲；彷彿只有在這嬉玩般的變形中，他們才活進那一條銀光蹦竄，最自由的音軌。那使得神原本嚴峻冷酷的臉，都浮出詫異、歡樂的笑。

人蔘果

那天我和誠哥、柳生、艾蜜莉他們在咖啡屋的小前院吸菸。夏天還不到，但這個公寓一樓的小區塊卻燠熱異常。我們幾個人像在高溫爐中被蒸發的幾縷煙柱，卻面孔模糊還叼著菸噴吐著細細小小的白煙。主要是我們咖啡屋這半年來，被一個心理變態的鄰居盯上了（我們已知道那是誰，就是二樓那個獨居怪老頭，聽說他以前是養雞場老闆，習慣凌晨兩三點就起床，運雞去批發市場，所以下午到傍晚是他的睡眠時間，因此嫌我們樓下這咖啡屋坐在小前院吸菸區的年輕人太吵），管區警察每晚來點一次cp，說有人投訴我們太吵，弄到後來我們都覺得，其中一個小警察是不是喜歡上艾蜜莉了，建管處、食品衛生局、環保署、國稅局……什麼你能想像，一間小咖啡屋原來被這麼多政府機關管著的，各種你可能違法的單位，都派人來過了。查我們的廚房，查外置冷氣機主機的音量，當然還查帳本，最後是建管處的，一個阿巴桑，指出我們小前院的那片落地玻璃窗是違法外推，另外，艾蜜莉哥在一旁像玻璃花房的那個烘咖啡豆的工作小區，也是違建。必須限時拆除。所以，以前每個下午只有艾蜜莉一人關在那小玻璃屋裡，操作機器烘咖啡（她是個小美人，所以這也成為本店的一個風景）。那四面玻璃牆拆掉後，烘咖啡機的熱氣便全擴散出來，弄得我們這些習慣坐在外頭吸菸、讀書、哈拉的老顧客或工讀生，都像老電影裡海軍船艙下的那群鍋爐工兵，滿頭大汗，頭髮濕漉漉，眼神昏散。老闆娘蒂娜當然是氣瘋啦，但有什麼辦法呢？那天，我們正在那像火焰山，不，地底冒險的熱浪中，聽著誠哥嘮嘮叨叨的說著，這間咖啡屋創始支出，他就收最少的錢，替他們做木工、管線、吧檯、所有不同的燈具、牆面的油漆……當然還和這一帶巷弄咖啡屋的工錢做了比較，對我們而言那都是些無真實感的數字在跳動著。主要實在是太熱了。當然誠哥想表達的是他對這間咖啡屋的創始情感，他們店還沒開時，誠哥每天帶工人們來施工，還要替她們試咖啡。她們兩個大小姐，開咖啡屋是「一個夢」，一杯咖啡品質真的好，但成本就一百多塊，那你要賣多少錢？當然她們後來就調整……就在此時，有四個怪人走了進來。為首是個頭髮爆炸鬈卻染為金毛的矮子，他身後一個臉色蒼白的中年人，在後頭一個大肥仔，還有個印度瘦子（也許是菲律賓人？）。總之他們的模樣實在太怪了，而他們又帶著一種長途跋涉的疲憊和說不出的頭上方的熱空氣，一種夢遊者眼睛中沒有瞳仁的印象。我想我們都起了戒心，不會又是二樓那神經病電話投訴的什麼來找麻煩的機關吧？我說：「幾位，要用餐還是飲料？請坐。」那個白臉中年人，他一開口，我沒誇張，真的像整屋子音樂盒都轉動，一種說不出讓你靈魂柔和，想掉眼淚的，嗯，New Age之感。他說：「我是湯米哥的老友，和他約好的。」這時柳生突然想起什麼，說：「有的，有的，您是三哥吧？湯米哥有交代。您是貴客。湯米哥前兩天被一些NGO的朋友拉去參加尼泊爾救難隊了。可能要下個月才回來。要我跟您說抱歉，要我們好好招待您。」我們看了柳生這麼殷勤，便也對這四人殷勤起來。我們請他們坐在店裡那紅沙發區，招待他們最好的咖啡、義大利麵、波麗露、起司蛋糕，還有湯米哥藏在酒櫥裡的紅酒和威士忌。那個大肥仔可真能吃，他把我們店裡所有拌意大利麵的培根、還有所有甜點都吃光了；而那個紅頭髮的矮子對人很不善意。但我們知道那個美聲中年人（他後來把漁夫帽摘下，原來是個光頭）才是這一夥的老大。我不知道湯米哥是從哪認識這四個怪咖？那天晚上，客人都走了，他們四個還坐在紅沙發區繼續喝。

土地公

那時我們分飾不同的戲角：師父成為一個空洞的身影，披著紅袈裟在人影紛亂的香港街道走著，他的頸脖九十度角垂著，使他看起來像一隻在巖壁上踱步的兀鷹。那成為一個孤獨、封閉的行走。

「大師兄，二師兄，我們這次要怎麼救師父呢？」

但美猴王已變成那家超市門口，其中一台夾娃娃機裡，幾十隻可愛小猴子絨毛玩具裡的，分不出牠是哪一隻。另一台是比較大的可愛灰驢子公仔。那個鐵夾子根本是鬆的。每投幣，下夾，夾住美猴王的頭、或屁股、甚至尾巴，牠都垂直掉下，永遠不會朝洞口挪近兩公分吧。

後來我搬進城裡了，有了老婆小孩，我不太記得那些住在那被子女棄置的老人的山莊裡的時光了。我好像曾經在那條溪邊游泳，有一次差點被一漩渦吞進，上游的養豬戶把豬糞和死豬屍體傾倒入溪，臭氣薰天。或是颱風每過境，那山中人家共用的大水塔必被豪雨沖刷阻塞，水龍頭像上吊者的咽喉發出空鳴，沒有半滴水；但外頭明明潮濕到柏油路面像麵包吸水過多裂開，滿地淹死的發白蛙屍，屋簷下群聚著大小蝸牛，壁角則竄冒出像女人手指的蕈菇。

「眼睛所見如此濕，張嘴卻喝不到一滴水啊。」

這時總會駛進一輛紅漆裎亮的消防車，山莊裡的老人們和那些看顧老人的南洋女孩，會提著大塑膠筒，認命但說不出悲傷的排一長列接水。那都是離城市非常遠的界外之境，發生的不重要的事。

也許那時，美猴王正和金角大王銀角大王，在淡藍色的遠山山頂，以星球的尺度摔撲打鬥；或揮扇朝離宮噴湧出烈焰，燒得上百隻分身忍術小猴滋滋亂響，成一小縷一小縷焦煙；或好個美猴王，像拉布朗詹姆士在眾小妖的包圍、身體碰撞下，不可思議的過人、翻身、擋拆、把大家撞飛、彈跳而起、露出獠牙，以戰斧式劈扣，將如意金箍棒朝金角的面門砸去。忽而又被銀角喊他名字，收進一只葫蘆裡。但那一切又像半空中播放的《全面啟動》，美猴王總在將被收進葫蘆口之前，把時間微分成一小格一小格分解的單元。所有人靜止不動，只有他從那縫隙中鑽出，另開一個畫面重來。把名字更改倒裝，卻再一次被葫蘆吸進；再次鑽那時間毫秒之隙，再重開圖檔，又被收掉，如此不斷重來，顛倒夢幻，像小孩開玩笑或卓別林喜劇。

人們在電影院裡看那些綠巨人浩克，雷神索爾，鋼鐵人，美國隊長，他們像打蝗蟲打碎網路繁殖出來的人工智能怪咖，把城市的摩天大樓撞得像捏成粉的餅乾屑，根本見怪不怪啦。

反而是這條沿著河谷而蜿蜒的鄉村道路，約五百公尺就一間土地公廟，掛著紅燈籠串，香火不斷，香案上積灰並排著一對對大小新舊不一的擲筊，或是不明信徒捐贈的一盒盒小紅蠟燭。土地公的小雕像總是笑容可掬，金黃漆綴兜銀白漆鬍鬚。那可是美猴王在他的大公路電影裡，每次打妖怪不順，就用他那金箍棒搗地，叫喚出來威嚇出氣，兼問情報的「土地老兒」啊。如今大聖早在那薄光幻影的界面，被稀釋再稀釋；反而這低階小吏，在人間繁殖祂配享之廟的「傀儡分身法」，感覺跟這些鄉村老人歐巴桑更有時光潺潺流過的交情啊。像地產大亨的塑膠小屋，沿著悲苦的人間聚落不曾滅絕，原貌也不會被亂改，比美猴王厲害多啦。

小雷音寺

我們一起被困在這黑暗裡不知多久了。原本我們是星宿，是標誌天宇維度的神。事實上我們應該只有名字，沒有人形。我們兄弟全被困在這兒，你便知道地面上的人們抬頭所見的夜空，是一片全然死寂的黑，他們會多驚恐與惶然，所有的方位都不見了。説來我們也太自信了，那天揭諦面色慘白上天庭跟玉帝求救，説孫悟空在護送唐僧西天取經途中，遇上一個不知何方神聖，把咱們孫大聖關在一只金鐃裡，怎麼樣都出不來。其實在這浩瀚銀河的億兆年的方位值班生涯，我們看過許多那樣銀色的飛碟，扭曲時空的規則，孤獨的飛過。但從沒想像過，有某個我們也不知其來歷的文明，發明出那樣一個零度空間，像一只蛤蠣，把破壞之魔王孫悟空包裹在裡頭，切斷了「進去」和「出來」的物理學通道。但我們可是二十八星宿啊。我們代表的就是宇宙大爆炸的空闊和無限哪。

一開始我們也確實從那液態宇宙的不可能斷裂處，救出了大聖。是由亢金龍無限縮小，到他的龍角尖比那金鐃的原子空隙還小，伸進那裡頭，大聖呢，也無限縮小，用金箍棒變一微尺度世界的鋼鑽，在老亢的角尖上鑽一孔隙，他再變一超微子，拱在那鑽眼裡蹲著，被硬生生從裡面把他拉出來（事實上那過程是像《星際效應》穿越蟲洞，是進入數學的大矩陣運算）。

但後來我們又全都被關進來了。我們二十八宿，還有各路閒雜人等：五方揭諦，伽藍，玄天上帝手下的五龍和龜蛇二將，小張太子和四大神將，當然還有他那兩個廢材師弟豬八戒和沙悟淨……全部被關在這昏天暗地，不存在的另個維度裡。那個擁擠和鬧哄哄，像是夏日渡假飯店的大廳啊。他媽那孫猴子倒是學機靈，一閃瞬翻逃，沒給關進來。

如果你在春分前後，抬頭望初昏之天空，此時朱雀之象在南方，東邊為青龍，西邊為白虎，北方地平附近則為玄武。我是角宿，東方青龍七宿第一，角木蛟。老外叫我室女座，也包括后髮座，長蛇座，半人馬座和豺狼座的部分天區。而在這金鐃裡，罣丸貼在我嘴邊的，是心宿，心月狐，你聽過「熒惑在心」吧？他就是天蠍座。還有參宿獵戶座。你聽過「人生不相見，動如參與商」吧？但現在我們啊全擠在一塊了。我聽到斗木獬（就是人馬座）對牛金牛（就是摩羯座）說：「他媽的好像一百三十七億年前那剛大爆炸時最初的幾秒喔。」我們應該是熠熠燦爛，垂灑在無垠夜空的灼燒的銀粉，造物者在祂第一個夢境中，美得讓祂嘆息的列陣圖。

為什麼我們被困在這撈什子玩意裡？就因為大聖他像幫派械鬥，打不過人家，就烙我們來群毆對方，誰想到這次遇到這樣的狠角色。我聽見女宿（就是寶瓶座和天鵝座）呻吟的說：「我們只是在他們師徒弄錯的那一章故事裡，他們走進了小雷音寺，那是假的，偽造的如來，假的阿羅漢，假的三千揭諦，假的金剛菩薩，假的亭台樓閣和鳥語花香。但我們唐僧卻驚惶的跪下頂禮膜拜啊。」「你可以套用任何的模式，譬如《全面啟動》，《明日邊境》，《復仇者聯盟3》，或是國共內戰，漳泉械鬥，美國誣賴海珊有化武而將他的國整個滅了，或是烏克蘭要脫離俄國，普丁就讓克里米亞先搞個獨立……小則他們說蔣經國和蔣緯國都不是蔣介石他親生的；或他們說阿姆斯壯登陸月球那一幕根本是美國太空總署拍的一部棚內電影。斗轉星移，偷天換日，現在你抬頭的星光燦爛，可能只是小雷音寺的幻術。」

五百年的思索

被困在一個夢裡，要如何掙脫？我們千思百想，還是想不明白。那筋斗雲像F－22按下引擎全面燃爆，風馳雷霆不只十萬八千里。為什麼？為什麼還是在他如來老賊的手掌心裡？一直一直被困在那重複的翻掌撲蓋。

「潑猴，你看看你在哪裡？」

也許那就如同劉慈欣小說《三體》裡頭提到的「四維碎片」？根據維基百科詞條「四維碎片」：「本書中一個重要設定就是宇宙的三維屬性是一個可改變的量而不是公理，現在的宇宙是一個從四維空間降維得到的三維空間。這種降維是由宇宙文明間的降維攻擊導致，當全部宇宙被降低到三維空間後，還殘留了一些極小的四維空間，稱之為四維碎片。按照書中設定，當三維的人類進入四維空間後，可以跨越距離和障礙對三維空間的存在進行影響。」

所以芝諾的「飛矢辨」並不是悖論產生的邏輯跳空，而是因為我們被「降維」了，看不見那直線飛行箭矢在某一時間差近乎零的這一格和上一格，那之間橫展開來無限大的「二維箔」。如來就是在這片廣袤無垠的二維荒原上動手腳。

譬如說，我們曾經在一場葬禮，疲憊哀傷的站在那些枯萎氣味的高腳花籃邊抽菸，和哥們心不在焉說著屁話。看著烏合之眾各路人等，按著公祭司儀唱名：「XX公司代表致祭」，「XX銀行和平分行代表致祭」，「XX工會代表致祭」，「XX印刷廠代表致祭」……一隊一隊恭謹排列像那花圈中央的遺照捻香致哀。我們小聲說：「要不要遞張小紙條給司儀，我們四個再湊一組『杜蕾斯保險套贈品代表致意』？」「不要不要！我不認為他有這種幽默感，會被斷交。」「不然就說DV8代表致意？」那是一家我們常和正穿著重孝，一臉哀慟站在祭桌側邊行家屬答謝禮的那老哥，常去喝酒鬼混的酒館，老闆娘是個風韻猶存的美人兒，很多的夜晚我們的孝子老哥手還搭在她香肩上，像沙漠蜘蛛那樣爬行。「不行不行，這不能開玩笑，會被殺啦！」

我突然一陣噁心，想起眼前這一切，在我小學五年級某次學校午休的夢中，就夢見過了。這唇乾舌燥，空氣中不知是骨灰或燒冥紙紙灰的灼熱粉細感，在很多年前的夢中，就歷歷如繪，不，繪如歷歷，卷軸畫那般在腦中的眼前播放過了。那不是預示，是被降維了。

有些時候，你感覺自己活在「不配那個年輕時的自己該延展」的人生，活在「第二義」，光度似乎不那麼亮的時光裡。你說著平庸的話，用自己都不相信的誠懇表情和平庸的人肝膽相照，喝著泡沫溢掉的啤酒，為某些清楚無比是無感情馬屁的廢話真的感動到了，眼角不爭氣的濡濕，或是幹他娘的為某個薄情的但熱褲只包住半個屁股蛋的年輕馬子，吊的她胡說都覺得是否自己真的是個有魅力的男子……

或是你仍然讀著許多書，你仍保持極佳的閱讀狀況，你可以在那些智慧型手機小屁孩面前吊書袋，但為什麼你不再發光，不再迷人，從她們昆蟲般的變色瞳片看到自己的形象如此酸腐？不是你「墮落」了，背叛當年的自己了。是被「降維」了。

牛魔王

我年輕時完全不能理解這樣的場面：我的岳父是個嚴厲的人、不苟言笑的人，在他們家客廳，坐那兒時，所有人都像怕激怒他而講話輕聲細語的大男人。那時他也六十多歲了，他參加了一個叫「獅子會」的組織。關於這個組織的源流和運作方式，因為現在有維基百科，所以我也不多做說明了。有一次我岳父叫我們都去那場子幫忙，包括紮一些氣球布置會場；準備好數百份的紀念品在出口處分贈給進來的人；把他藏了十幾年酒櫃裡各種大小瓶裝，牌子（主要是軒尼斯和人頭馬）的XO放在各桌的中央。後來我才知道他要競選那次的會長。但我不能理解之處，在於我岳父那天出門，換上了一件全白金釦，袖口繡了幾條金褶幅的西裝禮服，說不出的怪，非常像我小時候一個叫「原野三重唱」的男高音團體的穿著；甚至像五星飯店旋轉門口的侍者。

但我到了會場，發覺至少有四、五十個男人，穿著和我岳父一模一樣的白西裝。也就是說那是他們特別訂製的會員服。他們都是一些老人，各自被他們的家人簇擁著進來。後來我老婆的妹妹和姊姊，分別跑來小聲的對我說：「那就是某某某。」在角落另一大群人圍住的一個同樣穿著白衣裝的小老頭，原來他是我岳父這次競選的對手。他看起來至少八十幾歲了。

那場餐會就像我參加過的任何一次婚宴一樣，台上不斷有人拿著麥克風發言，台下各桌則嗡嗡轟轟大吃大喝沒人在聽。但最後的壓軸非常魔幻，那四、五十個穿著金鈕釦金袖口白西裝的老男人，包括我岳父，他們齊聚在台上，用英文唱著「獅子會」的會歌。我相信他們裡頭有一半的歐吉桑，連英文一到十都不會說，但他們全像外國的某個小學的合唱團男童，一臉純真張大了口唱著那首英文歌。最後他們集體在上面「吼！吼！吼！」的學獅子叫，還作出獅子揮爪子搖頭晃腦的可愛動作（應該是學福斯電影片頭的那頭獅子吧？）。

事實上，我描述這一切畫面時，照我岳父原來的規劃，我應該是穿著一身獅子皮毛，拖著條獅尾巴，頭上戴著巨大的卡通獅子頭罩，站在一邊像職棒球場上炒熱觀眾席氣氛的吉祥物，在那搖臀舞臂。但是那天下午，當我到西門町那棟老紅樓旁的道具服店，老闆卻告訴我「獅子裝」沒了，貨架上方排著一顆顆巨大的卡通動物的頭，在髒白的日光燈照耀，和下方整衣架掛著的染粉紅、嫩綠、靛藍、明黃的長毛或鑲亮片的連身服之映照，像是被外星獵人斬殺的各星球生物的頭顱標本。憤怒鳥、熊麻吉、藍怪、驢子、哆啦A夢、皮卡丘、Keroro軍曹……就是沒有一套獅子的。如果我穿上其中一套出現在那晚會，我已經暈眩的彷彿看到我岳父怒睜的兩眼。為什麼我們要假裝成是另外一種生物，不，猛獸，而可以讓一些老一輩經歷過台灣戒嚴，經濟起飛，中美斷交，他們懷念回憶的劉福助和陳蘭麗，他們曾經猛灌拚氣勢的XO，到新加坡舞廳跳交際舞，那些皺縮而鼻子紅通通的老臉，會用獅子描述自己，而達到淨化或童話的功效？

當然，後來我穿了一身那道具行老闆強推的「野牛裝」（「他們都是非洲大草原的強者」），出現在會場，把一堆小屁孩嚇哭了。其中一個小女孩哭得抽噎的說：「他是牛魔王！牛魔王來了！」

另一顆地球

他們說，發現了「另一顆地球」。

「NASA指出，克卜勒452b距離地球約一千四百光年，位於天鵝座（Cygnus），較地球大百分之六十左右，一年約有三百八十五天。與地球繞行太陽一樣，克卜勒452b也圍繞一顆恆星「克卜勒452」（Kepler-452）運轉，該恆星約有六十億年歷史，較太陽年長十五億歲，直徑長百分之十，亮度多百分之二十。

克卜勒數據分析科學家詹金斯表示，我們可以說，克卜勒452b是一個較年長、較巨大的地球，是「地球的表哥」。

也就是說，這宇宙絕對有外星人。

這是一個比較差的想像：「那些我們死去的親人，透過某種波的傳遞，漫長的飛行，像蒲公英種籽迎風灑開的影像倒帶，他們終於到達那顆克卜勒452b星。第二顆地球，也許說錯了，是地球是第二顆克卜勒452b。我們死去的親人，並不如科幻小說所寫，變成一張薄紙，或一根很細很細的釣魚線，他們像壓縮檔將這麼遠距遼闊的黑暗和星團對折了，然後就像海洋第一隻硬骨魚首次登上陸地，從一個存在感迷惘的進入另一種完全陌生的存在感。」他們到達時，發現之前死去的親人，以及祖先們，早就在這顆星球上生活著。他們變成螞蟻那樣的活著，眼耳鼻舌意變成頂端的觸鬚，而且他們變得無比輕盈，可以在無數個同類身上自如爬行，像水珠在河流中翻滾流動。他們當然沒有性和色情這樣的事，因為這是所有之前地球的死者匯聚之所，那數量夠大夠嚇人了吧？而且死者無須再繁殖後代。事實上這顆星球，從最核心到地表，全是古早以來所有死者，層層疊疊所構成。你會說，幹，那不是一顆球形地獄嗎？不，這不是你用現在我們這猿猴形貌身軀，掠奪、滅殺他者、權力之唇乾舌燥、為愛癲狂、貪嗔癡怨憎對愛別離求不得種種拉屎拉屎將地球搞得像個沼氣屎坑……去想像的永劫回歸之所。它是一種，所有自在捱聚，層疊，編織在一起的單一心靈，他們的心緒可以無限連結，感受到其他每一顆粒子內部播放的，他們活著時光的回憶，懷念，像電影播放般各自一生遇到的人，發生的故事，音樂，旅行所見之景色。那個量實在太大了，基本上是一種雲端的概念，每一瞬的顫慄，美的感動，哲學迴旋的領悟，愛情的幸福感，都在一無限巨大的感受海洋裡，同時感受到無限的經驗，但同時也解離成一種短暫跳閃，像神經叢上的電波閃光。不，這不是一種，星球上的海葵或藍綠藻的嘩啦嘩啦搖擺的型態；這正是《瑜珈濕諦論》所描述的阿賴耶緣起。

跟他說這些的是一個警察，害羞內向，長官們每週開業績批判大會，他總是被諷刺羞辱的那個。喊他學長的人聰明機伶，絕不攔違規的雙B，反正開單了，長官或長官的長官會來銷單。有時惡一點的當街打手機給某某分局長，拿給他就是一頓痛罵。他們會躲在大學旁邊，像抓蟋蟀一隻隻抓，沒戴安全帽載小馬子的兩光大學生，求情也照開。有次還開一個戴黃膠盔老阿杯的機車，後座架著一A字木梯掛了兩桶水桶，哭喪說這樣一張單一天工資都沒了……他忿忿總不幹這種缺德事，所以一直還是低階警員。他總跟他說著，那已有六十萬年歷史，逆時鐘繞行地球的「黑暗騎士」人造衛星，或月球其實是更高文明觀測地球人類演化的探測站……

「那為什麼我們要知道一顆，收藏了全部死亡的另一顆地球呢？」

「你如何知道此刻的我們，是在那個『活著』的地球呢？如果其實我們是在克卜勒452b呢？」

如來

網路上有篇帖子，說《西遊記》五十八回真假孫悟空，那後來被如來道出來歷，而後被悟空一棒打殺的假悟空六耳獼猴；其實（這篇天才帖子的作者說），當時，被打殺的是真悟空。這回之後的下半部《西遊記》，那個陪唐僧繼續一路降魔，西天取經的，根本就是六耳獼猴。整個真假悟空打成一團，連觀音菩薩也分辨不出誰真誰假；玉帝的照妖鏡裡照出兩隻一模一樣的大聖；師父唐三藏念緊箍咒也抓不出誰是真；地藏腳下的神獸諦聽似乎看出端倪，但不敢說。最後判誰為真，誰為假的，天地之間只有如來。

「如來道：『周天之內有五仙：乃天、地、神、人、鬼。有五蟲：乃蠃、鱗、毛、羽、昆。這廝非天、非地、非神、非人、非鬼，亦非蠃、非鱗、非毛、非羽、非昆。又有四猴混世，不入十類之種。』菩薩道：『敢問是那四猴？』如來道：『第一是靈明石猴，通變化，識天時，知地利，移星換斗；第二是赤尻馬猴，曉陰陽，會人事，善出入，避死延生；第三是通臂猿猴，拿日月，縮千山，辨休咎，乾坤摩弄；第四是六耳獼猴，善聆音，能察理，知前後，萬物皆明。此四猴者，不入十類之種，不達兩間之名。我觀假悟空乃六耳獼猴也。此猴若立一處，能知千里外之事；凡人說話，亦能知之。故此善聆音，能察理，知前後，萬物皆明。與真悟空同像同音者，六耳獼猴也。』」

這帖子說「六耳的本事，竟和如來一般」？到底從哪冒出這位假悟空？本領竟和大鬧天宮的孫悟空不相上下。是否如來終究覺得悟空太不伏管，三兩天就鬧一下不乖乖走完保唐僧西天取經這劇本，終於研發出一隻「孫悟空2.0版」？文章提醒，有否注意：這回合之後的「悟空」，再也沒和唐僧鬧脾氣了，乖乖伏伏，只執行牠開路護唐僧的功能。

所以有沒有可能：真正的孫悟空，在那個只有他自己知道、如來知道、六耳知道的神祕時刻，被顛倒了真假；然後含冤莫名被所有人認為是孫悟空的六耳棒殺。因為這是如來的量子宇宙，他必須清洗掉不確定、不穩定的程式。

這樣陰鬱而穿透層層謎霧的超解讀能耐，也只有這個民族這個文明能心領神會。你看大至歷朝改制，莫不耗盡精力，拔去前朝根莖藤蔓，斬草除根，空空蕩蕩；再整個布下自己這方的網絡。只為描述我為真，爾為偽。這種精子式的奮力達陣，搶占雙套複製指揮艙後，即將所有其他精子滅殺殆盡的性格，也正是如今可以超現實鋪天蓋地將網路控制的如來宇宙。

但所謂「善聆音，能察理，知前後，萬物皆明」，那不就是「所有還未曾發生的事，其實全都發生過了？」「所有曾發生過的事，就跟沒發生過一樣？」如來是活在這樣一個，過去的陰影無法投影在未來的明亮通透的世界。那為何祂還需要在祂的故事裡，創造出這樣的唐僧師徒和所有顛倒妄幻的和妖魔打得天昏地暗的西行旅途，只為了到達終點，將祂已將這所有時間空間會發生之事，密密麻麻寫完了的經書，再馱回四次元的人間？那不是像一個封閉的迴路軟體？一個可以重玩再重玩，不，可以修改程式的電玩？如來需要將一切通透清晰的這個宇宙，像3D，不，4D印表機，整個複印、輸出到另一個空無裡嗎？那像是《超時空攔截》裡，那個變性前的女人愛上變性後的男人，生下一個被遺棄的女孩，在酒館裡說這個悲傷故事給年老些的酒保聽，全是時光機穿梭不同時期的他自己。這樣的如來，不需要再複製一個祂自己，去滅殺悟空，裝成悟空。

有個女孩唱著一首歌：「如來如來你要到哪裡去？／天那麼高（飛鳥飛不到頂）；／海那麼大（巨鯨游不到盡頭）；／但你沒辦法睡在它們之間／你摸得到我的眼淚嗎？你看得到我的笑靨嗎？／那麼一點點的愛／如來如來／好可憐的小男孩」。

老區

我們那裡，有一個男的，五十歲左右，人品很壞啊，整天喝酒賭博，他媽死了，留給他兩棟房子，在萬華那邊，其中一棟還一樓店面喔，還留給他美金七萬塊吧，黃金兩三斤喔。他跑來跟我們說：「以後我到死都可以很舒服過嘍。」我也覺得他應該花也花不完。原本有老婆小孩，那個婆婆還沒死前，人也很不好，好像冬天很冷喔，母子兩個虐待那媳婦，把她脫光淋冷水，打她。這老婆就帶小孩跑了。他哥早死，嫂嫂也沒離婚喔，那也有兩個小孩，他媽的遺產他一點也沒分給他們。整天就是喝酒，隔兩個月就去珠海玩女人。回來就炫耀。有一次有個女的，拉他去賭，啊人家那邊做好局等他，一個晚上賠一百三十萬，他很不甘心，又找一些人再去賭，這次輸兩百萬。然後乖一陣，又被朋友招去中壢那賭，這次輸大了。他媽留給他那個一樓的房子，買的時候民國八十幾年，買九百多萬，現在可能翻一倍了吧？他六百萬押給人家，一夜輸光。真的是，三年不到，又窮回脫褲。現在又去打零工啊，跟我們那邊店家賒帳啊，還是喝啊，喝高粱啊，這家簽單簽簽四、五張，人就不見了。再換另一家。

後來買下他那「媽媽遺產」的那一樓房子的，我也認識。一對夫妻，非常小氣，他們有兩個兒子，書念的咪咪懋懋，但兩個兒子後來在三重那邊賣豬肉。你知道豬肉有多好賺？一天殺十幾隻豬，一天就賺個二、三十萬。他們非常小氣，從來我們這些朋友啊聚餐啊，他沒出過錢。但對我算大方的，我有時坐公車去三重，他們那豬肉攤賣差不多了，好幾副豬肝啊，豬腸子啊（我拿回家泡小蘇打水，會脆），這個他們就都沒跟我拿錢，都送我。豬骨頭熬湯的也是送我。有一次啊，好像兒子買了一輛新車，那個媽媽讓兒子開到我住的樓下，上來拉我說來看我兒子的新車。我一下樓，吼，便嚕的休旅車，好幾百萬耶。但他們這種有錢人呢，很怕別人去借錢或楷他們，都說唉現在豬肉多難做，都賠啊什麼的。誰信啊。他們小氣到什麼地步？打手機給你，怕那電話費貴，都是響一聲掛掉，你再打給他吧。

錢這種東西，很調皮的，你摳著它怕它飛出去，啊它就想辦法給他七十二變，想法子更慘更多的就跑掉啦。

我有個年輕時一起混的姊妹，後來嫁給老頭子，老頭子對她很好，給她一棟士林的房子。兒子媳婦不是自己的，想不開，在家裡拿一堆那種寶特瓶那個要回收啊，踩扁啊，滑一跤，就發脾氣，跟兒子媳婦吵架，跑出來找我們老姊妹喝酒唱卡拉ＯＫ，我是不出那個錢，那一個人三、四百塊耶，我工作累死了是被妳叫出去陪妳。好了喝了酒人家少爺啦端酒來喊她姊姊，神經病六十幾歲的人，一開心就給小費，一千也給喔。來一個給一個。然後第二天酒醒了，又打電話跟我說好後悔。

我從來沒去過一〇一，但我可是道地的台北人。有時里長會辦遊覽車旅遊，北海一日遊啊，礁溪溫泉之旅啊，其實一車老灰仔，都是到那些小廟，停車讓我們放屎放尿，其他時間我們全在那冷氣裡睡覺，哪個風景也沒看到。我會認出那些老猴，每個啊手上都拿瓶酒，喝得臉紅紅笑咪咪。我會想，是不是來參加這種島內招待老人旅遊團的，都是像我這樣，一輩子不可能出國的可憐人？但我那些老姊妹她們早些年也會出國啊，我問她們外國怎麼樣？她們說還不是差不多，就是被帶去腳底按摩。

老猴

當年那條街的夜市人擠人啊，塑膠布遮隔的攤位，什麼新奇的東西都有，像現在這種空拍小直升機，在桌上旋轉但不會掉下桌的機器怪輪，可以散成彩色小碎片一站起來又是隻猴子的魔術，各種像真槍的空氣槍，大水盆裡洄游會噴水的電池鯨魚，那真的是火樹銀花。現在那裡全是流浪漢啦。整條街全是摸摸茶，大陸的、越南的、印尼的，再就是彩券行。我認識一個老傢伙，愛賭，輸到脫褲，三不五十來找我借錢，兩千三千，其實人品很好，有借有還。有一陣子突然手頭有錢起來，三天兩天買酒請我們喝，問他說你怎麼發財啦？他不好意思說，被朋友找去當人頭，假結婚娶了個大陸新娘，那女孩每個月要給他三萬塊。我說這種錢你也敢拿？這是人家女孩子的皮肉錢耶。但其實他的錢好像也是天地財，收不進口袋就四散出去，感覺他拿了那假老婆的錢，再去阿公店散給那些越南印尼女孩。後來被抓了，女孩被遣返，他也要判罰款，沒錢繳只好服刑，三百多天的勞役。

又來跟我借錢，慢慢也就不還了，這是個愛面子的人，一陣子躲著沒見面，突然拿了一疊錢來還我，說去當大廈管理員。後來又沒做了。再來借錢，開口只敢借三百五百。你知道這個人就慢慢掉下去了，像以前神明像壞掉了，漆也掉了，木頭也爛掉了，散在地上，拼不回個站立的樣子了。有一次喝醉了跑來找我，一開口要借八萬，我問他幹嘛了要這麼多，我一下也生不出這麼多錢哇。就出門帶了個女的進來，我的媽，臉搽得像猴子屁股一樣紅，那個眼影藍的紫的抹得像鬼，個子比他高，兩人站一起像七爺八爺一樣，你想大半夜七爺八爺跪你面前一起哭，你不嚇死了？我只好去街口領了八萬給他。後來聽人家說那女的是在西昌街口站壁的老查某，說來也是可憐人，但那個臉真的畫得像牆壁刷白粉一樣。

我就說台灣這一些男人真的很可憐，這一生的身軀，有限的賺那麼幾個錢，最後只有三個去處：酒，賭，和女人。酒愈喝愈劣，賭愈賭愈小，女人呢你覺得他變個糟老頭了，身邊還是會弄來個老女人。反而那些大陸女生，變很有錢啊，來我們市場，那種好貴的水果，買的都不心疼，手上吊的名牌包，一旁站著那耍闊付錢的，不就是這些老羅漢腳年輕時的廢樣子嗎？你要怎麼說呢？這老傢伙啊，後來得了鼻咽癌，人瘦得像小猴子一樣，來找我，眼淚一直掉，我就塞伍佰給他，說先去買點好東西吃。又去找一個以前相熟在開家庭按摩院的，那個人也是沒良心，人家是走投無路來討口吃的，他竟叫他去幫客人按摩，按著按著就昏倒了。

後來是我弟弟說在樹林那有個房子，空著也沒人住，就讓他去住。這樣半年多了，前幾天，我弟跟我說，聯絡不到他，開車到樹林那房子看，人已不知死多久了，沒有家人，沒有朋友，沒有一塊錢遺產，我們倒楣還得到鄉公所辦那些這些手續。我弟說啊，他開門進去時，聽見蒼蠅嗡嗡嗡，臭氣沖天，心裡有數，但看到地板上他死去的模樣，還是嚇壞了。那裡不是躺著個屍體，而像是一灘泥漿啊。

西方

我們一路西行，在時間之沙塵中逐漸形容枯槁，彼此沉默無言，知道我們終被世人遺忘。只剩下拖得長長的四個影子。那個懲罰啊，比那個尤里西斯要苦，要絕望多了。

想當初美猴王聽值日功曹說起那平頂山妖怪的厲害，全然無懼，哈哈笑說：「煩大哥老實說，那魔是幾年之魔，怪是幾年之怪？還是個把勢，還是個雛兒？我好著山神、土地遞解他起身。」一值日功曹說老兄你瘋了吧？這妖怪神通廣大，你如何遞解？美猴王說了一段這樣千百年後讓我想落淚的話：「若是天魔，解與玉帝；若是土魔，解與土府。西方的歸佛，東方的歸聖；北方的解與真武，南方的解與火德。是蛟精解與海主，是鬼祟解與閻王。各有地頭方向。我老孫到處里人熟，發一張批文，把他連夜解著飛跑。」

那個豪邁快樂，對於方位與存有感終於瓦解，心靈無秩序可歸依之苦，全然無知。

東西南北上下陰陽，並不是他美猴王說的「各有地頭方向」啊。

一開始我手中拿到一只「千輝打火機」，廉價的透明塑膠殼，紅橙黃綠藍，上頭貼著一張小小比基尼美女照片，金髮碧眼，豐乳肥臀，就像一帖妖術的符咒。那上頭一個小磷石輪子，摩擦兩下會燃起一炷小小的火苗。後來我發現大夥都收藏不只一個這樣的打火機，且每只小殼機上的美人都有個不同的洋名。說來滿噁心的，很像是每個傢伙那麼癡心純真藏在懷裡的初戀情人。

我們穿行過那空曠的峽谷，櫛比鱗次堆著各種物之神幻化成不可思議形貌的亂石崗：整個貨架排列過去的藥罐，大致是人體構成之各種元素，還有吞了可以滅殺體內病魔，長命百歲的藥丸，七彩鮮豔，讓人想起太上老君卦爐內那黑乎乎爛渣的仙丹就覺得可憐。完全不須大夫把脈看診，完全任君自取。當然就不提那區，已被他們的《變形金剛》這個說故事魔術，把咱們大聖的七十二變貶成窮孩子玩意的那些電腦、印表機、炭粉嘴、烘衣機、冰箱、洗衣機、可以把人體練出牛魔王肌肉的電動跑步機、腳踏車、籃球鞋；一整貨架不同東西南北方的鏡中之國他們變出的可拋式隱形眼鏡，可以讓眼瞳變色成那千輝打火機上金髮美人的藍眼；有各種日霜夜霜保濕精華露面膜噴灑式膠原蛋白，各種酸、豬胚胎抽取物、火山灰，各種可以「改變皮膚命運」，「讓時間凍結」比蜘蛛精她們的妖法還繁複的美人幻術。各種尺寸的汽車輪胎，野營帳篷和煤油燈，裝得一大筒一大筒鮮豔橘色裡頭全是將世界所有髒汙消滅的清潔劑，那毒水如果全放出來，那樣的惡水連沙悟淨都一潛入即溶解。整大袋整大袋可能夠嘯天犬和牠子孫幾代吃不完的狗乾糧。整大袋整大袋肢解的牛肋排豬肋排整付牛腱整打豬蹄子整隻雞的真空封包，那讓人想起美猴王這一路打殺砸爆腦袋的大小妖精屍骸。

這世界已被肢解，將各種玻璃碎片嵌進我們裡面最細微的內臟、組織、筋絡，我們活著，卻已像骨灰灑在這分崩離析之中。

美猴王說：「以前筋斗雲，一翻十萬八千里。但後來，怎麼翻，再翻，找不到一個瞬刻，可以離開或回來。」

唐僧肉

感覺我們一路運送的，是一冰櫃車最高級的鵝肝，或是一整兜松露，一條黑鮪魚，或是一頭餵食啤酒，享受按摩，切開後油花鮮美、霜降肌理的神戶牛；或是號稱「世界最好吃的」伊比利豬……但我們護送的，是個和尚啊，還不是普通和尚，他是唐僧啊。可這一路沙塵漫漫，荒山野嶺，全部的妖怪，各有來頭，本事，他們唯一的目標：就是劫了師父去，各顯廚藝，好好烹食了他。說來這些妖怪真是些吃貨，感覺風聲傳開，他們等著等著，就是等著那超級鮮美，吃一口淚流滿面，不枉此生，像可以把自己舌頭也吞下去的，唐僧肉啊。我有時在夢中也會發饞，師父的肉真那麼香？讓這些妖精，寧肯冒著最後被大師兄一棒打成肉醬，或被各方神佛收回去做打雜苦役，好好快活日子不過，就為了貪那麼一口？這是真正的饕客魂啊！聽說就純用蒸的，蒸到皮開肉爛，那個鮮嫩！不用加任何香料，沾點岩鹽即可。好像靠近天竺之境，那兒等著的妖怪，會料理成咖哩鍋，另有一些突厥人好像會做成沙威瑪，那可真是糟蹋我們風塵僕僕，護送師父這一身好肉。

有一次我們困在一個山窪裡，鬼打牆，困了好幾天走不出去，我們都餓到眼睛冒煙了。那次大師兄恰又和師父鬥氣，撇下我們自個飛回花果山了。師父慈悲，說八戒啊，古代也有割股療親的，不如徒兒們，為師的割下一小塊臀肉，煮碗肉湯，你們吃了，也比較有體力。我和沙和尚自然都嚇壞了，誰敢啊，但你們知道我師父是個固執的傢伙，那是命令，而非商量。我們只好流著淚，把師父割下的一小條股肉，生火煮了碗肉湯。我不騙你，我是這世界真正吃過（那怕只是一小口）唐僧肉的人，那入口即化，簡直就像海洛英鑽進你腦額葉，那個幸福，那個香啊。我好像旋轉倒回成縮在母親奶兜前的小豬崽，忘記所有語言和法術，只想純真的拱拱拱叫。師弟為難也嚐了一口，眼淚鼻涕就流得滿臉，實在這肉啊，讓人舌蕾才觸碰到，那西天極樂之景，那仙境曼妙幻麗的天女，一點吸引力都沒啦。連師父也好奇嚐了口（忘了自己喫素），嘖嘖說：「啊，香，真香。想不到我自己的肉這麼好吃。」

後來大師兄也回來了，我們又上路了。像什麼事都沒發生過一樣。但是在這接下來的路程，我變成不是原來的那個我了。一種陰暗和罪惡感像小苗在我心中不時抽長。我腦海裡出現各式各樣的蒸屜，砂鍋，烤肉架，甚至醃肉用的陶甕……各種關於「唐僧肉」的料理方式：粉蒸的、窯烤的、五分熟只煎上下兩面，或做成火腿或風硝肉。還是用嫩筍煨爛它，或就最民間用滷的。我覺得我比發情的少年還要走火入魔，每每走在後頭，看著師父的屁股被白馬馱著，一晃一晃，就猛吞口水。真希望大師兄再和師父吵一架，又跑走，我們又迷路，那師父會不會再割另一邊的骨肉，大家打打牙祭？

後來到了靈山，在那凌雲渡有船夫撐來艘無底船，我們上了船，只見上溜頭漂下一個死屍，那梢公說恭喜，想是我們脫去凡胎，從此算成佛入聖了。但臥看著那順水流下的師父的肉身，真想跳入水中將他搶回。那可是最頂級的整副唐僧肉全席的食材啊。

校園

我記得我高中時和蔡鬼混的少數時光，僅限於在校園裡。我們那所高中年代極久遠，是日本統治時期的「台北第二高校」，因之在那極侷促的空間，你總會印象派的畫面加上那種史特林堡表現主義，劇場舞台後方的機械、管線、鷹架、通風管刻意外露給人看見的，建築角落像昆蟲化石，脫落於時光之外的破碎記憶。譬如說那些水洗細磨石牆基，如此光滑，像那些舊火車站大廳或台大醫院的講究。譬如它在兩棟樓銜接的樓梯間死角、會有一個奇怪的垃圾焚化爐，那是一個小天井或「眼」，二、三、四樓的班級都可以把垃圾扔進去那個像煤礦礦井的相通小洞裡。最底部有個火爐會燃燒，這個設計應是日本那時軍事化教育的思維，完全和後來城市中的高中校園設計不對盤。或譬如它那地下室工藝教室的大工作桌，配備的車床、電動鋸輪、固定架；另一種地下室的軍械室收了上千隻作軍訓刺槍術的木頭假步槍；或是這所高中極有名收藏了大批魚類、蛇類、蛙或蜥蜴、流產嬰孩……一罐罐玻璃皿福馬林標本……你會覺得這一切都不是現在的高中校園在建校之初會想到的，它都是「日本人留下來的」。

而我和蔡那時的相交，仔細想來，正是十五、六歲一個典型台北長大的台北小孩，和南部本省海線黑幫家庭出生的迢迢少年，像兩隻蝸牛，試探著彼此也懵懂的硬殼（雖然一踩就碎），和黏濕的柔軟部分，無法掌握語言，但好像都是教官眼中壞分子的某種「前成人社交腔調」的啟蒙。事實上，他應該算是我在學校的「靠山」，那些高年級的狠角色，真正在外頭有幫派背景的，好像也知道忌憚著蔡這號人物，因此而不太會找我麻煩。離開學校校門之後，我和他從沒有走到一起過。他可能是和那些同樣從北港、台西上台北念書，而拆散到不同高中的本省掛兄弟們，影影幢幢去尋仇砍人，或窩聚在某人的宿舍打牌、軋那些西門町把來的私校女生。我則是和同樣外省背景的另兩哥們，混冰宮、打撞球，看到清純美麗的暗戀女孩就會臉紅，晚上各自回家還要將全身菸味搧掉的半吊子。

但在那個清一色是穿著卡其軍訓服，窄仄的高中校園走廊，我們有時會走在一塊，一起去廁所或頂樓陽台抽菸。我的感受，他內在有一已經成人化的暴力，而我沒有。他偶爾會跟我講一些，他和兄弟們帶開山刀去砍另一個學校的某人，或是他們玩女孩的性經驗（但其實他和我一樣才十五歲啊），那對我都像科幻電影一樣不真實且遙遠。這個少年友伴的啟蒙，或許讓我日後在成人世界，遇到某些內在有暴力、且有控制欲的長輩，很自然的會讓自己成為那個聽從、跟隨、關係上矮半截，就是像福爾摩斯旁邊的華生的那種角色吧。我們共同的仇敵是教官。但他會跟我分析校規的漏洞；或哪個教官回家落單的路線，而他是可以從外面ㄉㄠˋ人來襲擊那教官處在脆弱狀況；或他會告訴我學校哪個角落可以翻牆出去（像《越獄風雲》）。當然有一次我們在頂樓吸菸，他告訴我他父親做生意失敗，現在在火車站月台（應該是南部的某個火車站）賣便當，跑給警察追的羞辱和辛苦。那次他非常突兀的在我面前落淚，我非常不知所措，後來有一段時光，我每天的便當都分他一起吃。

有一次，他拉著我，像少年同伴分享祕密，走去那直筒焚化爐旁的樓梯間，那裡光線陰暗，平時少有同學經過，等於是個校園死角。在那樓梯間的最底部，一個畸零角落隔起一道門，充作某個校工伯伯（他們都是一些像故障品，沒有親人的可憐老兵，平時像片枯葉在校園無人理會的穿行著）的宿舍。那個破門拉開一條縫，用一個簡單的鎖頭鎖著，裡頭的空間約就像火車上的廁所那麼小，貼壁的可能自己釘的床板上，上頭整齊疊好大紅花的爛棉被，其餘的物件都藏在暗影裡，不知怎麼這影像給當時的我，一個說不出悲慘的感受。蔡對我做了一個貓臉般的笑，那是他少數在我面前露出調皮的、不那麼老成的一面。他像默劇演員，示意並表演著，他的手可以伸進那條門縫裡，反拗過肘，像從洞穴掏蟋蟀那樣，掏出一件一件老伯伯靠牆沿放的什物，一包菸和火柴，一小疊用橡皮筋圈起的爛鈔票（加起來大約一百多塊吧），一副老花眼鏡，然後他蹲下去，從地面撈了撈，拔擠出一只玻璃瓶，是喝剩半瓶的竹葉青酒。

我忘了，當時我是阻止他，要他把這些可憐的財產再塞回那小洞穴裡；還是，其實他已將他們放進卡其褲口袋，而我們一起離開犯罪現場時，我對他說了一段話，那等於是我第一次違逆他，說出不同意他的一段話。

我說：「後來我覺得可以做和不可以做的那條線，判準在於，不要做讓一個不認識的人，在背後（雖然他不知道你是誰）恨你、詛咒你，這樣的事。」

烏雞國王

東廂的戲台演著哈姆雷特；西廂的戲台演著烏雞國國王。兩邊各有一年輕王子，都是認賊作父，那假的國王正是殺了父王，篡奪王位，且母后被玷占之大仇人。但一切被隱藏在霧中謎團。

兩邊各有一透明，濛著陰翳白光的國王鬼魂，在舞台後方的乾冰煙霧中飄移著。鬼魂都揹負著比死亡這事還冰冷的冤恨。前者被他老弟毒死。後者是因國境連年乾旱，來了一個會祈雨的道士，國王將他奉為國師，卻被哄騙推入井中，屍身在井水中浸泡三年。

東廂這邊，演員們和台下觀眾都一臉陰慘，那個王子帶著一種說不出的黏稠人格，他逼問他老媽和叔父再婚這亂倫的道德黯黑面；他裝瘋賣傻，潛伏再被反潛伏，刺殺再被反刺殺；弄到後來他的情人也死了，老媽也飲毒酒掛了，對打的哥們和仇家也都忙中出錯全誤喝毒酒全死了；總之最後那要復仇的殺父仇人也中毒死了；最後連他也中毒了⋯⋯這，這整個舞台上要殺不殺最後卻弄成所有人都嗝屁的大屠殺，這虐待狂的心理劇碼竟是人類史上被上演最多次的一齣劇碼。

西邊舞台上的烏雞國王子，卻是個好命的傻瓜。國王鬼魂將他死於非命的慘劇告訴唐僧後，這事兒就被調皮雜耍的孫猴子接管啦。舞台上鐃鈸顫響，台下觀眾開心嗑瓜子吮涼了的茶鞋底踩爆花生殼，氣氛熱鬧。孫猴子吹鬍子瞪眼睛，跟師父獻策，如何讓那王子相信那坐在王位上的是殺他父親，再變身成真假難分形貌的假貨；而那個他們井底打撈，濕淋淋揹進寺中的屍體，才是他可憐的父王？他們的計謀是這樣的：悟空變成一兩吋小的小人兒，預藏在紅匣中，由唐僧哄那王子這是寶貝：「叫『立帝貨』，他上知五百年，中知五百年，下知五百年，共知一千五百年過去未來之事」，由此像機械鐘音樂盒發條小錫兵，讓這玩具小人說出烏雞國王冤死，現在稱父王和母后共寢的，是個弄變化之術的假國王。

殺父之仇，占母之恨，to be or not to be？在這邊的戲台全不是重點。重點是啥？看熱鬧。只聽那鑼鈸響處，孫猴子一再弄本事顯神通，連師父也擠眉弄眼和他套戲詞，想著怎麼耍花樣；悟空變來變去，還戲耍八戒攀下深井扛上死國王屍首；還騰筋斗雲上兜率宮向太上老君討還魂金丹；好不容易被太子說的將信將疑，最後驗證的絕招竟是：「不然你進宮問你母后，這三年和這父王的床笫之事，是冷是熱？」那王后被兒子這一問，竟也唱起：「三載之前溫又暖，三年之後冷如冰。」台下觀眾可笑翻了，全歡樂鼓譟了，哪有兒子這樣問老娘的？而這假父王給父王鬼戴了綠帽，竟是個不濟事的貨！

總之，那邊的戲台弄得陰風慘慘，雷鳴閃電照出王子內心掙扎的臉；這邊則是孫大聖層層詐炮耍妖精，以偽詐對偽詐，最後文殊菩薩出面收了那妖，原是祂座下獅子。一團喜慶笑鬧，父王的鬼魂，被玷汙的母后，要復仇的王子，滿朝文武，漫天仙佛，和活在苦難世界不能再多受苦難的觀眾，散戲時人人說：「恭喜恭喜，僥倖僥倖！」

莫比烏斯帶

人們説起莫比烏斯帶，克萊因瓶，潘洛斯三角，主要在描述一個沒有起點，沒有終點，沒有裡面和外面，沒有切換處的旅程，無止盡的在那路上走著，你會從疲憊的這個行走者，走著走著成為那隨日照拉長或變短的影子，你會走著走著走進你幾年前的那個往昔時光，它不是黃沙烈日的公路電影，而是一種奇怪的進入旅者內在，但不知何時那內在之夢又吐哺投影成天空之景的循環。人類發明了這個怪結構，似乎同時發出哀鳴：「啊，那就是歷史的幻影。」一永劫回歸，所有發生過的事，都只像在一條輸送履帶上，做某種單元形態的重複。我們師徒四人，和那匹白馬，説著重複的話，踩著同樣疲憊的腳步，不知道會遇上怎樣的妖怪，把師父抓去，大師兄又掄著金箍棒和它們對打，打不贏便縱雲向東西南北的邊界飛去，像某個菩薩借個人情來收這妖怪，然後我們繼續上路。像基努．李維在他二十多歲成名作*Speed*（《捍衛戰警》）裡那對付炸彈怪客的把戲，那輛公車裝了定速炸彈，只要車速慢於時速六十英里，全車的人質會被炸成碎片；他們必須讓公車保持在那樣的高速行駛狀態，問題是炸彈客可以透過行車監視攝影機看著有沒有搜救特勤行動。基努．李維玩了個把戲耍了那天才罪犯一著棋：他將重複的影像不斷重播，讓遠端監視器播放的是，這公車上人們在那絕望的行駛中，沒有辦法做出反應，就是認命的在那行駛的公車中顛晃著。重點是，重複著，那無改變的，時間流動中的一切。而救援其實在那「偽造的連續」後面進行著。這便是「瞞過死神的眼睛」。將死神的眨眼之瞬無限放大、延長，人類於是，或許，可以在這偷來的不存在時空裡，偷偷占據那活下去的卑微願望。後來的《源代碼》，那不斷重臨「已經發生過的死亡」，那死前的八分鐘，那列火車上究竟發生過什麼事，這便是和基努·李維在二十多歲做的是同一件事。莫比烏斯帶。將死亡、誘捕，放逐到那「叮咚」發生之前的兆億分之一秒之中，讓它在一無限迴路重複的莫比烏斯帶上像螞蟻那樣爬行。它爬行一億年、一兆年，也無法將這微毫秒針跳進下一格刻度。這也正是如來佛丟給我們師徒四人的任務。我不想比擬那個老梗「薛西佛斯在U形山谷推巨石球」。我們比他複雜多了，充滿創造和打怪的樂趣多了，因之也更讓人們遺忘那所有的金光萬丈，漫天神佛，眼花撩亂，其實只是一格並不長的時間刻度。它其實一直在一個平面上，傾斜迴轉，我們朝上看，也許會不合理的看見倒影般的昔日自己在頭頂上方的那條公路走著。

「事情沒有那麼簡單。」師父訓斥我們。

「不是只感受到重複而已，想想我們在那些故事中，痛失所愛，或至愛為惡人所奪，為不公義而憤怒，或面對遠超過自己的強大之絕望，或終於也和那關係網中攀親帶故，或一次一次失去純真和朝露般的美麗透明，或將死之際那一口空氣無法打入心臟的恐懼，或見到最美的景觀告訴自己將永生不忘但其實終會沿途慢慢遺忘……那些痛苦本身，在我們一次又一次的疲憊旅途中，不斷疊加，無法清空，像重磅壓力機把數萬貨櫃的塑膠玩偶，壓擠下去，發出那億萬嘰呱哀叫聲集合起來的，太陽暴風吹襲無垠太空，嘩嘩嘩嘩的寂靜巨響。」

嫂子

那晚我們跟著柳丁哥到小蜜姊的店續攤。小蜜姊的臉很臭，其實小蜜姊的臉愈來愈像那種過了換日線，變成酒鬼的暗色的臉。柳丁哥前頭還東陪笑西耍寶的唱歌，逗小蜜姊。後來他那兩個朋友一直接手機，接著就走了，柳丁哥或是那之後就不爽了。我後來想，或許是他覺得他朋友是因看小蜜姊的臭臉沒意思，才走，也有可能原本他們就談的不黑批，誰知道。老實說，實在小蜜姊的店也太破太舊了，沙發還有破洞咧。小姐也是一個一個我的媽，像侏儸紀公園跑出來的。我都想換膠靴拿電擊棒自衛，要她們別靠近。走掉的其中一個老的，跟我乾杯（他根本不認識我），說：「兄弟，你下回到上海來，我絕不會帶你到這種樣子的店。」我也不知他是大陸人還是台灣人帶大陸團的？總之，他們倆走了後，就剩下我們自己的人了，柳丁哥的臉也垮了，勁也沒了。有個阿姨，喔不，小姐或想重新炒熱氣氛，拿了杯小杯威士忌丟進一大杯生啤酒杯裡，「來喔深水炸彈喔。」硬往柳丁哥臉上塞，也不知怎麼一擋一滑，那酒就潑了柳丁哥一身。

那時我的左眼球和右眼球好像分離了，各自看見不同的畫面：我看到小蜜姊這晚第一次笑了出來，那時我想，我還太小咖了，等我有一天混大咖了，像這一瞬，我就應像電影裡演的男子，對她說：「像妳這麼美的女人，應該多笑。」

但我的另一眼，同步看到柳丁哥，啪啦一巴掌把那生啤酒杯打飛，當然摔的一地碎玻璃和水酒泡沫。「幹令娘耶，什麼醜八怪！還深水炸彈！」

小蜜姊也拍桌大吼：「柳丁，操你媽你什麼東西！」

他們倆互罵幾句三字經，我們（包括我，其他三個我們的人，五、六個侏儸紀阿姨）全拉開他們，柳丁哥手舉起來要巴小蜜姊，小蜜姊狠狠的瞪著他。柳丁哥一轉身，「我幹令娘耶」用腳狠狠踹那桌几，又一堆杯子酒瓶摔到地上碎裂。當時我心裡想，我太小咖了，否則這種時刻，我若有天變大咖，我會對小蜜姊說：「像妳這麼美的女人，薄面含嗔時真的好美。」

小蜜姊是柳丁哥從前結拜大哥的七啦，從前柳丁哥要喊小蜜姊嫂嫂的。我們都聽柳丁哥說過這段往事，只是不知道那結拜大哥確定的地位。他是柳丁哥當年的帶頭的大耶嗎？還是只是麻吉稱兄道弟？總之，那位小蜜姊的前夫柳丁哥的前大哥，好像已不在世上。死因好像跟哈士奇有關，喔不，我想起來了，是跟哈啤有關。好像有一次這大哥帶另一個馬子（不是小蜜姊），到哈爾濱去看冰雕博覽會，那個零下三十度的低溫，這大哥喝醉了鬧，一定要到結冰的松花江上喝哈啤，哈啤就是哈爾濱出的啤酒，就像台灣啤酒我們說台啤。總之他兩手各拎一瓶哈啤，往冰上走，然後跌個狗吃屎，那個馬子還在一旁笑，結果柳丁哥的大哥竟就這樣斷氣了。我不知道傳說這是真的還假的。但柳丁哥總覺得對小蜜姊有愧，柳丁哥後來說：「嫂啊！」小蜜姊兩眼怒睜，冷笑說：「你還有臉叫我嫂，你根本跟那些人一樣欺負我糟蹋我。」說著就哭了。我要是有一天，手下十幾個人都聽我的，我一定對小蜜姊說，我第一次把妳當女神，就是妳眼淚在眼眶打轉，再沒有那麼美的眼神了。但柳丁哥就挑出一疊鈔票，也沒有很大疊啦，壓在桌上，對我們說：「走！」

這故事怎麼說不出的熟悉呢？千百年來只要跟「嫂子」有關的故事，我怎麼就想起美猴王在火焰山跟鐵扇公主借芭蕉扇的那段，調戲又真打，最後還跑進嫂子的肚子裡。我小時候讀到，鐵扇公主吐出舌來，從舌上拿下那小小的法寶，瞬間變大，翻臉一搧，把個齊天大聖搧飛到天涯海角。當時懵懂的就想：「嫂子是天下最厲害的東西。」

遊樂園

我們來到了那頹圮的遊樂園，一切和我們年輕時想像、期盼的一樣。

生鏽鐵管臂輻射支架的飛天球，漆色斑駁且積水的咖啡杯，那些鏤花鏡面結滿蟲屎醜陋不堪的旋轉木馬，一上階梯月台木板就塌陷的環園小火車，非常像泰國鬼電影那小磁磚池底結了一層青苔的滑水道池……

荒湮蔓草，烈日曝晒下，那些從水泥裂殼縫淺根附著的鬼針草，在這無人而時間停止的廢棄遊樂園裡，瘋狂的飄灑它們繁衍策略的倒鉤草籽，沒有天敵，乃至整個廢園全被它們這廉賤的物種占領。

年輕時，這樣的夢中場景，不正是那些歐洲電影裡光霧核心，跑出讓我們心底莫名哀愁、躭美、崇慕的處所？楚浮的《四百擊》，雷奈的《去年在馬倫巴》，或那部《憂鬱貝蒂》，甚至西區考克，甚至《教父》……那年代的我們，最浪漫的性幻想，就是有一天帶著個穿洋裝的女孩，帶她攀牆闖進無人的，廢棄多年的遊樂場，哄勸她，被你剝去衣裝，乘坐那只有你們倆的旋轉木馬或遊園火車。

就如同我們這樣亞洲的，第三世界國度的各年代，被遺棄的樂園：像我們永和第一家的百貨公司，最早的保齡球館，最早的電影院，巷弄裡破爛桌布的撞球間，那小框格的舶來品小店（裡頭的假人模特兒是這種小鎮最早的檳榔西施的未來草圖嗎？），冰宮，第一代的西餐廳，或是我們盯著電視看的不同年代的美國總統……最後總是被棄置，總是被遺忘。

我們在那種穿喇叭褲長頭髮彈力絲襯衫胸前口袋半透明一包Marbolo菸的迌迌仔圍聚的遊樂場，打過星際大戰豪勇七蛟龍甚至「I will be back」魔鬼終結者的彈子木台，聲光爆閃底端兩根守門棒子（像腿？屌？左右手？）劈哩啪啦抖，彈上去的大鋼丸，碰到哪都是紅色閃電的敏感帶都是電流亂竄的性高潮，機台上方的面板分數也幾萬分幾萬分的狂跳，打那機器的人且甩頭晃臀，兩手像非洲小鼓鼓手拍打那就是兩側兩個圓按鈕嘛……後來世界好像再也沒發明那麼man那麼美國南方牛仔的電動玩具了。

很多年後，你真的帶穿著洋裝的女孩走進一個你們也好奇陌生之地，你也剝光她的衣服，但那終究不是電影裡白色光霧的無人遊樂園，而是廉價的，充滿漂白水氣味的，藏在老舊大樓裡的小旅社。那一切無有歡樂，只有年輕的你傷害了什麼或被什麼給傷害了的，失望的印象。更多年後，我們真的走進那樣一座荒廢的，被網路鬼故事傳說的遊樂園。似乎這遊樂園在我們幻想之初，它就是這樣所有的機械設施、所有的彩色油漆布置的可愛卡通場景、所有的通道，都是鏽爛會一腳踩空，都是斷頭、落漆的。我們用力呼吸那什麼都消失了，但又什麼都仍擱淺在那兒的頹靡空氣。似乎在還沒開啟前，再建造之初，我們就預知了我們未來的重臨、回憶，和原諒，是注定在這樣一座破敗的場景之中。

黑豹

那隻黑豹在我們那爛屋子其中一間我妻子的書房裡熟睡著，我的孩子回家後我比手指要他們噤聲。

「可能是受傷了，自我在療傷。」

我有一種感覺：門後那大頭顱貓科動物，眼珠像綠寶石，造物最美的，可能出手後都被那流動如黑色河流，無法圈禁的美，給一陣迷惘。

「有誰能把這麼強的黑豹打傷呢？」

我們幾乎可以聽見牠在裡頭，被夢境困住的重呼吸和恐懼的咆哮。

「牠不會死吧？」我的孩子問。

「牠是從哪裡跑出來的呢？」

這時我母親打電話來，她年紀大了，常自己在永和老屋胡思亂想，就打電話來拐著彎探我這邊的家是否如她擔憂的，出了什麼問題。我總哄著她，她會像小女孩抽泣起來。

我能告訴她現在我的屋子裡睡著一隻黑豹嗎？也許就從沙漠的蜃影，和熾熱光照不連續的，眼睛一閉，這黑豹就歪歪斜斜走出來了。也許那房門後面，牠像一桶煮沸的瀝青，融成一灘黑汪汪的液態的夢？

「我很擔心你。」

孩子說：「應該是被孫悟空打的吧？」

他像關心一隻撿回來的小貓，那樣擔心那隻醒來可就是頂級獵食者的美麗神物啊。

我想寫封信給美猴王：「世界不是你那時火眼金睛一看是妖怪就一棒子打殺。前幾天一個新聞說日本一老翁，把他老妻的骨灰倒進馬桶裡沖掉；還不是在他家，他把那骨灰拿去一間超市的廁所馬桶沖。他說他恨透她了。

「美猴王啊，我們是不是該看看CSI這種犯罪鑑證科的手法？稍微也思考一下那些被你大棒打成肉醬的死狐狸、死獐子、死黑熊，也該處理一下屍體吧。我覺得我們和人間那麼多人無人知曉的處理屍體，好像有點跟不上進步耶。」

「我們好不容易學會用ATM，學習搭捷運轉乘，也辦了一隻智慧型手機門號；只要你不要看垃圾車發出巨響靠近咱，它只是在攪爛這城市的垃圾；或是那些橫衝直撞像紅色大甲蟲怪的拖吊車；你能忍住不要從耳朵拿出你那如意金箍棒砸爛人家。這個『現代』就是如夢如電的『西方』，也許這次我們能在這裡待下。不再在時空跋涉，永無盡頭的旅途。

讓我們整理一下你會的地煞七十二變：

幽通、驅神、擔山、禁水、借風、布霧、祈晴、禱雨、坐火、入水、掩日、御風、煮石、吐焰、吞刀、壺天、神行、履水、杖解、分身、隱形、續頭、定身、斬妖、請仙、追魂、攝魄、招雲、取月、搬運、嫁夢、支離、寄杖、斷流、禳災、解厄、黃白、劍術、射覆、土行、星數、布陣、假形、噴化、指化、屍解、移景、招來、遁去、聚獸、調禽、氣禁、大力、透石、生光、障服、導引、服食、開壁、躍岩、萌頭、登抄、喝水、臥雪、暴日、弄丸、符水、醫藥、知時、識地、辟穀、魘禱。

我們把它們攤開來，看有哪些是現在還能用的。不用跟警察局國稅局健保局戶政機關工研院打交道。我想那隻黑豹是你用『嫁夢』之術從你的夢裡跑到我的夢了吧？好像大部分不太好用耶。你會被灌進手機裡，成為各種遊戲啊。或是各種修圖功能軟體防毒軟體啊。之前二郎神就用假形、噴化、指化、屍解、移景、招來、遁去、聚獸、調禽，這幾項專利賣給一個酒店圍事的黑道，好像對制服店每晚發生難以應付的麻煩事，他用這幾招就可以處理那些嗑藥嗑昏的小姐。」

龍王

那間快炒店的門口疊放著一個個玻璃水櫃，裡頭浸著鉗子被塑膠繩綁住的大花蟳、龍蝦，或像石斑、馬頭魚、鸚哥魚這樣美麗的深海魚，另外的缸浸著像海蛇那樣的鰻魚；更前方是一桌木台，擠著一盆一盆冰塊堆簇的小塑膠盆，那裡頭應就是些屍體啦：各種貝、蛤、牡蠣、鳳螺、小沙蝦、野菜、筊白筍、各種菇蕈、牛或豬的內臟、死去的青蛙，很奇幻的不同材質的東西堆排在一起，出現一種色彩上琳瑯的感覺。

我總會在走進店內前，在這流麗的屍骸堆前默立一下，可憐的孩子們，原本不該這樣悲慘的晾在這裡吧。

但二樓則是一桌一桌喝著冰啤酒的人類，那腳邊堆著的空啤酒瓶數量，我想原來裡頭裝的液體加總起來，應該可以變一條啤酒河流，讓樓下我那些可憐孩兒們，游回海洋吧？

那個賣卦的單獨坐在最角落一桌，不理周圍大聲喧鬧，面紅耳赤的傢伙，拿著一瓶棕玻璃瓶台啤，自斟自飲。我忍住一種想嘔吐的感覺，拉開小塑膠凳，坐他對面，說：「先生救我一命。」

也不過幾天前，我在他的測字攤前，拉跩的他的衣袖。當時問他：「明日什時下雨？雨有多少尺寸？」這人說：「明日辰時布雲，巳時發雷，午時下雨，未時雨足，共得水三尺三寸零四十八點。」我當時心裡笑死了，我是八河都總管，司雨大龍神，有雨無雨，唯我知之，便和他下注賭了一把。若真下雨如他所言，我奉上五十金條；否則我拆他攤子。不料回到水府，即接玉帝敕旨，要我某日某時降雨若干，和那算命的所言絲毫不差。唬得我魂飛魄散。

是我一時逞強，改了降雨時辰，剋了雨量三寸八點，再跑去要掀他測字攤，這時這賣卦的提醒我，我已違犯天條，等著上剮龍台上捱一刀吧。

接下來的事大家都知道了，我一時好勝，管了一輩子降雨這事，其實只是個精準技藝，執行上面交下來條子的，玉帝宇宙機器的最末端。那是不准有自己的想法的，有了自己想法，逆了天，就得掉腦袋。這術士測出到時是魏徵將在夢中斬我龍頭。我聽了又是腳軟，這魏徵是有名的槓子頭，連唐皇都讓他幾分，這下可能走後門的路子都絕了。

我哀嘆說：「那魏徵也不過就是個人臣，我好歹也是個龍王吧？怎就派這貨色來斬我？」

那術士把酒杯乾了，說：「你也別牢騷了，如果死神（他居然不是說閻羅，而是說死神）也這樣一時好玩跟人賭一把呢？」

坐我後面那桌，兩個美人兒笨拙的向一個虎著臉，穿一身運動T短褲球鞋的中年人敬酒；斜後那桌，是一群花美男耍寶逗樂，互相灌酒，討好那長桌中央，一個顯然整過臉的濃妝老女人；再過去一桌，理平頭幾個虎背熊腰穿著義消制服，臉的線條明明非常凶惡，卻都對著一穿西裝的白臉書生，作出老實小孩的臉；再過去是一桌老外，頭髮濃金淡金還有兩黑人，可能是附近兒童美語班老師；所有人噴吐著煙，那些煙在這遮雨棚下方，團聚成濃厚雲靄。

那就像，所有神仙、菩薩、龍、妖怪，我存在其中的波光粼粼的一切，都是這些發出濁臭腥氣，發出嗡嗡轟轟噪音，他們作出來的，一團散了塌了再吐一團出來的夢。

大房子

那家人的房子非常大，在那樣的路段，應該要幾億吧。那個先生、太太，人都非常客氣，我每次去，他們都笑咪咪的打招呼，然後進各自的房間，剩我在客廳幫那小孩按摩。他們從不會出來說看看你按得好不好啊。按完也不會出來，錢就壓茶几上，我自己拿了，就可以離開。那小孩非常乖，我一邊幫他按，他就坐那兒看電視裡的卡通；說平常其他時間不給看的。非常有規矩，每天六點一定吃完飯，我幫他按完，七點半菲傭就帶去睡覺了。我也覺得有點太早了，但就像他才七歲，他們就找我來幫他按摩，說這樣可以長高，這也和一般人家不一樣吧？但你只要一想「所以有錢人就是和我們不一樣」好像就什麼也都不用多想啦。感覺他們一家人都不太說話，那大屋子就說不出的安靜。我在那幫那小弟按啊按啊，好像也被那氣氛感染，也不太敢和他說話。電視機也開得非常小聲。然後客廳非常大，卻什麼擺設都沒有。我也有這樣的念頭：就是當有錢人家的小孩，好像也沒有多幸福嘛。好像還給他排家教學英文，將來大一點就是要送去美國。我們看電視上那些什麼富二代啊，亂買法拉利啊撞爛了就溜啦，什麼整天混夜店把妹啊喝洋酒吸毒啊，我都很難想像這小孩長大了會變那種人。

但是為什麼我這樣的人，會走進他們這樣的有錢人的屋子裡呢？

是我一個姊妹介紹我去的。我住的地方，在台北的最西邊，叫做昆明街。這條街從頭到尾，有二十家按摩店吧，其中有十一家就是我這姊妹開的。你以為那她賺翻了吧？不，賠慘了。她就是愛開黑的，之前有一間開的滿大，警察每天早晚去巡，他們裝了個暗門，看過去是一幅日本山鬼的畫，後面藏了八張床吧。後來是客人口耳相傳，傳傳傳到警察那裡，就被抄了。她舅是那時萬華分局副局長，應該背景很硬啊，但後來退休了，也有打關節塞紅包，但人家可能就不買帳了。一間倒一間開，我們那裡的人都知道，警察還從隔壁頂樓，爬過牆去抓她的小姐和客人，然後人沒穿衣服就跑到陽台，大家都當笑話啦。我們都喊她「肖查某（瘋女人）」。

我那條街啊，就像是地獄圖裡啊，忘記畫到人世的一條街啊。酗酒的，吸毒的，窮到睡防火巷的老人、妓女，賭博賭到一手掌手指都切掉的，那些美的不得了的越南姑娘，還有一些神棍乩童，打赤膊肩背有個槍洞的老流氓。全部像潑在路上的餿水，那圍聚舔著的蒼蠅。我的姊妹淘，三個有兩個是酒鬼，她們年輕時非常有才華，人其實也很討人喜歡，但就是不曉得到了一個時間點，很像瓦斯爐定時器喀答一響，就掉進那些卡拉OK店，先說是被客人灌，之後就自己喝上癮啦。說來大家都是從二十多歲認識，在這條街換不同工作，不同住處的租房，然後變成現在這樣的老阿姨啊。大家說起「肖查某」，都帶著恨意，或輕蔑的笑，好像是她把她們，或這條街，帶沉淪的。其實她年輕時也是個手藝頂尖的按摩師傅，我這手按摩技藝，最初還是她傳給我的。

像我這樣一個，活在這樣一條街上的人，怎麼會走進那樣一家人都像在夢遊，輪廓不太清楚的那樣有錢人的房子呢？我在他們眼中的形象，應該是個僕傭那樣的腳色。連那小弟也是這麼看我吧。

我有次問「肖查某」，她怎麼會認識這樣一家人？而且錢給得那麼大方，為什麼她不自己去按？她說啊，她十七、八歲時，在高雄一間彈子房（打檯球的）當陪打小姐，就是一身穿那種粉紅小圓領白色迷你裙制服，陪客人敲桿，然後聊天的打工。有一群高中生，常來打，裡頭有個小個子，球技非常好，很內向，打球時非常專注，但和她講話時眼睛都低垂不敢看她。她也知道這男生喜歡她吧。她那時那麼年輕，野，就知道這種男生和她根本是不同世界的。然後她也就離開高雄，到台北來闖。誰知道這樣二十多年後，欸，有一次，她被另一個老闆找去支援，那是一家老招牌的店，做正經的，說一整個日本團三、四十人來按摩，我們這條街沒在按的按摩師都被找去了。巧不巧她按到那個人，是招待的台灣人，聊著聊著口音說都是高雄人，再聊著聊著哈妳是那個撞球店女孩？哈我記得你，你是那個雄中的球技不錯的嘛。聊得又懷念又感慨，後來這男的又來這店指名要她按，店家說人家是老闆娘耶，那次是來支援的。後來就找她去他家按。但很怪，是去替那小孩按。她去按了一次，跟我感覺一樣，被那大房子的什麼給震懾了，一樣也是沒人跟她說話。她去了兩次，就決定把這轉給我。她說啊，那男的啊，一定是靠他老婆，才這麼有錢。很怪，我的感覺跟她一樣。

大河

《西遊記》那一回寫道唐僧師徒來到「通天河」岸邊，這河實在太寬了，悟空駕起筋斗雲自上空眺望，竟見不到對岸：

洋洋光浸月，浩浩影浮天。
靈派吞華岳，長流貫百川。
千層洶浪滾，萬疊峻波顛。
岸口無漁火，沙頭有鷺眠。
茫然渾似海，一望更無邊。

急收雲頭，按落河邊道：「師父，寬哩，寬哩，去不得！老孫火眼金睛，白日裡常看千里，凶吉曉得是；夜裡也還看三五百里。如今通看不見邊岸，怎定得寬闊之數？」

這裡插個話，想起一前輩曾說的笑話：

「一架飛機正要降落，正駕駛說：『靠，這跑道怎麼這麼短？』副駕駛說：『真的！天啊，這跑道太短了！』但來不及了，他們拉緊操縱桿，碰碰碰碰劇烈彈跳硬是把飛機降落成功了。兩人吁了口氣，擦汗。這時副駕駛看看兩邊弦窗外，說：『咦？這個跑道怎麼這麼寬啊？無邊無際啊？』」

說來這是吳承恩描寫那個「寬」的本事，想來唐僧師徒一路西行，一路不可能沒穿過大一點的河流，但若像皮影戲或傀偶戲，四個人一匹馬的扁平投影，搖晃前行，我印象裡似乎他們都是在沙漠或礫地行走，以想像性的大河來說，莫非那是他那年代輾轉傳說的恆河？當然那是條虛構之河。但寬到能讓火眼金睛在雲頭上，日間視距達千里的美猴王，看不到邊際，那個寬，已非地球上河流的尺度。即使孫悟空能以飛行器，自由飛行來去天庭、西天、南海，這河的寬度也對他造成一種距離的畏懼。不像河了，有點八仙過海的一望無際。當然你可以說整個西遊，本就是夢中造境，他們只是一些意念，波函數般的人物。或也可以說，吳承恩的虛構之術，其實不擅長玩「河流」。這一章操縱，把玩這個設定場景，顯得有點呆，或是空洞。

但我小時候，對西遊記裡印象極深的幾個段落，其中就有這章裡，他們投宿通天河畔一戶善人家，耍了一段豬八戒那無底洞般的食量，之後便是這老人家哭訴，他們這裡的習俗，每年要供一對童男童女給這河裡的一位「靈感大王」吃，才能交換風調雨順，而今年正輪到他們老兄弟各自老來得子的一雙孩子，女孩叫一秤金，男孩叫陳關保。那個必須賄賂神靈，但這神偏偏有愛吃小孩之壞習慣，那個哀愁無法抗逆的恐怖。他們之所以恰好有這麼多齋飯招待悟空他們，正是在「預修亡齋」，先與孩兒做個超生道場。這時候孫悟空又以他當年和二郎神比賽變化之術的神技，在這個愁苦的故事中發光了，他將自己變成和那陳關保一模一樣的男童，也要豬八戒變化成一秤金——「那女兒頭上戴一個八寶垂珠的花翠箍；身上穿一件紅閃黃的紵絲襖；上套著一件官綠緞子棋盤領的披風；腰間繫一條大紅花絹裙；腳下踏一雙蝦蟆頭淺紅紵絲鞋；腿上穿兩隻綃金膝褲兒。也拿著果子吃哩。」八戒在悟空威逼下，也真個變成女孩兒面目，只是「肚子胖大，郎伉不像」。悟空又施了法，才真的成了一雙仿冒的陳關保和一秤金。

我小時候對這一段情節印象深刻，他們倆變成的男童女童，被盛在兩紅漆丹盤，同莊眾人鑼鼓喧天，燈火照耀，將這他們集體馴服的「輪班」殘酷祭品，抬去放置靈感廟供桌。且不說後來那妖怪現身，被變回本尊的悟空和八戒一頓追打，鑽回河裡。但那「具有強大魔力的悟空，躲在他所不是的小男孩軀體裡」，之前被獻祭的孩童在這時早已唬死了，他們是真的一年一年被吃掉。而他倆在那昏暗燭影搖晃的等待，在那麼遼闊無邊的一條河邊的愚痴小廟，這個等待讓不幸的人們，感受那麼深切的悲慘，和一種魔術將要煙花迸炸的快樂。

女人

那本《西遊記》的五十三回到五十五回，很有意思，連著三章都是「女劫」，「女禍」，五十三回是唐僧她們師徒，搭了艘擺渡小舟，過了條小河，到對岸後三藏和八戒口渴，拿了缽盛水啜飲了，誰想到這條河叫「子母河」，喝了此水，腹中即成了胎氣，結了珠胎，頓時三藏和八戒都成了孕婦。這裡又一次展現吳承恩在幾百年前的奇想，喜劇天賦，如果她們師徒四個的一路西行，是像布雷希特的「史詩劇場」，像走馬燈快轉，在不同的旅途某處發生奇遇，這一章是將那似乎最嚴守戒律，虔誠佛法的唐三藏，掉入一少女懷孕的羞恥和無措。一旁配的是孕婦形象非常像生過十幾胎胖肚大臀的豬八戒。兩種不同的孕婦神韻。弄得喜氣騰騰，那些群眾演員（這一地帶沒有男子，女子受孕全靠這子母河），所以不論老少婦女，看著這兩男子受孕，一俊一醜，都擠眉弄眼笑得。

這一段真是拿「男子懷孕」開了顛倒詭奇的玩笑，三藏聞言，大驚失色道：「徒弟啊，似此怎了？」八戒扭腰撒胯的哼道：「爺爺呀！要生孩子，我們卻是男身，那裡開得產門？如何脫得出來？」行者笑道：「古人云：『瓜熟自落。』若到那個時節，一定從脅下裂個窟窿，鑽出來也。」

他們簡直像一個脫口相聲，或像「吉本新喜劇」那樣的喜劇團體，完這個哏玩得不亦樂乎。當然這種調戲小菜無須大動干戈，也太丟人無須美猴王筋斗雲飛去天庭討救兵，就近就有個「解陽山」，山中有一個「破兒洞」，洞裡有一眼「落胎泉」。須得那泉裡水吃一口，自然解了胎氣。然那泉被一妖道占著，算是《西遊記》裡少數悟空不需搬救兵，兩三下將之打爆的弱咖，也就解掉師父和師弟的胎氣。

五十四回則是女人國，這位女王自出娘胎沒見過一個真男子，像花癡強逼三藏和她結親，將江山讓與他。唐三藏自然是像個花姑娘千不肯萬不肯，這時他的徒弟們又出現「吉本新喜劇」團員們作弄男一的惡搞，悟空一臉正直，教師父假意去和女王成親，等她讓大臣在通關文牒用了印，送別宴時他們再耍婊用本事將師父劫走。這連續兩章回，都有一種「喜劇的非道德默契」，劇中人像中了魔，失去感性和道德正義，完全是一種情境喜劇的嘻鬧。女人國的女王那對唐僧真是柔情婉轉，百般縱讓，朝中女官們也良善和平。這若非在一本第一男主角是必須禁慾守童貞的取經故事，這個女人國的女王，真是行旅中疲憊的男子的夢中旖旎戀人啊。他們這四個男子竟用此等爛招，騙了人家。

到五十五回，唐僧被琵琶精劫去，那才是回到《西遊記》主旋律的凶惡殘酷，真正的狠角色，前兩章的懛懶嘻耍，拿「無男之女境」開玩笑地舒緩、遊樂，這才收了嘻哈，美猴王上陣，憑真本事掄棒劈打，還吃了虧，頭上被螫了個倒馬毒樁，這回老孫上天庭請下的打手昴日星官，是整本《西遊記》裡收妖畫面最美的：「那昴日星官立於山坡之上，現出本相，原來是一隻雙冠子大公雞，昂起頭來，約有六、七尺高，對著妖怪叫了一聲。那怪即時就現了本相，原來是個琵琶來大小的一個蝎子精。這星官再叫一聲，那怪渾身酥軟，死在坡前。」

這三章回啊，從子母河師徒受孕；到女人國三藏假意洞房；到被這安潔莉娜・裘莉般的女蠍子搶押進山洞，軟玉溫香，春意無邊，簡直就是要強姦唐僧了。我小時讀到這裡，又燥熱、又遐想羨慕，怎麼這次唐三藏遭的災厄，沒那麼可怕啊。直到昴日星官變的大公雞一啼，將個嬌豔美人變成死蠍子，那才悵然想起，啊這是《西遊記》，不是〈遊仙窟〉。

山水畫

美猴王說，有一次他們走進一片像山水畫的世界裡。那些山單獨看勁壁皴苔，形勢凶險；但整片拉遠看，則層巒疊嶂，似有輕雲繚繞其中，焦距不斷在變換，淡墨飽濡水氣，浸潤著他們師徒四人的輪廓，似乎都要暈散在這蒼茫天地了。

他覺得心煩意亂，好像從他們走進這個空間裡，影子就都不見了，甚至他們這樣沉默走著，本身就變成扁扁的影子。過去曾發生過的種種往事，都變得恍惚不真切。走著走著這個身體，像一路習慣撲面的風沙，或許同時眼角有一些眼屎眼淚的糊光，跟那些沙子一起朝後流掉了。豬八戒甚至說：「大師兄，我想尿尿，但我會不會這樣一泡尿，就把自己整個流光啦。」

美猴王說，可能是哪個妖精的惡法，將他們的立體感、真實感刨空了，剩下一種漂漂蕩蕩，像張宣紙在風中翻飛，時不時他們才和真實維度接觸一下，那時才有電光火石一瞬的懷疑。

美猴王說，那時他喊住大家：「不妙，我們被封印在『古代』了。」他那個公主病的師父唐三藏，以一種和這寫意、境界、縹緲之薄紗存有感，毫不違和的聲腔說：「悟空，莫墜執念，古代又為何有？現代又為何有？」

悟空想，古代，就是他媽的活在別人的意識裡啊。這個別人，可以給你調明暗、調色差、柔光或銳光，他是動過手腳的，我們在這兒走著，一會兒就遇見「鍾馗嫁妹」他們一團人，那個搖晃晃的熱鬧感，他那些扎刺的鬍鬚，和老孫我頭頂這些毛髮，幾千年來是一樣的濃墨筆法。我們在這稀哩糊塗走著，怎麼樣就是那幾種情感。像琵琶的弦、音軌，用大數據的隨機排列組合，很多次以後就重複了。像那句老話：等到這些記得我們的人死去，我們才會死第二次，而這時我們才是真正的死去。但若是，這個「別人」一直不會死，或是子又有孫孫又有子，子子孫孫，念念不忘，那我們就永遠停留在，這個「第一次死亡，但並沒真正死去」的狀態。沒想到師父說：「悟空，那所謂現代，不也是如此？」

美猴王說，那時有幾隻大雁飛過天際，突然有個人影，在那茂林遠岫的某處，舉起獵槍，朝空射擊，子彈的撕裂空氣回聲久久不去。有一隻雁瞬即翻滾而下。他聽到師父讚曰：「寒塘渡鶴影。」但其實他們翻動畫面的本領，是可以再以毛、澀、蒼、潤的濃淡墨色，再將天地收斂回那無邊的空闊寂靜。那個開槍的傢伙，瞬即被一陣濃墨，像他發生自體燃燒發出黑煙，但那陣煙隨即變成一棵蒼勁的老松。另一處空白處則冒出個新畫上的，戴著斗笠的樵夫。

師父說，這是一個水墨的世界，比如潛水在一泳池下方，目睹一罐奶粉整桶打翻，緩緩下沉，每一粒奶粉的融解前，混濁成一片白霧前，每一微粒在水中懸浮、散開，要觀察它們獨特的差異，形成的「事件」幻覺。比這還紊亂、不可能，千萬倍的這個心靈史，所有可能的翻滾形態。為什麼我們明明是破老百姓，一旦說起權力暗室裡，所有的陰陽虛實，錯綜複雜，膽小懼禍，我們卻都心領神會？局中局，連環套，那重重機關中最敏感，絲繩蛛網纏繞的；那小如耳蝸的，權力者黑暗內心的那根扳機。因之我們眼前這片雲山繚繞，林木芳華，空曠悠遠，是這個文明之人，唯一能支撐，不瘋狂，能活下去的大麻，續命靈芝，或氧氣瓶啊。

不死

這一陣美猴王總是說：「那個人要來殺我了。」

他這麼說時，我內心總充滿一種溫柔的哀愁，我說：「但美猴王，誰殺得死你呢？連閻羅王都怕你啊，你真的翻臉變成忿怒尊時，怕也只有如來能把你怎麼樣。」

但有一次，我和美猴王到那間叫YABOO的咖啡屋，我們坐在戶外抽菸區的小桌，隔壁一位滿頭灰髮的算命師，正幫那咖啡屋老闆娘解命盤，一旁那些玩樂團的、拍實驗電影的廢材年輕人也圍著起鬨。大約是算出這女孩兒未來一兩年會有個好姻緣，她笑得闔不攏嘴。大家七嘴八舌都說「好準！肖準！」我看美猴王垂塌著頭，無精打采，便也搭訕請那算命師幫美猴王算算。算命師問了生辰，美猴王胡謅了一個，算命師在他的i-pad上排了盤，看了半天，說：「先生這是在鬧我吧？這張命盤的主人，已是個死人啦。」喔那可能記錯，又說了一個時辰。再排，再看。「這也是死絕之命。」算命師抬頭看著美猴王，我這才發現他的眼睛像漩渦星雲，全黑中的閃電，好像往裡頭看進去，是好幾萬光年外的遠距銀河。

他問美猴王：「為什麼你流落在這裡？你師父他們呢？」

美猴王說：「我弄丟他們了……」

這時旁邊那美女老闆娘指著美猴王脖子上一塑膠項圈，笑著說：「你也戴這個？我也給我家的貓（牠叫虎面）戴這個喔，牠跑丟好多次了，後來帶了這個後，每天我們都會在臉書貼牠的冒險路線圖，牠跑好遠喔……」美猴王說：「這是什麼？」「什麼？這是寵物衛星定位項圈啊！」

美猴王說：「糟，這樣我躲到哪他們都知道啊。」遂將那螢光綠的項圈扯下。

就是那天我才知道，有一組人在追蹤美猴王，而美猴王不願意被他們找到。但那算命師（這時我也覺得他怪怪的好像有啥來頭）說：「那玩意怎麼追蹤得到你？你是無生命之物，甚至你是不存在之物啊，啊，不對，那是最低階的衛星定位，不是生命感應裝置，」他一掌拍在美猴王手背：「走！快走！」

我跟著美猴王在那巷弄裡，像無頭蒼蠅亂鑽，夕照的金光從公寓窗玻璃反射，照得我的眼前像螢幕壞掉的電腦，但正播放著兩個被追殺的人，在巷弄中跑著的電影。我們跑出一條小巷時，一個穿西裝的男人上前要跟我們說話，被美猴王推翻在地，我看到他一旁摺成三角形的賣房子廣告硬紙板，才想到他只是個站到路邊拉路人「看看房子」的小仲介員。之後我們跑過一個印尼女孩推著一滿臉粉紅斑的輪椅老婦，那黑女孩笑著拿手機對著我們拍。我看到美猴王用一隻手遮住側臉。什麼時候變成這城市裡，那原本讓我們隱匿其中的那麼多人臉，卻變成讓我們愈變稀薄、消失的光牆？我想對美猴王說，沒有人殺得死你。你想有人殺得死米老鼠嗎？殺得死瑪麗蓮・夢露嗎？難道是這陣子他們放話說要對金正恩「斬首」，這些網路訊息成為亂波，混進了美猴王的意識？我想跟美猴王說，你從唐朝，喔不，明朝，穿越過清朝，包括致遠艦鎮遠艦那些龐然怪獸被流淡火彈打成廢鐵，沉入海底；包括那些高空的轟炸機撒冥紙般灑下點點黑粒的炸彈；多少座城市像枯萎的茶花焦枯蜷縮；曠野上多少屍骸歪倒，吃得野狗和烏鴉都肥撐的不像話；你從虛空中搭橋建棧，從這些人恐懼眼睛所見的地獄之景，文明毀滅之景，那樣一路蹦跳到現在這個世界。我想對美猴王說，我小時候，台灣的大街小巷，每到了六點半，就播放著卡通主題曲：「我喜歡喜歡喜歡，我喜歡喜歡喜歡，看那孫悟空真棒！真棒！真棒！」誰殺得死你？有人能殺死卓別林嗎？有人殺得死哆啦A夢嗎？有人能殺死哈利波特嗎？

公寓裡的嘯天犬

美猴王說他走進那老舊大樓的電梯前，一個老者問了他何事，他說到十二樓買隔音棉，然後他便進到那破舊的電梯，它上升的速度非常慢，看著頂牌樓層數字發光的那個小圓鈕，一格一格跳得非常慢，證明這棟大樓年代真的非常老了。這種關在電梯裡緩慢等候上升的時光，真的很像你要去上頭某間房，去刺殺什麼人。有一電影叫《偷拐搶騙》，一開頭的鏡頭，就全是這些電梯裡的監視錄影機，走廊的監視錄影機，在這像小圓鏡自上朝下的鏡頭，一夥穿著風衣戴禮帽、墨鏡的黑幫分子，後來他們果然把那棟蟻巢般的大樓其中一戶裡的猶太鑽石商人給殺了。美猴王說，進入到現代電影的時光裡，你看那些超級特工被圍殺和殺對方的場面，都非常講究地形和任何遮蔽物，他們拿著槍駁火，醫院長廊、辦公大樓、大賣場的貨架間、停車場、舊社區公寓外牆的水管攀爬到防火巷，那些長短槍比咱的金箍棒，二郎神的方天畫戟，哪吒的火焰槍，豬八戒的九齒釘耙更華麗、流暢、快速。然後後來又有這種葉問啦，臥虎藏龍啦，拳頭腿腳肘或膝，像蜂鳥撲翅的慢速分解鏡頭，那樣在小空間裡酣暢流瀉的接掌拆招，像水銀瀉地，人體的攻擊與接觸可以這麼讓人眼花撩亂。說到劍，劍意、劍招，那更是天地間的風啊，光陰變化啊，星宿的運行，都可以是後頭的美感和哲學。你說，當初描寫我和二郎神打的天昏地暗，鬼哭神號；或我和那假行者，一路打上天下地，都沒有這種優雅，眼睛眨一下就無數分解畫面的空間流動和切割。

什麼氣走丹田啦，勁力牽引啦，穴位游移啦，乾坤大挪移，吊鋼絲輕盈飛簷走壁啦，這些，都沒有在美猴王掄棒和妖精亂打的想像裡。

美猴王說過了許久，到了十二樓，那像在一髒污箱子中擠壓著，灰暗的廊道，每扇鐵門都像監牢的欄柵，倒有一扇門左右新貼了亮紅的春聯：天增歲月人增壽，春滿乾坤福滿門。他想這時若像那些國際特工電影裡，驟然這些門推開，穿黑西裝的人持槍從不同方位，遠近，朝他射擊，他會怎麼反應這個空間的創造？他最成名的，後來被抄襲去的「影分身術」，如果在這層安靜的邪門的大樓空間使出，抓下一撮毫毛吹一口氣，那眼前這灰影廊道，一直到逃生門那樓梯間，會像一整大鍋的水餃，塞滿成千上百個和他一模一樣的孩兒們。或甚至整棟樓會被他瞬間勃漲的如意金箍棒炸裂粉碎。對了，因為他的戰鬥空間尺度太大了，必須在山巔，曠野，天空，海洋展開。他和我混在這城市的底層太久了，昔日的大尺度大空間的華麗戰鬥，都像模糊破碎的夢境殘影。如果他被懲罰在現代電影院屏幕上，像永遠醒不過來的夢中演員，該安排和他對打的，不是在小巷弄拿掃刀追逐的古惑仔，不是翻滾同時雙槍在自動販賣機後駁火的麥特．戴蒙，不是從對面大樓玻璃帷幕破窗降下的蜘蛛人，當然也不是拿長棍點打他腳脛的葉問。他的戰鬥尺度，對打的是變形金剛、酷斯拉，或福特號核動力航母啊。

美猴王說，他按了那抄在紙上門牌號的電鈴，一個老頭出來應門。他說他是來買隔音棉的。老頭請他稍等，那辦公桌、沙發全堆滿雜物。有個黝黑的禿頭漢子，原來可能正和老頭談某處工地施工的。老頭拿出一張黑色波浪狀隔音棉，想把它綑成一綑，但手腳不太利索，後來是那黑臉漢子來幫忙，用一種大綑的薄膠膜包紮。

老頭問：「是在玩樂器？電吉他還是打爵士鼓的？」這或是他通常客人買這個的原因。美猴王說：「朋友託我在公寓養了隻大狗，對門鄰居嫌吵來抗議。」那老頭說：「我也想過，會不會有人買我這個去隔音，然後在他公寓裡殺人啊？」然後哈哈大笑：「開玩笑的，您別在意。」

打工仔

讓我算算，美猴王在我們這個時代，幹過哪些工作？他幹過報關行，記下每個進口貨物的稅號，有一些是鐘錶極精密的零件，有一些是國外進口的整箱紅酒，非常難計算；他還在那沒有電腦的年代學會打字機敲字。落魄些時他幹過那種二、三十層大樓，用升降平台洗外牆玻璃的工人。他也做過小生意，學做福州魚丸，有打漿機，但丸子要自己搓，那些技術好的皮薄而內餡肉燥多，有爆漿的竅門，且成本低，那些魚太貴了。但他手笨，搓的丸子像牛屎，大小不一，皮厚又粒粒疙瘩，成本貴兩倍，客人卻說難吃死了，像在啃楨子頭，沒人吃福州丸是吃這種口感。每行都是學問，他也開過計程車，車爛車內又臭，在街道上繞來繞去，載不到客人。原本桀驁不遜，兩眼精光的猴子臉，被這流光幻影的城市，磨耗得陰鬱隱忍。我曾聽他說起師弟們的近況，好像也都不很得志。豬八戒好像前陣子睪丸下方破了個大洞，自己去藥局買雙氧水消毒，那洞像鵝嘴瘡愈破愈大，還發出臭味，但好像不是花柳病，而是一種頑強黴菌感染；同時還發現自己血壓高到一百九，暈眩無力。沙悟淨則得了一種憩室炎，大腸末端長疱痘，還破了，非常危險，只要破穿，糞便跑進腹腔，細菌感染，那可會致命啊。

但美猴王說起他們，似乎都很疏離，他們的事都是他們寫line跟他說的。但師父呢？師父被弄丟了。也許我們從一個古代的故事，跑來你們這個現代，這就是個仙佛的世界吧？一路艱苦西行，跋山涉水，終於讓如來佛宣判了任務成功，所有人升官，老孫成了戰鬥佛，八戒是淨壇使者，沙悟淨是羅漢，好像沒有比原來在天庭的官大，有點像如來掰了一些金光閃閃的名稱，呼攏咱們。之後在時間河流泅泳，到了這個時代，覺得要份安定的工作都特難。那些法術，金箍棒九齒耙月牙鏟這些兵器全派不上用場，幾年前各自就典當了。

美猴王說，你以為活在現代是容易的嗎？說實話當年唐僧真的走過的路徑，現在那些國度不都像沙漠裡的廢墟？如果故事是活在土地上走動的人內心，他們跟著駝隊，傳遞這個西行的故事，那可以說這故事已在當年走過的路途，死滅了。那是一片伊斯蘭鄰接著印度教的國境，如來也不在那裡了吧？那些阿富汗塔利班軍隊不是還用火箭彈把千年大佛炸掉？有一句話，「曾經發生過一次的事，它必然還會再發生第二次，第三次，甚至無數次」。但原本唐僧師徒朝著那莫名其妙的「西方」，沉默前進，那原本也就像他的毫毛迎風吹撒，會變成無數次重來。但進到現代之後，這個「重複」變得好可怕啊，連毫毛分身的小悟空們都跟不上世界的分裂和增殖了。它們在電影裡，後來發明了電視，後來又發明了電腦、網路，七十二變的N次方都不夠分給那菌絲分裂的碎玻璃倒影啊，某一個我，就像鯨魚擱淺在礁岩灘，蒼蠅被融化的冰塊黏住，來不及掙脱，永遠被困在這個（無數的其中之一）世界了。怎麼辦呢？只有從洗車店拿噴水槍和海綿幫那些髒車刷肥皂泡和沖洗開始嘍，從騎機車送披薩開始嘍，從叮咚歡迎光臨的便利超商櫃員開始嘍。這個《西遊記》仍在進行，只是這個泡沫世界的表面張力太大了，三個師兄弟的魔法怎麼也使不開了，但咱們一定會找到師父（也許他變成了一架手機？），繼續那朝西天取經的路途。

仲夏夜之夢

這一回合，美猴王陷在被師父冤屈的泥淖裡，那是個幻術高手白骨精，先變身成一嬌滴滴的小女子，路邊施齋，撩得豬八戒口水直流，孫大聖回來，看出是妖精變化，一金箍棒打死。卻不想那妖精先一手「解屍法」，飛脫而去，只剩讓唐僧這凡眼所見一具打成爛泥的屍體。唐僧驚怒，再加豬八戒攢唆，唸起緊箍咒懲罰那明明看清事情本質的悟空。這樣的戲碼如是者三，白骨精再變成尋找女兒的老婆婆，又被聰明機靈的悟空一棒打爛；又再變一老公公，這次大聖使出拘神咒，另土地山神幫他拘著這妖，不准靈光飛遁，才真正打死，打出那怪的原形，一付骷髏。但這時唐僧的誤解已到沸點，豬八戒的穿小鞋搬弄讒言的本事也展示到極致，終被逐出師門，不再西行，回花果山當他的大王。

這一段情節，或是寫到了中國古往今來所有讀書人的痛點哭點酸楚的敏感帶。因這個文明，正是「冤屈」、「忠義之人被屈殺」的生產裝配線啊。而這個文明，對「疾風知勁草，板蕩識忠誠」的SM癡迷、尊崇；恰恰又總像喬木必被藤蔓纏繞，搭配著那臻於化境的，顛倒黑白之術，落井下石之術，讒言毀謗的人言可畏，諂媚弄權的精密技藝……這一切相生相剋。集體潛意識裡，看到此章莫不咬牙切齒，為悟空叫屈。罵翻三藏之迂蠢，與豬八戒的小人嘴臉。這樣的冤案，這個心靈史的長河，記下了無數像悟空那麼冤屈，但卻無悟空的法術本領，也無花果山可回的不幸忠良。譬如屈原、伍子胥、司馬遷、于謙、岳飛、史可法、張學良……太多了，像數夜空之繁星，一片紊亂紛繁。而孫悟空這齣戲替他們洩了那鬱憤冤苦。整本《西遊記》，其實就是一整座關於幻術的大遊樂園：你用幻術詐我，下一回我用幻術婊你。就連被打死的，都帶有一整孩童的純真和嬉鬧。這是這個民族長久在權力隧道車的黑暗軌道上，讓自己變成不那麼被恐怖景觀嚇哭的孩童。一切的粗暴、恐怖、冤獄、市曹分屍、砍頭、吊刑，最後都像孩童的嬉耍一樣，帶著純陽童子氣。像美猴王。

果然，下一回合，我們第一次看到「沒有孫悟空」的《西遊記》，只不過碰上一個黃袍老怪，那豬八戒、沙悟淨完全顛倒錯亂，讓人抓唐僧像探囊取物，刀切豆腐，整個像拉不啷傷退不在場的騎士隊。而且這妖怪抓了附近王國的公主（他對公主倒是用情頗深），把唐僧他們輕鬆抓了不說，還變化成一翩翩書生，上朝自稱駙馬，反而施法讓三藏變一斑斕大虎，那朝上武官軍士盡拿刀劍槌棃往可憐長老身上亂砸。還好有六丁六甲護體。這也算是一個顛倒，讓唐僧自己癡癡被幻術遮蔽，被人們當壞蛋之境的苦頭。這裡寫的化妝舞會，妖怪喝醉又變回原形之景如此迷幻恐怖，彷彿《仲夏夜之夢》：「你看他受用飲酒，至二更時分，醉將上來，忍不住胡為：跳起身，大笑一聲，現了本相，陡發凶心，伸開簸箕大手，把一個彈琵琶的女子，抓將過來，扢咋的把頭咬了一口。嚇得那十七個宮娥，沒命的前後亂跑亂藏。」

連唐僧騎的白馬，都得變回本身小龍王護主，但還是不濟事。所有的情境堆疊的就是讓觀眾齊喊「叫悟空回來！叫悟空回來！」之前美猴王吃的冤苦，豬八戒的讒言，這像孩童世界，讓豬八戒縮頭遮臉，滿嘴奉承的去花果山請回大師兄，這真是完全摳到了時光中這個民族集體酥麻的爽穴。吳承恩也像演員討彩，賣本事耍著槍花兒，鋪陳那八戒的羞慚，陪小心；悟空的怨氣，不回，到被激將法逗怒，再次出動。這一切，所有的偽詐、冤屈、謊言，被流言所譭，兜轉編織著，百感交集，但終歸塵埃裡，師徒們還是得繼續上路。

冰冷

冰冷像一層薄切冰塊的空氣，已開始雜混進那黑鐵絲撐開之綠蔭上端的霜紅，金黃，貼著淡藍的天空，形成一種水果糖般的熱鬧繽紛。冬陽灑下，身旁的白鐵立柱火爐，那瓦斯熱穿過袖子和毛衣的厚度，讓他燥熱刺癢。衰老已在我的身體裡，留下某種像軟體動物需經年累月分泌的介殼薄鞘，或已知用眼淚和隱形鏡片之膜弧相處。會坐在這二樓陽台的咖啡座，各小圓鋁桌椅的年輕男女間垂頭打盹了。如果是一個夢，夢境的膠卷一種有一下方街道傳上的吆喝叫賣聲，因為是日語，偶爾還加入擴音喇叭的演歌音樂，那更像在他人的昔日夢中。譬如我岳父這樣對日本有懷舊情感的老人吧。其實是全世界前十潮流名牌朝聖地的表參道，那些樹幹枝枒朝上伸展像人的裸體，又像黑夜月光粼洵河流的線條，映在那些二樓咖啡屋像糖霜小蛋糕的黑玻璃窗上，這在二、三十年前的旅人眼中，就是一條未來之街科幻之街吧？只是二、三十年下來，這些說著日文的漂亮男孩女孩，仍在這未來之街上行走、漫遊，好奇的看著全世界的昂貴衣裝、皮包、工藝，像花朵展覽在那些櫥窗裡。偶有烏鴉掠翼而過，啊啊像悲嘆又像滑稽的怪笑。如何將這一切穿著黑蕾絲褲襪、高跟靴，臉上濃妝翻翹睫毛，身體像小鳥一樣纖細漂亮的女孩兒，收納進這個你來一次就要離開，但終要記下的像某種「二十世紀繁華夢」博物館的街？

美猴王坐在我的對面，他說：「你看我的眼睛。」我深深看進去，發現那有三股旋轉的藍色火焰，兩隻眼睛的瞳仁都如此。但那是什麼？那是宇治波佐助，或是宇治波家族的寫輪眼不是嗎？美猴王說，事情一開始是他的腦袋中，有一些零式戰鬥機像蒼蠅那樣搖晃飛著，還有嗶啦嗶啦扔下炸彈的九七式轟炸機。他這麼說時我有點羞慚，因為他說的這幾款戰機（包括琉璜島之戰出現的「飛龍」雙引擎轟炸機）都是日本三菱重工在二戰時設計並生產的，而我現在的車正是三菱產的savrin休旅車，想到它的操控引擎算是，當初在高速俯衝中仍然保留極好的操縱性，朝塞班島或關島美軍戰艦俯衝，扔下地獄之火炸彈，那完美引擎的徒子徒孫，我就有些混亂。美猴王說，是的，一開始還有這種機械引擎的運轉和燃油感，但後來從那兩顆蕈狀雲的高溫烈焰，巨爆，將大範圍的城市建築、街廓、人類、行走的車輛，所有活著的時光，在一瞬間蒸發、氣化，隨颶風吹成灰塵；那之後他們便進駐我的腦袋了，比我師父的緊箍咒還勒得腦漿要併流。我想他們是在取走我毀天滅地的象徵性，他們比把他們炸成廢墟的人，還迷戀那種一座繁華之城被恐怖力量踩碎成一片廢墟的景象。所以有三眼神童，有噴火的酷斯拉，無敵鐵金剛，有阿基拉，別忘了風之谷裡的巨大機器人，當然最後有火影忍者，鳴人和佐助，九尾妖狐和天照之黑焰，有大蛇丸的穢土轉生，八岐之術，死亡的空間，噩夢充滿卻可像花瓣一枚枚撥開人類腦中，殺戮之奇想極限，被蒸發掉、被刀刃捅進腹部、在夢中被割斷頸動脈、甚至被屍鬼封印的死靈魂們，都可以找到光纖纜線，找到幻影疊著幻影的界面，再穿梭活回來。美猴王說，暴力的殺，死生間可以用神之術修改，萬花筒寫輪眼，鳳仙花之火，高溫氣化之後還可以時間停格，找尋惡的寂寞與哀愁。這很像從我的腦中，撐開，插進無數小管，抽取出去，研發，進化，比零式戰機的雪白幽靈搖晃，更美，更讓我懷念起二郎神和哪吒的天際線上方的，神話時期的戰鬥啊。

吃人肉

那一切像噩夢一般，那支部隊殘盔破甲行過官道時，用車載著食鹽醃漬的人屍；也就是說，武裝軍隊連劫掠城鎮就餉這個動作都省略，直接將眼前逃跑的人群，當蛋白質的來源，直接宰了肢解烹食。這還沒什麼，據說他們老大的老大黃巢，圍陳州時，弄了個「搗磨寨」，數百巨錘，同時開工，把戰俘、抓來的百姓、男女老幼，推進巨舂，搗碎磨爛，當作軍糧。黃巢圍陳州快要一年，啖食數十萬人。也就是說，「人吃人」這事的恐怖感，在那個空間裡，徹底消失，那幾十萬部隊，像地獄裡的餓鬼，他們每天需要海量的糧食，曠野上一片荒枯，這些士兵們像蝗蟲空洞的鞘殼挨擠著，腦袋裡想著就是往哪座城市撲去，攻陷後就大快朵頤裡頭白花花的人肉。活人逃命、哀號、求饒，這殺戮之後再進食的效率太零散，大軍等在那兒，全是飢餓死線邊緣的瘋狂者，來不及了來不及了哪，於是造出這種巨錘和巨舂，活人整批扔進去，像現代屠宰場的流水線。

美猴王說，這就是我的故事的開頭。沐猴而冠，這個文明悲慘用袍袖遮了一半臉，為什麼黃金抬轎那麼喜氣，對生命充滿激情和童話夢想的大漢，稱了皇帝，軍隊各州亂竄，之後就變成發明人肉作坊的恐怖魔頭。人的身體，人的形狀，人的耽美或愛戀，在這個默片裡，就成了碎肉機的食物。之後的建國者，統治者，建構城市和著書者，當然一撥撥冷兵器和甲冑，服飾，瓷器的工藝，文人，戲班，說故事的人，慢慢就不興吃人肉這麼讓群體驚嚇瘋狂的事了。但文明再繁麗，那說故事和聽故事之人的眼皮就是會跳，因為這個文明，如流沙上搭鬼斧神工、雕梁畫棟之樓閣，他們最深的心底都明白：這個文明，沒有底線。人再怎麼被刺繡於那絕美、層次繁複、百感交集的金蔥銀線裡，一個無解的歷史河道暴漲，那個屈折、羞辱、恐怖，永遠如浪打沙灘。

於是在那個沒有邊界的黯黑大河那端，妖怪像夜空上的星子被發明出來。一個猴頭猴腦的笑臉，愈模糊，愈清楚。這猴兒會七十二變，於是說他故事的我們，便稍忘記自己那麼脆弱可憐的身體，是掛在帳上隨時瘋魔起來放進巨錘巨舂裡搗碎的糧食。他大鬧天宮弄得玉帝沒轍，神仙全像呆瓜，我們又開心又有一種惘惘的畏悚：起禍事了那之後的鎮壓懲罰是怎樣恐怖怎樣殘酷？之後他又一棒一磕打掉那些妖怪，每一個妖怪被打殺，就像我們心底一朵幻想之花被捏熄。我們會像心愛球隊輸球後的球迷，反覆重播那之所以定勝負，後頭有其層層疊疊的陰謀和暗影。這些被打殺的妖怪，就像謝掉的曇花，收藏在人們內心的冥河。也只有孫悟空這樣金光燦爛，不官不匪，不張貼神聖話語的猴兒，能把這一路往西天的各路妖魔鬼怪，神仙菩薩，像一支打擊樂樂團叮叮咚咚敲打得如此嘻哈熱鬧。我們好像對暴力和惡那麼呼嚨，總放在一玲瓏閣小玉器小棗核雕小鼻煙壺小刺繡香囊作鑑賞；怎麼吞食那時間連續、幻燈片換片子的打扁妖怪放進巨舂的屍骸，再吐哺出明亮的幻想？有一點我們總忘了：在不斷噴湧迷離古怪的奇遇，所有的妖怪都要吃唐僧肉啊。悟空所有的本領，把戲，力拔山兮，全在阻止，不准他們吃人肉啊。這可能是幾百年來，說故事聽故事的我們眼皮跳閃，那美猴王總在黑暗更黑暗的深淵，作為守護神，守住的這個文明，在眼花撩亂之境，最恐懼的瘋癲哪。

老炮兒

他們說「老炮兒」，其實美猴王不就是個老炮兒？但我今不是要說美猴王變成老炮兒的故事，我是要說我父親的故事。我父親是民國三十八年隨國民黨部隊逃來台灣的，這沒啥好說的，這類外省離散、流亡，最後在異鄉過完一生的故事，之前已有許多；但主要是他們那樣的人，在極年輕時，就真正經歷了「死裡逃生」、逃難的過程，背景全是灰溜溜、惶恐、一臉對於下一站能不能活著的無表情，或是挨擠在碼頭、船上甲板，提揹著包袱，麻繩綁的皮箱，或是髒兮兮的孩子，這樣的人群。那種對生存的幽黑認知，像一個機伶伶冷顫，一哆嗦就跑到靈魂的最底層。

我小時候印象中，我父親那些一起逃難的弟兄，他們聚在一塊兒時，或是在我家那破爛房子的客廳，或是到其中另一個誰家同樣也破爛小屋的客廳，他們拿著漱口鋼杯或玻璃瓶喝著爛茶葉泡的熱茶，抽著菸，大聲說笑，但他們都好像梵谷那幅畫〈食薯者〉裡的男人，被命運剝奪到一種油墨乾印到紙上的倒楣者的溫柔。他們會去偷公家汽車的輪胎轉賣，或餓翻了偷釣人家中學校園裡水池養的烏龜煮來吃，或是偷翻進無人的空屋，在裡頭住個一年半年，他們在講這些事時，臉上調皮笑著，毫無道德負擔。他們生命裡，都遇過被自己的長官出賣（或應說在高層的權力鬥爭中，作為小卒棋子犧牲）之事，所以從深沉的驚嚇，長成一種虛無，不相信官家的拗執。有人欺負他們兄弟其中之一，他們即使已有妻小了，即使散住在台中、中壢、桃園了，還是抄傢伙，搭那年代的慢火車，一夥人會聚去討回公道。他們在自己的生活圈都是孤鳥，影影綽綽知道真實人世有個國家機器在運轉，有人會去碰不該碰的那黑暗核心，而消失；他們小心謹慎，絕不去惹警察，理平頭穿黑中山裝的便衣，軍人，或偵查局相關的人。落單來看，他們就是個平凡無奇，小小的中學教員，水利局鄉公所的小職員，或小鎮的雜貨店老闆，他們慢慢老去，就成了老炮兒。

但他們算老炮兒嗎？他們年輕時沒有玩過，像歷史比他們早一輩的老炮兒，年輕時殺人放火，捧戲子玩女人，老了在胡同裡遛鳥籠。他們只有逃難的經驗，在灰濛濛的十七八歲，那比電影場面還大的，人像灌香腸被擠進同一條命運的窄道裡，他們曾在碼頭等船的恐懼，躁鬱狀態，把一個細故爭吵放話要去告發他們的老頭，幾個人合力用毛巾摀殺了。他們的身分證明、學歷、過去的資歷，都是偽造的，甚至連名字都改了，他們後半輩子的人生，其實是變成另一個憑空冒出來的人，那樣活著。等他們老了，他們的妻子和孩子，憎惡他們的對他人缺乏感性，硬屎堀一塊，無法進入流變的新世界。但其實他們是真正看過人殺人，或是人在大批逃亡求活的同類中，像餃子落水，活活淹死。我父親這些兄弟的其中一人，大約在四十多歲時，有次騎腳踏車載他的小女兒，在路口被一台疾駛的機車撞死了。奇蹟的是那三歲的小女兒毫髮未傷，故事被我父親描述成，這個男人，在被車撞飛，空中轉體的那一兩秒，他竟能做出比跳水選手還繁複的動作：他回身將那柔弱的女兒撈回，抱在懷裡，將所有衝撞的暴力吸收進自己身體。據說他死了多時還不肯瞑目，直到我父親趕下台中，撫下他眼皮，說：「你放心，我會照顧你這些孩子。」他才七孔流血，安心死去。

兌換外幣

美猴王說，那個深夜，他站在那群逃難者的隊伍中，等著到那唯一的窗洞，兌換外幣。他們的身旁，有架高的網眼極細的墨綠漆鐵網柵。窄窄的走廊只有一盞小燈炮，所以有一種油燈的霧翳感。他的身前身後，都是一些老人，或因流離失所而面容削瘦，顯得蒼老的愁苦的人。小孩則熟睡著，被用髒毯子裹綁在前胸或後背。他們的臉都像版畫刻刮的粗線，沒在暗影裡。

美猴王說，人們印象裡，他們師徒四人一路西行，就是沿途打怪，行有餘力順便在那些地圖上沒有的小國換換度牒。其實太多人在那持續的西行之路流離失所了。兵災、戰亂、種族清洗，他們離開已成廢墟瓦礫的家園，剛開始哭聲震天，之後則成為沉默的，臉孔黑污，像那天空下枯荒曠野上流動的蛆蟲之河。

那深夜兌換外幣的愁苦流浪者們，他們手上攢著破爛的鈔票或錢幣，在那窗洞前卑屈的任裡頭那個女人刁難著，柔聲結巴的懇求，或解釋，或許那來自各處，經過各種死亡離散之途，那些敘利亞紙鈔、古安息米特拉達特斯二世背面是坐姿弓箭手的銀幣、正面是貴霜王夏迦（Shaka）站像，背面是大地神阿多赫索的貴霜金幣、阿富汗王國銀幣、甚至哈薩克騎兵用的盧比、或甚至出現高昌回鶻、西喀喇汗國、東喀喇汗國及花剌子模這些如煙消逝的名字他們的錢幣。這已是個幣值混亂，不只是我們所習慣的這個世界的匯兌，還有時光中流浪，彷彿在死去歷史的夾層，貼壁而行。每一張油膩破損的鈔紙，每一枚缺角褪色的錢幣，也許都有一系列買命的故事。乞求妻女不要被強暴的故事。基因染色體從此從地球消失的故事。隱沒，匿蹤進別人的民族走廊的故事。

美猴王說，他們鼻梁高聳，眼珠呈墨綠或湛藍，從破袖子露出的手肘上覆著鬈曲的金毛，要嘛是前額禿起，鼻孔特大，皮膚黝黑。比起他師父唐三藏，這些人更像他的同類。事實上，他們是他和師父、師弟們的同行者。他們或曾問他：「你們要去那兒做什麼啊？」美猴王回答：「去取經。」

他們會呼嗤呼嗤笑著，像這師徒四人是傻了的。這其實在這種經歷了地獄般景觀，而逃離的人們來說，是屢見不鮮的。美猴王問他們：「那你們是要去做啥？」他們說：「沒做啥，真到了『那兒』，就是活下來了，沒到那，這整個途中，就是死亡之境啊。」

美猴王沒敢說，我師父一心發願，這麼跋涉千里，要求的經文，就是講一個寂滅的道理。那好像是把一個死去的世界，無限擴大，彩繪金漆，成為一個永恆的二度空間。這是我們西行的目的，但你們怎麼像碎肉機掉出來的碎屑肉末，不，像客機空中爆炸、解體，那些從三萬呎高空極凍之境成為飛翔狀態的亡魂？懵懵懂懂，隨風飄行，找不到塵世投胎的形體。這樣的輾轉流離、匯兌，像只為了把自己悲慘的，到底活在別人夢境，或酣睡無夢時，什麼也不存在的某種掛帳啊。要流浪多久？一千年？兩千年？他們才能從那樣蜉蝣，波光幻影，他們的寺廟和清真寺，被轟炸成焦土，那樣的永劫回歸，重新活回來？

美猴王說，輪到他站在那窗口前，裡頭那個刁難，羞辱了前面所有拿著亂七八糟錢幣的難民，那個官僚嘴臉的胖女人，問他：「要換什麼？」美猴王問：「一般該換什麼？」胖女人說：「美金吧，或現在也有些換人民幣了。你是拿什麼錢幣啊？」美猴王拿出一枚透明的圓形物件，放進那窗柵下的凹洞。「這是啥？」女人問。美猴王說：「比特幣。它和我一樣，是虛構出來的。」

妖怪遊行

想當年唐僧在兩界山下，揭去佛祖留下金字，救出神猴，那個金光萬道，瑞氣千條。他們師徒第一次相會，被壓在石鎮下五百年的美猴王是這模樣：「尖嘴縮腮，金睛火眼。頭上堆苔蘚，耳中生薜蘿。鬢邊少髮多青草，頷下無鬚有綠莎。那猴性情暴烈，有觀音贈緊箍並傳咒語，收了那大徒弟孫悟空。」之後在鷹愁澗收了小白龍變成座騎白馬；在高家莊痛揍了豬八戒收為二徒弟；在流沙河大戰沙悟淨收為三徒弟。於是組成了這史上最強男子團體，一路降妖西行。但我心裡一直有個納悶：這唐僧降伏各有來頭的三大魔頭，組成取經團，為何到沙悟淨，就關閉不再接受報名？於是後來的近八十回，都是這三師兄弟在耍帥打怪，當然主要是靠美猴王他主打（他真像勒布朗．詹姆斯，一旁的厄文和勒夫全不靠譜），又要揮金箍棒和各路妖怪對打，又要飛來飛去搬救兵，又要變小蜜蜂小紡織娘鑽進妖洞。我的疑問是，從這四人一馬成團後，後來的妖怪，你把他打趴後，為何不循之前大師兄二師弟三師弟模式，讓他們入團，加入西遊隊伍？

你想想，當他們一路終於走到西天佛國，長長隊伍後頭一串跟著牛魔王、鐵扇公主、金角銀角、鼉龍、獅猁王、虎力大仙、鹿力大仙、羊力大仙、蜘蛛精、老鼠精、蜈蚣精、六耳獼猴、金毛犼……那不是一支超華麗夢幻的妖怪遊行隊伍？他們戰力強大，好幾個身手武功和美猴王不相上下的啊，而且若入了團，還是得敬悟空八戒沙悟淨他們大師兄二師兄三師兄，連白馬都要稱一聲賢拜，也不用每一章節每一個遇到的妖怪，就還是他們三個（或就悟空一個）從頭打起，後來收服的七師弟八師弟十三師弟，都可以打的天昏地暗吧？又不是籃球比賽一次只能上五個人，就算帶一些候補選手，勒布朗，不，孫悟空累了或低潮了，還可以上場頂替一下。想想水滸還一百零八好漢呢？劉關張後來至少還加了諸葛亮趙子龍黃忠或各人還都有兒子呢？或你看人家好萊塢那復仇者聯盟愈後來，抱團的團員不是愈打愈多？

那是為何，最終的西遊團數量控制在四人一馬？不再擴充？是因怕進入佛國時隊伍太大，奇裝異服，長相醜怪，招到佛陀手下誤以為是敵軍侵襲而啟動殲滅死光？但其實這些妖怪，不少是從不同佛或菩薩腳邊溜跑的坐騎。或唐僧是個討厭大企業組織的小工作室創業性格之人？或像所有的團體，都排斥新人，創始團員怕自己的重要性被稀釋？想想那樣（把所有打趴的妖怪都納進隊伍）的《西遊記》，漫山遍野長長一列動物大遊行，敲鑼打鼓吹螺彈琵琶，確實滿像什麼紅燈照或白蓮教。也許四人組是最適合這種公路電影模式的漫遊歷險吧？譬如《搶救雷恩大兵》，一個排的人，總會一個個在途中死去，最後只剩你孤伶伶一個人。你看《紅樓夢》，整盤棋人物那麼多，寫故事的人總會手癢就想寫她們的下場。四個人，就像打麻將，幾十圈下來，連故事都跟著打牌的手兜轉，永遠是活著打打鬧鬧，永遠不會死。所以西遊記是一個像小學畢業旅行在遊覽車上的故事，你身邊的夥伴永遠不會死，世界這麼恐怖扭曲，一直在塌陷又暴漲，連佛陀的經書都無法籠罩這後來比夢更像夢的人類後來看見的，你以為你比小時候讀美猴王的故事時，更理解死亡、瘋癲、文明的崩塌、星際中地球的孤單脆弱，但永遠有更顛倒更恐怖的等在後頭。這樣四人一馬，這樣在曠野走著，沒有比這更溫暖的故事了。

夜車

美猴王開著那輛雙層巴士，我坐在另一側最前的那個單人座，整輛車只有我們兩人，車窗外一片漆黑，如夜海航行。這種屬於夜間行路的靜謐感，你只聽見大型車換檔，或催油時引擎的某種像大型貓科動物胸肋內肺葉在喘氣時的哼嗤哼嗤聲。這是在山路上蜿蜒上坡，車燈的光束，時而投射在前方褶皺的山壁，時而投向斷崖處一片墨色的天空。關於這種大巴士，或是我們那個年代的某種記憶。好像突然某一年，這種豪華的，座椅上方有可以摺蓋起的薄頁片的冷氣孔，座椅全是鋪上深藍紫絨布的高級靠背，窗玻璃還是黑色的，車體內有種陌生的香水味，似乎大家買票上了這車，這段夜間航行，似乎成了一個夢中電影院。所有人在一種夜間叢林的隱蔽安全感中搖晃著，抬頭還有一台電視播放著電影。那好像外來種的優雅鬥魚，流麗搖曳的裙尾，瞬間把之前幾十年在這樣夜間旅途來回跑的，公路局那種鐵殼子車，給滅掉了。

那些夢遊般的老人們一站一站下車了，這車上終於只剩我們兩個，這好像穿過無數歷史版本，最終總是我和美猴王的宿命。但美猴王似乎非常浮躁，每有經過一段暗黑山路，到一稍有商家燈火的候車亭，他會將偌大巴士停在路中央，「企～～」的打開電動車門，下去那雜貨店抓一罐威士比，點根菸，和那穿吊嘎的老人哈啦。把我一個丟在車上。其中有一站，他甚至忘了拉手剎車，我突然感覺那車緩緩往後滑動，慌的我跳上駕駛座，手忙腳亂一邊抓那大圈方向盤，一邊打檔便有阻力，最後總算找到手剎車將之拉起，好不容易把那大車停下，美猴王卻還在商店裡哈拉，不見人影。

後來連這樣的車站旁小商家也沒見到了，美猴王只好老老實實開著車，在遠光燈打上一片燦白的漫舞飛蛾陣中行駛。這樣我們又好像在整個人世之外了。迷迷糊糊記得那時，我們上了一條沒底的渡船：

「那師父踏不住腳，轂轆的跌在水裡，早被撐船人一把扯起，站在船上。師父還抖衣服，跺鞋腳，抱怨行者。行者卻引沙僧、八戒，牽馬挑擔，也上了船，都立在之上。那渡船人輕輕用力撐開，只見上溜頭漂下一個死屍。長老見了大驚。行者笑道：『師父莫怕。那個原來是你。』八戒也道：『是你，是你。』沙僧拍著手，也道：『是你，是你！』那撐船的打著號子，也說：『那是你，可賀，可賀。』」

那之後，好像戲散了，那個《西遊記》也就結束了，我到底是丟了身子過河的魂，還是順流漂下的那具屍身？也分不清楚了。但就是常常這樣，在一個旅途的孤寂時刻，只剩下美猴王和我。他當然想不起我是誰了，我可是不論他變身成什麼三教九流，在「現在」之中漂泳，我一眼就認出是他。

有一次是在電影院，我坐最後一排，滿臉是淚被美猴王搖醒，夢中是我們師徒四人蹣跚的在烈日下走著。「這位老伯，片子已經結束啦，你看其他觀眾都走啦，這是最後一場啦，你得離開啦，我還要打掃呢。」那次的那部片叫《巴黎，德州》啊。

這回在這夜行巴士上，美猴王顯得冷漠寡言，他只問了一次：「老先生，這裡上去，就是總站啦，這麼晚了，那裡連家店都沒開啊。你真的沒搭錯車？」我告訴他沒錯，我是坐到總站。他也就沒再搭理我了。

後來他把車在山路盡頭開進一空蕩的停車場，有一個車間模樣的水泥屋，燈火全黑，一旁還停著幾輛破爛的大車殼。我們一前一後下了車，我想這樣我們倆總可以在這荒山談談那之後的各自際遇吧？誰想到美猴王走去角落，騰騰弄弄發動了一輛長把手的重機，不知何時套上了件皮夾克，背著我揮了揮手，就咚咚咚咚的騎走了，扔下我一人在這整片黑裡。

定字訣

我們的巷子再往大馬路出去些，有條像防火巷的小弄，每天黃昏，垃圾車在巷口定時收垃圾時，會有個胖男人，以那小弄一角為據地，攔截大家的空瓶、紙箱、破鐵爛罐、保麗龍塊、廢棄椅櫃之類的。那時提著藍色垃圾袋的人群都像炭筆畫一般，輪廓模糊不清。這個拾荒阿伯總和大家的運動節奏違和，埋身在那堆，或丟棄的塑膠罐裡還有酸臭牛奶、沙拉油、果汁、醬油的各種臭味；或窗格上仍有破玻璃或藤圈椅上仍有鐵釘這樣可能傷害的銳器。似乎大家像幻燈投影片那樣晃動著，只有他蹲著靜止在那。人們把那些壞毀之物丟棄在他周邊時，像是施捨與他，事實上他也是每日收集這些破爛，騎著他的馬達三輪，可以去回收場換極小數目的錢鈔吧。這其實在我小時候的年代，這樣的人是騎三輪在巷弄間穿梭喊唱「酒矸哪倘賣沒？報紙倘賣沒？壞桌子倘賣沒？」（也被寫進了當年爆紅的歌曲裡）。只是現在變定點了，像打撈浮萍的鴨子，找到水流固定點攔截了。

某次我將一堆雜亂爛物交給他，或因虧欠之心，順手塞了幾百零鈔給他。那之後，他便認上我了，總在黃昏那人群翳影中，喊我「董仔」。那總讓我非常羞赧，怕人們覺得莫非我是這些各處收集廢棄物拾荒人的上司，老大？我總尷尬回嘴「我不是董仔啦」。但又變像祕密禮儀，總要順手塞個兩百三百給他。

我覺得這似乎成了一種顛倒過來的權力關係：他喊我「大王」，而事實上我好像在進貢給他。但事實不是那麼簡單，他每回看到我，咧開的笑容都那麼溫暖且質樸。似乎在這一日夜遞換的昏濛換日線，他認為我和他是同樣的人，其他的人們像夢遊者在垃圾車的音樂聲，半透明的游動於我們身旁的街道；只有他，收集這世界一切的死亡樣貌，那些已被判定為廢渣殘骸的「昨日之物」。我們站在一堆時間已從它們身上死去的物件旁邊，故而那些金屬、塑膠、牛皮紙箱、爛木架、玻璃瓶……都發出一種令人憎惡，或想繞開的臭味，暗淡的光影。我本來應該是屬於那些走動的，時間流動的人群裡的，但他咧著缺牙的嘴，真誠喊我「董仔」。我便被拉進這光很難穿透的，濃稠的，已在這世界某種意義死亡的，時光的墓塚堆啦。

我突然想起美猴王，他大鬧天宮那回，就是看守蟠桃園時，對香風細細，姿態婀娜的西王母派去採壽宴仙桃的天女們，用了定字訣。讓她們全像冰雕女神像停止在那時間沒有流動的超重力狀態。於是他痛快的胡亂吃那些要結三千年，一萬年的仙桃。之後還四仰八叉躺在樹梢上睡覺。我小時候讀《西遊記》，獨到這兒覺得特美，說不出的憧憬，覺得他這一手讓那麼些仙界美少女全凝止不動，感覺好像可以細細觀看那些原本流光幻影的美麗臉容的細節，後頸上的細絨毛，纖纖玉指。但美猴王對神仙姊姊們用了這麼厲害的幻術，竟只為了大啖桃子！奇怪這麼厲害的將對方限進一重力無限大而時間在那結界死去的術，為什麼後來的西行之途，他一直沒再拿出來使用？

流沙河

有一些人，後來我不知道他們到哪兒去了。

我住的巷子走出大馬路，右拐，有一間銀行。銀行門外有一個僱聘的警衛，個頭很小，戴一副大圓框眼鏡，整張臉像line貼圖上的卡通青蛙。他的嗓音也像沒變聲的小孩。白日進出銀行辦匯領存款的，看去多是一些老人，老女人。他會對每個來客，嗲著聲說「你好」。「謝謝。再見」。但我看出他不是個本性溫暖的人，年輕時應是個蒼白的宅男，不知是怎麼四十多來站這警衛。那一切應對話語可能是自己想像出來的。但很怪的是，他就偏偏只對我一人視而不見。我每天中午左右，都會到那銀行的ＡＴＭ提款機小區，查詢我的每一張提款卡，那些小額的錢匯進來了沒。但不知從何時開始，我發現，當我從不同距離，朝他走近，眼睛焦距對上他，已擺出微笑想和他打招呼時，他立刻將身軀轉開，裝作沒看見我。這是一個城市中人和人常擦身相遇，非常微妙的關係。像螞蟻相遇時互碰觸鬚。我到底該也面無表情的經過他呢？還是相信他只是這次沒看見我罷了？那是一種非常祕密的訊息，因為我確實看到他對每一個人都應酬笑著打招呼，只有針對性的對我漠然。我也反省是否某次他和我打招呼時我忽視了，因此他懷恨在心？事實上他是個不重要的人，但竟也可以用這樣無重要性的操作讓我不舒服。我總不能跑去跟那銀行的經理投訴，說你們門口的警衛，針對性的不理我？

但是突然有一天，這傢伙就不見了。我接連觀察了幾天，門口被換成一個穿著和他同樣制服，但比較像銀行警衛的老頭。連續大概兩個禮拜吧，我經過時都會下意識瞥一眼，看他是否只是請個假，之後又恢復站那兒，皮笑肉不笑捏著童音嗓，對（除了我以外）所有人說「您好啊」。但他沒有再出現，我也就把這人拋到腦後。但一年後的某一天，我又經過那兒，突然有個奇怪的感覺：這人到哪兒去了？

我想起我好像總會遇見一些，人群中，他就只對我施放那不為人知的祕密惡意的人。他們跟所有人都挺好，就是只在轉過臉對著我時，會故意的忽略、冷漠、嫌惡，但那事實上只有我和他知道，而且這整個針對性是沒有意義的。我如果告訴別人這點，他們可能會要我去看心理醫師。譬如我曾在一間稅捐稽徵處當臨時僱聘工，有一個直屬管我的女人，當時她大著肚子，不知為何對所有像我這樣的臨時僱聘人員都非常親切，只有單獨面對我時，她的表情真的可以翻譯成「離我遠一點」，「我怎麼那麼倒楣必須見到你」……但她也是，有一天突然就不見了，當然我當時認為她應該是臨盆了，去生孩子了。一個月後我也離開那兒，再沒見過她。或是像早些年，我從台北搭自強號到高雄，約要坐四個多小時，我遇過坐我旁邊的年輕女孩，頭一直朝她旁邊的車窗撇，像是我是個渾身發臭的流浪漢。不是我多心，那是個還沒有「滑手機」這事的年代，但她的身體語言，那個煩躁，像要把自己擠進一個摺疊小空間以逃離我。但當中途我走去上個廁所，搖晃從車廂一端走回，發現那女孩不見了。那座位空著，讓我接下來的路程無比寬敞。

我高中時的一個軍訓教官，也是這樣，一間教室七八個同學，他走進來抓人去幫忙扛地下室的木槍，所有人都叫了，偏偏到我時，他的眼睛突然像玻璃彈珠，瞳仁消失了：「你不必了。」後來這教官也不見了。

這樣的人物群如果各自是線索，他們在我生命不同轉角，像水波漣漪一閃即逝，串聯起來或許是一像《X檔案》那樣，「被外星人抓走」的謎。但為什麼他們都在消失之前的很短的一段時間，對我露出惡意的神情？他們在我身上看到了什麼？那是否有超出他們之上的，不該看見的祕密？

美國

關於如來的這個腳色，我苦思了這麼多年，終於想通了。他媽的，如來就是美國嘛。

第一，他是當時的天竺國，也就是他對於美猴王當年大鬧天宮這件事，他是外國勢力介入啊。那時玉皇大帝座下的這一班飯桶天兵天將，他們出動多少軍團，多少名帥戰神，就是拿不下美猴王。但你看如來一出動，那有名的孫猴子筋斗雲翻不出如來佛的手掌心。事實上，我們可以這麼說，就想像筋斗雲還是傳統動力的核動力引擎吧；如來佛的手，已是可以作空間跳躍的曲率引擎。兩者是不在一個層次上的科技文明。就像用美軍現在的F－22去打零式戰鬥機；或是外星人的幽浮來打F－22，都是愛國者飛彈打鳥，打好玩的。你想那時玉帝的天字戰鬥師團，怎麼狂轟濫炸，就是對孫猴子一籌莫展。好不容易用聽調不聽宣的二郎神，其實也算是群毆才不光彩打個五五波，才拿下。卻連關禁他的監獄都不到位，硬給他從太上老君的煉丹爐給滲透出來。如來一出場，真的像二戰美軍丟兩顆原子彈，一下就把老孫打矇了。連理解的時間都不給，啪啦一翻掌就壓在五指山下五百年。

好了等到悟空他們師徒一路苦哈哈跋涉西行，你看看有多少洞窟，法力無邊的魔頭，戰鬥力比老孫高好幾檔次的；結果查來查去，全是他如來座下的獅子偷跑啦；或他手下普賢菩薩座下的什麼跑啦；或是偷吃他燈油的老鼠啦。像不像搞半天，IS或賓拉登他們這些「恐怖組織」，最早根本是美國中情局養出來的怪物？當他們在那荒涼的曠野，孤寂前行，心中疑惑如來佛這樣百般折騰；要他們歷盡千辛萬苦，跑去他的國家「取經」，帶回中土，翻譯傳抄。感覺好像美國總統要關稅懲罰，要我們買他的福特、別克車、麥當勞，他們的玉米和牛肉、耐吉球鞋，他們的iphone，然後你要買美國的F－16和愛國者飛彈，買他們的好萊塢電影（包括美國空軍對抗外星人；美國的復仇者聯盟對抗外星人；美國的國際特工對抗中情局上司的滅殺；還有美國狙擊手這種愛國片）、美國影集（包括《慾望城市》、《CSI》、《怪醫豪斯》、《紙牌屋》），讓你想像你超理解美國上層名媛的感情生活；或他們醫院體系的神乎其技；他們的犯罪鑑證的專業和對屍體現場的各種拆解、分析、凶殺是怎麼發生的；或是他們的權力高層是怎麼爾虞我詐，暗盤操作。

你取了經文，研讀經文，傳抄經文，最後就是讓中土，變成如來那經書裡，奇異的時間空間。當他們師兄弟三人，肌肉棒子，金箍棒加九齒釘耙加月牙鏟，聯手圍攻那什麼獅子怪、牛魔王，久戰不下，他如來只要從空降個金光，呼喇就滅了。有時隨便派他手下的女國務卿觀音菩薩，也是隨便晃兩招，超敷衍就把人家滅團。完全不同次元的物種，完全不成比例的實力懸殊啊。

如果我是唐三藏那時代的人，我怎麼可能不變成如來他國度的人呢？如果我是二十世紀二戰後的人，我的內在怎麼可能不變成美國人呢？

消失

美猴王在那火車臥鋪，跟我說著那些「消失的人」。

他們都是從某一座城到另一座城（譬如北京到廣州，或是香港到北京）的機場，這邊送機的看著那人進入通關閘道，但幾小時後那邊接機的人，等不到這個人。他們焦急之下，向航空公司，機場警察，當地派出所查詢，但都沒有頭緒，沒有人知道這人是在哪個環節，何時何地失蹤的。

美猴王說，可怕的是，這些消失的人裡頭，有幾個傢伙，他私下還真討厭他們：說的話虛誇不實，或上過他心儀的女人，或在某些場合羞辱過他，或他媽臭有錢人他沒理由的就討厭……他聽到他們「消失」了，心裡說不出的悲歡交集。然後又為自己那一瞬的幸災樂禍，感到羞愧。

美猴王說，如果我們的存在，你不喜歡的那些，像用化學毒劑在無感狀態驅殺的蚊蟲，它們不為人注意的不見了，清空了；那你不知道什麼時候，你喜歡的，或沒那麼討厭的，或它們與你共存在這時空裡，你沒感覺好壞的，有一天都可能像雷射刀手術，無疼無痛的被切除，清理掉。

我想美猴王什麼時候變這麼嘮叨啦？我們現在所在的世界，千百年來，不就像實驗室培養皿的菌落，這種菌繁衍壯大，就滅了和它敵對的那種菌？有血流成河，滿門抄斬，或一顆炸彈掉下幾十萬人在烈焰中蒸發；或有慢速的，你看不見的，將你抽空、吸乾，你及你繁殖的後代都無法再有一絲機會翻身。你在那個大冒險的故事電影裡，不就是個「清除路上障礙」，將非我族類者，妖精魔王，用金箍棒眼睛眨也不眨就打殺的頂級戰鬥神兵嗎？

美猴王說他這陣沉迷一個叫「深網」的世界：我們每天用Yahoo，Google搜尋游梭的網路世界，叫做「淺網」，它其實像蘋果皮一樣，只占人類網路資料的百分之十，真正大量的訊息，像埋入深海，藏在那個光照不到的「深網」世界裡。那個世界，你可以買到各式毒品、軍火，各種光怪陸離的性交易，你甚至可以在上頭買兇殺人，在維基解密那傢伙被各國政府追殺之前，早就有無數的祕密檔案資料，在「深海」世界流傳了……

美猴王說，他經歷過「後來的人類」，那比天庭，星宿，諸天神佛還爆脹，匪夷所思，虛實莫辨的發明、經驗、歷史的覆滅、人性的黑暗可以像雕花刺繡，迴旋變態到這樣那樣的奇景。但是，讓人像海浪浪花漂過，然後不留一絲痕跡的消失，沒有任何的話語爭辯，沒有官兵追捕的惡鬥，沒有任何人看見。「這是如來佛才有的無上神力啊」。那種讓人觳觫，將一切抹平的意志，原來已經跑進人類的奇想腦袋了，這種「讓別人無影無蹤消失」的想像力，像黏皮糖黏上人類對未來飛行的琵琶骨，黏附就再也除不去了：那之後，隨著人類愈演化，掌握到更多更大扭曲物理限制的能力，那個小小防制的人性閥門機紐早被偷偷摘除，那這個物種之後的擴張，有一天進入星際，它便是一個不知哀矜、不恐懼災禍的文明。

「那可是恐怖的災難啊。」美猴王說。

神之手

讓我們仿西斯汀教堂天花板壁畫，那九幅拱頂最中央，米開郎基羅的《創世紀》：〈諾亞之醉〉（Drunkenness of Noah）、〈諾亞獻祭〉（Sacrifice of Noah）、〈創造夏娃〉（Creation of Eve〕、〈神分水陸〉（Separation of the Earth from the Waters〕以及〈神分光暗〉（Separation of Light from Darkness）；〈大洪水〉（The Deluge）、〈原罪—逐出樂園〉（The Fall and Expulsion from Garden of Eden）、〈創造亞當〉（Creation of Adam）和〈日、月、草木〉（Creation of the Sun, Moon, and Plantes）。這整個奪人心魄，讓無數後人仰首，為其暈眩，崇敬，恐懼，迷醉的畫面中的畫面的焦點，是神與人指頭的接觸。上帝被一群男童女童緊緊包圍，從一具詭異的大腦解剖圖中，伸出那造物老人的右臂，從祂飛翔的空中，前傾俯就去觸碰，地面上，那全裸的，其實應是祂創造的第一隻「人類」，亞當。創造的雷電光爆，在那指觸之瞬，從無到全部的時空炸開，文明即從此翻騰擴張。我們想像著，在我們的文明裡，有沒有這樣一個「神的手和凡人的手碰觸」，那蕩氣迴腸的一瞬？一個特寫？

唔，我想到的，是如來佛那無比巨大，看不見祂全身，那隻大手，在天空中張攤著，和美猴王打那個千古之賭：我賭你翻不出我的手掌心。

「那大聖收了如意棒，抖擻神威，將身一縱，站在佛祖手心裡，卻道聲：『我出去也。』你看他一路雲光，無形無影去了。佛祖慧眼觀看，見那猴王風車子一般相似不住，只管前進。大聖行時，忽見有五根肉紅柱子，撐著一股青氣。他道：『此間乃盡頭路了。這番回去，如來作證，靈霄宮定是我坐也。』又思量說：『且住，等我留下些記號，方好與如來說話。』拔下一根毫毛，吹口仙氣，叫：『變！』變作一管濃墨雙毫筆，在那中間柱子上寫一行大字云：『齊天大聖，到此一遊。』寫畢，收了毫毛。又不莊尊，卻在第一根柱子根下撒了一泡猴尿。翻轉觔斗雲，逕回本處，站在如來掌內道：『我已去，今來了。你教玉帝讓天宮與我。』」

這一辨識，原來美猴王自覺無數筋斗翻騰，卻還在如來的肉掌裡，祂也沒讓他多爭，一個翻掌將個齊天大聖蓋壓在五行山下，如此五百年。

這應是，若我也有一座西斯汀大教堂，也有那拱頂壁畫，眼花撩亂諸天神佛宇宙創始，畫的最中心，也是神之手，和凡人之手，戲劇性的那一觸；我腦海中出現的特寫，就是如來的大手，將小小的，藕絲步雲履、鎖子黃金甲、鳳翅紫金冠，踩著筋斗雲的大聖，一把攢了。

這是個大命題：西方那個無限能力，在一切之前就存在的神，祂觸碰了祂可能只是兆億念頭中一個小泡沫，那個亞當。之後這小小造物必然叛離祂，遺棄祂，而祂也必會震怒，給予洪水、雷電、大火、飛蝗種種可怖災難；和好像不是神，但似乎就是宇宙，就是霍金的「時間簡史」的如來，祂的大手不只觸碰了，那個說來也不是人，也非祂所創造的一隻妖猴。不，甚且不是觸碰，是一個力量遠遠不成比例的打賭。那個使壞的小東西，或當作人類天性的化身，還在那無上至尊的神之手上，撒了泡尿。那將代表了人類冒險，不知畏，貪婪，慾望的擴張，戰爭的愚痴，流光幻影的魔術……將這一切，一把摧折捏塌的最高形上，還帶著小孩玩家家酒的遊戲。米開朗基羅的神，觸碰著祂所創造的，還那麼完美，還沒啟動原罪的人類，祂和他的天使們，完全就是和人類一般，肌肉、毛髮、性器，的模樣。祂甚至是從一隱藏的大腦穿出。而如來，鎮壓了不聽話的叛逆魔猴，要他「將功贖罪」的路途，是保那唐僧去西天取經，一切煙花噩夢散去，他們取到的經文還是祂說的書，祂描述世界的方式。這和創造亞當的神，在人類不乖後降下毀滅之景，之後的贖罪之路，也是讀祂的《聖經》，建祂的大教堂，一樣有種殖民帝國的小心眼和自戀。在人類自己發明電影之前，祂們在地表建立統治的方式，其實很像有許多華納威秀電影院和劇本版權的跨國商啊。祂們可能是兩支不同星系來的外星人吧？

動物

美猴王說，他們養鵝肝的方式，每天用金屬管插進鵝的咽喉，強灌二公斤的糧食和脂肪，導致牠們胃腸脹裂而死，肝臟膨脹至十倍大小；或是他們宰殺那些眼神哀愁的牛隻，用繩索縛綁牠們四肢，用尖刀割開喉嚨，那鮮血冒著煙流在挖好的溝渠；在一些電宰場，上萬隻的雞隻挨擠在輸送帶送進死亡機器，羽翅被離心，絞碎，死亡是挨靠著大批同類一起降臨；因為數量需求太大，他們每三秒要殺死一隻豬，許多豬在被宰殺的流程中，意識清楚；從殘暴的人手操刀宰殺到大型輸送帶的電動宰殺，無法跨過的那一瞬，就是取走牠們生命的那一瞬，你只能閉一下眼，那一秒不忍，看到烏黑的眼睛，恐懼，無法抵抗，痛苦，成為這龐大人類體系的食物。牠們終究不是一切割的蛋糕或果凍，甚至也是在電動軌道上大數量流動的馬鈴薯、胡蘿蔔、櫻桃。死亡發生在很薄的一片靈魂箔片，之後就是超市分裝的肉品。所以這個文明基本上是建立在，每日每日的屠殺，對不屬於他們的成員的痛苦製造上。有一個日本小說家的小說，寫一個很像寄宿學校的場所，男孩女孩們像岩井俊二的電影中，那樣談著戀愛，玩小圈圈的心機，對未來茫然，臉上帶著青春的美麗與哀愁，他們寫詩，上美勞課，體育課，但其實他們是一群被圈養的「器官提供之人畜」，他們到一定年齡，各自都要送上手術台，摘取某一些器官。事實上他們是被隔絕在「我們」的文明之外，一種功能性的存在。存在的意義是可以給那個運傳世界的需要者，提供肝臟、腎臟、眼角膜、皮膚、骨髓。所以他們活著的時光，他們的心靈史，詩意或美的瞬刻，是不應被記錄下來的。這和現代屠宰場的倫理，其實是一致的。這些器官男孩女孩，他們是從培養皿繁殖出來的活體，和養殖場裡數量大到失去個體意義的牛、豬、雞、鴨、鵝，是一樣的。死亡先於他們活著的價值，因為他們必須透過死亡來供獻這個文明要他們供給的：器官，食物，蛋白質。

我問美猴王：這樣聽起來你是吃素的？但你怎麼去看當時護送你師父一路西行，那成千上萬被你用金箍棒打得腦漿迸流的小妖們？

美猴王說，那是田園詩時期的殺戮了，那些故事裡發生過的事，對我都像蒸發的夢境一樣模糊。我沒想到我會活進後來的這個世界，可能如來佛那時也掐指算不出後來的這一切夢幻倒影吧。那個時代的聰明人腦袋，發明出我的七十二變，飛天入地，作為一個殺戮的激爽極限之神；然後又讓我翻不出他們發明的這個如來佛的手掌心。但怎麼能幻想出這種規模的，每日機械運轉，不讓痛苦洩出，像無數只音樂盒轉著齒輪的殺戮。我只是現在這個世界，吃下去的一顆仙桃再呸出的桃核釘。那個惡，暴力，瘋狂的夢想，神奇的力量，三兩口在幾十億人每日咀嚼的嘴裡，消化了，成為昨日的糞渣；而還有成千上萬的活著的，就在短暫的明日等著被殺。這一切已沒有祭品，犧牲，或我棒下冤魂的劇烈掙扎了。人類已在這個星球完成殺神了，神當初創造的美麗動物，山川海洋，早就被他們降成培養皿菌落的尺度了。

敗戰

美猴王和那個女人對坐著，其實他們之間隔著的距離，像在海洋上兩艘遠遠看著對方都是一小點的貨櫃輪，但你確實感到他們是對坐著，互相聽見對方的喘息聲。大戰已經結束，背後的白色如象群的山丘上方，插著一根變成紐結好幾圈，巨大的如意金箍棒。那些被之前，他們半空對擊出火焰彈，而燒乾的河谷，鋪著一排駱駝的骨骸。另有一堆亂石崗，其實已被高溫融化、坍流，而又凝結成像一具黑燧石結晶的巨大鏡面。除此之外，那整片埾土龜裂之灘，一片荒蕪，只有他或她的幾枚大腳印，必須要從高空鳥瞰才看出其形。他們一路對打過來，天地都在搖晃，若五百里內有人類，一定以為這區在試爆核彈。

女人一臉髒污，頭髮披散，仍在喘著氣，說：「服了嗎？」

美猴王用剩下那隻眼（有一隻眼球已掉出來了），由近而遠，看看這片扇形曠地。幾隻烏鴉托著側躺的白馬，流出的腸肚啄食著。再遠一點，一副巨大的白森森的豬的骨架，皮膚、肉、衣服，都被某種像高溫噴槍的東西給清掉了，一旁晶亮的一坨什麼，是那九齒釘耙在幾萬度高溫瞬間氣化的殘餘。另一端，一個大腳印槽裡，沙悟淨像張攤餅那樣扁扁鋪著，血水腦漿那些東西可能都被底下的沙吸乾了。說來可憐，他幾乎是第一時間，被對方一腳，就像隻蟑螂那樣被踩扁。最慘的是，他看到師父的頭（那顆光頭），像排球賽殺完球就忘了撿回，扔在角落的軟皮球，孤伶伶倒在一眼汨汨冒出小泉水邊。身體呢？師父的身體到哪去了呢？那樣一顆像雞蛋般的頭扔那兒，看起來說不出的滑稽怪異啊。

女人又說了一次，「怎麼樣？服了嗎？」

美猴王繼續喘著氣，他的肺葉像被用重機槍掃過的牆面，感覺呼吸從這些小窟窿裡就漏光了。怎麼可能？怎麼強弱如此懸殊？他回想起和這女人交手的那些電光火石：他用分身之術，變成數千隻黑烏鴉朝她撲去，而她竟用一種斬斷時間連續性的幻術，讓這些死神之禽鳥，全部得到疫癘，牠們在還沒飛到她之前，全部羽塌翅折，跌落成一堆死鳥。他也使出額頭一道強急光束射向她，但她不知使什麼「化繩為沙」之術，那燦亮的集光束，被暗影侵奪，變成鬆沙，半空即紛紛如一場沙雨墜落。他把自己變成巨靈神，且九頭七十二臂，每臂持金箍棒，打神鞭，斬仙劍，降魔杵，乾坤圈，太極符印，鐘啊塔啊什麼都有，亂七八糟像打穀糠機往那女人打去，只一下子嘩啦啦啦，這些大部分借來的寶貝兒，全成了廢五金，一堆爛渣。「這他媽比如來佛強大啊！」

這是怎麼回事呢？他或一閃想到我曾對他說過的「動畫繪圖軟體的技術噴發」，但定神之後知道那是真實的搏擊和殺戮。但力量遠超過你的，那種空蕩蕩的，要怎麼收拾局面的愣怔。我不就一隻小猴子嗎？想到這一路沒有任務底線的苦難，只因為他被告知是無敵的，那所有的委屈湧起，這些老混蛋叫我幹的事，就是叫一小孩去挨家挨戶勸叔叔阿姨們不要和天庭作對了吧？他突然像個小男孩，在那可怕女人面前嚎哭起來。

殺嬰

那天我恰遇見美猴王在我常去那間復健科，和一個老人在電動拉腰床邊要打對方，那個老伯我認識，每天在這小診所裡對即時新聞大發謬論。是個退休老將軍。美猴王可能新來沒經驗，被挑釁就跟他翻臉了。我拉開他們。美猴王也不是當年那力拔山兮的齊天大聖了。美猴王眼淚汪汪的對我說啊，最近的電視畫面，總讓我心煩啊。那個漂到海灘，趴跪的敘利亞小男孩屍體。最近還有個新聞，說有個年輕人，老婆懷孕了，他送老婆到作月子中心，繳了八萬塊，於是身上一毛錢都沒了，他便在速食店把人家一個女孩兒的皮包偷了。我想這是怎麼回事啊？很多年前，那個南非攝影記者拍的那骨瘦如柴的蘇丹女童貼在沙礫地，身後一隻禿鷹等著那不成人形的異形散吐出最後一口氣，就要上前剝食之。美猴王說他師父當年總愛說自己是個嬰兒時，被順河流漂下的天地無親之感。我說弄錯了吧？那是伊底帕斯王的故事。你師父是他老爸在船上被強人殺了，屍首扔下河裡，他娘還被強人占奪。美猴王說管他，總之人類對嬰孩就是有一種奇怪的情意結。就連紅孩兒，那血統應是半牛半人吧？但你看當初觀音收他時，是用三十六把天罡刀，變幻成她座下的千葉蓮花座，哄那小屁孩好奇跑上去趺坐，被那瓣瓣刀鋒穿透腿骨，血肉模糊，動彈不得。人類好像不把嬰孩當他們同類。好像是另一種物種。這不是我這從石頭裡孕育天地菁華的石猴能理解的。就說哪吒吧，也其實等於是被他老爸逼得剖腸還父，刮骨還母。後來帶領天兵和他老孫打得昏天暗地的那個哪吒，說來是寄生在蓮藕蓮花荷葉的嬰靈吧。

其實當年他們師徒一路西行，看過的嬰屍童骸還少嗎？凡有戰事羈縻，兩國鐵騎來回衝殺之境，那遍野全是腸肚早被兀鷹叼去的，孩童的灰色頭顱。槍槊穿透的，鐵鎚砸爛的，斷肢殘骸，或像小兀鷹模樣的餓殍。當然也有男人女人老人的屍體，但感覺和孩屍比，是一比十啊。美猴王說：我師父就曾哀嘆說，人類這族是要滅絕的啊。人類創造魔之境，莫以殺那尚未成形的嬰孩為甚，那像是將神還在夢境中，安靜孵育的小氣泡，就逐一戳破。後來我們愈走愈疲憊，愈荒涼，感覺像在原地踏步，成為日落前自己的影子。彷彿走在流沙河最稠滯浮不起任何東西的一段，我們的周遭，漂浮著上萬具嬰孩的屍體。像水母一樣。更遠一點，幾座矗立的巖峰，細看全是孩童屍體各種角度各種形態堆疊起來的。我們鼻孔眼珠，都浸在一種像神的眼淚，鹹鹹的液體中。我師父閉目念誦經文，兩師弟嚇得不敢多話。想我老孫一路多少妖怪被打死在金箍棒下，沒什麼景象會讓我恐懼吧？但那就是怪，感覺我們走進了人類文明滅絕之後的永恆墳場。仔細想想，我們其實是不存在的人物，我們這樣打打殺殺，變幻穿梭，調戲打屁，正是人類過去的創造。像煤油燈蕊有一縷一縷人類腦海中吐出的恐懼、哀愁，對生命的愛憐或滑稽，我們的存在之焰，就繼續搖晃舞動。但是當我們走進那一片殺嬰之景，人類殺掉自己的未來，我們在那境地裡，就像焰火不在，不知為何影子還冷寂的貼壁而行哪。

筋斗雲

抽換引擎，換排氣管，加大輪框，加尾翼，擾流板，避震器，LSD……入夜之後，他們在陽金公路繞圈追逐，發出大黃蜂振翼快速擊振空氣的尖囂，眼球快速跳閃不斷重建瞳焦，催油門的腳底，那摁下又輕放的舒爽感，比女體還銷魂。輪胎磨擦柏油路面，大燈囫圇吞食偶爾薄薄瑩光的公路，像夜海吃烏賊的飛快航行的鯨。飄移動作，讓引擎空轉，感受車體進入一種微積分般的，比車速表上的數字還幽靈超出一小格的出竅感、摔飛之感、甩尾之感、無重力之感，這個肉體和車體結合、液態成沸跳水珠然後燃燒汽化之感。

美猴王說，即使當年駕筋斗雲都沒這樣的極速快感。其實所謂高速，貼地咆哮而跑的，怎麼能和當年跳星際飛行的筋斗雲比？那感覺也許比較貼近二戰時駕著P-40雄貓戰鬥機和零戰在空中盤旋，捉對厮殺的美國飛行員。螺旋槳引擎抓空氣燃爆的心臟還不夠強，還感覺到一種若要和物理力學對抗，結構要散架的人類工藝的初萌與笨拙。那種噗嚕噗嚕的顛晃震動，最接近當年他腳踩觔斗雲，舞著金箍棒，和踩著風火輪拿火尖槍和乾坤圈的哪吒，邊高速飛行邊乒乒乓乓對打。

他是上網買的一輛二十年的老BMW改裝車，又花了五十萬吧，算車隊裡跑得慢的。說來好笑，那裡頭跑最快的一輛，車主的暱稱就叫筋斗雲。他們也曾在深夜的北二高遇過三、四輛兜引擎的法拉利，就在那時速二百五十的世界裡追逐、對尬。眼前那個瞬閃瞬滅的淒迷美景，真是煙花三月下揚州啊。一條一條白色的柳絮，一點一點朝後漫灑的霓虹，以前的人幻想這種自由穿梭的快感，只能想著快馬疾蹄而過，誰想到如今是真的鑽進那速度的流河裡。可能只有瀕死之境，才能這麼痛快、幸福啊。

那時，有個老頭坐在他駕駛座旁，不冷不熱的說：「大聖，你莫迷失在速度的狂歡裡啊。」一美猴王說，他真想把這陰魂不散的老兒踢下車去。太白金星說：「我們都在『過去』的世界等你帶解救的法子回來啊，你在這兒貪玩，我們全都被壓扁在一二維薄紙中愈來愈模糊啊。」他的頭又像很久很久以前，被師父念緊箍咒那樣疼啦。任務。懸命於一髮。他好像想起那些金光閃閃釋迦頭道士髻金盔銀甲的諸天神佛，還有五彩祥雲上的老太太後面列著許多仙女們，他們都一臉殷切。「還是派悟空去吧，他那筋斗雲還是比別人快一點點，也許就是差那麼一點點，他可能可以救咱們。」對了他記得他向諸神唱個大諾，後仰翻一縱跳，朝無垠銀河披掛的光之瀑布摔落。那一筋斗十萬八千里的飛行法，他好歹翻了數百個迴旋啦。就聞到像，啊，要是他沒在「現在這個世界」經歷那一切，他還真不知怎麼形容：那種輪胎橡膠在高速行進間變換車道，或輕踩剎車，發出的燒焦味；或是一種汽油揮發，被引擎的進氣閥抓進燃燒室的極輕微的空爆聲；或是上車之前，他的車友打給他的一根七星三毫克淡菸的紙灰味；沾在防風夾克袖口那星巴克紙杯濺出一些些的拿鐵奶香；那工讀生女孩的小熊香水味……那些他在他的古老年代裡，再賊的鼻子也沒嗅過的陌生而百感交集的氣味。那幾乎比當年他沒翻出如來手掌心的筋斗，還要遠好幾百倍的拚了命的逃離啊。那時他睜開眼，就跑到了我們這個天羅地網，把神仙拘在可愛公仔卡通電玩裡，對打，吃寶物，仙女姊姊穿爆乳賽車手裝的世界。

絞肉機

美猴王說，當作這是一個絞肉機的概念吧？

一九三七年的淞滬會戰，蔣中正為了把日軍的入侵方向，由北向南，引導為由東向西，將他們的錙重重武裝，由華北平原的無天險可守，陷困進長江水系的網狀沼澤河川。這五十餘師，六十萬人，源源不絕朝上海投運，任日軍火砲，艦砲，戰機轟炸，李宗仁在回憶錄中寫道：「我軍等於陷入一座大熔鐵爐，任其焦煉。」這場絞肉機之戰，把蔣的黃埔部隊幾全耗盡，當然也早成了震撼效應，但也改變蔣在當時中國諸派系軍閥間實力絕對領先之優勢。淞滬會戰日軍打了三個月，傷亡五萬餘人，也因此被拖進中國東南山川河渠之地形，必須持續派兵深入這迷宮叢林之國境，原先閃電戰的戰略被打破。

美猴王說，譬如寶山守軍第五八三團第三營姚子青電報：「敵兵艦三十餘艘排列城東門江面，飛機十餘架轟擊各城門……職決遵命死守。」初期，日軍到上海參戰有第十一、第三兩個整師及第十三、第十六、第一〇一、第九師各一部，計十萬餘人，砲三百餘門，坦克二百餘輛，飛機二百餘架，與中國第九、第五、第十九集團軍對峙於北站、楊行、施相公廟、瀏河一線，展開激烈攻守戰。之後又不斷增兵於上海與吳淞間登陸。美猴王說，軍人們像夢遊般成隊被運至那些焦黑的斷牆頹垣，之前的士兵早被炸得斷肢殘骸，血肉焦爛。艦砲的砲火把所有眼前可見之景，全燒灼成白日焰火，所有人都在那熾白的強光裡大喊，匍匐，奔跑。確實許多中國士兵，像我們小時候看的愛國電影《八百壯士》《英烈千秋》裡演的，把七八枚手榴彈用布條綁於腰肚，滾進日軍戰車的底下，引爆人肉炸彈。多麼慘烈，被炸爆的人體血液從腔體中流出，在瓦礫上被燒夷彈煮沸，乾涸像那些樓面，鐵絲籠，全塗上黑紅色油漆。更多的腦袋被日軍工事後面的重機槍，像被我的金箍棒打爛。

幾十萬的人，在這種鬼也哭了，天神也驚慄嚎叫的絞肉機意象裡，像桶箍往日軍的現代火砲、戰車、重機槍陣地緊縮。那巨量死去的靈魂是多大的怨念力量？把無數肉身的疊羅漢死滅，想像成一巨蟒勒住對方，要將他悶死。那巨大數量的死靈魂，上昇、飄浮在城市上空，是多可怕的一團冤恨之雲。這些死去的男子，應該都沒有後代，等於這一批人在後來的人類時光造景裡，全部滅絕了，不在其中。那是硬生生被現代性的金屬意志給捏爆、掏空，在我們後來的歷史演化，他們恆不在場。後來的高樓蓋起，劇院，電視台，百貨公司，學校，銀光晃顫的夜街，時尚男女，這一切都跟他們在那一瞬，進入「絞肉機」的煉獄時光毫無關聯了。但那個子彈橫飛，爆炸如平地起浪嘯，飛機從空中扔下炸彈黑影，江上戰艦對著爛牆瓦礫後的灰色人群噴出火焰，那像交響樂團在同一曲目裡，銅管、簧管、弓弦、大小提琴的腹弧、鼓、鈸全部炸響，隊形整齊的日軍陸戰隊繼續在不同江岸登陸。美猴王說，那好像，勒住我腦門的那金剛箍圈，不再只是玩笑或懲罰，它加力緊縮，嵌進我腦袋，把頭顱擠破，那所有綺麗夢境，仙山時光，童話般的西遊降魔故事，全隨著汁液迸裂的大腦，碎裂四散。

鈾二三五

我娘從小就愛對我說：成住壞空，成住壞空。

我聽了總是煩。任何事物，或眼前活生生的人兒，這話一說，似乎通通加速往壞毀、死滅的形態轉動而去。那不是一個結了冰，所有流動都死竭的河嗎？每一個活著的瞬刻，你就要將它描述成「這是死的」，那確實好像是個死理，但你永遠把這死理當咒語一罩下，永凍、飛行中的蜻蜓、看見美麗姊姊裙下翻起的白大腿而感覺小雞雞的勃起，或是某些無法替代的炊煙中的烤薯香，或你分明看著一隻貓牠那碧綠透明的眼瞳多麼美啊，或我曾經爬上去眺望極遠之處的那棵大松樹。它們當然一個透鏡的觀看方式旋轉，就全是死滅，枯寂，空無。

也就是說，這是一個已經死去的世界。但後來我反而覺得發明「成住壞空」這樣的人，是個溫柔到，像小孩兒騎腳踏車摔翻，他會假裝打那腳踏車，說：「腳踏車壞壞！我們打它！不哭哭！」的大人，似乎他先幫你揍這個會讓你心碎、痛苦、瘋狂的世界，你就不會感覺那麼痛了。他先告訴你，這一切眼前正在發生的良辰美景，它都是幻影、沙塵、骷髏，那等到你真的被愛所棄，承受屈辱和痛擊，你便比較淡然，因為劇本一開始就是這麼寫了：「成住壞空」。

我娘曾這麼跟我說：「如果《西遊記》還硬要添個人物，那一定就是你。」後來我想起她說這句話時，那篤定看著我的眼神，我竟有點弄迷糊了：她是指，唐僧、悟空、豬八戒、白龍馬，這一千年不變的男團組合，再加上我這樣一個人物，不會讓原本《西遊記》的故事垮掉，變low？或是指再塞進那任何章節裡，好像不違逆全本原先卡榫拚圖完好的大故事，但又得以因我的存在，而將《西遊記》的故事翻轉？但我究竟是誰呢？鈾二三五？全世界皆尚未被吞噬進那，全面裂解、紅黑色高溫蕈狀雲、全部全部焚燒、熔盡、變成粉塵，那之前的絕對靜止？有些術語我可能被稱為療癒系忍者。我年輕時曾到醫院探視一位，腦出血中風，開刀又感染，垂危的哥們。他的家人全跪在病床邊，滿臉是淚的禱告。我於是允諾分我生命的幾年給他。後來他奇蹟的好了。很多年後，我在臉書認識一個可愛女孩，原本調皮古怪，但某次把一燙油打翻，燒灼了小腿，經過無數次植皮手術，感染，清創，再植皮，終於還是沒能留住那條腿，必須截肢。我在臉書後台留話給她「我會發力去讓妳的腳留下」。後來又有一位香港的朋友，她老公上吊死了，小倆口感情非常好，她完全走不出來。我為了哄她，答應我可以讓她老公某個晚上，騙過死神的眼皮，回來和她說說話。我做這些違反生命原則，在質能不滅定律偷渡換手的「挽回」，「贖回」，卻預感到我母親說的「成住壞空」的硬道理。我逐漸衰老，用去交換他人悲痛的願力，讓我體內的器官短少，或變得透明，這個像器官（或生命）農場，可以提供療癒忍術的大身體，終於也慢慢衰老，有一天我發現我的陰囊，破開一道口子，裡頭露出血肉模糊，那像火燒灼的痛，那個瘡口不斷裂大，像一隻蝴蝶的形狀，我抹上最好的手術藥膏也沒用，有一天我擔心的事終於發生了，其中一顆睪丸，像步槍子彈的彈頭，發出黃銅的光芒，吭啷一聲掉了下來，我還來不及撿起，就被我養的小狗雷震子快步跑來一口吞下。我想那或是我愛托大去承擔他人苦厄，所必須付出的代價。

電腦時代

那時我們三個哥們合租山上一間爛屋子，我還收養了一隻野狗叫小花，有一次，我們在小賢的房間，隔著紗門叫「小花，小花」，等牠一靠近，小賢突然把音響音量開到最大，放《侏羅紀公園》主題曲一開始，那恐龍的吼叫。小花真的是嚇得四腳像兔子那樣蹦竄而逃。我們三個哈哈大笑。你看這樣多少年過去了？二十多年了。那時《侏羅紀公園》才剛上映。小花後來得心絲蟲死了，不過那是五年後的事了。

那時剛開始有網路這東西，我根本是個電腦白痴。但阿峰和小賢都把電腦當人類未來之夢。那之前我們迷了好一陣《X檔案》的外星人。穆德和史考莉。後來又迷恐龍。但他兩瘋魔電腦（或說網路）時，我跟不上了。他們簡直像信教那樣膜拜著那個桌上的大螢幕。他們倆各買了一套pantan586電腦，各花了十萬，小賢是跟家裡拿錢，阿峰則是一整年，每天清晨到濱江花市打工，被老闆苛扣，慢慢攢起那筆錢的。

我完全不能理解，阿峰是大學我們班，詩寫的第一好的，山上窄小宿舍的書櫃，排列著志文出版社的卡夫卡、卡謬、尼采、佛洛伊德……對我來講那就是人類心靈最奧祕深不可探的峽谷，為什麼會突然迷上那個科幻的小方盒呢？那麼貴，沒有人知道有一天一台更新功能更強大的電腦，一台五、六千塊就有了，或是說沒想到我們後來經歷了筆電、平板、iphone的流年。每天清晨三點，他孤獨起床，騎摩托車下山，到那花農批發集市，幫老闆把一箱一箱的百合、玫瑰、海芋、桔梗、火鶴、滿天星……搬下車，洗花，在攤位叫賣，做各種苦力活。直到中午疲憊的回來。我也確實不能理解，他兩眼珠像焚燒鴉片的藍霧，買機器，學程式和操作軟體，所要一頭鑽進的那個世界，可能是比歐洲人發現新大陸，或美國人登陸月球，還要巨大、恐怖的新世界。我不知道有一天，包括我，所有的人類都要被裹脅進那個網路海洋之中。確實它可能是比卡夫卡，比尼采，還要瘋狂，吞噬所有迷宮、所有永劫回歸之時間的發明。

當時他們倆想出一種玩意：買一個像機車罩式安全盔那樣大小的玻璃缸，最底部鋪一層土，用鑷子將各種迷你植株栽下，類似鐵線蕨、迷你松、嬰兒的眼淚這些，整個弄得很像個微型熱帶雨林，但他們並不是弄一個所謂「封閉小生態系」，那感覺比較像一個「乾的水族箱裡水草造景」，他們想像可以在網路上，賣給那些上班族，他們可能會買一只放在辦公桌上。當然後來一個也沒賣掉。

幾年後第一波網路熱，我就不多說了，那幾年我聽到的都是併購、本夢比、泡沫、哪個網路公司燒了幾億撐不住收了。阿峰進了電腦大廠，小賢則自己開了間多媒體工作室。這世界經歷了按鍵式手機、筆電、智慧型手機，有一天連我這原始人都整天掛在網上了。阿峰的公司好像在某個策略選擇上走錯了路，整個衰退，後來迷上攀登高山，我在他臉書看到的都是他和山友穿著全副裝備在那些海拔三千多的山頂合照。小賢則是做一種手工，用白紙或看去很像薄瓷片的材料，像恐龍骨骼、魚骨，或海膽這些形狀的怪燈。我們逐漸老去，竟就在我們這代人能看見的三十年間，世界被偷換進一個百萬倍大的虛空之境啊。

蜘蛛人

讓我們想想，蜘蛛人這樣的超能力者，他似乎只能出現在有無數摩天大樓的城市。他從袖口吐出黏絲，四面八方噴射黏住大樓壁面，像馬戲團的空中飛人，借那絲繩的扯力，甩盪拋飛，新的黏絲那端才沾住下一處壁面，這一邊已借過力的黏絲立刻收回。我未見過能在城市的半空飛行，如此瀟灑寫意者。那是一個動態的運鏡，焦距不斷變換，好像攀岩高手在一流動幻變的圖卷上，沒有維度限制的垂吊、攀爬。我們不可能想像這樣的吐絲，在空中借力使力的技藝，可以同樣飛越穿梭於台北，那些舊公寓背面的鐵窗陽台，有的熱水器轟轟噴著瓦斯藍焰，有的窗內看進去可看見神龕上的紅燭燈和小觀音像，炒菜的油煙味，打小孩的聲音，老人耳背電視開超大聲的政論節目，年輕異鄉情侶在可憐小套間裡激情而發出的貓叫……哦對，這應是貓的動線和影像收攝，不是蜘蛛人的。

但我們想想美猴王當年西天取經，遇到的那蜘蛛精。那吐絲是千絲萬縷將獵物纏縛於一巨繭中。盤絲洞，當然那是色情與災厄混淆的祕境；唐僧被抓走，拘禁於盤絲洞內，似乎那「金蟬子」的純陽元氣就會被吸乾洩盡。蜘蛛精吐出的軟絲，盤繞著你的小腿、大腿、手臂、乳脇，將女人的軟玉溫香，嬝娜纏綿，妖物形象化成讓你雞皮疙瘩泛開的液態恐懼。主要是在《西遊記》裡的蜘蛛精是七個美麗的女子，她們出場時，唐僧看她們踢蹴踘：

蹴踘當場三月天，仙風吹下素嬋娟。
汗沾粉面花含露，塵染蛾眉柳帶煙。
翠袖低垂籠玉筍，緗裙斜拽露金蓮。
幾回踢罷嬌無力，雲鬢蓬鬆寶髻偏。

後來悟空偷看人家美女脫衣：

褪放紐扣兒，解開羅帶結。
酥胸白似銀，玉體渾如雪。
肘膊賽冰鋪，香肩疑粉捏。
肚皮軟又綿，脊背光還潔。
膝腕半圍團，金蓮三寸窄。
中間一段情，露出風流穴。

多美啊，多麼讓人神往，簡直是A片的運鏡啊。人家根本沒來惹他們，反是這邊，大聖看完七女子在山泉洗浴，變作一鷂鷹，將她們衣物叼飛；後是八戒變作一個鯰魚，在七仙女腿襠裡鑽來鑽去；說來其實是唐僧這夥光棍團，先調戲輕薄人家。

她們翻臉作戰時，是從雪白肚子噴出白絲，那場面多風流幻美啊。

當然這章最後是悟空用金箍棒打殺那七個蜘蛛精，而她們的師兄一個「百眼魔」，悟空被他金光罩頂，完全打不過。是請出毗藍菩薩用一根繡花針破那「金光陣」，原來這毗藍菩薩是昴日星官的娘，那根針是昴日星官在日眼鍊成。昴日星官是一隻大公雞，那妖則是一隻七尺長的蜈蚣精。公雞專剋蜈蚣，是以降滅的輕鬆寫意。說實話，我小時候讀《西遊記》，就是這章最魔幻暢快，在那風塵僕僕的西行路上，突然冒出這章，妖精打架，春色無限，她們也不像其他山洞之妖，殺氣騰騰。美麗的女人有一種說不出的天真無邪，應對進退像大家閨秀，像〈牡丹亭〉、〈西廂記〉裡的思春小姐。悟空師徒的出現，到後來毗藍菩薩和她兒子昴日星官這一對老母雞和年輕公雞，宣判了她們的死滅。好像硬生生又將一「男童的世界」，陽剛無感性地將女人的抒情、妖艷、淒美的所有展開可能，全鎮壓了。很怪的是，千年後，美猴王那翻滾跳躍，快意乘風的自由性格，和紅顏薄命的蜘蛛精，那模糊婉轉，早夭的女形結合，在西方孵漲了一個同樣衝破故事景框，同樣扮演正義化身，背景卻換成西方，城市高樓，國家暴力和恐怖分子都藏於平常人之中，神魔邊界混淆的，「蜘蛛人」。

豬八戒

豬八戒還是個小豬崽的時候，特喜歡被放在一個有非常多紅橙黃綠藍靛紫彩色小塑膠球的球池，他在裡面像小豬在泥巴裡打滾，特別舒服。那時或就有一預感，他將來會有一個型態，一個巨大的豬八戒透明漂浮雲體，在那些小行星帶間上上下下，翻轉著。滿天都是這樣像吹泡泡吹出來的豬八戒啊。說來他當初是怎麼去調戲嫦娥的？

後來豬八戒在酒女界成為守護神，其實她們這些在人間的最底層，喫盡屈辱和糟蹋的女子，最懂這豬八戒的（對女人）有情有義。你想想，在中國理想的心靈宇宙中，最有情的男子，應是那個捧著女孩兒打轉的賈寶玉吧？但她們為何不拜賈寶玉當守護神，偏偏選了個外型醜怪、肥頭大腦的豬八戒呢？那就叫一枝草一點露，點滴在姊心頭啊。賈寶玉根本是個不頂事的，虛殼子，你看從頭到尾，跟他有關係的，有情史的，待要被拖走、賣掉、殺了，他曾護過哪一個？哭哭鬧鬧瘋瘋癲癲一番，自戀的寫篇祭文，自己就破涕為笑了。虧那些姑娘當初還是愛上他才倒大楣的。

窯子裡的姑娘不吃這套。周旋混在胭脂陣中，先要能說，能察言觀色，絕不哄了這姊姊羞怒冷淡了那妹子。他可以在這歡場中穿梭，知道風情的把戲。知道怎麼化險為夷，該陪笑時就陪笑，該去籌吃食時他也會出門。雖然他出去外頭可能都是幹些詐騙的勾當，但酒店的姊兒不就是被人喊「婊子」，這種嘻皮笑臉的男人，從不跟女人頂真，懂得用話敷衍，出了這局這房間，下一局就是重新放另一部電影了。豬八戒這種男人懂得「人生如戲」，其實他也是個心厚仁慈的。該有擔當的時候，他有擔當，你看他離開高家莊時，那個離情依依，大家都哭了。

對吃過風塵之苦的女人來說，他是可以陪妳活在生活裡的男人。要不你說，姊兒跟到唐僧這種貨，就是個宗教狂熱版的賈寶玉嘛。說是悲憫萬物，其實在眾人誤會你、栽贓你的時候，第一個保持清高開你涮的，就是他。孫悟空呢？不成，整天出去械鬥，當黑幫老大，亂世是革命者，出門了送回家就是他的一套衣裝和槍斃的那顆子彈；或混白道也是個工作狂。你還不知他會不會打老婆勒。兄弟比老婆重要，妳沒偷人，他媽的他哥們的老婆偷人，他去殺了嫂子幫兄弟出氣，妳這生也毀了（好像說成武松了？）。至於沙悟淨？回頭看看還是豬八戒好吧。悶葫蘆整天對看多晦氣！

對了，說來豬八戒當初是怎麼去調戲嫦娥的？

豬八戒那時可是天蓬元帥啊。用整片星空來想像，他就是整個銀河巡航艦隊總司令耶。小小一顆太陽系第四行星的一顆小衛星上的，好吧正妹，他得穿過仙女座大星系、人馬座、仙后座、獵戶座、天鵝座、南十字座……那數千億顆恆星，像從恆河沙中層層翻梭，才能找到嫦娥待的那顆小小的月亮啊。以一個長期漂流，靈魂被虛無浸透的水手，不，海軍總司令來說，鶯鶯燕燕花花草草，他閱歷過的女孩兒那數量無法估計啊；若說天條戒律森嚴而他又有亂摸女孩屁股一把的惡習，那也早在幾萬光年之前，他就該被逮了吧？當然我們可以說古代人對星空的想像，太陽是男一，月亮是女一，所謂星空（天蓬），只是背景的跑來跑去的群眾演員，比例不是現今哈伯望眼鏡照攝的那個星空。用大遊樂園的概念來說吧，他們都只是一個配置在天界樂園不同轄區的站崗活道具，那就像迪士尼遊樂園扮虎克船長的傢伙去調戲了扮白雪公主的女孩，那當然是要被炒了。但那到底是怎麼樣一個調戲的前因後果，我們下次再說吧。

賭命

說來美猴王和虎力大仙，鹿力大仙，羊力大仙，三道士比拚法力的那一場，真格是殘酷，凶惡，像《頂尖對決》裡那兩個魔術師，為了壓過對方，不惜玩命。說真話，他們三兄弟是遇上這齊天大聖，命合該絕，但明明一輪接一輪慘敗，仍要拚生死，翻技藝老箱底的狠勁，可以說是殉身於他們對自身法術的尊敬。那裡頭真真有一種老虎、鹿，還有羚羊這三種野生動物的力量，一種跟猴兒的把戲、耍詐不同的剛烈和悲劇性。當呼風喚雨、高空坐禪、隔板猜物，他們皆敗給孫悟空一人騰空挪移的「喬」功夫，國王已要付了關牒讓唐僧師徒走了便罷，他們卻還跳出要和「悟空隊」，拚那最後一場比賽才酣暢（簡直像中華隊硬要和NBA明星隊來一場真刀真槍的決戰）。比什麼？虎力大仙說：「比砍下頭來，又能安上；剖腹剜心，還再長完；滾油鍋裡，又能洗澡。」

第一回合，《西遊記》的描寫是這樣的：

「那大聖逕至殺場裡面，被劊子手撾住了，綑做一團，按在那土墩高處，只聽喊一聲：『開刀！』颼的把個頭砍將下來。又被劊子手一腳踢了去，好似滾西瓜一般，滾有三、四十步遠近。行者腔子中更不出血。只聽得肚裡叫聲：『頭來！』……」

那猴子頭，卻被鹿力大仙叫本坊土地（也就是里長吧）幫忙抓死了，那大聖的身體連喊幾聲「頭來」，那頭像落地生根一樣。大聖一怒，啵一下，從腔體裡再冒出個頭來。這一手應嚇死對手了吧？

不料那虎力大仙也依約讓劊子手砍頭。這是我說它殘忍之處，當他的頭也被砍下，滾落塵土，那腔子也沒冒血，也叫「頭來」；這時大聖卻用毫毛變成條黃狗，嗖的把頭叼走，扔進御水河裡。

那腔子連喊三聲，倒在塵埃，冒出鮮血，在眾人面前，現形成一隻無頭虎屍。

這個老二還要和美猴王拚，那就像拉不啷已被對方打掛了，厄文還以為自己能扳回顏面，硬是上陣。賭什麼？賭剖腹剜心。

這一段，《西遊記》這麼寫的：

「行者搖搖擺擺，逕至殺場。將身靠著大樁，解開衣帶，露出肚腹。那劊子手將一條繩套在他膊項上，一條繩紮住他腿足，把一口牛耳短刀晃一晃，著肚皮下一割，搠個窟窿。這行者雙手爬開肚腹，拿出腸臟來，一條條理夠多時，依然安在裡面，照舊盤曲。捻著肚皮，吹口仙氣，叫：『長！』依然長合。」

那鹿力大仙依樣畫葫蘆也剖開自己肚腸，大聖用毫毛變成隻餓鷹，「颼的把他五臟心肝，盡情抓去，不知飛向何方受用。這道士弄做一個空腔破肚淋漓鬼，少臟無腸浪蕩魂。」（這寫得多好！）一隻被掏空的白毛角鹿。

第三場，羊力大仙和美猴王比滾燙油鍋裡洗澡，翻浪豎蜻蜓（總之大聖在滾油裡，像奧運水上芭蕾的選手，那樣寫意，表演各高難度動作）。這羊力大仙入滾油鍋後，竟也不輸。大聖發現是鍋下火上，盤著一尾冷龍。大聖拘來北海龍王，責問並恐嚇，那龍王回答：「這個是他在小茅山學來的『大開剝』。是他自己鍊成的冷龍啊。」"

當然，在《西遊記》這個大故事的最高法則，「只怕上級」，龍王收去了冷龍，那羊力大仙在滾燙油鍋中皮開骨焦，被煮個稀爛。

這一場賭砍頭，賭剖肚，賭滾油的殘酷大戲，真是把人類（或猴那樣的半人類）征服自然，馴制野蠻力量的機關詐術，寫得淋漓盡致啊。這個文明，也在這場喜慶、歡笑，又讓人悻悻說不出悲傷的殘忍中，熟悉圈套的層層設計，講官場關係，轉進一個對技藝、殉美或悲壯，不那麼頂真的旋轉暗門裡了。

齒科

他父親那時是市場裡的齒模師傅，那個年代，沒有那麼多醫學院出來的口腔外科專業牙醫，他父親這樣的人就算是齒科醫師了。所以家境算是不錯。但他父親生來是個風流種，常和市場不同的婦人搞七捻三，他童年記憶裡，他母親便是個被這樁事毀去正常神情的不幸女人，她的臉總是猙獰、哀痛、詛咒的形貌。有段時間，他父親和對面賣衣服一個阿姨好上了，他母親也盯上這女人了，於是他們三個像進入一場諜報戰，這女人不斷換租住的處所，而他母親不斷破獲追殺這對狗男女幽會的地址，而這阿姨（後面應是他父親拿錢並出主意）則不斷搬家。那有一兩年的時光，他父親總是帶著他出門，而他記憶中總是去到不同的地方，當然都是一個小套房，而那漂亮的阿姨也總在裡面等著他們。很怪的是，那些小套房總沒有多餘的房間，他父親和那阿姨會讓他躺她床上，舒服的看電視卡通，然後兩大人躲進浴室裡。當時他還不懂成人事，也不太關心他們，只是模糊覺得他們好髒，為什麼要一起去大便。

這樣回去之後，他母親會像拷問間諜那樣，刑求他，想從他嘴裡說出今天他父親和那女人的行蹤。但他非常守義氣，死守著他父親交代的版本。有一次他母親甚至用那種黃橡膠水管抽他，他還是不講。第二天他會發現自己口袋，被塞了一些錢，那是他父子祕而不宣的酬謝。

大約他小四或小五那年，他母親終於忍受不住了，有一天就離家出走了，從此消失了。他們家便只剩下他們父子倆，有一年的時光，他阿嬤來住他們家，說是幫忙照顧小孩，其實是防堵著對門「那個女人」，想是怕她來侵占他們家產，而這時他父親也無須帶他去當掩護了。一年後，他阿嬤過世，這女人，還帶著個約四五歲的小女孩（他爸要他叫她「妹妹」）正式住進他們家。這女人在市場也儼然以他的後媽，這間齒科的新老闆娘自居啦。

那個小妹妹，有一件奇怪的事。就是他們當時那透天厝（一樓是齒科診間和齒模工作間，二、三樓則是不同房間），原是他大伯的房子，後來轉給他父親。那大伯之前有個兒子，很小的時候去溪裡玩水淹死了。但沒有人再提這件事了。那個小妹妹住進其中一個房間後，一直說有個小哥哥會來跟她說話，今天說了什麼什麼，後來他父親去問，才知道那房間從前正是那淹死的他堂弟從前的房間。這個新媽和新妹妹又和他們一起生活了兩三年吧，他父親又開始去外頭找新的女人，換成這小媽整天披頭散髮，拿菜刀拿農藥，面孔猙獰跟他父親吵。之後她們也跑了，也不見了，他此生再也沒見過這對母女。

隨著後來日新月異真正的牙醫診所在大街小巷出現，他父親的齒科，終於也關門了，他父親成了一個邋遢的老人，賴在家裡不出門，完全看不出他在稍年輕時的歲月，曾經那麼飄撇風流。奇怪的是，他這個故事裡，曾提到一隻被鐵鍊拴在對門騎樓的猴子，他小時候非常怕那隻猴，覺得牠的眼神如此深沉，像看透他們所有人的謊言和祕密。我以為那猴是那後來住進他們家的，那女人養的。但不知為何，這故事的後段，那猴就完全消失了。

機械

我們說起科學怪人，那個用科學的方式使死屍復活的瘋狂科學家弗蘭肯斯坦，然後我們會神祕的談起那個一生和愛迪生為敵的天才特斯拉，交流電和直流電的戰爭，以及遠距傳導的樹枝狀閃電。那些實驗室裡電擊進入設計圖層層網絡的人體，然後有了瀆神的生命創造，電線、磁圈迴路、金屬肢架、渦輪扇葉引擎，沒有靈魂但能在雷電火焰中將大樓打成瓦礫的怪物。當然我們後來出現金鋼狼、鋼鐵人、綠巨人浩克、甚至漩渦鳴人、海賊王這些能啟動更恐怖華麗地獄之景的科學怪人。甚至還有變形金剛。機械的巨力想像，渦輪引擎造成的高速爆炸飛行，高速火車，核動力潛艦，最後是把核彈爆炸的末日意象，吸納到這些原本是凡軀的人類身體裡。某個人形身體，被改換了鈦合金的皮膚、骨骼，他的腦整個是一台巨大電腦（後來有的已可滲透進無遠弗屆的網路海洋，而自體進化），他用核動力發電機作為心臟，可以進行曲率跳時空飛行。

當然他們都會有一巨大痛苦的黑暗內在：「誰是我的父親？」在動漫或好萊塢的瑰麗風格或末日著迷的人物設定，他們或是牽扯進基督教的神魔之辯；有的則是內化了納粹屠殺猶太人的集中營意象。他們被創造出來，是一個孤獨的造物，但因是完美的戰爭機器，他們後面通常有個狂人父親。他們像現代城市被創造出來，但同時帶著要轟炸將之夷平的噩夢。

這時我們想想我們的美猴王，他是怎麼被創造出來的？

「那座山正當頂上，有一塊仙石。其石有三丈六尺五寸高，有二丈四尺圍圓。三丈六尺五寸高，按周天三百六十五度；二丈四尺圍圓，按政曆二十四氣。上有九竅八孔，按九宮八卦。四面更無樹木遮陰，左右倒有芝蘭相襯。

「蓋自開闢以來，每受天真地秀，日精月華，感之既久，遂有靈通之意。內育仙胞，一日迸裂，產一石卵，似圓毬樣大。因見風，化作一個石猴，五官俱備，四肢皆全。」

我看一個卡通，甚至還搞混了說那靈石，是「女媧補天遺留的大青石」，這是《紅樓夢》的那顆石頭啊。但不論怎麼說，我們的美猴王，完全不帶有曾經穿越過工業文明，那些高大煙囪、鐵軌上疲憊的長列機械大蟲、或人體在機槍掃射火焰中焦灼、破裂的慘酷畫面，他的血緣裡，絕對沒有孟克那幅灰稠旋轉的吶喊者，也沒有卡夫卡的那隻金屬殼怪蟲，也就是說，他是「有來歷的」，天地自然孕生的，而不是實驗室或兵工廠組裝出來的。他的神性，於是和天上神仙、星宿、菩薩或這一切人格神背景的山川海洋，乃至浩瀚星空平起平坐。一幅更長時間軸，更無表情，自生自滅的演化論。沒有關於「創造」的疑惑「父禰為何將我遺棄？」玉帝也只是個輪班上位的統治者。他和他們爭一爭鬥一鬥，摁倒了頭就認栽；沒有失落天使加百列那一套陰鬱纏縛的悲劇或伊底帕斯殺父淫母的亂倫恐懼。美猴王無父無母連傳藝師父也藏於自我匿蹤之術。在這個故事的源頭，挖開了雙眼，鑿穿了孔竅，「混沌」的唯一命運就是死去。我曾聽一哥們這麼說：「美猴王是一過度超前的發明，他直接跳過機械、飛機引擎、電、電影、原子彈、遺傳工程，乃至網絡，把這個文明原本可能會一一出現的創造設計圖，全吞噬進那猴子的夢境裡。」

翻頁的美猴王

美猴王說，他總有一個像不斷重複的畫面，有一道強光，從他的鼻心，也就是內部是鼻竇腔的位置，像裡頭有個小人兒，拿著步槍貼著那上顎骨，砰的開了一槍，然後將他的臉炸出好大一個窟窿，那強光便像盧貝松《第五元素》最後，蜜拉．喬娃薇琪張口朝向宇宙邊際的黑洞，射出一道神將世界最深黑暗，焚燒於那讓凡人眼瞎目盲的核爆光束。但這個畫面，在他腦中，或眼瞳深處，都是一閃即滅。通常是他困惑的，像嚼口香糖那樣上下頷咬合一下。什麼都沒有。他說那種感覺有點像鮟鱇魚，頭頂伸出一根發光的釣竿，彷彿那微弱的光，是你額頭延伸出去的一個肉瘤組織，一閃一滅，但你腦袋裡以為那是射出如雷霆的強大電光。

他說，就在我現在這樣跟你說話的當下，那種裂腦而出的閃電，又出現了一次。但在我們身旁，兩個黑胖的婦人互抓對方的頭髮在打架，「敢搶我男人」；一旁一隻癩痢狗在吃著哪個流浪漢拉的、報紙亂包的屎；對街那7-11的門口，縮坐著一個老頭，手上捧碗關東煮，他穿的迷彩軍褲下墊著一張張塑膠袋。這一切那麼髒污醜陋。

你看整本《西遊記》第一章，說到他美猴王誕生那段，多麼美：

> 蓋自開闢以來，每受天真地秀，日精月華，感之既久，遂有靈通之意。內育仙胞，一日迸裂，產一石卵，似圓毬樣大。因見風，化作一個石猴，五官俱備，四肢皆全。便就學爬學走，拜了四方。目運兩道金光，射沖斗府。驚動高天上聖大慈仁者玉皇大天尊玄穹高上帝，駕座金闕雲宮靈霄寶殿，聚集仙卿，見有金光燄燄，即命千里眼、順風耳開南天門觀看。二將果奉旨出門外，看的真，聽的明。須臾回報道：「臣奉旨觀聽金光之處，乃東勝神洲海東傲來小國之界，有一座花果山，山上有一仙石，石產一卵，見風化一石猴，在

那裡拜四方，眼運金光，射沖斗府。如今服餌水食，金光將潛息矣。」玉帝垂賜恩慈曰：「下方之物，乃天地精華所生，不足為異。」

說來他每每像癲癇患者腦中電流亂竄，以為可以將裂開的臉迸射出那激光束炮，把雲霄星斗上的玉帝和他那批廢材臣僚們，至少嚇上一嚇。但結果是鮟鱇魚鬥雞眼盯著自己鼻前一寸，那微弱的發光菌群。激光炮根本沒那麼巨大的發電機（好吧如果那是一隻神猴的松果體），讓那光束「射沖斗府」。也就是說，原本……如果，如果沒有那工業革命，沒有愛迪生的燈泡和直流電力系統，沒有萊特兄弟的飛機，沒有鐵軌和火車，沒有無畏號戰艦，沒有大和艦（啊？），沒有電影的發明，沒有電視，沒有瑪麗蓮．夢露，沒有奧黛莉．赫本（啊？），沒有兩次大戰，不，要是沒有真的扔下那兩顆原子彈……這時，我覺得他陷入混亂了。當然我都可以猜到接下來他要說，要是沒有電腦，沒有網路，沒有手機，沒有iphone（還好他沒說「沒有保險套」，「沒有威而鋼」）……那麼，他的臉部開膛光束炮，就可以超遠距射到天庭，像北韓金正恩射顆核導彈到完全覺得不可能的美國國土？

我記得我小時侯，在課本的邊角，每頁都畫上一隻小小孫悟空，課本有八十頁，我就在那邊角畫八十隻看起來一樣的孫悟空，但當課本那樣快速翻頁，那孫悟空會像活過來一樣擠眉弄眼，抬腿蹦跳走路，手上舉起金箍棒耍車輪旋轉，臉從生氣，變成笑臉。還可以做出轉頭再轉回來的效果喔。我對美猴王說：也許這樣就很快樂啦，幹嘛讓自己變一個光束炮？

五百年

有一個疑問：美猴王被如來壓在五行山下，那五百年，他腦袋想了哪些事？當然他不會死，他吃了太上老君丹爐裡最珍貴的那顆藥，他也把西王母蟠桃園裡要結萬年最孕仙氣的整區好桃兒都吃了。他是鋼筋銅骨，毆打閻羅兌勾了陽壽之限的「永不死者」。但五百年很長啊，人類在五百年前，哥白尼剛發表了日心論；麥哲倫船隊環繞航行世界，那之後，人類征服海洋，天空，極地，太空，微粒子領域，人類已成為網路這龐大無限世界的另一種高智能生物。這五百年間，出現了愛因斯坦這種人物，霍金這種人物，也出了佛洛伊德這種人物，杜思妥也夫斯基這種人物，梵谷、畢卡索這種人物，你不敢相信莎士比亞也是這同一五百年的人物，拿破崙也是啊，米開朗基羅也是啊，《紅樓夢》也在這五百年出現的啊。五百年太長了。五百年會發生技術爆炸啊。美猴王被壓在那山底的五百年，除非他也像科幻片遠距飛行的「冬眠裝置」，從被摁下去到被唐僧揭印放出，從頭到尾就是進入深沉的睡眠。否則他可以思考很大數量的事啊。譬如說，他真的可以寫超級加強版的《追憶逝水年華》或《紅樓夢》；他可以獨立解開費馬大定理；或他若有慧根，應都可發展出整部《瑜珈濕地論》；在他腦海裡，應該已建構了一座圖書館，裡頭收藏上千本全是他自己的著作；或是他的腦海裡應該已建築了一整座城市，或許在五百年前老孫的腦袋裡，沒有任何關於城市的想像，但一個封閉世界內的堆棧，他自然會從官衙，甚至皇宮開始想起，以他去打鬧的天庭為版本，他會想到馬廄，或戲班的作坊，或和那些天庭老友喝酒聚會的場所，一些賣桃子的市集或是冶製有一天他要再率孩兒們翻一次天的那些刀叉弓弩的鐵舖和兵器庫，或是釀酒的工房，於是城市的雛形出現了。這可是花了五百年在他腦中，慢慢虛擬擴建的城市啊。不是使幻術，是孤寂的腦中設計圖。

我對美猴王說：「你應從沒想像會和我搭這捷運去動物園吧？」

美猴王說：「是慢了點，但乘坐起來是比筋斗雲舒服，不顛。」

美猴王說，其實他被壓在五行山下那五百年，他啥也沒想，也很不可思議那老禿驢竟真那麼狠，壓了他五百年。你想想，其實你被壓到三十九年時，你就快瘋了吧？但那可是五百年啊！那些經過小孩兒亂吐的棗核，大約一百多年就長成參天大樹啦。有一隻老烏龜，沒事會爬來我身邊，和我聊聊天，牠說牠三百多歲啦。但有一天，牠爬來我頭頂的石突，說：「大聖，我恐怕要死了，以後沒法陪你說話啦。」虧牠有心，牠死後，臭了好幾天，等化掉後就剩個大龜殼，在我上頭遮陽遮雨集水。牠死後，我又自己一個趴伏在那一百多年啊。腦袋裡什麼也沒想，就是想：等他們放我出去之日，我當下殺了那唐僧。

我想到我自己，整個從國三開始，落榜，國四重考班，到高中三年，高四重考班，整個青春期，其實也和美猴王一樣，腦袋空洞憂鬱，什麼也沒想。我整天坐在教室裡，就是在等下課，從下課的那一時間點，往前推的這段時間，我像微積分的將它分成更微小的刻度，只為了打發時間等它過去。我感覺我自己在那漫漫的耗蝕中，靈魂全覆上一層青苔，一個屬於「自我」的小圓石，逐漸崩解成碎沙。也就是說，不往前看大鬧天宮那一段，不往後看他們師徒西遊一路降魔這一段，這在話本故事裡一晃快轉的五百年，真是如來最可怕的死寂、空洞，如祂在宇宙巨大規模的持續崩解之境所見，只有你一個人是你自己之沙漏的殘酷之刑。

完美的被辜負者

這大聖卻才束一束虎筋條，拽起虎皮裙，執著金箍棒，徑奔山前，找尋妖洞。轉過山崖，只見那亂石磷磷，翠崖邊有兩扇石門，門外有許多小妖，在那裡掄槍舞劍。

不知多少次了，都是這個場景，這美猴王交代八戒，沙悟淨看護好師父，他駕起筋斗雲去覓齋飯。總是千交代萬交代，甚至用金箍棒，將那平地下周圍畫了一道圈子，請唐僧坐在中間；著八戒、沙僧侍立左右，把馬與行李都放在近身。對唐僧合掌道：

老孫畫的這圈，強似那銅牆鐵壁。憑他什麼虎豹狼蟲，妖魔鬼怪，俱莫敢近。但只不許你們走出圈外，只在中間穩坐，保你無虞；但若出了圈兒，定遭毒手。千萬千萬，至祝至祝。

然等他在荒山野嶺中，好不容易從人家弄些吃的回來，師父師弟總是不見了，總又是天地間只剩他孤伶伶一個，總是他再弄本事，叫出土地山神，打探出這附近有哪個魔王占了山洞，他好去奪門打寨，用棒子和對方來場硬仗，把師父奪回。唉，這要怎麼說呢？總是被辜負，總是被不信，然後總是被外頭妖魔綁去，還是得等他來想盡辦法，打不過得上天縱地套老關係，調天兵天將或菩薩羅漢來助拳；或是自個兒變成促織兒，或黃皮虼蚤，或小蜜蜂這些小蟲子，混進洞裡。

我跟美猴王說，你這個性，跟我父親年輕時特像，當時他幾個一起從大陸跑來台灣的結拜兄弟，跟他調錢，說要追個小姐，要買腳踏車，或是買套西裝，或是要結婚了；我父親總是逞豪氣說沒問題，其實和我媽兩個愁眉苦臉，又標會又向銀行貸款或是賣自己的腳踏車，弄得我們小時候總覺得家裡特窮，我媽都要等市場快收了，才跑去跟菜販買那些看起來醜了黑了的蔬菜瓜果，或是已不新鮮的，有臭味的小魚，回來假裝興高采烈炒得熱騰騰哄我們吃。後來這些兄弟各自成家，除了出麻煩時，從也沒見他們真的把我爸當自己大哥，自己親人。哥們聚會時，那些女人們神頭鬼臉嬌氣十足，東嫌西憎，頤指氣使的，好像我媽是窮婆子我們是窮小孩。

我跟美猴王說，你還讓我想起一些我母親那年代的好女人，她們的老公明明是爛咖，在外頭搞各種生意，頭寸轉不過來了，全是這些好女人去跑，也是標會仔，或是跑當舖，或陪笑臉跟自己娘家姊妹借，搞得大家都躲著她，她也不怨不悔。但這種女人通常本事大，人緣好，之後還可以弄個小店面，攢錢分期買個房子。等老公在外生意做起來啦，一定搞外遇，跟哥們混酒家，最糟的是賭，最後通常還是要她把那房子拿去抵押……

我們聽到這樣的說法：「人類歷史每個巨大的文明跳躍，那些發明，都是人類這個個體，各部分的延伸：譬如電視，天文望遠鏡，這是人類眼睛的延伸；汽車，火車，甚至電梯，這是人類腳的延伸；槍，或是洗衣機，電鑽，這是人類手的延伸……」那麼美猴王呢？他在當時被發明出來，除了他那可以變成巨靈的身軀，他可以七十二變，他自由穿梭天地，玩弄神仙，和佛陀嬉耍，他的毫毛可以變出無數分身，他的如意金箍棒一旦無限伸長，可以捅破天庭。這個發明，如此跳脫於那整個文明的任何物理學限制，但他偏偏那麼忠心耿耿，跟著這個不珍惜他的師父，一路在演「即刻救援」，在他許多許多次，獨自面對，想辦法要把師父和師弟們救回來的靈感、創意，上天下地找方法，託人脈的時光，我覺得他是那時代，人們從他們無言於生命之苦，從腦額葉投射發明的一個完美機器人，他收納隱藏了人世間那像我爸，或我說的那些古典時期的好女人，他們的對所愛之人的無止境、無怨尤的贈與和犧牲。真實的人不夠強大，一生的被辜負，最後總是歪斜垮掉；然美猴王，他可以無止境的被辜負。

美猴王

住在山城那依坡道櫛比鱗次而建的小屋，我走出屋外，朝上望，望見幾層之上的某戶人家屋頂坐著一隻身軀近人大小，毛色豐美的猴，身上披著奇怪的浴袍，眼睛鼓凸像玻璃球那樣深邃，目光灼灼看著我，一手拿著那種人家酒櫃裡幹出來的、喝了一半的洋酒酒瓶。對我晃了晃，像是邀約也喝兩口吧。難免會被那動物性穿越了人性的某個神祕邊界，說不出是憂鬱或暴力或他物種對我這個物種必然的恨意，這些預感所籠罩。

「好大的猴，」我心裡想不對，「是猴王吧？」啊，不對，「是美猴王！」

怎麼落魄混到這郊區頹壞山城社區，那些長滿壁癌鋼筋裸露的牆面、雜樹藤蔓亂長的小院、住戶只剩下零落的癱瘓老人和照顧他們的南洋黑女孩……這傢伙，只剩下猴的靈巧攀爬本能，在破掉的窗，那些積水養蚊蚋的鏽壞鐵皮屋頂，那些排水管和不亮的路燈桿間舒臂跳躍；幹些偷冰箱裡發黑蓮霧棗子，沒人在的臥室亂按電視搖控器，或開水龍頭喝自來水的醜事……

不知為何，我覺得牠看著我的眼神，有種邦迪亞上校對他老友馬魁茲上校的虛無和自嘲。「看看我們現在淪落成什麼樣子啦？」曾經大鬧天宮一路降魔鎮妖護送唐僧西行；傳聞中藏耳朵裡的那根鐵針；迎風搖晃就變成可以撐破天穹的無限粗無限長的如意金箍棒；唸聲咒也有比F-22翻滾纏鬥性還強的筋斗雲。曾經世界在牠的眼中，可大可小，不順心就狂揍，打不贏往邊界之外的銀河跑跑；通常可以搬救兵找到那些強大妖怪的主子。也就是說，如果張展在牠眼前的世界，是一部公路電影，而攔牠路找牠麻煩的，永遠是外太空那些某某或某某某偷溜的坐騎；而牠偏偏和那些某某或某某某，好像曾在一個大機構的鬆散組織架構裡可以敘同事之倫。套句某土地的馬屁，「世界就是大聖您一人玩膩為止的打怪電玩嘛」。

如今，是在哪兒的接縫出了問題？或是哪一次牠抓了整把毫毛吹一口仙氣幻化成無數個牠（分身忍術）的過程，回收時被人動了手腳，系統中毒了？牠被留在一個牠的變化之術追不上的，各種面相變化、碎裂、融解更快的世界裡，比如來佛的五指山大手還讓牠無計可施不斷翻筋斗雲都翻不出去的無相宇宙。

「我見到美猴王了。」晚餐的時候，我對妻兒們說。

但當我要把那個我抬頭往那山坡上重重鐵皮頂違建望去，和美猴王四目相交，牠用眼神傳遞了什麼難以言喻的訊息……我發覺我無法對他們描述，在那樣的描述下，美猴王只是個穿汗衫老兵內褲的瘦老頭吧？那麼遠的距離，我甚至應連牠拿的是酒瓶或是漱口鋼杯都混淆進那灰影裡，最後牠是瑟然轉身進屋。

這個似乎在酸雨和地產開發商放棄的境遇裡，數十棟當初偷工減料的二丁掛爛屋集體蝕壞、慢速塌陷的山莊，有時你會遇到一些後來我住進城裡，再遇不到的怪人。譬如說，有個鐵工，一臉邪氣。有次我的鑰匙插進鎖孔斷在裡頭，被困在屋外，找鎖匠都沒轍。當時我找這鐵工幫忙，看可否將整個鐵門拆下。但他用一種奇怪靈巧的手法，用老虎鉗錘那斷的鑰匙，再轉動竟將門開了。後來我和他變成朋友，但當我妻子在身旁時我總提防著他。他是個巧藝之人，他用四處幫人施工撿回的各種大小鋼材鐵皮，把他的房子，從原本二樓的小屋，加築成五、六層高的怪異城堡。但後來他和鄰居一犟老頭互告違建。建管處的吊車用一大鐵鎚把他的城堡整個拆除。那一天我陪他在整片扭曲鋼材碎玻璃的廢墟前抽菸，他竟像模型被偷走的男孩哭了起來。我只能蹲一旁沉默著，找不到話安慰他。

破雞雞超人

我的陰囊豁開了一道口子，剛開始那傷口模模糊糊的，我只感到一種像有人用剃刀在你命根子處割開到一道，那樣的刺痛。我去西藥房買了那種燙傷刀傷軟膏，塗抹在患處，但它的狀況似乎愈來愈糟，有天我坐在椅子上，低頭翻弄細看，發現那傷口潰瘍露出鮮紅的肉，和脂肪般臘白色的膿。它仍在變形擴大著。好像你在看電視氣象介紹太平洋海面上方新形成的颱風，那個漩渦狀的傷口，從一元硬幣擴大到五十元硬幣。我出門走在路上時，說不出的羞恥，兩條腿必須像打開的圓規那樣走路。前腿拖著後腿、艱難移動，那個傷口又被捂在褲襠裡，摩擦時發出劇痛。拖了兩個禮拜，它不見好，我去醫院掛號了皮膚科，那醫生要我拉下褲子，我一扯下，發現他皺起眉頭：「狀況很差啊，怎麼弄成這樣？發出臭味了。」我低頭隔著胖肚子，看著傷口那裡，像泥沼裡被砲彈炸斷手腳的軍人，傷口處已呈死肉的灰色。不會要截肢吧？醫生給我打了一針消炎針，開了口服抗生素和擦的藥膏。交代我用生理食鹽水清洗，保持乾燥。下週不行再回來。

當時我並不知，這個雞雞下方的破洞，以及它造成的痛苦，會拖延半年之久。它好像有自己的生命，我塗抹各種藥膏，總希望那傷口收小，但它就像一隻蝴蝶，揮翅飛舞，傷口的形狀不斷變化。後來我好像也習慣走在路上，是以那個古早人說「長芒果」的花柳病，那樣難看的步法走著，也不在意別人的側目了。

甚至，有一回，一個哥們拿這事取笑我，說我可以寫一個「破雞雞超人」的系列故事，「破雞雞超人救了一架原本要被恐怖分子劫持的飛機」；「破雞雞超人造成中國霾害消失一天」；「破雞雞超人讓一偏鄉小學的小孩得到夢想」；「破雞雞和范冰冰被困在一個實境節目突發屋塌的地下層，他和她後來發生愛情」的故事；「破雞雞遇到愛新覺羅家一個想復國的後代，他認為他就是上天派給他的李蓮英，他倆在北京的一串祕密行動」的故事……

他哥們說：「這他媽一定紅。」

「睪丸就像是印度教裡的那個『梵』，一個時間奧義都從那流出，它是宇宙的核心。現在它破了個洞，發出臭味、流膿，這正是這個宇宙已經出現邪惡意義之黑洞，會將我們眼前這一切繁華美景，全吞噬進去啊！這個破雞雞超人，一方面他解救著人類的災難；一方面，他本身就是這個受創宇宙的濃縮版啊。」

「有一集，是他和范冰冰被歹徒銬在，已被破壞電腦剎車系統的高鐵上，就像基努・李維和珊卓・布拉克那樣，眼看就要和不遠處的另一列高鐵對撞。這時，雞雞俠流淚了。他的雞雞破洞上禮拜好不容易癒合啦。但為了救美人，他只好把雞雞弄垂到鐵軌，在一片嘩嘩噴灑中，把時速三百的疾駛列車，硬生生剎停了。」

總是這一類的蠢事：譬如說，有一天的報紙頭條，整版的照片是一對夫妻，先生好像是位警員，據說他們在一分鐘前拍了雪景自拍，之後他們的車便摔落山谷，車毀人亡。但其實那天，是台灣三十幾年來，一些三、四百公尺低海拔的山區，全被銀白大雪覆蓋。整個臉書全被所有人跑去陽明山啊、五指山啊、烏來啊，各種雪景照洗版。但也有一些人會轉貼，養殖漁戶的魚整批凍死，損失慘重的新聞。這時也有馬英九總統率領一些官員，搭運輸機，由F－16戰鬥機和紀德艦護航，跑去南海我太平島，宣示太平島從清代就屬於我國，而且它是一個島，並非菲律賓跑去國際法庭指稱的「只是一個岩礁」。這時還有這個新聞，NBA騎士隊的教頭布拉特被炒，所有人都認定的拉布郎．詹姆士的意志。但他終於跳出來回嘴：「我不是教練殺手。」他保證整個過程，他和所有其他球員一樣，也是最後得知球隊的宣告。我的雞雞就是在這段時光，破裂、潰瘍，一直不癒合。

我想到索爾．貝婁在《洪堡的禮物》中，那個被各路人來挖他財務牆角，而心力俱疲的主角，崩潰的說：

「人們正在喪失一切屬於個人的生活。千千萬萬的靈魂正在枯萎。大家都可以理解，在世界上的許多地方，由於飢餓和警察專致而失去了生活的希望。但在這兒，在自由世界裡，我們有什麼藉口呢？在社會危機的壓力下，個人的領域正在被迫放棄……我們接受了歸咎於它的恥辱，人們已經用所謂的『社會問題』充斥了他們的生活。當這些社會問題訴諸討論時，我們聽到了什麼呢？不過是三個世紀失敗的思想而已。總之，人人嘲弄的，憎惡的個人的終結，將會使我們的毀滅，我們的超級炸彈成為多此一舉了。我的意思是，如果只有愚蠢的頭腦和沒有頭腦的肉體，那就沒有真正值得消滅的對象了。」

我必須要說，我不是蠢蛋，老派他更不是蠢蛋，但為何我們活在其中的，各自小範域的生命史，疊加在一塊兒，就像集體凍死的紅蛆蟲，顯得噁心、平板、面無表情，蠢之又蠢呢？我們唯一可以像黑暗夜空炸開的煙花，心靈那一瞬最激狂幸福的創造，竟是像老蟾蜍回憶著嫖妓之旅中，那些不可思議，形成奇幻拗折的女體。

我想有個詐騙任務吧？就是將這個「破雞雞超人」的想法，在不同的場合傳播出去，一開始他們會覺得這荒誕又低級，她們會笑得眼淚都流出來了，但一次、兩次、三次，他們發現我不是在講個爛笑話，這後面有一點堅強意志的東西，你真以為米老鼠、唐老鴨、豆豆先生、變形金剛、蜘蛛人……他們一開始是從一個多嚴密、多偉大的創意中長出來的嗎？

我的雞雞還是在一裂口無法癒合的狀態。我繼續擦抹那醫生開的類固醇軟膏，但那傷口似乎仍在一種微積分的狀態，繼續變糟、潰爛；或傷口乾了，一種白色的薄翳下看得見那鮮紅的爛肉。它很奇怪的停止在一個「不好也不壞」的狀態。我又跑去另一家「黃禎憲皮膚科」，據說這是台北最強大、最厲害的皮膚科醫生。但那診所是在一棟窄隘破舊的小公寓裡，他把候診室弄得很像性病診所。一堆臉色藏在暗影中的人，沮喪的挨坐著。不，這其中有一些非常正的女人，她們的臉和衣著，不該出現在這樣像公廁一般骯髒的小空間啊，但我意識到，她們才是正主兒。她們是來做玻尿酸、冷凍除紋、打肉毒桿菌的，牆壁上貼的全是這些廣告，而不是關於雞雞上有一枚不幸破洞的廣告。事實上，當終於輪到我走進診療間，那醫生還是叫我扯下褲子，讓他觀察那睪丸上方「時間停止的破洞」。他好像不覺得這有什麼了不起的，我對他說，這個洞已經快兩個月了，我有看不同醫生，擦不同的藥，但它就是不見好，也沒變壞，一直保持這個狀態。

醫生說：「那就繼續擦藥吧。」他的態度，很像地球防衛艦隊的司令，用觀測器觀察莫名其妙源來太陽系裡的一枚和月球差不多大小的黑洞，人們沸沸騰騰，覺得那是另一個遙遠外星文明要來毀滅我的地球文明的高端武器，但他因缺乏想像力，就說：「先擱著觀察看看吧。」

我試著提示他：「不會是睪丸癌吧？或皮膚癌？或蜂窩性組織炎？」

他用敷衍的態度，讓我拿了領藥單出去。

破雞雞超人在一種時間消失的顛盪感中醒來，但若說「醒來」，那似乎之前是在一沉睡狀態，或夢境中的狀態，然而他的感覺並非如此，而是「原本他不在場」，但某個超越他的更高意念的描述嗎？或祈求、允諾？或小規模的創世紀，他從「沒有」突然就降生在這個畫面裡：一整車廂顛晃的，灰稠無個性的，坐著或站著的人。他在他們之中，沒有人覺得奇怪。當然他們都在滑手機。你可能會從外部景觀，認為人類（或至少這樣一百個左右群聚在這金屬車廂裡的男女老少）演化成一種植物狀態，或像蕈類那般真菌類的物種，將能量只消耗在大腦皮質極小的某些區域，或視網膜與眼球極小間距的快速跳動。

但破雞雞超人其實在感受的介質變化，並非時間，而是「破」這件事。其實，在他被創造生出的故事裡，眼前這些滑手機之人，都已是灰色的屍體啊。像原本那從好萊塢電影得來的芭樂意象，車體的爆炸，碎裂扭曲的鐵皮，像灑落珍珠那樣流光竄迸爆破的車窗玻璃、火焰或濃煙吧。人體在那樣的破壞中，才意識到手中抓著的那一小枚金屬視窗，並非他們器官的一部分。它們乒乒乓乓被甩離出去。蘋果、三星、Sony、小米……小方格裡播放的是拯救人類的哥吉拉，或是扛起人類災難的X戰警，或是怪咖組成的復仇者聯盟……各式各樣的災難：核彈將整座城市夷為平地，像麵包屑灑落那樣從解體的摩天大樓尖叫摔出的小人兒，對撞而冒出巨燄的高鐵，被外星怪飛行器整片高溫燄燒焦的整支軍隊……

破雞雞超人流著淚。

另外一個景觀，當然你可以上午到線上免費閱讀網站，村上春樹的《地下鐵事件》：有人在這麼擁擠的封閉車廂，人們腳邊扔下一不起眼的塑膠袋，像捏癟的塑膠袋裡殘餘一些雞湯。那是液態的沙林毒氣。於是，在列車到下一站打開車門時，人群全口吐白沫，像漁網倒出的死魚，翻滾、橫躺（已經死去），跪著哭泣爬行，或還有能跑動的……這些全混淌成一個失去單一人類個體性的動態。很奇怪的（據村上採訪的那些當事人回憶），沒有任何人尖叫，也就是那個煉獄之景裡，所有被怪異死亡攫奪（你說像不像往水族箱裡傾倒黑色或紅色的有毒顏料）的人們，全是一片寂靜。

還有另一次完全讀不出其深度內涵的地鐵車廂殺人場景，當然就是鄭捷。那是就像眼前這些灰暗模糊、在一種沉睡的搖晃中，沒有體味，沒有人和近距離的同類，眼神交接，或任何感性的波動，這樣的「擬死」靜態，突然那個高瘦的年輕人，拿出長刀，無差別的，往一個一個坐著的人左胸心臟部位插下去，捅一刀就立刻死一個，像辦桌的廚師在殺螃蟹一樣。當然人們後來發現，有人大喊：「有人殺人了！」他們從夢境中醒來，竄逃到另外的車廂。或集體朝那兩眼恍惚、全身是血的殺人瘋子，拿雨傘嚇阻他。

這個鄭捷之後成為人們腦海中的「反人類者」，乃在於他被捕後，將這樣的屠殺無冤無仇陌生人，用一種嘻皮笑臉的態度，將之「電玩化」了，那像是在3D虛擬的電玩場景（倉庫、地下碉堡、船艙裡，或就是這樣的列車車廂中），啊啊啊啊的殺戮迎面衝來的「道具人」。他說：「沒想到殺到後面還是會累。」

破雞雞超人想：什麼叫做沒想到那樣會累？

他的雞雞，像漿果那樣破裂，像被拇指食指捏爆的金龜子，像被車子輾過而腸肚迸流的青蛙，像他們高中畢業典禮從大樓上往下砸灌了水的氣球，像鐵達尼號那撞到冰山裂開的船腹，像地球破掉的臭氧層，像被特警隊包圍攻堅最後在自己房間吞槍扣擊扳機的黑道老大的臉，像年輕時有一次他停車時遇到一個很雞歪的傢伙，硬把本來可以塞下他車子的車位，前頸留很大空位，把他的車格占去一半，他跑去一旁便利超商買了一把女人修眉毛的小剪子，躡手躡腳去那車旁，將小剪尖喙刺進那車胎的側邊……

這次的醫師比較仔細，把他叫去一個小屏風後面，還是要他拉下褲子（他已經很習慣這麼做了），用一種棉花棒還是鑷子，用力摳他雞雞上那破洞。那個痛感，像是他用手指伸進那傷口的洞，在裡頭亂掏。好不容易結束了。醫師說：「剛剛是細菌培養的採集。現在要再刮一次，是病毒培養的採集。」

破雞雞超人想：好痛。而且好累。

我在臉書上貼了這樣一篇文字：大意是說，我在路邊攔計程車時，有一輛車已經緩駛過來，並打亮雙黃燈，但它後頭另一輛加速鼈過來，硬生生停在我面前。我遲疑了一下，還是往後走，打開原來那輛車的門。那司機說：「先生，謝謝你。這樣搶生意太惡質了。我在馬路討生活，常就有這樣惡質的同行，這樣粗暴的搶生意。這是一件很小的事，但謝謝你這麼做。我今天回家跟我太太吃晚餐，一定非常開心。」

我把這篇短文加了個標題：「一件很小的事」，幾個小時後竟有上萬個讚。還有兩百多個人轉貼，我點進去「轉貼」那個頁面，大部分人都只是轉貼到他的臉書，但我注意到，有一個傢伙在轉貼後，還留言一段文字：

「這種小感傷加上小確幸加上小正義，就成了台灣的大窮酸。」

我第一瞬間非常火大，想把他封鎖。火大的原因非常簡單，就是網路上這種無來由，沒有事件縱深的惡意和暴力。他說的其實沒錯，我貼的這篇文字，根本是剪去了人性黯黑面的光滑和可愛。其實當時我坐上了後面那輛計程車，前頭超過來原本停我面前的那部，還停在那兒。事實上第一瞬間，我差點伸出手去開他的車門，但我很像機器人，僵硬的收回手，轉彎，朝後面那輛車走去。這在我心理上成了一延續的動作。當我搭的這輛後來的車，超過那還停在原地的車時，我從車窗看見那車裡的駕駛，惡狠狠的瞪著我們。當時我心中湧現一種暴力的情緒：如果他將車加速超過來disturb我們的車，我一定下車去打他！為什麼我會在這麼小的事件中，湧現一巨大的憤怒呢？事實上在我的創作生涯，在我的江湖歲月，年輕的時候，因為我害羞或反應太慢，這樣一部車催著油門，發出一種暴力的炫示和氣氛，停在我面前，那幾乎是一種命令：「伸出手，拉開車門，上車。」這只是路邊即興的一幕，在真實人生裡，太多老大哥他們在無人知曉的隱密時刻，對我做出這樣的恫嚇和命令。而我通常就乖乖伸出手，拉開車門上車。

我當然不會在臉書上，寫這些囉嗦的黑暗內心起伏。臉書實戰的教育了我們這些老屁股：訊息的傳播，愈簡單、光滑、可愛，成功機率愈高。但它也因之讓像海洋中吃屍體的短吻鯊，咬住你投擲出去過短、過簡、過可愛的訊息段，將你定錨成笨蛋，撕裂你。而臉書的設計者，於是賦與你一種防衛性的無上權力：「封鎖」。你可以像星艦艦長按下震爆鈕，讓對方永遠在你臉書藤蔓網絡消失。當然你也就被降格成，這種網路攀長的某種制約性生物。沒有人會蠢到，在臉書這樣的菌株浮游世界，認真的對攻擊你的敵方，發表一段像《卡拉馬助夫兄弟們》裡頭那動輒長達十頁的滔滔雄辯吧？

我循著這人的名字小框格，點進他的臉書頁。卻發覺他其實是個很有趣的人。他的每一則貼文約都只有五、六個讚。而他都是轉貼。譬如有一則他轉貼了一段影片：在宜蘭市的馬路上，像是行車紀錄器，拍攝了前方一輛卡車的車斗，綁著一隻活的迅猛龍。我不知這是怎麼做到的。那迅猛龍就像要送去屠宰場的牛隻，哀傷而無助。他留言了：「台灣動物權意識太低落，恐龍也有牠的生命權啊。」這是在嘲諷臉書上轉貼保護動物權文章的這些人嗎（基本上在臉書上也是弱勢）？另有一則轉貼的影片，他說是他學生拍的，畫質和設計感都很優，畫面中是一些台灣年輕人，很像是在幫外交部放在國外的網頁拍的。我發覺他轉貼的影片大多是國外的影片。也許他是個在私立大學教傳播或設計的老師吧？他可能有點憤世嫉俗，懷才不遇（我年輕時也是如此），有點神經質，厭惡媚俗的（他說的小確幸加小正義）說話或故事。

其實我如果在另一個時空，另一個情境，和他相識，說不定會成為私下的好友，我的朋友幾乎都是瘋子或恐怖分子啊。回到他說的：「這種小感傷加上小確幸加上小正義，就成了台灣的大窮酸。」這話的僵直性、可無限複製性，不是很像那把幾十萬人摁在手機代工廠的流水線上，讓他們失去人類的繁複細節，成為夢境中的倒影，許多個哀傷跳樓，那位企業梟雄說的話嗎？

我在內心跟這個可能成為我私下怪咖朋友，但也可能是個法西斯、種族歧視者的傢伙辯論著。我年輕時曾在一家廣告公司打零工。那個老闆是個典型不小感傷不小確幸不小正義的上一輩企業家。他對我算是愛才，當時我幫他寫的廣告企畫案，包括了大陸那邊的方便麵廣告、多力多滋這種零食的廣告、某一家保全公司的廣告，還有一家據說台灣有三、四百家兒童美語的企業形象廣告，我還曾經接過他交付了大批機密資料，當時的台北縣長想對外國人招商，在淡水的出海口，填海弄一個人工島，將之建設成一脫離法條限制的賭場（那時澎湖的賭場計畫，已被公投否決）；另一次則是他要發動全公司之力，去標當時高雄市政府辦的一個世界運動會的上千萬的國際廣告預算。我並不是他的團隊裡重要的角色。通常我就收到一堆像奇形怪狀的彩色幾何積木的破碎訊息，他雄才大略，也懂得和那些大老闆虛空吹牛說一些未來願景的概念，但我要將之情節化，或商品化。我的頭腦只需要在這個階段，構想出一塊充滿唬爛創意的哏，他會有一群影像的、攝影的、剪接的、音樂的高手，將之後續完成。他非常慷慨，每次都付我四、五萬。我不在編製之內，像接單殺人的刀客。

我也曾想過，我的角色是否很像巴加斯．略薩那本經典小說《胡莉婭姨媽與作家》裡，那個被關在廣播電台地下室，像螞蟻的蚜蟲，那樣將大腦任企業老闆榨取的天才編劇卡瑪喬。最終你的腦漿被這樣連接到千奇萬象的真實世界，不斷輸出，終於浩劫，神智錯亂。但這裡頭有個濛曖的暗影，就像那引擎聲巨響，停到我面前的計程車。我其實都可以說「不」。但我卻都將那個自由放棄了。

那是怎麼回事？本來我們可以變成更好一點的人，但卻分不出是受害者或共謀者的，成為無數螞蟻的角鬚踩踏你的頭臉的，無法移動的蚜蟲。

我和老派穿過那幢日式建築的帝國老醫院，像一大鍋煮沸的餛飩，每個挨肩擦身而過的人體，都有一種要從自身內在解離的，簡單說就是薄皮破了，碎肉餡散出來的印象。她們面色灰暗，湧進各科門診，或兩眼茫然坐在走廊那排等候椅。在這種舊醫院的空間穿梭，你會覺得每個人在學校的運動場，或東區那些華納威秀影城前的廣場，都是那麼漂亮、強悍、充滿性的吸引力（哪個短裙女孩頎長的腿，會露一截小蠻腰）；但在這兒，人體真是煮爛的年糕。坐在輪椅上的，穿著胖大外套緩慢移動的。

前一天，我收到那女孩的ＦＢ私訊，她聽說我睪丸那兒有一個裂口，快兩個月還是不好。寫信來，提了幾種可能：「是否是癌？蜂窩性組織炎？還是你會不會有糖尿病？那可是要截肢啊。」我一一回應我應都不是這些可怕意象之病。「那可能是你內心極抗拒某些事，你裝著很開心去做這些事。」我回信時逗了她一下，說我已因這睪丸上的裂口，失去了自信，開始想這是否一種「業障」？但我並沒有淫亂玩弄女人的習慣，為何懲罰是要以這種形態出現呢？她回信說：「想不到你對靈性的思考這麼貧乏，你再用這種什麼業障的低階想像看這事，狀況只有愈來愈不好，而且你會死。」

我很詫異在電腦螢幕上看到「你會死」這三個字，那簡直就像好萊塢國際特工電影，某個敵方組織留給你的口信。「會因為睪丸破一個洞而最後死去嗎？」我恰好最近在電腦看過兩部國際特工的電影：兩個都是ＣＩＡ最頂尖的特工，殺手中的殺手。但這兩個老頭（其中一部的主角是尼可拉斯．凱吉演的），都得了某種不治之症。尼可拉斯．凱吉得的是一種大腦持續癟縮的類阿茲海默症；另一個則是腦中腫瘤，擴散到肺部，生命只剩三個月。他們都在這將死的餘光中，又被捲入一件對手超強大殘忍的任務。尼可拉斯．凱吉是違反組織要他退休的命令，私自飛去非洲，找到當初那個恐怖組織的老大，手刃他。而另一部的男主角則是想用生命最後幾個月，和他遺棄的妻子女兒相處，但ＣＩＡ硬要他接任務去殺一夥最狠的國際毒販。但這樣的情節，給我一種肉體上分裂的感官歡愉：一方面他在頂尖技藝、神乎其神的城市、人群、公路追車，和擁有強大火力的對方互擊，而他總乾淨俐落像剝洋蔥把對方的手下一一撂倒。但同時他的身體會在某些停頓、特寫時刻，被那疾病造成的痛苦折磨，他們常在拿槍將對方老大逼到死角時，像癲癇發作，腦中線路電流亂跳，眼瞳散焦，萎頓跌倒在地。

「你會死。」一種詩歌蒙太奇。快速扣扳槍駁火，拉扯滑套灑出金光閃閃彈殼。對方或用刀插中你掌骨插在酒吧地板，你要將它拔出；下一輪格鬥可能用咖啡壺的電線纏住對方脖子。或是在肉搏中千鈞一髮本來是你的頭頸被對方摁露出月台，等那快速進站的電車將你斬首；但最後一秒你過肩摔將他扔下月台，讓他成為攪肉醬。但其實你已經死了。癌、病毒，或奇怪的大腦癟縮，像凹陷的洞窟，裡頭布滿黑瀝青，你呼吸的肺早已塌癟了。這時我走過這些互相哀傷如彼此葬禮，這些說不出髒污像湯裡泡鬆泡爛的餛飩。我睪丸中央那個破洞，是否就是威廉．高汀那荒島小說，所有小孩全瘋了，全殘酷的自相殘殺，而他們在叢林深處看到的那個「蒼蠅王」。

老派對我說：「說不定這馬子愛你。但我比較關心的是那些，你說的『同學會的背景女孩』，易感、慈悲、容易流淚、一輩子沒當過尤物被男人奉承寵愛。她們才是我們這個『破雞雞超人』的母親，她們會出再高的價格也捨得，要贖回破雞雞超人的那個破洞。」

有一種旋轉門形式的人際關係攪弄，應該是從法國喜劇而來：通常是在一個極美但風流的已婚女人的香閨，第一個來和她偷情的情人A，正要銷魂、入港時，突然有人回來，混亂間女人要A躲進衣櫃；這時進來的並不是她丈夫，而是情人B，當然在一段B充滿激情但女人憂心忡忡敷衍（因為衣櫃裡躲著人哪）的對白後，又有人回來，於是B又給這白痴女人藏進衣櫃。可以想像，A和B便在這密室中，驚訝、羞憤，但又有同盟情誼，且都不敢發出聲音的相見了。我不記得最後我讀到那法國喜劇中是怎麼安排？B是A的上司？或他們是仇人？但進房的這個C也不是女人的丈夫，而是她另一個情人，當然在喜劇的重複機制下，一定是又有人回來了，而C又被塞進衣櫃與A和B在黑暗中相見。這樣的設計，當然是能將女人的衣櫃藏進愈多的姦夫，他們愈荒誕滑稽，台下的觀眾便笑得愈樂。因為作為密室的衣櫃，成了一個他們不願意，但不得不在此混雜相聚，不同社會階級挨擠在一塊兒的社交場所。其實也暗喻著女人那美麗淫蕩的胯下。販夫走卒或王公貴族，這時都不得不屈腰縮頸，一種給人戴綠帽、同時意識到自己也被戴綠帽的不幸情境，也許他們會互相握手遞名片。於是那偷情怕被女人丈夫逮到的藏身空間，成了卡爾維諾的「命運交織的酒館」。在周星馳電影《鹿鼎記》中，就有一個這樣的橋段，只是那個法國巴黎蕩婦，換成了江南名妓的妓院閣樓，而躲進紅眠床上的，從韋小寶、吳三桂的兒子、朝廷大員、御前帶刀侍衛，最後連皇上也躲進去了。妓女成了一個旋轉門，左支右絀但又可以以婊子演戲的甜言蜜語，敷衍著這些像玩火車嘟嘟遊戲的男人們，列隊鑽進「別人在上頭雲雨」的床下，完成非典型的，權力關係紊錯混搭的「地下俱樂部」。當最後紙包不住火，他們全狼狽從那床下爬出來時，光天化日下原本的權力層級彰顯：平民給商人磕頭，商人給衙役磕頭，衙役給男爵磕頭，男爵給皇宮侍衛官磕頭，皇宮侍衛官又給皇上磕頭。喜劇中的皇上當然會扯著撲克臉交代大家「今天的事就當沒發生過一樣」。但是糟了，我發覺我對這個「旋轉門形式」的想像，完全被周星馳的電影帶走了。我不記得原本讀過的法國喜劇，是怎麼像奧運體操選手在耍玩、旋轉、眼花撩亂的空中大車輪，那衣櫃裡偷情者ＡＢＣ他們的恩怨情仇，打鬧撲摔？

話說回來，老派帶著我從那幢讓人憂鬱的日本帝國老建築醫院走出來——我們在領藥結帳櫃檯那座椅等了快半小時，和那些身形壞毀、困在陰暗光影中的人們之中，和他們一起抬頭盯著牆上的電視，那正播放著Discovery的一個節目，一個荒野冒險達人帶著凱特·溫斯蕾（沒錯，就是《鐵達尼號》和李奧納多在船首擺出飛翔姿勢的那個大美人），在美國的某處海邊峭崖斷谷，做各種玩命的高難度活動，他們乘一架滑翔翼降落在山巔，然後用繩子在那陡直的岩壁垂降。一開始凱特·溫斯蕾露出那種好強女性的氣魄「來吧，我最愛冒險了！」但後來她垂降時，像一隻還不會飛便被母鳥從山巔鳥巢推下去的岩鷹，順著繩索打轉下摔，看著下方萬丈深淵，臉色慘白。我看我身旁的這些老人，全看得目瞪口呆——老派用他的賓士330載著我，我記得他上一分鐘仍在跟我分析著「破雞雞超人」這個創想的種種可能，突然他說：

「老兄，我要你幫我一個忙。」

破雞雞超人這次醒來的時候，發覺自己在一個全黑的箱子裡，他的臉、後頸被一些絲綢柔細或較硬的布料垂覆著。他的身旁有另一個人。然後他意識到這是在一個衣櫃裡，隔著薄木板，外頭有一個女人在說著話。那是一種嬌滴滴，讓男人骨頭都酥了的私密時刻的聲音，所以外頭還有另一個男人？他身旁這和他一樣縮擠在這些垂掛的女人禮服或洋裝之間的傢伙，開了手機的小燈，於是那張臉在這像在布滿水生植物的池底，一種揉摺的影綽微光中浮現。那是一隻猴子的臉。

美猴王！

破雞雞超人感到睪丸那個裂洞的劇痛，像電擊刷從盤腿的褲檔上竄到腦門。他一直迷迷糊糊，搞不懂自己為何像個空洞的二維生物，存在在這個充滿快轉畫面、混亂的都市人群、時斷時續的電影般的場景裡。為何他胯下的雞雞有個像鵝嘴瘡的破洞，始終不會好。而且他似乎總是和一些大樓倒塌、捷運上瘋子殺人、翻滾墜毀在河流中的客機、或是整棟公寓的火災，這些大型災難靠得非常近。他這個人，以及他那像是要把世界的災厄濃縮隱喻的，雞雞上的破洞，是怎麼存在的？好像是在他能知覺的上方，還有一個創作者，憑空發明了他。但那好像是一種潦草、一時胡鬧亂畫在課本空白頁的簡單人形。他總感到自己這麼鬆散、潦草的存在，竟在這個真實的，像夜行車燈流光一閃一閃晃過，且建築結構鱗次櫛比，流動在其中的人們如此繁複瞬變。那真像一根棉線穿入鮟鱇魚的腦中，或沉浮於各種複雜構造的大型電腦主機的電路板。

但這麼鬆散，隨時要解離的，不知哪個工藝技能低等的創造者，卻在他腦中貯存了一條指令。那是一個聲音嗎？或一個訊息波？其實很多時候，在他那拎著疼痛不已的破雞雞的茫然腦袋裡，根本記不得那指令是什麼。但此刻卻無比清晰浮現：

「找到美猴王，然後殺了他。」

如果破雞雞超人的形態真的是一條棉線，或許是某種巨大運算的數列，作為一個常數，泅泳於人類現在這個文明，那無法停止的數據的擴增和繁殖。他或是在測試，或找尋這個龐大增值而必將毀滅的娑婆世界，在哪個區域，哪個角落的設計錯誤。也許他是個修補程式的無理數。但他卻是個人形。他曾在雷電交加的暴雨中，看著那些戴防火盔穿肥胖的防火衣的消防大叔，衝進那已被烈焰燒軟鋼筋的建築，為了要救出他們的弟兄，但卻像火烤冰淇淋轟然塌倒，全部陣亡。他該修補這些，像近距離看，他雞雞上那個哀傷，若是探進去是宇宙黑洞的窟窿啊。

但沒想到是在這衣櫃裡，和美猴王相見了。

大小姐

大小姐說起，有一次她和老王，從杭州要往上海的快動（就是我們說的高鐵），但那天大雪，列車停了快五個小時還不發車。他們坐的是商務艙，總共六個人。除了她，所有人（包括老王）都拿著手機在大聲說話。一種焦慮、憤怒的情緒充滿車廂。問題是，這快動的列車長把電閥門關著，不准大家下車。這幾個能坐上商務艙的，當然都是大老闆，抓著艙務員就咆哮，但對方也很硬，就是不准他們下車。後方，像《愛麗絲夢遊仙境》一樣，冒出個奇怪的傢伙，說聽說往後面的普通車廂走，可以下車。但他們提著行李，穿過了三、四個車廂，那簡直像要暴動一樣，所有座位的男女老幼全在罵，而且他們發現這六個男女，從前頭拉著行李，穿過走道，說不清的認為這些人是特權分子。大小姐說，她低著頭跟在這一串人後面，近距離用眼角餘光瞥見兩側座位翻湧的人臉，很像足球賽的群眾在揮拳吼叫，或很像他們這幾個是八仙過海，踩著刺繡般金光燦爛的海浪，其實全是轉著臉罵或半站起身用手指指著他們的躁動的身影。他們走了那些充滿汗臭、便當味、小孩奶味的車廂，那個走前頭穿著列車長制服的傢伙（她這時發現他根本是隻滿臉金毛的猴子），突然又說啊這邊的門也開不了，不成不成，你們再退回商務艙。於是他們又回頭（這回她變這列人的最前頭一個了），再穿過一節節那像敵隊足球迷的車廂，但這回人群不像之前那麼激動了。好像剛剛只是發洩一下怒火，這時看他們也沒輒，就洩氣了。近距離她竟還看著一個婦人在嗑開菱角，將糯白的果囊餵食一旁的一個小姑娘，她想：「在這樣被困在停駛的列車上嗑著菱角，真是享受啊。」

等他們回到商務艙，那猴子列車長又不見了。

大小姐說，她心裡想：「此刻我正在中國。」車廂外大雪紛飛，這個現代化的高速機械長蛇寂然不動，她身旁這些人各抓著手機，用杭州話嗎或上海話，怒意中帶著惶恐對著電話那頭轉速極快地抱怨，或交待他們無法趕回去了，那邊該處理的事項，很像是，他們這兒發出去的訊號波，飛行到那頭，就捲進一電纜線纏繞，運轉的龐大機器陣列。

後來他們這個車廂的電動閥門終於還是打開了。好像整列車只有他們六個可以偷偷離開（所以還真是特權？），其中有一個老闆模樣的傢伙，找了他的司機來車站外等著，直接從杭州載他去上海。老王竟哈啦說那我們可否搭你便車。那人竟答應了。另有一個二十多歲的小模，也跟著一道，他們倆個男的在車上交換微信啥的，聊起各自認識的人的網絡，最後交集於都認識的某某，真的很會哈啦。那個小女生也非常自在，親暱的划手機上她拍過的廣告照片跟她分享。她想：她在台灣，是個不那麼容易有朋友的人，但在這路途上，好像很容易，就和陌生人相熟成至交了。這是怎麼回事呢？是他們開啟話語的方式嗎？或是他們的人和人挨近的空間，比我們容易湊擠在一塊？

我非常害怕老派知道我認識大小姐，當然不用任何想像的天賦，就可以預測，老派那賊瞇的眼睛，像一隻小蟲子在他腦海裡，進行一個那麼大一塊乳酪蛋糕的複雜運算。他會把大小姐想像成二戰時歐洲的一座大城，他的空降師、特種部隊、裝甲師、混合旅，各種制服的小人兒，從上下左右四面八方，帶著瘋狂的熱情，用各種懸垂、挖地道、炸城牆，一定要把大小姐這座城拿下。我想像著老派在他腦海裡跑過一輪之後，心滿意足對我說：「太撐了，唔，這塊肥肉太大了。」

所以，大小姐會和我成為摯友，無話不談，這是某種她的「微服出巡」？事實上若不是她此刻就和我坐在這咖啡屋的小前院，我和老派這樣的人，很難鑽進她那被她老爸的隨扈、那些圍繞著她父母身邊的舊昔權貴、那些我聽來像佛經畫面上的隱密宴會，或她住的，樓下隨時有狗仔躲在車內準備偷拍的門戶森嚴的大廈……我和老派會被這一切防護網擋在外面。

但是我在聽大小姐嬌嗔地發著她父母牢騷（他們非常傳統，在那讓我們這些平民無法幻想其內擺設的豪宅裡，其實就是兩老人，唉聲嘆氣這個女兒嫁不出去），他們依他們那昔日餘暉的政商網絡，讓人介紹了一些門當戶對的少爺，但全是一些怪咖，描述著並隨時模仿，這些殷實勢利商人之子，和現實世界脫節的古怪滑稽，這時的大小姐，非常像《愛麗絲夢遊仙境》裡那個不斷被各種童話國度裡的醜怪、粗魯、蠻橫人物激怒，但自尊心強，又要保持淑女教養的小女孩。她常說得讓我詫笑流淚，而她氣鼓鼓兩頰酡紅，像真是從一些紅心、黑桃J、Q、K的紙牌扁平人物世界裡逃出來。

我常驚嘆地說：「不可能吧？妳這樣一個美人兒。我不懂妳爸媽腦袋裡在想什麼？」

這在某種張愛玲式的描述，或是「繡在屏風上的鳥」；或是契訶夫的《櫻桃園》三姊妹？一種濃度太高所以無法攪動的勢衰貴族的人際實驗場，所有的關係已在父那一輩層層累加、外掛、編織，權力場後台的飲宴聚會，大家說著空泛但精算拿捏的場面話，這裡頭又有世家、長輩、老長官舊部屬、夫人與夫人之前手牽手聊兒女、老輩調戲一下女眷，或是大夥義憤填膺說起政壇那個某某的不是，各式各樣像鴉片館各角落輕輕噴出之煙團，不留痕跡的八卦和祕聞，最核心的股市小道。所有人眼皮低垂，像在老照相館裡停格、暈糊的蠟白的臉，後面都進行著機密的快閃運算。這樣的影影幢幢的，老一輩人必須讓情緒保持在絕對零度，所有粒子都停止顫跳，才能觀測所有關係的碰撞或預測，所有的動機、善意、惡意、權謀，或馬屁後面的索求……這個封密場內已耗盡大量的運算能量，怎麼可能允許一個嚮往外頭「真實世界」的青春女孩，去攪動任何破壞平衡的漣漪？

大小姐說：「你知道我上禮拜，很沒出息，又跑了趟上海。」

我說：「又去找老王？」

「欸。」無限寂寥與失落。

大小姐跟我回憶，她和老王一道去杭州或就在上海，那些大藝術家、藝廊老闆、收藏家、社交名流，還有一定帶在身邊、打扮時尚、身材臉貌皆女星標準的年輕女孩的飯局，這一切都有些像費茲傑羅的小說，但又有種說不出的《儒林外史》裡那些留山羊鬍的，吃魚頭、醬牛肉、燒餅、涼拌藕片，吟著酸味十足古詩的，幾百年前幻燈片裡的搖晃人影印象。這些人她覺得說不出的市儈，但他們又意氣風發說著，譬如G40在杭州開會，那裡頭的老畫家會藏不住得色的說，那各國元首下榻的飯店哪，房間裡就掛著他某某的字畫啊。他們之間必然有一種炫富、競富的壓力，昂貴的酒、跑車、藝術品收藏，在加州在英國在澳洲各有房產物業，美麗的女人。但他們的年紀，這整個國度瘋狂富起來也不過二、三十年，他們集體童年、少年都是不可思議的窮苦，那流動在眼前的浮華幻影，都還帶種神燈冒出巨人的魔幻、兒戲、好玩。大小姐說，她想過，他們這樣的社交圈，在全中國也並不是主流，有點祕密社會，或各自隱藏、漂流的氣泡，應該是各城市有各式各樣的有錢人，各玩各的，也不知道怎樣提升自己的貴族範兒。你說藝術家，也都一樣是這二、三十年暴發竄起的，整體都有種同代人知己知彼的窮印痕，不可能多高深莫測的。

她印象較深的是一對夫妻，也和老王一樣五十多歲了，收養了一個女兒，現在十歲，他們看上去明明就是年紀滿大的人了，但為了怕女兒懷疑他們不是親生父母，就去改資料謊報年齡，硬假裝自己才四十出頭。所有身邊這群哥們也要配合演戲，只要他夫妻帶著那十歲女兒來，他們都要裝成是一群四十多歲的人在聚會。大小姐說她在那飯局中，覺得說不出的怪，也不理解這些平時說話俗不可耐，可又全在炫富的一群人，像天庭的神仙們，那麼認真陪著那對夫妻，哄那個小女孩，那後頭有一種他們記憶深處，對亂世的哀憫或畏敬。

我坐在大小姐對面，感受到我正在一層薄冰，或糖霜結成的，像花瓣，像迷宮包圍著她這個人的玻璃鏡廊，一個欺騙的櫛比鱗次、迂迴小徑。不，我並沒有想到欺騙她什麼，她是個美人兒，我有時這樣近距離看著她那削尖的下巴，其實是煙視媚行的略長的眼睛，小巧可愛的雙唇，會有一種天啊為什麼她會把我這廢材當作信任的朋友？那種暈眩幸福之感。像她這樣的存在，就像那些博物館裡擺放的，其精緻、凹褶入內的繁複工藝、消耗手工在其釉色、紋瓣、弧形的時間和意志，遠遠超過其尺寸空間的瓷器；或那些和我的世界如此遙遠的，巴黎咖啡屋裡的奢華蛋糕。這樣的細緻複瓣，像我這樣的老百姓，在開口跟她說話的每一刻，就是欺騙。像要把那麼精緻、蕾絲般薄細，將如此脆弱、柔軟、百感交集的一塊松露巧克力，在口中咬碎。你的舌頭不自覺就會開啟一想像的、繁複文明的琴弦簧管。這不是故意的。我猜她之前的男友，或那個年輕藝術家，或那個老王，都不是存心想騙她。那是一種個人文明史的不對稱。

當然你會說：什麼文明的不對稱？那不就是時代變動中的資產掠奪，大革命已經過了一百多年，你還在揑著嗓音想像自己在一群跪著的汗臭身體邊，抬頭看著那鎏金獸首機括噴出一片水霧，那穿著掐金繡袍、滿頭翠珠步搖的老佛爺？或那個身段風流、巧笑倩兮，好像加入美國意象（戰鬥機、孤兒院、圓山飯店，或南京美齡宮裡的那輛黑頭車）的霸王別姬的蔣夫人？

我坐在大小姐對面，彷彿那巨大的時間河流在眼前奔騰，我開口想要說的每一句話，都是在那波光燦爛，下頭可能是凶險漩渦的石頭，找落腳處。譬如我記得我小時候，我父親有一次得罪了他學校的校長，被解聘賦閒在家一年，我記憶裡那段時間，父親常在跟不同的「有關係」的長輩通電話（那年代那種黑色的，聽筒胖胖圓圓的撥盤式電話），家裡籠罩著一種大難臨頭的空氣，似乎父親的老師，是當年的老立法委員，但那作為敵方的校長，後台是那時的副總統。這種從很遙遠的，像我從父親書櫃最底層找到、翻看的黃紙演義小說：《封神演義》、《朱洪武演義》、《西遊記》，征東征西掃北，好像金鼓齊鳴，上千戰馬嘶啼、槍戟刀錘互擊的聲響，一陣一關，互報大將名，或大將打不贏，回頭搬救兵找當年傳他武功的仙師，漫天金燦燦各種飛行的神兵、仙器。但那種層層傳遞、較勁誰認識的，請出鎮壓場面的神仙比較大咖，給童年的我留下極深的印象。當然我父親已過世十多年了，但我想，或有機會讓我父親知道，我竟和這大小姐相識、在一起喝咖啡，他的臉上一定露出「老臣接駕來遲」的愚忠或驚嚇的神情吧？

我們小時候，每當父母要帶我們去那位「老師」家，父親都會非常緊張、焦慮，父親會西裝筆挺，母親也會穿上平時罕見的旗袍，父親手上會提著一袋洋酒禮盒，在公車上會極嚴肅的告誡我們，等下去黃公公家，皮拉緊一點，給我乖乖有禮貌，哪個闖禍，回來看我怎麼修理！我們小孩也感受到那種戒慎恐懼，因為我們身上也穿著那窮年代小孩極難得穿的小西裝。我記得我們走近那個公寓，除了老先生老太太，還有一位女傭。他們家鋪了深色的地板，一進門一定要換上布拖鞋，大廳掛著一幅大幅山水畫，兩邊則是中堂的一副對聯，但我完全不知道那是何人的字何人的畫。那客廳的整套沙發，一旁的立燈和比我還高的彩瓷大花瓶，還有裝在瓷盆裡的小假山和電動流泉，給小時候的我很深的印象。這屋子整個壓抑著一種老人的氣氛，比起父親帶我們去過那有錢人的家，這屋裡擺設不算奢華，但有一種讓人呼吸不過來的靜肅之氣，對了，後來我去故宮、歷史博物館，或是圓山飯店，就有這種fu。我們小孩自然乖乖地坐在沙發角落，那個婆婆會很慈祥地拿出也是那年代沒見過的松子軟糖讓我們吃。平日高大嚴厲的父親，這時像個小孩，跟那老師講話，臉真的像孩童那樣燦爛天真笑著，有時老先生講一句我覺得並不好笑的笑話，父親和母親會誇張的笑得前仰後抑，我覺得在那屋子，他們都像在劇場舞台上的話劇演員，講話腔調和平時不太一樣，臉部表情也多了一種炭筆素描的細微暗影。

後來我才知道，那就是「某個有權力之人的家」，這個「老師」，是當年的老立法委員，後來在李登輝和國民黨大老政爭那陣，和一些老國代，被人們喊為「老賊」。但時光倒回我小時候，我們一家那麼忐忑，戒慎恐懼走近的老公寓，他是我父親的老師，在那個封閉、戒嚴的年代，認識這樣一個大人物，某些時刻真是保命。

我對大小姐說：「妳就是神仙畫卷裡走出來的人啊。」她笑翻了。事實上在我們所在的這個時代，她的公眾價值或只剩下，若我和她這樣走出咖啡屋，走到大街，不小心被哪個狗仔拍到，會出現在下一期狗仔雜誌的封面，好像這大小姐又有了新的誹聞。當她一邊慵懶滑著手機，一邊沒有心機的和我發牢騷：她的父母、兄姊、情人，一種調皮搞笑的風格，我這邊可是驚心動魄。他媽的那可是一條一條全是讓狗仔們腦充血的超獨家八卦啊。我有時想對她說：「請不要對我說這些了。」如我前面所說，一個脆弱的、精緻繁複的手工音樂盒微宇宙，你一捏就會聽見那碎裂的聲音，是像NASA要投擲往太陽系邊緣的飛行探測器，裡頭布建的與地球上任何吃喝拉撒無關的精密儀器。我試著告訴她，其實她可以寫小說，我跟她說了水村美苗的《本格小說》大致的情節：同樣是橫跨日本戰前到戰後，一群貴族階層，那些大宅邸裡歐化的舞會、放著小步舞曲的留聲機、衣香鬢影的小姐們，她們之間那拘束壓抑的愛情故事，上一代講究家世背景的對位，勢利、恩怨……「只有妳寫得出來。」──《紅樓夢》、《追憶逝水年華》、張愛玲的《雷峰塔》……只有從小到大，活在那像多層旋轉的天文儀器，在各種聚會觀看不同人在各有心機、地位高低差的處境，錯綜複雜的說話層次，那種亂針刺繡的人的臉部變化、笑話後面的拍馬或嘲諷、男人女人之間不動聲色的亮底牌，確定彼此的權力強弱，然後交換可利用的籌碼。只有這樣出身的人，才會有一個觀測瞳距不斷調整的「多重視覺」。

但很遺憾，那個「鏡中世界」應該是滅絕了，所以會有這樣的機鋒句子：「往事並不如煙」、「最後的貴族」。

老派與老Y

我推門走進那間叫「DV8」的酒館，發現老闆娘蜜雪兒獨自坐一小桌，邊滑著手機邊流淚。整間店一個客人也沒有。

我拉開椅子坐下在她對面，問她：

「怎麼了，蜜雪兒？」

她揩揩眼淚，手機的藍光照得她的睫毛像蝴蝶翅翼的暗影。說實話，她可真是個美人兒，但你無法想像，她有個兒子已經念大學了，而這孩子是個廢物，我在這酒吧見過他幾次，他都像穿牆人站在最角落玩網路電玩。可能也習慣那些喝醉的老色鬼們，對他媽說一些腥膩的調情屁話，而他媽像朵玫瑰花，那樣嬌媚的笑得顫抖著。有一次，我還和這孩子，扶一個喝掛的老酒鬼，從他跌坐的地板撐起他，押上計程車，送他回家。

「沒什麼。我只是剛剛看了一部電影，非常傷心。」

然後蜜雪兒跟我轉述了那部電影大致的情節：那個主角是個有著奇怪榮譽的拳擊手，就是他非常耐打，他的生涯紀錄，沒有贏過但最重要的是，他從未被對手KO擊倒過。這個故事開始時已是一場進行中的拳賽，我們看到這個像復活島巨石像的男人，不斷被另一個年輕拳手狂K猛揍。然後他們開始回憶。原來這耐揍的巨人他退休好多年了，但是現在這邊想到捧一個年輕拳手成為新星，他們想到這個傳奇的「不倒拳王」，於是開了筆很高的價碼邀他再出江湖。這老壯漢的教練、神父、社區義工、所有人攔阻他，告訴他現在這年紀上陣，只有被打死的下場。但他執意要去，因為他想拿這筆錢讓他的老母親去一趟威尼斯旅行。他母親一輩子沒去過遠方。而奇特的是，所有人只有這老母親不勸阻他去送死，他們質問她，她說：「他早已是個不存在的人了。」原來多年前，這不倒拳王開車載著妻兒，遭一輛大車撞翻，妻兒全死了，只有他活下來，從那以後他就只是個行屍走肉了。

而那個年輕拳手也有一段傷心往事（這裡我打斷蜜雪兒，請她直接說那拳賽），總之從第一回合開始，就看到這年輕人一拳一拳打中那老拳手的腦袋、眼窩、鼻梁，這樣打到十四回合，他整個滿臉是血，根本都茫了，但就是站著像一尊雕像，就是不倒下去。觀眾都哭了，站起身為這悲壯的一幕鼓掌致敬。你知道後來那年輕人開始狂揍他肚子，老拳手根本失去知覺了，他竟大便在褲子上了。

（我聽到這裡差點笑出來，但我看蜜雪兒悲傷靜默的臉，硬忍住了。）

還好這時敲鐘了，他的教練扶他下去洗屁屁並換另一件拳擊褲。其實他可能腸子都被打斷了吧？但他還是搖搖晃晃的站上擂台。這時那年輕人哭了，最後一局，其實年輕人在配合演出這老人的「不倒神話」，他假裝在揮拳揍他，但你知道好幾次那老人根本已直直要倒下了，這年輕人反而用肩膀架著他，不讓他倒下。最後比賽終了，年輕人以計點積分贏了這場拳，而那老人也完成了「一生沒倒下過」的紀錄。

蜜雪兒說：「我看了一直哭一直哭。」

這個女人看多了我們這些男子，在酒館的長方桌上，像小男孩玩著「大風吹」的遊戲，課室的椅子永遠少一張，所以永遠有個小孩要當那個孤伶伶的鬼。「大風吹！」「吹什麼？」「吹想和蜜雪兒上床的人。」於是大家轟轟嘩嘩像秋天公園被掃成一堆的枯葉，被一陣風捲起。但其實我們都是些老男人了。「吹攝護腺沒問題，小便不會滴到褲腿的人。」「吹早晨睡醒，那話兒還會硬梆梆勃起的人。」「吹沒吃史蒂諾斯，每夜都能安然入睡的人。」

一片靜默。在這樣向死亡墳穴借來的酒館的暗黑、吧台一列佝僂背影、或顫抖垂著口水的歇斯底里笑鬧，靜默中我看著他們悄悄開啟了一道「祕密歡樂遊戲屋」的門縫。

這需要極高的天賦。譬如老派，他是被浸在權力槽裡的不幸靈魂，你看看他的眼袋、凹陷的眉骨中間那像刀割過的深痕，總是穿著白襯衫但其實裡面是一副瘦削的軀骨、眼珠總是在一整晚的酒精終於灌到滿水線時，發紅或是變成黃濁的球體。他總是坐在最角落那位置，不熟的人不會從那版畫般的陰影輪廓，解讀到他何時祕密的越過那條酒鬼之線。「咔」的有一個聲響，那裡頭神智清明的他那刻便垮掉癱掉了。一個暗黑的、陰鬱的、憤懣的另一個分身，會從他的鼻孔、耳朵，或微笑的嘴角，漫流出來。

我後來回想：我們總因為觀看的方法過於簡陋，錯過了那一整團像刺繡錦袍上，亂針錯織的閃閃金線銀線。我如果據實記錄，像《儒林外史》那樣的筆法，你們會有個印象：這是台北二〇〇〇年到二〇一〇年間，某些夜晚，發生在酒館裡的權力交涉，類似男人的手肘交擱著，使勁比腕力；或拐子擊打上對方的脾臟；或是從頸骨到腰椎，手臂關節，到髖關節，當然最重要是左右頦關節（控制著笑，或說出合宜的輕輕點到為止的馬屁話）……這些窄空間裡，像詠春拳的，一群男人和落單的女人之間，極近距離挨擠的行為藝術。這當然是精準到，可以像崑曲演員分解動作，或是YouTube上慢動作重播那些NBA偉大球員，某個史詩級穿過防守人群而灌籃的不可思議的連續慢速畫面。每一句話的突刺、回撈、接住對方的茬，再迂迴婉轉拋出讓後面人可以借搭順杆上的破綻，每一個哏都要讓在座每個人笑的，男人是從鼠蹊電擊竄上，女人是從子宮內部最深處的顫抖。這每一招每一式，都是老師傅畢生的修行啊。

但如此，我就錯過了，老派，老Y，他們雖然是老頭的外貌，但其實那某些時刻淚眼汪汪，孤寂、憤怒、彆扭，走出這酒館對那外面已被年輕人粗暴洶湧占領的新世界，恐懼、故作鎮定，保持最艱難的尊嚴。他們的眼球和視網膜，記錄了這個島國這個世紀最初十年的煙花迷離、紛紅駭綠。有些時候，他們是真的像小男孩玩著那，對坐兩人假裝各自老二漲大勃起，將酒桌上舉的無聊把戲。或是像周星馳和達叔的隔空用掌風打對方，另一個人則做出中掌，臉部肌肉扭曲、凹塌，身體也被掌風吹得朝後歪倒，手臂亂揮像在掙扎的慢動作。或是他們拿著對方的生殖器開中學生式的玩笑，這個說對方和女人的銷魂時刻，是「太平洋洗蘿蔔」；那個說對方的馬子不耐煩說：「快點！你幹嘛不快上？一直拿牙籤刺我屁股。」

我年輕時如果預知自己會置身這樣的「琥珀之境」，和這些老男人歡樂、絕望的浸泡在這果凍或稠液的時光之膠裡，這些眼花撩亂，腦袋跟不上瞳距變焦的轉速，只能前仰後仰呵呵呵笑得口水流在嘴角，那就不會對迷戀的女孩兒搞那套，寫好幾頁的情書；或是跑去海邊痛苦抽菸漫走；或是花極大心思想給女孩一個夢中場景，騎機車載她到山上，某個祕密山坳，恰可以看見下方整個城市像灑開珠寶的夜景……

有幾年，我和我的妻子關係很緊張，我認為她有憂鬱症，但她只任我陪著去看了次醫生，便再也不肯去了。那些裝在一包一包印了密麻綠色小字紙條裡的藥物，她也不肯碰。我們在那之前非常恩愛，但那段日子我像活在冰窖裡。我們時常爭吵，一開始我認為我都在理，只是她把我們活在一起的這個小空間，我們，以及還很小的孩子都用一不知哪個次元的人裝進她腦袋裡的旋轉門，轉進一個漂浮、窄扁、光度幻異的世界。爭吵到最後，變成像是我用語言在強暴她，她會哭泣的用頭撞牆。

那陣子，我很痛苦，事實上，我沒什麼朋友，有一、兩位視之為兄姊的前輩，我在咖啡屋和他們聚會時，像故障的排油閥，停止不下來，講述我婚姻上碰到的困境。我原不是那樣的人，但那時我像是CSI的探員，細細瑣瑣的講著有一具屍體的房子，所有暗藏進地毯、牆角、衣櫃裡的內衣褲、書桌抽屜的信件，那所有陀螺打轉的細節。這些大哥大姊睜著充滿同情的大眼聽著，說一些安慰我的話。但轉頭便將我告訴他們的這些私事，告訴了所有的人。

只有老派，我記得那可能是他第一次拉我到這間酒館吧。那時我跟他其實不熟。他可能認為我和他是不同世界的人吧。他像是《推銷員之死》裡，那種上一世紀的業務員，每晚得和不同的客戶、記者、警察、廣告商、作家……喝酒。一攤結束再接一攤。我記得我和他嘰哩咕嚕說了我的困境，他沒說什麼。繼續斟著酒，抽著菸。後來我去上廁所回來，發現他盯著頭上方那播放著歐洲不知哪個盃的足球賽，他的臉上全是淚。我坐下來，沒敢多說話，後來他似乎說了句類似：「你想想像我們這樣的人，是什麼德性，你老婆，我老婆，她們這樣的好女人，當初是眼睛瞎了選了我們。這就在最早的時候就要認，這一輩子，再怎麼樣，只有她們對不起我們，我們不能對不起她們。」

仔細說來，他這段話，沒什麼哲學深刻性，但我當時，就像豬八戒吃了人參果，遍體舒暢，好像被邀請，進入一個很早時光的西部片，那裡頭牛仔帽低低戴著安靜喝酒的老牛的老警官；或是山田洋次電影裡，那戰後仍貧窮的東京底層市民，某種男子漢氣氛的，被世界傷害過了的人，在酒館裡像遊魂，沉默悲傷的認定自己是廢棄物的命運。

他從沒把我告訴他的事說出去。後來我便經常在夜晚，他電話叫來這酒館，通常他已喝得半醉。

有一次，我跟老派、老Y在那間酒館，聽他們胡吹各自在大陸旅行的時光，總總超現實、科幻片般的豔遇。

老Y說，有一次在哈爾濱，同團的一個小黑人，達悟族的，說著一口標準的北京話。我們先是一夥人去一間俄羅斯酒吧，裡頭一個俄羅斯妹都沒有。倒是小舞池有個也弄不清那算是滿族的還是蒙族的，戴著個牛仔皮帽，穿著鞋跟加鐵塊的尖頭馬靴，脖子還繫條紅領巾，在那跳著像踢踏舞之類的舞，劈哩啪啦踩得地板脆響。同時後頭有個戴眼鏡的女孩，快手彈奏吉他，那個不知從哪時空跑出來的牛仔，屁股扭得騷的！同時唱著我也弄不清的滿族、蒙族，還是鄂倫春的民謠。這時我身旁這個小黑人，可能達悟族天生靈魂中歌者的那部分被激起來了，他開始唱起達悟的歌，那歌喉像天空飛過一梯隊美國F-35戰機，稀哩嘩啦就把地面那些IS的武裝堡壘、什麼機關砲陣，全滅了。他的歌喉就像光波砲啊。那個牛仔愣在舞池中央，唱不下去了。整個PUB裡各桌的人們，也像熱帶雨林各樹叢的禽鳥，在那一區一區的黑影轉頭盯著我們。我想我們會被打吧。一會兒那牛仔滿身大汗來我們這桌喝一杯。「哪兒來的？」「台灣。」他也被這小黑人的北京話口音給唬住了。總之後來我們那團其他人，藉故都先溜了。剩下我陪著小黑人和那牛仔拚酒。太可怕了。我後來發現那一屋子酒客都是那牛仔的兄弟，像排隊買烙餅那樣一個個都笑著來敬酒，他們喝酒是像馬那樣張大嘴，直接把一杯烈酒往喉嚨深處倒。我後來陪著笑硬把小黑人拖出那酒吧。

走在大街上，小黑人不解氣，拉我去一間招牌寫著「洗浴」的店。我們在衣物櫃前更衣時，我一撇小黑人全裸的背腰和屁股，他媽的真是肌肉棒子，我自卑的把自己一身白肉鬆弛的胖肚子轉過對著櫃子。然後服務員帶我們各自走去一個小房間，這小黑人光著一身黑亮的獵人體魄，還用標準北京話威懾那服務員：「這我小兄弟，你們好好招待他啊，不要怠慢啊。」

那個房間滿破爛的（相較於外面那用燈牆裝潢得像太空船艙的高級感），有一張按摩床，還有床阿嬤年代的碎花布大棉被，但我想或這是東北，冷起來真的需要吧。重點是推門進來的女孩兒，真他媽正翻了，簡直就像年輕時的趙薇。我酒整個醒過來，真的是從沒這麼和這樣的美人兒這般近距離，真的「美」這玩意兒，有電的，有強光的，我整個被這不可能的幸福的強光給照醒了。我和她抽著菸，討論價格，當然也問問她的身世。這是純種的東北妹子啊，我們從下飛機，進到城區，住進飯店，之後到大街亂晃，嘴裡都滴滴咕咕著——騙人，哪有傳說中的東北妹子。這會兒，我眼前這美人兒，那難怪世界上有種族歧視這種東西啊，高大、漂亮、像趙薇那樣的大眼，我覺得自己像頭長了疥瘡的禿驢，在一匹剽勁的高大雌馬腳邊吞口水啊。

但隨後我從這仙女般的女孩口中聽到一噩耗，就是她們只做「半套」，就是幫你嚕管，打手槍而已。這算啥，我千山萬水從亞熱帶的那個島，跑到東北來，遇到了這個我此生不可能再遇見的極限美人兒，離開這房間之後就再也無緣了，結果是讓她像獸醫幫豬仔套取精液那樣打一管？我不斷哀求她（這時她已爬上床，在我背後胡亂的按摩），我說我加一千、兩千，求求妳，讓叔叔解個饞，不要那麼狠心。但她即便被我逗得嘻嘻笑，不肯就是不肯。說：「他們這家店就是這麼規定的。不行的。」我不斷夾纏，軟語溫言，她就是不肯。這時突然聽到門外，那小黑人豪邁的聲音：「Y，我先下去了，你慢慢享受啊。」我和那小美女都嚇了一跳，我想：這麼快？

我說：「好，兄弟，那你在外頭等我一會。」然後我和這標緻女孩兒，又在那爛房間裡，各點一根菸抽著，我問她的身世，然後又是哀求、撒嬌，手胡亂摸，她吃吃笑，但就是不依，最後我認了，像在獸醫院手術台的小狗，翻躺著，讓她身裝整齊幫我嚕管。

這時他媽的又有人來敲我們的門，我嚇得那話兒都縮進腹腔了，這女孩也嚇得臉色慘白，我趕快起身把按摩房的大短褲穿上。「不會是公安吧？」但她開了門，好像是另個女孩，兩人嘁嘁促促說了一會話，好像有什麼好笑的，兩人笑得喘不過氣來。

她進來，關好門，說：「沒事。那是我同事。她說，你那個朋友，下去後，好像覺得不過癮，又買了個鐘點，又回來了，換了個小姐。」

我忍不住驚呼，這什麼銅筋鐵骨啊？而且這又不是幹那事兒，這不就是嚕管嗎？怎麼才嚕完一次，馬上還可以再回來再嚕一次？這美人兒也笑著說，真的她們這也是頭一回遇見這種事。

我要說的，你們一定不相信，因為我受了驚嚇，便和那美人又各點了根菸，哈拉了一會，定定受到驚嚇的魂。當然我又提議加價，求她和我來一段溫存，她也還是溫柔的拒絕了。然後我又認命的像驢子翻肚躺上手術台，任她幫我嚕管，這時小黑人又在我門外，中氣十足的說：「老Y，你還沒好呀？那我先下去嘍，你慢慢享用。」我又說好好，我和那美人兒都憋著笑。然後約五分鐘後，又有人來敲門，是這美人的另一個姊妹，她進來時簡直是蹲下去抱著肚子笑：「你……你那朋友，他又買了一節，又換了一個小姐，來第三次。」

其實，這故事到底該從達悟族說下去，還是說說我，喔不，老Y在東北發生的後來的事？現在說話的這個是誰？我說，老Y說，後來在房間裡，那女孩兒做了一個非常性感的動作，她把她的手機號碼（非常長），用一枝原子筆抄在老Y的手腕部位，這舉動清純（她無論老Y怎麼哀求，並加價，就是不讓老Y上，表示她來打這份工，是嚴守底線的，她絕對只幫客人嚕管，絕不讓客人的那根被她手掌搓硬了的屌插進她胯下），又色情（她抄下自己的電話給他，說他可以約她去看電影、喝咖啡，這不等於是談戀愛了？），但老Y悲傷的想：我明天就要離開哈爾濱啦。這怎麼像《麥迪遜之橋》、《傾城之戀》那類的電影？他在遙遠的哈爾濱遇到了真愛，他脫團，改機票，留下來，打了那支電話，和女孩展開一場熱戀（一個月？或一年？），或是他餘生就沉淪在這北方之城，成為這間小姐只幫客人嚕管的三溫暖的打雜工。他想像著冬天整座城被白雪封印，他穿著雪衣在嚕管三溫暖店門口掃雪的孤寂景象。

當然這並沒有發生，否則老Y怎麼可能坐在台北的這家酒館跟我們說這故事？老Y說，沒錯，我是個俗辣！我不敢脫團、跳機，第二天我還跟著我們那個團，坐了來回八小時的車，去參觀了個幹他娘的「王鐵人紀念館」，據說是東北，不，全中國第一座大煉鋼廠。我們跟著導覽的女同志，去一個黑黑的房間，看一部影片。那看起來像是一部紀錄片，拍著一九六幾年的某天，一些穿著灰色工人裝，臉黑黑的同志，在這個巨大的廠的上方鐵橋走著，下面像是火山熔岩那樣高溫紅色的滾湯——確實有點像《魔戒》的廉價版本場面，突然有個人哀嚎著：「慘了，慘了，那鍋渣倒了，萬一倒進那煉鋼爐裡，這全部的國家的煉鋼設施，都毀了啊。」其他人像歌隊裡重覆著這樣的災難之警告。但那鍋渣真的就像土石流往下場，這時，那個王鐵人同志，對著鏡頭說了一段話，大意是咱們既然在這崗位上，就不能容許這鍋鋼爐報廢。說著他就跳了下去，用肩膀頂住了那塌下的鍋渣，但同時也被那烈燄熔漿吞噬……

老Ｙ說，他看這電影，覺得不可思議，問那導覽女同志：「這真的是紀錄片嗎？」那女同志嚴肅的點頭：「是，是紀錄片沒錯。」老Ｙ說我心中就想：#$%@$*，我就不信在一九六幾年的那一天，他媽的他們真還有個人扛著台攝影機，跟在這王鐵人和他哥們身邊，恰好就拍到鍋渣塌了，而王鐵人往火池裡跳，為國犧牲的這一幕。

重點是，那天晚上的晚宴（他們風塵僕僕，從「王鐵人紀念館」一路塞車，顛了四個小時車程，回到哈爾濱）招待他們這個團的對方（可能是東北文聯或哈對台的一個單位），他們的頭兒，是個女酒鬼。在晚宴前她就放話，要ＰＫ「你們這些台灣來的男同志們」。這挑釁的話一扔過來，台灣這些男子漢們可全炸鍋了，這裡頭有外省掛的（例如老派）、有本省掛的（例如老Ｙ），有客家背景的（一個漢操非常棒，年輕時打橄欖球的哥們），全是回首半生，各自多少畫面浮上，自己的喉嚨灌下各種烈酒，台北的ＰＵＢ、啤酒屋、快炒店、無數玻璃酒杯裡裝著酒精六十度以上的各種高粱、威士忌、二鍋頭、小米酒、ＸＯ、高級紅酒、比利時黑啤酒、塔ki啦、琴酒、伏特加……像彩虹般煥光搖影的傾倒進自己鼻竇腔下的那開口，形成一快轉的蒙太奇。他們激憤的像是球隊分配前鋒、中場、後衛、球門，安排戰術，各人到時站哪個位置，迎戰這個深不可測的女酒鬼。當然，我方有一同樣酒量深不可測的戰神，大家都把目光投向那達悟族小黑人身上。

誰知道，晚宴開始，那女領導、女酒鬼，先拿了兩公杯（也就是五百ＣＣ的大玻璃杯），坐在這達悟族旁邊，笑吟吟的兩人各飲了一公杯（那服務員拿著一箱可能是東北產的高級白酒，用瓷葫蘆瓶裝著，一倒一杯就是一瓶），屁歡歡說了些互捧的話，就結拜姊弟來了。老Y說，操，我方最強的達悟族戰士，當場就倒戈了。接著——你終於知道當年國軍是怎麼在東北，以驕兵之姿，被共軍打得七零八落——餐桌上，她就盯住了這個團的頭兒，也就是老派，各在面前放一公杯（剛剛說的那五百ＣＣ的大玻璃杯），你知道六十度以上的白酒，一般對軋是用五ＣＣ的小酒杯啜飲的。但後來我們才理解，這就是「斬首」行動，這不是在應酬喝酒，這他媽是在搏命啊。原本其他那些虎背熊腰，爺們氣的兄弟們，被一種奇怪的氣氛，區隔成旁觀者。那晚宴大圓桌變成古代兩軍對陣，鮮衣怒冠的雙方主帥，背插旌旗，各持長戟或關刀，拍馬而上。這邊女領導說幾句漂亮話，仰頭就幹掉一公杯那高酒精白酒；這邊老派也面不改色（他的臉色永遠像還沒畫上任何東西的圖畫紙那麼白），豁啦仰喉五百ＣＣ下去。這樣一來一往，你五百ＣＣ，我五百ＣＣ，感覺他們喝的不是那在血管裡讓所有神經麻痺的烈酒，而是椰子汁或甘蔗汁嗎？那個規格早已遠遠超過什麼足球賽的境界了。真的像孫悟空和鐵扇公主在對賭，我剜一截腸肚，妳割一塊心肝。一旁的人只能跟著擂鼓吶喊啊。

老Y說，這樣慘烈而讓人心生恐懼的ＰＫ對喝，絕對也是他此生僅見。他們約莫各喝了十二、五巡（等於各自灌下了七、八公升的烈酒，就算是車，那燃料也能從這跑去白天的那「王鐵人紀念館」啊），女領導還是笑語晏晏，老派也仍面色如雪，這時老派轉頭跟坐他一旁的老

Y，低聲說：「著了道了，今天恐怕會死在東北。我曾聽說有些女子，體內缺少某種酶，不會分解酒精，這種人千萬中出一、二，她們不是酒量好，是她喝下去的，完全不會吸收，她在那兒等於喝的是水。不想我今天遇到這等人物。」他們又各自灌下四公杯的那葫蘆瓷瓶倒出的烈酒。老Y這時感覺到老派的腳在顫抖著，那像小時候玩的某種上發條的錫製玩具狗。老Y突然流下淚來，想我平日不知我這哥們是這等人物。這時他看見自己手腕上，昨天那女孩用原子筆寫的一串電話號碼，已成糊糊一條像胎記的藍跡。

我曾在不同的小說（那些外國作家）中看過這樣一句話：「好多年以前，那時候我是一個跟現在完全不同的人。」於是我也曾將這樣的句子放進我不同的小說裡。不同的故事，似乎加了這樣一句話，就像咖啡裡灑了點肉桂粉，或是羊肉爐加了些米酒，那立刻被提升了不為人知的另一層次。但或是我太喜歡這句話了。你們讀我前面寫的，可能會以為，老派、老Y是那種酒館的爛老頭。但其實我曾在不同的白日，和我的妻兒，走在路上，恰遇見老Y和他的妻子和女兒，穿著同行的運動恤，正在散步。我們打招呼，介紹彼此的家人，那說不出的怪啊。另一次我則是在一家星巴克遇見老派和他的妻女。那些時刻的他們，如此陌生，似乎我們曾經是某一間汽車公司或房屋仲介的業務員。我們曾經穿著那種彆腳的西裝，一起買7-11的三十五元咖啡，在路邊不知道怎麼向茫茫人海推銷那些像是空間，但又像是科幻電影中的道具。然後很多年後，我們遇見了，懷念、羞恥，又帶著一種錯愕。當然並不是這樣的。我有時會想：老派和老Y，是從我生命中的哪裡冒出來的呢？這些故事，這些夜晚，好像發生過，好像從沒發生過。我年輕時，老婆生孩子，一些哥們到醫院來探望，我會和他們到醫院樓下的巷子裡抽菸。但當時這些哥們裡並沒有老派和老Y啊。他們是從哪冒出來的呢？而當年的那些哥們，為什麼後來都不見了，都到哪去了呢？

有一次，我們歪歪跌跌的從酒館走出，當然都喝醉了，我們穿越那一輛車都沒有的馬路，這時有個該死的條子在街道對面等著我們，我不知他為何是落單，通常警察不是一定兩個一起巡邏的嗎？那條子要查我們的身分證，我們當然不理他。那時我覺得我們好像電影裡的勞勃．狄尼諾、約翰．屈伏塔，和布魯斯．威利喔。後來不知怎麼搞的，我們三個圍毆那個條子，我記得我其中一拳打在他的安全帽上，他整個摔倒時把他的機車也撞倒了，他應該有配槍吧？但我看見老派和老Y的鞋子，交替踹他那制服褲子上方的皮帶。那有一種髒舊、貧窮年代的印象。我們口中吐出像野獸那樣的咆哮。那時我對他倆，充滿一種無比親愛的情感。

粉彩

在這個粉彩人物大瓶上，色彩柔和、胭脂紫、礬紅、湖綠、大綠、墨綠、赭石、藍、黃、白……洞石、蝴蝶、牡丹、月季、海棠，皴染層次繁複，前景有個面容瘦削的古典美人，穿著黑色百褶綢裙，上身是煙綠寬袖旗裝，我看這臉不是大小姐嗎？花園的稍後側，一個穿紅袍的鍾馗，那劍眉濃髯畫的不是我嗎？我，不，鍾馗的身後還有個小鬼卒，扛把大槍。如果旋轉這瓷瓶，你會發現遠遠近近畫了許多人物，我仔細翻看，發覺一個白髮白鬚老翁，拿著個大紅壽桃，哈哈那臉是老派的臉。問題是這大瓶上的人物，包括臉孔，都在一釉殼的開片冰裂上，那細細的小裂方格，彷彿他們之所以臉帶詭異笑容靜止在那個二度空間，是因繪畫出他們存在的這綠色鹼式碳酸銅、暗紅色釉料的三氧化二鐵、青黃色的鉛錫銻黃釉料，在某一個時刻，像冰河時期的冰封海洋、陸地、街道、市集，全被冰凍住了，我們只看到那些冰裂，不知道活在那一層薄薄大瓶表面的他們，正在說什麼？正想說什麼？正在謀畫發動什麼？

月白、天青、粉青、豆青、豆綠。我又在這粉彩大瓶旁看到一只康熙五彩劉備招親圖瓶，但定睛一瞧發覺那瓶沿彩釉上的人物亂成一團，不是因這瓶是仿品贗品，畫筆勾描的色料混淌，我定睛瞧，發現那些小人兒亂糟糟在各處亂跑。

他們在拍一部電影，在這片灰綠色植被的谷地，散落著至少有三、四百人吧？不同的取景的工作人員、臨時演員、甚至媒體記者。在這河谷中央，有一條溪流，此刻這溪的兩側擠滿了架機器的人，這裡應是拍整部電影裡極重要的一場戲。很不可思議的，我竟是要演這一幕的那個主角，似乎是倒栽蔥墜入河裡，頭下腳上的下沉，但水似乎不太深，所以頭要像泥鰍那樣鑽進河底的淤泥。我有一個很深的印象，是這水非常的冰沍，頭終於在一緩緩下沉的狀態，扎進底部泥沙，那時臉部在眼窩和鼻翼兩側，都感到一種溫暖。

大約是第三次、還是第四次的ＮＧ重拍之後，我出了水，披著浴巾，說：「老子不幹了。」然後甩開副導和助導他們伸過來想拉住我的手。

當然應該不是我的問題（奇怪我好像並不是這齣大製作電影的重要角色），據說是恰好在我離開那拍片現場的那段時間，許多工作人員紛紛對這公司的老大，提出他們的抗議和憤怒。這個老大，之前根本沒碰過電影這件事，他是廣告圈的大哥級人物。這次不知怎麼畫了幅不可能的藍圖，哄誘得幾個大企業主和私人金主，掏出大筆資金，投資他拍這部「史詩規模的鉅作」。但他根本搞不定這種場面的調度，以他從前帶部屬的方式，就是高壓、震怒、斥罵，講一些唬人的抽象觀念。但我猜人一旦被放在這片廣闊的曠野，心也自然野了。那種辦公室內近乎威懾的父家長權威，這裡一片混亂，還加入更多不相干的臨時演員，一個鎮不住，就像古代的部隊嘩變。天寬地闊的，老子還跟你裝屁？一看你不行嘛，每處團夥亂成一氣，像一個失控、動物全從柵車跑出的馬戲團，怎麼說的？樹倒猢猻散。

這時我聽到兩個老頭大聲在爭吵，使我的注意力從這只人物亂跑的粉彩大瓶表面離開。一個氣質像是退休教授的老者，一臉悲憤的說：「你用放大鏡看這蒲紋，這個琢割處的砣工，根本是現代電動鑽頭才有的渦旋。而且你告訴我它的水銀沁，我回去看這只有在裂縫處，其他部分都沒有沁的狀況，這不合理。」

另一個老頭，可能是這家古董店的老闆，也兩腮鼓突，頭頂冒煙說：「最怕就是你這種懂個兩三分的，古璧要作假，只有『酸咬』一途，你看看這塊璧的玻璃光，酸咬過後是不可能有這樣美的玻璃光，這個刻紋，並不是現代工，戰國時代的砣具，打出這種旋紋，是很合理的。」

我非常害怕這種老頭吵架的場面，小時候聽我父親說過一故事，說有個叫管輅的，好像懂一些神鬼巫占之術，有次他看到一個少年，告訴他三日內必死，這少年當然哭拜在地，求他救命，他便教這少年在夜裡，帶瓶淨酒，一塊鹿脯，到南山大松樹，有兩老頭下棋，汝便可如此這般，或能有救。少年照著管輅所教，真的帶酒肉上南山，只見漫天星斗，松樹下兩老頭，一穿白衣，一穿紅衣，正在為一盤棋吵架，這少年呈上淨酒鹿脯，兩老頭忙著吵，接過酒肉便吃，吵完後才發現這少年，知是管輅洩露天機，而這穿白衣老頭是北斗星君，正是掌死亡，於是讓少年延壽不死。

我小時候聽這故事，還雜著我父親說起管輅曾在宴席，幫一大將軍何晏卜卦，說了不中聽的話，何晏和手下鄧颺皆不悅，管輅回家後，他舅舅非常擔心，管輅說：「與死人語，何所畏邪！鄧颺行步，筋不束骨，脈不制肉，起立傾倚，若無手足，這是鬼躁之相，將為風所收；何晏神情，魂不守舍，血不華色，精爽煙浮，容若槁木，這是鬼幽之相，將為火所燒。」後來真的司馬懿發動高平陵之變，何晏、鄧颺都被殺。我小時候聽我父親說管輅的故事，還有他預知人死，振振有辭，心裡對這管輅說不出的陰暗恐懼，且聽說這管輅後來壽命也不長。

這兩老頭正為著那枚戰國蒲紋玉璧是真是假爭吵不休，西特林在我身旁，心神忡忡的說：

「前兩天看了一部日本片，很怪。」

西特林對我描述那部日本片，一開始是昆汀塔倫．提諾在一九九六年拍的一部黑幫電影的結尾，那個黑幫分子，在加拿大的一個叫那個哪裡的地方，漫天大雪，把所有人火拚搶奪的那一袋美金，挖了一個坑，埋進去，最後在那土堆上插一把鏟子，然後被趕來的警方逮捕。這電影就結束了。然後是日本一個，長得很怪的女人，她原本是ＯＬ，在她的房間看了這部電影，她相信真的有一袋錢埋在那個冰雪之境，她把片子結尾那段反覆重播、辨識，記下那小鎮的一切，還把那個插著鏟子的地景，畫在一塊布上。有一天，她老闆要她幫他小孩買晚餐，拿一張信用卡給她，她卻去機場刷了一張機票，直飛加拿大。她的英文非常破，身上也沒錢，但到了加拿大，一路只會說一句：「我要到那個哪裡。」當然那後來變成一部公路電影，她一路搭便車，遇到不同的好心人，當他們問她要去那個哪裡做什麼，她說要去挖出那袋錢。他們全失笑說，那是假的啊，那只是電影。他們一露出不信她的樣子，她就逃走，繼續在冰天雪地的公路彳亍前行。最後她叫了一輛計程車，開著開著，她覺得車窗外的景色，就是那電影裡埋錢之處，她就跳車逃跑，然後繼續在大雪中走著，最後在雪地公路邊睡著。第二天醒來時，雪都停了，天空非常晴朗，她繼續走著，來到那插著鏟子的地方，她拚命挖，挖著挖著，真的有一只皮袋在那，拉開拉鍊，裡頭真的是一疊一疊美金。

「好美，」我說：「但她應該是死了吧？」

西特林說：「但這女人就是我們，我們從年輕的時候，就相信那些是真的，然後我們過了這倒楣的一生，然後現在，那些年輕人不信了，他們對我們說：『哈哈，傻瓜，那又不是真的。』」

我說：「但『那個哪裡』是哪裡呢？」

西特林拿出他的手機搜尋，我則拿出我的手機搜尋「戰國玉璧」，卻出現一大堆古董行、藝術品投資公司、拍賣公司的網址，那兩個老頭還繼續吵著，我注意到這間光線昏沉的古董舖角落，還堆著好多只青花瓷罐、粉彩花瓶、五彩人物筆筒，影影綽綽，不只那些瓷瓶的圓肩輪廓，而是那圓弧上被盤枝蓮、蕉葉紋、牡丹、忍冬花紋上下左右圈圍成一個二次元世界，但那些嬝娜纖弱的小姐，那些靛青暈糊的騎馬執刀的古代戰將，那些小裂片裡的八仙，他們好像是我認識的一些人。但這些堆在暗影角落瓷瓶我看十個有九個是贗品，那那些活靈活現、曾經在窯中高溫流動，那些粉紫子、梅子青、朗窯紅、寶石紅、礬紅、胭脂紅、卵白、甜白、嬌黃、薑黃、孔雀綠、兔毫、油滴、茶葉末裡，冒著沸泡形成臉孔、脖子、耳垂、鬢髮、衣衫或胄甲，擠眉弄眼、似瞋還笑、依依不捨，或充滿殺機的男女，他們是怎麼活在一個假的載體上？

我記得關於管輅的故事，還有一段是他去幫一人卜卦，結果他說出三件怪事：有一個婦人生了個男孩，這嬰孩一下地就咯蹬咯蹬走進灶裡被燙死；還有床上有一隻大蛇銜著一枝筆，過一會就離開；第三件是有一隻烏鴉飛進屋裡和燕子打架，燕子死了，烏鴉飛走了。被占卜的人聽了這些怪異的卜相，非常驚恐，管輅卻說：「這沒什麼，房子時間久了，就會有一些魑魅魍魎作怪。」這還沒什麼，我看這管輅，在古代就是和老派一路的人物吧？

突然，老闆或因激動，手像釋迦牟尼佛出生時指天那樣，我坐的位置，恰好看見他身後櫃架上，一只同治粉彩八仙人物故事紋八角碗，在那濛曖昏暗的光線中，一團白光，豁啷跌下地，原本八個稜面各繪了呂洞賓、張果老、鐵拐李、漢鍾離、何仙姑、藍采和、韓湘子、曹國舅，但其中紅彩暗淡凝膩，筆法也雜亂，但這一摔破，老闆彎下身撿起，恰摔破了一片，他把那缺角的金沿粉彩碗，和那片崩了的放在桌上，我注意到那破瓷片上繪的是漢鍾離，但整個臉就是我嘛？我們其他人都想老闆會哭出來吧？這麼一件精巧泛著玻璃光暈的同治粉彩。沒想到他一臉輕鬆，對那退休教授模樣的老頭說：「怎麼樣？砸了我店裡的鎮店之寶，這可是我女兒去加拿大的那個什麼地方拍賣回來的。」

老教授說：「放屁，我看最多就三千塊騙這兩個不懂的後生，根本是贗品。而且我人坐這外頭，你可別賴我。」他用報紙把那塊戰國玉璧包包，塞進公事包裡，滿臉通紅，嘀嘀咕咕走了。

我把那片有個弧形的破瓷片拿在手中翻看，那個禿頂蓄腮鬍的腆露著大肚子的胖子不是我還是誰？我心中有一種說不出的晦暗，好像只有我孤伶伶和原本的粉彩八稜碗破裂脫離了。我問老闆：「你這破片，也不成了，就五百塊當送我吧？」

這時有個人掀簾低頭走了進來，進到這堆滿瓶罐、佛像、玉石小假山的陰暗空間，才發現他穿了一身警察制服。

我驚呼一聲：「貓警官！」

貓警官說：「喵。」

老闆說：「你們認識？」

貓警官跟我的淵源可深了。他是個非常沉默的人，但只要你提個話引子，是跟任何有沒有外星人存在的話題有關，他會打開話匣子，舉證歷歷，我記得有一次他告訴我，在地球高空的軌道上，有一顆叫「黑暗騎士」的衛星，非常奇怪，它的運行方向和後來人類發射上去的衛星運行方向完全相反，而且它是在一九六〇年代美蘇有能力發射衛星上去之前就存在了，甚至有科學家證明，這顆「黑暗騎士」衛星是一萬三千年前，由牧夫座的主星梗河一的系統地區來到地球，它在地球和月亮之間巡航了一萬三千年。他還說月球的內部是一個鐵球，根本是人類文明還沒出現之前，就有外太空高等生物放個觀測站在盯著地球。

對了，我之所以叫他「貓警官」，因為他是個良善的警察，他每天騎著重機到木柵山裡餵養一大批野貓。他其實是個小警察，一直升不了官的原因，乃在於他不願開那些騎機車戴著黃色工程盔，後面載油漆桶和摺疊梯子的可憐阿伯的罰單。有次他告訴我，他當警察第一次開槍時，自己腿都嚇軟了，那時是在永和中正路的郵局前，兩撥小混混拿著西瓜刀在互嗆，似乎就要砍人了，他在一旁勸阻，沒人鳥他，於是他拔槍朝天花板轟的一槍，所有人才都嚇呆了。

我介紹貓警官和西特林認識，貓警官低聲對我說：「這間店的東西全是假的。」

這我不稀奇，真的也不可能讓我們這麼近距離把玩。但我這時心中有一種晦暗的情感，很多時候，我和老派和那些人在那些酒桌上，明明他們說的全是謊話，假的深情重義，為何我也能笑咪咪的坐在那兒，以為置身在一種文明的彩繪流淌、窯火烘燒。我在YouTube看到一個大陸的鑑定收藏品的節目，節目後側一排專家，瓷器的、字畫的、玉器的、雜項的……每次上來一個大媽、大爺，或年輕男孩女孩，抱著他們的藏寶，交由專家鑑定。我印象很深的一回，是一個中年婦女，拿了件當陽峪窯黑釉剔劃花小口瓶，中肩有一圈方塊回飾紋，那瓶肚上的剔花，不知是牡丹還是茶花，瓣片舒卷，非常美。她說是一直從公公婆婆時代就放家裡，但他們也不懂是什麼，有回有個懂古董的來家裡，說這要是真品，可是值三百萬啊，介紹她拿去上海一家拍賣公司，交百分之五手續費，那拍賣公司鑑定是真品。結果在場專家（一個白髮戴眼鏡，很溫厚的老頭）鑑定那是一件仿品。也就是說這類假鑑品公司用這種方式，說假為真，憑空收她十五萬人民幣的鑑定費。

另一次我印象很深，藏主拿來兩支清代景泰藍銅帽架，上頭各一銅鏤空雕小蓋，據說可以放薰香，這兩銅架像兩只靈芝，靈芝頭部分藍底，底沿一圈紫帶金如意紋，中央紅綠螭龍盤旋，支架下方小座有芭蕉紋。這藏主本身是個古物行老闆，這兩只帽架已經賣人了，定七十萬，人交了二十萬訂金，結果帶一夥人來退貨，說他這景泰藍是假的，他氣不過，拿來這鑑寶節目請專家掌掌眼。結果鑑定是真，嘉道時期的精品，一旁節目找的店主團說這可以賣到一百幾十萬。

更多的是白鬍子老爺子帶來一卷陸元紹的山水畫、林風眠的仕女畫、齊白石畫的蝦、李可染的〈萬山紅遍〉……當然都被專家打槍，鑑定為偽，我看那些老人瞬間臉色慘白如金紙，搖搖欲墜，像胸口中了一槍。

我問貓警官：「全是假的，你幹嘛還進來？」

貓警官說：「東西全是假的，但老闆是好人啊。」然後貓警官說了一句：「台灣現在窮嘍，除了八〇年代元大、林百里、震旦行那些大老闆，因緣際會收到些真正的好東西，我們現在小百姓，只能在這一屋子假，鬥鬥知識，有些又假作真時真亦假，有些小青花水注、破片，或民窯醜得不得了的囍罐，或越南海撈瓷，這些或是真的，但混在官窯、古月軒琺瑯，甚至同治的官窯粉彩人物畫精品，怎麼可能，我們只能抓住那美好的痙攣。」

我記得在那節目裡，有個小伙子，拿來一錦盒，裡頭兩只白若凝脂的小玉器，一個小水丞，極薄的胎沿非常優美捲起兩如意瓣，另一只小筆洗。盒中另有一紙，寫著「大清乾隆年製」。這小伙子說這東西是他爺爺臨終前說要給未來孫媳婦的，當時他人在北京念書，沒能趕回家見爺爺最後一面。他說得眼睛濡濕，全場感動，結果專家鑑定，這是新仿的，玉質是青海玉。

還有一個女孩，拿了五只大清道光年製的礬紅描金、金玉滿堂的折腰碗，說是她爸爸在英國小拍賣會花了八萬人民幣。鏡頭特寫那碗時，那白髮戴眼鏡的老鑑定家，充滿情感的說，孩子妳看看，這個白碗的白，那麼潔白，這描金是真金，它每只碗上畫的七、八隻金魚，鰭尾翻飄，活靈活現，妳看這魚眼睛啊，好像滴溜溜在轉啊。我可以說，這是五只真品。

有個農民模樣的男子，拿了個白端硯，說是走村挨家挨戶去淘來的，想說沒聽過端硯有白的，肯定珍貴，他開了個心裡預期價二十萬。那些鑑定老人手傳手把玩這只白端硯，似乎愛不釋手，最後那專家說，這種白端，是以前畫家調硃砂、明黃、丹青這些顏料的文房啊。但可惜端硯說是名硯，但價格其實一直低，比不上皇家專用松花硯，也比不上歙硯。而這只硯的背後，有一條裂紋，於是專家給了個五萬的估價。還有個古玩店主竟開了五千塊錢，我看那持寶人臉色發黑，像要揍人了。

還有個中年婦女，說幾年前，她小孩考過高考，一家人去廣西玩，沒想到她家老爺子，那五天啊，完全沒陪孩子，而是跑去一間文物店裡，像魂掉了盯著這只黑罐子，每天去跟人家老闆叨磨。後來我不忍心，就批了十八萬讓他買了，這個黑不溜嘰的醜罐子，我每在家裡看了心就痛，就後悔，萬一是個假的呢？那個白髮戴眼鏡的老鑑定師，撫摸著這上頭有白色條狀斑點的黑蓋罐，他說，這是北宋河南當陽峪窯飛白紋的蓋罐啊，這種紋飾叫跳刀紋，胎面上雙層黑白釉，上色後，放在轉盤上，一邊旋轉，匠人用竹刀隨著那轉動顫跳著刻紋，這是極高的技藝啊。

老闆把那呈一弧形的破瓷片放我面前：「五百塊給你了。」

我心中有一種極深的悲哀，這也是假的，這一屋子堆疊、影綽、像鐘乳岩洞的假瓷瓶假瓷盤假佛像假紫砂壺。但是什麼樣的匠人，那麼專注，那麼清晰所有程序的細節，同樣難之又難的造胎、上釉，用粉彩畫上花間顧盼的仕女、亭台樓閣，或用同樣的靛青料，不輸給那些宮廷匠師的運筆，畫上山水，畫上刀馬人物，畫纏枝蓮，畫暗八仙、博古圖，有的要做出哥窯鐵線金絲的效果，有的可以弄出龍泉窯梅子青神鬼莫辨的色韻。在那造假的時光中，他們也像藝術家焚燒自己創造力的光燄，但他們造出的那唯妙唯肖，密不透風的假宇宙，會在一百年後、兩百年後，讓某個鑑定專家判定那是假的。那可能讓某個收藏這件被判死刑之物的主人，瞬間生不如死，或某些說是「我爺爺的爺爺傳下來的」，那一切時光舊夢全被揮發、化為空無。據說大陸還有一個鑑寶節目，只要鑑定師一判定那瓷器是假，主持人立刻拿一鎯頭當場將即使美不可言的偽耀州窯、偽乾隆五彩瓶、偽青花釉裡紅瓶、偽同治粉彩仕女瓶、偽元青花、偽永宣青花……敲成碎片。當然連這都是噱頭，都是節目效果。

你知道為什麼我們那麼注重誠實？美猴王問我。

那時候，他們把我抓進那牢房裡，完全沒有你們想像的刑求，拔指甲、電擊、坐在冰塊上那一套。那是個沒有對外窗的小房間。每天有三餐從門洞送進來。大約關了三個月，有個特務會在另一間只有一張桌子的房間審訊你。他的態度甚至可以用溫柔來形容。他叼著菸，充滿感情的看著你。後來你才知道，他們每人有一本《特務手冊》，上面連叼菸的姿勢，說話的神情，要提問哪些問句，全部都詳細規定。那個人通常會說，你讓他想起他年輕的時候，純潔、有理想性、愛國。然後他會要你交代你做過什麼？他告訴你，你的同志們已全部招了，這件事剩下的，只是你要不要誠實了。你只要誠實說出一切，就立刻可以回家，政府保證你可以像魚回到水中，過你正常的生活。這時這些日子你孤獨關在這小房間，時間感漂浮產生了影響，從前種種，那些讀書會裡激昂真摯的臉變得透明、遙遠、不確定。你感覺這個把你抓起來的機構，那麼強烈的慾望，就是像螃蟹用大螯鉗住你，要你吐出實話。也許你說了部分實話，遮遮掩掩在某種程度出賣了你的朋友，但接著你又被扔回那囚房。除了三餐，沒有人理你。如此可能關一年。你的心智在這一年的時間，瀕臨崩潰。你只剩下非常微弱的想望，只要能讓你回家，什麼你都願意招。你開始回想，後悔上一次的自白，為何你不乾脆說清楚些，也許你早就回去了，反正在某個意義上，你已背叛那些同志了。他們那麼不重要。那個特務溫柔對你說的那些話，像小氣泡不斷在你腦中一串一串吐出。你僅剩的求生本能，在發狂的懸崖邊，和「誠實」連結成一種獎懲關係。又過了一年，他們又會有人在那有桌子的小房間審問你。這時大部分的人什麼都招了。

這些對國家「誠實」，把自己靈魂全交出的政治犯，有的真的會被放走，他回到原來的人生，但再也沒法有尊嚴的活著了。那些因他招供而被抄掉的昔日同志，或他們的家人，對他恨之入骨。但還有許多，是招供後，沒兩個月又被拖去槍斃。也就是說，國家像一台真空吸引機，吸乾了你的靈魂，你像榨完汁的甘蔗渣，但它吸光了那些「誠實」，還要毀滅你的肉體。

其中有個叫李媽兜的，他當時有個小他很多的女友。兩人在高雄漁港想偷渡去中國大陸時被逮捕。他們告訴他，只要你供出全部的地下組織網，你的小女友本來也就和這一切無關，我們會放她出去。這李媽兜就把全省所有他連繫的同志，全部供出。他死前寫了四份遺書：一份給他前妻，兩份給他的兩個孩子，最後一份是給那小女友，要她好好做人，再找個人嫁了。但是，當那天清晨，他被帶去行刑場，跪在地上，準備槍斃時，發覺跪在她身旁的，就是那小女友，而且他們是先射殺她，讓他目睹這一切他誠實供出全部弟兄，只為了想保全的這個小女人，也像火光被捏熄了，在他面前絕望的死去。然後十秒後再打爆這記下了人類所有被掏空、驚駭、一無所有，所有交換、迴旋盡成空的雙眼，後面的那大腦屏幕。

美猴王說，這個國家像一個生鐵鑄燒的火車頭，它曾經像絞肉機絞殺了那麼多人。他們孤立個體的夢想、自由魂，相信人類美好的那一面，然後無有任何罪愧的，繼續強而有力嗚嗚嗚叫在鐵道上奔馳。載著我們這些後來的乘客前進。那生鐵鑄造的鍋爐、進氣閥、機關、力臂、鉚釘，找不到任何破綻，所有曾經被滅殺的幽魂全被黑色的油漆封禁在它的粗壯身體裡。

我們被這火車載到了離最初始（那些水泥建築的無窗囚室裡的單一個人們，內在的祕密都像魚肝油膠囊被捏破）的時光很遠很遠的地方。那些當初拿著《特務手冊》展演著更剛強意志的黑衣人，也都不知到哪去了。那一個個被榨擠出他們的「誠實」，在隱密之境出賣了他們的同志，然後被槍殺的名字，成為國家封印的祕密檔案。這該怎麼辦呢？那些被槍殺的人，吐出了形狀怪異、黯黑屈辱的誠實之泡沫，沒有後來的人生，沒有後代，或是後代在一摧折、恐懼的處境下，也成為零餘者。而那些當初煞有其事搞出這一場殘酷劇、荒謬劇的黑衣人，也隱沒進人群和時光裡，他們也全部不見了。這要怎麼追討？

這個火車頭終於在某個它以為是重複電扇切換的光影，那無限延伸在曠野的鐵軌，被報廢進一處積著綠水的廢棄場。它發現有一些更大的，形狀更古老的火車頭，它們的鐵板黑漆下壓封著的「誠實幽魂」，奇怪是和那些當初鑄造它的那些不見了的黑衣人的同種類。但他們在那另外的更大的火車頭裡，是被拷打、虐殺、擠爆腦漿、告發同志的犧牲者。甚至還有說著前朝方言的被流放者。

美猴王說，我們如果要說一個人的故事，好像要拆解這個火車頭的禁錮結構。有一個難題是，我們如何在已經有火車頭發明，甚至是我們根本待在其上奔馳的速度之中，拆掉鐵輪、噴氣的煙囪，拆掉鐵軌，把那衝力的慣性消失。然後我們要來說一個「最初的人類的故事」。

在我們所在這間破爛古董店的對街，是一列兩旁攤車燈泡亮起，油煙迷離，那些人影用爪子在堆滿動物內臟、雞的翅膀、腸肚、睪丸、屁股、脖子……屍體堆中抓撈，放進小塑膠籃裡。或是用豬子腸壁膜，裡頭塞滿糯米，這樣灌成一串一串，用剪刀剪下，放進油鍋裡煎。那樣許多人的頭顱，被半圓形的帽盔蓋著，騎在孤伶伶金屬支架的摩托車上，在昏黃的街上挨擠著等一個紅燈。那形成一種櫛比鱗次、暗影漸層的畫面。

我多希望能活進眼前的，我手中撫摸的那粉彩瓷瓶裡的世界啊。海棠菊蝶瓶、百合花草蟲蝶瓶、蘭花靈芝瓶、牡丹瓶、月季花瓶、梅竹瓶，有的濃豔，有的淡雅，但老闆說這其中若有一只是民國郭世五仿的粉彩，那也是價值連城啊。粉彩的世界，在填色前先用玻璃白打底，或加入鉛粉，那使得繪在瓷瓶圓弧上的那些嬰戲、清裝仕女，那些雲龍、羅漢、石榴、荷花，都濛著一種不真實的光暈，波瀲水影，像在夢中所見。那層薄光把真實世界和那潔白的瓷胎上隔開了一層如今我們的３Ｄ虛擬實境技術都進不去的「仙境櫥窗」。我們撫摸著那細膩的粉彩瓶釉，慢慢的時光的流動會延緩、暈開。

我心裡有一只絕美夢幻的粉彩瓷，它是清乾隆時期江西景德鎮御窯廠燒製的粉彩百猴圖瓶，撇口、直頸、圓肩、垂腹。口沿繪了一排綠葉紅桃，整只瓶上一種光暈曖曖的粉彩之境，群峰料峭，以松石綠暈覆靛青形成山勢，山顛有青花之松與梅綠之松，遠山淡影，瓶腹則是一株繪得極細的大蒼松，以及不畫水但可意會的青沿淡綠岩岸，在山巖間，在樹幹、樹梢、吊在垂藤上、岸石邊，總共有一百隻猴子玩耍嬉戲，這些猴的畫法應是點染，褐色釉顯得猴毛蓬鬆，活靈活現。這只乾隆粉彩百猴瓶，藏在北京故宮，是我心頭最愛。我記得年輕時讀魯迅寫的一篇〈肥皂〉，其他細節都忘了，就感官性記得一個老道學先生，買了一塊洋肥皂，但腦中想的卻是路上看見一個貧苦髒汙的孝女，想像著用那肥皂「咯吱咯吱」的把那可憐者的女體清洗一遍。老實說，我手中抱著這樣一件粉彩瓶，那些柔腴膩白，彷彿光憑手指便穿透進那個魯迅寫肥皂泡沫在女人耳後，像「大螃蟹吐的泡沫」，進入一個神魂顛倒的「另一個世界」。

但我手中為何會有這一只粉彩百猴瓶？而且在它的腹部，有一個圓洞，不是綹裂，而是像子彈穿過的一個規整的小洞，且那位置恰好是一隻猴子的頭部。說來可能會被人罵，這只粉彩瓷瓶是個「玉壺春」所製，那就像個想像中仙人的熒熒發光，晶瑩剔透的陽具，在睪丸的部分被鑿穿了個洞。

當然這只瓶應該是假的、仿的，除非這世界上，除了北京故宮那一只，還有一只一模一樣的乾隆御窯廠的粉彩百猴圖瓶。但它那麼美，若是後仿，是什麼樣的藝術家，能奪魄攝魂的將那些粉彩，那些松石綠、瑪瑙紅、鈷藍、絳紫、洋紅、鴨黃、褐色、秋色……繪成一個群山萬壑中無比自由的猴子世界？是什麼混蛋忍心對這麼美的瓷器開了一槍呢？

而在我的桌上，桌燈散出的光，還排放著六、七只和這山林百猴瓶一樣形制的粉彩瓷瓶，同樣是那樣濛散著夢境般、霧中風景的淡雅繪圖。但仔細看其中一只，畫著梅樹，下方的古代人物，歪墮髻、緋紅裙、嫩綠或蔥青薄紗衫的仕女，還有幾個穿袍褂的男子，圍著一石几，好像在觀賞，還是要烹殺几上一隻小猴。但在其中一個男子的臉孔，同樣一個像子彈射穿的小窟窿。另一只粉彩瓷瓶像是高士圖，瓶沿上方繪蒼松，瓶腹也是以粉彩畫著兩個白衣垂鬚男子，對坐一石桌下棋，我看其中戴著斗笠的男子，那臉就是J啊，但另一個戴幞巾的男子，臉部又被子彈打了個小圓洞。我抓過再一只粉彩瓷瓶，像是夜宴圖的部分，有錦織屏風、侍女以琵琶遮面，擊鼓的老頭像是老派，一旁坐站像在聊天的有Y，有西特林，但還是有個僧人模樣的人物，臉孔被子彈打穿。我繼續又翻看了三只粉彩瓷瓶，心中大約明白了什麼：這些粉彩瓷瓶上的繪圖，全部有清三代御窯廠的水平，事實上胎底都有大清乾隆款，但那描金、攀枝蓮、粉嫩桃子、梅樹、蒼松、牡丹裝飾的主畫面，那些各種幻美釉彩精描點染的古代男女，都是我在台北，這些年鬼混的、認識的人。而且每只瓷瓶，都在瓶腹某個部位（通常是一個人的臉），被子彈穿透一個小圓洞。

我想講一個想法：這陣子在YouTube上大量看到真人版《攻殼機動隊》，史嘉蕾韓喬森那白種美人兒，和動漫一樣穿著隱身於環境的透視裝墜下高樓。視覺上這種身體可以不斷在環境中變化的錯亂，其實可以拿一只粉彩瓷瓶放著，那種穿透、流動、不同介質的阻滯感、進出不同故事的人格分裂，追逐和被追逐，這一切，其實在一只晚清的不管是棒錘瓶、玉壺春、梅瓶、賞瓶、天球瓶，那粉彩上借寄一個脆弱瓷胎上的玻璃釉，當那畫師在那薄之又薄的弧形上，畫上第一隻猴子，或夜宴圖裡的淫樂男女，或一不存在的美得讓人心痛的奇山峻谷，那可是比草薙少佐說「我們緊抓的記憶，以為這樣才能擁有自己人格，其實不然。我們的行為才能賦予自己人格」，要更是一種比二十世紀的電影、二十一世紀的網路，更解離、縹緲、無邊無際、比嗑海洛英還要讓時光變成刺繡、煙花、性愛之美的幸福膠狀物。那是像一整桶髒汙餿水上漂浮的薄薄一層不可思議的潔淨純美的油膜。

兜兜轉轉兜轉轉，我和老派、大小姐、西特林，還有其他不甘願但被扯進這故事裡的人，像不同材質的銀子彈、銅子彈、鉛子彈、炭鋼子彈，塞進一把左輪手槍的彈艙裡，撥動旋轉著，槍管對著美猴王的太陽穴，扣下扳機，看機率會擊發誰的故事，射進他的腦袋。我想像著子彈的尖錐前端，在高速擊穿顱骨，高溫鑽進那大腦褶皺，把彈道周邊的腦都煮沸了，那個金屬尖錐也溶頹成銀杏葉的形狀。

美猴王的鼻孔和嘴冒出白煙，他嗤笑說：「你們到底在忙什麼？你們的國都亡了。神經病！」

但我覺得這一切並不是為了搞笑或胡鬧啊。我可是用盡想像力，將我在這城市裡發生的故事、我的眼睛曾經看過的人、壓縮成一枚可以發射的子彈。美猴王在吞食著這一切，那也許像一個無名的海洋，或沙丘起伏的荒涼地表，男人女人老人小孩的屍體像一整片被機器輾砍過的海芋田，那些被破壞的身體，像水氣蒸發的靈魂，完全沒有更動整個宇宙的運行，連地球旋轉的軸心都沒移動一下。那些身體像破布袋被四處亂扔，於是美猴王以為這就是無限延續的夢境了。但是我作為一顆銀子彈，感覺背後一聲扣擊，從我的恥胯爆炸，我開始說這一切如夢幻泡影，如電亦如露的故事，我已化成一道不到五公分的飛行，像我第一次感覺陰莖插進女人的陰部那種灼燙炸裂，一種稠狀緩慢的哀愁。美猴王：「天下武功，無堅不破，唯快不破。」但他伸出的食指和無名指內側，發出燒灼臭味，子彈終究穿過他那一夾，射進了他的太陽穴。也就是說，從左輪手槍的彈匣快速旋轉，我、老派、大小姐、西特林，還有其他人，在扳機扣擊的那一瞬，是我被概率選擇了，我射進了美猴王那沒有時間、沒有上下四方，只有無盡暴力和哀慟的猴腦袋裡。

超人們

我們坐在這間咖啡屋，它就像是從許多電影裡層層疊疊跑出來的紐約咖啡屋的某個過場。好像有克林．伊斯威特演一位報社老記者，替一位將被執行死刑的黑人，找出他並不是兇手的那部老片，也好像有米基．洛克他演一個過氣的摔角選手，全身的骨頭都斷過，給自己打止痛針，然後憂悒並迷惘的上場；也好像有《鳥人》，那個過氣導演走出鼠道般的劇場後門，走進的某間咖啡屋；或是那部講美國三〇年代的黑幫老大崛起，和FBI探員勾結，殺戮自己手下，捲進賭場生意的復古爛片……這咖啡屋有一種奇妙的一晃即逝的，似曾相識的「哪部電影裡出現過」的奇異氛圍。

我點了一杯曼特寧，那個有著一雙瑪麗蓮．夢露眼睛但下巴窄削，帥氣短髮的女服務生問我：「我們有兩種豆子，一種是冷水浸泡豆，它比較能品嚐那個酸味的深度；另一種是烘焙，比較有一種果香的芬芳……」我選了烘焙的。然後她站我們桌邊，拿著一只長嘴小銀壺，傾倒出細細滾水注，沖泡在一玻璃壺上方濾紙裡的咖啡粉。她的手腕用一種優雅的動作，讓那冒煙的水注在那深褐色的粉粒順時鐘畫圈。這個身材高䠷，穿著黑長褲和綢白襯衫的美女，那樣輕輕搖晃手肘延伸的一道垂瀉銀光，婀娜的姿態像在跳波斯舞，同時我們被一股咖啡香氣包圍。

但這女孩走了之後，我忍不住說：「其實我也會，不過通常是在小便斗，或是蹲式馬桶，我可以逆時鐘畫圈，沖前面人留下來的糞跡。她最後應該把那銀壺抖兩下。」

他們當然都哈哈大笑。其實此刻，我褲襠裡那睪丸上方的破洞，還用透氣膠布條貼著一塊小四方形的棉紗覆蓋著。非常疼。

但我好像不是這裡頭最慘的。

那個叫卡卡西的，去年底把他的一顆腎捐給他弟弟。他老弟年輕時溜冰跟人家相撞，一顆腎破了。當時沒當回事，好像好多年後才發現那顆腎整個萎縮了，動手術切除後，只用一顆腎過了好幾年。這兩年，剩下的那顆腎好像也不管用了，開始出現血液中毒的症狀。他只有這個弟弟，事實上他們很小的時候老爸就不在了。前幾年他們母親才過世。這世界上，如果他弟弟的身體裡，連一顆腎都沒了，當然他這個老哥，要像把冰箱裡多一罐牛奶分給他，所以作了一些比對測試後，就切了一顆腎給他弟嘍。

「所以我現在可以叫『一顆腎超人』嘍？」

我跟他們說了那個「破雞雞超人」的構想，他們全覺得那是胡鬧。「你不要被老派那神經病毀了。」

另外一個叫媚娘的女孩，她有點複雜，她是前幾年就得了一種怪病，體內的免疫系統過強而攻擊身體組織，於是她每半年要吃一種頗貴的新藥，但她幾個月前乳房裡發現有腫瘤，醫生判定為良性，但還是建議動個小手術割除。問題發生在臨進手術檯時，他們檢驗出她的肝指數爆高（我們一般正常肝指數約二〇至四〇，若到六〇就是肝指數偏高，但他們測出她的肝指數竟是七〇〇，第二天再測，高到一五〇〇；第三天，二〇〇〇），於是這手術喊停，把她轉回免疫系統科，原來她服用的這種抗免疫系統疾病的藥，原本就有臨床案例肝指數增高的副作用，可能她本來就是B肝帶原，但高到二〇〇〇，醫生也嘖嘖稱奇。於是又建議她服用一種非常貴的新藥，把這肝指數過高打下來……

「所以我是『肝指數無限高超人』？」

另外還有個叫自來也的傢伙，前一陣子，突然覺得非常累，累到眼皮都睜不開了，不，那不是形容詞，是眼皮真的撐不起來。他進醫院急診，醫生判定為一種名稱很怪的「重症肌無力」，也是免疫系統的問題。他幾個月前動了個手術摘除胸腺瘤，而這種怪病是由胸腺異常分泌一種化學胺，攻擊自己的肌肉，使肌肉無法收縮。這種病最典型癥狀就是眼皮睜不開，嚴重的甚至連喉部的吞嚥肌都無力。他住院被整了幾個禮拜，也是自費打一種很貴的免疫球蛋白，也吃俗稱「大力丸」的藥物，甚至醫生還幫他脖子邊割一刀換血。都不見好，後來又懷疑是肉毒桿菌中毒，那也有類似的症狀，也跑了一趟肉毒桿菌治療的SOP，但也不見好。後來出院回家，眼皮瞇垂著看書寫稿，也就這樣過日子。

「所以這是『重症肌無力超人』？」

我很意外這個「彷彿像在美國電影裡出現過」的咖啡屋，此刻變得像Doctor House的影集嗎？老派要是知道我的「破雞雞超人」竟在這樣一個咖啡屋哥們聚會，就擴編冒出這許多身體故障的「復仇者聯盟」，不知他會喜出望外或是崩潰？

然後是我們裡頭最美的那個女人說，她其實一直有僵直性脊椎炎，但她不像我們這些愛舔自己傷口的傢伙，像在用小剪刀小錘子拆解螃蟹硬殼結構，那樣細細品嚐自己的病史（譬如她聽了我們哀嘆說嘴了十年吧，我們的憂鬱症，失眠用史蒂諾斯，然後因這種藥物副作用的夢遊症，夜晚暴食症，或我們誰誰說的椎間盤突出，誰的小中風，然後在不同醫院不同科別候診室的愛麗絲夢遊記）。她的僵直性脊椎炎嚴重到，有一天她從床上起身，那個劇痛像天頂某個殺手衛星突然對她發射一道雷電，她躺倒在地板，完全不能動彈，那就像武俠小說裡被人點了穴道，凍止在那，躺的時間極長，地板的涼氣不斷把她體溫吸走，她也無法爬去拿即使幾公尺距離的床頭櫃充電的手機，打電話求救。最可怕的是後來她尿急，他媽的她總不想最後這麼死去，人家破門而入發現屍體周邊一大灘尿液吧？但那種第一個小時的尿急，到第二個小時的尿急，到第三個小時的尿急，那是完全不同境界的身體感受。

「所以現在我們又多了一位『僵直性脊椎炎』超人？」

這不是我的本意。很多年前，我就想寫一本像保羅．奧斯特《布魯克林的納善先生》的小說，寫這二十年，我在台北咖啡屋晃悠的「追憶逝水年華」，或是像《儒林外史》，這些怪咖、小說家、創作者，在這溶金般的時代，他們之間的交際應酬、隱藏的心機、互相哈啦灑出的光焰，各自身陷在這個難以言喻的崩解年代，像鱗片妖豔的幾尾鯉魚，在混濁的水池嗯喇洄游、擦身，濺起漣漪的景致。

並沒有想到我們坐這咖啡屋裡，飆各自的疾病，身上的破洞、歪斜、壞毀啊。是因為「破雞雞超人」這個想法激怒了大家嗎？

就譬如說顧城，我年輕時讀他的《英兒》，非常奇怪的感到：那有一個「計畫」，那個計畫就是一個熠熠銀光，透明柔美的世界。一個把後來暴漲成那樣冷酷異境，像個鋼鐵工廠的世界甩棄，有兩個大美女，像娥皇女英跟著他躲到海角天涯。她們實在太美了，太純潔又淫蕩，他們在那小島的草地上野合，感受那漂亮身體潮紅皮膚上的細汗珠，但這個「計畫」從中場，就變成那兩個美人兒，各自假裝仍是《紅樓夢》畫片裡的女孩說話的方式，其實卻進行著叛逃的計畫。像一部進行中的電影，裡頭的角色像傀偶說著這片的台詞，其實已穿透翻轉，另跑去隔壁片場軋別的片。先是英兒跟一個老外跑了，這當然成了欺騙、背叛，「原本那麼純美的，為什麼會壞掉了」，像恐怖片，像聊齋，麗人怎會一瞬變成異形。留下的那個賢妻良母謝爍，像母親照顧這個像片場發生爆炸，布景全部炸成瓦礫的垮掉的「被騙的小王子」，但其實她仍有一場計畫，他和她講好，寫完這本《英兒》，他就要自殺。而這本必然轟動之書的版稅，就可以留給她和他們的一個小男孩。但這個計畫在書寫進行中，出現了一種詭譎、昏暗的氣氛，他寫著寫著又不想死了。但把這種想法告訴謝爍，他發現她臉色大變。「他們都在等著我死。」他不斷寫下這樣的句子，然後他發現這謝爍竟也跟英兒一樣，找了一個老頭，準備跑了。於是後來發生那驚悚的場面：他用斧頭劈了謝爍，然後自己在家門外一棵樹上吊。

這件「顧城案」在年輕的我心中，像用高溫焰焊槍在鋼板上燒出一個周緣發白的洞。一開始是這瘋瘋顛顛、才氣逼人的詩人，對那兩女子提出了這個「計畫」：一個降維度的純真世界，逃離那個他們剛經歷過瘋狂浩劫的中國，他修改（或創造）了那個小世界的話語、關係、情感模式，除了他自己，這兩個女子是這「理想國」的唯二公民，那樣在大海裡滴顏料，只抓一瞬暈散的雲朵啦、羊毛啦、玉髓的綠色結理啦，像吸毒後所見漫天飛花、金光仙佛的純粹感官。所以那是一個「計畫」，他像藥頭要每天發迷幻藥給她們。但這愛欲、絕美的故事，最後卻像「叛艦喋血案」，在那艘深海下的潛艇，她們用他的語言忽悠他，假裝這個計畫仍在進行，其實早在畫設計圖，擬定棄艦逃亡的「背後的計畫」。為什麼隨便冒出個「外國老頭子」，就可以先後把童話故事裡的她們拐跑？而且，這個「計畫」最終的被背叛，讓人驚嚇不安：謝爍怎麼可以藏那麼深？她像母親寵著他、陪伴他，任他胡搞這個「英兒計畫」，在他喜孜孜拉英兒來一個二女一男的小宇宙，她還幫他準備保險套；她生了他們的孩子，他卻不准那孩子留在這家裡；她從多早時就恨他了呢？他提出「寫出《英兒》後就自殺」，她是默許、支持，還是將之成為他們最後時光的契約？「計畫」本身的內爍暴力和奇異的不可違逆特質，暗影侵奪，讓她選擇了「不反對」、「旁觀」，慢慢在他內心的陰鬱加碼成，用計畫套住他頸子的，無聲的謀殺。所以他在計畫收尾前，先用斧頭劈了她。

不知為何，我腦海中，偷偷把這啟動計畫、替計畫命名、玩兒真的要所有人（雖然就身邊那兩美女）相信這計畫的神祕力量，但最後就像光必然被影追著，鐵棍在風中必然布上紅鏽，最高明的軟體一定會讓駭客用病毒侵入，那個幻美絕倫的女體之詩，終於如疽附骨，被「背叛」、「欺騙」、「瘋狂」、「殺戮」的蛛絲纏繞……我將這人認定是「破雞雞超人」的前代，或至少是同路人。

那一段時間，我在夜晚失眠時，常會在網上看一個叫馬未都的老頭說古董，因為這一行真正神祕和引人著迷之境，就在「辨真偽」，所以他說起那些行裡眼花撩亂、各種造偽的手法，就像劃破唐傳奇一個神祕劍客背上的囊袋，裡頭摔出無數小人兒，翻滾作打，百工技藝，各自炫耀那些以假亂真的絕活。那真是好聽、白玉沁色的造偽，有將貓狗身上割開一口子，將玉塞進去，縫起來，幾年後再取出這種殘忍的法子；有埋在糞坑裡的；有用化學溶劑的；瓷器的仿造、青銅的造偽、畫畫的造偽。那麼一群貓臉瞇笑的人，非常長的時光，耗盡那讓人嘆為觀止的天分、技藝、精力、維妙維肖的在鑑定家精銳的眼光下移形換影，也真正能體會那些藝術品之神髓，這樣進入到那麼森嚴辨偽的影子世界裡肉搏，其實只是想竄改「時間」這件事，虛構出並沒有那樣的時光裡的那些不存在之物。這種造偽的耗竭心力，抽離出他們所依附的那個「真」，本身已可形成一個獨立的文明。

或那些博物館館長、美術學院院長，耐心的一次偷一件古物（或古畫），找人臨摹仿冒，將假的長出來之後，放進那庫房裡原來的收藏位置，這樣花十幾年，掉包了幾百件的博物館藏品。或那位本身有臨摹之神鬼技藝的畫賊，知道哪些大飯店房間牆上掛著的，都是某某或某某某的真跡，他便入住一禮拜，在其中一房間閉門仿畫，之後割下那真畫捲入行李箱，將自己仿的那張裝回裱框再掛上牆，兩天一幅，再換個房間，同樣在無人之境安心的以假換真。

那個有著瑪麗蓮．夢露之眼，卻短頭髮的女服務生，走過來說：

「不好意思，請問你們裡面有一位叫『破雞雞超人』的嗎？有一位先生打電話來找你。」所有人都哄笑起來，像這陣子瘋狂流行的「寶可夢」遊戲，在Google地圖上展開的那同樣你站立的街道、巷弄、學校、大樓、社區公園……有另一個發光的、像夢境曠野的界面，藏著各有流焰彩光的神奇寶貝，你可以在下載了APP的手機裡，拋甩寶貝球抓這些虛擬的可愛妖怪。那幾天所有人都在路上失魂落魄走著，其實是盯著他們手上那小小一枚手機裡的夢中地圖，獵捕那些有著奇怪名字的，像是《物種源始》裡記錄的，人類從前沒聽過的各種怪異禽鳥、走獸、蛇蟲、蝙蝠。

「沒想『破雞雞超人』的名聲這麼響啊？」僵直性脊椎炎超人說。

「被當神奇寶貝揪起來嘍。」肝指數無限高超人說。

其實若非我急著要讓破雞雞超人對他們展開那科幻電影一般，飛行了九年才靠近木星和它的四大衛星，「新地平線號」，觀測那無比巨大的星體上的氣流、暴風、閃電、金屬氫，那像地獄惡靈的「大紅斑」，那像招魂幡吸引了無數浪遊、孤魂野鬼般的彗星、小行星，擊打其中歐羅巴行星的地表，無數的凹坑窟窿……想將這個「雞雞破洞」的概念，上升到宇宙視野，讓他們感興趣，就算嘴巴罵什麼白痴構想，心裡也被搖晃、打動。原本我記錄這夜晚咖啡屋一隅，應該像張愛玲，或是《紅樓夢》，有一種釵搖珠晃、美麗女人之間對話印象，那眼波流轉、壓抑在笑容下面的，發動攻擊、輕描淡寫、話裡帶刺、噢我是說僵直性脊椎炎超人和肝指數無限高超人之間，或是重症肌無力超人對這些雞雞歪歪對話的不耐煩，或一種只看對話記錄無從重現的，權力的位差，破雞雞超人和一顆腎超人對重症肌無力超人每一發言，必然應承、唯諾。或是這之中的男性年輕時必然都對當時稱為女神的僵直性脊椎炎超人，有過性幻想。雖然時光的流蝕，她已風華不在，但那種男子對美人兒的寵縱，而這女子也太有經驗接收這種「荷爾蒙禮讚」，那之間像荷塘月色，一圈圈漣漪盪開的細微水聲。他們各自有著怪脾氣、難相處的彆扭，或是連家人都無從進入的幽暗內室，但在這樣的聚會裡，卻又像戲台上戲袍燦亮的角色，被交織纏錯的、看不見的絲繩控制，一種大數據資料庫的人情世故，該在什麼點接什麼話，該怎樣不著痕跡的捧一下對方，如何不傷大雅的調戲一下座中女性……這些細微心思，真正推動著談話的進行。

我接了那瑪麗蓮．夢露女孩拿來的話筒，站離開他們，到這咖啡屋門口一排水溝蓋，

「喂？」

是老派，「你他媽的我們的計畫就要完蛋了，你還在那把妹？」

我很疑惑他怎麼追蹤到我，「我他媽的正要跟他們說這事了，你這時候就電話來打斷了。」

「我打你手機你都不接。你等會去廁所，低頭看看你那個破洞吧。不知道發生了什麼事？美國NASA發布新聞說，宇宙的外沿產生了怪現象，有一些數百億光年外，原本人類不可能觀測

到的天體，突然內縮了，和太陽系的觀測距離接近了。他們說，我們這個宇宙正在塌縮了……」

「你是說，我老二上的那個破洞，正在癒合，或是相反感染了什麼病菌而潰瘍發膿，所以世界末日要來了？」

我忍不住站在那兒哈哈大笑起來，我笑得眼淚都流出來了。也許我該去跟那兩位美女，哦不，找瑪麗蓮·夢露女孩好了，告訴她：「我的雞巴上破了個洞，而這正是宇宙塌縮，將要毀滅的縮影，妳要不要當女媧，來幫忙補天？」後來我和老派在電話互罵「神經病」，然後我掛了電話。

我回去座位時，他們仍在討論著。這時是一顆腎超人正在說話。

「這可能是第九名或第七名，他們計算著那個所謂的『彗星冰箱』，古柏帶，有成千上萬顆小行星或彗星，從那裡脫隊，朝太陽系內圈飛來，這些科學家說其實每夜看著星空，你會發現滿天都是朝地球飛來的毀滅殺手。如果整個太陽系是一個靶場，地球就是那個擊中賓果送大獎的靶心，只要有一枚十公里長的小行星撞上地球，那寒武紀大滅絕的景象又會重演。」

肝指數無限高超人說：「那第六名呢？第五名呢？」

「好像有氣溫劇烈變化、地球暖化，已經過了那個不可逆的關鍵點，北極冰帽逐漸融化，原本被冰封在冰洋下的巨量甲烷湧冒而出。當然還有核子戰爭。還有像一九一八年那全球死了兩千萬人的馬德里流感，科學家說還有世紀末的禽流感、ＳＡＲＳ、愛滋、伊波拉、人畜互傳的超級病毒。」

僵直性脊椎炎超人說：「這個情節，瑪格麗特・愛特伍的小說寫過。」

重症肌無力超人說：「這哪一個，好萊塢的電影沒有拍過？」

「第二名是ＡＩ，也就是人工智能，持續發展的高階智能機器人，科學家將人腦的脈衝數位化，其實已趨近能獨立思考的人造大腦。事實上美軍已投入數百個機器人在中東戰場，說是執行偵搜、清除地雷的工作，但若是讓機器人拿上火力強大的槍枝，它如何在程式設計判定怎樣的情況可以發光殺人。就像《機器戰警》或《機械公敵》演的那樣。有一天人工智能一定會整合全部的資料，它會發現清除這個不友善、礙手礙腳的生物，它們可以過得更好。它可以上網將自己備份、擴散、預先儲存迴路預防有天人類想拔掉插頭讓它消失。」

肝指數無限高超人說：「好可怕喔。」

僵直性脊椎炎超人說：「一點都不可怕，這都是老哏嘛。」

「對了，我忘了說第四名，就是歐洲人在弄的那個大強子對撞機，它們在二十幾公里長，強力磁鐵加速的通道裡，讓兩顆粒子高速撞擊，確實分迸射出的碎粒，找到了玻色子。但有科學家提出警告，這樣的粒子互撞，可能會產生小型黑洞，爭辯點在於大強子實驗室這邊的科學家說，我們就是希望造出黑洞，另一個次元的時空，但這種小型黑洞很快就會消失，不會有任何危險。但憂心派的科學家說，不，那小型黑洞不會消失，它會受重力影響，沉入地心，將周邊物質吞噬，一開始速度很慢，但後來它會愈變愈大，在幾年內，地球會縮小成二〇公分大小。這個災難的標題是：『不負責任的魔鬼科學實驗』。」

重症肌無力超人說：「這個的排名應該再前面一點。」

一顆腎超人說：「第一名其實也比較古典了，就是合成生物學。從一九七〇年代蘇聯軍方實驗室外洩的炭疽桿菌造成數百人死亡說起，據說他們製造並儲存有幾百萬噸這種超級致命病菌。人類現存的基因技術，只要一個大學生，有基本設備，從網路下載小兒麻痺、天花、漢他病毒、SARS、伊波拉……繪出基因圖序，都可以在實驗室無中生有重構出這些可能造成人類大滅絕的病毒。幾乎像『動手玩創意』，不用很高的技術門檻，只要有幾個恐怖分子，或末日信仰的瘋子，他們可以把原本致死率百分之三十的病毒，改成百分之百的完美病毒，就可以滅掉地球上全部，這個他們憎恨的人類。」

破雞雞超人說：「等等。各位，其實我今天找各位來，就是想跟大家聊聊這件事。」

終於，這些怪咖，時光中的老友，愛講話的傢伙，都安靜下來，看著我。

破雞雞超人說：「我想說的，其實是同一回事。但若是我們現在討論的，那些小行星撞地球、氣候驟變、核子冬天、實驗室的超強人工病毒擴散爆發，或是大強子對撞機造出一個將地球吞進去的黑洞……這些遙不可及、又巨大得讓我們無法呼吸的恐懼、擔憂，其實只是一大團糾纏在一起的電路，一種記憶殘留的電路脈衝。其實世界末日已經發生過了呢？我是說，我們是像一坨融化在柏油路上的冰棍，那些內餡的紅豆、粉粿、鳳梨切塊、芋頭，全髒呼呼的黏在一塊。其實我們只是宇宙外緣的二維全像攝影的3D投影幻覺。這個「活著的時空」，其實只是一個漆黑電影院裡的投影幻覺。而且沒有半個觀眾，包括我們，其實都已經死了。所謂的「地球」，現在已是一個像我們從前觀測的火星表面、木星表面，充滿毒氣、火山連續爆發、閃電，或徹底冰封的死域。我們也許是在某個深埋地下的軍事碉堡的某個房間的真空管裡的幾個大腦。我們都有一種殘缺之感不是嗎？或也許本來是幾塊冷凍而堆放在一起的大腦剖體，但實驗室的永續發電機終於在也許大滅絕的兩千年，或五百年後失去動力，這個冷凍室的低溫系統開始失能，我們正在融解的狀態，所以極短暫的時間，電波互相微弱的衝擊……」

「你說的好像，下一瞬我們會發現我們正在性交。」僵直性脊椎炎超人說。

「不，我說的只是一種可能，」破雞雞超人說：「也有可能我們正在那個大強子碰撞機亂搞出來的黑洞裡，我們只是一些游晃、旋轉於虛空的訊息碼。你們沒有覺得怪怪的嗎？為何會是只有一顆腎的狀態？或那個僵直性脊椎炎的發生是從何時開始？胸腺分泌異常化學物質攻擊肌肉收縮造成全身無力？或是盯著哪位檢驗機的電腦，知道自己肝指數高到爆表？這些狀態如此合理卻又孤立，譬如我雞雞上的那個不會癒合的破洞？不知從何時起，我活在一個線性時間，春夏秋冬，周圍的人日出而作、日落而息的河流之感，不再了。事實上，如果我的大腦是一台超級運算機，所有龐大的訊息、人類的歷史、宇宙所有星雲、所有天體的命名，貨幣戰爭、能源戰爭，所有的病理學免疫學，所有的運動比賽最激烈的決賽階段、比分，所有的維基百科詞條，所有的旅行社給予的世界各美景壯遊的特惠機票加酒店，所有的超級名模和明星的緋聞，右翼政客的陰謀，區域戰爭的劍拔弩張、新型戰機、匿蹤核子航母、星際戰爭，所有的A片、整人綜藝、超級歌手選秀……我發現這一切都圍繞著我雞雞上的那個破洞。它像一個宇宙爆炸擴張，所有訊息都在發生，兆億線路交錯，「全部都在此發生」。但我只要在某個寂靜隱密時刻，停頓下來，像古代瑜珈大師某一刻讓自己脫離身心，我想，世界末日或已發生過了。這不是我們以前說的那種故事。人類，或說地球，這整個巨大遊樂場，或說電影製片廠，或說一艘漂流數百萬年的太空船，那個配電箱裡的某一個製電鈕，已經啪啦跳電了。

突然椎間盤突出超人和肝指數無限高超人，交頭接耳：「真的嗎？」「就是他吧？」「他怎麼可能出現在台北？」破雞雞超人順著她倆的目光看去，裡頭一個桌位，坐著的那個戴墨鏡的男子，不就是那個最近在大陸微博貼出老婆和經紀人姦情，宣布自己戴綠帽的，造成全中國七．六億點閱率，連正在里約艱苦奪牌的中國女排新聞熱度都跟不上的，那個所有都說「寶寶可憐」的武大郎？

確實他怎麼會出現在這裡？破雞雞超人記得前一晚，還在網路上看到新聞，好像他名下的毫宅、財產、一輛賓利車、一輛法拉利、一輛藍寶堅尼，早已過在那給綠帽戴的妻子名下，但同時他投資的自導自演，將要殺青的一部喜劇片，可能因這舉國關注的捉姦事件、實境秀，而水漲船高，保守估計會有十億人民幣票房。但讓我更驚訝的是，坐在這「昂貴的倒楣鬼」、創造超人「綠帽」周邊產值的武大郎對面的，不正是老派？

他是何時摸進來的？還是他剛剛就在裝神弄鬼在咖啡店裡打電話給我？讓我詫異的超現實情

感，是這老混蛋怎麼會認識這個電影裡的傻帽、現實世界的大腕？

也許他正在跟那倒楣鬼，推銷了這個「破雞雞超人」的創想？我突然有一種憂悒陰暗的情感：以老派的三寸不爛之舌，定是在說服這個將要打離婚官司（他可能會破產）的，此刻世界沒有人敢說比他衰的男人，太適合演這個破雞雞超人啦。

但我才是正牌的破雞超啊。破雞雞超人想。

我想，以老派腦袋裡那像棋盤一樣錯縱複雜的運作，極有可能這個讓幾億人瘋狂的，電影裡的老實傻瓜真實世界的第一倒楣鬼，像水族箱裡一尾昂貴孤獨的紅龍魚，出現在這個咖啡屋，他就是一個贗品，老派不知去哪找來的臨時演員。他費勁做這麼一手無聊的事，是為了詐唬我們這幾個可以領殘障手冊的神經病？其實不只我，我身旁這幾個年輕時鮮衣怒冠、鬃毛發光，如今眼歪嘴斜卸胳膊少器官的傢伙，可能各自都與老派有一筆時光中的爛帳。各自不在場的時候，我們或都相信僵直性脊椎炎超人和肝指數無限高超人，可能都被老派上過。那好像是另一個重力世界，我們像一群穿著潛水衣、戴著蛙鏡、揹著氧氣筒的潛水夫，腳踢蛙蹼像銀色水蛇，跟在老派身後，潛進那擱淺海底的古代沉船，拔開釘死的艙格，擠過那些被魚群啄食得無比光潔的骷髏，綑綁油布的粗麻繩已吃了極厚的沙，我們在這個被時光遺棄的空間裡，上上下下的洄游，拆卸著超出我們能理解的，應該說是幾百年前沉沒之時，所有人當即死光的，古代的未竟之夢。如果那些黏滿藤壺的木板上，還殘留著病菌，也是幾百年前的病株。我們聽著老派的描述，穿梭或鑽擠，沒有所有的道德。好像老派曾對我說過的，詐騙是一部電影，不是那些低層次的切手換牌，或動手腳把鉛包在金漆的內裡，詐騙的成本非常大，有時是一整座城市，有時是一整個時代。

當然我們後來就變成這樣的少一顆腎超人重症肌無力超人肝指數無限高超人僵直性脊椎炎超人破雞雞超人……

但如果我們（或只有我），是老派漫天飛花、錯指亂彈，在眨眼之瞬偷牌換牌，或如電影蒙太奇的剪接手法，他要詐唬的，應該不是我們，應就是現在咖啡屋裡坐他對面的那人，那麼，這個人就是真的！

我走進去，拉開椅子，坐在老派身旁，眼前那倒楣鬼，像我第一次從電影裡對他印象的記憶，咧開潔白的牙齒，我有一幻覺幾乎聽見他說：「你好，我是傻根。」但其實在那幻光薄幕之外，傻的或窮的，可憐的是我吧，他是個身價數億的中國國民偶像啊。網路上一面倒的為他叫屈、憤怒。網民們已用潘金蓮、西門慶稱呼給他戴綠帽的美麗妻子和經紀人，甚至肉搜過去一年內，他們仨同時出現在照片上，那潘金蓮和西門慶神色有異，隔著人群眉目傳情的狗男女特寫；或是女方不可思議的財產掏空、轉移；甚至是發生於去年一起離奇車禍，殞命的這武大郎的外甥女，可能是當時就知道嬸嬸的私情，可以說是被滅口。說起來他真是我和老派最初概念原型，沒有更完美的「破雞雞超人」啊。那個意象：從睪丸的袋沿裂開一道口子，發出刺目強光，從那裂口掉落無數的寶可夢，落腮鬍但長睫毛塗唇蜜的倒楣鬼，在國際機場犯傻而永遠回不了家的老實鄉巴佬，各種遭受屈辱者、被歧視者、翻不了身的魯蛇、軟趴趴的蛋黃哥，或是夏美大人抓狂亂摔，口中大喊「傻帽青蛙」的科隆星侵略外星人Keroro，或是抓狂時臉部像鳥巢亂塗的齊天大聖、師父、豬八戒、沙悟淨、牛魔王……五彩繽紛的糖果落下，所有人如醉如痴搶著接著。這一切巨大場面歡樂和激情，全源於他雞雞拉開那道恥辱的拉鍊，但他卻可以保持那素面相見的純樸、憨厚、抱歉的傻笑、無害的氣質。

連我初次見面，都替他擔心，想勸他：「別信這老頭的話，他是個騙子。」

破雞超對傻根，不，那個數億人同情其綠帽遭遇的傢伙說：「加入我們吧。」

我又對那露著潔白牙齒老實笑著的憨厚小子，解釋了一遍，之前我對那些哥們說的：我們眼前的這一切，可能都只是宇宙邊沿一些三維圖像，如全錄式照片的3D投影的幻覺，也就是世界末日其實已發生過了，我們現在這樣在這間咖啡屋談天，其實只是一坨坨浸泡、堆在一起的大腦的電流傳遞。

在我們這樣對話時，火車的意象穿透進來。也許是這傢伙第一次出現在所有人記憶中的影像，就像那部電影，一夥偷拐搶騙的黑幫，在一列行駛的火車上，為著這個傻瓜搏命。其中一邊是葛優帶領的一個高手團夥，他們盯上這傻瓜身上的一包袱錢；另外一邊是劉德華和劉若英這對鴛鴦大盜，其實他倆也是賊，不該閒心淌這趟混水，但莫名的同情和義氣，讓他們成了這傻瓜的保護者。我還記得二十年前，我看這部電影時，那個淚流漫面。它可能超越這電影的導演、編劇、片中所有在行駛列車車廂近距格鬥、巧用心機的演員，他們自己所理解的，同一列行駛中的火車，十多年後越過某個界面，同樣是一車無辜，疲憊茫然的乘客，但這列火車最後會被炸彈客裝的炸藥整列炸掉。於是美國中情局開發了一種高科技量子技術，讓一位「受難者」的腦波，投射進當時那列火車上其中一個乘客的腦波——一如我們現在這個「世界末日已發生過」的假設，列車上一千多名乘客其實已死，但量子技術可以錯位鑽進那爆炸前八分鐘的時間差——這位「受難者」必須在這短短八分鐘裡，搜尋辨識列車上所有可疑之人，找到那個炸彈客。當然那是不可能的事，所以他在承受的爆炸的高溫焰、肉身的痛楚、撕裂、衝擊波、死亡的恐怖，又回到中情局實驗室的電腦裡，然後他們再將他投射到重來一次的，「火車爆炸前的八分鐘」。他被一次又一次的投射，收集每一次八分鐘的時間碎片，每一次的八分鐘他都對這列將要爆炸（事實是已經爆炸了）的列車中的人們，多一絲了解。這樣的反覆量子投擲應該有數十次吧？那永劫回歸的爆炸、光焰焚燒中，身旁的人化為骷髏的痛苦，超過一般人能承受的極限。而且他發現中情局交給他的任務，只是像潛入過去時光之深海的攝影機，要在死滅之前找出誰是兇手，他們可以在現實的這個世界，逮捕那炸彈客，避免下一個犯案。但他無法拯救那一列火車上栩栩如生，其實已死去的這些傢伙。

傻根說：「那那是另一部電影吧？你把兩列火車兜在一塊了。」

破雞雞超人說：「不，那是同一列火車啊。你不覺得那列火車一直在行駛嗎？窄窄的通道、座椅，窗外流動的風景，到車廂和車廂間的廁所，那鐵皮和鉚釘如此脆弱的搖晃，那一群傢伙身懷絕技，他們嫻熟在這樣挨擠、匆忙的流動人群裡，盯住了獵物下手。然後有一對男女硬要保護這個白痴。所有的人情世故、江湖經歷全在一種大數據中計算著。這是一列人人對他人之屈辱、痛苦、被欺凌，皆閉上眼裝打盹不要惹禍上身的火車。具有歷史意識、技藝、教養的強者，當然是挑上這車裡的最弱者，作為犧牲。不應有人作死攔胡，那會啟動最精微、古老刺繡般的殺機。如果這列火車其實已經死了，它只是上千個死去之人腦波殘餘虛空中的八分鐘，所有的實體都分崩離析，是一團火球、濃煙、硫磺臭味、粉塵，像宇宙的爆炸，高速外擴的星雲、暴風、重力場的漩渦。那列火車仍以為自己在高速行駛，其實所有的覺得自己隔著一層屏風在觀看別人的難堪，所有的激爽、憤怒、羨慕、哀憫、恐懼、嘆息，就是焗在那高溫融化結構中亂竄、交織的訊息波。這個龐大的積體電路，以為有後來的歷史，其實早就死滅，它只是一大團像灰燼中的細微紅光在閃跳：屠殺、農民起義、人擠人飛矢擂石的攻城、各種戮滅羞辱仇敵屍體的奇觀妄想、金光閃閃錦衣繡袍萬人朝跪的幻念、扶強不扶弱的性格、奏章對策、深諳權謀與陽奉陰違、皇城裡有著精神病的最高權力者、偵騎四出的特務，然後就是面無表情看人家砍頭，茶餘飯後搖頭晃腦品鑑故事裡的孫悟空和唐僧的另一層心機境界，朱元璋這一家祖孫十四朝每一個都是心理變態案例的神奇寶貝，或是這幾天數億微信全在關注老兄的綠帽彆屈，買給嫂夫人的房產、豪車、奢侈品，還有名下公司的股權，之前那西門慶和潘金蓮（原諒我這麼說）他們各自在微信貼出照片，暗藏的通姦蛛絲馬跡，所有人都生氣了，都覺得心底有塊柔軟之地被什麼粗暴的踐踏了……你不覺得二十多年前傻根的那列火車仍然在瘋狂高速前進麼？它其實是無數次的八分鐘。這像深海菌藻數十萬百萬相同單一的短記憶體段，在同樣擺動的集體嗚咽、羞辱、暴力的電訊脈衝裡，如果奇異的出現一道溫柔的、想保護的、明亮純淨的訊號，如那個劉若英在搖晃的光霧中說：『別怕，姊會保護你。』那不正是你，傻根，唯一只有你，能夠贈與這列爆炸火車的集體八分鐘，一個讓人想流淚的，珍貴的什麼？」

傻根說：「你，你是瘋的吧？」

破雞雞超人說：「加入我們吧。」

他們的身後，站著一顆腎超人、肝指數無限高超人、重症肌無力超人、僵直性脊椎炎超人，他們的臉，疲憊哀傷，流動著一種因為無數次進入某個神祕、高壓艙、強輻射、移形換位、拉扯揉搓的八分鐘，布滿細細金屬裂口、病毒嚙咬，一種像火星沙漠，奇異的赭紅色光輝。

在酒樓上

事實上，那許多個夜晚，老派帶我穿梭，將要進入其中一間座上如《金瓶梅》裡那些官人、美妾、孿童、小廝圍坐喫酒、燒鴨、肥雞、瓷罐紅糟鯽魚、搽穰捲兒、頂皮酥果餡餅兒，淫詞浪語、呼盧擲骰……的包廂，其實便是在這樣一條華燈初上，窄之又窄，人影如鬼，摩肩擦踵的「魚骨刺般的小巷」。那些挨擠的小店家挨簷貼窗，千花百樣：有日式居酒屋，有櫃架上一筒筒錫罐的台灣老茶店，有老上海理髮店；有放著真的宋定窯小盤、影青罐、晚清粉彩瓶、剔花小筆洗、茶葉罐、奩盒、越南青花小瓶，都是真貨，但低調不起眼的小店；一旁是二手名牌包店；有煙氣油膩、櫥窗吊著各式油亮、豔紅的雞鴨屍體的燒臘店；挨緊的又是賣各種大小紫砂壺、或日本鐵壺的老茶具店；或有年輕人開的「合作社奶茶」，或再有店面較敞、燈火燦亮，但裡頭放的台灣老茶櫥、玻璃櫃、或大塊沉香，一些來路不明、看去可疑的青花大罐，牆上有字畫、有現代派油畫裸女，櫃上大小佛像，讓人覺得一屋贗品，老闆像個黑道的光頭男子的古董店；也有老闆和大導演、文壇大老、一些大畫家都是知交的懷舊台菜小館，那進去要踩著極仄的木階梯上二樓，樓上可是別有洞天。店家旁或有賣咖啡豆的，或有極到位的法國麵包店。這些店家在這小巷裡挨擠著，我感覺很像當初西門官人騎著馬，到某一民店，託個老婆子從中牽線，和個窮人家老婆之美婦狎邪銷魂的迂迴路徑。或是幫某個要拍馬屁的京官尋個偏房，幫那窮苦女孩置辦織金紗緞、大紅妝花緞子袍、紅綠潞綢、描金箱籠、鑒妝、鏡架、盒罐、銅錫盆、淨桶……或是一邊脫著婦人的衣裳，一邊塞給對方銀托子，那婦人在半推半就間摸觸那銀子「奢稜跳腦，紫強光鮮」……我只覺得這種幽微隱祕，但又穿梭自如、各種交換和協商，像幻燈片換一張畫面就換一批人的嘴臉和說話的風雅或粗俗，就該在老派帶著我，許多夜晚鑽進的這條巷街裡啊。

這些窄店家的二樓，著有另闢洞天，通常讓老派和他的客人非常放鬆，那創意復古的老細木框還有花紋的霧玻璃窗推開，下面可能就眺見一座魚鱗式日式官舍的庭院。我記得老派有一次喝醉了，勸一位已享大名、卻轉而苦練書法的作家老友：「大陸的水太深了，你不要幻想還用這招打回大陸，我們是逃亡者後裔啊，你弄不過大陸人的。」

或有次我看他和一位文化部的科長對飲，他好像一臉凝重在幫對方陷進的一個困局想謀略。那人一臉蠟白，梳著上世紀七〇年代那種髮油式的飛機頭，我覺得這人根本是個蠢蛋。但老派全身充滿鷹隼要搏殺獵物的緊繃，那真像西門慶和那些官紳交際，攏絡其僕役的作派。他和那蠢蛋對乾，說：「我要交你這個兄弟。」

但有時會有一些非常有趣的老傢伙，有個傢伙竟在酒席間拿出一只薩克斯風吹奏，吹得鼻頭都紅了，你以為他吹的是路易．阿姆斯壯那種藍調爵士，不，他吹〈梅花〉、〈鹿港小鎮〉、

〈小丑〉，我必須說，我聽得顛倒迷離、百感交集，有次座中有個大陸出版集團的老總，他還吹〈國際歌〉，還會吹放屁噗噗噗，然後噗——一個暢爽長屁的聲音，我們全笑翻了，但這樣的人，和老派好像也是鐵哥們兒。

這條魚骨頭巷街的盡頭，是一處像被某種「真正舊昔時光」（而非古董）的破爛翳影籠罩住的「昭和町」，它原本是個傳統市場，但十幾年前市場遷走後，進駐了一些古怪的老頭，各據一小格一小格店舖賣的「文物」，據我看那多是破爛，當然有一玻璃櫃裡放著戰國玉、一些天目碗、藏密小銅佛，一些看去像做假的田黃、雞血印石；有的則全是台式日據風，日本時期的餅乾鐵盒，柑仔店的青玻璃大糖果罐、民國五、六十年的電影海報、半世紀前的電話、打字機、髒舊的大同寶寶公仔、日本時期消防組的帽盔，那個年代的理髮店的座椅；有的小店格就全是一眼假的各種大小宜興壺；反而是靠外邊一位賣老茶的老者，氣質醇厚，你若走進去，他會在那麼擠的空間，泡各種老茶樹的茶招呼你，他的小櫃裡收著非常昂貴的日本茶具組。老派告訴我不要小看這現在看去，一片凋敗的准廢墟。三十年前啊，那時整片大安森林公園還是一大片違建戶，那裡頭大部分是當年逃難的外省老兵，那只要拆屋子，這一區撿破爛拾荒的就會湧去撿，大部分是些舊銅筆啊、舊瓶裝的總統祝壽酒，一些破銅爛鐵，或是黑膠唱片，但有時會收到字畫，當然都不是名家，但也有撿到于右任的字這種傳說，有些水銀膽的熱水壺或舊旗袍、名牌的舊皮鞋，也有佛像，但都是民間藝品。那個年代的日曆、破舊大皮箱，總之，那時這些收破爛的就會送到昭和町這市場這幫賣舊貨的，任他們挑。有時也會撿到哪個大教授的藏書啊，原稿書信啊。據說裡頭收過不少當時形象極好的教授、作家，親筆寫的告密某某疑為匪諜的原信件。這一帶極多台灣大學、師範大學的老教授，住在老公寓裡，人死了兒女不懂，非常好的藏書、藏畫，整垃圾車拉過來。

那是這昭和町文物市集的盛世，後來建森林公園，整批人拆遷了，像鬼魂消失了，那整大批被堆土機、挖土機鏟，這個拾荒、撿舊物的好時光就不在了。

我每見大陸那些鑑古董節目的專家，拿著一個青花大罐，「你這個是乾隆仿明成化官窯」，「你這是光緒仿康熙粉彩蝠桃瓶」，「你這是晚清畫家仿鄭板橋的字畫，唯妙唯肖」，「你這是民國仿戰國青銅簋」……我就覺得顛倒錯亂，作偽仿古，不只民窯，連皇帝都在仿，藝境極高的文人都在仿，我便覺得我和老派和這些老頭，在這酒樓上噴著香菸，酒杯灌著高粱，嘴上說著一些屁話笑話，像是一屋不知仿《儒林外史》或《金瓶梅》裡那些釉光糊塌的仿品。那時那些約人吃酒吃飯的拜匣，現在都是iphone手機。古人會吟詩弄賦、曲水流觴，我們是酒後再打計程車去包廂有公主裝美眉摟抱的KTV唱：「來來來，牽阮吔手，勸你一杯最後的紹興酒；我沒醉，我只是用我一生的幸福，鋪著你的溫泉路，鋪著這條破碎的黃昏路……」在這酒樓下那燈暈如深海鮟鱇魚群的窄巷，也有一些仿古之人，不喝酒而養茶，店主用沸水淋罐自己心愛的某只紫砂壺，泡老欉、泡普洱，在茶盤上擺茶，或用滾水澆淋一塊灰綠段尼時尚的灰螃蟹，那螃蟹霎時變得赤紅。這些人或說些文雅的話，或說些人體經絡、養生之術，小便時踮腳，或煮粥的一些眉角。當然再轉過隔巷，就是我常去混的YABOO咖啡，那又是另一番景觀，咖啡機噴蒸氣的聲響，拿鐵上面浮一層奶泡的拉花，年輕男女安靜戴耳機看著各自的筆電。我很不能理解，這麼完全不同掛的人，塞在這像多寶閣不同抽屜的窄擠小街巷之中。我從老派的酒樓上醉醺醺下樓，五公尺對面的台灣老家具、佛像小店就會遇見西特林；或再走兩步鑽進YABOO咖啡，大小姐坐在其中一張有綠燈罩檯燈的小桌，等著跟我說她像被關在籠中的金絲鳥的細微懟怨。這些上下或橫向的移動，我簡直像猴子在不同樹梢上翻跳啊。

我和老派，有一種默契。很多時候，他把我找去和一些我根本不知道是哪兒來的人喝酒。我已經目睹過不下幾十次這樣的魔術了：對方是像從《阿里巴巴與四十大盜》裡跑出來的大人物，真的，他們真的像某些小王國的君王微服出巡，輕車從簡，瘦削謝頂或肥頭大耳，嗓音皆帶著一種磁性與威嚴，眼神皆帶著一種鷹隼的銳利，老派會把他們約在這條窄巷一家破爛的啤酒屋，但他們坐在那瞎燈暗火，周圍吆喝呼嘯，滿桌便宜的快炒海鮮、杯盤狼籍，他們一說話，就像佛經畫卷上趺坐中央的王，感覺天女灑花、亭台樓閣、小橋流水，一整個仙佛羅漢展列的燦爛輝煌。他們輕描淡寫說起投資項目，幾個億（人民幣）的數字，像小孩子在雜貨店玩五角抽；他們隨便就是在法國有個酒莊，在德國有幢房子；他們說起政治，臉暗沉下來，但就像個中醫師在說病人的經絡，永遠是隱蔽於內裡，拳拳到位的，你知道是最核心的氣脈的盤旋、逆錯、凶險，哪裡的燭火在糾結轉彎，哪裡的病灶老巢你用什麼方式靈巧交涉；他們看起來慈悲柔和，其實都是大陣仗打過凶險、血流漂杵的戰爭，像沾滿人血收斂精光的寶劍。說起來，他們是中國改革開放後，經歷過貧窮、混亂，而僥倖從千萬人中經歷種種磨難，殺出重圍，踩上眾人頭顱的演化倖存者。這樣的人物，一談起生意，你感覺他們從太陽穴的青筋，到法令紋，到下頦、肩臂，都充滿一種頂級獵食者的力量，好像人類歷史的千絲萬縷，他們立刻可以抓出一束可以施重力的精麻繩，一串就串起無數人貪恨嗔癡、機謀詭詐。這樣的人，多疑、自負，但很多時候又極感性。而老派總能夠在一場酒攤之中，兜轉著，像隔空擲石打穴，或是像維基百科陳述這哥們如今或被人遺忘的豐功偉業，哪幾場經典戰役，非常小的一件軼聞；或是年輕時的鐵兄弟，因為一些小事鬧到翻臉；或是哪個事業上的死對頭，在另外的場合怎麼評價老兄。這總能讓這些強者、王者，打開心扉，藉著酒杯，陳述自己的委屈之處、冤恨之處。我前面說過，我目睹過不下數十次這樣的魔法，人作為一種鬥爭的動物，迷戀權力的動物，勝者又喜歡排出儀典展現尊貴的動物，但其實又是如此脆弱、抒情，渴盼自己被擺置在一個故事裡，是無辜者、受難者、純真善良者的動物。老派在哄這些爺們，真像男女的調情，那個迂迴纏綿，又像馴獸師空手玩獅子老虎，那個貼著死境的轉圈、巧勁，放和收。我坐在他的身旁，總覺得我們是空子，是詐騙啊。我們根本是窮鬼，比起他手下的手下，可能還窮啊。但常常酒喝到盡興，這些原本殺意隱抑的大人物，眼淚鼻涕亂流，酒杯狂碰對飲，和老派兄弟相稱。

但那一個一個夜晚，對我這樣的人來說，有什麼意義呢？是等我將來，記下他們的故事嗎？

像某日在視頻上，看到一老頭在講前秦符堅，講他的過於仁慈，又剛愎自用，淝水大戰，不理臣屬力諫，相信慕容垂和姚萇，帶兵百萬南征東晉，一個燦爛如煙火，莫名其妙竄閃爆炸，然後土崩瓦解旳帝國故事。後來被這些他仁厚待之的大將叛變，終於滅亡被砍頭。那老頭說的像符堅就是他的一個叔叔或表哥一樣。君王在那個故事裡，像刺繡屏風上金絲銀線錯縫的神獸，香爐的煙裊裊飄著，符堅沉慟的說：「我真恨當初自己不聽王猛的勸。」他的複雜衝突、仁慈與暴戾、英明與昏庸、理性與瘋狂。但我覺得老派和這些大人物，酒宴中燃放的煙花，皮影戲般的紛亂搖晃，像孫悟空吹毫毛漫山遍野的自己的分身，那些話語中迸出的五彩鮮豔的戰爭、嬉耍、恩怨、情義，其實是民國文人（我猜老派是自認這樣的角色）和共和國鉅商、台灣和大陸、國民黨特務和中共匪諜，一種時光中，棋盤已亂卻思索回手，混雜了權謀、交涉、文明的掛毯，錯過的歷史，一種比性愛或對嘴吸鴉片吞雲吐霧還激爽、繁複迷麗的，像幻燈片播放師恨不得在每張膠片上，細描譜上自己，那樣的情感。

「這一切是我們在台北發生的故事啊。」我不記得老派有說過這話，我的父親，他的父親，當年不同路徑輾轉逃來台灣，說來都是被甩離歷史實驗室之外的個人。他們的故事，一開口就是騙術。他們特愛講《聊齋誌異》（鬼故事）、《三國》（勾心鬥角的故事）、《西遊》（不存在的一趟大冒險）、《儒林外史》（所有人講話全顛倒虛空的故事），因為他們自身的歷史，就是死去的鬼魂的歷史，而死去歷史的兒子們說的故事，不就是騙術嗎？

譬如有一次，老派拉我和一位老大哥喝酒，這個老大哥周身說不出的一種黯然。老派說你可知道這老大哥，有段時期真的是喊水會結凍，半個文壇是他的。老大哥用小黑松玻璃杯灌著白泡沫的冰台啤，臉上像是巨鬣蜥強壯的嘴頸卻在微笑。他告訴我老派是真兄弟，他曾經權傾一時，但後來落魄出來賣保險，從前的朋友全躲著不見了，只有老派，陪他喝酒，買了兩套保險，鼓勵他重新振作。

「主要是那時太囂張啦，民國八十幾年那時候，我在報社當副刊主任，還兼廣告，那年代，地產商下廣告，兩百萬讓我抽三成，錢就像自來水龍頭，不，就像消防栓爆了那樣噴出來，哪把錢看在眼裡。整天跟那些大老闆去酒店喝酒。」

「你那時真囂張。」老派說。

「光是喝其實也喝不光，那些錢，主要是自己作死，那時去喜歡上一個酒店女人。真漂亮。我就像醉了一樣，火山孝子啊，買一台ＢＭＷ給她。兩百萬，眼睛眨都不眨一下。結果別的客人更有錢，送她跑車。我排排站是裡頭最差的。這馬子就跑啦。」

老大哥拿著小啤酒杯在眼前，像鑑定一顆黃寶石那樣旋轉著，臉上無限懷念迷醉，然後仰著脖子乾了，「真的是一場煙花，像夢一樣，主要是那個年代，怎麼也真的有那麼漂亮的女人。老弟，你知道，我後來再也沒見過、看過，那麼漂亮的女人。所有的人都像活在電影裡，ＸＯ像倒水那樣一瓶瓶亂開。然後突然碰一下，什麼都沒了。我賣保險那時候，一個月怎麼三萬塊都這麼難賺。我開的是一輛七萬塊的二手三菱車。」

後來老派幫了他忙，勸他去考研究所，裡頭的教授當然都打點了，五十幾歲拿了個老碩士，再透過關係讓他進一個地方政府機關當公務員。

「現在一個月五萬多塊過日子，也過得挺安穩。老婆也覺得我浪子回頭，是撿回來的。」

另一次，是個過氣老作家，在外頭有名的脾氣壞、愛告出版社，外頭給他的綽號叫「瘋狗」。我在啤酒屋見到這位老前輩時，心裡還有些怵。他也是搖著啤酒杯對我說，他母親過世那回，殯儀館竟零丁三、四個人來弔祭。他那天發現自己是個沒朋友的人。後來火葬場燒大體，他老婆孩子都跑了，就剩老派一個人始終陪在他身邊。慢慢天色暗了，他還真慌了，之後還要迎母親的骨灰上山，第一次覺得自己脆弱，什麼儀式習俗都不懂。老派就旁一根菸一根菸陪著他抽。然後他說：「老派，你陪我送我母親一趟吧？」老派也就真陪著上山，一路還是老派抱著他媽的骨灰罈。

「所以到頭來，我就這一個朋友，就是老派。你說，他要找我幫個什麼事，我能說不嗎？」

大部分還是錢，說來我自己就多次在經濟困窘到發愁、恨天之時，收過老派非常不傷尊嚴的賑濟。我也數不清在老派的酒桌上，遇過多少PUB經營不下去的衰咖、裝神弄鬼接拍競選廣告的一片電影導演、碰到爛男人搞了一屁股債的落魄女作家……你永遠搞不清他的朋友圈取樣，兜來轉去，漫天金光彩霞，其實就是跟老派求救調現。照我的想法，這些在生命中某個時刻，像資源回收場的鋁罐被不同形式的打凹、捏癟、戳個破洞，流出黏臭湯汁的傢伙，之後應就是「他的人」了。像是古代的孟嘗君和他的雞鳴狗盜之徒。但事情好像並不那麼簡單。這些時光中，發出碎裂閃光的破鋁罐，好像也不同回收垃圾那麼單一的動作。

有一次我問老派，他和我這樣，和這麼多人，影影綽綽、藏閃隱晦，瞎聊著可能有這麼個「破雞雞超人」的計畫，但到底那會是個什麼？一部電影？一個像《邏輯思維》那樣的視頻節目？或好吧像《火影忍者》那樣一個史詩漫畫，再結合卡通、遊戲、公仔這些周邊商品？或是一個連鎖店家的品牌概念：「破雞雞超人咖啡」？「破雞雞超人快遞」？「破雞雞超人甜甜圈」？或是（雖然我覺得不可能）像電影《復仇者聯盟》，後面有個ＣＩＡ式的組織，或《Ｘ戰警》那樣有個美國國防部隱藏的Ｘ博士牽領的基地組織？

到底我們在幹什麼？

老派說：

「不就想想，有沒有個女媧補天的可能？」

老派有次帶著我和一位老先生喝酒，這老先生的故事可奇了，他父親童年是在東京長大，當時在太平洋戰爭爆發前，雖說每年暑假會跟父母搭蓬萊丸客輪回故鄉台灣，但認同上就是個大日本帝國的國民。他父親童年時，隔壁有個老先生，每天在菜圃種菜，後來才知那是日俄戰爭名將兒玉源太郎的兒子。好像也和滿州國皇帝溥儀的弟弟溥傑是少年玩伴。他二伯當年甚至去參加關東軍，在一九四五年史達林派出一百五十萬大軍和重坦克殲滅關東軍後，混在那六十萬日軍俘虜中，被送至冰天雪地的西伯利亞勞改營修築鐵路，目睹大批的同伴凍死、病死、餓死，被蘇聯紅軍無理由整批射殺。除了非人的苦力，還要研習馬列主義。到了一九五六年的遣返，許多台灣兵將原籍填上台灣，就被送往紅色中國，從此沒再能回到台灣。但他二伯很聰明，原籍地填日本，所以幸運的先遣送回日本，再從日本搭船回台灣。這個老先生，按說應有點崇日，他穿著西裝外加風衣，戴著呢帽，但他的模樣卻很像香港電影裡的探長。我聽老派和他一個晚上，都在大聊一九四五年三月，美軍從沖繩、關島基地起飛的三百三十四架B－29轟炸機，對東京扔下二千噸的凝固汽油彈，那個造成十萬人死亡，把東京燒成煉獄的「東京大轟炸」。他們談的非常細，不像是一個外省人和本省人對日本二戰的戰爭責任的爭辯，而像兩個眼睛都燃起小火團的戰史迷，聊起美軍的李梅將軍，那三百多架B－29遮蔽了夜空的星光，像神話裡的地獄火鳥，他們先讓一個中隊在東京地面扔下燃燒彈，燒出一個大十字的交叉火燄，其他的B－29，便以那十字作為標記，往下扔那像跳蚤、米粒、瀉沙一樣灑落的集束燃燒彈。那個火就像須佐能乎的毀滅之火，非凡間之火，凡人只要見到一次就難免一死。那個將全部木造屋舍、鋼筋、汽車、人類全部燃熔，燃爆的光燄把夜空照亮成白晝，幾百公里外的郊區都可見沖天火光。逃往河川避火的人們被滾沸的河水煮死。那個恐怖場面，比後來廣島、長崎的原子彈爆炸，還要可怕啊。

老人說：「世界原本憩息在噩夢的妖魔，就是在那場燃燒彈盛宴中，那個巨大的地獄之火中，被釋放出來了。」這麼大數量的「被截斷的時間」，變成一個很難建立感受和理解模型的巨大破洞，很像曠野盡頭的天空上，出現一個不可思議的窟窿，你可以看到那窟窿的邊沿，像扯裂的纖維，或金屬鋸齒撕斷的破口，那之外是一片空無。最聰明的腦袋、最龐大的哲學、科學、人類曾創造出來的詩歌或小說裡的將意義N次方的跳躍擴張方式，建立跨海大橋、大水壩、或人工島的工程師，皆對這個破洞束手無策。無數小小的人體像散碎掉的拼圖的一小片一小片元素，每一個個體的死亡，不論從腦後開槍處決，被驅趕進自己挖的坑穴中射殺，或用火車運送整批列隊走進水泥掩體中毒死，用繩索綁一串扔進大海，或直接在大街上砍殺，或是將數十萬人遷徙至零下四十度的西伯利亞，讓他們在這空間歪扭、模糊中，自然的餓死、凍死……數量這麼大的死亡，同一時間內的集體關機，滅掉他們眼珠裡的攝像、大腦裡的電路，十萬、一百萬、一千萬原本嘩嘩運算的時間，像千萬條小溪流突然硬生生從這個空間消失，那龐大的流光幻影到哪去了呢？每個死者變成了一小片白色的二次元碎片，從原本所鑲嵌的那個位置剝落下來，被種族滅絕的那一萬人、十萬人、一百萬人、一千萬人，原本可以構成一個有故事、有小說、電影、街道、市集、他們生的小孩、他們種植的花、他們烹飪時冒的炊煙、他們思念愛人時流的眼淚、他們開的咖啡屋、他們拉的手風琴……這些被瞬間蒸發、煎乾、消失的粼光閃閃的活著的時間，在大屠殺後，都到哪去了？如果有一個超巨大的玻璃罩，蓋在二十世紀人類文明的天空上，那蒸發的小水滴應該冷凝附著在這玻璃罩的內沿。不是有所謂的「反物質」、「反空間」嗎？

老派感慨的說：「唔，是啊，是啊，那放出來的妖魔，就是孫悟空啊。」

那是我第一次聽老派，用「孫悟空」這個意象，描述一種超出我們渺小個體，能想像的巨大恐怖，一種讓人目炫神迷的地獄場景。另一次我聽他和一個大陸來的導演，喝著酒抬槓，他說黃渤在《嬉遊降魔記》裡那隻孫悟空，把之前之後所有其他演員演的孫悟空給滅了；那導演說放屁，那是個爛片，他心目中電影史上孫悟空第一者，是《大話西遊》裡周星馳演的那隻孫悟空。老派說周星馳那隻孫悟空，不過就是會穿梭波赫士魔術，但到頭來還是拿著根鐵棒，那個所有人印象裡，唐僧西行的開路鏟土機。黃渤那隻猴子可就是封印的魔中之最。

老派有次和一老頭聊起黃百韜，他說黃百韜之死，如果放在地圖上看，就是一個「子孫袋破了個洞，卵蛋掉出來」的死滅故事。我以為他在訕笑羞辱那遙遠歷史的戰敗殉國名將，但老派鉅細靡遺描述那場共軍六十萬人圍殲國軍八十萬人的徐蚌大戰，他臉上卻帶著一種外科醫師從十八小時手術房出來，濕淋淋且肅穆的神情，那奇異魔幻的數十萬人在淮河沿岸夢遊般的亂竄，上級的電話命令像從一只不可測的魔術箱，像亂數洗牌或搖骰子，完全意想天開，像頑皮的孩童要在地表上繪出最讓美術老師瞠目結舌的一幅超現實圖畫。先從總司令劉峙沿著津浦線列開古怪的「十字長蛇陣」，「守江必守淮」，黃百韜等在新安鎮，等不到上頭批准的撤退，那時已像一顆睪丸感到死亡威脅的凍意，很怪，他們卻要他晾在那兒，等著粟裕的華東野戰軍來捏爆它、嚼碎它。「等待」是這個大規模死滅故事的主題，他們窩在一起，等待那剃刀沿著陰囊輕輕滑過的，惘惘的威脅；突然上面的電話命令他們可以撤，十幾萬部隊在運河邊壅塞擠沓，只有一條渡河鐵橋。被追上的陳毅部隊殲滅、砲擊、河邊射殺，或自相踐踏、墜河溺死，輜重火砲大批被繳，又有第四十四師與第二十五軍內訌，第二十五軍留守運河大橋，竟在第四十四師主力還在河邊時就炸了橋，造成落單第四十四師被全殲。

好了等到黃百韜和這餘悸猶存的渡河部隊到了碾莊，應該收拾殘部，快快向徐州方向的國軍主力靠攏，但這時像後來的天文學家向星空觀測傳說中的「太陽的孿生兄弟」，涅墨西斯，暗黑中另一個星體（另一個自己）迴繞，會造成歐特雲帶數以百萬計的彗星進入內太陽系，造成毀滅，黃百韜的部隊們像一顆旋轉中，突然讓觀測者看不見其晦暗、形態、引力的紅矮星。他們決定留在碾莊，和渡河的共軍一戰。其時原本駐守碾莊的李彌軍團，根本不鳥他們，放他們孤軍留守，自己急急往徐州開拔。然後黃百韜和他的七萬士兵，又進入「等待」的怪圈，他們被圍死在這個像被蟒蛇勒殺，不，像是原來的陰囊破洞了，將他們遺棄，但這另一個裝著勃跳睪丸的陰囊，要將他們碾死。老蔣像這時才意識到他的中原大軍，這一端已囊破蛋黑，要被割掉了。才又派邱清泉（和黃百韜不合）、李彌（前不久才遺棄他落跑）各部解圍，但就是被阻擊共軍堵住，機械化火砲部隊猛攻，十天才前進三十華里。據說黃百韜每天傍晚都爬上臨時兵團司令部的磚瓦屋頂上，向西眺望。那是一種死亡的等待。奇怪的戰術、永遠等不到的援兵，在熾烈火網中愈削愈小的自己的部隊，可能會因宿怨而見死不救的友軍將領，或老蔣身邊必然潛伏的共諜，有時南京還派飛機盤桓於戰場上空，他的老長官用無線電告訴他援軍就要到了要他撐住，但是工事壕溝裡他的士兵屍體愈堆愈高，回擊的槍砲聲愈稀少……

老派說：「黃百韜像不像個《等待果陀》？我年輕時認識一個老頭，說他們上一代的人，覺得五百年不長啊。那孫猴子被如來一巴掌摁在五指山下，草都長到他臉邊耳朵裡了，他還是安心的被壓在那兒等待，因為就算再長的等啊等，最後一定會有個出家人騎馬經過，將他頭上的封印之帖撕去。但黃百韜之役啊，他們那輩人都不信有西遊記後面的妖精打架的故事了，他們是都跑去國家英雄館看京戲，但他們要是哪怕走錯劇場，看了一次《等待果陀》，那一定是痛哭流涕啊。沒有比他們更懂那種在漫漫等待中什麼都沒有的恐怖啊。」

有次有個香港老頭，一口廣東國語，厚厚鏡片下眼睛眨巴眨巴像孩子，老派卻對他畢恭畢敬。總之不外乎是個大老闆，那次不知是怎麼一個狀況，老派和那老頭說起收藏，原來這老頭是個非常厲害的高古瓷藏家，他說二十年前他生意做的挺好，當時收藏了一屋子的瓷器，明清青花、御窯廠官窯，應該總共花了一千多萬，有次一個專家到香港參加展拍，他便請專家到家裡幫他掌掌眼，結果一屋子贗品，他可算在收藏這事重重摔了一跤。但他不甘心，這些假瓷器可說是唯妙唯肖，每一處鑑定切入處都符合嚴格的檢視啊，即使古董行的老手也會打眼啊。於是他透過朋友的朋友，一連串複雜隱密的關係，找到景德鎮專門做高仿古董瓷器的窯廠，他真的拿出三十萬人民幣，說要定製一批高仿瓷，但一定要以假亂真，否則不付錢，對方拍胸脯說沒問題。於是那兩個禮拜他混進窯廠的做工流水線，那真是歎為觀止，一批人，專門畫青花山水的，專門畫花紋的，專門上釉的，專門做底款的，那個手藝，根本不須來作假，本身就是藝術家。一般新仿瓷底胎會較濕，他們就二次入窯。總之，那個梅瓶燒出來後，那個青花發色，折枝花果、龍鳳的靈動，瓶沿、胎底的糯細之感，完全就是一只明正統青花龍鳳紋梅瓶。他說，我後來還跑了河南的窯廠，他們是高仿宋金時期的高古瓷的。那整個是你不走進去不可能想像的，整個造假到臻於完美、化境，仙境的一群沒有臉孔的人。這些偽照的瓷器，有的還進入拍賣場，瞞過鑑定師的放大鏡。

老派說：「那你不乾脆就做這個？」

那老頭說：「不，你要是真的去看到那窯廠裡的工匠，他們的一絲不苟，才華橫溢，甚至鬼斧神工，結果這是在造出完美的假，你相信我，你只會全身發軟，汗濕透背。你不知道你所站立的中華大地，有多少人像在刺繡，耐性的織一個偽造的夢。這個造假的絕美之物，輾轉也許在某個拍賣會拿在一個耽美的藏家手中，就像當年的我。你不會知道，那個你認為是經過四百年僥倖完好無缺的上百萬的皇帝的瓷器，翻過罩布，那是那麼多像蜂巢裡精密的人們，那是『現在』去作假成一個真的古代啊。」

我在設法描述老派這個人的時候，無法掩過我內心對他的流氓痞子氣的欣羨，那種模仿不來的耍婊創意，像麝香貓與生俱來那股荷爾蒙一樣，別人在實驗室裡調配不出來的。他既哄得那些女人花枝亂顫，也唬得我們這些男人情義相挺。我在一旁看過太多次他挺直腰桿，一臉滄桑，舉著酒杯，說著天啊若是在舞台上唸這些台詞，那絕對是把全場逗得笑翻在地的反諷的模仿——那些老派的深情重義。那些上了年紀的女作家、女貴婦、ＰＵＢ老闆娘，或有酒店妹陪唱的ＫＴＶ女經理，當然她們會因各自人生際遇不同發展出的閱歷，和他調情並鬥嘴，但沒有不在長長的假睫毛陰影，濛上一層濕霧的憐愛。

他實在婊過我太多次了，可是每次他約我在酒館單獨談判，那昏暗影綽中，他兩個眼袋上寂寞的小狗般的眼神，我立刻又答應他提出的那些不可思議的任務。

我有太多次被他放鴿子，和一包廂不知他從哪湊來的，粗俗的、打扮時髦的、老到像吊著點滴瓶出門的，全在歇斯底里罵他的男人、女人，然後我一一敬酒，幫他圓場，說出連我自己都不相信的謊言，用我老實的相貌博取他們最少的信任（至少澆熄怒火），或是我陪著他出一些任務（簡直就像賭王鬥千王裡的大場面），當他下手陪他演戲唬那些老狐狸。但他在喝醉時跟我說的那些抽一成對帳的錢，從沒進到我戶頭。

我想這或是台北這座昨日之城，在他那個從小混混跨過輝煌年代的換日線，必然會給他的啟發和教養。譬如說，曾有個叫「柯國輝」的年輕人，曾在他公司當行銷企劃，那是個高個子，我看有一米九八，非常沉靜。我不知道為什麼老派會用這樣的人？或是這個柯國輝怎麼會來幹這個超低薪、沒尊嚴、又沒未來性的爛職位。但有一次，老派叫這高個兒年輕人陪我去新竹誠品，做一場演講，我們是搭破舊的莒光號去的，一路柯國輝跟我說了他之前的工作經歷：他是文大戲劇系畢業的，畢業後曾被同學召集四人去北京寫一檔爛連續劇的劇本。拿到錢後，他和他們分手，一路在大陸玩了兩個月吧，把錢花光，就回來台灣。那之後他幹過洗屍體的葬儀社員工，還去林森北路八條通那種老的色情KTV幹過服務生。他說了一段我說不上是很美還是怪異的情節。他說幹KTV的服務生，真的很像劇場，這種八、九點到午夜一、兩點，客人和小姐在旖旎燈光下的淫穢啊、風情啊、搖曳生姿啊，或是酒精充滿整個包廂，然後沒品的客人發飆啊、羞辱（甚至毆打）小姐啦，他們服務生要進去陪笑但護著小姐啦……這些靡醉的燈紅酒綠啊，但等到深夜三、四點，客人離開，他們要打掃每個包廂的嘔吐物啊，翻倒的酒水啦。這時把日光燈全亮打開，好像白骨精洞突然被打回原形，那些牆壁上的白堊粉那麼粗陋，沙發皮多處磨損破綻，還有醉倒賴躺的小姐，剛剛暗影綽綽那麼嬝娜，這日光燈下臉上厚粉和眼影亂糊，簡直嚇死人像鬼片。他那個店的老闆娘，年紀稍大，但極有風韻，平常也是穿著高衩旗袍銀紅撩亂的禮服，有一些年紀大的老客人還是點她，喝醉了動手動腳，她會非常有女人味的半嗔半媚的哄他們。但有一個禮拜天早上，他在租屋處樓下一個小攤吃米粉湯，一個老婦人過來喊了他一下，他過了好久才意識到，這個老太太，拿掉了假髮，沒搽抹胭脂白粉，沒穿上華麗禮服……光天化日下，原來是這樣一個樸素的小老太婆……

他又和我說他父親。他父親是他祖母這一房唯一個兒子。他有四個姑姑，都非常能幹。他父親在他母親生下他之前，經營南部的一家鐵工廠，生意很不錯。但有一天，突然不想過這樣的人生，把工廠整個賣了，拿那些錢，自己跑去西班牙學古典吉他。中間還從西班牙跑去捷克學木匠手工自己作吉他。現在他父親算是台灣非常厲害的古典吉他演奏者，也有在台南藝術大學兼課。但可以說，他從小，就是活在一個，父親不在場，但除了母親、祖母，還有四個姑姑，這些女人，寵溺著那個浪子性格的丈夫、兒子、弟弟，她們艱難的維持家計，守護他長大。現在他老爸學成歸國，但好像台灣無法靠古典吉他搞什麼生意，兼課的錢也很少，他老爸在淡水，自掏腰包買了一批歐洲的古琴古樂器，教一些老人演奏，然後組了一個樂團，但好像也不太有人知道。

那次在新竹的演講結束後，這個柯國輝的老爸，竟開著一輛Jaugar，在書店樓下等我們，載我們回去。啊他看去真是穿著優雅的紳士，如果有個年輕女孩同時見到這對父子，一定會被老爸吸引，而對那其實高帥但像流浪漢的兒子不感興趣。但我因為之前聽了柯國輝說了他家背後經濟的困窘，這個五十多歲，優雅、浪漫，車內空間一種說不出的歐洲氣氛。我知道這個派頭，是靠背後一群女人，開小吃店，辛苦經營，撐出來這個老夢幻王子。

那次在回台北途中，那安靜優雅的Jaugar車內空間，我和他父親哈啦閒聊了一會，他父親，這個生命中三十到五十的黃金歲月，拋家棄子到西班牙追尋古典吉他之夢的漂泊男子，突然有感而發跟我說了一句：

「我年輕時在鐵工廠做生意，和各種人打交道，黑道的、標工程的、不良警察，什麼人都見過。但粗俗的商人呢，他們盜亦有道，講好拿你多少好處，一定不會婊你。結果我去學了一圈音樂回來，發覺人類之中，最黑暗最髒污的靈魂，完全不講道義原則的，就在學術界裡，就在藝術圈裡，比那些包工程的黑道、奸商，都壞太多了。」

不知為何，那時我看著他老爸在駕駛座的背影（他還穿著一件很有型的麂皮外套），就想起了老派。

有一次，在一個包廂飯局，我像眼皮垂耷，看著眼前這些六十歲以上的老人們，舉著酒標，像高中男生開黃腔調戲高中女生，那些整過容染過髮的老女人們似乎也眼睛濕漉愛極了這樣口吐蓮花多層寶塔般的，人類千百年對淫詞穢語的高級文化。我有一種幻覺：萬一我們這一屋子的夜宴調笑，只是一只粉彩葫蘆瓶上畫的古裝男女，那在凝厚濃豔的乳濁暈光中，萬一這只瓶是假的呢？我們不知道我們其實是一群新仿顏料描繪在一只假瓶子上的假的燒釉呢？那時外面大雨滂沱，突然一個大高個推門而入，濕淋淋一身狼狽，是柯國輝，似乎是老派讓他送兩瓶金門高粱過來。老派一臉不悅，把他拉到一旁似乎是痛斥了一頓。然後柯國輝垂頭喪氣的走了，座中一個女人說：「喲老派凶起來還挺man的嘛。」老派說：「我真不懂，現在這些年輕人，像中邪了，你跟他講得清清楚楚，六點拿過來，現在幾點了？」眾人嗡嗡轟轟相勸，老派說：「不是這點小事，每件事都是這樣。」

我藉故上廁所，踩著那酒館窄木梯下樓，果然看著柯國輝站在垂瀑的店門簷下，傻愣愣看著一大片銀燦燦大雨。我打了根菸給他，幫他點火。我說：「今天那席間有個老女人不上道，和老派為了個陳年舊帳夾纏半天，老派好像又理虧，彆一肚火，拿你撒氣。」

柯國輝噴著菸，衰氣的笑了笑，說：「有個女孩，我要出門前傳個簡訊給我，說真的活不下去了。我急急飆我那破機車，飆到中和，按電鈴不應，按別樓層住戶，衝了上去，還好鐵門沒鎖，她室友也不在，就在她房門上框，用條跳繩吊在那。我把她救下來，臉整個漲紅，一直吐，還好還算趕上了。我能怎麼辦？她和家裡鬧翻，我也不能叫她家人，用她手機找她兩個較要好的女生朋友過來。」

我又打了根菸給他，說：「是人家喜歡你，你不要人家齁？」

柯國輝說：「不是的，我只是想說，現在很多年輕人，其實不是像老派他們那些大人說的，廢材、軟弱、自戀，他們真的像你一個小說裡說的：『活在塑膠袋裡』，如果家裡本來就窮，揹著助學貸款，一個月兩萬多塊，在銀行當小職員，不可能出現卡夫卡的啦。整天習慣就說『對不起』。我身邊這樣的年輕人很多很多，我不知道要怎麼去幫助他們。我把那女孩從門框上的跳繩抱下來，她臉都紫了，一直乾咳，第一句話卻是說：『對不起』。」

我不知道該說些什麼。我們都把菸往地上丟，習慣性想用鞋將菸頭的火星踩滅，其實那菸蒂一落地，嗤一聲，整個吸滿地磚上的積水。然後他就衝進那漫天大雨中。

尋仇

我坐在那皮膚科診所的二樓候診椅，這個空間像在一狹窄的農舍閣樓，挨擠坐著的等候病人們，都是一些臉上帶著莫名抱歉、屈辱、茫然的老人、老婦，或甚有一個孕婦，包括我在內，大家很像梵谷〈拾薯者〉畫中的人物。我坐的這個角落，堆放著一個鐵櫃、一張鐵桌、一只很像牙醫診所椅的診療椅、一些看去就是廢棄的儀器，這整個說不出的怪。天花板很低，但隔一段時間，有一台紅色細燈管的數字機，便會尖銳叮咚一響，就是那小門內的醫生和護士在叫號，下一號病人可以進來了。但那叫號機的位置很低，幾乎就壓在這些等候者的脖子後面，所以每次叮咚一響，這樓頂上模糊輪廓的灰影子們，就會重複一次受到驚嚇的騷動，然後其中一個很不好意思站起身，推開那小門進去。

輪到我進去時，那醫生叫我拉下褲子。這以來我已習慣這屈辱的動作了。我拉下褲子，那醫師淡綠色口罩後面的鼻頭和眼珠，出現一種彷佛豆豆先生的效果，其實他是仔細觀察（我的雞雞）之後，露出皺眉頭的神情，好像目睹了一條漂滿狗屎、嘔吐物、腐爛瓜果、各種垃圾的臭水溝，那種慘不忍睹，甚至用手揮了揮鼻子覺得惡臭的表情。

「怎麼會搞得這麼慘？」

我告訴他這個洞出現的時間，以及我去別的醫院看過皮膚科，醫生也開給我塗抹的藥和口服抗生素，但洞還是愈破愈大。我每天會用雙氧水清洗。

醫師大聲說：「不能用雙氧水啊！你看你這已經發出屍體的臭味了。怎麼會弄成這麼嚴重？我會開藥給你，每天按時擦，保持乾燥，好不好？」

他這樣問我「好不好」時，我差點笑出來，我拉褲子穿回，向他道歉。然後走出診療室。

我走進那間酒館時，老派和Y正在靠門邊的一個狹長小區塊比飛鏢，我知道最靠外的這張長桌是我們的，有三個女孩像眼上停了飛蛾坐著，迷幻，夜色中的鱗粉般如泣如訴，或其實就只是百無聊賴。桌上狼籍排放著七、八支啤酒瓶，高瘦（應該是啤酒杯）或圓胖（應該是喝威士忌）的玻璃空杯，菸灰缸裡插滿菸屍，還有一小玻璃盞一小玻璃盞的蠶豆、花生、烤魷魚。老派和Y並肩站在射鏢線後瞄準著，黑暗中他們的身軀姿態很像兩個站在山崖上，用單筒望遠鏡觀察戰場的白痴將軍和副官。那個飛鏢盤並不是典型的飛鏢——我是指那種木漿紙壓擠成的圓盤，上頭被飛鏢的針刺插得千瘡百孔——那是一台電動機器，那飛鏢盤是一通電的鐵盤，這些鏢的頭是些小磁鐵，刺過去它是被吸附在兩分或十八分或紅心的區域，然後這機器會發出像彈子機那種，丟丟丟轟轟轟的雷電聲。我加入了他們，當然我根本是個射鏢白痴，被這兩個老狐狸打得落花流水。

主要是他倆在射鏢時，會散發出某種墨西哥人的騷氣和滑稽，他們是故意這麼表演的，而座位上那些女士可都被逗得花枝亂顫。你也不知是誰在取悅誰？座中有個女孩，就是我之前說的那個，從前常一起喝酒，後來我和她鬧翻的姑娘。她曾有句名言：「女人就只有兩種：一種是婊子，一種是戲子。」我記得她這麼跟我說時，我腦海想的就是張愛玲，還有張愛玲她媽。那時我覺得這樣一杓像從豬油罐挖出女人的定義，真像牛頓發明地心引力一樣，直接明瞭、直搗核心。婊子就是被男人玩的女人，戲子就是玩男人的女人。但後來我和她鬧翻後，就只覺得這話陰暗扭曲。但此刻她坐在那兒，可以同時對我們這些男人，表現出女人的脆弱，又對這桌其他幾個年紀比她大一截的姊姊，露出貓的尖爪。這或是她能把台北入夜後的酒館，變成一種霓虹夢幻，角色進出的表演區的能耐。

後來我們入座時，我問了老派，今天這聚會是為了啥？老派說，一會兒還有幾個哥們會過來，我們今晚，要去修理一個傢伙。修理誰呢？我們都這個年紀了，但老派又說了許久，我確定他不是搞笑，是認真的。老派說，那就是一個導演，之前在臉書上羞辱過他一些哥們，他早就想幹他了，但這傢伙非常狡猾，他如果是條魚，那種遠洋漁船用拖曳網一整兜機器纜拖上大甲板的，這傢伙就是那蹦啊跳啊會彈回海裡的唯一一條。是個雜碎嗎？我問。老派說，不，如果是雜碎就好了，其實他讓我想起年輕時的自己，低頭掩著夾克，抽刀子是真的豁出去的狠勁。

在座一個叫珮珮姊的，細眉淡眼，皮膚非常白，笑起來像狐狸，跟我們解釋：這次老派會發這麼大脾氣啊，就是那小子在臉書寫了一篇文章，對（她瞥了瞥那和我斷交的女孩）我們妹子的那本新書，極盡羞辱訕笑。老派一旁噴菸說，這傢伙踩人，一定踩在對方痛腳上。好像是老派私訊寫了封信給他，誠懇勸他把文章拿掉，說了一些江湖水深、暗夜行路、厚道為上的感慨；沒想到這小子第二天就把老派的私訊貼上臉書，又好好嘲弄了一番。

我突然想到：這哥們我認識啊。他是個孤狼啊，應該這麼說，他是個受過許多苦難和傷害之人啊。我不知道老派說我們去幹他是什麼意思？據我所知，他住在偏僻荒郊的小屋，我們這麼多人要去（如果這些女人也要跟去看熱鬧），至少要弄兩台車啊。然後我們總要弄些棍棒之類的東西，這整個我怎麼覺得說不出的滑稽啊。

我記得幾年前，我和這哥們在另外一朋友的酒聚上，他說起他的腰傷一直不好，後來散攤了，我提議帶他去我常按摩的，永和的一家按摩店，那裡的阿姨功夫非常好，說實話，我回憶起那晚，整個還是魔幻不真切，那時已是半夜十二點多了，我帶他走進那按摩店時，心裡有一半預想店是關了。那間店的師傅都是一些老阿姨，常常坐在外頭沙發等客人，也盡是一些像恐龍化石般的老人。所以這家店裡，從沙發上的串珠椅墊、椅臂上放的茶杯、牆上掛的大合照相框和錦標旗，都充滿一種痱子膏或草藥的老人氣味。那天店其實算關門了，裡頭一通暗黑，只剩那滿頭銀髮，高眺的老闆娘站在收銀櫃前看電視。她一看到我身後的那哥們，眼睛亮了起來，我想她認出他了。她立刻推開一道密門，裡頭有兩張按摩床，說是ＶＩＰ室（我在這間按摩店按這麼多年了，從不知有這麼一間ＶＩＰ室？）她打電話幫我另外叫了一個支援的師傅，而她親自幫那傢伙按。我們之間隔著一道簾幕，一開始我們還像夢囈般聊著，但後來我在我這張按摩床睡著了。後來我的師傅來了，是個男的，手勁非常重，我半醒半睡的感到隔簾那頭非常安靜，想他或是睡著了。但後來我們按完，從那破舊樓梯間走出，這哥們半驚嚇半苦笑的說，他媽的，他剛剛等於被那個老闆娘性侵啦。她按著按著，幾乎在搓他的睪丸，還塗一種油吧，手指根本順著屁股肉，探進他肛門了。

「那你怎麼不喊我？我就在一旁啊。」

「我以為你帶我來這家店，這家店都是這麼搞？我以為你在隔壁床享受呢。」

我跟他保證我之前來過幾十次了，這是一家正派經營的按摩店啊。

「可能老闆娘認出你了，她是你的粉絲，情不自禁就搞你了？」

後來我們走去橋頭的永和豆漿店吃煎蛋餅，那時已是凌晨三、四點，這兩家店仍燈火通明。我們對坐在一張小桌，身邊擠滿了人。他突然跟我說起，念大學時，他那時還和小黃鸝在一起（我知道小黃鸝，倒不是她後來成了八點檔女星，因我當時也念那所大學，只是我是研究所的，他們倆當時就是系上的金童玉女），有一次我知道我們那個老師把小黃鸝上了。我說：「上了？」我差點把嘴裡的蛋餅吐出來。那個老師是我們系裡的大腕，人長得也帥，曾拍的電影還得過國際大獎。說來，我們那時超崇拜他啊。他說，我當時衝到那傢伙家要揍他，那個年紀，我也搞不清楚我女友算是自願的，還是被強暴的？我原本把他當父親一樣，我想我的感覺，像是我自己被他強暴了。這後來非常難堪，你知道那時他是從美國搞那些嬉皮啊、性解放啊，他有一個理論，每天要上一個不同的女孩。我問小黃鸝，她也哭著說不清楚，說是酒後一時迷亂。我問她那我們是不是分了？她也哭著說不要。後來我們在一起那麼多年，別人都看好我們，後來還是分了。說實話，這老師不明不白的上過她，一直是我內心的暗影。好像你用很多根牙籤把一空的火柴盒撐著，時日久遠，那些牙籤終於一根根斷了，撐不住了，那火柴盒還是被壓扁了。

我沒有把以上這些事說給老派、Y和那些女人聽，但我從心裡認定他是個好人啊。一個哥們，會在按摩完的深夜（且他還才被那按摩的老婆子給褻玩了），在一間陌生人喧鬧挨擠的豆漿店裡，跟你講那麼私密、悲慘的故事，這樣的人肯定孤獨又脆弱。

我對老派說：「別鬧了吧，他是我哥們。而且他是跆拳黑帶的，我們去十個人都不夠他一個打。」

老派、Y，和那位上過我哥們前馬子的老師，他們算是同代人。他們那代人，和我這代人（包括我這個故事裡，J、D、西特林、所有那些怪異畸零的超人們）有一種奇異的、可能要許多年後的學者才能分析辨察的張力，他們從外國帶回來許多東西，包括田納西．威廉斯的《慾望街車》，包括沙林傑的《麥田捕手》，包括《等待果陀》、《禿頭女高音》、品特；包括卡夫卡、法國新浪潮電影、黑澤明、小津安二郎……我們年輕的時候，和他們的關係，就像唐吉訶德和他的僕人桑丘，不，更像是唐僧和他的徒弟們。你覺得他們隨口說起像是舊識、老友的佛洛伊德、傅柯、薩伊德、詹明信……那就像千里路迢迢的西天取經，他們從西方帶回了那像魔戒門開，吐出各種不可思議雷電閃光的魔術兜布。

但我好像攔不住老派，好像有什麼真的傷害發生在他身上了。我想對他說，老派，你不是說咱們有個什麼了不起的計畫嗎？跟拯救人類有關，像修補古往今來的智者都解決不了的破洞。但我們這樣在夜裡一群人，去找個網路上和你結仇的人，我們這麼多人打他一個，這好像說書人說到一半，扔下一屋子聽故事的人，跳窗跑了。

我好像唯一記得，不，隱約在腦中，眼皮下，殘斷的記憶和印象，好像有條線路，從某個關閉的抽屜拉出，順著這電線往回攀，那抽屜是在一狹窄走廊裡的一張桌子，但那走廊是蟻穴般的地下迷宮的其中一截。但這地下迷宮，仔細看是一小片電晶路板，而這枚郵票大小的電晶路板，鑲嵌在一枚人造衛星的主控電腦硬碟，這枚人造衛星其實已被炸掉了。我對老派說，你所說的，這個在網路上羞辱你，霸凌你的導演，其實真實世界，並沒有這個人哪。他只是J的小說中的一個人物。但是J，十五年前就沒有人知道他到哪去了，這個世界上真的有這個人嗎？

但事實上，我這一輩的人，永遠沒法像老派那輩人那麼任性，或許我這樣說錯了，老派他們眼中的我這輩人，或才任性呢，比起他們吃過的苦、受過的顛簸。我記得好幾個夜晚，我記憶中，都有老派和他那輩的人，像那些西洋畫裡的「耶穌受難圖」，臉孔枯槁死灰、嘴巴張開、歪躺在哀慟欲絕的聖母的懷中，蓋覆他身體的紅綢布下露出的某一隻手，手掌背面還有釘子穿過的創洞，一些乾涸的血跡。我和我的同輩人，好像都是扮演圍在一旁，一臉驚恐，想安慰但實在沒你戲份的群眾演員角色。他們曾遭遇那像攻城拔寨規模的傷害、背叛，被拖進地獄一遊的經歷，我們能說啥，睜大眼睛，手摀嘴巴，當個最好的聆聽者。

也許十年、二十年下來，我們被反覆磨戲，終於理解了這一生不可能占到那個，張嘴乾嚎、裸體往畫面中央一躺的受難者，我們可能就是要當個「破洞修復者」。

什麼是「破洞修復者」？就是像我在這個夜晚的角色，說些「不會的，他不是那樣的人，這中間肯定有誤解」，「真的嗎？他真的這樣說嗎？那就過分了」，「我知道你的為人，你會這麼生氣，絕對有原因的」……諸如此類的屁話，像動漫裡某個發願不再有巨浪吞噬漁船的僧人，要將整片海灘的每一顆沙子，以奈米尺度的微雕技術，全雕刻成佛頭，那麼細瑣卻無盡頭的技藝。

那時我們已離開那酒吧了，老派預告的那些人並沒有來，也沒有兩輛車載我們。我和老派、Y，三人醉醺醺的走在入夜後變得如此醜陋、破爛的騎樓暗影裡。我仍大著舌頭對老派說：「我可以用我的信用掛保證，他不是那樣的人……」但到底我們這樣走著，是還要去找我那哥們，替老派討回公道嗎？那可是要走一整夜啊。

這時，老派突然停下，盯著他的手機屏幕（可能有人傳簡訊給他吧。但其實他一整晚都盯著手機，顯然有許多人，傳個簡訊給他），說：「某某死啦。」

他說的那個某某，是個大作家，一個老作家。我年輕的時候，他是個神話般的人物，他在那個戒嚴年代，搞讀書會讀馬克思主義被自己的友人告密，入獄坐了十幾年牢。他是個人格者，出獄後辦了一個攝影與報導文學皆非常強的雜誌，深入第一線的工殤、雛妓、蘭嶼核廢料、原住民在城市生存之悲歌。並寫了一批小說，還是非常有力量。其實他入獄前的小說，就已是我們那些文青傳抄的經典。那些小說總是寫一些小鎮的憂悒青年，受到某個強大的惡所壓抑，或是那些被侮辱與被損害者，那像琥珀困裹在一起，黏膩、窒息、沒有出口的苦悶。可以說是最能鑽透白色恐怖內在暴力的作品。但這位大作家，晚年竟投共了——其實他一路信仰的，本就是那個紅色的祖國——這遭到他的後輩，以及台灣後來絕大部分的獨派文青的撻伐，或是刻意將其遺忘、抹除。可能他的激烈行動，讓許多人在情感上遭到被背叛、被負棄的傷害。年輕一輩輕狎的喊他「老紅帽」，像要把一棵大樹的根鬚，從那泥爛、礫石、昆蟲屍體、腐爛葉片的沼澤整個拔出。他在北京中風了十年，據說經濟也頗困窘。

我盯著老派的臉，當他說出「某某死啦」這句話之後，夜色中像用鐵耙翻開土穴，細細的蚯蚓游動爬行，像要哭出來一樣。其實這樣的訊息，在網路上，千萬波紋閃跳：川普當選美國總統、護家盟的基督徒發動反同志婚姻的遊行、復興航空惡性倒閉……幾乎不是以每天，而是以每小時的單位，人們憤怒、恐懼、沮喪、躁鬱，但像很多年前那上萬隻隨洋流漂浮的塑膠黃色小鴨，各種表情擠壓出來，又立刻被周邊的同類擠進水面下。「某某死了」這件事，對我們而言，只是一個鐘錶舖裡時鐘調校的意義嗎？

阿默

他們父子在那挖了個大坑，土這種東西，被挖了個漏斗形的，不，一個不存在的漏斗，原本在那的那些深褐色的粉末、堆在那個空洞上方的外沿，像厚唇，或一條巨大的毛蟲蜷成一圈。D打著赤膊，站在那坑裡，用十字鎬鑿下頭被石塊或斷樹根結構了，所以較難挖的土層。他的父親，那個九十多歲的老人，屈腿蹲在坑邊，用手將土堆往上撥。老人的腿非常枯瘦，像對折的樹枝。事實上，這樣佝僂的身體，緩慢的在這幾年間，將這一塊荒地的每一寸土都翻了翻，挖出那些石塊、像人類臀部那麼大的樹根，變成一片覆滿菜豆苗、地瓜藤、空心菜、茄子、辣椒、絲瓜、南瓜……周邊一叢叢芭蕉、檸檬、柳丁樹，綠意盎然的園圃。他感覺到有一種「塵歸塵，土歸土」，好像那啟動運轉這衰老身軀的動能，像隱祕的吹著一只煤爐的風。它讓這骨架、皺皮、上頭頂著一顆枯萎瓜果般的頭顱，在那荒地上拿著木柄鐵器挖鑿著，但不多久，這具身軀也會散垮成他們腳下那整片土。

那隻黑狗的屍體，擺放在鐵皮屋旁的一張木椅上。那所謂木椅，應是他們去海邊揀的無數大小漂流木中，其中一塊材質堅硬、個頭較大的斷木。有幾隻蒼蠅停在那狗睜開但已無光芒的眼球上，或牠活著好像豹的頭那樣結實美麗的嘴沿。D的母親便揮手趕那些蒼蠅。她是這家人唯一較能用言語，表達自己哀傷情感的那個。她說著這條狗的好。每日她騎機車，穿過這片空荒田野，到公路旁的商家，有時她到彩券行，有時她到農會，那狗，會像智力體能都強於這一街景所有衰老的靈長類，卻因忠心深愛著他們之中的那唯一一個，高貴的、機警的，在那條老街日光曝晒下的一進一進陰影中尋找她。有時則固執趴伏在她的破機車旁等候（「牠認得車牌號碼吔。」她說）。

挖墳的那對父子，其實哀慟可能超過她。但他們如此沉默，整個天空、延伸的灰綠田野、風吹的裂帛聲，遠一點海潮沉鈍的背景聲，或是關於那身軀已僵硬、發出腐臭味的黑狗，展開的關於死亡的這件事，全都被收縮、牽引進那陀螺形的空洞，他們正奮力挖鑿的那個墓穴。

他有一種印象：他們父子一邊挖著土、鏟著土，一邊輕微的、細碎的指導對方，那個邊角不要再鑿過去了，那裡埋著水管管線；這個切角再鑿幾鎬，不要變寬，讓這個坑呈現長方形；到時他們幫那狗釘的簡陋木棺放下時，不會卡到……

但其實他們沒有說任何一句話。D像在對無法爭論的，這狗的死亡，賭氣或是自責的，一鏟一鏟挖著。

他在一旁，用塑膠打火機點了根菸，古早年代，對於這將死亡之軀掩埋進土裡，似乎總要焚燒一些什麼，空氣中似乎要有一些紙灰或煙的氣味，才混揉那泥土、草根、屍體、活人呼吸……

那無聲的嘵嘵不休，充滿說不出的話語。

當年，一個女人將黑狗阿默交到他手上時，大約一歲，已經有一種荒野靈魂、黑人爵士樂的氣質。在那流動的黑所形成的感性河流裡，有一種牠自有的、神祕的、但或許牠自己也不知此生會是怎樣的流速、波紋、或細碎的聲音。牠不信任人類，但問題是你不知道牠之前怎樣被遺棄，到牠出現在女人那幢大樓社區，這樣的時光，牠如何創造，翻撿垃圾桶裡的廚餘或捏綴的麥當勞紙袋裡的雞骨；穿梭、藏躲、晝行夜出、吃光那些愛貓人放在巷子角落的貓飼料和水；那女人說：「如果你不收留牠，這裡有一些住戶說要叫捕狗隊來抓牠了。」

他應該是第一個，以靈長類高於犬類的智能，迫近時巨大一些的身軀，制服牠，踏進牠那純淨自由黑河流，攪亂那純淨的時間，建立出屈從、依戀、屬於的倒影。他將牠帶回那小屋，將掙跳的牠像柔道寢技壓制住，幫牠洗澡，甚至細心的洗牠的生殖器，一邊柔和的對他說話。「以後你要聽爸拔的話。」

他豢養牠、餵食牠，他不讓牠進屋內，裡頭還有一個美麗的女主人，和兩個幼年期的小孩。他們都是牠的主人。牠住在這小屋的小前院。白天他們會開著一輛車離開，傍晚他們會開著那輛車回來。牠會在小院裡歡欣跳躍，繞著打圈。噢，噢，主人，你們可回來了。但其實那些只有牠獨守的白日，牠會長手長腳攀那牆籬出去，在那老山莊外頭的公路彎道旁，埋伏著，然後飆衝而出，追擊那些駛過的車輛。牠已將這山丘上布建的這些小屋巡過一遍，這個老社區裡盡是一些孱弱枯槁的老人，和後頭推著他們輪椅的黑女孩。牠將原本占據地盤的狗群，全部打趴。牠衝進山坡邊的雞圈，獵殺那些即使拍打金色雜黑翅膀想上樹，卻仍被牠半空攔截的大公雞……

但一年後，他還是將牠遺棄了。

他解釋著：「因為我們要搬進城裡，那個公寓的房東不准我們養狗。這裡有山、有大自然，你有自己的房子，這是你的家。爸拔會每個禮拜回來看你一次。」有一輛貨車來，兩個工人上上下下一整天，從那屋裡搬出一箱一箱、或巨大的物件，然後他們就全部消失了。

他拜託隔壁的越南阿姨，每天餵牠，幫牠水盆加水。很多年後，那越南阿姨被移民署的人逮捕遣送——她的老闆讓她在黑狗阿默家隔壁的小屋，照顧一個中風癱瘓的老媽媽，但後來「老闆」做便當生意倒了，人跑了，丟她跟那像個蒟蒻的老媽媽，捱了半年沒有薪水。有一天她也跑了，由另個越南落跑阿姨提供門路，跑去桃園一家地下麵包工廠作「非法外勞」，成為幽靈人口——他和妻子到移民署領人，幫她作保，出機票，陪她去機場（當時押送她的女警還讓她戴著手銬，他還在機場劃票櫃檯前和那女警大吵）。第二年這阿姨又換了個名字，申請來台，又逃跑，又鑽進那剝削她們的地下工廠作「非法外勞」。有一個除夕夜來他們家（後來城裡的那公寓）過年，說起牠：

「那個阿ㄇ啊，好聰明的啊，我走下山莊，到街上市場買菜，牠就翻牆出來跟在我後頭，我趕牠回去，牠就鬼頭鬼腦隔著馬路，有一段距離那樣走，好像牠是走牠自己的，跟我沒關係。等我買完菜，往回走，一轉頭，發現阿默嘴裡叼著好大一條魚，從魚販那偷的。真是聰明，精……」

其實那時牠像從自己那條深邃黑色河流甩著水花上岸，年輕力壯，但感覺那河流裡關於遺棄的漩渦，像要把牠扯進胸膛要爆裂的哀傷和迷惑。牠守著那個小屋。成為喪家之犬。不理解那是怎麼回事？是關於回憶的倒影或是削去法嗎？他會回來嗎？還是這是永久的遺棄？阿姨、老人，山莊裡其他的狗，牠趴在那從鼻前抬著一隻黃蜂屍體列隊歡欣而過的螞蟻，偶爾有個郵差騎著機車從門外丟進一疊什麼信件……

之後，D出現了，其實這個故事，之後便和他一點關係都沒有了。是D和黑狗的故事。相較他那潦草、朦朧，似乎只為遺棄牠而鋪哏的一年，D真正收留了牠後來的十年。D說，當他住進那小屋時，有快兩年的時間，他從不覺得阿默是他的狗。牠總是多疑的、保持一段距離的看著他。他讓牠進屋，那時那屋子的狀況已很糟了，樓梯間的黃燈泡照著白堊牆上的壁癌，牠瘦長身軀躡手躡腳就像道長長的黑影，溜著上樓。一樓堆著所有D搬來的數十只大紙箱，裡面是書和各種器材；二樓的小書房還保持著從前女主人書房的模樣和擺設；小臥室的木床上則堆著D各種沒洗過的衣物、雜誌、信件；D真正作息是在三樓那違建鐵皮屋。幾張桌子、所有的電腦、衣箱、在鋼架下吊著一只練拳和踢腿的沙袋、各種模型、獎座……D在大窗台邊鋪了個臥鋪。牠還是每日攀牆而出，在公路彎道邊追擊那些快速駛過的車輛。山莊所有的狗已認牠為老大。但牠如此孤立不群。像瀝青的高溫幻影游梭在這日光曝晒、時光靜止的小山莊裡。D將牆加高，牠仍然像忍者不受阻礙的攀爬出去，後來D火了，整個買材料：鐵條、粗鐵絲網，花了一整下午施工，將那圍籬架高到像籃球框那樣的高度，牠才被關禁住。

這樣的牠的故事，他是在後來他們哥們，在台北的PUB相聚，聽D間間淡淡，破碎印象說出的。那時D忙於拍片，軋戲，想存錢拍一部自己夢想的戰爭電影。跟他們哥們相聚的週期，拉長到一年碰到一次。他問起黑狗阿默（他內心想：牠是不是已經死了，不在這世上了？），D像說著一部自己在遙遠陌生國度祕密拍攝的電影，這個國家沒有人知道、或想像，那樣一部不可思議的電影：「你們知道嗎？阿默現在已經成為，台東鹿野鄉的傳奇。我因為拍片，常常一禮拜回那小屋一次，顧不到阿默了，就找一次一路飆車下台東，把牠放在鹿野鄉我當初玩飛行翼那些哥們家，那裡是整片的田野。阿默去到那裡，三天內咬了十四個人，所有境內大狗小狗全被牠咬過一輪（其中還包括那種身軀比牠大兩倍的獒犬），我那朋友說：「阿默現在是鹿野鄉第一犬，他們的看板。許多阿伯阿婆，會騎著機車，到他們消防隊外面，比手畫腳，就為了來看『那隻超會咬人的黑狗』。」

克里姆王說，除了我之外的所有時間，都飛逝吧！在那個近乎瑜伽的神祕靜觀時刻，只有他可以在慢速中預測到所有人在未來的運動軌跡。所有將會發生的事對他而言都是已發生過了。他說：「真實的頂點，就在我的能力中！」

但是「黃金體驗鎮魂曲」卻將之放逐在時間之外的，永遠的漂泊流浪。他對克里姆王說：「你已經哪裡都去不得了……而且……你絕對永遠無法達到『真實』。」

像那些傳說中自殺者的鬼魂，永遠被禁錮在死亡一刻的無數次重播。在那夢中之夢的恐怖顛倒世界裡，他一次一次的死去，一次一次感受到內臟爆裂、肌肉被冰冷割開、骨頭折斷、血漿滴流的劇烈痛楚。但時間鐘面上的秒針始終顫抖著未往下一秒跳。在那時間的無重力世界裡，他像迷失在一條掛滿超現實畫的走廊，或是走進以死亡為魔術的馬戲團，在他的那一瞬感受裡，他得永劫回歸地體驗著人類亙古以來，各式各樣的死法：磔刑、上吊、凌遲、火燒，在河畔下水道被不良少年刺死，在醫院急診室被手術刀切開解剖，被車輪輾斃，在恐懼中活活被拳頭打死，中毒時喉頭灼燒緊束，溺斃前肺囊裡漲滿水爆炸而噴出鼻血的那一刻……像反覆重奏的賦格曲，他「永遠無法達到真實」，甚至永遠無法讓時間推進一格，真正的死去（把那無間地獄般的痛苦結束吧）。

後來阿默，又怎樣被D再一路飆車，從台東送到北海岸，D的父親在一片空荒曠野開墾的那個小鐵屋的畫面裡呢？阿默怎樣慢慢老去，但每日仍固執走好幾公里、到那無人海邊，在浪潮沖刷的岩礁上跳躍，愈來愈進入一絕對孤獨的感悟？那片荒原太遼闊了，使得頂著烈日或勁風的老人，在那灰綠地面上拖著鐵鋤行走，像是即使以一生的時間能量，也頂不住這慢速的暴力，似乎下一秒便會自燃成一蕊微弱的燭燄，然後消失成一縷輕煙。

D之於黑狗阿默，是否一如他？變成將牠棄置到另一個人類的小屋，那黑色的河流倒映牠繼續流動的體悟：這種直立的靈長類，出現在牠生命裡，將氣味定位在牠鼻後嗅神經叢到腦額的顯影刻畫版面，只為了離開牠，讓牠訓練一種等候的長時間意志，有時他的身影會逆著光出現，蹲下，溫柔憂鬱的摸牠。但其實那個和遺棄對抗的意志，早已崩解散潰？

有一次D對他說，即使過了四十歲，那種不是出自心智的思辨，而是身體底層的什麼，還是有一種想死的衝動。譬如在一條筆直的鄉野公路騎著重機，時速飆到一百八十以上，他會閉上眼睛，在那只聽見風灌聲的靜止幻覺裡，數一到十，慢慢的，穩定的數。再睜眼時，他還是在那高速的飛行狀態裡。他會心驚膽跳，像鎮壓一場血腥叛變那樣強力壓制住再閉上眼的想望……

他年輕時讀過一些文學作品，在描寫到女人的陰部時，總會寫「她的傷口」。那使他蒙上了一層驚悚的印象：當然和性有關，但很怪，它不是像更早些時高中同學傳閱的文字粗俗低劣的黃色小本，寫的「插入」、「抽插」、「塞進那小蜜穴」；而是「傷口」。那感覺身為男性的他，或許有不自知的，胯下掛著的，並不是一副歡愉的器官，像花朵的雄蕊，上頭布滿金黃的粉末。而是一柄鎢鋼的大砍刀。女人原本那麼光滑、柔細、完整，是男人的這柄刀將之割開一道裂口。痛的意象。應該癒合卻在時光中像要留為證據，她們始終沒讓它癒合，藏在兩腿間那樣行走坐臥於日常。而且，除了變態狂或外科醫生，好吧，或許還有殺魚（譬如在澎湖港邊見過那些婦人戴著塑膠手套，割開白色烏賊的腔體，剝出浮鰾）或殺豬的人，沒有人會把割開的傷口，再用手指撥開它，或用其他器官往裡頭探，「進入傷口的裡面」，像進入西斯汀教堂，穿過迴廊和許多神聖隱祕的房間。傷口不應是一座迷宮的入口。但女人的陰部是。因為那美麗的入口（他的廢材哥們會在這個哏上，貪玩耍起嘴皮：旋轉門。按鍵電梯門。捷運驗票閘口。演唱會排隊入口），將我們設定在一個「外面」的世界。我像潛水員潛進那一百多年前沉沒在深海海床的船骸。摸索。用手電筒光束探照那範圍極小的細節。珊瑚。水草。魚骨。螺貝。搖晃著。散潰著。他聽過不同的女人，在哀慟欲絕之境，說過這樣驚悚的話：

「我要把他生回來！」
「我要在我的小說中寫死他！」
他到很後來，很後來，才領會：這兩種像猙獰、忿怒、淫慾、空寂之母，創造同時滅絕一個幻覺宇宙前的恍惚時刻，嗡嗡從胸腔，不，更下方一點，發出的咒語，其實是同一句話。
在挖墳的這個動作和他們純然的哀傷後面，有沒有一種即使已用一種宗教祭祀般的嚴厲壓制，卻仍魔鬼藤蔓冒出的念頭：如果這是一部作品。他們當然不是換手運球，故意在最初將阿默遺棄再承接，阿默暗去的眼珠裡，如果有一組攝影機，可以取出裡面的檔案。那是不是一部，比小津，比溫德斯，比雷奈，比阿莫多瓦、塔克夫斯基都要屌的電影吧？雖然他和D都非常謹慎，有意無意將阿默稱為「你的狗」。對方的狗。但那條黑色的神祕河流裡，時光更久遠一點記憶更模糊一點的他；或是那經過一次一次不侵犯牠的孤桀，像男子對男子，且也是幾次搬動的D；在牠臨終眼睛將渙散闔上之際，這兩個人類同時出現，那在牠將熄掉的大腦屏幕，出現了什麼意義？
那是什麼？
那時，他獨自一人待在那屋裡，外頭風雨如晦，一片昏暗。突然地震了，不，或許不是地震，是出現《聖經．啟示錄》那將一切毀滅的颶風，他感到那屋子像遊樂場的旋轉木馬，漂浮在半空中，窗外的景致以三百六十度快速旋轉。他貼著沙發，感受那離心力造成身體骨骼，朝單一方向被拆解，血液朝腦門竄的暈眩。窗玻璃都破了，電視、書櫃裡的書、不知哪來那麼多鞋子、立燈、電扇，全像一個看不見的漩渦，亂飛斜滾。他想，房子之後會像吸飽水的衛生紙，四分五裂吧？奇怪這屋子沒有地基嗎？怎麼會這樣就漂浮飛起呢？這或不是真的發生的經驗？只是從那部講太空人在大氣層外修理人造衛星而人造衛星失速旋轉的好萊塢片（《地心引力》？），或是庫柏力克那部經典（《2001太空漫遊》？），得到的視覺，乃至耳半規管的感官暫留？

但那屋子接著就落下了，像有裝避震器一樣，彈了兩下安穩著陸了。他從身旁這扇窗向外看，那棟貼近的超高大樓還在原地，但感覺整個結構受到重創，看起來像一根被吹風機吹著的冰棒那樣脆弱，暫存於這一刻的勉力撐立狀態。各層樓的帷幕窗碎得亂七八糟，多處牆面崩塌灑下粉塵和碎磚。他覺得這棟大樓等會就會像巨人膝蓋骨被打碎那樣垮下吧？如此他這小屋絕對跟著遭殃啊。

他跑出屋外，另一邊那棟較低的六層樓公寓已整個塌毀，只剩一堆踩爛蛋糕般的磚壁疊合物。遠近的城市大樓全像遭到大轟炸，一疊疊冒著黑煙、白煙、灰煙，還有不同高低處的火光。天空的尺度變寬闊了。那些倒塌或半倒的廢墟上，爬著螞蟻般的小人們。此刻風雨驟停。「這他媽是遭到M族飛彈攻擊，還是龍捲風哇？」他喃喃說。如果是龍捲風，怎麼房子全像八級地震侵襲後那樣的倒法？

他的父親母親跑來找他，他們像死去的人一樣，脾氣變好，表情變柔和，喔不，像紙糊冥人一樣，兩頰都塗了兩坨紅紅的胭脂。他們沒有說一些雞雞歪歪讓他更心煩意亂的話。他沒想到這一生，會和他們在這樣的場景裡相逢。他母親說了一句：「啊還不是你把它寫成這樣。」他父親立刻像她說了什麼犯忌諱的話，狠狠瞪她一眼，並用手踋她的一隻手。如他所料，一隻小黑狗，歪歪斜斜從一面倒塌牆磚的凹缺口出現，牠的眼睛濕漉漉的，尾巴像小孩甩跳繩那樣一圈一圈旋轉著。牠將一隻前腳舉起，放下，再舉起，像在乞求，或像敲一扇不存在的門。可以讓我進來嗎？他的父母說：「是阿默啊？是阿默小時候啊。」他彎下腰時，那小黑狗不知怎麼移動的，一忽兒就翻著短絨毛的肚子躺在他腳邊撒嬌了。他摸到牠的心臟，因為緊張忐忑，搏跳得那麼快。

他想，這一切都會倒塌。他沒想到他那麼想牠。

誰來晚餐

這張餐桌圍坐著三頭狼、三個村民、一個女巫、一個預言家、一個獵人。每到夜晚，所有人必須閉上眼睛，三頭狼會先睜眼，他們在靜默中以眼會意，比手畫腳，一個夜晚只能殺掉一個人。然後狼閉上眼睛，輪女巫睜眼，女巫有兩個能力：可以救人，同時可以毒殺人。但使用過一回這兩能力，下一回則無法施法，必須再跨一輪才能再使用。然後女巫閉上眼，輪預言家睜眼，他可以任點一名這餐桌上所有閉眼之人，其中一個，驗知他的身分。而獵人的功能是，如果被殺的是他，他可以任抓一人陪死。

天亮的時候，所有人睜開眼睛，除了三頭狼彼此知道同伴有誰，以及預言家知道他之前驗的那人身分，其他人皆處在一不辨敵我，不知誰是狼誰是平民誰是神職者的霧中狀態，通常第一夜過去，大家醒來時，裁判官會告訴他們，這一夜是平安夜，沒有人死去，於是他們知道狼在夜晚睜眼時殺了某人，但等女巫睜眼時，她又救活那死者。但狼有時會故意殺一個自己人，讓女巫救，於是女巫下一輪便無法施復活之術。另外，這遊戲最核心，也就是最刺激之處，便是所有人都必須表明自己是好人，不是狼，這之間的演技非常重要：狼要作出無辜狀，誘導大家相信某個不是狼的人是狼。這時的技巧千變萬化，有各種絲繩纏縛的心機：女巫和預言家也必須將自己深藏，否則到了夜晚狼會先殺他們；狼群三人會面不改色的說謊，好像無心的懷疑某個（其實是真的）村民言行間的破綻，但又不能被反追蹤曝露他們是一個狼集團，有時他們會故意踩其中一同伴，讓好人們相信他是同類，始終無法被鎖定；有時他們會故意跳出，說自己是預言家。這於是真的預言家會跳出。像真假孫悟空那樣，兩個預言家爭吵著自己才是真的。這一輪最後大家會投票投出一人讓他死去。當然大家（除了那三頭狼）都希望能投出一頭真正的狼，但爾虞我詐往往誤殺好人。常常我們在遊戲中，凜然看見民主選舉的偽詐與愚昧。入夜後，剩下的狼又睜開眼殺人；換女巫睜眼時，若上一輪他使用過救人之術，這一輪則無法再救；而再輪預言家睜眼時，他可以再選一個人驗身分，但通常三輪後，狼已鎖定預言家，會將他殺了。狼通常忌憚殺獵人，因為獵人死時會亂抓一人離場，很可能撈抓到一頭狼。有時則是女巫在白日時，被其實是狼的傢伙誤導，在夜裡毒殺一人，她以為是狼，其實是村民或另外神職者。這個遊戲最後以村民被殺光，或狼群被殲滅，任一種結果即結束。

這遊戲我是在大陸一個叫「餐桌的誘惑」之綜藝節目看見，主持人叫馬東，另配一位台灣的女藝人侯佩岑，各集參與遊戲的來賓不同，但有幾個固定常態來賓：一個叫大王的漂亮女藝人（她比較像《慾望城市》的女人，性感、直爽，敢耍寶、真性情）；一個叫陳怡馨的可愛女孩（她是典型的甜美可愛傻妹，無辜且無害，常在第一輪就被狼群抹黑為狼，缺乏為自己辯護之口才、心機，遭投票出局；一位中性打扮、戴厚框眼鏡的胖女生顏如晶（她像是典型的亞斯伯格症，高智商、冷靜理性，常作全盤推理分析，引導大家投票的方向），有時會有台灣美熟女賈靜雯。

我將眼睛睜開，當然環繞這一桌而坐的其他人都閉著眼，那個在這房間後面的聲音說：「剛剛被殺死的人是他。」我一看，是J，他也緊閉著眼，嘴角帶著笑意，「女巫你要救他嗎？」啊，讓我想想，有三個傢伙是狼，他們在我睜眼的前幾秒，還比手畫腳無聲討論著要殺誰。此刻我完全看不出來啊。但也很可能J就是其中一匹狼，他們故意「狼自殺」來騙女巫的解藥，那麼下一輪我就無法救人了。「女巫請決定，要救，或不救？」那聲音又說。我搖搖頭。「女巫請閉眼。」我閉上眼，「預言家請睜眼。你要查驗身分的是？」……

沙沙沙沙……

「天亮了，」那個房間外的聲音說：「昨天遭到襲擊的那個是六號，J，請留遺言。」

大家大笑。J一臉錯愕：「怎麼我這麼快就被殺了？我是個有重要身分的人，女巫怎麼沒救我呢？」兩個黑衣人上來把J拖走，他不斷大喊：「我是好人啊。」大家拚命笑，他突然拖住步子不走了：「算了我講出我的身分，我是預言家啊，我剛剛查驗了破雞超的身分，他是頭狼啊，大家要小心啊……」

然後他被拖走了，我注意到一桌的笑臉中，有幾雙眼睛在觀察我了。媽的，假預言家，那J

應該是頭狼了？但會不會他真是預言家，且真的驗了我，知道我是女巫，因此知道我竟沒救他，所以報復我栽我是狼？

第一個發言的是老派：

「我有點被弄糊塗了，如果J說的是真的，那等於第一輪預言家就被拖出去了，然後他說他驗了破雞超是頭狼。但如果J是頭狼呢？他臨死前亂抓個好人下水。我很少玩到第一輪那麼巧預言家就被殺了，而且他還恰好查殺到一頭狼。我想聽聽後面的人發言再決定。但我的身分是個好人。」

第二個發言的是大小姐，她無辜的說：「我就是個村民，沒什麼好說的。」

第三個發言的是K，他說：「我想告訴各位的是，J不是預言家。為什麼呢？因為我才是預言家，我剛剛查驗了她（那個胖女孩），妳是個好身分。本來預言家不該這麼早跳的，但因為J不是預言家卻說自己是預言家，表示他是頭狼，所以這是典型的狼自殺。只是不知什麼理由，我們女巫沒救他、沒上當。等會狼一定會殺我，請女巫這次一定要救我。現在我們剩下兩頭狼。而J說破雞超是狼，因此他應是個好人。現在，我是好人、破雞超是好人，妳（胖女孩）是好人，剩下的兩頭狼藏在剩下五個人裡面，我覺得這一盤好人的贏面大些。」

第四個發言的是那個廣告導演S，他說：

「我是個好人。我有點懷疑K你現在跳預言家的身分．如果J他真的是預言家，現在他已死了，無從辯解，場上沒有人可以質疑你了。所以J走之前告訴我們破雞超是頭狼，你卻跳預言家，因此保了破雞超的好人身分，現在你又說你驗過她（胖女孩），她也是好人。這讓我懷疑，你們仨是狼一夥的。」

K笑著說：「喔，現在我懷疑你是狼了。」

S說：「我是好人啊。」

他們爭吵起來。下一個發言的是肝指數無限高超人，她說：

「我也覺得J不是預言家。我有點懷疑老派，覺得他一身狼味。但若是我相信K是預言家，那表示坐我旁邊的S是狼嗎？我這把沒啥意思，我就是個普通的村民。」

輪到我說話了，我說：

「我是個有身分的人。我也不知道J為什麼走之前說我是狼，如果K才是真的預言家，那表示J是狼。因為我不是狼，所以在我這邊，我只能相信這是合理的邏輯。所以K說他查驗過妳（胖女孩），妳是好人，這我暫時相信。但這樣好像坐實了S說的，我們三個一夥才是狼的身分。但我真的不是狼啊。K如果你真的是預言家，待會你不用驗我，我是真好人，我建議你驗一下S。」

輪到胖女孩說話，她說：

「我是有身分的人，好吧我這麼說，我是獵人。我敢現在跳，就是狼你們最好別殺我，我是可以帶一個陪葬的下去。所以我相信K說的，他是預言家的身分。所以破雞超應該也是好人。」

跳過J的空位，下一個是胖女孩的母親，她也是相信K是預言家的身分。

這一輪大家投票的結果，Ｓ被投扔出去，兩個黑衣人帶走他之前，他說：「我真的是個好人。睜開你們的眼睛，我真的懷疑Ｋ、破雞超他們倆是鐵狼。現在對好人很不利啊。」屋外的那聲音又說：「入夜了，請閉眼。」「狼請睜眼。」「你們要殺的是？」「狼請閉眼。」「女巫請睜眼。」

我睜開眼，發現被殺的是Ｋ，「女巫你要救他嗎？」我點點頭。「妳要用毒藥嗎？」我搖搖頭。「女巫請閉眼。」

等預言家睜眼，查驗某一人身分後又閉眼，房間外那聲音說：

「昨夜是平安夜。」

老派說：「平安夜，表示狼昨晚殺了某個好人，而女巫救了他。目前為止，邏輯好像是，Ｊ是狼，他是狼自殺。Ｓ是狼，他被投殺。那現在只剩一頭狼了，但這頭狼藏得很深，會是誰呢？女巫也藏得很深。現在我反而不知道剩下的哪位是狼了？或許聽聽看Ｋ怎麼說？如果你真的是預言家，昨晚你驗了誰？」

大小姐說：「我上輪投了Ｓ出去，但我突然又不確定了。他剛剛被帶走前的態度，我有一瞬覺得他是好人。但如果他是無辜的，那表示三頭狼還在場上，那太可怕了。我現在百分之五十對五十，不知道Ｋ究竟是不是預言家的身分？」

Ｋ說：「我昨晚驗了破雞超，你真的是頭狼。」圓桌上大家全驚呼。「所以Ｊ離去前說你是頭狼，這個戰術讓我想不透。Ｊ不是預言家，他應該是頭狼，但他為什麼臨死前咬狼同伴？我想他是在保你，認為這樣我不會急著驗你，但結果我驗了你，你是頭狼。現在大家這一輪把他投出去，基本上好人就贏了。只有一種可能，就是我們剛剛錯殺了S，那現場就有兩匹狼還在。」

肝指數無限高女超人說：「我上一輪投的是老派，不知為什麼？我還是覺得你是頭狼，我覺得你很閃爍，好像都順著大家的流向在走。我的直覺是相信K是真預言家，那麼狼只剩下我旁邊的破雞超了？我覺得事情好像不該那麼順利？哪裡怪怪的。獵人是誰我們知道了，預言家是誰好像也確定了，但女巫是誰呢？我是好人，就是村民，但不可能你們也全是村民吧？我像是在哪個環節恍神了，現在變得抓不到頭緒了。」

輪到我發言，我說：

「K，你不是預言家。因為我不是狼。我一直相信你是預言家，但你現在踩我是狼，這你的假預言家身分就暴露了。我告訴你們，我是女巫。第一晚我看見J被殺了，我沒救他，因為我也懷疑是狼自殺。但我不明白為什麼他要說他是預言家，而踩我是狼。所以後來K你說你才是預言家，我信了。但昨晚被殺的是你，我用解藥救了你，沒想到現在你卻說你驗了我，我是狼。我是女巫啊，這表示你的預言家是假身分。如果這樣，剛剛S就被我們大家錯殺了。你們相信我，這一輪投給K，如果還有狼，下一晚狼一定殺我，而且我解藥上一輪用掉了，沒辦法自救了。那就表示我說的是真的。可能J並不是狼，或是狼，而反正他已死了，K就乾脆踩狼同伴，說他是偽，而自己是真，那表示真的預言家還在我們場上，但現在不敢跳，因為跳了夜裡就會被殺。天啊，我們錯殺了S。」

胖女孩說：「我被打亂了。如果破雞超說的是真的，我和破雞超是確定的兩個神職人員，但我以為K是預言家，現在滑掉了。我原先的邏輯是，J和S是兩匹狼，已經都死了，在場三個神職和三個村民都活著，只是最後那匹狼我們定位不出來。但現在整個亂了。如果破雞超說的是真的（聽起來又很像），他是女巫，那K就是狼了，那整個翻轉：J可能是真的預言家，但J又說破雞超是狼……這，這是怎麼回事？那S是被我們錯殺了？S走之前說K和破雞超是兩頭狼，但我現在情感層面又相信破雞超是女巫。奇怪，兩條破雞超證明的路徑，最後卻都反過頭說破雞超是狼。所以我暫且會投破雞超。」

胖女孩的母親說：「我怎麼覺得場上好多狼？不只三頭？破雞超你說你是女巫我是相信的。但到底J和K誰是預言家？他們兩個一定有一個是假的，但真假預言家都說驗過你，你是狼，那表示應該場上還有一個真的女巫？不然就是他倆都是假預言家，場上還有一個真預言家還藏著？但已經是這種局面了，應該要跳了吧？也不見有人跳出來。」

不出所料，這一輪我被大家投票扔出去。其實並沒差，就算我逃過這劫，入夜後狼一定會將我殺了。因為他們知道我是真的女巫，而且我這輪無法使用解藥了。但若在夜裡我還可以用毒藥殺死一人，我會殺誰呢？如果我能活到夜裡，被投出去的應是K，那麼留下來的老派、大小姐、肝指數無限高超人、胖女孩的母親，哪一個是狼呢？（胖女孩應是獵人無誤）。

我推開椅子站起，那兩個黑衣人架住我的胳膊，我留下遺言：「你們加油！我想這個晚上他們就會殺妳（胖女孩），神職人員全死，遊戲就結束了。K絕對是狼，很可惜你們不聽我的。」

我走到後面的房間，裡頭卻空無一人。吧檯上放著兩杯喝了一半的可樂，那些溶解的冰塊像沙灘上的貝殼閃閃發光。有一台電視，可以看到那仍在進行的，閉著眼玩殺人狼遊戲的那一桌人。

「人呢？」我想確定一下J究竟是什麼身分？S一定不是狼，我會笑著對S說：「你這個村民！」J應是預言家，但為何離場前要說我是狼呢？說來我第一晚應該救J的，那或許整個戰況會翻轉過來。

這時我從監視螢幕看到，夜晚（燈關掉的效果）的這一桌人，老派、大小姐、K都睜開眼。原來他們是狼！三頭狼都還在場上！瞧他們樂的，比手畫腳，像特種部隊夜戰打手勢，比出割喉、戳眼、吐舌頭，他們應該要殺胖女孩了。這樣遊戲就結束了。

但是J和S都跑去哪了？出局者應該都到這個休息室啊。難道兩個都去上廁所了。我這時突然很想抽菸（當然這棟建築內應該全是禁菸的），我於是真的掏出根菸點上。遊戲中耗盡腦力，以及諜對諜時臉部表情的控制，此時好像性愛過後的虛無和浮躁。我心裡想著：啊，原來老派是狼。這倒不足為奇。但大小姐也是狼，那我真是對她刮目相看了，她看起來一絲狼的氛圍都沒有，那麼無辜、呆萌，但或這就是這遊戲好玩之處。

倒是S，若非在這遊戲檯面上，譬如現在這樣私下在這小房間相見，我還有些尷尬呢。之前我曾在他的廣告公司，掛個顧問頭銜，其實就是接些案子，幫他們的方便麵啦、保全公司啦、市政府承辦運動會啦，想一些漂亮的句子。他脾氣很爆，對我算是很不錯，但我遇過幾回他痛罵手下那些攝影或剪接師。後來我離開他的廣告公司，跟他無關，是我和另一位年紀較我長的顧問，有些磨擦，但我走的有點不上道，就是突然消失，電話、電郵全不接不回，我猜他應該對我有些芥蒂吧。有次我帶個馬子到另一個朋友的PARTY，他也在那兒，可能有點喝醉了，眼神和我對到又撇開，不想搭理我的樣子。但是等我和一群哥們到另一邊聊，又回到座位，發覺他死纏著我帶去的那女孩，簡直就像上酒店的無賴大叔。但那馬子笑得花枝亂顫，好像也被他逗得很開心的模樣。

那時我心裡警惕的想：S把我當敵人了。我不知道是錯綜聯結的關係網絡，哪個環節出了問題，但他已經不把我當哥們了。

但怎麼回事呢？他們都到哪去了？

我倒是想到，第一晚結束，J被狼殺了，自己孤單走到這房間，看著電視中我們圍著圓桌，熱烈討論著，不知那時他是什麼感受？當時我們還猜他是狼自殺，是假預言家。這樣說來，他是真預言家了。所以當他被那兩黑衣人架著，一臉看不出是悲是喜的倒楣相，指著我：「他是狼！」所以他那唯一一次使用預言家身分，是查驗了我，知道我是女巫；當他發覺自己第一輪就被殺出局，全場只有他知道我在那個夜晚，沒有用解藥救活他，眼睜睜看著他死去。所以他指我為狼，是「遊戲之外的報復」了。

我也挺意外，老派找了這一桌人來玩這遊戲，竟然有J？這半年來，若非我持續以一種神祕的方式，拿到J後來寫的那些小說，在某種意義上，J應該，他不是，十幾年前就自殺死去了麼？但我看場上其他人，似乎對於J出現在這遊戲桌上，並沒有大驚小怪的態度。或許「J曾自殺死去」這事，真的只是我腦中類似線路短接、爆閃，錯存的一個訊息？但此刻卻是只有我一人獨自坐在這房間，我卻一直想像著，之前J百無聊賴的坐在這兒，喝著吧檯上的冰可樂，嚼著漏進牙齒裡的冰塊，像是他曾寫過的一篇小說，一群孩子在野外玩捉迷藏，這個敘事的男孩躲在一棵樹上，那鬼始終沒找到他。但時間一直過去，他聽到其他玩伴的笑鬧聲，被鬼找到的尖叫聲，然後那些聲音愈散愈遠。天漸漸黑了，他還是躲在那兒，但為什麼沒有人來找他呢？他們忘了他嗎？這篇小說就叫《寂寞的遊戲》。J會不會在這待著，覺得太無聊了，便拉開那邊那道門，走了。他面容蕭索的走在那馬路上，錯身而過的男女，沒有人知道他是剛剛在一場遊戲，被狼殺死，但女巫卻不出手相救的預言家。我想這完全是J這個人的風格。不告而別，突然就從一群人之中游離出來，變成一個透明的影子。

這麼說來，肝指數爆高女超人，從第一輪就說，她覺得老派「有一股狼味」，這還真給她說中了。但那好像是把真實的光中，影影綽綽的，像在河流中翻滾的印象，犯規帶進封閉的遊戲中了。我在遊戲中盡量壓制著自己這樣的混淆。但這真的很難，你看我從頭到尾就沒想過，大小姐是狼。那感覺很像讀《紅樓夢》，遮藏隱蔽的寫到賈赦和媳婦在那曲徑通幽、媳婦丫嬛像蜂巢層疊布置榮國府裡偷情了。

我熄了菸，站起身，突然覺得奇怪，電視上那桌人仍在進行著遊戲，也就是第三夜已經過去了，但看起來並沒有人出局。這不可能啊，狼不可能不殺人，若有人被殺，我是女巫，我已在這外面的房間，沒有人有解藥可以救活死者啊。但並沒有人推開門，走進我這房間裡。那表示另外有一個女巫，行使了解藥的功能。但這是不可能的。我可以想像，現在場上賭人一定說，「平安夜」，那表示還有女巫救人，那破雞超是假女巫嘍。

這是怎麼回事？遊戲出現了破洞，而我掉進那故障的夾層抽屜了？

我騎著摩托車載著他

我騎著摩托車載著他，一路顛盪著，我們左手邊，飛逝過身後的樹林、竹叢、電線桿，那下方陡降幾百公尺，是一條蜿蜒的溪流，這河谷另一端，是矮矮的、水墨畫般的山丘。摩托車的引擎喘吼，很像一個瘦骨嶙峋的老頭，捶著胸膛說：「我可以的，我可以的。」但車胎在那省道上不時的碎石、乾涸的泥濘車轍凹溝顛跳著。我感到後座的他在擔憂著，明天他還要自己騎這機車，尋原路到城裡，他一直嘮叨明天他和印刷廠的人約好了，有一批書他們要交給他。我一直告訴他安心，希望他看看這沿途風光多麼明媚。當然我們正在行駛的這條道路，塵土漫天，不時有砂石車從後方響著「汪」的喇叭，凶悍超過我們，你感到那厚重車斗壓擠空氣的旋風，颳壓著我們的臉。

我告訴他，沒事的，明天他就順著這條路，就這麼條路，想走岔也沒路讓你岔。我們行駛過一個彎道，路旁有一個戴斗笠的老人，坐在兩個大竹籠旁，一旁用厚紙板寫著：「果子狸」、「山雉」、「放生」，非常怪，這樣荒郊野外，他像土地公蹲在路邊，我們機車經過他，眼睛照會著，完全看不出他的表情。我告訴他，這老頭不是個好東西，他用一些捕鳥黏板或捕獸夾，抓了這些野生東西，在這公路邊兜售，其實是讓人買了放生。我就曾跟他買過一網兜的白頭翁，在我的孩子面前放了，讓牠們光影撩亂的飛向天空，但其實不久就又被他布的機關給逮去，然後再在公路邊等下一個善心人來買。

他還是問我，還要多久才到？我想他還是在換算明天他騎車出來的時程。其實我也有點嘀咕，怎麼這機車噗噗走著，應該就快到了，但怎麼好像比印象中要遠一些。然後我們眼前是一個隧道，「啊，我忘了還要經過這個隧道，但真的過了隧道就到啦。」於是我們眼前一黑，剛才熾白燦亮的陽光不見了，進入隧道後，發現裡頭在施工，雙向道被縮成單向道，有三、四個戴黃色膠盔的工人在指揮交通。對面一輛大卡車，車頭燈像夢境中水光搖晃的兩盞招牌光球，照得我們眼睛睜不開，貼著極迫近我們旁邊駛過，那個夾縫，我和他都用右腿撐著路旁壁沿，停著讓這錯車通過。

出了隧道，我想他又要對我發牢騷吧？說來他真是個憂鬱的傢伙，一路上，他一直對我說著，好像是他將要背叛一手提拔他的老闆，跳槽到另一家公司，但他一直不敢跟老闆開口，從年初拖延著到現在已秋天了。他舉出這老闆的諸多不是，性格的缺陷、決策的錯誤；但當我附和他時，他又會說出這老闆的許多好處。我根本不認識他的老闆，但你看，他就有本事弄得似乎我也被裹進這個要背叛他老闆的執念、陰暗的心思，很像一個環繞著白矮星的太陽系，所有的光熱都消失了，只有一種暈糊的灰影。

我不記得我們認識多少年了，但似乎我記憶裡，不同次的相聚，他都在喋喋對我抱怨著，他在不同的公司，不同的老闆，有男的，有女的，他們都用一種像電路迴圈那樣複雜的方式，婊他，對不起他，利用他，傷害他。

這時我突然想起，就是這條省道，好多年前，我曾經也騎著一輛破機車，載著一個女孩，要去我山中的小屋，這女孩不是別人，是我當時女友的妹妹。原本我好像是要載她去一間獸醫院取她的小狗，但不知為什麼？也不記得是誰先起的頭，我們就像一對狗男女騎著車離開城市。我想我們倆在那塵土飛揚的道路上單薄的前進，唇乾舌燥，腦海裡像灌滿強力膠，想的都是快快跳過這一段中途，一進那小屋便滾上床幹那件事。沿途那些樹林飄下枯黃的落葉，河谷那端的山巒像得了瘟疫，全呈現一種枯黃色。那女孩摟著我的腰，我們全身流出的汗，鼻端噴出的空氣，全部帶著背叛者的酸味。後來我突然岔開這條省路，沿著路邊一條小徑朝下騎，我記得那條小徑全鋪滿濕糊的金箔冥紙，我們到了河邊，我告訴那女孩這就是我想讓她看看的，那河邊有一段泥灘，非常奇幻的有上百條大魚的屍體，像有人把它們排列成不同形態，尾巴上翹、或翻滾、或奮力洄游，用水泥砌刀固定在那兒；它們身上的鱗片還閃著耀眼的銀光。其實我根本從未來過這裡。我們的眼前是髒污的、灰色憂鬱的河流。

那之後我便騎著機車回頭載那女孩，把她送回她家。

我想跟我身後那傢伙講講這段往事（我差點上了我某個女友的妹妹），我將摩托車停在路邊，拿下安全帽，打出一根菸，叼在嘴上點燃。

「不錯吧？你看看那些山。」

「我們還要多久啊？」

後來我們終於騎到我那個山中小屋，那個山丘上全是這樣雙拼式漆了白漆的兩層樓小屋，屋況皆非常不佳，牆壁總像愛流汗的胖子滲出水，有像一顆顆汗珠的水，有蜿蜒成鳥類爪子狀或人臉面具的水漬，有時你甚至覺得像有條小溪在那牆面流著。於是管線可能都鏽壞了，所以這一社區整體給人一種每幢小屋裡的燈泡大部分是瞎的，照明不完全的昏暗感。我發現我的老父親和老母親都在那屋裡，但其實我父親已過世十幾年啦。但這時他赤著上身，只穿條短褲，坐在客廳那張藤圈椅上。他胖大的肚腹和奶子上覆著一片白毛，有點像是江郎才盡、腦袋壞損、寫不出東西時的海明威的形象。

我母親則像所有這樣的老婦，整理著這個壁癌斑駁的小屋，像那是她很多年前流產的嬰孩。我向她介紹我帶回來的這個朋友，她露出像是不知道自己做錯什麼事的抱歉微笑。我的朋友還在想著，明天一早他要自己發動機車，穿過那段剛剛我們一路過來的省道，漫天灰塵，轟隆轟隆挨著身邊駛過的大鐵殼蟲般的砂石車，隧道，可以看見對岸山巒起伏如大地靜默的浪頭，某座河邊的地下鐵工廠，拋錨在路邊的水肥車，或是隔一段路就會出現的一座土地公廟……

說來我母親是個好客的人，我從年輕時不同的往家裡帶的朋友，她總是認為我帶回來的人，象徵著外頭世界擁有新知識的人，他們知道這世界的變化。所以她對他們都有一種說不出的謙卑、友好，甚至討好的味道。當然現在他們非常老了，所以他們在這屋裡，有一種像是「進入到樹獺的時間」，一種流動得非常緩慢的老年人特有的時間。我發現我這朋友困在自己的擔憂、那些煩心事，他甚至不太搭理我母親。這有點沒禮貌了。我母親到那小小的廚房料理台弄弄搞搞，你以為她會變出什麼招待客人，結果她端了盅蒸蛋，裡頭還飄著兩三片蛤蠣。

我的朋友尖聲說：「蛤？這是什麼？蒸蛋？」我以為他在譏笑，但他似乎非常感動，用湯匙一勺一勺挖著往嘴裡送，眼睛還閃著淚花——「我一百年沒吃過這玩意了。」

這時我發現我父親面前的茶几上，放著一台小電視，像只鬧鐘那麼小，拉著長長的天線，因為這機器太小，裡頭說話的人的聲音，也像是被拘在葫蘆裡的人，拿著對講機在說話，干擾電訊嗶嗶剝剝，且飄忽在遠處之感。我發現他正在收看的，不正是羅胖的《邏輯思維》嗎？這一集我前兩天在網路上看過，講的是一本書，分析著德國這個國家的解體。主要是那金字塔頂端百分之一的富人，掌握這個國家絕大多數財富，但他們和整個社會平行，脫離一種共同體的連繫；另外他們的窮人，在一種科幻小說般的社會福利設計下，懶、不願工作，領讓我們這些第三世界國家人民羨慕死的救濟金，慢慢剝離、解體一種「社會人」的自我想像，幾代複製下來，這個國家便面臨解體之危。

也許我可以坐下來，和我父親聊一聊「解體」這個話題。其實我們所在的這個故事，就已經解體了吧？包括這個小屋，一路來的那歷歷如繪的公路景觀，包括一路上我或想和後座那傢伙聊聊歷史、我們之所以在這裡、是現在這個模樣，這一切都好像在一種早已解體，在看不見的深海底下任意漂流的印象。我感覺我的父親、母親，他們雖然和我在同一個屋子裡，其實我們是在不同片的馬鈴薯切面上，只要有個水流或晃蕩的什麼，我便會和他們遠遠的分開。我也許是最後一個，還可以依記憶，向我的父母介紹我的朋友，向我的朋友介紹我的父母的人類。

或像那些YouTube上播放的，在緬甸的翡翠市集，那些肥頭大耳的賭石人，在攤位上堆放著纍纍恐龍蛋般的原石，挑出一顆，有的要價百萬人民幣，有的三十五萬人民幣，一旁找工人用金剛石電圓鋸切開那原石的「包皮」，有時露出黃濁加黑斑的石理，他們會哀嘆：「沒了，錢全打水裡了。」有時則切開露出水光瀲灩的種頭，裡頭漂著翠色，或是紫羅蘭的淡紫，他們會大喊：「不得了，發財了。」將那石頭像切吐司，切成一片一片薄片，用鉛字筆在上頭畫出圓圈，計算可以套出幾隻鐲子。那些切面，總讓我想像，好像我與我父母，可能在最早以前，是被裹在其中一顆石頭蛋裡，然後被某個切力，切成一片一片，每一片有我們的臉、身體的某個截面。但那個分解成片的角度有所不同，所以某一切面裡的我的部分（或大腦剖面圖、或眼睛的一半、或鼻子的一截）懵懵懂懂、失去了理解全景的感覺，但又說不出的有某種依偎在一塊的哀愁、昔日之感。

那天夜裡，我始終無法成眠，因為我一直聽到他在那小間客房裡哭泣的聲音。我想那是他在夢中目睹著什麼恐怖、心碎、悲傷的場景吧？我記得睡前，我們在閣樓鐵皮違建那張我從前寫了許多小說的長桌，胡亂聊了一些，但他始終帶著一種心不在焉的氣氛。他說，像我們這樣的人，這輩子，花了許多心力，至少從二十歲到三十五歲的時光，我們那麼努力讀著二十世紀的那些外國的偉大小說家的作品，其實只是努力學習怎樣變成他們那樣的瘋子，那可是個比最深的礦坑坑道還深的地獄通道啊，我們逐字逐句，像是把曠野上的一座座瘋人院，一磚一瓦的拆下，搬運到我們內心的某個地平線，在那依著我們記得的草圖，重新蓋起一座座瘋人院。杜思妥也夫斯基、卡夫卡、納博可夫、普魯斯特、福克納、芥川、川端、三島，我們還認真的讀佛洛伊德的一卷卷《夢的解析》，真不知道為何那時我們會覺得那是一片燦爛輝煌、灼燒熾亮的星空畫面？其實只是讓我們變成和後來的這個世界無關的神經病？我說，也不完全是這樣吧？譬如說，我們一路騎車過來，那在右手邊下面流動的灰綠色河流，我記得幾年前，在木柵那邊的河道拐彎上方，我在一對我們這代大家豔羨的金童玉女家的臨河大樓上，他們優雅的指給我看下方的河流，說之前颱風，那河道整個氾濫，可怕的黃濁浪頭淹過河堤，他們站在這二十多層高的落地窗，看著都頭暈。那些被洪水淹沒了的黑色瀝青的小屋頂，聚著恐懼的野貓野狗。他們甚至擔心河對岸的那動物園裡，那些獅子、大象、長頸鹿、斑馬、駱駝、瞪羚、黑熊……我不知道他們指著一條安靜的河流，描述它瘋狂的樣子，是在炫耀或真的恐懼。

我說，如你所知，後來他們分手了，那個男的跑去沒人知道在哪的鄉下開墾荒地，房子留給女的，所以之後那條河流，我經過的時候，就不再是以前我經過的那條河流了，它成了一條憂鬱的河流，沖刷著傷心往事的河流。

如果你以為我們這樣的聊天，是像波拉尼奧小說裡那些南美的「內在寫實主義」青年，兩眼如鑷子摘去瞳仁，發出瘋魔、銀色的光輝，談論我們的時代，或是詩歌，那你就錯了。我和他這麼亂聊的時候，坐在一張書桌前，從紙菸裡抽出一根菸，摩娑許久才點上，這種延遲讓我覺得怪怪的，可能我下意識還是不希望樓下的我父母，聞到從我們這閣樓飄下去太濃的菸味。這張書桌以前是我的書桌，但現在可能被我父親拿去當書桌了。我注意到一旁的書櫃，排放著多年前我搬走時，無法帶走的書，有《東歐小說選》、有雷馬克《西線無戰事》，有一些包括川端、井上靖、芥川、夏目漱石的日本小說，還有《憂鬱的熱帶》、《金枝》，還有一些結構主義的書、佛洛伊德《夢的解析》、許多大陸的小說……那都是我青年時期曾用功讀過的書，口味很雜。我不記得當初是什麼原因將這些書棄留在這小屋。但在書櫃最頂層，放著整排一看就是我父親的書：《中華民國大全集》、《溥心畬畫冊》、《綴白裘》、《元曲選》、《康熙大辭典》、《史記》……這些書都是精裝本，有的甚至是布面裝幀，但全積著灰塵、蜘網、死去昆蟲的骸殼。最邊邊很突兀立著一本個頭比其他書都大的《男女醫學百科》。我記得我十六、七歲時，獨自待在這小屋裡，那時這屋裡所有書櫃都是我父親的書，事實上這小屋就是他的一個藏書倉庫。但有次我在書櫃發現了這本書，那裡頭有一章，用醫學文章那種正經的筆調，描述女性的生殖器官、各種愛撫可以讓女性愉悅的方式、各種性交的體位……我很難想像我那嚴肅、道貌岸然的父親，會在他的書架上擺著這麼一本書。我把它當A書來讀，每次都翻到那一章，讀一讀就會勃起，然後我就在那（那時或還沒那麼破敗）小屋裡捋著自己年輕的陰莖自慰。

我當然沒和他說這些。事實上我們這樣坐在小屋頂樓聊天，他始終還是一副心不在焉的模樣。很多年前，我對他就有個印象：他是一個喜歡八卦的人，即他非常著迷於人際關係中那些隱藏到暗處、或像淋浴之髒水往濾水孔流入的，不正常的、小奸小惡、言行不符的事。當時他在另一間公司，說來我和他並不熟，但在城市的咖啡屋偶遇，他會鉅細靡遺的對我說一大堆，他的女老闆如何以一種幽微、隱密、像攝影機裡的細緻零件的方式，整他、虐待他。且他在一種扁平的道德趣味中，說的一些人的陰暗面，那其中某些人我也認識，也算對我極好的長輩。那時我對他這種，遇到就嘁嘁促促說一些必須多組人編織在一塊，才會產生的幹拐子啦、說小話啦、落井下石啦、作套讓敵人墜馬啦……非常不耐煩。覺得他像是某種二維生物，被壓扁在一張極薄的關係網絡圖。跟他聊天，不自覺就會掉進中國話本小說，《紅樓夢》啦、《金瓶梅》啦、《海上花》啦、《儒林外史》啦，那種蟻穴般在地底分岔再分岔，線索細細糾纏、精力全耗在分辨陽奉陰違的瑣細翻牌之暈眩。

但這樣過了許多年，也許我也經歷了一些人事，社會上的這些那些，我再聽他那樣的叨叨瑣瑣的，像小媳婦刺繡一只繡花鞋，繞著哪些人的是非啦、八卦啦，我好像沒那麼反感了。

第二天，我帶他遊走了那段灰塵撲面的省道，帶他到城裡他要去見老闆的搭車處，回到父親和母親的家，那其實是電影裡，像美國人般的房子。我們在二樓走動著，我睡有窗的客房，隔壁是父母的臥室。

我已經很累很累了，感覺那是「晚上」，父親和母親都穿著老人的睡袍，但他們非常自在。不過問我「回」到這房子前經歷了哪些事，為何這麼疲憊？我們安靜的穿進穿出，在走廊的浴廁刷牙、洗臉、睡前的小解，可以聽見紙拖鞋底和地板木材摩娑的輕微聲音。

我給他們一張光碟，介紹是一部非常好笑的電影，導演是個滿頭白髮的老人，美國人，或住美國的法國人，他的妻子也是他的不同部搞笑怪電影裡永遠的女主角，是個像安潔莉娜・裘莉那樣的年輕性感美女。後來我在我那間窄客房的單人床上躺著，半睡半醒，也用床尾電視播放那怪片。

它一開始的電影出品公司的片頭（譬如獅子吼啦，或像迪士尼啦，皮克斯啦，這些電影正式演出前的五秒左右的商標），似乎是這自戀老男人和他的年輕美妻正要像《飄》的經典劇照，男子俯身對著仰頭閉目女子接吻的一刻，畫面停格，然後三D座標旋轉，他倆的臉互相嵌入融進對方的臉，那張臉轉過來，變成左半邊是老丈夫，右半邊是美妻，各自詫異不滿，挑眉想將對方的臉推出自己的臉，那樣一張人格分裂的臉。

然後不知是影片正式播放，或仍是這出品公司的註冊商標過長片頭的繼續（就是它不該有劇情，卻正在延續這劇情），突然我們（觀眾）理解這間二人電影公司，基於這導演、男喜劇演員的電影夢，和他那像安潔莉娜・裘莉美麗妻子的電影夢，他們要成立這間電影公司的心路歷程，也許這個只有他們倆的電影公司根本是虛擬的，現實中不存在的。它播出正拍攝這片頭還沒經過電腦動畫處理，原始素片的拍攝，是在一巴士走道兩側分開的座位，他和她各自回頭，面對後方的攝影機正要開始親吻，然後鏡頭照著他的腳本整個對上這白髮滑稽男人正接吻的臉，然後他把嘴像拔離一吸空氣機，自戀的對著鏡頭講一段感性、超現實詩之美感，他對電影的看法。他提到楚浮、高達、雷奈，但這時，攝影師似乎按一個叛變的計畫，不動聲色的移開，只對著那美麗女人的臉，鏡頭不斷推近，是那女人美麗性感的嘴唇、迷濛的眼、鼻翼精巧的弧線，她的耳朵、頸項、鎖骨，緩緩移動的特寫。男人的演說變成畫外音。

這時電影裡，像紀錄片拍著正坐在小廳播放席的觀眾們，對這對自戀夫妻冗長的片頭電影公司源起開始不耐，摔手中捲起的節目單，有的起身離座，嘴型看出在咒罵。

然後，就進入電影的無厘頭劇情了。似乎是默片，這很好，我甚至可以將電視音量開到零，不會吵到隔壁的父母，但非常好笑，譬如不慎喝了泡泡水，然後這男人是在一知道重大機密，這女人是一女間諜套話的過程，這男人一開口想說謊嘴裡就冒出泡泡，他又驚慌將嘴捂上。

我在夢裡笑得痙攣，腰肚縮在床板，笑得狂噴眼淚。然後我突然領會，要在世間為了逗人們笑，內在必須拗折成怎樣的形狀，像摺一架紙飛機，才能到達這種讓人生理性狂笑的效果。我便像有時在夢中頓悟了深奧的佛經，那樣淚流漫面。

然後到了起床時刻，這已過去了一個夜晚，然而，我的生理時鐘在半睡半醒間，感覺只經過一個午睡的長短，難道這是在月球上，我們經歷的是「月球的一天」？

我走出房間，父親在浴廁理大聲刷牙漱口，感覺是和他生前一樣的爬蟲類般緩慢的老人。母親穿著睡袍，和我討論那部電影裡的片段（她看了，且覺得超好笑）。

然後我母親和我一起並肩躺在床板上，像知道這孩子長年為失眠所困擾，她想安撫他、哄睡他、拍拍他，但這孩子已變得太大，比她意識到兒子已是成年男子那時又過了好多好多年，甚至是過了他的一生。我母親告訴我，我姊在這樣的深夜還沒回家，她非常擔心一個女孩子在外的安全。我心裡想：哦，又過去了一個白日，現在又是臨睡的夜晚了嗎？這真是在月球上的一天啊！

但似乎又想起，曾在哪個科學頻道看過「月球的一天等於地球的二十八天」，所以應該是在一顆小行星或人造衛星上的一天嗎？

母親說，這種等候你姊晚歸，又不敢跟你父親說的難熬失眠時刻，她都在床上唸《佛說阿彌陀經》迴向給死去的外婆，她說我們倆一起來唸吧。於是我拿著她給的經書，迷迷濛濛跟著唸：

舍利弗。南方世界，有日月燈佛、名聞光佛、大焰肩佛、須彌燈佛、無量精進佛，如是等恆河沙數諸佛，各於其國，出廣長舌相，遍覆三千大千世界，說誠實言：「汝等眾生，當信是稱讚不可思議功德一切諸佛所護念經。」

舍利弗。西方世界，有無量壽佛、無量相佛、無量幢佛、大光佛、大明佛、寶相佛、淨光佛，如是等恆河沙數諸佛，各於其國，出廣長舌相，遍覆三千大千世界，說誠實言：「汝等眾生，當信是稱讚不可思議功德一切諸佛所護念經。」

舍利弗。北方世界，有焰肩佛、最勝音佛、難沮佛、日生佛、網明佛，如是等恆河沙數諸佛，各於其國，出廣長舌相，遍覆三千大千世界，說誠實言：「汝等眾生，當信是稱讚不可思議功德一切諸佛所護念經。」

舍利弗。下方世界，有師子佛、名聞佛、名光佛、達摩佛、法幢佛、持法佛，如是等恆河沙數諸佛，各於其國，出廣長舌相，遍覆三千大千世界，說誠實言：「汝等眾生，當信是稱讚不可思議功德一切諸佛所護念經。」

但是，從那窗往下望，發現我早過世的阿嬤，小小的身形在曝白日照下，移動一桶一桶比她個子還高的醃醬菜大木桶，一邊用台語歡快哼著小調，似是跟樓下我們母子唸誦的亡者經文合音。只是阿彌陀經裡那些發著奇幻光芒的佛的名字，全換成「菜脯、高麗菜、菜心、刈菜、豆豉、鳳梨、梅子、醃瓜、破布子、生薑、剝皮辣椒、豆腐乳」，她邊移動邊喚唱那些醬菜的名字，像在喊喚她熟睡的子孫們。

刺激

那是一間廉價的泰式按摩，像渾身酸臭的流浪漢縮在街道旁的陰影，一旁是一家同樣髒污的彩券行，和一家老西藥房。這間按摩店的阿姨全是大陸女子，不知為何像挑揀咖啡豆或瓢瓜，全是虎背熊腰的胖子。她們在一樓幫你洗腳時，前傾的衣襟會露出比你生平遭遇的女子，都大個三、四倍的胖奶子。但那一點都不會喚起性欲。你跟著她們走上那極窄的塑膠表層龜裂的階梯上樓時，她們包裹在醬黑色運動褲裡的臀部，真的像河馬或大象。這些女人或是臉上布滿雀斑，或是綁著馬尾，但都像一個大漏勺從滾水裡撈出的糊掉的餃子，都有一種糨糊的味道。你分辨不出她們的個性差異。也許她們對這些趴躺著的疲憊衰老的島國男人，也充滿著一種工廠作業員，對手指搓揉的流水線雞屍或豬的整條大腿，一種剝奪掉生命的熱情之恨意。事實上會走進這家按摩店的，絕對不是上等社會的男人。它的按摩房就像那些破爛小旅館的房間，不，就像一個停屍間，髒舊的膠皮小床，一旁一個小塑膠盆放你的眼鏡、手機，或手錶，飽吸水氣的夾板牆上有一排掛鉤，你進來後，脫去全身衣物，掛上那排鉤，換上床墊上的一條黑色紙內褲。你趴下床墊時，臉的眉角到下頦恰好蓋住一個小圓洞，你會感覺那小圓洞沿存積著無數之前的男客的口毛，或從那黯黑裡鑽出許多小蛆蟲。

那天我如常躺「不存在於這世界任何一時空」的小小停屍間，那個胖女人——我事後回想，最初在一樓，那個老闆娘，這整間店唯一的瘦女人，拿起電話對著樓上叫號，八號，還是九號，或是十八號？——往我屁股瓣以及稍上點的腰際抹油，這種廉價的店，她們油壓用的是最低級的化工甘油，我聽到噗唧噗唧她擠那油瓶伸縮嘴的聲音，這時她把我的紙褲褪到大腿根，她推油的動作一點也不溫柔，不，那種隱蔽的羞恥感並不像我回到嬰兒期，無力的任一個保母擦拭我肛門縫的大便，她的動作像洗車工拿大海綿手肘張開擦著車子的板金。但這時我發現一個祕密：當她的手，那麼不帶感情的，從我的大腿後側，膝蓋後凹處上面一點，往上推拭時，每次都會撩過我的陰囊，像在布滿細鬚的水生植物沼澤撈魚，很可恥的，我勃起了，但是不完全的勃起。我的臉還埋在那充滿酸臭味的圓洞裡，但我像一個酒醉迷糊中被同伴性侵的少女，裝做什麼事都沒發生，但那漂浮時，脫離自己的，某個部分，舒服的要死！我的腦中一片電路混亂的光景。他媽的這是個醜女、肥婆，她在幹什麼？她在性侵我？她的手指一次一次沿大腿上推，每次就撩一下我的性器，但那個小動作暗藏在看似規律的推拿動作中。我必須忍著才不讓自己呻吟出來。甚至這連續的動作，她會不經意的將姆指輕微插進我屁眼。我趴在那兒，心中想的是，這個醜八怪，她是不是每次都這麼玩所有男客？或這是她暗中贈送的服務？如此可以抓住她的外貌無法吸引的客人？

這種內心嫌惡，但身體上放縱享受著陰莖半軟半硬的舒服，一種分不清正被性侵還是伺候的羞恥感，共謀感（我在她第一下撩撥我陰囊時，沒有出聲制止，那便是默許，加入了她的視角面對著我光裸的屁股，那個性的連結了）。黑暗中若有人觀察我的臉，那一定像初經人事的少女，整片酡紅。之後她要我翻成正面仰躺，那個從油罐擠出油，濕糊糊塗抹在我大腿，然後往上揉推的動作重複著。但這時她更大膽了，每次滑上我腿根處，那手指像是剝田螺一樣，在我陰莖輕輕一旋。我想解釋一下，那時我腦中流竄的電流，和性愛無關。如果是一個稍有姿色的女人，我會勃起，想要撫摸對方，或是這個性的召喚，連續程式，是動物本能想壓倒那個雌性，將你的陰莖插進她的屄完成生殖的衝動。但在那瀰散著糨糊酸臭味的小隔間裡，我只感覺到舒服、羞恥，以及「幹！我正被性侵」，甚至害羞的感覺。然後我就在那紙內褲裡射精了。我心裡大喊著：天啊！不要！但那半軟半硬的東西持續抽搐著。她仍然繼續著那從大腿往上推油的動作。我想她一定完全知道我正在高潮，但她的手指仍然像旋田螺嫩肉那樣撩著我可憐的龜頭。

我想這是否是某種對於醜的歧視？或是在那所謂醜的身軀後面，其實我自己不相信藏於我內裡的，對階級的貧窮的審美惡感？包括那腐臭味，那沾著油的手在我大腿上，甚至我的睪丸上時，那種全身毛細孔賁張的厭惡感？如果是個年輕辣妹對我做這樣的突襲，我一定覺得美上天了。我年輕時讀《金閣寺》，看到那段少年柏木將正在誦經，滿臉皺紋的老太婆推倒姦汙，心裡覺得不可思議，那似乎是故意髒汙，踐踏美的本能，一種強迫自己吃腐物的意志訓練。怎樣的女人，或哪條年齡線以上的女人，對我是不具備性感的？但其實我的身體，在年輕女人眼中，也是肥胖、衰老、醜陋的。

這禮拜大小姐又約我在那間YABOO咖啡屋碰面。每次我倆坐在那張前庭的小咖啡桌，我觀察很多次了，不多久那些店裡的廢材吧檯啦，那些說除了來這咖啡屋當工讀生，真正的身分的設計師啦，拍實驗電影的啦，那些穿著潮牌衣服戴耳環後頸有天使肖像刺青的怪咖年輕人，包括綽號小張曼玉的老闆娘，他們全若無其事的，散坐在我們周圍，或低頭看書，或抽菸聊天，或對著電腦像在工作……其實我知道他們全在偷聽我和大小姐的對談。這也難怪，大小姐是那種和祕密男友去華納威秀影城，立刻會被狗仔跟拍上那期週刊封面的「八卦發光體」啊。說來大小姐是個怪女孩——我有時想轉頭跟像諜報片，煞有其事坐在我們周圍桌位的那些廢材年輕人說：別偷聽了，她跟你們是同類——說來我跟大小姐成為好友，乃在於一次聊天，她讓我驚嚇無比的看見她的「爛港片功力」，她小我快二十歲吧？但她對我年輕時代，第四台剛開放，還有許多頻道是空的，有幾個電影台反覆播放那些九〇年代的廢材港片，周星馳的不說，連梁朝偉、劉青雲、黃秋生、張國榮、任達華……他們在那些舊時光香港的窄街道、茶餐廳、黑幫老大的舊公寓、警察署長辦公室、天星碼頭，都像馬戲團翻筋斗疊羅漢，一種油腔滑調、嘻嘻哈哈的廢材氣味，包括僵屍片系列，包括賭王系列、古惑仔系列……我不理解這個豪門之女，生命的哪個階段，是寂寞到把這些廢材港片裡的人生浮世，像親人一樣熟悉。後來她又激情推薦我幾部美國B級搞笑片：《冰刀雙人組》、《世芥末日》、《小姐好白》……我看了之後才徹底折服。我稱她「大小姐」，可以知道我靈魂底層，還是有那種外省二代普通家庭的出身，一聽她的家世，立刻像破胡琴鐃鈸演奏的「家臣」奴性。我坐她面前常覺得八字不夠重的，屁股坐不穩啊。但她實在是個純真、機靈古怪的好女孩。一點那種從權貴家庭出身的驕氣都沒有。我曾想寫一部像水村美苗的《本格小說》，寫那種戰後崛起的富豪或政客，在那外人無法窺探的「貴族」神祕宅邸裡，像《咆哮山莊》一樣瘋狂的，與庶民世界隔絕的，一種仿歐化的仕女名媛的社交，某種壓抑、被監禁的《牡丹亭》再加上《去年在馬倫巴》那樣的，在大庭院草坪穿著玫瑰花般的洋裝，撐著蕾絲花邊洋傘，喝著高級英國瓷器的下午茶，淡淡的哀愁感到時光這樣無可奈何的流逝。

有一次，大小姐跟我說起，她一個朋友帶她去給一位「感覺很像黑道」的江湖術士算命。那個算命師的工作室氣場感覺很糟，她進去小房間後，那算命師看了她的命盤，突然站起來，大聲的說：「這是我算命三十年來，看過最好的一張命，我太開心了，今天不收妳的錢。」但大小姐跟我說：「我寫給他的，是用假名啊，他不可能知道我是誰啊。」感覺這個江湖術士，雖然有點邪氣，但可能有像極高明的針灸師，能一針刺中神祕混沌，眾多徬徨愁苦上門問命之人，那個關於「命」的神祕核心。

我一時虛榮（幻想會不會我走進那小房間，那邪氣的算命師也會站起來，說：「這是我見到，最有才華的一張命盤啊。」），於是在某個下午，搭捷運到大小姐給的那張地址，但果然那一帶「氣場」很不好，他媽他就靠殯儀館附近啊，那棟舊大樓也說不出的一股污穢舊敗之氣。我和七八個也是來算命的人，坐在一小客廳（都是那種野台辦桌，中間有個圓洞的塑膠椅），看著電視（那時的新聞，重複播放著八仙樂園又第幾個人在加護病房死去）。等了三個小時吧，我開始浮躁，後悔自己不該跑來。那時那算命師突然撐著拐杖出來，痛罵一個坐角落的婦人，那婦人是他的助理（也許是老婆），我們進門都要先給這婦人自己的生辰，以及在一張紙畫出你住家的房間平面圖。

這個算命師，當著我們這些等候的客人面前，痛罵那個婦人，而她犯的錯，只是她把客廳這些塑膠椅排放的動線，沒有照「老師」的指示。然後這個看去像個賭場老闆的（我想到大小姐一開始稱呼他「江湖術士」）跛子，一手扶著他那小房間的門框，對我們發表起演說（或是對人世的幹譙）。大意是說，他到北京去幫一大人物看公司風水，他們的車停在路邊，有一輛法拉利倒車要擠進前面的停車格，結果車尾ㄎㄟ到他搭的車的車頭，下來四個年輕人，凶神惡煞的。他說，他告訴他們，好哇，那我這來打個電話給某某某，看讓某某某的人來看看要怎麼處理？那幾個年輕人摸摸鼻子，跳上法拉利噗一下開走了。

他講的那個某某某，我沒聽過，看這黯舊小客廳裡坐在塑膠板凳上的人，他們茫然的神色應也是沒聽過某某某。但我想他就是要讓我們覺得他很威、很罩，他幫算命的，在北京那都是喊水會結凍的大咖。

然後他就進去那小房間了。大約又等了快一小時才輪到我。沒想到這傢伙比我去看過的任何一位算命的，都敷衍、唬爛——我想我最失望的是，他並沒有對我的命盤露出驚異之色，沒有站起來說「這是超級大文豪的奇命啊」，然後不收我的算命費——他收下了三千塊，說了一些屁話。說我之所以這麼窮，乃因我不能吃牛肉卻吃牛肉，我回嘴說：「老師，我吃素啊，我沒吃牛肉啊。」他氣急敗壞怒斥我：「我說你不要吃牛肉，你聽懂沒？」我又想解釋：「但是……」「你就聽我說，不要吃牛肉！聽懂沒？」他這麼強硬，讓我一時懷疑，也許他說的「吃牛肉」並不是指吃牛肉，而是某種暗號或代號？（譬如不要打手槍？或是不要寫變態小說？）我說：「好。」「但是……其實我也沒有很窮？是不有錢啦，但也沒有說窮的地步……」他本來和緩下來的臉，又像睪丸充血漲紅：「我叫你不要吃牛肉，聽懂沒？本來你可以更有錢更有錢！你下禮拜三來找我，我給你個東西，可以避掉那些阻礙你有錢的冤親債主。」

我離開時，在大馬路上邊走內心邊罵幹！這根本是個神棍。他媽的裝神弄鬼。

但到了下個禮拜三，我又很沒骨氣的跑去那氣場很糟的大樓，小客廳裡還是塑膠板凳上坐著十來個客人，一臉疲憊，但除了一些阿婆之外，我還看到一個很美，穿著非常時尚的年輕女孩，整個和這空間的背景、氣氛不搭。我想她或是大小姐介紹來的，她的朋友吧。這時我看媽的還要等三小時嗎？我便跑去問那登記的婦人：「我不是要算命的，是上禮拜老師說有個東西要給我。」不想那個婦人露出非常驚恐的模樣（典型斯德哥爾摩症候群？）一邊用手指比叫我別吵，一邊揮手要我去坐著等。我又等了半小時，心裡非常浮躁，我想這江湖術士會送我「避邪」的，不外乎是一些什麼小水晶石啦，繡錦囊啦，一小袋米啦，或一隻錫作的貔貅啦……本錢都極便宜的騙騙村夫愚婦的小東西，我幹嘛在那耗幾小時？於是又跑去問了那婦人一次，她還是非常驚恐，好像我這樣問會衝撞了小房間裡達摩祖師正面壁要悟出宇宙大爆炸理論的關鍵，小聲的揮手叫我回去坐著等。

這時，小房間裡，那算命師用一種中氣十足，霸氣又暴力的嗓音：「你就坐回去等！我已經聽你問了三次！她叫你坐回去等，你就坐回去等！」

我爆幹非常，其實內心有一種宇宙維度的生與滅的賭徒的搓牌洗牌的繁複畫面：就像這小房間裡坐著的，是裝瘋賣傻，知過去未來、因果與劫數的濟顛吧，老子也不賣你帳。我抓起書包，走出那像一悶燒經文或紙錢的金爐的昏暗房間。

我提起這個江湖術士（對我是不愉快的經驗，或許他對我的輕慢，與他在大小姐口中那靈光一閃一看命盤便殷勤起身的落差，讓我心底那對某種相術神祕不可能解的，某個或在一台大運算電腦的網絡海洋裡漂流、泅游的我和她，我們各自會看見雷電閃閃，月光下的銀色飛魚群，或孤獨的噴水注的座頭鯨，或整片螢光水母包圍的螫刺恐懼……我們終是有不同的貴賤品秩嗎？）

你問我對大小姐曾有性幻想嗎？

讓我跟你說說那幅畫。

那鋪灑在地，像打翻料彩、顏色撩亂的嬌黃百褶裙，凌亂堆著百花不落地、菊花牡丹芍藥玫瑰丁香各色圖案的襖衫，一襲罩紗，還有彩色繫帶，一旁一只木桶盛著水，掛著一條擦身的絹巾，那地板像剔紅燒磚，各片上頭隱約暗金細紋，不外乎是些植物纏花紋，這畫面的左上角，有一張酸枝雲石山水紋書桌，一張酸枝雲石山水紋小凳，桌上一個木架上放著黃地粉彩玉壺春瓶，瓶腹的彩繪，隱約若夢，一旁一個藕色小瓷水丞，另有一只小盆栽。這有一個圓窗洞，可以看見外頭庭院芭蕉整片碧翠。畫面略靠右是一只可能是金絲楠木的長櫃，上方的小門可能雕著類似「三英戰呂布」的三國人物故事，下方的櫃門上繫著一極精緻的如意墜銀鎖。當然畫面的主體是那張花架子床，又稱「拔步床」，那像是一艘畫舫，上方的木板結構直如倒過了的船底，正面貼片是赭紅地繪蔥綠山石，似乎還繪著幾隻白頭鳥，再下一層面版，一片奢華的泥金繪草葉，下頭垂掛著粉紫色頂紗帽，然後垂掛著若隱若現的白紗帳。在這張像警幻仙子之榻的底座，可以看見極精緻的龍雲紋雕。床旁一盞底座銅鎏金的垂穗宮燈架，另一旁衣架則披著西門官人的皂色薄衫，還有一頂便帽，靠牆腳亂扔著女子的鞋和一只極不顯眼，小小的鼻煙壺。畫面的最右下角則是另一張可能是樟木雲石桌，桌上堆著果盤、琉璃盞酒杯，一旁有小山奇石擺件和一可能一銅臉盤裡盛著水，這桌下有一靛藍酒罈。畫面最左下角有一極繁複的粉彩開光花鳥瓷鼓凳，一旁趴著一隻黑白花貓，似乎在盯視著床榻上赤裸人類男女的動靜。

當然這幅畫最關鍵的，是那正在薄紗半掩的床榻上交歡的西門慶和李瓶兒，他們的性愛姿勢非常怪異，李瓶兒臥躺著，雲鬢散亂，兩頰酡紅，那雙細細的眼，煙視媚幻，兩條白皙的腿上翹，那個白，真難怪以前人把這叫妖精，很像我多年前在西藏寺廟見到一些怪異的畫，怒目猙獰的獸首金剛腳踏著裸身淫猥的小小男女，那個人體的白如此近似，在繪畫中他們是用什麼樣的礦彩粉料才能表現出那麼妖媚的白呢？畫面上西門官人的姿勢，非常艱難，很像我們在做彎腰用雙掌貼地的動作。但因為他們是正在交媾的男女，於是這個頭變倒置的西門慶，便更像在極近距離觀察那女人粉嫩如蜜桃的臀部，但這個他將女人臀部朝上翻的動作，在繪圖上不避諱的畫出他腹脇下方的陰毛與性器，應是正要以這種怪異的姿勢插入李瓶兒的陰戶。

我看著這幅畫，心中只覺得無限惆悵。他和她，是在怎樣精緻的光景裡，被那樣畫面裡每一處小細節，都美到讓我掉眼淚，鏡裡拈花，水中捉月，囊裡真香誰見竊，絞綃滴淚染成紅。他們靜止在那麼淡雅、美麗、無處細節不講究高度審美的空間裡，不，不是性愛，而是追求那種縹緲幻境、美之極致所需的成本。

我看到這幅胡也佛的《金瓶梅祕戲圖》，那覷瞇鳳眼，雙頰暈紅的女人的臉，不正是大小姐的臉？

也就是說，我想像著，如果大小姐發生了性愛，不論對方是誰，她一定，應該是這樣不厭精繁的工筆畫畫面中。

有一次我和大小姐在YABOO咖啡的前庭，抽菸聊天，突然來了幾個建管處的人，氣勢洶洶，指著店門推出的玻璃門，咖啡店的老闆娘是一對姊妹花，她們和這幾個執行官爭辯著，後來那些人走了，我問那姊姊發生什麼事？她一臉愁容說，她們咖啡屋這公寓五樓住著一個怪阿伯，可能有強迫症，整天向不同單位投訴他們咖啡屋，這個禮拜，管區警察、建管處的、環保局的，各種公部門的人輪流上門。有說他們戶外區這些客人喧鬧的，有說她們在前院一台烘焙咖啡機烘豆的味道太臭的，有以建築法取締他們落地窗這向外推出的設計違法，還有衛生局的進她們廚房檢查衛生狀況……弄得客人也受影響，這幾天人少多了。而且這個阿伯好像後台很硬，她們感覺好像各路人像潮水一波一波來，就是要把這家咖啡店弄掉。

我發現當我和咖啡屋姊妹花老闆娘和那些工讀生討論這事時，坐我對面的大小姐的雙眼放空，臉色像要讓自己在這空間隱身。我知道她對這種情境的敏感和熟悉，這裡頭只要有個人，譬如我，對她說：「欸，妳能不能跟妳爸說一下，叫他下面的下面的人喬一下，對方就被壓死了。」事實上這對她一定是從小到大，一路遇到的細微折磨。

我記得我小時候，我父親有一次和他任教學校的校長對幹，好像是那校長將一筆清寒學生獎學金污了，當時群情激憤，每天我在家都聽我父親接他那些同事打電話來，慫恿我父親（他好像在那學校的輩分很老）要阻止這事，我父親也被攛掇的十分氣盛。果然他在一次學校週會上站出發言，慷慨陳詞，結果那學期他就被解聘了。我父親一開始還一股冤氣，找他的老長官，有當時的教育部長、教育局長，還有一位老立委，這很夠力了吧？不，對方的舅舅是當時的副總統。這件事很像在一密室裡多股漩流沖激，最後什麼動靜都沒有。那個污了清寒獎學金的校長沒事，我父失業。這事只是我童年的一個回憶，有一陣家裡愁雲慘霧，我父親像鬥敗的公雞。我永遠不會知道，他的長官、長官的長官，和對方的人脈，或許在一掛著于右任的中堂對聯，或溥儒或徐悲鴻的山水畫人物畫的某個人的客廳，泡著茶，垂著眼袋，兩眼斂光，閒扯一些政壇人事，然後順口帶過我父親這個後生不成熟闖的也不算大的禍，這事就帶過了吧。

我想大小姐從小就活在那像成化鬥彩雞缸杯的世界裡，那杯殼之瓷胎薄如蛋殼，上頭的青花描線花鳥、蝴蝶，或母雞與小雞，以及二次入窯燒上的朱紅、嫣紅、嫩黃、差紫，影影綽綽，上下裡外形成吊詭，她一定在小女孩時期，就在她家看見那些憂心忡忡的大人，她父親的部屬，層層纍纍的討論各種人名在不同沙盤推演的動靜，猜測不同方可能要下的哪步棋，每一著都牽一髮動全身，像環環相扣的機關，決定屋裡這批人的命運。她一定在很早很早的時候，就關掉了聽見這整座收音機的耳機，將自己隔在厚玻璃之外。

大小姐說：「我上禮拜又去了趟上海，我真是後悔。這幾天我夜裡吃到兩顆史蒂諾斯，還是睡不著，但那藥效好像讓我在一種解離狀況，我很不喜歡自己在那種像一直沉到游泳池，一直碰不到底的狀態。」

我因為之前在那按摩店被醜婦胡亂洩了精，整個人有一種說不出的自慚形穢、委靡之感，但我想大小姐完全不可能理解，我這樣的人，在城市流浪可能發生在身上的事。我問大小姐：「又是因為老王嗎？」

大小姐說：「還不就是他。」

關於「老王」，我在聽大小姐講述這個「局中戲」——像傳說中戲台上之鬼，在男女角色各自在自己的服飾、裝扮、腔調、台詞、走位的時候，穿花撥霧，如影隨形的，跑進這齣原本並沒有他這角色的戲裡——這個人物，比之前她的《愛麗絲夢遊仙境》裡的各式光怪陸離角色，更多一分專注，或因他是原本我的認知檔案並沒有，但恰就在這十多年，像網路遊戲創造出來的新品種傳奇，那樣的大陸富豪。不，他不是土豪。因為他的出現是大小姐帶著小藝術家男友去闖蕩，或說「試水溫」的上海藝術圈內、有名的收藏家。他五十多歲了，可以說算是大小姐父兄輩的人。在這個故事的出芽裂解時刻，他瘋狂追求大小姐。讓她陷入對小藝術家男友不忠的、有祕密訊息不斷傳來手機卻得瞞著他的背叛者角色。他支開那台灣小伙子（太容易了，小藝術家男友很不耐她的那些俗不可耐、上流社會的藝廊朋友），帶她去看他收藏的七、八輛法拉利。像一隻公狗毫不知羞恥的瘋狂追求。她和小藝術家男友回台灣後，當然各自分開，她又被關回那暮氣沉沉的空中閣樓，他則回去他那對未來惘惘的破宿舍。這時上海老王的攻勢，簡直像美軍轟炸伊拉克的飛彈那樣，狂轟亂炸。她收到他寄來的一錦盒有編號的「蔘王」（她拿手機照片給我看，天啊那蔘的身軀和觸鬚，簡直像個有靈魂的嬰孩）；他知道她要騎腳踏車，立刻郵購寄來一台BMW的運動款自行車；他還送她一只七十萬的錶。當然大小姐家世的水深，或她見過的繁華，應不會為這些像暴發戶的魔術所眼花。乍聽之下，我想到幾十年前那部好萊塢老片《桃色交易》：勞勃．瑞福（又是他！但這時他已是個老人）演的神祕富豪，看上已為人妻的黛咪．摩爾，出一百萬美金，要那對為經濟拮据所苦的年輕夫妻，像簽合約那樣要這小美人「陪他一夜」。那個由金錢，不，比我們能感受到的貧富懸殊還要多好幾倍的富豪的力量，可以蛻變成上帝，優雅、邪惡，毫不給你反擊餘地的，在靈魂上玩你一把骰子遊戲。

但後來我又體會到，不是這樣的，老王的撒錢魔術，後面帶著一種粗俗、雄性、野蠻人的魅力。

當然大小姐並沒有進入老王的「局中戲」，這對我精神上這半是僕傭半是摯友的弗斯塔弗角色來說，心裡當然大樂（大小姐沒有失身！）。她進入一種霧中風景，接受老王的邀約，到上海、香港，或杭州，以一種他的女友（但其實並不是）的身分，參加一些宴會、飯局，見了一些據說在當今中國非常有名的書法家、藝術家、收藏家。老王若隱若現的讓人們知道她的身分，也因此在那些宴會場合，人們對她不敢輕慢。這很怪，她像《桃色交易》裡的黛咪．摩爾，參觀著那中國富豪二、三十年間如鐘乳石洞竄長起來的「上流社會」，聚會裡的昂貴紅酒、昂貴穿戴的美婦，那些人說著他們在歐洲買下的城堡和酒莊，但他們的眼神閃爍，都有一種「對妳父親來說，這都是小兒科吧」的氣弱。他們有一種對於上一代的國民黨的幻想。似乎那更早知道洋玩意、更有貴族氣、更壓抑或更複雜扭曲的權力密室裡的作派。所有人明明知道她和老王並沒有怎麼樣，但老王在那些宴席間，那個神氣活現，就像他拴著一隻鳳凰來現寶，因為身旁坐著她，他便鎮壓了其他人的氣焰。私下的時候，老王對她根本不敢造次，她甚至覺得他有點怕她。老王有次說起他的少年時光，和他的父親，那是非常窮非常窮，還要去街上或人家正在拆的房子，撿破爛廢鐵拿去賣。而老王現在究竟為何那麼有錢？他的事業是什麼？好像就是進出口一些鋼筋啊、破銅爛鐵啊，他總是語焉不詳。後來我有次看了Netflex的影集《王冠》，演到當時才三十歲上下的伊莉莎白女王，在密室裡，壓抑著自己的恐懼，怒斥已經八十多歲的二戰英雄首相邱吉爾。那時我便想到大小姐在老王那夢境般的繁華盛宴裡，和那些大她至少三十歲以上的暴發戶新興貴族們對坐的那些時光。杯觥交錯間，他們細細碎碎說著的，還是一些誰誰的八卦、風流韻事，那和她從小坐在父母的應酬飯局間，所有人臉上游移的光影、嘴角的笑意，某個老頭拿起玻璃杯喝酒，拿起餐巾一角擦嘴，然後空洞說著，其他的女士都掩嘴顫笑著。

老派拿了一部叫 *The Sting*（《刺激》）的片子讓我看，那好像是一九七幾年代好萊塢拍的復古一九三〇年代紐約的黑幫電影。所以影像上有一種已經很久遠的年代技術，再傳輸、召喚更久遠之前的人物、街景、空氣，到你眼前的斑駁昏黃感。故事大約是一個芝加哥的街頭小混混（年輕時的勞勃·瑞福演的），和一個老黑人夥伴，在芝加哥（噢那些讓人著迷的老房子、街上的老汽車、男子的老西裝和仕女的三〇年代穿著）一個賭場外頭，用一個像二人轉，流利華麗的街頭演劇，將那賭場派出要送錢去火車站交給某人的幫派分子（他或叫傑瑞吧）的一大疊公文信封裡的美金騙走。他們的手法是典型的街頭爛咖的小便招。但傑瑞壓低帽沿手揣巨款從他們的賭場走出，勞勃·瑞福被車撞倒，但請他託那時站在一旁看的那老黑人（他的同夥），以及那原該去幫老大送錢的傑瑞，他們幫他帶筆錢（也是鉅款）到什麼街幾號的什麼酒吧，給一位叫弗列德的人吧，現在已經三點四十五了，四點鐘沒把錢拿去，他就死定了。他可以給願意跑腿的他們其中哪位一百美金。這老黑人表示他不沾這種黑幫的事。那個傑瑞說好吧兄弟我替你跑這一趟（其實他心裡已打算把這傻瓜的錢吞了）。這時老黑人一旁提醒說，那酒吧那一帶很亂，要小心啊。勞勃·瑞福就將自己的錢，和一個布包，叫那傑瑞把他的公文袋也併一起包起，示範說塞進褲襠裡，這樣就比較安全。其實街頭混混那一手瞬間掉包，就像變魔術的人練的手藝。總之，他們詐到了這黑幫的一大筆錢。但他們可惹到了總部在紐約的這個黑幫老大。那個倒楣的掉錢的傑瑞當然被處理掉了。而年輕的勞勃・瑞福發現有人在狙殺他，還好他機伶擅於利用街頭地形巷弄的錯綜，跑脫了。但那老黑人卻被幹掉了。這老黑人在之前就說自己要退出江湖，要他去找紐約的一個岡多夫，他說年輕的勞勃・瑞福是他見過天賦最高的年輕人，而那位紐約的老友是一等一的高手（保羅・紐曼飾），他該去找他學一些真功夫。

於是勞勃・瑞福去紐約找了那個岡多夫，這時他們的男子漢情意結，是要幫死去的那位老黑人復仇。於是他們一方面要匿蹤躲開那個要幹掉勞勃・瑞福的紐約黑幫老大；一方面反偵搜。知道這黑幫老大非常謹慎，從不在自己的賭場賭，但他有個習慣，每週從他住家搭火車進紐約的這趟火車上，會在包廂找一些有錢人賭，賭的金額很大。這個岡多夫就和年輕的勞勃・瑞福，通過賄賂列車長（他是黑幫老大那夥的），假裝成傻呼呼的富商，加入了賭局（多迷人的一九三〇年代美國火車包廂裡的，挨擠在小空間裡的賭王鬥千王）。他們賭撲克，當然岡多夫的牌技和千術，把原本氣勢深沉的黑幫老大那一夥人給贏了個一大筆美金。那過程當然是作活結，在裝瘋賣傻和爾虞我詐（對方也在作牌）間，慢慢收緊繩扣。岡多夫派年輕勞勃・瑞福去老大的車廂取錢，勞勃・瑞福對那受到羞辱已七孔冒煙的黑幫老大輸誠，說這一趟火車賭局，是他老大早就設計好的，但他和老大不和，他的老大在什麼街幾號搞一個賭馬的場子。他們有電報局的內線，在賽馬場所有馬匹跑到最後終點時，到客人下注截止，那之前的時間差，他們有一小段的時間提早一分鐘吧知道哪匹馬跑贏，這個時間差，他們下注，一定贏。黑道老大當然懷疑，你為什麼要搞你老大？要跟我合作？這些戲中戲我就不多說了。年輕的勞勃・瑞福當然是拿了一大筆錢給那老大，說你明天幾點幾分、在那老大的賭馬場子對面的咖啡屋，我打電話告訴你下注哪匹馬，你和你的人立刻過街進來，要趕在截止前下注。他們這樣試了幾次，黑幫老大證實了這個敵人的叛幫者真的每次給的資訊都極準。於是老大自己調了五十萬美金（那在一九三〇年代應是超大的數目，他整個黑幫的基業吧），在最後一次，提著一大皮箱，像進入一個永劫回歸的慢動作舊時光重播，他在咖啡屋接到電話，知道了會跑第一的那匹馬的名字，帶著他的手下過街，走進那賭馬的場子，在閘窗全部下注。結局當然可知，在那從一九七〇年代、復古傳輸過來的一九三〇年代，紐約的那老建築裡，一個關於詐騙的詐騙，黑幫老大掏槍，而岡多夫掏槍射殺年輕的勞勃·瑞福、假的FBI探員射殺岡多夫——當然全是假的——那說不出的在我現在這習慣二十一世紀網路各種析光與色譜更細微、尖銳的眼球轉動中，有一種花樣年華、逝水流年的昏魅之美。

但最屌的是，原本根本沒有這個啥賭馬的場子，他們是臨時租來的。而黑幫老大一次又一次，帶著他的手下，狐疑又陰狠的走進這空間，按著年輕的勞勃·瑞福給他的馬匹名字下注，他身邊那些拿著彩票的、盯著牆上電視看馬匹繞場奔跑的、躁鬱大喊他下注的馬快跑的，那些穿著一九三〇年代服飾的賭客和仕女，全是臨時演員。全是在紐約酒館、妓院、街頭流晃的混混，原本是一群臉孔模糊的人，他們全因為一開始那老黑人被殺，義氣相挺（當然最後也有分那一大筆從黑幫老大那詐來的錢），成為這個華麗騙局，那麼真實的形象，摩肩接踵的身體，一種栩栩如生的空氣。

老派說：「*The Sting* 這個電影，與其說是一場騙倒黑幫老大的騙局，不如說是在說『電影』這件事。」

老派告訴我，他年輕時在一個八卦雜誌上班（他講的那個雜誌我聽過），他們幹過這樣的事，不，應該說他們那份雜誌後來的主要收入就是專幹這樣的事：某一期的主題人物，他們去做某個大企業總裁的專訪；或者呢，是和某個廠商要了封底的大廣告；他們會先查出那老闆和公司總部的地址，然後就圍繞著那周邊的便利超商，像倒貨那樣把雜誌鋪上架，頂多就十幾家。但你想像，那老闆、老闆的祕書、特助、老闆的家人，他們走出自己地盤的大樓，就近鑽進任一間7-11或是全家，會有一種幻覺，全台灣幾萬家的便利超商的收銀櫃檯，都堆著有他們家老大的專訪，或是他們家買的廣告，老派他們的雜誌。滿坑滿谷，像花粉那樣撒滿空氣中。但其實這份雜誌的全國總銷量，不過三、四千本吧。

老派說：「但你只要在他們能看見、會停下來辨識、判斷真偽的街區那幾個點，使勁花工夫，其實只是布景，花更大工夫吧找來走動的臨時演員，他們會以為這就是無限延展出去的真實。這就是電影。」

我說：「這不是電影吧？這是傻B做的事吧？那些人相信的真實世界沒錯啊，全台灣不是有幾萬家的便利超商，貨架上放著這樣倍數繁殖，像花粉般撒滿的雜誌、泡麵、咖啡、口香糖、保險套、香菸。這叫作通路。你那個圍住一個街區，撒雜誌，只是街頭小混混的舒爽吧？」

老派說：「我們本來就是無可奈何的，在一種造物者像一塊方糖扔進一池水的不斷稀薄狀態。就算那些大老闆、廣告客戶，他們腦海中的激爽畫面成真，遍布全國大街小巷的每一家便利超商，都堆著像他們站著的街區那十幾家超商一樣，滿坑滿谷的我們家的雜誌，那不仍是個斷肢殘體、缺胳膊少腦袋的世界？你搞清楚，我們不是造物主，我們現在所站著的這座城市，不過是和這地球數十萬座城市一樣，只是一個拓本，一個複製的影，一個某一座城市（也許是紐約？也許是巴黎？東京？）在幻覺、激爽，和力有未逮的劣質自覺後的重播。你以為那些咖啡屋是怎麼回事？櫥窗後的幾張歐式桌椅、壁紙、地毯，或掛在牆上的鑲框複製畫、吧檯後面噴蒸氣的咖啡機，然後兩間非常乾淨的廁所……你好像就成為帝國時期坐在殖民地碼頭或中心街廓的，拿著瓷杯聞著非洲、中南美洲、南洋咖啡豆香的歐洲人？你以為那些ＬＶ包、愛瑪仕包的皇宮意象的專櫃是怎麼回事？你以為那些旋轉壽司、拉麵店、那些法國麵包店、那些美麗的書店、那些房屋仲介公司、銀行、彩券行、賣賓士或便宜一點的TOYOTA的展售店是怎麼回事？」

「我們是小人物，這個世界早被擴散得太大了。但其實許多個贗品、布景搭起來的世界，它就是一個栩栩如生的電影場景。」

「我覺得你講的好像一座，未來人類為我們現在這個文明蓋的博物館。」

「你總算不那麼笨了。」老派說：「幻影之城，如編沙為繩、鑄風成形，那些聰明的有錢人，早就在這些彷彿沒有體積的幻覺上蓋博物館了。*The Sting*（刺激）。純真博物館。這是一門在女人陰蒂上鏤花刺繡整座西斯汀教堂壁畫的絕活。你想想你雞雞上的那個破洞，如果把它弄成一座裡頭有花園、噴泉、賭場、旅店長廊、穿著沙龍的美女服務生的福地洞天，我們還可以收門票呢。」

砍頭

西特林說：「我常常和你坐在這兒，這間YABOO咖啡，我們說過許多話，我對你回憶那些我年輕時，在不同房間撲倒的姑娘，那些像飛蛾撲進燭火的無比明亮時刻，而你跟我吹噓你下一個小說的構想，有時你會跟我訴苦，你受到那些大哥大姊的變態打壓，或者你去嫖妓發生的悲哀的事。但是有一天我突然想：會不會我們兩個只是一幅銅版雕刻上的兩個人物，就像那些牙雕木雕漆雕玉雕上的古人，好像我們坐在這畫面裡，背景有山水或松樹梅樹，天空或有飛鳥，好像也笑著在交談，但其實根本沒有時間在其間流動，也就是我們倆坐在這兒，根本就是永劫回歸，時間到了那姊妹花的妹妹就會出來問我們還要不要續杯？或是另一個隱密時刻，那隻虎斑貓便會從台階那邊翻跳上我們的桌子，舔飲著我們水杯裡的水。像撞球檯上各顆球的四散滾動，一切似乎是亂數，但其實是精密計算，尖針到達那一格刻度，就會有個廢材模樣的年輕人，走來這個前院抽菸，和你哈啦兩句。每次都是不同的人，扯屁的內容也不同，但若是像我和你這樣，已經在這咖啡屋，這同樣一個座位，這麼多年了，是不是隱隱約約有個大數據，這一切就像死了一樣，我有時努力回想，我們聊過些什麼？我發現我什麼都想不起來……」

「你太悲觀了。」

西特林是我認識的人裡，極少數具有美感的傢伙。他有一個小他極多歲數的女友，這女孩是個小美人，原本家世極嚇人，阿公是旗津那邊的老牌望族，日據時代就有大筆土地，後來的高雄企銀也是她們家的。但她父親五十出頭就罹癌過世，孤兒寡母，在一兩年內，所有資產全被當時國民黨的地方派系給併吞。她媽媽很像太宰治的母親，還保持那種貴族出身的優雅、天真，但到了第三代，就真的沒落了。西特林每年夏天，都會帶著這小女友，到巴黎，或義大利，或西班牙，住兩個月。他們像朝聖一樣，聽歌劇，參觀西斯汀大教堂，吃頂級法國米其林三星料理，到諾曼第走那段峽谷……其實他們非常貧窮，在台北住在極小的學生宿舍，但好像乾魚貨，每年大部分時間蜷縮在台北（這沒有美感、煩躁的，「沒有靈魂」的城市），只有那兩個月，像盛開的花，朝著歐洲那文明、繁華之夢，張開全部的花瓣與觸鬚，吸吮那些明亮的、每一細節皆精雕細琢的，充滿對顏色、氣味領悟與創造的小顆粒。但這樣一年復一年的封藏，然後綻放，讓西特林像壓縮地層那樣，充滿一種除了他和小女友，別人無法理解的「祕密美麗時光」，對周圍的一切充滿憤怒，像找不到折返點，只能活在一種時差的，光影魔術一閃即逝的被放逐者。

我感覺西特林像一輛古董車，每個細節皆如此講究，手工打造，嚴謹的機械結構，充滿美感的各切角的弧形，花極大精力在車頭銀徽的鍛造，或座椅蕾絲的編織，核桃木方向盤那握感觸感的打刨……但這輛車不可能開上現在的台北街道，但也沒人弄一個展場展示它，解釋它每一處細節的來頭。

我跟西特林說起，這一陣許多大陸的文人、媒體人莫名其妙失蹤的事。這本來像隔一層帷幕，零星在報紙看到，不引人注意，不比那些地震樓塌、IS屠城、巴黎恐怖攻擊、墜機，或股市大跌來洗版面。但最近我輾轉聽到的消息，被「失蹤」的人竟也有我認識的人，或朋友的朋友。他們通常是從某地到某地（北京到桂林，或香港到北京）的機場，接機的人沒等到人，但查航空公司乘客名單、當地警局、出境管理……這個人就是憑空消失了。你說他們有哪些過激的政治言論或行動，其實也沒有，但就是從二〇一四年左右，這種糾舉、指控、告密的風氣大盛，只要有你的宿敵、同事，寄黑函說你有叛國叛黨之實，這人就會消失。弄得人心惶惶，不知誰會躲在暗處對你開槍。

但這個話題的發動，並沒有引起西特林的興趣。西特林說，我們現在所在、所是的這個世界，之所以變得膚淺、以醜為美，都是有原因的。譬如當年白色恐怖、抓讀書會，很怪的是，通常都是抓四個人一組，而這四個裡頭，無論情節輕重，一定會有一個被槍斃。後來他們研究，這就是當年「保密防諜檢肅條例」，在這些國安局特勤人員的獎勵機制，就是設計成抓四個，有一個案情符合匪諜的層級，就可以計功。就是這麼簡單。當年還有個傢伙，在私人聚會只說了一句：「蔣介石不可能反攻大陸。」第二天立即所有人被抓。原本被判十年，就因簽呈到蔣公那裡時，老先生恰看到這一頁，大怒，說這個人給我槍斃！於是就改刑，這傻瓜就糊里糊塗被斃了。

這樣的文明，你能指望他作一飛越式的，全景進入到我們從文學、哲學、電影、藝術，想望的那個美麗新世界嗎？

我感覺我和西特林，坐在這樣綠光盈盈的巷弄咖啡屋裡，談論著這些，好像兩個老和尚，唇乾舌燥，你一句我一句，回想那虛空中的紅燒肘子、烤鴨、熱呼呼晶瑩稜奢的滷肉、細細灑著黃絲、辣椒絲的蒸鯧魚；再或是那些女人，穿過庭園花徑、低聲竊語、剝去衫裙，淫白的腿架起，閃電曝光那些淫浪嬌喊的美麗瞬刻，我們故意說得那麼繁複、層層鑲嵌、迂迴婉轉，似乎不如此我們就是烈日下曝晒，並且灑上鹽的水蛭，蜷縮成一個單細胞的、簡單的死亡。我們不去說那些，這個世界仍然可以像培養皿的菌落，生機蓬勃的竄長。那些暗室裡曾經發生過的暴力、嗚咽，那麼繁複的變態，干我們屁事呢？但我們忍不住要去說它，就像一只乾隆青花蓮紋的渣斗緊皮亮釉翠毛藍，釉色如此晶瑩深沉，青花的藍彩如此美麗，但它就是個痰盂，就是個髒東西！那麼美，卻是盛裝病菌和髒污的玩意。

西特林說：「我最近著迷一個叫『深網』的東西，在我們平常使用的Yahoo、Google，這些搜尋軟體都搜尋不到的祕密世界。其實我們大部分人都活在一個『表網』的蘋果皮淺層，那只占整個網絡海洋十分之一的資訊。再深的人類這三十年的祕密，都藏在深海下的『深網』。那裡頭可以買到各式各樣的毒品，可以買槍、買兇殺人，可以交易各種變態的性需求，甚至付費他就視頻密室殺一個人讓你觀賞。那個『維基解密』的傢伙公開那些各國機密檔案之前，這些訊息早在

『深網』世界流傳。」

「有些人跑到表特上說他們曾去過『深網』或另一種更變態，電影《恐怖旅館》那樣虐殺各種人種、老人、女人、男人、兒童的影片，甚至直播，但這些發帖人立刻發生各種離奇的失蹤、謀殺案件，因為違反了這個叫『影子網站』的沉默法則。據說是他們可以反向直接啟動你電腦的攝影機，直接鎖住你的手機，就像電影上那些和ＣＩＡ對抗的頂尖電腦駭客。」

我和西特林分手後，急匆匆穿過那些牆頭翻出九重葛碎紫花的巷弄，我的腦袋暈暈脹脹的，或許是受到和西特林那些陰鬱、惘惘威脅，我們好像置身其中，但又不著邊際的這些話題影響。這些巷弄有時突然其中一個門凹陷進去，是改裝潰後的咖啡屋，玻璃窗裡像雷諾瓦的畫，坐著一些年輕男女。

我不知道人承受他人苦難的極限到哪裡？譬如那個四歲小女孩騎著小腳踏車，在她家附近的上坡道，突然衝出一個年輕男子，拿刀將她的頭顱整個斬下。女孩的母親就在幾步距離之後目睹這一切。這個恐怖而殘忍的事件，透過媒體瘋狂播放、整個社會都炸了。小女孩叫做「小燈泡」，那個男子執行這個無差別殺人行動，且挑上的是完全沒有反抗能力的小女孩。警方透露他是吸毒成癮者、精障者，於是輿論一面倒地痛罵「廢死聯盟」，好像是，這個當著所有人眼前將小燈泡斬首的惡人，不將他處死，無法平撫社會受到的恐怖和創痛。那已經不是一個關於「廢死」（因為國家或法務部有太多誤審誤判將無辜者槍決的前例）與「反廢死」的法理人權之爭辯，而像一個驅魔或除魅的儀式需求。沒有死刑，這些憤恨的人心無法通過抽象的高空玻璃走廊，得到平靜。這時臉書又有人貼出，不過半年前，新屋ＫＴＶ鐵皮屋大火，當時因為消防隊長官的誤判，讓十幾位打火弟兄困在火場，慘遭燒死，而且事後調查，當時消防隊不知何人下令，將火場旁提供水柱的消防車移開，導致裡頭原本或不會死的消防員，沒有水幕保護降臨，並無法尋塌癟之水龍退出。這件事當時也是激怒社會，但半年後無人聞問。

後來我認識一些怪女孩，她們像是邦迪亞上校那十七個額頭被用石灰畫上十字印記的兒子，有一種不可思議的犧牲性格。有一個叫Egge的女孩，有一次聚會告訴我們，她參加了一個叫「手天使」的團體。她們找尋那些身障者，進行電郵或簡訊的來回討論，然後取得他們家人的諒解，將這個從小因身體殘疾，關在家中房間的孤寂者，推輪椅載至某個預約好的汽車旅館，然後幫這個社會底層的底層，沒有人際關係，沒有愛，沒有撫觸經驗的人，打手槍。

或是另一個叫Blue的女孩，她參加了另一個團體，她們去幫那些被社會丟棄到角落的公娼阿姨——她們已是一些又老又病的孤獨老人——爭取人權、抗爭，重構當年的公娼寮被政府作秀、掃黃，警察抓她們當業績，這些創傷之前的工作尊嚴。這個Blue和其他女孩輪班，陪那位已癱瘓的、創痕纍纍的公娼阿姨睡，幫她把屎把尿，幫她擦澡……

老派曾對我說：「破雞雞超人是個什麼概念呢？你想像著，他是受傷的，有個破洞在那超人裝最突兀的胯下部位。那成為一個最脆弱的窟窿，傷害體驗的通道入口、一個痛楚的執念。」

在所有的國際特工或間諜電影，都會有一份公文信封的祕密檔案，在某個前ＣＩＡ探員如今變軍火掮客的手上，他們或調度衛星定位他所在的城市：布魯塞爾、伊斯坦堡、馬贊德蘭、奈洛比，或是曼谷、雅加達、澳門……跟蹤他的手機，切換方圓幾十公尺內所有的攝影鏡頭；通常在城市廣場的人群中，無數的臉孔裡辨認；有時會是機場通關，因為這個獵物要搭機往另一座城市，跟另一組犯罪集團碰面；有時會在醫院，我不知道為什麼追逐場面常愛在醫院，護士們推著病床上插管吊點滴的病人，穿過走廊時一格一格不同的病理區域；追逐時他們通常會躲進一間滿是醫療儀器的小房間，換上醫護人員的防菌裝，然後從追捕者眼皮下溜走；有時會在豪華飯店，電梯門的開闔、升降，在某一樓層不同房號門前走廊追逐，用消音器的槍射擊；或是推開某一號房間的門，裡頭是我們對高級飯店的想像擺設，但地毯上已倒著一個死人；有時追逐會發生在地鐵站，他們推開人群，穿著西裝和皮鞋的探員（女性則穿著ＯＬ套裝和高跟鞋）往往追不上那矯捷穿灰夾克戴灰毛線帽的對手，讓他在門關上前跳上車廂，眼睜睜看著列車開走；當然最後都會來一場公路汽車追擊戰，那他媽的就是贊助廠商ＢＭＷ或奧迪或賓士的神之又神性能大展演，這些車子在城市車陣間亂竄，或撞擊對方的軍用卡車，撞碎落地窗穿過商家，在小巷高速衝刺，有時還從階梯衝下，對方的衝鋒槍對他們的車掃射，都不會有事。

有時他們會爭奪一台筆電，可能裡頭的檔案像草繩串螃蟹，有整個恐怖組織的網絡關係圖；有時搶一個箱子，裡頭可能是可以毀滅一座城市的小型核彈，可能是從美軍實驗室流出來的比炭疽桿菌、漢他病毒、伊波拉還可怕，可以滅絕全地球人類的致命病毒……

問題是，作為破雞雞超人，我和這些在世界各城市飛來飛去，可以動用各種高科技的黑西裝國際特工，好像在完全不同的宇宙裡，是一種第三世界的破爛、貧困、羞恥感嗎？看看我身邊經過的這一切：一間佛堂，最裡頭供著一尊觀世音菩薩，她的臉似笑非笑，一些穿黑衣的阿婆跪在地墊上誦經；一旁是一間彩券行，我買了十注威力彩，要求第二區全是四號，那個賣彩券的阿伯將彩券從熱感應列印機抽出，還裝模作樣在櫃檯的財神爺像頭上繞一圈，說，好嘍，這次一定中頭彩嘍。或者是一間玻璃櫥櫃吊滿嫣紅、亮黃的雞鴨屍體的燒臘店。對了，這裡還有一間陰氣沉沉的破爛文具店，老闆是個戴很厚鏡片黑框眼鏡，長得有點像蔣經國的矮胖老頭。但你別看他那麼不起眼，有次老派帶著一個大陸古董藏家，當然我也跟著，走進這破爛小店，老派說這老頭的收藏「深不可測」，我們跟著他下階梯到地下室，嚴格說來那是這種五、六〇年代屋齡的老公寓，當年建築設計的底部蓄水池，但後來水都抽乾了，成為一個多出來的隱密空間。我記得那老頭嘩嘩用鑰匙打開那鐵門的鎖，按亮了燈，我們全部發出像蛙泳浮出水面換氣的哈呼聲。

那約二十坪的地面，排滿了數百個真人頭顱大小，臉孔帶著一樣微笑的蔣公的頭，啊，不，我立刻領會了，那是這些年，從各大學、中學、小學、地方圖書館、鎮公所，被砍頭的蔣公銅像的頭顱部分。嚴格說是用一種線鋸，非常齊整的從頸部鋸斷。那老頭從一地笑咪咪的蔣公的頭之間跨跳著，拿起其中一顆，就著燈光，撫摸著那光頭，給我們看。

「你看，這個是黃銅，你看看這個銅胎，你看看這麼沉，已經可以用宣德爐對銅的光澤的講究來看了，這可是用傳統失蠟法，手工打鍛的，這種手藝應該清代之後就失傳了。」

他又拿起另一顆布滿綠鏽的蔣公頭，拍打著，發出沉悶嗡嗡聲，「這顆青銅頭啊，你看這個鏽，要是民初那些青銅器作偽的，是浸泡馬尿，或一些醋，埋進土裡，上頭還要種些樹，這叫做『養』。你看這上面的鏽線，它是像玉的種頭，是活的，多麼美。」

「這一顆你們看看，這在郵票和錢幣的收藏，就是錯體，是全世界獨一無二的孤品，那可是價值連城啊。你們看看，這顆蔣公的頭像，哪裡不對勁？」

我們交換捧著那顆沉甸甸的銅頭，翻轉觀察，發現這顆蔣公頭顱，眼瞳的部位竟擠向鼻梁，成了個鬥雞眼。

「這在民國五、六〇年代，鑄出這樣的蔣公銅像，是要殺頭的啊。但居然也好像陳列在不知哪個小學。」

靠牆處一張舊木櫃上，同樣排放著一顆顆綠鏽褐鏽滿布的銅像被砍下的頭顱。

老頭說：「這些，就是另個價錢了。」他拿起一顆平頭蓄八字鬍的銅頭，「樺山資紀」，再拿起一顆其實和蔣公頭滿像的，「兒玉源太郎」，一個戴眼鏡留山羊鬍的，「後藤新平」，逐一像說著一顆顆眼瞳仍炯炯有神的頭顱主人的名字，「柳生一義，長谷川謹介，祝辰巳，大島久滿次，藤根吉春……其實他們當初，在太平洋海戰後期，日本戰略物資完全耗盡，當時大批學校內的銅像都被徵召至兵工廠鎔鑄成槍砲武器；另一波當然是國府收台灣時，移除銷毀。但很奇怪的，是這幾顆頭不知是哪些有心人，可能在送進熔爐前偷偷鋸下，保存下來這幾顆頭，現在的收藏家喊價，一顆後藤新平的頭，可以抵一百顆蔣公頭啊。這當然也是因為年代和存世量多寡（蔣公頭太多了）決定，市場是非常殘酷的。」

我雞雞上的破洞一直沒癒合，也許就要帶著這個破洞了此殘生？我陰鬱的在這些巷弄裡穿梭著，但那些我熟悉的咖啡屋裡像雷諾瓦畫作的美少女們，對於我好像完全失去了味蕾，失去了那曾經像深海螢光魚的吸引力。甚至我曾經在這些咖啡屋裡，聽那些哥們半感傷半炫耀的說著他們的豔史，那些奇異的密室裡婉轉、昏暈、半推半就的肢體，褪去衣物的腴白的女體，那些短暫的時光裡，這些女孩會說些什麼故事……以前我聽這些故事，像饞嘴孩兒吞湯圓，大氣不敢喘，深怕吞完這顆沒有下一顆，但如今這些故事對我，像水分全被晒乾的，枯柴般的鹹魚，一掰就剝落粉碎。

曾經有段時間，我會坐在一桌長輩的席宴間，聽他們交錯掩映的說些更老輩的大人物的八卦，某幾個老頭的豔色網絡，那其中可能還提到某個如今已是老太婆的，當年卻美不可方物的女子；或是某某大作家的婚宴上，跑來四、五個鬧場的昔日馬子；或是哪個大老婆，在某個老頭的追思會上大爆多年來那個小三的種種醜事。說到這些像門掩屏遮的星星閃閃，像窯變鈞瓷上的紅斑、紫灑、藍霧，這些荒唐事兒，座中幾位其實也是老婦的女子，會像漫爛少女掩嘴咕咕笑著。後來我不知怎麼，就沒再去過這樣的聚宴。說來可能是我在不知覺的狀況，得罪了其中哪位大哥或大姊。但那種一桌人在一包廂內，旋轉一盆盆大菜小菜，杯盞交錯，煙氣後的笑臉，可能在給哪個不在場的人下藥，或快速就處理完誰誰的託請，誰和誰多年的積怨，或交換訊息誰誰最近出了個大事，是我某某幫他花了多大唇舌，打多少電話，各路說好說歹才擺平……這些人在「燈中，光中，影中，煙中，火中，閃爍變幻」的種種，對於我像是幻肢感，像戒癮症狀，多年來我已不在其中，但好像從搖晃之舟踏上陸地，反而暈眩腿軟。

我走進巷底，一間無甚尋常的一樓公寓，按了門鈴，這是西特林介紹我的踩蹻師傅，據說有中風老人被他一踩，後來可以站起來緩慢行走；有西醫判定癌末，或紅斑性狼瘡，或類風濕性關節炎，各種奇症，在這都有被踩活踩好的種種傳說。「也許去讓踩一踩，你那兒的洞就癒合了也未知。」西特林說。

但我進了屋，只見一些老者，滿臉悽惶，散坐在客廳小板凳，一邊一布帘遮著，踩蹻師傅的頭頸露在簾上方，下面可能是一正在被踩的婦人，殺豬般嚎叫。那踩蹻師傅滿臉乃至頭髮都冒著蒸氣，想是十分費勁，他口中碎念著：「妳都快死了，還不知懺悔。」他的眼神銳利，恰好掃到我，使我覺得他這話像是對我說的。

我看這陣仗，其實想溜，但卻被電視旁一雜物櫃上的一尊銅鎏金佛吸引了。那尊佛像非常怪，有三顆頭，背後伸張的數十隻手臂，像賁張羽翼威嚇敵人的禽鳥，每一隻手臂上都握著刀鉞斧杵，各種法器，主要是祂的正面臉孔極凶惡猙獰，偏左側那顆頭則是一臉慈祥微笑，另一顆頭的表情像被電擊那樣翻白眼。

我說：「這是藥師佛嗎？」

那幾個坐在小板凳上的老者，面無表情抬頭看著我。布簾後的踩蹻師傅，像大和尚怒叱愚昧小沙彌的口氣：「那是時輪金剛。」

這時我注意到那尊銅佛的雙腳下，各踩著一些小人兒的雕塑，難道這尊佛就是「踩蹻之神」？

我就不贅述那接下來的一個小時，兩個小時嗎，我在那昏暗、空氣不好的客廳，看那些老人像待宰的雞鴨，一個個走去布簾後，然後發出不同樂器嗡嗡或嗝嘰的哀鳴。這段時間，我用手機上網，查了維基百科「時輪」，非常怪：

「……『時輪怛特羅』起源於古代印度北部的『香巴拉』淨土，其國王月賢最早傳承和弘揚『時輪金剛』教法，約在公元十一世紀前後從印度傳入了西藏……月賢王在香巴拉編成了六千行的《本續》註釋，並以無數珍寶建立了時輪金剛的壇城。六百年後，香巴拉國第一代迦樂季，為文殊之化身耶舍王，為了對抗將可能滅亡香巴拉國之蔑戾車，乃糾集婆羅門仙人，將其召入時輪曼荼羅內，嚴禁殺生，給與時輪大密法灌頂，並宣說《略續》三千頌……」

這裡我重複看了幾次，都看不太懂，這說的是這小國家將被外強侵略，於是國王找了些「婆羅門仙人」，進入時輪陣中，那是什麼？是發展出一種「仙人音波炮」的高端武器嗎？還是將侵略者的軍隊引進那個曼荼羅之中，以時光的顛倒夢幻，讓他們像清晨的露珠，全部在這將被蒸發的小顆粒幸福狀態中，讓來襲大軍迷失於那時間的迷宮裡？這段敘述沒頭沒尾，沒有交代那場戰爭後來究竟是什麼局面。大軍圍城的流火飛矢、大批屍骸，或改進城中巷道戰、游擊戰、肉搏戰，廢墟瘡痍，什麼都沒記錄。

這種感覺就很像是：「二〇二七年解放軍各軍團集結福建沿線，準備攻台。這時老派召集破雞雞超人、肝指數無限高超人、一顆腎超人、重症肌無力超人、僵直性脊椎炎超人、脊椎炎超人……進入一個時光錯亂、萬物只是倒影、夢和夢之間可以開門進出、謊話和哀愁混淆、漫天星辰其實只是人體死亡之瞬的眼珠、舌頭、心臟、肺片、膽道、胃腸、膘子、睪丸、血管……的空間裡。」

很多人應該會問：「然後呢？」「那幾十萬的解放軍呢？」「這些莫名其妙的超人是用什麼忍術對抗漫天如雨的飛彈、火燄、爆炸？」「那場戰爭後來到底是誰輸誰贏？」

一千年前的香巴拉王國，在滅亡之際，打開了一個奇幻時空，像大屠殺之際，那些極少數躲藏在房子地窖下的猶太人，他們的臉都像破了個洞，卻仍然在那暗不見天日，知道同族之人正成千上萬被殺害後，燒成粉塵，飄浮在整座城市的上空，但他們仍然專注的耍嘴皮，五、六個人圍坐在地，嗡嗡嗡嗡說著，在時間之外另有一個空間。

輪到我了，我乖乖躺上那布簾後面的一張大木床上，因為我是仰著，這奇怪的視角看見踩蹻師傅像一座塔浮在我上方，我可以清楚看見他的臉，但那像攻城士兵仰頭看著城垛上面，正拿著冒煙瀝青要往下倒的守城士兵。然後他踩上我大腿內側，天啊，那個痛，真的像尖刀剮開一個窟窿，然後刀刃伸進去旋轉，於是我和之前那些老人一樣，牲口般無尊嚴的嚎叫起來。

踩蹺師傅說：「痛就是救命。」他像騎腳踏車上坡時，半站起身踩著圓圈。我不斷大喊著，喊救命啊，喊饒了我吧，喊一些髒話，那時我突然覺得自己像一正在分娩的婦人，這畫面真的很荒謬。但喊得愈淒厲，踩蹺師傅似乎就踩得愈來勁。踩蹺師傅說，他正踩著的這些部位，就是連著我的心、肝、膽、腎的經脈，我會這麼痛，那就是因為「你快死了」。

「你都快死了，還不快快懺悔。」

但懺悔什麼呢？

或許是我在劇痛中的掙扎，讓踩蹺師傅腳踩了個空，一個踉蹌，他的左腳腳刃踩到了我鼠蹊部，那剎骨剝筋的尖刀，竟踩進了我雞雞下方的破洞。

啊啊啊啊啊啊啊……

那一瞬間，從我胯下的窟窿，竄出一個巨獸，一口把踩蹺師傅吞了，繼續朝上暴脹，將這公寓的水泥磚牆撐破，半空中是鬚髮賁張，一臉哀傷、憤怒、孤獨的美猴王，就像電影裡演的那在城市廢墟上方嘴噴烈焰的酷斯拉。

「妖猴哪裡去？」突然從廢墟中又冒脹出一尊三顆頭，無數隻手的巨大天神，啊，就是那尊時輪金剛。祂把手上抓著的那些刀啊、斧啊、劍啊、法器，像一株枝葉翻飛的菩提樹，嘩嘩全往美猴王身上招呼。

藏在閣樓上的女孩

那之前，我家後面的工廠，發生了一場火災，那些火就在我們家貼牆的後面劈哩啪啦燒著。這時我們才感覺，天啊我們這一帶的房子，簡直像古代的山寨，一幢一幢挨擠在一起，這家後面廚房的石棉瓦簷就搭在那家的貯藏室儲物間的上頭，魚鱗瓦屋頂的斜坡，互相覆蓋，像一個起伏的丘陵面。包括我父親，所有大人在那屋頂上跑著，遞水桶往那竄燒的大火潑水。我父親後來還踩破一面瓦，從一個裂開的窟窿摔下來。屋頂上的人們，不僅踩破那些瓦片，把竹竿高高立起的電視天線折斷，弄斷那上面錯亂連接的各家電線。那時我才小學五年級，我也趁亂爬上去，看著那烈焰正在吞噬的小工廠，奇怪像女人脫光衣服，你可以看見它內部的一切，那明亮、搖擺的火焰，變成一個透明的介質，我可看到裡頭正在蜷縮、散潰的桌椅啊、櫃架啊，然後像剝橘子內瓣被分成獨立的、橙色的一瓣一瓣，黑色濃煙從那最明亮的火的內裡冒出。

很奇怪的，那場火災完全沒燒到我家來——如果燒來了，我父親那一櫃一櫃的書，那可是火神座下的火狼、火烏鴉、火蜂們最愛啃食的好東西啊。我和鄰居的叔叔伯伯，一趟一趟將家裡的電視、冰箱、我爸那些書，還有一架我姊的鋼琴……嘿咻嘿咻的搬出屋外，事實上這弄子裡挨近的幾戶，都把家裡的什物全搬出來，堆疊在自己門前，那景觀很像要大拍賣，或戰爭時期的大逃難，每家家中的祕密都被掏出來晾在大家眼前，說不出的殘破和難堪。所有人都衝進衝出我家，往那貼牆處潑水，我家屋裡水後來都淹到腳踝了。後來火就這麼滅了。我娘說是我家後頭那小飯廳的神龕，供的觀音菩薩和祖先牌位救了我們。冥冥中有一道看不見的防火線，火就是燒不過來。因為我們這像魚骨頭凹陷進巷子的小弄實在太窄了，消防車開不進來，所以當時火燒的愈來愈大，那實在夠嗆，不只我家，所有這一片挨擠在一塊的住戶，當時都恐懼那火竄燒著，最後會把這一片破爛舊屋全燒光。

後來好像消防車又開進來，總之那火終於在沒跨過我家後面的牆，就被熄滅了。說來也真是驚險，我家後面那原先晾衣服的遮雨蓬，全被燒掉了，原本和後頭工廠連接的牆，據說等火已滅了許多，往那牆上潑水，立刻嗤一下化作白色水氣。可想那磚牆被燒得溫度多高，上面些的紗窗，全被燒糊成黑色的油膠狀。

很快後面就蓋起了一棟公寓，還是緊貼著我家，也不曉得是那工廠的老闆將地賣了，或就是他自己在火場廢墟重起新樓。我父親也請我家對面的一位羅老闆，幫我們家後面那像違建亂搭，但被大火燒壞的屋蓬，連著原本太窄的廚房、飯廳、神明廳，都拆掉重蓋，因此在二樓多蓋了一間閣樓。這位羅老闆在火災當時，是最熱心幫我們搬我父親那簡直像一座圖書館那麼多的書出去。我父親多少是為了答謝他，所以聽他的建議施這個工。但後來好像那工程費一直亂加，有點坑我們的意思，我父親非常生氣，兩家對門鄰居因此變得見面不打招呼。

總之，大約在我國中時，我和我哥便睡在這「加蓋出來的二樓上的房間」。這個閣樓很怪，如果有空拍圖，它是從我家那日式魚鱗瓦舊屋旁，突兀冒出的一個水泥小方形結構，其實有點像瞭望台。但又緊貼著一旁（原本被火災燒光的地下工廠）的一棟六樓的公寓，這個小房間外側有個小陽台，一旁是一間也是黑魚鱗瓦日式老屋，但院子較大的私人幼稚園。事實上，黃昏時刻，站在那好像多出來的二樓的小陽台，會看見許多家的排油煙管，高高低低在我們四周，冒著各家廚房煮晚餐的炊煙。這一個區塊內所有挨擠在一塊的雜亂建築，很像二戰時日本戰艦的船塔，許多局部細節影影綽綽的往上，往左，往右堆疊，各家各戶的違建施工，讓這整坨連在一起的房屋、樓寨，有一種石灰岩洞尖岔歧出的效果。

後來我哥去念大學，住校，那個閣樓變成了我一個人的房間，它和一般公寓的房間是不同的概念，它是獨立於我家一樓全部的空間，我只要跑上樓，鎖上門，好像和樓下那個家，我父親的書櫃、我姊隔在書櫃間的床、我父母的臥房、我母親活動的廚房、神明廳、我父親總坐在那看電視的客廳……總之和下面的那個「家」隔絕開來。但它也不是完全的祕境，因為我父親每天會把洗好的衣服，爬上樓來，到那陽台上掛開來晾。事實上，我哥的那些模型，他那些二次世界大戰的書，都還放在他書桌上和書櫃上，甚至他的床上也堆滿他的東西，我還是打地舖睡在地板。

有一天，有一個女孩，出現在我家那個陽台上。當然我從那紗窗看到外頭有個人，背著我，手扶著陽台的矮牆，我真是嚇死了，我也是到後來，長大以後，看了宮崎駿的《天空之城》，那個穿著公主裝的少女，因為脖子的「飛行石」項鍊，緩緩從夜空降下，被那少年接住，我才有所領悟，啊，這是一件多麼有詩意的事。但當時我只是個高中生啊，我好像沒有和同齡女孩講話聊天的經驗。

這女孩告訴我，她之所以出現在這裡，是因為她逃家。我看著那一旁公寓櫛比鱗次的各家陽台鐵柵、伸出的拖把頭、一小簇盆栽的葉片、像腔腸的通風管、亂垂的電線、掛在一根晒衣桿上的衣架……錯綜枝杈，真的很像她是從大和艦的艦塔某處，攀爬垂吊，從結構凌亂的凹凸、反光與暗影，最後俐落的跳進我家這小小的眺望台。

我想我可以收容她，也就是把她藏在我家的這個二樓閣樓，但我腦中計算著唯一的麻煩——很遺憾我只是個高中生——就是當我白天出門去上學時，我父親可能會在某個時刻，拿著那些濕淋淋的衣服上樓來晾。但我想好了對策，就是每當她聽到樓下的門插鞘被拉開的聲響，他可以躲進我們床旁邊的大衣櫥裡，當然我要先把那裡面塞的冬衣和棉被，先塞到另一個衣櫥裡。只有這個時間是危險的，但其實我父親上樓，到陽台晾衣服，然後下樓，這時間頂多十分鐘吧。

其他的問題就不那麼難了，我會趁夜裡下樓，從冰箱偷一些吃的上來，甚至我可以把我媽給我帶去學校的便當，留給她吃。我且拿了一個廚房的水壺盛水放在樓上。比較麻煩的是上廁所這件事，我後來拿了一個垃圾桶給她當夜壺。但可憐她就無法洗澡了。我也下樓去偷了幾件我姊的衣服，給她暫時替換。她翻爬跳進我家陽台時，穿的還是高中女校的制服呢。我倒是完全沒想到女孩需要換內衣褲這件事，對那年紀的我而言，女生的內褲，就等同性的禁忌之線的那一端。但大約第三天吧，她又像蜘蛛人攀爬那些樓面的鐵窗、牆沿、水管，趁她媽不在時溜回家，帶了一些她要看的書本和內衣褲，然後好好在她家浴室洗了個澡，再沿原路徑攀爬下來。

那是個世界還沒有電腦、沒有網路、沒有智慧手機的時代。

所以在我十七歲那年，我曾把一個高中女孩，藏在我家二樓的那個小閣樓，瞞著我家人，像偷養一隻貓一樣。很多年後，我把這故事說給我女人聽，她瞇著眼說：「這故事是你掰的吧？」我說：「是啊，其實我那時偷養在閣樓上的，是一隻貓啊。我偷跑到樓下拿奶粉泡奶餵牠，很怕牠咪咪叫被我爸發現。後來終於是我父親拿衣服上來晾時，發現了那隻貓。他並沒有如我以為的大發雷霆，只是嘆著氣對我說『你這樣的個性，充滿感性卻不評估自己有沒有能力，你長大後會為這吃很多苦頭啊』。」

我將這樣一個女孩，藏在閣樓上，像偷養一隻貓，始終沒被家人發現，這件事合理嗎？許多年後，我回想，當時作為我最恐懼會偵測、撞見、抓到我這個祕密的人，是我父親，但其實他和許多和他一樣的大人，當時可能都活在一種惶惶惑惑、心不在焉的狀況。我是很多年後看了一個政論節目，講到蔣經國晚年，開刀治白內障、胸部開刀放心律調節器、腳開刀刮潰爛、攝護腺開刀……主要是他有糖尿病，幾乎全身的器官都壞毀了。但作為最後一個強人統治者，關於小蔣總統的健康狀況，各種謠言，影影綽綽，諱莫如深，時不時三台新聞會播出他被輪椅推出，在某個重大慶典揮手致意，所有人都知道他被推進去後，全身又要連接上各種管線、儀器，有一群神祕醫師圍著他，像討論一具已被核爆灼燒、血肉模糊的身體，一塊被砸爛的奶油蛋糕，怎麼把它扶起來，堆成原來的模樣。我看了這政論節目另一集，講到老蔣總統生命最後那段時光，宋美齡也是怕老先生身體不行的消息傳出，某些接見黨內大老或美國駐台特使的場合，老先生根本坐不直了（會滑落地上），他們竟用膠帶，將老先生的手臂、背、大腿黏在沙發上。

那似乎是在神祕的總統官邸裡，一群人像卡通片裡的惡搞，手忙腳亂、滿頭大汗，就是要把某個「不可以存在的死亡」藏起來，用各種詭計讓外面的人相信，這個半人半神的獨裁者，不會受制於人類時間，或衰老病痛的邏輯。但他們在那暗室裡作木乃伊的手法太粗糙了，聽說當時老先生的兩個肺裡都積水，榮總醫生採用的是每天打抗生素，將細菌圍死在患處，慢慢以自體免疫消滅。但宋美齡找了一個美國神醫，直接用針筒從背後刺進老先生的肺，抽出幾百CC的積液。不想老先生從此就高燒不退，拖了四個月就走了。據說老先生走的那晚，心跳已停，醫療團隊用電擊，其實已判定沒救了，老夫人還說「繼續」，又電擊了半小時，據說胸前皮焦肉綻。

這種「將死亡隱匿」的詭譎氣氛，混著某種福馬林的氣味，從深宮，不，總統官邸飄出來，真正感到惶恐不知有什麼大難將至的，是我父親這樣的外省人。他們當初可是跟著老先生，在一片蝗蟲挨擠著爬上碼頭軍艦或貨輪的場景，雖然離鄉背井跑來這陌生小島啊。那像是一部大小說裡的人物群，突然這作者嗝屁了，這些應允將自己編織進那小說情節的小人兒，突然被晾在空蕩蕩的懸念了。那小說是絕不會照那老頭原先口沫橫飛說的發展了。

像我父親那樣的人，或許如常的在學校上課，或許是在石門水庫管理局、國史館、故宮、中央日報，甚至臺灣銀行上班，他們都穿著一種和後來的形制不太一樣的深色西裝，有的戴黑框眼鏡有的沒有，他們擠在人群裡坐公車，也許黃昏時在路邊一小攤請他蔥油飯上攤個雞蛋，我感覺那年代的公家機關，門或窗框，要嘛是漆上一種淺藍色，要嘛就是一種墨綠色的油漆。

老頭子被藏起來了。

因此像我父親那樣的人，他們有一種不是自願的，鬼鬼祟祟的氣氛，最核心裡有什麼東西像白蟻的卵，特別脆弱，而且可能已經蛀空了，他們其實是那麼平常的小人物，在家裡用巷口雜貨店贈品的玻璃杯喝啤酒，穿著背心和大褲頭，看著微粒亂跳的黑白電視，播放著《保鑣》這個連續劇。但那神廟裡的老頭子像薛丁格的貓，在又同時不在，死又同時活著，這使得他們像被情人要遺棄不遺棄的少女，神魂顛倒、兩眼迷茫。

後來有一次，我在老派的酒桌，聽他和一個對岸來的老頭，兩人鼻尖湊著鼻尖，臉上都被陰影覆蓋，討論著九一三事件，他們講述著林立果和他的「小艦隊」們的「五七一工程紀要」，他們可是想到了要用炸火車、炸鐵路橋、使用火焰噴射器、手槍……各種方法刺殺老毛，他們說要「打倒當代的秦始皇——B-52」，這可夠嗆的，但在這個故事裡的老毛，像是孫猴子翻了幾滾筋斗雲而翻不出他手掌心的如來佛，好像有天眼通，原本南巡匆匆結束，祕密趕回北京。這才有後來九一三那晚，林立果、葉群，一些相關手下，架著吃了安眠藥而軟癱的林彪，從一個播放電影的場合，匆匆上軍車，趕去山海關機場，登上那架後來成為歷史謎中謎的三叉戟飛機。這個像在夢中的迷廊推開門找出路的逃亡故事，伴隨著雷達上各種詭異的顯影，以及周恩來不斷打電話給吳法憲下指令，老派和那老頭還猛拍桌子，他媽的你說玄啊，中國那時的對空飛彈，只能打到二百公里，不可能打到一千一百多公里的溫都爾汗；如果是迫降，機翼油箱的殘油引發爆炸，那飛行員是吃屎的嗎？那老頭說，我父親那時是連續收到三個其實是不同時間的通報：「有飛機飛離國境」、「有飛機空中爆炸」、「有飛機墜毀」，我父親心裡立刻知道那飛機上的林彪一家人，他們都沒了。老派和那老頭把公杯裡的白酒直接倒到小啤酒杯裡乾了，他們還聊著林彪燒焦的屍體被蘇聯情報人員送至莫斯科，他們檢驗那頭蓋骨，竟可以比對林彪之前的拔牙、頭痛，而且屍體上已中了九顆子彈，呈蜂窩狀。有各式各樣關於那些遺體的謎團和謠言了。有說林彪這群人根本之前就被毛的部隊射殺了，然後用飛機升空再爆炸滅屍。最可怕的當然是之後對「林彪反革命集團」的整肅，那株連甚眾，幾乎當時空軍的頭都被抄了，包括這老頭的父親。

或許因此，我對老派，有種模糊的、對父親情感的殘餘粉屑。他們都是被「祕密」蠱惑的人，覺得自己像守墓人要藏好那墓穴裡的祕密。這使得他們習慣性的多疑。但其實他們根本是故事的外緣之人。這很糟糕，如果你是一個「有祕密的人」，他們一定會傾心相交；如果那些祕密還是用各種顛倒之術、各種版本的煙霧，牽連其中的人有不同面貌之陰謀，各種動過手腳的加密，那他們簡直像戀愛一樣捧著你、哄著你。說來悲哀，那其實只是像一只培養皿，外圍的某種菌落，它們被培養成一種本能，對可能這培養皿中央，有什麼數萬個它們這樣的細菌，疊加進化的複雜組織，於是它們興奮的搖著自己的鞭毛尾，朝那中央游動，但其實那可能是一片空洞。

我如今回想，那時在我們永和那個老屋，因為我父親那一櫃一櫃的書而分隔切割得極窄隘、且光線永遠昏暗的空間，我總會下樓，和他們晚餐，或是上廁所、洗澡，我和我父親近距離遭遇時，我可是藏著一個「就在二樓，有一個女孩被我豢養著」，那超出我年紀能支撐的祕密；但我父親是否也不動聲色，但內心像一幅千山萬豁圖，那讓他自己都不知腳下有多少深谷的恐懼，他不知怎麼讓他妻兒理解他揹著的這個比全世界最大的工廠，裡頭錯繁鐵線、機器臂和上萬齒輪銜接、所有承軸與卡榫像森林葉片的陰影彼此覆蓋，還要難以描述的祕密。

那個少女，像在嶙峋峽谷快速攀爬的蜥蜴，在那疊床架屋、櫛比鱗次的違建公寓壁面蹬跳，降落到我的陽台，然後被我藏在小閣樓——那像日本動畫《帕蒂瑪的顛倒世界》喔——她究竟是一直被我藏在我的世界的表層下的那祕密的一層薄薄倒影，或是終於我將她負棄，因此我在那麼小的年紀，便體會感觸「我終究是個不可靠的人」。帶著那樣灰撲撲的感覺走入其他人如此正常、平滑的人生。偶爾獨處時，沒任何理由的，我會機伶伶打個冷顫，像影片倒帶重新回想一遍這件事。我覺得那對我那時那樣一個十六歲的少年，就要承擔起對著我樓下的家人撒謊、隱瞞，還要覓食、偷東西上樓，這實在難度太高了吧。某種意義來說，我近距離看著那女孩貓一般的瞳孔，那裡頭茶色的細針放射狀色暈，緘默的允諾了我會收容她，那當即是和整個世界為敵。那個光天化日下，繼續鋪展的未來時光，我本來會陸續遇到的不同的人，像蕨類的提琴頭蜷曲幼葉藏在成年葉下面，等待舒展開來，那種細微隱密的變化感悟，這一切都將消滅。所以我的父母不知道我發生了什麼事，我在他們無所察覺的狀態下，變成了「另一個不一樣的人」。當然本來所有的孩子，在不同的階段，終將變成和他們父母想像的，不一樣的那個人。但我變成的這個「在閣樓上偷藏了個女孩」的恐懼祕密被揭露之人，似乎是過早的進行了，像孢子炸開那樣的蛻變。

當我在巷弄裡的雜貨店門檐，看到貼著那少女照片的尋人啟事，我有沒有一種像一枚蛹在腦袋裡孵出一隻鳳尾大斑蝶，一種想抓住唯一一瞬機會，我可以變回正常人的亢奮，想衝去跟少女的母親自首，您的女兒就藏在我家的小閣樓上啊。

有一個傢伙來敲門，他說老派要他來傳話給我，傳什麼話？我讓他進來，他拿了一個硬碟給我，我說老派有說什麼嗎？這傢伙說有沒有咖啡？於是我煮了杯咖啡給他。他像英國電影裡那些從又濕又冷街道走來的人，喝了咖啡，喘著氣，說：「老派要我傳的口信：『危險，危險，快停止，快停止。』」

什麼意思？停止什麼？我們有「在進行什麼」嗎？也許老派又在耍我。那人點了根菸，於是我也點了根菸，我拿了個醬油碟當菸灰缸，我們在那吞雲吐霧，很像兩個士兵在作防毒面具練習，不看對方的眼睛，呼的噴出煙霧。

我問他：「就這樣？老派就說這些？」

他說：「是的。」

然後他就走了。我把那硬碟插入筆電裡播放，發現前段是皮影卡通，就是《西遊記》裡石猴蹦出的段落，旁邊有西皮二黃的伴奏和一個女人的旁白：

「你看他瞑目蹲身，將身一縱，逕跳入瀑布泉中，忽睜睛抬頭觀看，那裡邊卻無水無波，明明朗朗的一架橋梁。他住了身，定了神，仔細再看，原來是座鐵板橋。橋下之水，沖貫於石竅之間，倒掛流出去，遮閉了橋門。卻又欠身上橋頭，再走再看，卻是有人家住處一般，真個好所在。但見那：

「翠蘚堆藍，白雲浮玉，光搖片片煙霞。虛窗靜室，滑凳板生花。乳窟龍珠倚掛，縈迴滿地奇葩。鍋灶傍崖存火跡，樽罍靠案見殽渣。石座石床真可愛，石盆石碗更堪誇。又見那一竿兩竿修竹，三點五點梅花。幾樹青松常帶雨，渾然像個人家。

「看罷多時，跳過橋中間，左右觀看。只見正當中有一石碣，碣上有一行楷書大字，鐫著『花果山福地，水簾洞洞天』。」

但接下來，這水濂洞洞天，那些石桌石椅突然變成一台台老虎機，圍著一張張石桌的是許多等著荷官發牌的男女賭客。或有人將籌碼牌扔進轉輪盤中的數字格，這後段的場景，就是勞勃・狄尼諾演的*CASINO*嘛。機台轟轟呼呼的閃跳聲光，黑幫的人帽簷壓低到內間點錢小間，將一疊一疊的美鈔塞進黑皮箱。有人用發報機詐賭，立刻被賭場保安抓進裡頭的工廠，剁掉一隻手掌。或是這賭場老大勞勃・狄尼諾的兄弟，是個失控的黑幫暴力派，他帶人拿霰彈槍到別人的賭場搶劫，任意大開殺戒……

這部電影我看過，但老派這是什麼意思呢？如果孫悟空跑進去的水濂洞，是個拉斯維加斯，不，更像澳門的賭場……等等，澳門，我上個月才去了趟澳門，我記得在一家「蘇利文咖啡屋」，有個梳著原子小金剛頭的澳門小胖子，告訴我，他的小孩就是和金正男的小孩念同一所學校，那孩子是個數學天才，全校第一名。因為前不久，金正男在吉隆坡機場，被北韓女殺手，用極俐落的手法，以浸了SV毒的手帕覆臉，他還跑去機場櫃檯求救，但五分鐘後便口吐白沫休克，送往醫院的救護車上便死了。據說金正恩對他同父異母的哥哥動手，這事激怒了中國，因為金正男有所謂「長白山血統」，一直受到中國保護，長期待在澳門。也許金正恩不斷發射導彈及核試爆，極可能會遭美國的斬首——不論以無人機、特戰隊或衛星定位的精準轟炸——中國擔心北韓政權崩潰，預定到時將金正男送回平壤即位。金正恩殺了他老哥，就是告訴中國別打這主意。但因為網路流傳一些照片，指出金正男之前受日本媒體訪問時，肚子上有一片刺青，而這次昏厥在吉隆坡機場的這個金正男，T恤掀開的肚子卻沒有刺青。可能被刺殺的只是他的替身。或許之前接受日本媒體受訪的那位肚子有刺青的，才是替身？

這件事究竟是長住澳門的流亡者金正男，離境後便在吉隆坡遇害，澳門人當然議論紛紛。但我其實印象更深的是，我們在那幢葡萄牙人的老建築裡，衣鬢香影，挨擠、穿梭、旋轉的全是些葡萄牙人，他們不論男女，輪廓皆非常美麗。他們是澳門回歸後仍留在昔日殖民地的少數領事人員。走出這幢建築，外頭便是灰塵漫漫，挨擠如山寨的混亂民居，如過山車軌道旋轉的窄馬路，兩旁全是金店、西藥房、昂貴的錶店、當鋪。

老派說「危險！危險！」那是什麼意思？是否他涉入太深，那些夸夸其談的電影製片人、投資公司，是否牽涉到中國政府極高層的人，或是反對勢力的人？我聽一個朋友說，他們之前在香港有個公民意識的NGO，最核心的一位女同事，很奇怪的在幾次極危險又微妙的關鍵時刻，表態比所有人激進；且後來和這個團體裡的幾個頭兒全有了桃色傳聞，但他們仔細查探，發覺這些若有似無的桃色傳聞全是從這女孩那放出的。他們開始起疑，沒有人知道她在香港的住處，仔細推敲起來，她當初進到這個組織，影影幢幢好像說是某人的朋友，某人說沒有吧，之前不認識，我以為是另一個某某以前在電視台的同事。總之有人提議找私家偵探查查這個女人的底，但這時這個女人便消失了，從微信群組、任何可聯絡她的網絡消失了。也許她撤回大陸，像一滴水消失於大海。老派這幾年認識許多大陸的集團老總，有的是政府方的，有的沒兩年整個公司被抄掉，人「被消失」的。中國太大了，你根本弄不清楚那錯織纏繞的線索，誰當初的發跡、來頭，是從北京、上海、廣州、山東，或新疆？誰的上頭有人，而誰其實是雙面諜？更難測的是，你面對的可能不是那種英國小說裡的專業間諜，可能只是某個學術圈、社科院的人、媒體人，他們自己池水極深而外人不懂的鬥爭。你以為在某些《儒林外史》式的聚餐閒扯飯局，其實不同的人都像濾鰓或觸鬚在檢測著你的政治光譜。某個被許多人背後暗指是共諜的老記者，其實是個多情重義，認你是哥們便處處幫忙的老好人。你以為像免疫系統神經質的在這樣的包廂裡，低聲講話，表現出你對這樣肅殺、封印的膽怯怕死，他們卻笑著告訴你，沒那麼嚴重，永遠緊一陣，會鬆下來。但你看不懂那曲折凹陷的規則，就像原始人看不懂一支手機拆開的電路板。怎麼樣被視為自己人？怎麼樣不小心就變成敵人？有次我和老派說：「但是詩歌呢？藝術呢？小說呢？人心裡那些美麗純淨的東西呢？」

老派說：「譬如說湯顯祖，或張岱這樣的人，你以為他們的心靈沒有那種漫天星空全焚燒的景觀？他們本來就是在一個老謀深算耗盡你全部精力的文明裡，曲徑通幽找出放置那一小盞燈燭不熄滅全黑的方式。」

老派這樣的說法，讓我想起許多年前我曾讀過一個大陸的網路小說《悟空傳》，大約是說，其實孫悟空在西行途中的某一處，殺了唐僧，所有那一路降魔、打打鬧鬧、東奔西跑請能妖怪的仙佛，乃至他們師徒終於到達天竺取得佛經，這一切只是他腦中被植入的封閉迴路，不斷重播。這個永劫回歸只是當初他大鬧天宮時，天庭對他大腦進行的一種類似咆哮者電戰機的駭客攻擊。也就是說，我們一路以為經歷過的二十世紀，向西方取經的種種小說、詩歌、電影、新聞、哲學……其實只是一個既視的幻影，並沒有這趟西遊記？從那隻石猴離開同伴，躍過瀑布，進入那個水濂洞，那裡頭的場景便被剪接和後製系統接管了。也許孫悟空是個上億ＭＢ的脈衝外掛硬碟，但這個以兆ＭＢ計的巨型電腦，一定能將他消化、拆解，重新排編。

我萬沒想到會和大小姐在這個場合相遇，當然她被這些大人簇擁著。坐她左邊的，一個中年帥哥，老派低聲告訴我，那是個聲名狼籍的騙子，之前在士林有個古董店，當時就知道他拿假的鎏金佛在騙那些證券交易所的老總，後來跑去北京混了十年，當然也是賣些假的西藏佛像、天珠，裝神弄鬼，說和雍和宮的喇嘛多有交情，大約假貨賣多了，北京也待不下去了，又跑回台北，找了一群有錢人，也把一個非常厲害、家傳祕技的踩蹺師父騙去，唬爛說他是南懷瑾的學生，要這師父幫這些有錢人治病，然後告訴這師父，他在大陸認識中南海裡的高層，他們可以在各大城市弄十幾個會所，把這師父拱成仙人或上師。這位師父後來是怎麼發現他是個騙子？他進了一大批非常差的普洱茶，以這師父的名義加持，一斤賣兩萬人民幣，給這些有錢大老闆。後來是人家認識真懂茶的，品鑑後說是劣之又劣的茶，這整坨妄幻詐騙才露餡了。

老派說：「沒想到在此遇到他，這王八羔子看到我，現在應該很焦慮吧。」

我想我才焦慮吧？大小姐坐在上位，她的臉和平時和我在咖啡屋哈啦時，變得陌生，也有一種我不曾發現的美，很像琉璃上的浮雕菩薩，看起來冷淡或熟悉這一切，似乎也並不討厭這一切。

坐她右手邊的那個臉皮發紫的胖子，老派說，那更是個爛貨，之前幫幾個導演向企業老闆籌錢，也哄過一些貴婦投資了相當大的金額弄什麼生機飲食，儼然是個財務大總管，但這些像科幻片唬得那些有錢人一愣一愣的新玩意，全都像煙花，炸完了全沒了。錢可能都進了他口袋，但很奇怪，這些有錢老爺乃至王子公主，全都還很信他的話。

這時我聽見他們在聊朴槿惠被彈劾下台這件事，她的母親和父親先後被刺身亡，她原本是所謂的「青瓦台小公主」，父親朴正熙遭情報部長開槍射殺，她便搬出青瓦台。然後她被「永世教」教主崔太敏和他的女兒崔順實蠱惑，趁虛而入，成為她最信任親近之人，這所以後來她陷入「閨密門」風暴，她哽咽說乃因「孤獨的生活」造成她對崔順實陪伴之依賴。這個話題還有二〇一四年「世越號」船難，有三百零四個中學生被淹死，有人傳出這是邪教的獻祭儀式。確實有許多疑點，包括在事故前一天，韓國修改法律，允許一等航海士代理船長職務，而世越號的船長正就是在那天被換成「永世教」信徒；且當天大霧，全港口所有船隻皆取消航行，只有世越號強行出航。再加上船難發生後的七小時，朴槿惠都行蹤成謎，所以有各式各樣的流言。

我心想：他們在大小姐面前聊這個，是有什麼企圖？朴槿惠和大小姐有啥關聯？他們在暗示她什麼？我記得大小姐有次對我說，她從少女時代就非常習慣坐在這樣的飯局，聽這些長輩對她父母說著各種諂媚的話，某些他們共同認識的誰誰的壞話或八卦，或故意聊起政治局勢，作球讓她父親忍不住發表一段評論，然後眾人嘖嘖讚歎。她在很小的時候，就覺得長日漫漫，自己將一生坐在這麼無趣的應酬飯局裡，那就像果汁機裡被旋轉的小尖刀切碎的黃瓜啊。

這時大小姐看到我了，她隔空對我作了個「嗳！」的鬼臉，似乎說：「你怎麼會跑來這種場合？」她真可愛，我對她比比我身旁的老派，表示我也是無可奈何。老派則正和他左手邊一位頭髮雜灰、老記者模樣的男人，聊著民國六十一年，在台中發生的一位美軍下士將台灣吧女姦殺的案子。他們講得影影幢幢，那吧女死時全身赤裸，脖子被胸罩勒住，雙手被反綁，嘴裡塞著吸滿血的毛巾。好像這個案子當時鬧得很大，因為嫌犯是駐台美軍，老蔣和美國訂立「中美共同防禦條約」之餘，還加了條「中美共同防禦期間處理在華美軍人員刑事案件條例」，也就是這個案件，台灣檢警收集了包括吧女屍體陰部裡的精液、身上的兩根體毛，這位美軍身上的傷痕、血衣和指甲裡的皮屑檢體，但還是有種不能得罪美軍、美國大使館的壓抑和畏縮。這案件在法院開庭時，找了多位死者的吧女同事，以及這個美軍的前同居人作證，弄得非常熱鬧。重點是當時老蔣身體已經不行了，台灣基本上由小蔣監國，事實上中美斷交、美軍撤出台灣在即，所以這個案件的上方，一直有種不要鬧大、息事寧人的「上頭來的暗示」……

老派說：「後來這個案子，是不是只判了幾年？」

老記者說：「不，本來法官只輕判了一年半，這個美軍還上訴，要求體毛檢測比對，最後是美國軍方的檢測人員介入，比對死者屍體上採集的體毛就是他的，最後三審被判了十年有期徒刑。」

我看老派一副和這位老記者相見恨晚的模樣，這時座中一位老頭提議大家舉杯，老派和老記者舉起高腳玻璃杯，其實他們倆擠眉弄眼的互相碰杯。

老派說：「那時候真是難啊。」

老記者說：「愈孤立，愈緊控，其實是多出來的時光，圈起體育館騙自己人球賽還在進行，這是延長賽。說來老美就是電影大片商，人家要播放片子，你這小地方電影院就要開著，人家要撤，你反應不過來，小電影院不肯倒，空轉，沒片子放。」

老派像是鼻孔哼了一聲，但又像嗚咽：「電影院？我小時候住小鎮，那電影院周圍，就是騙子、扒手、賣黃牛票的，滿地檳榔汁和尿騷味，還有抓攤販打人的小警察……」

老記者用筷子夾了一個小碟裡的濕溚溚的醬油辣椒茄子，笑著說：「看看這一桌……」

這時大小姐突然對著全桌說話了，我很難相信這樣像宮廷對奏、外交場合的發言，出自那在咖啡屋和我說著《世芥末日》、《冰刀二人組》、《小姐好白》這些廢材情節的嘴唇：

「我的父母總害怕我受騙。老實說，我也真被騙過許多次，那種感覺難以言喻，像是心臟被放血，眼前所見全是底片般灰暗的景象，胃酸想吐。」

全桌的這些老狐狸，或許他們彼此不相識，但全露出聆聽聖旨那樣純真的笑臉。這他媽的真是全世界最彆扭最噁心的畫面了。

「我的老朋友告訴我一個道理：這個世界上，心腸最軟的人，就必須說最多謊，於是有段時間，我像電影上的美軍海豹部隊，戴著熱感應儀，感應身邊所有的人，他們不是他們本來所是，而是一團謊言所輻射的紅光或橘光。你們知道嗎？我發現紅光和橘光最強烈的那個人，就是我。」

我應該想過一百個版本，有一天大小姐和老派見面的情景，應該是有一大堆狗仔吧？或是老派像*The Sting*那部電影裡的勞勃．瑞福，從建築物的暗影出現，解釋這一切來龍去脈，環環相扣的設計，我會滿面羞慚的告訴大小姐，我只是個餌，我也是這整個巨大鐘錶機械裡的一根小小彈簧鎚。但我怎麼也沒想到是這樣一個場面。感覺好像全台灣最厲害的騙子都聚集在這了。大小姐竟然很像當年的澳門女海盜鄭一嫂。但是為什麼我有一種嗚咽想哭、或小雞雞那兒像一個暖壺破了，想尿尿在褲子上的柔情。

但大小姐繼續說著：「異想天開或是巧奪天工、目眩神迷、移天換地、舌粲蓮花、欺神弄鬼、顛倒乾坤、☆＃@π％※ＸＹ……」

我腦袋裡突然有個聲音，像隔著一條走廊，有人在另一頭的某個房間跳著踢踏舞。我眼前的大小姐，還有這一桌老謀深算的臉，都變暗了，不，變成一種黑色剪紙般的平面，好像我的眼球裡有個陀螺水平儀，慢慢旋轉著，在某一切面，他們都被轉到背面去。

我記得我有陣子在追一個綜藝節目，叫《最強大腦》，它是把中國不知哪裡找出來的一些超高智商怪咖，在一些極不可能的難度設計中，像變魔術那樣的演出。譬如他們可以在幾分鐘內，觀察兩個少女團體（各自有四十幾人）在眼前翩翩起舞、走動換位、旋轉，然後對著八十幾張這些大女孩童年的照片，判別出其中一張照片是舞台上的哪個女孩；或是在極短的時間內ＰＫ，十八位數除以十一位數，或十一位數乘以十三位數的大運算；或是能在幾百隻乳牛間行走觀察，最後憑一張其中一隻乳牛身上的截切局部圖，認出是哪一隻編號的乳牛；或是能在一分格成九乘六的大圖，將一艘船行經的途徑，將那些分格打亂，且只以光點標示，在極短的時間閃爍那些光點，讓受測者拼回原來的大圖。

這些怪咖都是波赫士小說裡的那個〈強記者傅涅斯〉，他們記憶一片空間裡所有細節的方式和我們這些普通人不同，我完全無法理解他們存取記憶時，是將那龐大的訊息，收納在腦中怎樣的抽屜或樓層或地下管線？然後他們提取資料時，又是經過怎樣複雜的通道？

我印象最深的一次，是一個年輕男孩，他們先讓他在半小時內觀察八十八幅沙畫，這些沙畫是世界各國的偉大建築，包括泰姬瑪哈陵、埃及金字塔、比薩斜塔、長城、聖索菲亞大教堂、雪梨歌劇院、帕德嫩神廟、羅馬競技場、吳哥窟、巴黎聖母院……當然中國的主場因素，還多了包括紫禁城、鳥巢、天壇。而這些沙畫主要是以光影明暗的層次、迂迴的線條，浮凸出這些建築物細部的雕鏤花飾和柱梁結構，然後由評審就其中一幅沙畫畫面上截取一塊一公分乘一公分的局部，讓那男孩觀察，找出那是屬於哪一幅畫的建築。我從YouTube看這視頻時，覺得這根本是不可能的！他們截取的是巴黎歌劇院屋頂上一隻名為「詩歌」天使，那天使翅翼邊緣的一道弧線。而這節目最讓人震撼的一幕，是當男孩將那八十八幅建築之沙畫記入腦袋時，他們現場將所有沙畫立起，那些建築的幻影隨沙粒剝落而消失。這個男孩被拋棄在十秒鐘前他用力紋刻進腦中，那歷歷如繪，人類文明的繁華建物，此刻卻一片灰飛煙滅的空無裡。除了他腦中的，藏在奇詭凹摺裡的淡淡影廓，這八十八幅舞台上的畫框都只是一格一格鋪平的沙。我看到那男孩滿頭大汗，微瞇的雙眼一直翻跳，他的手指像虛空中彈奏一架大鍵琴那樣撥動著。我被這怪異的測試或表演深深震撼。那是要抓著多細的一根溶解消失中的透明之絲，在深不見底的地窖迷宮裡盤桓，踩的每一階梯都是自己影影綽綽、似有還無的一瞬記憶閃電。因為什麼都沒了，你是如此孤獨，只能在無人知曉的腦中，燃起那閃電，一瞬照亮那千百個轉角，其中一處牆上凹凸燭台的影子。我不知道此刻我腳下冰刃，這整座被冰封住的城市，我想到的是那個在八十八幅消失沙畫中，憑一幀一公分乘一公分碎片，啟動全面記憶的男孩。我不知道人類為何會發明這麼變態的遊戲。這樣的腦袋像被雙手死擰的毛巾，或像那些A片裡被SM繩縛綁住，臉孔如痴如醉的美豔裸女，或像老派曾告訴我的那個神醫，一個昏迷了十幾年的植物人，他將銀針插滿她的頭顱和後頸，之後那人便醒過來了。我眼前這片絕望、無垠的冰原，讓我突然想起這個鑄風成形、編沙為繩的少年，還有其他那些超強大腦的怪咖，他們腦中記下的那龐大景觀，最終是海市蜃樓，即使你將每一粒沙都編號，兌換進自己大腦神經元的一瞬閃電，你能記下堵在這整條高速公路每輛車的車牌，你能記下一整條街每個門牌是做什麼生意的店家；你能記得五年前的一趟為期一個月的旅行，從第一筆付出的錢，每一次付錢找錢的交易；你能背出這座圖書館這一整面牆書架上每一本書的書名和作者；最後那整顆星球還是崩解成兆億倍的亂數啊。

我好像只把活著的力量，全耗費在那些想像的事：欺騙、害怕、蒼白的回憶、空中樓閣的繁華經歷、某些陰沉的人可以為權力鬥爭設計出的局中局。我的一位老師，曾這麼訓斥我：「你是沒有身體的人。」但也許我記錯了，也許他說的是「沒有生活的人」。但什麼是「活在一種生活之中」呢？當我和這一屋子的人坐在這兒，我覺得我們好像在一個暗黑古董店裡其中一只瓷器上繪彩的人物，空氣中那些山羊鬍，或是長袖子上糊著擤鼻涕汙漬的老人們，交換著一些辨別真偽的話語，開片、圈足的胎細緻否，掂起來的落款、包漿、釉色光蘊溫潤否。自從二〇〇五年倫敦佳士得拍賣會拍出那只元青花鬼谷子下山大罐，二．三億人民幣的天價，這些年在這些灰塵滿布的古董店，突然就出現一些難辨真偽的元青花大件。纏枝菊花、蕉葉、雲鳳、纏枝蓮、海水雲龍、海濤、纏枝牡丹，還有一些回文。我們就挨擠在其中的一只瓷瓶上，感受到釉料和氣泡，問題是我似乎聽見在這之上的老人們呼呼的笑聲：「怎麼突然冒出這麼多元青花？」我們的臉其實不是臉，而是幾抹蘇麻黎青的勾勒，他們說這瓶中人物的笑臉活靈活現，蕭何月下追韓信，百感交集的笑，知道對方終將辜負自己的笑，心中伎倆被看穿尷尬的笑，終於意識到自己和所有俗物一般絞綁在這種文明之中的寂寞的笑。那些胖胖短短、積著長年菸漬的手指，撫摸著瓷腹，不，撫摸著我們其實還在其中快速運動、說話，這個CASINO的包廂裡，這個流動的時間。

大小姐說：「為什麼要這樣對我？」

我說：「我不知道。」

我想要解釋，這是J死後的世界，用那些渾身尿臭老頭神祕兮兮的說法，就像瓷器上的包漿和開片，這是一個在高溫窯中烈焰濃煙焚燒，將那些冒著細泡的豔青顏料，燒進那薄薄一片胎體的，我們以為是活生生的時間，其實是贗品的二維世界。但大小姐不知道這個。但如果製造者全是想把後來的時間全偽造成幾百年前就靜止的，可觸摸的弧瓶，那我們為何在此？

大小姐說：「我的心都碎了。」

薩克斯特把夾鼻眼鏡戴在他那勁挺而畸形的鼻梁上，鏡片和銀邊忽閃一下，臉上的顏色顯得更加深了……我肯定他在盤算著如何把這樣一件傑作從展覽館裡偷出來。我肯定他的腦子會很快地想到從都柏林到丹佛所發生的那二十起令人觸目驚心的藝術品盜竊案，並且，最後還想到了逃跑時所坐的汽車以及買賣贓物的人。甚至於他也許憑空虛構出某個擁有數百萬資產的莫內畫的入迷者，在混凝土掩體裡建了一個祕密的神龕……對於我來說，他仍然是一團疑雲。要麼他是一個仁慈的人，要麼他是一個殘忍的人，但要確定是哪種人，著實使人頭痛。（索爾．貝婁《洪堡的禮物》）

我讀著這一頁的這一段，心想這些描寫真是太完美了。我很想把老派描寫成台北的某個浮華年代裡，像薩克斯特，或甚至洪堡那樣的人物，但後來我發現我力有未逮，可能我並不認識《洪堡的禮物》那裡頭，那些光焰灑噴，某個年代某個城市最核心的那些暴發戶、真正暢銷的大作家、滿肚子學問的詐騙犯、真正的名流美婦。或許是，我所在的這個文明，這座小城的繁華之夢，已經像滾燙咖啡上放的一片薄冰糖，溶化了，覆滅了？這一陣子，我遇到的人，都在談論共軍的轟6、蘇愷30戰機編隊繞行台灣飛行兩次，連遼寧號航空母艦，都繞台航行了。YouTube上各種關於兩岸軍力的對比的視頻一大堆。或說中共已研發成功並小量服役的殲20戰機。這邊的軍武專家說，台海空域距離極短，近距纏鬥咱們的F-16也不見得輸。那邊的軍武專家又說他們的殲20，連美軍的F-35都不是對手，它真正的假想敵是F-22。我們有什麼？我們有天弓飛彈，有愛國者飛彈基地，我們有樂山基地的撲爪雷達，事實上我們還有雄3，號稱航母殺手。但那邊的軍武專家說，他們第一波的飽和飛彈攻擊，台灣這邊的樂山基地、愛國者飛彈基地、機場上的大部分戰鬥機，大概全都打掉了。這段時間，美國的川普當選，南韓的朴槿惠總統被爆閨密干政，幾十萬人抗議遊行，面臨下台。在土耳其，一個警察在一個會場上當眾槍殺了俄羅斯大使，並在被安全人員擊斃前，大喊：「勿忘敘利亞！勿忘阿勒坡！」事實上，人們好像對敘利亞內戰每天播放的哪座城，被IS、叛軍、敘利亞政府軍、美軍、俄國戰機……炸得一片瓦爍，死傷嚎哭的小孩，對這些已感覺麻痺了。這真的是像張愛玲在淪陷時期的上海，站在樓房上看著塵霧中的整座城，感嘆：「這是亂世」嗎？據說有解放軍將領說：「一百小時內打下台灣。」或說：「讓台灣變成貝魯特。」而這邊的專家則分析，台灣的海空力量，應該可以撐一個禮拜，等待美軍航母艦隊群救援……突然陷入一種《等待果陀》的空茫台詞：「會來嗎？還是不會來？」

這段時間，我在NETFIEX上看一個叫《十六隻猴子》的影集，大約是說，二〇一八年，人類因某家生技公司的無解病毒被刻意漏出，造成全球五十億人的死亡，剩下的極少數人，退回一種原始的艱難生活，文明整個毀滅了。到了二〇四三年，有一群科學家，用一種粒子解離的時光傳輸方式，將一個人（就是男主角），送回二〇一三年，希望找回當初造成這場災難的關鍵人，把禍首殺死，改變歷史，讓那場大滅絕並未發生。前幾集很好看，但到了第四集、第五集之後，或是編劇對這時光機器玩上了癮，這個男主角非常疲於奔命，在二〇四三和二〇一五的不同時點跑來跑去，未來和過去被他這個「X人物」弄得亂七八糟。這個男主角的任務是，阻止造成他所活的那個時代，人類那麼悲慘的那次瘋狂毀滅行動，但曾發生過的事，你將之註銷，那牽涉的是一連串的因果網絡的改變。那是兩個完全不同的龐大事件叢集的世界。這是波赫士說的，我到後來被這玩上癮的在二〇四三和二〇一五來回穿梭、變動，弄得頭痛不已。這或許正是我所置身的這個，「將要覆滅的文明」，我的眼瞼跳動，看見的那將熄未燼的繁華之景，滅絕前的那段短暫時刻。有什麼辦法挽回或阻止呢？

我實在太愛看這些YouTube上的軍武大觀節目了，譬如史達林格勒保衛戰，紅軍後來搬出他們的「喀秋莎火箭」，那像漫天星辰都著火了的連發火箭，把德軍整個炸懵了。這時還會播放〈喀秋莎〉這首悽美的俄國民謠：

蘋果樹和梨樹花朵綻放，
茫茫霧靄在河面飄揚。
出門走到河岸邊，
喀秋莎，
到那又高又陡的河岸。
一面走著，一面唱著歌兒。
唱道草原上空的蒼鷹，
唱道她衷心喜愛的男孩。
她還藏著愛人的書信。

或是「不沉戰艦」大和號，那像王代霸王龍出現在其他小型恐龍之間，那樣尊貴、像金閣寺一樣層疊高矗，一種遠古氣質的神祕巨鯨，在一九四五年支援沖繩的特攻行動，在坊之岬，被一波一波美國航母艦上派出的數百架F－6F地獄貓，像漫天飛鴉朝著神獸大和扔下炸彈和魚雷。大和艦的主砲、副砲、高射砲，密密麻麻的砲塔和機槍座全向天空噴火，但只見炸彈從空落下，擊中右舷機槍群、艦橋、後部船艙，接著甲板大火；一枚一枚魚雷又全中左舷，簡直像飢餓的野狗群輪番啃食受傷的獅子。大和艦左舷內部大量進水，甲板上對空武器全毀，於是後面的三百八十六架美軍飛機，往已無力回擊、甚至失去動力的大和巨艦，傾灑它們的炸彈、魚雷，最後主砲塔的彈藥庫發生大爆炸，大和號便在這巨爆火焰濃煙中解體、沉沒。

還有那像「人類島嶼登陸戰爭教科書」的瓜島戰役，美國海軍陸戰隊攻占島上的日軍機場，改名為亨德森機場，之後雙方的艦隊、各形艦艇，爾虞我詐的往那座殺戮之島上運兵。海面上雙方的艦隊互相駁火、擊沉對方的巡洋艦、戰艦，島上的美軍和日軍各自在叢林中轉圈，形成火砲的絞殺，戰場上屍橫遍野，日軍是一整個支隊一整個支隊被殲滅，那些河岸、草地、山脊，密密麻麻爬滿突襲的日軍，卻被美軍防守的機槍陣、砲火，像砍麥稈那樣一波波射殺。這種戰爭的紀錄片，你只看到機槍的吐火在夜色中閃爍，然後是天明時堆在叢林空地的整片日軍屍體。

還有更慘烈的塔拉瓦島登陸戰，這次日軍用了大批工兵和朝鮮民工，在島上構築了五百座碉堡，環礁沿岸裝設火砲擊中而燃燒成一團火球的轟炸機……這些影片，我在觀看時，腎上腺素飆升，眼球快速跳動，好像在打電動一樣期待那爆炸、中彈的一瞬。那種恐怖和壯美侵襲到我靈魂裡，它有一種機簧或齒輪轉動，喀啦一聲的快感。那些戴著鋼盔，拿武器射殺敵人的士兵，和平日裡我們在街道看見、走動的人，或是咖啡屋裡的人，是不同的人體形態。你內心會想：那是真的嗎？

那部男主角不斷在二〇四三和二〇一五年跑來跑去的影集，有一次，在人類文明已滅絕的這倖存者的地下室，男主角的朋友問那執行這個「回到過去，修改歷史」計畫的女科學家，這整個行動的意義，她是一個老太太，她說：「我經歷過的那個滅絕之前的世界，那是有莫札特、貝多芬、托爾斯泰的世界。大滅絕後倖存的我們，再也回不去那個文明的高度，我們只是在時空漂流的，什麼都不是。」

讓我想想，這些事情在一開始就同時發生：當美猴王縱身往水濂洞一跳，我聽到老派說：「危險，危險。」我覺得我好像剛從一個錫澀濕滑的夢醒來，大小姐那芙蓉般的臉就近距離在眼前，說：「我的心都碎了。」

這真的很悲傷，一直翻滾一直變幻，慢慢遺忘了最開始幾種型態轉變之間的連結，變成擬態環境的虛無之物，你不知道這繼續變化的哪一個界面，是翻出了邊界之外？也許在第六十九變到第七十變之間？諸神用手捂住了臉，悲傷的喊：「不要啊！」「再翻出去就什麼都不是啦。」但我們其實已在一種臉孔像脫水機的旋轉，全身骨架四分五裂的暴風，變成那個反物質、反空間、在概念上全倒過來的維度……

吃猴腦

老派有次告訴我，他曾經有個馬子，那是一間叫「田園」的PUB，這馬子眼睛非常大，是山地人（他不是說原住民），非常標緻（老派有時會用這樣老派的詞），性子又野。有一次他帶一票朋友進去，那馬子劈面就說：「老派，我今天排卵，要不要到裡間去聊一下？」有一次，那馬子泫然欲泣的對老派說：「我有了，你要負責。」嚇死他了，這真是跳進黃河洗不清啊。還好後來真的生了，那嬰孩一看就是個黑人的混血兒，他才鬆了一口氣。那時他是真喜歡這馬子。那時他在雜誌社當編輯，有個老頭發現他酒量好，談吐也不俗，老喜歡找他喝兩杯高粱，兩人坐著乾喝，老頭也不多話。有次老頭拿了一公文袋的東西給他，說是自己這一生的罪孽，不想有天倒下，落入亂七八糟的人手中，就想交給他，請他幫忙保管。老派回家略翻看一下，魂差點沒嚇掉，要知道那時候還是戒嚴年代，那一袋子裡，照片、文件、一些類似股票的單據，全是當時高層見不得人的祕密，或是某個人們覺得高風亮節的長者的告密信，任何一件都是要起腥風血雨的啊。老派說那時二十來歲，揣著這袋寶貝，覺得人生彷彿到了盡頭，將永遠活在這灰稠稠不能說的祕密之中了。那時也是錯信了人性，他不敢把這袋祕件放在自己家裡（那年代還真是影影幢幢，相信會有一群精幹的黑衣人，哪天就登門翻抄你家，那是死無葬身之地），他便把這袋公文拿去那ＰＵＢ（田園），藏在樓上那馬子的一處堆滿收藏黑膠唱片的儲藏室裡。沒想到這女人聰明啊，賊啊，不知怎麼，哪次給她翻出來，也沒告訴老派。

大概過了一年多吧，這馬子把老派和朋友投資的一筆錢、帳目不清，可能移轉給她的哥哥，大家撕破臉，當時也迷糊曖昧的，某次喝酒，其中一個哥們摔酒瓶說要告了。老派醉醺醺假借上樓休息，在那些唱片堆裡，怎麼翻也找不到那袋，老頭託交給他的祕密檔案。當即他覺得毛髮乍立，想自己真的一世聰明，卻敗死在女人手上。下樓他還是故作鎮靜，嘻嘻哈哈，但等過兩天再來，這「田園」已拉下鐵門，人去樓空！

後來的事他也是整件事過去，才有個輪廓。這馬子竟然透過不同的管道，包括記者、軍情單位的人，還有一些亂七八糟牛鬼蛇神多半是吹噓的黑幫人士，兜售這批要命的文件。其實可以這麼說，他老派在那兩三個月，其實脖子上架著剔刀，身上被綁串了炸藥，就等著什麼時候慘死了。這時這馬子和她黑人男友，碰到一個壞透的傢伙，軍情局的一個壞東西，把這袋文件攬下了，給他倆出個餿主意，說他可以出面勒索這老派，拿出兩百萬買回這袋炸藥。否則擴散出去，他也是一個死。不想這馬子毫不念舊情，橫了心真和這個軍官合作。還好那時老派有一個老大哥，軍中官銜不高，但是在幫的，幫裡地位頗高。也是湊巧和那個要勒索老派的傢伙，一個場合一道喝酒，聽他說了這事。他不動聲色，告訴他這事已鬧開了，上頭已經在盯這包文件在誰手上了，也就是說這軍官自己已身陷極大險境，說得他滿頭大汗。他說：「這樣吧，我估計老派這人拿不出這麼大一筆數，我這有筆十萬，你別嫌少，這事就在我們手上，趕快踩熄了，萬一燒大了，可能真的兄弟你命都沒了。」那軍官也是臉青一陣白一陣，又抬價了一番，但老派這老大哥真的是義人，他拿存摺給對方看，自己戶頭真就十萬加幾個零頭。說起來民國七十幾年，十萬也是好大一筆數啊。

這事就這樣神鬼搬運，在老派根本不知道的狀況下搞定了。據說那混帳軍官只分給那馬子五千塊，她和黑人男友當然不依，他就翻臉罵了他們一頓，說這事上頭在查了，勸他倆也別待在台北，趕快拿了錢到台東去避避風頭吧。另一方面，那老哥有一天把老派約去家裡，拿出那一公文信箱，勸誡了一番交友要小心的話，然後在陽台，當面用個鐵盆點火燒了。

我當時聽老派說這故事，心想怎麼這麼熟啊？後來才想起，這不是《儒林外史》裡遽公孫、家僕拐走丫環、烏二先生仗義解難的故事嗎？

這讓我對於老派，產生了一種印象：很像從一架沾滿油墨的龐然大物、錯繁紊亂的排字版上，撕下一張薄紙，上頭拓印著同樣曲折不見光的密密麻麻的故事。那個「田園」馬子、黑人、從中以他人之生死撈一票的混帳軍官，可能真的都是他生命中曾遭逢過的險事。但為何個人的生命史，時空背景已是幾百年後的台北人，人心那難測、糾纏、編織的形態，仍像從一本古典小說裡寫的奸險耍婊翻印下來的。是這個文明，有一個像中央控制室的群組模型嗎？所有的小人兒，幾百年後，就算會打排檔踩油門駕駛汽車，穿上西服皮鞋，喝起威士忌或海尼根，使用智慧型手機、ＡＴＭ或悠遊卡，在網路訂機票看電影，但最後男女關係、經濟關係、死生關係，他們仍照著那看不見的操控懸絲，或是詐騙；或是講出情深義重的話其實轉身就抹臉；或是一種沾到不能說的祕密，可能會喪命的極深的恐懼；那些權力夾層中可以幫你關說、解禍，或是擴大你的罪、恫嚇你、榨擠你的那些灰影子……這些都沒有改變過，跳著一樣的傀偶群戲，還是和《儒林外史》裡的那些古裝的人名，產生同樣光影錯切、搭手借位、糾纏在一起的故事啊。

這些老頭，在我印象中空氣中噴灑著濕淋淋的酒精醚味，瞎燈暗火中用筷子翻撿那些布上碎蔥蒜辣椒、紅紅綠綠掩映的腴白魚肉，噴著煙，淚眼汪汪，他們像博物館裡圖解的物種演化史，但其實那演化的劇烈變貌，只發生在這短短的六、七十年間。詐騙、被負棄、如何在一種必然死滅的困局中脫險而出，某種祕密發生，只有當事者心領神會的，和一種纏縛而上要將你吞噬的千絲萬縷海葵觸鬚鬥爭，那印記在腦中的恐懼公式……每一個個體，看上去皮鬆髮禿，其實都是通過龐大數據各種變幻莫測詐騙牌陣的倖存者、成功生存者。他們的腦袋，如果可以作解剖、數據輸出、投影，那可是比上萬只同時在翻轉的魔術方塊還要五彩繽紛、眼花撩亂。

那段日子，老派又介紹我認識了各式各樣的怪人，其中有一個老太太，你可看得出她年輕時長得非常美，她講話非常優雅，但又有一種似乎受過軍事訓練的鏗鏘有勁，咬字清晰，不像一般老百姓變成的老太太，那是某個時代特有的，嗯，譬如說廣播電台的播音員。我把這個想法告訴她，她笑得非常開心，她說，我是個退休中文教師啊，不過你小子觀察力真的厲害，我少女時期住在金門，有一段時間確實是在軍方廣播電台，對對岸的共軍和大陸同胞，唸那些心戰喊話、自由之聲的廣播稿。

為什麼她少女時期住在金門呢？因為她父親是一位將軍啊，當時駐防在金門。那時她念書都在金門的一所小學啊，晚上是和兩位女老師住在教員宿舍裡，那兩個女老師都是馬來西亞華僑，其實也是二十出頭離鄉背景的大姑娘，夜裡宵禁，絕不能有一絲火光，當時兩邊還互相砲擊，那砲彈像長了眼睛一樣，夜裡摸黑那兩女老師抱著她睡，全在偷哭。這於是說起她父親的故事。她父親當年曾是緬甸戰役中國遠征軍裡的一員，總之，當時臘戌、密支那失敗後被日軍攻下，滇緬公路被截斷，英國軍隊早全撤至印度，緬甸戰場剩下杜聿明的第五軍和第六十六軍孫立人的新三十八師。老蔣是要杜聿明把剩餘幾萬遠征軍帶回中國戰場，杜聿明這個庸才，計畫帶領這四萬人穿越「野人山」叢林，回到雲南，但孫立人不聽令，他帶他的新三十八師跑去印度了。很不幸的，他父親是在杜聿明部下的第五軍裡。那場穿越野人山的荒誕行軍，入山前四萬多士兵，出來時只剩幾千人。那像是進入一個噩夢裡，年輕的士兵被山洪沖入深谷，被螞蝗、螞蟻布滿全身，遭到野人襲擊，或毒蛇猛獸獵殺，主要還是餓死，缺乏糧食，他們吃皮鞋、皮帶、野草、樹皮，最後不敵瘴癘，全身浮腫，大著肚子死去。屍骨遍地，哀鴻滿谷。那個恐怖悲慘，真的像好萊塢拍的那些什麼《魔戒》裡的地獄軍團，這些軍人，之前是拿槍、刺刀和日本軍的山砲、機槍互相駁火戰鬥，他們可都是在死神的瞪視和眨眼間衝鋒的勇士，但那一場多天的野人山穿越，像被遺棄到世界之外的，那個變態導演的恐怖大雜燴電影裡。眼前事物的形態顛倒旋轉，他們在藤蔓懸掛的昏暗中，喝著懸浮著孑孓的山泉，之後拉稀不止，高燒昏譫，腿腳布滿水蛭，用刺刀殺之不盡，大批的弟兄被黑蚊覆面叮咬，之後臉上皮膚滲出綠色汁液；一覺醒來，身邊躺著的，是一具一具白骨，那些個頭像甲蟲的螞蟻，一夜之間就把眼珠、內臟、皮肉吃光了；許多人承受不了這種比地獄還恐怖的折磨，或跳崖或飲彈自盡。

曾經經歷過這樣瘋狂、死亡行軍的倖存者，即使幸運走出那魔山，回到人世，如她父親，那內心原本的文明秩序，恐怕也已瘡痍毀壞。但她父親那一輩人極其可憐，歸建部隊後，可能沒兩年就被調往徐州、蚌埠，打那場數百萬人在曠野上混亂追擊、屠殺，在戰壕裡哆嗦、逃跑、迷失方向的經典大戰。沒有機會住進瘋人院，或是讓人寫一本像《2666》那樣的小說。好像地表上的羅盤消失了，所有人身著軍服，兩眼空茫，在星空下，偶爾撕裂暗黑的砲火，匍匐在麥田裡，不知道這個夢境是前幾個夢境又變形、褶縮？如果我們這些小人兒，只是一張賭桌上灑亂的麻將牌、籌碼，那似乎圍桌在上方打牌的神祇們，都已爛醉，或是瘋了？

我們搭著那輛公車，在黃昏的市區裡顛盪著，我想起這是好久不曾經驗的漫漫長途，夕照的玫瑰色光輝反射在街道旁整幢大樓所有的窗上，有一種好像我們的公車經過的是一座火災之城，所有的建築內部都有大火悶燒，只是被那些玻璃窗封隔住的印象。這樣的光線幻流，使得車廂內座上兩兩坐著的人們，臉龐沒入一種灰暗的模糊裡，像夢中的下水道裡的鐵鑄動物。這時我身旁的胖女孩說：「啊，這種光線，好像我們顛晃了一整夜，現在像是太陽初生，清晨的光啊。」確實這個夏天的日照實在像核爆一樣，即使是黃昏的餘暉，也是灼熱難耐，此時的這隨著公車在街道轉彎、旋轉的玫瑰金光輝下，櫛比鱗次的樓房、店家、行人，確有一種清晨的涼爽。

老派和幾位女士，還有西特林，他們站在車廂的前方，或抓著直桿，或舉手吊著上方的拉環，他們都有一種說不出的靦腆，可能都是很多年沒這麼和一群人一道搭公車吧？我和胖女孩坐在最後一排座位。胖女孩是老派找來其中一位女士的女兒。我們都是要去看老派說的那個地下室。雖然這公車好像刺蝟在機關箱裡打轉，除了每站停下司機撳下開車鈕那氣閥門發出「契——」的聲音，大部分時候就是引擎的低頻音吭吭吭吭，一種機械運轉的背景聲，但窗外的街景，似乎它在這樣的迴紋針式的兜轉，也慢慢到了城市的邊緣了！

我注意到老派和西特林，像是很專注的聊著什麼。從我這邊望去，只看得到老派的四分之三側臉（有一部分還被他抓著上方橫桿的右手臂遮去了），還有西特林的後腦勺。他們會聊些什麼呢？我記得在搭車前，我們一群人走在騎樓，老派和我一道，當時他和我說起很多年前，在台南發生的一起詐騙案，那是一個小鎮郵局，先是在下午他們接到一通衛生局打來的電話，說會派人來幫郵局員工打預防針。到了大約四點半吧，來了兩個穿白色醫師袍的人員，人著一箱針劑，郵局局長還把櫃檯前等候寄掛號的三、四個人，催促其他同事幫忙處理掉，同時放下鐵門，可能是怕這樣一輪職員打針下來，清點帳目下班時間會太晚。然後大家排隊抬起手腕讓那兩個衛生局醫生打針。

老派說，那哪是什麼預防針，全郵局的人都昏迷了，這兩個大盜舒愜輕鬆的，把郵局裡一千多萬搬上外頭他們的車，揚長而去。等這些郵局裡的寶貝蛋們此起彼落扶著頭醒來，保險庫早已是空的了。老派說，這是真的發生過的事，民國七十幾年吧，你上網去查還查得到。

我身旁的胖女孩突然說：「很多時候，你想了解對方的時候，那些故事的細節就好聽得不得了，像花瓣一層層翻開，願意去了解那其中幽微隱蔽的因果。但你不想知道對方的時候，這個視窗就關閉，什麼屁都不是了。」

我嚇了一跳，不確定她是對我說話，上一瞬我的眼睛還空洞注視公車前方，正在交談的老派和西特林，腦中浮想聯翩的是，好像宇宙三大定律其中一條：「只是因為和平、怕衝突的天性。」我幾乎就要聯想到那些屠宰場裡安靜溫和被輸送帶送進絞盤的雞啊鴨啊，突然轉頭一瞥，似乎視覺的尾弧掠過女孩那豐滿的胸部，隨著公車沉悶的晃動，形成一種讓我臉紅的波浪。

「對不起，」我說：「我沒聽懂妳的意思。」

女孩說：「我讀過你在大陸那個網站寫的一篇文章，寫你去參觀美術館的展覽，展覽的內容是那位自殺死去的小說家。但我看到下面的留言，全是瘋狂謾罵，說寫這種文章的人，為什麼不去自殺算了。」

我說：「我倒是從來不會去看那些留言。」

「另外你寫的那篇，用雷蒙．卡佛的小說〈一件很小，很美的事〉，幫你那個導演說話的文章，下面也留了超出你平常文章多許多的回應，也全是一面倒的憎恨詛咒，操你祖宗八代。我聽說這些人是所謂的水軍，像淋巴和白血球，只要認定了誰是威脅、是敵人，會大數量的撲擁而上，他們未必真的發生了閱讀，而是一種單向度、一種水壩洩洪的流體力學。我也會想：萬一他們是真的憤怒呢？他們的內心是真的像他們的留言，對你有那像一間鋼鐵蓋成，沒有任何對外窗的密閉廠房般的仇恨？」

「這確實是我不了解的。」

「但我媽說你是個『真正的小說家』。」

「其實我想寫一個故事，像索爾．貝婁的《洪堡的禮物》，講三〇年代美國芝加哥，那時是一座暴發戶之城，紙醉金迷、慾望橫流，詩人、劇作家、小說家，可能是上流社會的主角，擁抱大胸脯金髮美人，開著超跑，同時和無良律師、詐騙犯、黑幫分子、掮客、賭棍混在一起，又有費茲傑羅那種對富豪世界的眩目與幻影，又有一種所有人全擠眉弄眼在唬爛、詐騙的粗俗，但那可是熱騰騰的、人體扭纏在一起的某個時代的繁華與墮落。我想寫一個台北版的《洪堡的禮物》，台北的偷、拐、搶、騙，我多著迷那些，當然我們這座城市現在不行了，金晃晃的錢好像全在某個祕密年代流光了，有點資產的小地主，保守、謹慎、多疑，沒有作夢或冒險的天賦；聰明的腦袋全像巨石遺跡底座草叢裡，大型恐龍還稱霸時的早期小哺乳類，他們只能在臉書每天貼那些又不會傷害世界的小文章；廣告（這可是我們這時代，詐騙的芭蕾舞台）是一個最廉價的泡影，一個大叔開了一間「時光麵館」，裡頭遇到的各種讓人低迴、感傷、一瞬惘然的小故事，不然就是7-11裡的螢幕播放著清新乾淨得不行的女孩兒，在世界各地背包旅行，喝著六十五元咖啡；再來就是滿街抓寶可夢的踟躕者、低頭奔跑者、夢遊者，夜晚那道路盡頭的博物館台階上，站著上千個人，每人臉上一圈薄光，如痴如醉，手上抓著一小枚金屬，你若是站在他們對面，是不是會悚然覺得是墓裡跑出來的幽靈，《屍速列車》裡被感染的活屍？」

「但我也在抓寶可夢啊。」胖女孩說。

我問她：「妳母親怎麼評價老派這個人？」

胖女孩說：「老派？她說老派是個重感情的人。還是我記錯了，她說過老派這人，若不是心腸太軟，倒是個狠角色？我母親看人顛三倒四的，有時很感性，有時很刻薄，說不準的。」

但後來胖女孩的母親跑來坐在她的另一邊，也許她是擔心，這個中年人對她這個怪女兒，胡說些什麼不該說的。但她對胖女孩說：「妳可別對叔叔說些沒禮貌的話啊。人家是個大作家。」這一切都在一種延續的顛盪中進行。這種場面我印象中好像遇過，母親是個風情萬種的美人，女兒是個怪咖。女兒對母親充滿說不出的怨恨、不耐，而母親無限寬容——張愛玲和她媽不就是這種組合？——我恍惚記得曾在哪個夜晚，老派的酒攤上，這女人兩頰緋紅、醉眼迷離，對老派發嗔：「你就只會說，你心裡根本沒擱著我。」說得老派撓癢難捱、心疼不已，捧起她的手輕輕拍著：「我老派的心就是個破公寓，就是放不下妳，全扔光回收那其他沙發啊、櫃子啊，就只塞著妳啊。」但另一次，老派清醒的狀態，他對我說起這女人，「這娘們厲害啊，我是聽人說的，原來在北投那有一大片地，是個老太太的，這原本有一家人租在這地上的一幢屋子裡，後來這男主人的同事得了肺結核，好心介紹這同事和他嬌弱的小妻子，住到另一幢房子。沒半年那同事病死了，就剩一對小母女可憐見的，老太太也心疼這年輕寡婦，後來房租也不收了，當自己女兒和小孫女，晚餐也招呼她們到自己這邊來吃。有一天老太太過世了，她的兒孫們一看那地契，我的天！整大片地，那上頭幾幢房子，不知什麼時候，全過戶到這小寡婦的名下了。連當初照顧他們，她死去老公的同事，一家人也被勒令搬離。打了幾年官司還是這娘們贏。她現在身家十幾億啊。你說在《西遊記》裡，什麼白骨精、蜘蛛精、鐵扇公主啊都不是，那可是連佛祖的燈油燈芯都偷吃的母耗子精啊。」

但這時在這顛晃的公車最後排，隔著那胖女孩一種蒸騰的嬰兒香氣，女人問我：「你說老派這次這個神祕兮兮的什麼計畫，靠不靠譜啊？」

我看著公車前方，老派和西特林還聊得歡，車廂中挨擠站立的人們，那種夢中〈食薯者〉臉孔、輪廓、肩背全沒入暗影的印象，但只見老派的嘴咧開笑著，車窗外已是一片入夜的光影。

我突然想：眼前這一切，這輛行駛中的公車內部的人們，好像J的某部小說的情境，不過，他寫的是行駛中的火車就是了。所以包括我，這公車裡的人都是將死之人，只是他們不知道這是死亡之前的哪段時光？難怪說不出的有一種溫柔與哀感。我幾個月前，在那個美術館裡，那個年輕藝術家的展區裡，拿起那老式電話話筒，裡頭是J的留聲：「第一次的送行，你感到那種儀式性的完成，送一次很好；但若是第二次的送行，我就覺得很恐怖啦……」老實說我不是很懂這整句話的意思，像之前身旁這胖女孩說的什麼「你想了解對方的時候，所有細節都湧出，你不想知道對方的時候，就什麼都關閉，無法再得其門而入」之類的，好像乍聽都懂，但仔細一想，所有的意義都漂浮散架，我完全不理解那些話是什麼意思？或如老派有一次在酒醉後，像夜梟嚎哭，讓我毛髮直豎，一種古怪的唱腔，唸了一段奇怪的話：「他們在曠野彳亍／找不到方法建立關係／像零散的骨骸／所以他們只能彼此詐騙／那至少有一些空洞的蛛絲把他們纏繞」。這些兜轉迴旋的句子，會讓我發生混淆，譬如：「第一次的詐騙，你感到那種儀式性的完成，但第二次（或一直次方成長的第N次）的詐騙，我就覺得很恐怖啦。」我感覺到老派找到一種類似基因圖譜實驗室裡那些科學家，或是唐卡繪師，一種由詐騙牌陣層層疊高，又像魚刺四面八方分射出去的技術，為的是要補那個只有他和我心領神會的那個巨大的破洞（在我的雞雞上！）。很像電影裡的攻城場面，數以萬計的小人兒，像螻蟻，像撲火飛蛾，他們推著巨大的攻城車，前頭的巨尖錐，堆滿柴薪，淋滿燃油，往那城門撞去，漫天飛矢、城上士兵扔下的巨石、滾燙瀝青，那些小人兒在火裡嗶咧尖叫，終於那攻城車將包著銅皮、厚重木頭的城門撞破一個大洞。城裡頭的這些螻蟻般的人們，要推上第二座輪式城門，要怎麼補那個破洞呢？如果有一種從反方向鋪撒過來，無數編織成的小魚釣的細索，將每一個踩踏同類、頭顱被燒得缺凹冒煙、眼珠發出墨色光輝的這些擠附在那尖錐攻城車旁的小人兒，鈎住他們的肩胛骨，讓那撞擊破門之力，停止一段時間；或某種液態合成快乾膠劑，一種塑鋼土，從巨洞的內側補上，但那個洞太大了，要怎麼在那火矢亂飛、長戟亂戳，且大傢伙仍不斷撞擊的狀況，將那麼大量的修補溶劑從城樓淋下？或者是，這一個「洞之洞」，反物質的概念，在那破裂感、撕碎感、死滅、痛苦的黑暗空無中，再造一個「第二次的破洞」。

或者是，如同普魯斯特在《追憶逝水年華》的最後，那些像夜闇河流沿岸樹叢黑影中棲息的點點流螢，那些貴族沙龍上的將軍、伯爵、貴婦、金髮美女、暢論高談戰爭時局或哲學的世家青年，那些衣香鬢影，各自說著戀情史或哪個名人的八卦醜聞的臉孔，但時間的風讓這些臉孔像沙雕，崩塌、剝落、變形，這些印象混淌在一起，「……由於個性在一部作品裡是用大量的印象塑造起來的，它們取自許多少年、許多教堂、許多奏鳴曲，用於構成一位少女、一座教堂、一首奏鳴曲，我寫這本書的時候，是不是能像弗朗孛瓦約做那盤得到諾布瓦先生高度評價的胡蘿蔔燜牛肉那樣，加上那麼多精選的肉塊就可以使肉凍內容豐富了呢？」「他們祝賀我用顯微鏡發現了那些真理，其實恰恰相反，我用一台天文望遠鏡才隱隱瞥見一些實在很小的東西，之所以小是因為它們距此遙遠，它們每一個都是一個世界。就在我求索偉大法則的地方，人們稱我是細枝末葉的搜集者。」

這些鼻子、臉頰、下巴的細微崩陷，但描繪他們或那些嘈嘈低語的人，自身在一種時間的融解、死亡之將臨，這一切像攥緊的線頭，一放手那繩絲連結的蛛網縛住的傀儡小人們將全散架、垮落一地……那種奇異的焦慮和亢奮，譬如在這輛轟轟（說不出是一種寂靜或囂鬧）行駛暮色中的公車裡，所有人無論坐在座位上，或拉著頂端的鋼條站著，他們的肩、腦勺，都有一種說不出的渾圓、鬆垮、夢境中的疲憊或憂傷，他們可能被他們自己都不知道的，從普魯斯特到現在，那一百年的時代的焚風吹襲著，剝解著，像砂紙磨玻璃瓶的肚腹那樣，變成這種集體挨坐、顛晃，也不發出牢騷的泥塑菩薩的影幢之感。如果普魯斯特來觀測他們，會發現那是被炸毀的教堂，破裂解體的風琴嗚咽破洞完全不成奏鳴曲，被姦汙而無法平反的少年少女。在這輛公車上，我認出幾位曾在老派的啤酒屋燠熱、酒精噴散之夜，說了他們悲慘或浮華人生故事的老人；我還認出有一個是前陣子，那批被肯亞遞送到大陸的一百多個電信詐騙犯，當時跳出來說要幫他們打國際官司的律師；還有一位，戴著鴨舌帽、口罩、墨鏡，隱約認出是那個前一陣新聞鬧很大，說是到泰國請佛牌、養小鬼、弄屍油，魅惑幾十個少女和他性交的過氣諧星……

這種時候，我就感到胯下的那個破洞，一陣陣像浪潮打上的劇痛。我不知道老派是怎麼兜攏這些元素，好像一個窯爐的灶門掀開，烈焰濃煙亂竄，拿鐵鏟掏出的瓷偶，每一尊都燒爆裂綻、歪嘴豁唇、斜眼缺耳，全是失敗品。也許這公車上的每個人，身體的某處部分，都有一個和我一樣痛不可言的破洞？

網路上有個笑話（編這個笑話的人實在是個天才，但它也終像曇花一現，在網路的時間之流，枯萎歪墮）說：李宗瑞（很多年後的讀者可能要為之作註，他是在夜店用迷藥摻入調酒，將數十個夜店小模、美女，甚至明星迷昏，帶回家姦淫的神鬼淫棍）、謝依涵（她就是轟動一時的「媽媽嘴」命案的女主角，外型清純，在這間咖啡屋，用安眠藥摻入咖啡，迷昏一對老夫妻，然後以一己之力，將他們拖至河邊樹林，用刀殺了）、鄭捷（這就不用多介紹）、魏應充，被關在同一間牢房。先是鄭捷拿出刀來，說：「要不要我幫各位切個水果？」其他三人害怕靠後；這時謝依涵說：「不如我幫大家泡一人一杯咖啡？」另三人都說謝謝、謝謝，不用了；這時李宗瑞端著一杯調酒，說：「這位正妹，要不要哥請妳喝杯酒哇。」謝依涵連忙推拒。這時牢房送來便當，除魏應充外，其他三人都吃了，然後都口吐白沫、兩眼發青，全中毒了。這時魏應充大笑說：「薑是老的辣，這間監獄的廚房，用的是我家做的毒油啊。」

我想像老派會說，這也就是個觀測的視角，如果這是好萊塢那些編劇，譬如很多年前的《空中監獄》，或*The Speed*，或現在韓國那部《屍速列車》，這一輛行駛中的公車，有著各組不同的詐騙者，他們都隱沒在一般乘客的輪廓，都在觀察這個空間裡的其他人，等待機會。你以為他們都只是表情茫然在一種無意識的時間流逝中晃盪著嗎？不，詐騙者的時間流速和其他人不同，他們的內心有個節拍器在來回顫跳。像細細的錨鉤，必須漂散出去，環場繞行，找到可能的鑲嵌鉤抓，把零散的漂浮碎片組合起來。如果是好萊塢電影，可能連開著車的司機，都是那個前陣子帶了幾瓶汽油藏在駕駛座下面，喝得醉醺醺想把整輛車撞毀焚燒的自殺客。

這時，那個母親站起來，走到前面幾排的座位，在一個似乎她相識的男子旁坐下，於是好像我和胖女孩又可以安靜聊天了，我感覺這個聰明的女孩和她母親之間，應該可以建立一整書櫃的佛洛伊德派的情意結論文，但感謝我們這個時代有iphone——那小小一枚靈魂碑石，當那母豹般的母親挨近時，這怪咖胖女兒就將她的整副大腦移轉進那發光的小笏皮，眼睛發直、耳朵塞上藍芽耳機。她母親一離開，我就看她摳出耳機，像一只乾癟摺疊收好的幼兒游泳池，又充氣飽滿。我說：「妳媽是個非常感性的女人。」

但這胖女孩突然像鬼片裡，某個角色被鬼上身，臉孔驟變陰慘淒厲，她從牙縫裡發聲說：

「你是真的不記得了，還是你真的很會裝？」

我說：「啊？」

「是不是？只要有人對你發動突襲，你就會變成一個無害的觚瓜的模樣，無可奈何的笑著，其實你腦中在大數據換算著：這個神經病要怎麼哄她？我想你不記得我了，但我是那個瘦竹竿男孩的女友，你還記得他嗎？」

我想起來了，她說的那個「瘦竹竿男孩」，是有一年我到台北郊區一所有著空曠草地，簡直像個牧場的大學，開了一年的創作課，那堂課不算學分，所以到後來，教室中坐著聽課的學生，只剩下零落小貓兩三隻。這個瘦竹竿男孩，是其中一直堅持來上課，且每次下課，他都跟在我身邊，隨著我穿過那牧場般的一整片空曠綠草地，我叼著菸，急急的趕去大學後門搭車，他則兩眼燃燒著光焰，追著問我，關於杜斯妥也夫斯基、卡夫卡、大江、巴加斯、略薩、波赫士……這些大小說家的小說的一些問題。老實說，我內心頗感動這樣怪異的一種關係，我覺得我們好像塔克夫斯基電影畫面中，某一對在狂風、曠野行走的老人和年輕人啊。這年輕人當然也拿了他寫的小說請我幫忙看看，那是一篇很像大江小說風格的短篇，一群常聚在一個河堤邊籃球場打球的青少年，他們之間發生的某次像夢遊般的鬥毆，可能其中一個同伴還被鐵管打死了。我記得我當時好像是告訴他，這篇小說去投文學獎，是絕不會得獎的，但若是卡夫卡、齊格非、波拉尼奧，他們二十多歲時，來投我們台灣這些文學獎，也不會得獎的啦。我告訴他，他是寫小說的料，我至今還沒收過小說的徒弟，如果他不嫌棄，我想就收他做我的小說學生。他當然兩眼發光，非常激動。我不確定是否是我們疾走其上，那似乎旋轉的、從鞋下踩著的蜷縮、枯黃的硬草莖，到滿眼像航海者暈船的整片瘋魔的綠色，讓我產生了某種魯賓遜漂流記的孤獨感。

但後來我就沒再去那大學了，好像是過了三、四年吧，這個男孩在臉書後台寫信給我，似乎他遭遇了一連串的不幸，他的父親原本開了間工廠，後來這個產業開始衰退蕭條，他父親聽信一個朋友的話，投了大筆的資金到大陸一個新廠，結果被倒了。這時他又生了一種脊椎的怪病，類似漸凍人，而且後來他的肛門出了問題，還動了大手術換了人工肛門。身體的狀況讓他休學了，他也三、四年沒法再像從前那樣瘋狂的閱讀和寫作了。現在他連出門都不能去太遠的地方，因為人工肛門還在適應。他家的氣氛也很糟，他父親把他們最後的那幢房子賣了，全家搬去一個小公寓，他父親把那三千多萬房屋款投入股市，結果全被蒸發。他現在還去跟一個神父學義大利文，他想有一天讀艾可和卡爾維諾的義大利原文小說……

胖女孩說：「想起來了嗎？我男友可是像崇敬父親那樣愛著你。即使他後來掉進那麼悲慘的狀況，他都還是記得你在那什麼鬼的一片枯荒草原上對他說的，他是你唯一的小說徒弟。但後來幾乎你在各處的演講、那些小書店的座談，他再怎麼艱難，也輾轉趕去聽，但在那樣的場合，每次演講結束你就匆匆走了，即使有次他帶著我在書店門口堵你，你也是呵呵笑著敷衍兩句。後來他知道像他這樣，被你私下摸頭說「你是獨一無二的天才」的年輕作家，有好幾個，大家私下給你個綽號，叫『濫好人』。好像這些被你盛讚過的天才們，像邦迪亞上校的十七個私生子，額頭都有一煙灰抹上的十字徽紋，但他們全變成倒楣鬼、不幸者、畸零人，他們既肚爛你說謊症患者到處說這個也是天才、那個也將來不得了。但他們最底層又堅信，你對他們其中那個說的那個預測或祝福，是靈光乍現，只有那次是真的……」

那時，我匆匆忙忙，在和其他夢遊者般的人群身體擦碰著，從那火車某一節車廂後側的窄門擠上車，那個腳下的觸感，從月台踩上一像漂浮物的失重幻覺，如此清晰。可能也是我那失魂落魄的身體，在那時刻，唯一如鋼琴節拍器「咔嗒」一聲的最內在，最清楚的感知。

因為列車已在開動，窗外的景色像印象畫派的綠色糊團那樣流動著，但我的眼睛並未看著窗外，而是盯著眼前那窄窄的車廂甬道。我艱難的在那些也在移動中找自己的座位的女人、小孩，或是穿著制服的車廂服務員女孩，她們擋住的這走道內移動。我手中的車票寫著「27E」，但這節車廂是「8車」，也就是我得再穿過好幾節，這樣像過場戲的，其他人的頭在我腰部水平的座位裡，他們像嬰孩那樣蠕動著，從包裡拿出書本，或低頭滑著手機，或捏著一些包裝著零食的塑膠袋發出窸窣聲，感覺像一家人出來野餐。我在那中央的甬道穿行著，眼球的焦距不斷變化，我會看到一格一格座位裡不同的臉，有的人會一瞬和我對視，有的則沒抬起頭，任著那臉像裸體被我快速掃描過去。人類的臉真是各式各樣。偶有一兩個正妹的臉會像發光體，讓我掃過的眼睛，被那構圖的光子電到，想停下多解析、暫留，那漂亮的眼梢、睫毛、鼻翼、嘴唇或下巴，但沒辦法，我的身體仍在這擠滿上百位陌生人的密閉空間裡，保持一種前進、走動，找尋位置的狀態。那極難得的美麗的臉，便會像浮水印，在我腦中的視覺暫留和我其實已走到讓她在我腦後的身體位置，形成一種感知分裂。一種遺憾又幸福的想流淚的感覺。

我穿過至少兩節這樣的，似乎是商務艙的車廂（椅墊是紅色絨布，其中一節還有推著小推車的女列車員在幫大家斟咖啡），這時列車仍在高速飛行著，不，行駛著。但之後我走到第十二車廂的尾端，發現它就是這列車的最後一節。我可以看到甬道盡頭那小舷窗（而不是一扇打開可以通往下一節車廂的自動門），看到後頭快速消失的景色，以及那條磁浮軌道。

這是怎麼回事？我上錯車了？

這是一輛並沒有拉著那麼多列車箱的高速火車，並沒有我手中票卡寫的那節「27車」。也許我買的並不是這樣的高速火車的車票，但我立刻想，不，恰好相反，我內心的著急，代表我買的正是從我上車的車站，到台北，只需半小時，中途無停靠站的最快速列車。但我腳下站著的這列飛駛的火車，此刻已慢慢減速、廣播報出這一個停靠站，只是許多個小站其中一個名字。於是我匆忙下車，待列車開走後，我才發現自己犯了更大錯誤。事實上我原本該搭的那列高速火車，根本不會在這月台停靠，事實上它跑的原本就是另外一個封閉，和這混雜了對號快、通勤列車、慢車的鐵軌，完全不同的另一條軌道。

我發現月台擠滿了人，可能是連續假日收尾後，買不到票卻急於搭上車返回台北的人潮。空氣中一種蒸騰的汗腥。

這個車站往月台盡頭走，奇怪並沒有圍柵區隔好，鐵道旁極近處有老婦坐在一小泥炭爐邊用鵝毛扇煽火煮水。一些骯髒的小孩在石礫上的短草上追打嬉玩。一旁有個鏽鐵盆裡積著浮著七彩油光的黑水，我注意到漂浮的一些小黑球，竟是一些被拔掉身軀和翅膀的蒼蠅，有一隻癩皮狗垂著奶袋伸舌啜飲那水。鐵軌則像被兀鷹叼出的動物腸肚的巨大化，以奇異的弧形編織著。

我走回月台，混在人群裡。有一對年輕的情侶拿著書來請我簽名。他們非常激動、害羞，而我也維持一貫這種場面的靦腆。所以，我是個薄有名氣的作家嘍？

但很奇妙的，我沿著那小車站（很像猴硐、十分這樣的小站）的月台，走下鐵軌，沒從票口出去，而是沿著那卵石堆高的長長土墩走，之後鑽進一片竹林，有一排透天厝，沿著山壁，一旁有些穿膠鞋圍著兜裙的老人老婦，蹲著宰殺魚隻，用水沖洗，鍋爐蒸籠，陣陣炊煙。這一切不是夢境，而我卻好像活在一個即興的，隨時發生預期之外景像的電影之中。我走進一幢裡頭擺了十來桌宴席的，一幢剛蓋好的透天厝。地面還是深灰色的水泥，尚未鋪上地磚。很奇妙的，我在其中一桌，看見我的妻子。她的表情像「聖母慟嬰圖」裡那個瑪麗亞。我的意思是，她身旁坐著的一些女人，像是以她為中心的一些侍女，或輩分較低的學妹，她們臉上都帶著種「安慰者」的慌憂。我拉開其中一張塑膠板凳坐下，我妻子看了我一眼，說：「你怎麼現在才來。」

這時我有一種，線路亂接，最後意外卻可以讓電視畫面跑出來的僥倖，鬆了一口氣。我不是上錯了火車，臨時又跳下在這個原本根本沒在腦海中出現的小車站？心裡憂急的，不，更近於絕望的，是我將困在這好像要很久才會來一班車的月台，且那擁擠的人群，我看是車來了我也擠不上去啊。好像要耽誤了原本急著趕去的哪個地方的哪個約會？搞半天原來是和我妻子約在這吃這個辦桌宴客啊。腦袋裡也覺得什麼卡榫、聯結處不大對勁。但真僥倖，怎麼我人就恰好坐進這一桌啦。但看那些女人們仍在和我妻子喁喁私語，或她們互換眼神，而我妻子仍是一臉蒼白憂悒，似乎發生在她身上的不幸是比我差點錯過、沒趕上這宴席，要重大許多的事啊？

怎麼了呢？桌上放著杯盤狼藉已殘缺不全的八彩碗裡被扯破而支離破碎的老母雞的腔腹、浸在那漂著油花、枸杞、甘草、參鬚的牠自己的湯裡；各人眼前的碗盤堆滿了鮮紅的蝦殼和砸扁的螃蟹螯；一些湯湯水水的大盤，已分辨不出原本是什麼名稱的菜色；有一盤我認出是裹粉炸青蛙；另一盤奇怪是似乎類似豬睪丸的小球；這裡頭只有一盤炸湯圓是完整的，上頭灑了一層金黃色像百合花雄蕊花粉那樣的花生粉。

這時有個大肚子的女人，從我們桌旁走過。女人們和妻更劇烈的交頭接耳。「就是她，就是她啊。」好像是妻年輕時的情敵（與我無關，是她上一任的男友）。我完全不知這是在時光的哪一處渡口？那個仇怨的情結為何如此強烈？

但我知道這孕婦要從那門後，走去廁所，必須走一段非常險陡的階梯。遂站起身，那時和妻對了一下目光，她說不出怨恨或哀愁，像瞳暈裡的藍色素，慢慢朝外沿擴散。她說：「好啊，你去。」

那孕婦處於絕對弱勢，我看著那屋後沿著山壁蜿蜒而下的極窄的階梯，彷彿通往極深的淵谷。遂將她背負起來，不理身後諸人，小心地一階一階往下踩。女人的大肚子貼在我背脊處，軟軟的，像揹著個輕輕搖晃的水袋。

這總是非常難以說明。

我們圍坐著，桌子的中央放著一隻小猴子，他的眼球中央暈開像無數金針那樣的輻射光圈，但很怪那個配置，使得他的臉露出一種老頭的狐疑、不信任的表情。當然這樣的對位，讓我想起從小聽過的，中國人吃「猴腦」的殘酷場景：據說他們是把猴子腦殼一半箍鎖在圓桌正中的一個洞，猴子的臉、身體、掙扎的手腳就在桌下。所以猴子會看到圍著牠的一些人類併坐的腿。然後他們在桌面上，用小鋸子鋸開猴的上半頭顱骨，那自成一碗盅，裡頭塞滿的白色、粉紅、油亮黃色的腦，就是不用蒸煮、自體溫熱的美食。他們拿著湯杓，將那活生生的猴腦，匙匙挖舀進自己面前的小碗，開始品嚐那個新鮮、綿細、滋味濃郁的豆腐般的仙品。但這故事傳遞時，那說不出的陰慘恐怖，正在於你想像那桌面下的猴，必然會發出慘絕人寰的尖叫吧？或劇痛（自己的臟器，不，大腦小腦正被人挖走）造成掙扎使桌面震跳吧？難道這種圍坐著享用美食，美食本身的痛苦，也設計成進食的趣味之一？

不，不要太快下結論。什麼中國這個文明就是變態殘忍的傳統。那立刻會有人捍衛回嘴，那法國的A片還有一種對著鏡頭，將一個美女活生生用各種剪刀、鋸子、銼刀、鉗子，開膛破肚的類型呢。這個「猴腦宴」的設計，將猴子箍住腦門的方式，怎麼就讓我想起美猴王的緊箍咒呢？這群人圍坐著一湯匙一湯匙挖著猴腦，嘖嘖品味時，會不會有一個幻覺，他們越過了文明的某條邊界，此刻他們自覺化身成玉皇大帝、如來佛祖、太上老君、王母娘娘、觀音、二郎神、托塔天王，甚至有個最唯諾小咖的就是唐僧？那一口口咀嚼用舌舔吮的猴腦，嚥進咽喉是否就是將這猴子，他翻滾、穿梭所見所記下的文明史，像電腦隨身碟那樣「灌」進這個吃的人的大腦裡。猴子一路冒險，看到的人世苦難、戰爭、愚痴，或某些人情美好的時刻，那個野性、頑皮，收攝於猴腦裡的記憶檔，可不是這些仙家官員能憑己力得到的經驗值。在電腦網路還沒發明，還無法作大數據資訊移轉的辰光，怎麼辦？吃了他的腦！

我們此刻圍坐著，桌的中央放著這隻小猴子，不，應該是拴著，一條鐵鍊帶著鐵環拴著他的左腳，鐵鍊穿過桌中央一個圓洞（原本應是插一把露天酒吧的大遮陽傘），垂到地面釘鎖在水泥裡。我，老派，西特林，大小姐，胖女孩，胖女孩的母親，還有許多個夜晚我曾在老派的酒桌上，一面之緣，聽過他們故事的老傢伙，我們的臉上，都帶著薄薄一層慚愧，或羞恥，好像不該這樣看著那猴子赤身裸體（他的性器那樣坦露著，竟超乎想像的碩大）站在我們臉部同高的水平位置。為了化解那個尷尬，在座的男性，都掏出自己的菸，點火，抽將起來。

老派哈哈乾笑一聲，說：「這就是美猴王吧？」

我想，這真是難以說明。

在座的，我是外省人，我的腦殼如果剖開，裡頭有一大坨的大腦皺褶，都是記憶著我父親的故事：永和老家庭院裡的梅樹、桂花、杜鵑、棕櫚、枇杷樹、九重葛；父親光著赤膊在玄關階梯晒書、拿雞毛撣子把翻開書冊的灰撣去，然後放在那一疊疊書堆中。他的逃難，港口如蛆蟲的人群，僥倖能和那些胳膊、扁擔、繩綁的皮箱硬角挨擠、登船。他的老家、我的爺爺、奶奶。他跟我們說共軍過江、南京淪陷那天的肅殺、恐懼，人人擠在港口想逃。到處都是潰散的國民黨散兵。然後他逃到定海，那裡更是大批的潰敗部隊，人心惶惶，所有人原來的身分都散碎了。謠言漫天飛。走私菸、米、雞蛋、麵粉……時不時有人被綁去槍斃，但人們更大的焦慮在於身分證明，能否拿到船票。

然後是他死去的那晚。啊可以在喪棚擺板凳開講，講他這生的流亡故事，講個一千零一夜。但另一部分，後來我聽到的，我父親這樣的外省人，來到台灣，那流亡顛沛、失去家國，成為孤兒，這樣從二十歲到七十五歲中風倒下，時間的背面，和他一樣口音的人，我不知道是怎樣的人，穿著黑衣，在島上戒嚴，逮捕那些藏在城市小巷閣樓、市場、學校教職員宿舍、小鎮的木屋，甚至山裡的不同意他們的人。或是，說著他們聽不懂的台語的人。然後成為祕密檔案裡中性的名字，被槍決的人。這個叫做「白色恐怖」的幽靈，以一種說不出的乖異、陰鬱，蟄藏在我這樣的人的大腦間隙。使一切的故事都帶上亮跳的灰影。

這是一個「恐怖箱」的遊戲嗎？我記得前一晚，我在YouTube上，看到一集那個低俗、流氣的傢伙的綜藝節目，他們擺了四個像水族箱的方玻璃缸，上面和周邊三面遮住，只留一面恰可以讓電視機前的觀眾看見那箱裡是什麼。然後要四個藝人（他們看不見箱裡有啥）伸手進那恐怖箱撈出一只乒乓球，這有時間限制。那四個箱子的設計，分別是：一堆死蛇；一個光頭傢伙嘴裡銜著乒乓球；一盒冰冰的粉條；最後一個箱子堆滿那種洗碗刷鍋的鋼絲團。出乎意外的是最後一個要把手伸進鋼絲團小球箱的女藝人，她整個崩潰，手一伸進箱內立刻像觸電彈出，不斷尖叫、淚流滿面，你看得出她和其他人的驚嚇模樣乃為了節目效果之誇張不同，她是真的無法判別手伸進那未知之箱裡，那刺刺的、叢聚的、鱗片般冰涼細碎的，是什麼東西？後面的一組，恐怖箱裡則放著：一箱子電池電力各自在舉手的招財貓玩偶；一個戴著洗碗手套的人手（他會亂摸伸進箱內的手）；一坨鴨血；最後是布滿了假髮，然後在箱內裝了小電扇吹那些假髮的箱子。果然也是前面的男女藝人都在臉孔扭曲的狂喊尖叫中，終於把他們箱裡的乒乓球拿出，但最後一個女生，幾度伸手進那風吹頭髮飄拂的箱內，近乎崩潰、歇斯底里，像心智被摧毀的死刑犯，整個癱軟在那箱口。

我想說的是，在我們這個時代，恐怖被藏身在光纖電纜的巨量訊息傳播裡，同一個夜晚，我在YouTube上，看一個叫馬未都的北京老頭的視頻，他用一種隨意漫談說古董（事實上他這個視頻節目，主要就是在漫談著一些古董文物的知識和講究）的方式，說著中國酷刑：凌遲、腰斬、五馬分屍，乃至賜死自刎……他說這些時，表情平穩閒談，因為有一種年代久遠的對這些皮影戲般古老時光人類在其中荒謬、怪異、殘酷，皆被回憶的情感篩濾，變得有種莊重，甚至威嚴。然後我還會看一個叫《邏輯思維》的視頻，那個叫羅胖的主持人啟動那些古代「故事」的鐘錶機括，更是天女散花、漫眼繁華。他說的可多了，但這幾晚我特別是看他說南明政權崩潰的原因，那真像數百條皮帶纏綁著一架快要散解的蒸氣機，而最後那些皮帶悉數斷裂，那種纏縛固定住的老機器，終於還是支離破碎的崩解了。

我很難說明這些視頻，影影綽綽，在某個夜晚，混雜著讓我感到一種人類文明的煙花、噩夢、龐大或虛無的感慨。但那些像玻璃碎片的恐怖意象，比潛意識製造夢境還要規模龐大的攝進我的眼球。

仔細說來，這都是我們這個時代的虛空幻影，就像古代皇帝秋狩圍獵，那些騎馬帶著輕裝隨從，在落葉紛飛的淡金光輝中疾奔，眼球瞳距的收縮，張弓對著翻竄的梅花鹿或獐子，任何流動的美麗光斑，射出箭簇。我們這時代，所有對恐怖的不祥預感；或逃離危險的歡快；或解構體會一個遠大於個人心智規模的戰役、政權的崩毀、錯誤戰略的大屠城；捲在其中的那些大名字，各自性格的缺陷，乃共同肉搏形成的殘酷、死滅、恐懼、哀愁。這一切都投遞在一個網路的YouTube上，任何一個人在任何一個晚上，可以像一個瘋狂工匠的幻想——像一座城市那麼大的琴，它內側的琴鍵或簧管——但你好像看見自己的手，以一種視覺不可能的裡外錯置，伸進自己的頭顱，插進自己的大腦，像撥琴弦在上億條光纖中撥尋。

是的，那就是我們這個時代的「恐怖箱」。

我看著桌子中央的那隻小猴子，眼皮低垂，但時或從那細縫偷瞄一下圍坐的我們，那像溪流波光粼粼閃閃的眼神，說不出是渙散、陰鬱，或無辜。他在恐懼著吧？他在想我們任何一個人的手，會像伸進恐怖箱，什麼時候猝不及防伸進他的大腦嗎？

然後我的雞雞破了，很長的一段時間，我出門前都要先坐在書桌前的靠背椅，撩開褲，替那裂開一枚五十元硬幣大小，鮮紅還帶著淋巴液的鵝口瘡，敷上白涼涼的軟膏，像大姑娘繡花那樣細緻的蓋上小紗布，然後用一條條手術膠布將它貼固定。幾乎走下我家那公寓樓梯，穿過巷子到大馬路，這樣一百公尺，就讓我痛不欲生。那段時間，我的頭腦總是一片暈黑，很像電腦主機遭到病毒侵入。許多個下午，我坐在皮膚科那狹窄黯黑的候診長條椅，和身邊這些不知是身體哪裡長瘡、皮膚哪裡潰爛的哀愁人物，一起等待醫師的叫號。那個雞雞上的破洞一直無法癒合，好像有一批肉眼不見的金屬機械蟲，在那洞裡像礦工不斷挖掘，愈鑿愈深。我這樣的「褲襠裡有一個破洞」弄得自卑、羞辱，夢遊般低頭重複著把藥膏塗上瘡口，好像不是為治療，而像用石膏在填補教堂牆壁的破裂。

怎麼說呢？那種「身體軸心空了一個很深的洞」的殘障感，和手部或腳部截肢的不完整感、幻肢感，身體重心偏移的感受不同；也和古代閹人整個男性荷爾蒙分泌中心被切除的尖銳陰鬱不同……那個雞雞上的洞，很像一個活物，每天都往你不知道那是什麼境地的，反物質或黯黑宇宙，那另一個次元，靈活蹦跳的再長大，深入。或許猥褻一點的傢伙會這樣羞辱我：「你就是在一個男人的屌上，又長了一副女人的屄。」於是它好像有對淫蕩男子懲罰或報應的意味：上頭的那桿鳥槍，總在槍入那些可憐女人被掰開的腿胯，現在好了，讓它下方一公分處的睪丸中央，就裂開一個像女人那神祕、創造之源的開口，而且它不斷深陷，好像要朝內鑽出一個陰道。但不是的，我的感覺是，它很像遙遠星宇之外的某種外星文明，他們發明了摺疊時空，在蟲洞中跳星際飛行的技術，他們總將長途跨星際旅行的出口，遠距投到某個星球之上，但可能是——我太幸運了嗎——他們將這個穿梭宇宙的蟲洞，時空旅行的出口，不偏不倚的投射到我這個地球人類的雞雞上。這他媽的你這開在我的額頭上（就變二郎神的第三隻眼？）或胸口（就變鋼鐵人？）或肚臍（就變蜘蛛精？）或腳踝（就變阿其里斯？）或背脊（就變有翅翼的雷震子？）都好，但為何那麼恰好就開一個小窗洞在我的雞雞上？

這件事我還不敢確定。譬如說，有一天，那個地撼天搖，上萬艘的三體艦隊，或其他更高系文明的侵略者，從我的雞雞洞列隊而出，你可以想像那就像漫天神佛、金光燦爛從我睪丸的洞，一柱強光投射而出，炸裂迸開，完成蟲洞的質能傳輸，然後宣布占領地球？或者是，這個不幸的祕密被美國NASA、國防部、CIA或傳說中的星戰計畫小組！那些瘋狂科學家、星際探險團隊知道了，他們會不會把我抓走，將我的雞雞破洞當成往幾百萬光年外的星系投擲探勘太空船的入口？

我帶著那小猴子跑跑跑，背後聽見老派喊著：「別讓他跑了！」但其實他們追不上我，老派的喊聲只是讓這街原本融於黑影和燈泡光暈之界的人們，從那些小店裡探出頭來，看著我，好像我是隨機搶劫的瘋三。那些搖晃暈糊的人，會不會伸手抓我一把，或伸腳絆我一下。但其實我從那階梯跑下，我意識到這整棟建築，像個罩子罩住一條時光倒流的破爛十字街，這裡原本應是個傳統市場，最角落的鋪位原本堆擺著鐵格雞籠，裡頭關著黑、黃、白、棕羽毛斑爛的待宰雞隻；或有一攤應是案上鐵鈎吊著肢解的豬心、豬腸、血淋淋的豬肋排、或一隻膩白還沒燒火的豬後腿，案上便放著瞇著眼縫的大豬頭；或那放著一個個時期的大玻璃糖果罐、餅乾盒、塑膠公仔、舊電影海報；有的則堆著大小普洱茶餅、沱茶，或易罐裝的台灣老茶。

時間在這裡變糊變稠了，我懷裡的小猴子，變得奇重無比。我低頭看看，他成了一種複視、影綽的形象，像吳哥窟壁畫上那些婆羅門和天神的群像裡的猴頭人身。但一晃眼，還是滿臉驚恐、毛茸茸的小猴子。有一隻手從那其中一個框格伸出，把我們拉了進去，那像是在無數盤旋鳥群翳遮的亂影中，被拉進一個更昏暗的處所。在這個小格鋪裡，幾乎是臉貼著臉，我看見一個頭頂光亮，唯耳際上各有一小塊白鬢髮，滿臉笑意的老頭。

他說：「這是個好猴子啊。」

破雞雞超人大戰美猴王

破雞雞超人跟著那紅袍胖子，穿過一個古代的花園，亭台樓閣、松柏蒽鬱，遠一點的小湖上還停泊著畫舫，他們幾乎像小跑步那樣，在蜿蜒的廊道快走。然後走到一處空曠地，那兒像「小人國世界」排放著一座座縮小比例的中國宮廷建築木造模型、飛簷峭壁、栩栩似真，每一座模型約半人高。每處細節無不講究，他突然發現，這些木雕模型，不正是他們所在的這座紫禁城嗎？他們剛剛滿頭大汗穿過那些迴廊、所經過的風景，仔細辨識，可以在這木雕群陣中找到。

然後他看到一個穿黃色龍袍的瘦削青年，專注的拿著鑿子，在修改其中一幢木雕的瓦檐。

紅衣胖子朝著這青年跪下，他也只好跟著跪下。

「啟奏皇上，奴才替您，把那可替咱們解氣的人帶上了。」

那個年輕的「皇上」，繼續專注在他的工藝勞作中，理都不理他們。

紅衣胖子拿小手絹擦擦額上的汗，好像也沒多嚴格的禮制，自顧爬起身，陪笑的挪到那專注在自己創作的人身旁，小聲說：

「王恭廠爆炸案的元兇，奴才已逮捕到案，現收押在內務府，就等皇上親裁。」

那個年輕皇上，這時開口，聲音細細甕甕的，感覺比這個胖太監，更像太監。他說：「天要罰朕，是『來自未來的人』？」

「是。」

「那你倒是跟朕說說，那未來的世界，是怎樣的一個境界？」

破雞雞超人跟這年輕皇帝，說起蒸氣機的發明、飛機、火車、汽車，他花了些時間講述電，因之有了電燈、電視、電冰箱、電梯，然後他要講述後來的世界，動輒五、六十層、七、八十層高的大樓比比皆是。於是他說起「現代城市」，喔，後來人類發生了兩次世界大戰，於是他又描述那些殺人武器的演化：坦克、機關槍、戰鬥機、轟炸機、潛艇、航空母艦，還有集中營和滅掉整個民族的大屠殺。當然這第二次的大戰，結束於兩顆原子彈，他跟那聽得目瞪口呆的爺兒倆描述廣島原爆的景觀，蕈狀雲數十萬人瞬間蒸發，所有建築全像被颶風掃成灰塵，那些金屬全被融解成液態。

然後他開始解釋電腦的發明，喔，他想起插入講了一大段電影，電影工業，從卓別林，到好萊塢、西部片、戰爭片，到楚浮、高達、雷奈、黑澤明、柏格曼，然後《超人》、《魔鬼終結者》、《ET》、《侏儸紀公園》，然後《世界末日》、《變形金剛》、《X戰警》、《蝙蝠俠》、《蜘蛛人》、《復仇者聯盟》……接著他開始解釋網路的發明，手機進化成智慧型手機，人們活在一個數億倍於真實世界的網路世界。

他看到那年輕皇帝滿臉是淚，那紅衣胖子也聽得眼歪嘴斜。

然後那年輕皇帝說：「朕即位時，才十四歲，先帝自即位到大薨，不過一個月。所以有所謂『紅丸案』。先帝一生，不受太皇帝喜愛，時時想換去先帝太子之位，扶福王續祧，與朝中大臣對峙，不惜十九年不上朝、不祭廟、不批奏、不出宮。是為「國本之爭」。至太皇帝崩，先帝即位，福王之母畏懼懲禍殺身，獻六美人予先帝。先帝先有驚悸之症，後又耽溺女色，即帝位三十日而晏駕。朝中大臣，不恤朕與先帝貴妃西李之母子情，將西李逐出乾清宮，並將朕之乳母容嬤嬤逐出宮。此為『移宮案』。想歷代君王，未有如太皇帝與朕，父子這般苦命者。」

破雞雞超人只覺得這年輕皇帝，講得嗡嗡轟轟，咬文嚼字，說不出的暗影、仇恨、恐怖，編織錯縷、亂針刺繡，纏縛在一塊，那包括他祖父的、他父親的、他的，陰鷙而蒼白的臉，那些雞雞歪歪的朝中大臣，好像真有那回事的爭辯，那延展而出的江山，明晃晃日照下的田野，那些卑屈可憐勞動著的小人兒子民，那些漕運的鹽商、沿海的倭寇、北方千仞牆關外，雪白光輝的後金騎兵……那是一個栩栩如生的世界，但又像被蟲子鑽滿、蛀蝕成一條條孔道的爛蘋果。那些大臣們，用雕琢排砌，每個字都有顏色，有內建的機括、意義，如鐘錶齒輪銜扣，那數以萬計的奏折，將天下描述成他們言之鑿鑿的那個天下。聖上啊您千萬不可當那對不起太祖皇帝成祖皇帝的不孝子孫啊。但誰不知他們在宮廷影子的那一面，結黨營私、剝削百姓，繁殖自己的族姓和門生。他們就是蛀壞了太祖皇帝留下的那片皇城的蟲子。他們讓我大明政權，成為沒有靈魂、沒有影子的軀殼，只有每一處孔竅發出那嘁嘁促促的蟲鳴聲。

「所以皇上才沉迷於自己木工雕造的模型？作為帝國夢之核心，最明亮乾淨的原形？」

「梃擊案。紅丸案。移宮案。他們弄出這些影影綽綽，太皇帝與朕，父子揹著甩不掉的魅影。彷彿我們朱家，有一條滅噬自己的遺傳基因，歷朝皇帝，都像接棒者，每人加上一些毀滅自己的創意：昧於後宮、沉溺煉丹、縱慾貪歡、短命、暴躁易怒、任用權閹、杖殺大臣、暴斂橫征，或滿腦子灌水喜歡戎冑出征、殺宮女、殺自己兄弟、殺自己子孫……這個王朝的故事，已經被移形換位，像高明賭徒搓牌洗牌給偷換掉了。你想想，你若是我，你想不想搶回重新說這個故事的權力？」

破雞雞超人說：「想。」

「但是我們無法找到真實世界與我們夢想中描述的那個極樂世界之間的通路？亭台樓閣、殿宇森森、農田阡陌、行人如織、絡繹不絕……破掉的江山，我聽說有補鍋匠，有修復蝕壞之書畫的藝師，有修補刺繡破綻的織工，有把碎缺瓷器嵌回原貌讓人看不出彌縫的鬼神技藝，我就想，有沒有修補故事這樣的人？」

紅衣胖子插嘴：「聖上……」

「我聽說唐太宗賜玄奘御弟，使其西行，起因即為了修補他的惡夢。因為聽說西天之經，可以有一將離散崩解的世界，定著在一最初時光，一切光彩熠熠、筆墨猶新，結構嚴密之妙法。」

「聖上……」

「王恭廠大爆炸，那個故事的破洞已侵近朕的夢境了。」

破雞雞超人在那個黯黑的地底之穴洞見到了美猴王。那裡真不是人間之境，很像電影中看過的，地鐵軌道再下一層的廢棄地下水道；或是一座溫泉浴池下方的地窖。紅衣胖子手中的鯨魚油火把，那火光照亮了被鐵鍊縛綁垂掛的美猴王的臉。那真慘酷！他們已把他的眼皮、耳朵、鼻子剪掉了。破雞雞超人想：這只是攝影師的作品。譬如那個集中營棄屍槽，堆著上萬具赤裸的白色屍體；或是烏克蘭大饑荒；西班牙大流感；蒙古草原上一女囚被關在一只木箱裡等候慢慢餓死；日本轟炸機炸了上海一處婦幼醫院，一個嬰孩奇蹟的坐在焦黑瓦礫堆……更多的慘酷時光，那些攝影師像第一隻蒼蠅詫異的飛到那空無一人、無人目睹的場景，像從木板牆壁上鑿穿第一個窺視孔。一百多年過去，愈大批的蒼蠅嗡嗡飛到失序的死亡現場。人們不那麼容易被驚嚇了。或者說，那變成一個塞滿「感覺」，無數窺視孔的世界。紅衣胖子和他的手下們，能想出的虐整威脅他們主子的江山的手法，就是在一完整的人形上鑿洞，破壞它本來的形貌，刮下皮膚或外表的一些器官，弄得鮮血淋漓。或是一種經驗法則的對「疼痛」的理解：剪開你的皮囊，用鐵鉗拔掉你一顆顆牙齒、一枚枚指甲蓋，讓你鬼哭神嚎，在破成碎片的過程，屈服、恐懼、認罪、懺悔。但這實在是缺乏想像力，不，那是一個個體和個體，只能直來直往，一個人能兜在手上的經驗，就是他一生能經驗的全部。他不知道會有「影分身術」，以無數分離出去的影子，去盛裝接收像蟲卵繁殖的「全部的感覺」。如果紅衣胖子活在後來的這個時代，他的想像力不會局限在，對一具孤獨的身軀，施以這些殘酷的凌虐。

破雞雞超人說：「大聖。」

美猴王說：「噢，是你。」

紅衣胖子說：「你們原來認識。」

破雞雞超人說：「大聖，你躲到這個時代，你以為曲拗再曲拗的暗影可以讓我找不到你。我的搜尋引擎一打開，你就像一顆蘋果放在一幅黑布條上那麼明顯。這些三維人保護不了你的啊。」

美猴王說：「我以為這段時光的暗影、密度夠大，可以拖緩光速的飛行。」

「大聖，這次你真的算錯了。」

「好吧。該死的破雞超，我真是被這些蟲洞旅行解離的好累。」

於是，從那紅衣胖子的眼中，他看到那個「來自未來者」變成無數如鵝毛飄墜的大雪，但很怪的是那些雪片是邊緣鑲了一圈白銀的黑色，那個黑，似乎將他眼球習慣的事物景像的立體層次，全無聲的吸光。他的眼前塞滿了翳影，包括那個被鍊在刑柱上的「美猴王」，那個「來自未來之人」，包括他自己，身後的宮殿禁衛軍，全變成剪紙剪下的黑影，扁扁薄薄一片，彷彿眼球被摘下，扔到地板，汁液流失，塌癟成一層薄膠，和原有的整個世界失去連繫，獨立在沒有連續動作的、一張黑紙片裡。他想起那被他寸磔的左光斗、楊漣，那些滿嘴聖賢之道的東林黨人，他一直瞧不起他們，那些囉嗦累疊的奏摺，那些像穿了百宮服色、擠眉皺眼的字句；他們瞧不起他不識字，但他們伏案自嗨寫的那些豪華文章，每日像屍衣披晒在他的書房几上，他讓那些自小讀書的孩兒們，跪著讀這些離真實世界好遠的奇怪奏摺，像戲班舞台上沒半個角兒上場，那琴師抑揚頓挫的二黃。皇上啊，這是先皇一生驚悚，交給您的江山哪。那麼老的一些老頭們，像小娘們哭鬧撒嬌。他們不知道他到現在，整個人的存在、思維，仍是拿著骰筒蓋住的骰子，嘩啦嘩啦搖甩，不可測的翻跳，摔滾，一揭一掀，北方的袁崇煥，南邊的戚繼光，誰是豹子，誰是么癟，誰搞他，誰在那明晃晃的驛道快馬急鞭給他送來情報，這六個各有六種可能的亂數，比那些披披掛掛的奏摺，要任意自由、穿梭飛翔在皇上和這個帝國之間的控制心術。但現下眼前，這一切都停止的，黑色鑲金的鵝毛大雪是怎麼回事呢？那個怪咖，造成王恭廠大爆炸的魔頭（現在聽這「來自未來之人」說出他的來頭，竟是那個說書戲本裡的孫悟空），像他曾見過一些道士，用桃木劍刺戟的紙符，在嗡嗡咒語中，憑空自燃——不，要比那強百千倍的光焰，那原本在他眼皮間變成一張黑紙的猴圖案，突然像一桶硫磺爆炸那樣燃燒成一隻光猴。「呔！」然後似乎只有這光猴重新要回時間，雖然像翻書頁，不連續，跟一團泥沼沉重的翳影抗搏，但仍變換了幾個形態。那像是骰子們在骰子筒裡翻跳旋轉，沒有一粒落停，不可測的神祕時光。但這個「來自未來之人」並沒有任何反制，和他與身邊之人，停止在那張扁扁的剪紙圖畫，那張臉帶著狐狸的笑意，好像有哪個構件少了？雙眼、眉毛、鼻梁、嘴巴，都不缺，但怎麼有一種雞蛋光滑弧形，讓人不愉快之感？紅衣胖子覺得鼻子呼息的濃稠艱澀感更重了，即使他現在也是一張薄紙，但似乎腔口裡的心臟要爆裂了。那光猴的焰火翻跳一明一滅，慢慢像一隻垂死掙扎的蛾子。噼啪。噼啪。然後非常怪的，他和他們所處的這個空間，半空中有一些字一列列出現，那也不是用筆書寫，也不是刻的，是像骰子彈跳那麼快的速度，答答答出現在空氣中。

「你的驅動引擎改過啦？但這個軟體程式會不斷增殖數列本身，你跑不動的。」

「你跑到深網的世界啦？看來老孫真的小看你了。但你到底是什麼來頭？為什麼要把老孫徹底刪除？這會把所有的記憶檔全部清空啊。」

「我也只是一個程式。」

「一個『孫悟空去死去死』社群的宅男？」

「可能是蔓延竄跑在深網世界的那個『美猴王』，已經失控了，成為穿越各歷史時空的炸彈客，恐攻分子的遮蔽檔。我也不知道是誰發明了我……」

冰封

最後一個畫面，是台北被冰封住，整片一望無際的冰湖之上，只看見被雪覆蓋的大屯山群，還有露出一小截塔尖的一〇一和新光大樓。遠處有小小的一列人，跟我一樣穿著冰刀靴在滑行，那冰層像琉璃一樣，在一種奇異的閃耀光輝後，有一種讓人暈眩的螺旋形結晶或玉髓，你會看見下面，那萬丈深淵的腳下，一棟棟大樓像果凍裡的模型，再往下的街道上，那些車輛前方投出斗篷形的光束。所以這個冰封是在某個晚上，猝不及防的海嘯淹沒，同時瞬間結凍？你看到許多像冰塊裡的細泡泡，其實都是被凍住的屍體。那些穿著大衣的女人、老人和小孩。還有整片的綠樹，那些葉叢在冰下，像透明水彩暈染出的一團一團色塊。你甚至可看到在這片小森林上方，被凍住的飛鳥。事實上，稍微用力觀察，會發現每幢樓房的窗前，都灑出一片花瓣也似的玻璃碎片，那被水壓擠碎的瞬間就被急凍冰封住，很像眼球將要噴淚之瞬。有一些書本、蛋糕、手機、碗盤、燈具，像撒豆子從不同的裂窗冒出來，但都被凍結在半空。於是我想起我常去的YABOO咖啡屋，應該也被冰封在我腳下吧？

我想起很多年前騙過我的那溜冰教練，倒是因為他，讓我現在可以在這一片冰原上靠滑冰前進。我甚至可以從這冰層看見下面的加油站、醫院、消防隊。我想，我的哥們拍出這樣的空間，應該是從心底憎恨透了這個文明吧？這樣空蕩蕩的，只聽見冰刃的金屬在割著冰面的遲鈍回音，無法和任何人發生關係和故事啊。我拚命的蹬著腳下的冰靴，感到大腿內側肌肉像拉門的彈簧，完全被撐開。此刻我在冰面上的時速說不定達到一百公里呢？

這時老派也穿著冰靴，從我後側疾駛出現。我很詫異他也會滑冰。我們倆現在倒像是在一幢屋梁高挑的博物館大廳，在那光可鑑人的花崗石地板上滑冰啊。其實整座城市已在我們腳下的晶瑩世界裡死亡。我覺得很冷，我可以想像不論是死去二十年的J寫的小說，或那導演拍的電影，都因為某種創傷，讓原本我們置身其中的，那些魚鱗般的繁瑣雜沓，各種混淌在一起的臭味，女人鞋底絲襪的汗酸味、小書店那些書頁摁上指紋的糍糊味，那些小巷弄後巷排水溝裡廚餘的臭味……全部變成空洞又乾淨。有次西特林對我說，人應該是種很臭的玩意吧？你想想我們青少年打手槍射進學校廁所溝式馬桶的那些精液，或女人來月經時的那腥味，人不就是這兩玩意混成的東西嗎？或你想想那屍體的臭味？我想那導演哥們弄出了這樣一片「白茫茫真乾淨」，似乎我鼻翼裡的嗅細胞完全不存在了，什麼味道都不見了，但就是覺得冷。

老派說：「這就是你那導演哥們造船卻不航行的理由啊？地球成了冰封雪球？這根本是胡鬧。他可能是上維基百科，查了七．五億年前的那次冰河期，整個地球表面全部被冰川覆蓋，日照輻射被白雪皚皚的地面反射回太空。但若真是冰河，那是充滿巨大力量的擠壓和移動啊，我們腳下所見，不該是這樣一座夢中白銀之城，而是被冰的推擠力量，全部粉碎啊。」

我說：「也許這是所謂的核子冬天啊。也許……那場戰爭真的發生過了我們什麼都不記得？無數蕈狀雲將一座座城市變成粉塵，上升至大氣層，屏蔽了太陽光，這個畫面深植在我腦袋裡啊。也許我們現在沿著淡水河上方，一路滑冰，穿過關渡平原，我們會看見冰層下上千輛被炸毀的坦克，以及數萬具穿著軍服、戴著鋼盔的屍體。我們從出海口滑出去，說不定就看見翻倒的遼寧號，以及周邊十來艘燒焦或折斷的054A型護衛艦，但真正形成這冰原上奇觀的，是像整批座頭鯨屍骸的，延綿至遠方的漢級、夏級潛艇，以及身軀較小的十幾艘基洛級潛艇。當然更遠一點的冰層下面，我們的紀德艦、拉法葉艦、派里級巡防艦，也都在更早的戰役沉沒海底。就像印度的那次核試爆，居然叫『微笑的佛陀』，這名字多美、多變態，多像一切都灰飛煙滅的空寂。也許尺度拉高到超過個體感知的毀滅和滅絕，本質不是恐懼，而是一種平靜的傻笑啊。」

老派說：「你說得像一大火鍋，往裡頭扔大蝦啦，或那種日本帝王蟹啦、凍豆腐或蛋餃魚餃什麼的，所有的甲殼，不是變成豔紅，就是灰色，那都是死亡的顏色。這也證明你們這一代人缺乏想像力，讓我說，這種等級的冰封全景，不可能是核冬天，應該是像一座喜馬拉雅山那麼大的彗星或小行星，撞上地球啦，它才可能造成啟示錄裡寫的海嘯、全部的火山爆發，天空被煙塵遮蔽，所有星星都不見了，以及後來的地球雪球。」

我和老派像在鬥嘴一樣，但同時腳下一蹬一蹬的滑著冰，我們的眼前，延伸到一片白色煙霧的盡頭，都是玻璃鏡面那樣的，無垠的冰。我們的腳下，是大峽谷般的鏡中之城，其實是死滅的時間。這時連我心裡都嘀咕，我那個導演哥們，怎麼會用這樣末日想像力，將那些曾喊喊促促說過無數故事給我聽的人們，全用冰封印在下面了。我對那些五顏六色、混攪著各種氣味的故事懷念不已。但現在那些長滿觸鬚、羽毛、鱗片的故事，都只像那些伸長喉嚨張開的嘴，噴吐出的一團圓形白霧，然後被凍結在這片銀光熠熠的冰層之下。

我記得他剛發生「那件事」時，幾個朋友擔心他想不開，約了去他家，他果然四、五天沒吃一口東西，瘦得顴骨突起發亮，兩眼深凹。當時有一位朋友和我離開時，在電梯中對我說：「他已經被這個時代廢了。」我後來想，歷史上這樣的被整座鍋爐、引擎、運轉機械的大工廠拋出外面的「被浪費的人」，何其多矣，韓信、岳飛、于謙、袁崇煥、年羹堯、汪精衛、張學良、孫立人……你說的那些影片，是我鼓勵他去拍的。也許整個標題就叫《西遊記》。他本來是個了不起的導演啊，但被這整個機械運轉拋進了那「不再讓你進入時間的小行星帶」，一個你身處其中才領會其感受的廢棄物漂流群。對了，我記得我們去安慰他那天，座中有一位老導演，或為了將那死滅憤鬱的情緒抽離，說起他自己年輕時的故事。不知為何，我此刻對這原為勸慰的故事，記得無比清晰。

他說起他在當憲兵時，有一次演習，分成兩組：守衛組和攻擊組。他們那連是攻擊組，那次的司令部設在泰山的「陳誠公墓」。他對連長說他可以獨立作戰，連長可能覺得這個年輕人狷狷的，便分配給他和另一個麻吉兩顆手榴彈，將他們視為犧牲、棄卒、不列入整體戰術布局的設計。

第二天是星期天，他買了條土司，將一枚那種德軍二戰的握柄圓筒手榴彈塞在裡頭，另買了一籃水果，裡頭也藏了一顆手榴彈，到台北郵局前。他的朋友是個喇賽高手，很快就把了三個穿制服的高中女生——那個年代，整個台北還非常苦悶、貧窮，週末凡是沒有情人的男孩女孩，會跑去台北郵局前的廣場晃走，搭訕或等候被搭訕，正常是男生請女生去看個電影，之後去美〇〇吃個便當，手中的錢也僅只能做到這樣——另外他的姊姊在醫院當護士，他請姊姊派了一個實習小護士，說是放假，讓她來和他碰面，於是他們兩個穿便服的阿兵哥，一個護士，三個高中女生，一行人搭公車晃晃蕩蕩到了「陳誠公墓」山腳下。

他到了以後，聽說了那天稍早，他們連裡的一批人打扮成老百姓，埋伏在司令官車隊會經過的市場，一個賣菜攤下藏著一挺重機槍，用雨布蓋著。那司令也很賊，換了不同的車，但整個車隊駛來還是很顯眼，那批埋伏的弟兄將攤位掀了，扛出機槍架在馬路中央，嗶整個早市的菜販、買菜的，全嚇得雞飛狗跳。司令跳下車，大喊：「不算！不算！」說是侵擾到老百姓，這樣的狙擊算失敗了。他走到那山腳，有一幢公寓，他一抬頭就知道他們連上的弟兄躲在四樓其中一間裡面，因為整棟樓的紗窗都好好的，只有那一間的紗窗被拆卸了。他們這一夥郊遊男女朝入口處靠近，真是層層警戒，十步就一個哨兵，對方也如臨大敵。他和小護士走到第一個衛哨，持槍哨兵盤查他們，他說他們只是來郊遊。哨兵不准，說今天這裡演習，他盧了半天，聽到一旁哨所裡一個長官說：「我看他們老老實實的，應該沒什麼問題，就只是來玩的吧？」便放他們通行，走到第二個衛哨，聽見後方，他那朋友和三個高中女生，正在剛剛的第一衛哨，和士兵起了爭執，很怪這次他們不放行了。

接下來的景像，如同電影《綠光》裡的山野樹林，一片明晃如夢境中的陽光，他們沿石階梯而上，一旁有片草地，有一排排白鐵階梯座位，司令官和一些高階軍官全在那舉行會報，他看到他們連長也在隊列中，臉色慘白，大約是他們這邊的攻擊行動皆告失敗。這時他看到兩個他連上的弟兄，打扮成警察，從一邊斜坡騎上來（後來他才知道他們在警帽下藏著手槍），被哨兵攔下，他們說要趕去那邊一所小學，通知一個住宿舍老師，他的親人過世了，但那哨兵指另一端路，說你們可以走那裡，不要經過這，那兩個弟兄傻了，只好乖乖將機車轉回頭。這時又看到一輛吉普車開上來，兩個士兵壓著一個他們連上另個兄弟，想是另一撥行動也失敗了。他和小護士慢慢走台階到那群軍官上方，他不及多想，便從吐司中掏出手榴彈，往司令台那邊一甩。然後他拚命往山頂跑（因為這種攻防演習的傳統，如果滲透進去的單兵被防守方抓到，那是吊起來一頓痛打），那小護士也花容失色在後頭跑。他還不確定自己成功或失敗，後來他那帶著三個高中女生的哥們說，那時他們趁隙往另一邊跑，跑到一竹林邊，聽到那有幾個通訊兵，對著電話機大喊：「搞什麼東西？司令官被炸了。」這於是證明他甩飛的手榴彈準確的砸中了。

如今想來，那真是個美好的年代。或許是日常生活真的太無聊了。那第一次和他約會的小護士，莫名其妙被他捲進這突擊行動，但也不驚不怪，好像就變成他的忠實同伴，跟著他在那山林階梯亂跑，臉上還帶著甜美的笑意，好像這是比看電影、郊遊野餐還浪漫許多的約會。

那個司令官可能被這顆從一片綠光飛出來的手榴彈砸懵了，氣急敗壞，大發雷霆後驅車離開。那時他帶著小護士下山，尋到那樓房的四樓，裡頭七、八個弟兄，百無聊賴，坐地打牌。他告訴他們等會司令官的車隊會經過，這些白痴連車隊之前已進入山區公墓都不知道，他們還把那演習用的手榴彈，尾端綁上一串小鞭炮，等那車隊真的開到他們樓下，「快！一定就是那輛！」點燃鞭炮，五、六顆手榴彈亂擲而下，真的砸中司令官座車的車頂，劈哩啪啦，一旁護衛的小兵跳車臥倒，那司令官氣瘋了，開門出來大罵：「是保護我還是保護你自己的小命啊？」

幾個月後，部隊移防，他被調去嘉義，連上有個新的弟兄，原本應該是排長的，卻沒法升，原本就是當時他闖關時，第一個衛哨那哨站裡放行他和小護士的軍官。這人等於被他害慘了，但他們第一次說上話，這受懲罰的被貶軍人說：「你那顆手榴彈，真他媽扔得準啊！」

有一些那個年代特有的影像：譬如他說他父親是「半山」，就是日據時期的台灣人，但夥同一群年輕人潛進大陸，想要加入中國軍隊打日本人，在廣州時認識他母親，兵荒馬亂也不知是什麼情節，兩人談上戀愛，但他們到重慶之後，被那邊警察抓起來，認為是日本人派來的奸細，五花大綁遊街。之後（對不起他的敘述快轉常像默片，人物在沙沙雜頻後面快速擺頭晃腦）又認定他們是愛國青年，可以吸收進特務學校受訓，將來丟回台灣做敵後工作。那個特務訓練是男女隔開，他父母填資料時裝作兩人各自單身，但半年後他母親肚子就大了。他父親到後來，還是可以隨便用身上藥粉調一調，往牆上一擠就爆炸了，他母親則是學習做春藥。之後抗戰勝利，他們要被遣回台灣，從重慶搭船到上海，搭了三個月，一下岸到一親戚家，他母親要了一臉盆熱水，一把梳子，就著水洗頭，洗完滿滿一盆頭蝨。之後他父親回台北當刑警，當時發生一件事：他父親的一個上司，台北市中山區的刑警大隊長，有兩個老婆（這在當時很正常），有天在家裡撞見小老婆偷男人，他就將小老婆殺了，但他說是擦槍走火誤射。當然上面有一些查案的程序，但最後這案子被壓下，這上司沒事。小老婆那邊的親人，或有人在弄出版的，把這事寫成一本書，鋪到各書報攤，這上司和他父親有交情，派他父親去抄查，這書被當作禁書從市面全數收回。他父親照做了，但心裡很過意不去，就辭職帶他們一家回嘉義種田。

他父親因為是警察，常有免費電影票，總帶著他去，這所以他從小看過無數電影。很多年後他記起四歲那年，他父親第一次帶他進電影院，所有人都不相信他記得的那些情節。那是一部日本的偵探片，一個脫衣舞孃殺了人，但她是受害而殺人，他還記得男主角帶著那女人逃跑，跑進一市場，追捕的警員用擴音器呼叫那男子的姓名，他嚇得利用攤販的物件，遮蔽藏躲。還有結尾，在脫衣舞孃的舞台，所有的舞女戴滿漂亮的羽毛，跳著康康舞，這時大批警察來了，要抓女主角走，這些姊妹知道她是冤枉的，各自去堵住不同的門，讓女主角獨自跳solo，她穿著一套用香菸錫箔紙做的胸罩和內褲，一邊跳那錫箔紙便裂開，台下觀眾當然想看，所以也加入去擋門，不讓警察進來。這時蒙太奇在撞門的警察、堵門的舞孃和觀眾們，以及台上那女人銷魂又悲哀的舞姿，在破門那一瞬，那錫箔胸罩正要掉落，電影在這裡ending。

或者還有日式房舍哩，盛夏時光，那些房間的門框一卸下，整間通的，光從四面八方湧來，他在那木頭地板上跑來跑去，他母親喝斥他，但不知道，這小孩的認知，自己背後跟著四十個女人，那年代有一部片《阿里巴巴與四十大盜》，就是沙漠上一個男的騎馬在前，後面四十個披著五彩薄紗的阿拉伯女人，也各騎一匹馬奔馳，在那年代，他覺得這場面美不可言。

有一陣他們家搬到台北橋頭，他們在二樓，後面一幢樓是「查某間」，他從他們家的窗台，恰好就看到下面她們的浴室。有好長的時光，他就趴在那窗，一邊捏黏土，一邊看著下頭那些腴白流動，盥洗中的女體。有一次，他把手伸出窗外，摸著一條電線，整個在觸電的狀況手像被黏住了，拔不開，那真的像電影裡演的喜劇橋段，他弟弟大喊著想要拉他，也被電擊，昏倒在一旁。對面樓下人們指指點點，有個老伯拿一根竹竿，往樓梯要衝上二樓，想從對面用竹竿來戳他，結果跑太急，從樓梯滑下去，連帶五、六個人都被撞摔下樓，整個就像是卓別林的電影。

老派說：「他那件事，不是已經過去好多年了？」

「他後來沉迷於造船，一種小型的單桅帆船。我想一開始他是對陸地產生一種類似恐慌症的厭棄，他可能對所有在陸地上有關的一切——包括城市、高速公路、電線杆、電波發射台、醫院、軍營，甚至所有在陸地上走動的人，也就是這些人類在陸地上建立的一切文明——他都想逃離。所以他可能想像一種漂流在大海的狀態。有一次他跟我說，其實世界上有許多人在大海上航行，都是用這種帆船（很小的推進器，只用於離港時），那完全是和孤獨、極嚴酷的生存條件、殘酷美麗的大海搏鬥，隨時會喪命的生活方式。有一些傳奇人物，後來就在航行中消失了。有時是你在調整帆布時被陣風擊落下海，這些老手通常會有個遙控器，落海之瞬要將船舵打死，讓它繞著圈子。但若是墜海之瞬昏迷了，沒按下那遙控器，船就直直離開你愈行愈遠，那在大海之中，只有死路一條。」

老派說：「你好像太被他的故事魅惑，這不就和那些攀登珠峰，或是穿越羅布泊沙漠，或是駕駛輕航機穿越太平洋的冒險家，只有一個想法：找死？」

我說：「不，他後來跟我說的，像在夢境中爬行，那著迷瘋魔的，反而是造船這件事。」

「造船？」

「是的，他自己一個人造，他先要在基隆那邊的海邊，弄一個簡陋船塢，主要是，現在都有3D繪圖軟體，先要木模，將這模殼內部，刨平、補土、打磨、上蠟；預留主機或尾軸的管孔，鋪上塑膠袋，將一種幫浦塑膠管埋在裡頭，丟進許多玻璃纖維的小塊，然後抽真空，灌進樹脂。乾了以後就有一個玻璃纖維的船體。」

「聽起來還好啊。」

「不，他在這個環節迷失了。他一直以為，這把液態如膠水的東西灌進那個他用3D繪圖軟體測繪出來的木頭槽模裡，那最後結硬成形的，那透明如冰雕的一個像牛舌的東西，不是船，而是船的過渡形體。那怎麼是船呢？它只是一個要把船生產出來的夢境，真正的船應該在這個簡陋的形體上，再長出更精微的形體。」

「他覺得他造出來的這些船，不，船的過渡形態，沒有辦法在海上航行？」

「是的。」

老派說：「你想說什麼？你或是你哥們拍的那些影片，或你們的人生，都是一些用橡膠管灌進一個空洞裡的膠水，然後永遠成為不了船，而只是船的某種過渡的形態？」

我跟老派說，我曾經認識一對大哥大姊，他們對我非常好，一些飯局總帶上我，那些飯桌上的人們各個都非尋常之人，他們講起宋代的造紙，或唐朝騎兵穿的輕鎧甲，或是當初在北京發生的政變，說的都是歷歷在目，就彷彿藤蔓枝葉都在眼前，聽得我抓耳撓腮。我那時總覺自己坐在一些仙界之人中間。有時我會去買些零食啊瓜果的，就掛在他們家門前，像小動物對牠不理解的神明，不知怎麼表達牠的愛意。但後來他們不知怎麼了，非常不喜歡我了，在一些場合相遇，看到我，臉上便露出極不耐煩的神情，甚至我從不同的人那裡輾轉聽到他們說我的壞話。一開始我弄不清自己是做錯了什麼事？是在哪一次得罪了他們？我可真是手足無措、神魂顛倒啊。有一次我遇到另一個長輩，也是曾經在那大哥大姊的飯局認識的，他說：你怎麼變這個模樣？以前我記得你是連說笑話都發著一種光輝啊。他說得讓我哭了起來。後來我便想：可能不是我有問題，是那大哥大姊有問題吧？我開始回想一些從前他們應對人事說過的話，或某些表情，我發現好像跟我以前認知的不太一樣。也許他們是充滿心機之人？權謀之人？這很像一個原本播放影像的程式，突然出現了個裂口，於是跑出來許多大數據，原本所是的那些人和人之間的連結，突然每一個動作都要用那大數據來運算。他們在我心中突然變得非常複雜、言行不一的人。這樣的莫名的裂解後的重啟大數據運算，使我後來不再相信人和人之間的感情。所有人對你充滿善意，向你展現那美麗的靈魂形貌，說些情深意切的話，從頭必然有像一整個屋子軋軋運算的龐大線路和電晶體，他一定都有隱祕而錯纏的演算。包括一個美麗的女人，一個可憐的傢伙，一個對你著迷的人，必然都有一套背後運算的曲折路徑。有了這個想法之後，我發覺人和人的關係，不是在一個小圈子、一個辦公室，或一個朋友圈，它必須放上網路上那千奇百怪你其實並不認識的人，那像整座雨林裡上千萬隻昆蟲，透明的薄翼在嗶嗶振動，人和人之間的關係，或是你是個什麼樣的人，是透過這麼龐大的、細碎的運算，被感受到。有時我在臉書貼一篇文章，下面有一些我不認識的人留言攻擊我，沒有理由的惡意，我可以立刻按進臉書的後台設定，將這些人封鎖。如此他再看不到我，我也看不到他。這一切只是龐大運算中非常小的一道程式，而非全景。不是你整個人的價值與對方整個人的愛情或厭棄。

老派說：所以你的意思是，你們這一輩的人，就沉迷於造船，但不航行了？

我說：我有時走在我那舊公寓的樓梯，我正要出門，我可以從樓梯間的窗格看到對面的老房子的屋頂，周邊的樹一片綠光盈滿，那時我會想：為什麼我的心這麼痛呢？是什麼東西把我本來的某些感覺挖掉了？我正要走出去的這個世界、巷弄、街道，遠遠近近的行人，似乎沒有東西來威脅我或傷害我，但是，為什麼我有一種想起「曾經有什麼」就忍不住流淚的感覺呢？

我們走在這樣的城市裡，然後感覺到世界像那些小草上的水珠，快速的被蒸發掉。我也試圖對抗這種「大批的消失」，在臉書上每天貼一則短文，但那個蒸發仍不留情的發生。好像我身邊前後左右上下，每一顆小水珠裡頭包著的一段故事，一個聳人聽聞的事件，一群人坐那兒繁文褥節的說話吃飯，都以肉眼可見的速度化為煙氣，嗤的消失。我幾乎記不起來一個月前發生的事了，不管是遼寧號航母繞台一圈，那時我只要坐在一個飯局，就聽到大家憂心忡忡的討論此事。「看起來是要打了吧？」然後座中有個小姑娘會對我們說起，大陸這個解放軍有一個社會結構的問題，就是許多當兵的，他們是這個社會典型的「漂流兒童」！父母都到大城市去打工了，這小孩就被扔在農村或小鎮，一開始可能還有個爺爺奶奶養著，爺爺奶奶過世了，也不見那父母出現，於是這小孩便像野貓野狗自己在那無人理會的狀況下，像孤魂那樣長大。這樣的小孩，他也沒有愛的學習，也沒有管道知道更多世界在發生的事。等到十七、八，他們去當兵了，那在如果發生戰爭的情況下，他們完全是接受軍隊給他們洗腦的那一套，是最好的戰爭機器，你根本不知道他們對射殺戰鬥目標的其他人類，可以冷酷到怎樣的境地。

但這一切說著說著，立刻又像顆小水珠被蒸發了。

或者說起北京的霧霾，竟有人在飯局這麼神神鬼鬼說著，這個北京的天空，可以說要做年度總會計的那幾年，一片澄明透藍，然後那幾天過去，突然就是伸手不見五指的整片霧霾降下。這說明什麼？這中間沒有一個起風啊、由淺轉濃的過程。簡直像電影片場的燈光切換那麼精準。根本老北京人就相信，這霧霾是國家在施放的，裡頭有一種微粒，是可以控制國民的精神狀態。他什麼時候要放，就可以放出來，你根本不用去戴口罩。

「這不是科幻片了嗎？」

這都是不久以前的事，現在那些像夜宴圖、像陶庵夢憶的那些灑著光焰、女人後頸飄出的茉莉甜香、那些巷弄人家牆沿冒出的紫藤花、黑瓦苔痕上踮著腳走的黑白貓，那些髒污狹仄挨擠在一起的假古董假茶假佛像的小舖，那些永遠可以說出讓你驚駭故事的老頭，或那些咖啡屋烘烤咖啡店飄出的焦糊香，那些因為復古流行剪了從前戒嚴時代國中女生的短髮，但因為穿了露出頸項的白洋裝，顯得那麼美麗的女孩，那些二手小書店，他們窮困不已，卻或收藏著精裝俄文版全套普希金，或是清代、日據時代台灣地圖而臭屁不已。還有一個叫武哥的壯漢，一臉刀疤、眼似銅鈴，活像魯智深現身現代，據說他以前是跑伊拉克戰爭的戰地記者，後來他總坐在永康街一家街角的咖啡屋外面，像個里長，我每經過，他便拉我到他的破車旁，掀開後車蓋，拿出一些你也不知為何他車裡有這些東西：鮪魚罐頭、什麼傳奇般的豆腐乳、日月潭的紅茶、或肉鬆……硬塞給我。或是一家不起眼的牙醫診所，那牙醫每次都和我談宇宙場論，談反物質、反空間，或是佛教的唯識與如來藏……這一切現在都被冰封在我腳下那凍止的時間了。

有一段時間，我很愛在YouTube上看大陸的一種「賭石」的紀錄片，他們到緬甸的某個小城，那裡有上萬家的翡翠店舖，裡頭堆著或大如人頭，或大如一隻小豬那樣的原石，那些緬甸人的臉上都飄移著一種詐欺和陰鬱的流光，那些石頭動輒上百萬，買石的人拿著小手電筒照著那些石頭粗礪皺褶的外層，他們會說一些術語，什麼水頭啊，綹裂啊，這裡一道灰質吃進去啊，怕會變種啊，裡頭雖然有色但可能髒啊，非常細微的，從一個石頭的外沿，推敲、盤算、猜測它裡頭的色彩、種類，那種懸疑、口乾舌燥的氣氛，像把女人用棉被裹著，讓你猜裡頭的胴體是個風流美人，還是個醜婦。

然後他們將賭定的那顆石頭，在一極簡陋的工廠，找專門的切石人，用一種大圓轉鋸邊噴水邊切開那原石。切石時那鋸齒會噴出火星。許多次我看到那切開石頭的剖面，像水彩顏料盤的漩混，有糖蜜色，有髒髒的墨綠，有整片柔淨的紫色，有時則是一片淡淡的深到裡頭的綠色。但那些顏色都像冷凍庫裡結凍的豬肉或死魚或烏賊，它們好像都在一種屍體的狀態。然後有時這些賭石人會激動的喊：「賺了，賺了，這整個水頭。」有時賭石人會沮喪的發現裡頭雖然是滿翠的種，但卻像冰裂紋一樣，全是碎裂。

這時我覺得我腳下的那厚厚冰層，就像一顆無比巨大的翡翠原石的剖面：嫣紅奼紫、花青鵝黃、撒花雲斑、黛藍湖綠、飛金泥金洒金，但全是像一層極厚的夢境的玻璃。想到切開這顆原石的人，他想看見什麼呢？我腦中怎麼冒出這樣一堆句子：「玉階生白露，夜久侵羅襪。卻下水晶簾，玲瓏望秋月。」

我曾去過這些地方

「我小時候有人幫我算命，說這孩子命裡犯水，很容易溺死在水邊。這還真的，我大約六、七歲時，有一個冬天，和我們那區全部的小孩，都在結冰的湖面上玩滑冰，或是木箱上綁兩鐵條當雪橇車，讓我哥拉著跑。總之，那個冰啊，結得也不是很均勻，靠岸這一大片，厚的像大理石地板，怎麼蹬啊跳啊都沒事。但靠湖心處的，有些冰層下頭結得並不扎實。但有些大孩子是真的玩花式滑水，他們滑行的範圍特大，但好像總能不靠近那，像有條隱形的線畫著的危險區。我那時啊，也不知怎麼了，遠遠看著一隻鳥，滿大的鳥，頭伸進冰層裡死了，像個雕像。我就好奇，歪歪趄趄走過去，慢慢離開人群。那些小孩的聲音遠了。就在手將要觸到那鳥羽毛還栩栩如生的一刻，嘩啦我腳下裂開一個窟窿，我整個掉進去。很難描述那個過程，我水性算好的，但那可是零下十度的冰水啊，在那十分鐘或五分鐘，我覺得我是在『死』的境界裡。岸那端的同伴沒有人發現我這兒出了事。我獨自在那掙扎啊，張口吐出喝下去的水啊，浮著、手死命扒那裂洞的邊沿，一滑下去，往下沉，就是一片靜幽幽，周遭全黯只有我這有一道光束的水底世界，我心臟都被回收血液的低溫凍得縮起來，發疼啊。我一直恐懼的自言自語：『我要死了。我要死了。』事實上，我們那小城，每年冬天，都一定會有幾個小孩，在這樣冰上玩兒的時候，掉下去，人就沒了。」

「後來呢？」我問，但旋即後悔，聽這種故事最傻逼的，就是問「後來」；如果那時她掛了，那現在是誰在跟我說這故事呢？

「後來我也不知是什麼神奇力量，總之我竟然自己爬回那冰上。原本靠岸邊那群小孩，我的玩伴，全不見了，沒個人影。大約是有人發現我不見了，一害怕全跑回家了。我在那死而復生——感覺那湖下有個吃小孩的魔鬼，已經一口把我吞下了，味道太差又吐回來——的冰面跪著喘回了口氣，走回岸上，又不敢這樣回家，被大人打死了。我就這樣全身濕漉漉的，一直發抖，在那小城的工廠旁啊，人家的門口啊，晃著。那個天氣很怪，是有陽光的，但氣溫是零度上下。我就那樣把衣服風乾、晾乾，才敢回家。回去後發燒躺了一個禮拜啊。」

「真好聽。」我說。那時，我以為，我每回在中國大陸，遇上一個哥們，喝個兩杯，都可以聽到這麼一段如夢似幻的故事。

「我們那小城啊，九〇年那段時間，一些磚造的工廠，像劉慈欣寫的〈鄉村教師〉裡的那樣，天空總是灰濛濛的，可能全城八成的婦女，全在那些磚造房裡的工廠鞣皮啊、縫線啊。那時咱們城最高的建築地標呢，是棟人民醫院，它醫院後方有個池塘。那池塘呢，可能醫院裡一些過期藥劑啊、清潔劑啊什麼的，全往那池裡倒，臭不可聞。那個臭，是化工劑料強酸的臭，不是廚餘魚肉蛋白質腐蝕的臭。當時也有不少婦女，可能年輕女孩被男人騙了，也可能是妓女沒小心懷上了，跑去這唯一一間醫院打胎。那是違法的。但那醫院，或說那年代，也沒個處置這些打掉的死嬰的流程或有人來收什麼的。他們就把它們倒進那池塘裡，那些死嬰會像皮球撐飽了氣，浮在黑呼呼的水面上。好像也沒人當回事。時間久了，被蛆吃了裡頭的內臟，可小骨架也塌了散了，就剩一坨小人形的深褐色的皮。我們小孩那時也不懂，找了根長竹竿，去池塘裡撈啊戳啊，刺起一枚那樣塌癟的小死嬰皮，就舉在竹竿頂端，像舉著旌旗那樣大街上嬉笑追逐。現在想來，覺得真噁心。」

那算我從二〇一一年左右，開始有機緣到北京的第一次還第二次吧？距這之前最後一次到北京（和新婚妻子的蜜月旅行），一九九六年，中間隔了十五年。也是我第一次認識、遇見大陸這邊的「文化人」：出版社的、文化記者，或南邊某間大學的老師，他們同時也都是作家，年紀約小我幾歲，或小十幾歲。我搞不太清楚狀況，但感覺好像「出書」這一塊，在中國，正興興轟轟，充滿傳奇和可能性。事實上他們做了許多事，翻譯了許多對我來說不可能的國外哪個大名作家的小說或哲學書，這在他們來說，好像也氣定神閒。我被找去一家叫「湖廣會館」的餐廳包廂，他叫了一整桌油光瀲豔的菜。他對我介紹這當初是李鴻章為照顧兩湖兩廣讀書人，進京趕考時，不需在車馬顛簸後還憂煩人生地不熟，吃住皆有個照應；他拿著一瓶酒，說這正是李鴻章家鄉的名酒；他介紹著那一道道有著古代感的名菜，它們各自的身世和講究……那讓我恍惚，覺得此情此景，是我童年記憶裡父親那輩人的作派。在台北，到我這輩，基本上極難得有這樣的杯觥交錯，圓桌攀敘一些老輩的風流逸事，或一桌人低聲暗著臉，說起政局風向，一些可靠的消息，誰誰誰上了哪個位置，而他又是誰誰誰的人，嘁嘁窣窣，陰陽乾坤。同時挾菜、咀嚼、剔魚骨、飲茶、敬酒。眼神整桌巡梭，適宜時說個與進行話題呼應之笑話。我們好像都習慣在咖啡屋或酒館聚會像洋人那樣在背景音樂中小方桌哈啦了。感覺在某個時光，就失去了這樣的吃大圓桌應酬的教養了。或那辰光整個中國，都在一富起來的初啟年代，生意實在太好，感覺各包廂都坐滿了人，端菜的服務員女孩哪道重頭戲的菜一直沒上，主人非常焦慮的催了幾次，最後還是沒上，他們就非常認真的發火了。「怎麼回事呢？不是，剛剛就是妳這位姑娘，一個小時前了唄？這太離譜了嘛！」就連那樣在餐館被怠慢，被不尊重，那個怒氣的撐起，必須亮一趟唱功台詞，這都像我記憶裡的父輩。

有一次，在一個酒館，聽幾位已在中國「跑」（這個詞怪怪的，同義字應該是「發展」）了許多年的哥們，說起種種像《天方夜譚》那樣不可思議的事。

有說，幾年前真的在北京發生的事，在一條也算鬧區（譬如香港尖沙咀啦，或台北的永康街口）的街角，有一天，這個店面被黃膠帶圍起來，有工人來施工、裝潢，約搞了一個月，招牌掛上，是一家也很有名的銀行分行。簇新的櫃檯、後面穿著制服的年輕女櫃員，背後跳著世界各國匯率的液晶燈箱，經理、襄理、各自在堆滿文件的桌上忙著，數鈔機的嘩嘩聲，電腦抽牌叫號的聲音，門口的保安警衛，側邊壁面上四台ＡＴＭ提款機，坐在等候椅上的那些大娘大爺們。總之就是像雷諾瓦畫作如果有一幅「北京××街口的銀行大廳」，就是那個景象。

大約兩個月後，有個禮拜一，要去銀行辦存票或轉帳的居民，到了這銀行門口，欸，鐵門拉下。又過了幾天，還是像鬼屋沒有半個人影。報了警，一查，這家××銀行說根本沒有這個點的這個分行。也就是說，這兩個月，栩栩如生，包括經理、櫃員們、警衛、溫柔笑著拿紙杯裝水給你幫你辦大筆外幣定存的小姑娘……全是分工的演員，他們是一整個詐騙集團的成員。據說這一案，他們吸金捲款了幾億人民幣。根本沒處追回這些像《聊齋》一般，幻化成一縷煙的狐神花鬼。

又有說，其中一人的姨父，幾年前，和朋友合資在東莞弄了一個廠。做生化科技，其實就是女孩子的化妝品保養品。市場意外的好，便增資擴廠，上海、青島都設廠。青島那個廠，他們找後台一個當地軍區的大校，整個廠就蓋在軍營裡，這他媽後台夠硬了啊？直接跳過那些編織紊亂的地方黑幫、公安、武警、城管單位……直接整筆保護費統整了，就找最夠力的庇護。結果還是出事，那姨父的合資者，也是個台灣人，被綁架了。對方開口一個天文數字。這邊呢，去找那個已繳過香火錢的大校，這大校呢，去打聽了半天，回來變個調解人的模樣，說對方後台也很硬，開的數字怎麼也不肯殺，他花了好大勁，現在對方說好吧，打對折，放人。這姨父立刻領悟這他媽全是一夥的，這邊扮白臉，那邊扮黑臉。你以為繳了巨額保護費，就可以做太平生意？沒的事，他要吃掉你的廠。於是，他姨父籌錢，將那合資人贖出，他們連夜往南跑，上海、東莞，把一些該銷毀的資料銷毀，就飛回台灣。廠、設備，全都不要了。他姨父那一趟下來，滿頭原是黑髮唰全變白。

另有說，前幾年，凡你是有名的、有影響力的文化人、作家，平日又愛放炮批評咱們中國的政治現狀。好，這時候會在你的生活裡，出現一些靈異現象。一開始，是莫名其妙有一筆大數目的錢，轉進你戶頭，他也沒要你做什麼，發表什麼支持政府言論。但那錢那麼幽雅、不困擾你、飛羽流觴的進到你口袋。什麼都不用說。這有一套文明的複雜曲折教養。好，你不愛錢，你不上道，你不領情，這時你要特別注意了，當你到大陸不同城市演講活動，總就會出現一些非常標緻的女同志親近你。十個男人九個過不了美人關吧。（我們大喊：靠！不能吧？不可能這麼費勁吧？這他媽又不是搞國共間諜戰女特務嗎？）好了，也許你真的是唐三藏、柳下惠，你他媽金剛不壞之軀，不被精蟲灌腦；這你總有父母吧？會輾轉有人來問候你父母的健康，通常也都是老人家了困於這些那些纏疾了。欸，他們告訴你，可以安排令尊令堂住進北京協和醫院，甚至有傳說中曾幫領導人起死回生的氣功師父，你若是個孝子，你這時買不買單？這關你若還是跨過，那我佩服你！但許多老文人是認輸在最後這一招。整套宋版刻《魚玄機集》本放在你家。一見，眼淚汩汩流下，那種中國文人的一泡硬橛脾氣，那一刻全洩了。哪個文人到這年紀，不是書癡、書奴？比楊貴妃全裸依靠在你家沙發上還讓你眼瞎目盲，灰心喪志，看透徹自己的渺小。

說實話，這正是標準的卡夫卡城堡，沒有比這更卡夫卡了。在卡夫卡的《城堡》裡，有一段，就是土地測量員K，為了想靠近某個城堡裡的官員，只是為了弄清楚自己在這迷宮裡漂浮的位置，他刻意去把官員的前情婦，想從她那裡探聽到更多關於城堡的中心是怎樣運作的細節。但這一切反而愈在隨機的，所有人版本不同的描述中，愈複雜難理解。情婦說的，情婦的弟弟說的，房東太太說的，村長說的，甚至最後話題的爭吵，纏繞著K這人的品德、黑暗面打轉。K的內在逐漸崩解，似乎連兩個孩子般的助手，都可能是背叛他、監視他、阻止他想窺知城堡內部運作這念頭的，「城堡那邊派來的人」。卡夫卡的偉大，在於其筆下的人，像一群被拔去翅翼的蒼蠅，困在一盆膠狀的培養皿中，沒頭沒腦掙扎，碰觸別的蒼蠅。被剪去的，正是人和人最基本的信任。

這件事是怎麼發生的？是在何時發生的？那個叫「信任」的蒼蠅翅翼，是哪些人在什麼狀態下，把它從所有人身上拔掉了？

我和他們在包廂裡喝酒，我感覺他們是一群瘋子，像從電影《龍門客棧》裡某個場景切割出來的，每個人身後都有一團迷霧的怪咖。其中一個瘦子，是個小說家，我讀過他的短篇，非常厲害。但他坐在大圓桌一角，低頭讀他的書，完全不理人。他們說他以前是個鄉村小警察。另外一個胖胖的小說家，他們說他是個麻醉師。真的假的！我像個土包子那樣驚呼著。覺得他們是掰出來騙我的。「其實我在台灣的工作是洗屍體的。」他們哈哈大笑，既包容又友愛，但每張在那燈光下稜角陰影的臉，都有一種說不出的沉鬱。是以笑容和那即興接力，說出來讓全桌人臉像花朵綻放的笑話，那都有一種流動在多一層的宣紙、或夾壁、或家具腿木頭紋理的，一閃的悲傷。我們用小盞杯分喫著一罈溫過的紹興，非常順口，於是喫光一罈再放上一罈。後來我發現他們裡頭的頭兒，一個光頭，他媽年紀還小我兩歲。我便吃起豆腐喊他弟弟。

他們互相拋哏，嬉笑胡說，以及那些胡說的內容，都讓我震動。當然我表面上不動聲色，裝著和他們一樣的英雄好漢，見過世面。譬如那個瘦子小說家同時是個編輯，每日去辦公室上班都穿得像個流浪漢，於是這光頭（身分應是他們的主管）和他打賭，只要瘦子持續穿一個月西裝，他就認輸。賭注是五千塊人民幣。那瘦子果然穿著那身西裝，說已穿了三個禮拜，臭死了，再撐一個禮拜，他就要領那筆錢啦。似乎他們什麼都賭，賭中國足球隊在世界杯亞洲資格賽的進球，或輸贏；賭艾未未這次能不能平安出來；賭德州撲克；有一些我聽不懂的，譬如賭羅永浩的「錘子機」如何如何、那時甚且還有人賭莫言的諾貝爾獎領獎致詞會不會提到《聊齋誌異》……後來我喝茫了，聽他們在賭「中國打伊拉克誰輸誰贏」，我說：「他媽的中國出兵伊拉克了嗎？」我以為是戰爭。他們哄的大笑。原來說的是足球。我說：「那我也下注，當然中國贏。」我根本不懂足球，而事實證明，那場球中國輸了，我在半年後再赴北京時，乖乖給了那瘦子一千元賭金。

他們的酒喝得非常快，那有一種進入醺茫之境，人突然像張愛玲寫滾水澆進茶盅裡的菊花乾，一朵朵又「活過來了」重新綻放。說實話我從大學畢業離開我那群廢材哥們後，就沒喝那麼爽過了。

席間也有個大眼美麗女孩兒，看來也是他們哥們，勸酒起鬨不輸男子，整個和我腦中內置的，台灣文學掛聚會的文青女孩那森林禽鳥，遮藏閃躲在枝葉間，啁啾或短距離跳躍飛行的殘影、或印象，完全不同。有點像一丈青、扈三娘的氣勢，但也沒那麼江湖、剽悍，而是一種笑起來像珠光搖晃，酒杯完全不讓在場男子一盞一盞往喉嚨裡倒的明快。

我覺得我是台灣來的土包子。我甚至弄不清他們是有錢人，還是窮鬼。在台北，可能從我這代開始，「專注寫小說」意味著走入一條緩慢的，貧窮隧道。我這代的小說家，或比我年輕十歲一代的小說家，聚會時，都帶著一種「被世界刮過鱗的魚」的夢遊者氣味，在社會階層中被擠壓到，資本主義城市峽谷的邊緣，「可能更宅，更孤獨在自己的賃租宿舍讀書寫稿」，而不太有生活本身拍打起的水花。也不會有這樣一包廂裡，梟雄味、對國家的貼近憤怒嘲諷，或在網路的世界泅游過來的，被一種集體的珊瑚蟲或海蟑螂包覆，穿行過的、兩眼發亮的瘋勁。

後來我不勝酒力，顛顛晃晃走進包廂的廁所裡，對著馬桶狂吐。然後我打開洗手槽水龍頭，清洗著拖出酸味黏絲的口腔，時不時又嘔一陣。我的舌頭好像腫大成像嘴裡含著一只鞋。我對自己說：「穩住。不要胡說。你醉了。但要穩住。不要丟人。」

我想我真的是土包子。我從小住在台北隔一條河，叫永和的小鎮（那時還沒有捷運）。我高中時進城念高中，跟了一群哥們學壞。打架、抽菸、學喝啤酒，知道那些哥們和馬子們的事，打撞球、混咖啡屋。後來大學，從別人那知道麥可．喬丹和麥克．傑克遜；知道Nike球鞋；到一對留法的教現代詩的老師家，學習他們在沙龍喝紅酒、伏特加、白蘭地、台灣原住民自釀的小米酒，見到那些神話裡跑出來的老詩人，大家喝醉了，瘋瘋癲癲聊波特萊爾、韓波、普希金、顧城……好像他們是我們的親人。回到宿舍讀著我以為是我的世紀或我的國家的杜思妥也夫斯基、卡夫卡、馬奎斯、昆德拉、大江、卡爾維諾；交了女友後，慢慢知道有女孩兒的保養品，像蝴蝶品種那樣紛繁的包或衣裳；於是像一條班雅明的拱廊街，那渠溝分岔到我根本不理解的，各種小店裡，這個世界琳瑯滿目的所有不可思議的東西。然後有網路，然後有智慧型手機，這都是我年輕時幻想都想不出來的景觀。然後有一天我來到北京這條我不知在哪兒的街上的一家餐廳包廂，「在酒樓上」，喝醉人所有人都影幢搖晃，裂開。他們說著前不久北京一場流產政變，他媽裝甲車、重機槍都出來了。「真的假的？」那變成我和他們對喝時的口頭禪啦。他們說當時發射「北斗」衛星，已經不用理老美的GPS了。那時整個飛彈網是鎖定北京什麼區什麼區啊。「真的假的！」他們悠著笑，像大火燒過的金屬結構，煙燻焦黑的，手不經意摸到是發燙的。沒啥好大驚小怪的。人類歷史多少文人的心靈經過繁華風景或恐怖噩夢，也必須習得這樣的淡定和自嘲的笑意。

有一年我在北京的琉璃廠嗎——那和二〇〇五年後再去北京，譬如煙袋斜街或南鑼鼓巷，那些胡同意象的高雅的，設計師的，昂貴的某些白玉、青花瓷片做成白金框綴飾；或西藏風的天珠，青金石，綠松石，狼牙，用銀包裹的首飾；或中國風的服裝店，相較比較不那麼昂貴的老毛打火機手錶馬克杯筆記本鋼筆……完全不同——這些店家，完全像是另一個時空，另一座昔日之城的一條夢中之街，感覺許多老者就在小鋪外鋪著一條毛毯，上頭排列著五顏六色，嬌黃霽紅蟠桃或牡丹的瓷器，一些字畫，老刺繡，黑檀筆筒，那些老者陰鬱飄移，似笑非笑的眼神，讓我這外行人打從心底就認定全是詐騙的假貨，但他們那安然坐在路邊小板凳上，讓光陰在眼前流晃的自信勁兒，又讓你心中懷疑，不定那裡頭某件看去比所有物件更像破爛的，還真是個寶！總之那就是個詐偽、幻術、傳言編織成的舊時光謎陣。反而一些比較正經、有規模的店家，玻璃櫥櫃裡放著價格訂死的名硯、扇面、奇石、壺，穿著比較體面的中年人，也不讓你講價，那是一個有學問門檻的品鑑收藏世界，對我反而沒有吸引力了。或是一些舊書店，我記憶裡那條街，彷彿離亂世離散才一紙窗之隔，這些破瓦爛紙，都還是農民從各鄉村，挖出，一牛車一牛車拉來這倒貨啊。還都充滿光影的縱深，從舊時代掏出的濃郁氣味，沒有設計的美感，卻都是真貨。

這樣的「昨日之街」後來就不見了。我好像只是恰好在那時間點，闖入一鬼魂們的碼頭，日頭一照，那煙霧消失，那些買賣時光的人，全蒸發了。

我記得我走進一間小舖，賣的全是皮影戲的鏤雕皮偶，說是皮偶，其實它們都是一些帶著操控繩線的平面，有孫大聖、二郎神、劉關張、水滸人物、有牛馬驢羊雞鼠龍蛇各種動物，非常美。老闆娘是一白淨的胖婦人，悠然坐在櫃桌那讀著書，整個有種和我不應交錯的平行時空，好像應是上輩人的文氣和閒淡。聽我口音，問是台灣來的，說台灣小說她讀過一些，舉了蕭麗紅、三毛、蘇偉貞，這在二〇〇〇最初那幾年的北京一條賣古董的老街小店，這真的讓我當時驚詫。我在那充滿皮革氣味的窄空間裡，挑了兩只皮影戲偶：一只是國劇舞台的孫悟空；一只也是國劇舞台的青衣美人，鳳冠花鈿，繡披霞袍。這些都是非櫃上放的精品，價格以我那年紀來說頗貴。她是非常慎重從一大夾檔裡，一枚一枚都用報紙包著隔開，讓我挑選。說都是驢皮，雕工都是有名氣的皮影戲偶師傅啊。

在那更早之前，約一九九六、一九九七年間，我和年輕的妻子，最初幾次到大陸，都是鑽進這些，不同城市，彷彿濕淋淋鬼魂們挨肩撞膀的「鬼市」，在一種光度特別昏暗，影子都有毛邊似的，貧窮年代剛結束，而瘋狂的暴富年代還沒來臨，在那樣說不出的浮世哀愁、紛亂，但有緩了半拍的時間感，那些整地攤數百個古代形制的老鎖頭；或是各種老木箱；我們還曾買過一個皮革做的帽箱，約是民國初年那種洋派人戴的西式有一圈帽沿的呢帽，家裡講究收藏這些帽的一只圓筒；還有個姑娘賣的是古代新娘要出嫁，壓在嫁妝木箱最底的衣裙，那都是她們少女時光就開始拿針黹縫啊縫到出嫁那天的壓箱寶。我記得妻買了一條粉紅鑲桃紅邊的百褶裙。當然還有一些白玉的攤，刺繡小荷包的攤，巧繪了各種旖旎春光的鼻煙壺的攤，真正行家耗盡辨偽學問，摩娑翻看的字畫和瓷器攤。那個殺價，完全是像戲台上的血海深仇，要翻臉打人了那樣的氣勢。我記得當時妻看上一小片薄紙包的，就小指指甲那麼大小的，蘋果綠的翠玉片，老件，那老頭開價八千人民幣，現在說來那真是便宜了，但我們倆窮年輕人，妻說了個數字「兩千五」（那已是我們那次旅途，扣去吃住，全部能湊上的錢）。老頭露出個「這太荒唐」的冷笑，我們於是轉身就走，走到已是那整條古物市集要出去大馬路的尾了，那老頭追過來，把我們拉回去，憤憤地說好了賣給你們了。然後他說了一句：「妳這小姐眼睛太毒，妳小心生的兒子沒屁眼。」他說這麼惡毒的話，妻卻笑得眼睛都瞇了。那表示，挖到這攤的真貨，且殺價殺到貼骨頭了。

還有一次，也是二十年多前的事啦，那是我第一回到南京見大陸大哥，我和新婚妻子住在秦淮河畔夫子廟那一區，我記得那裡有一些古董小店，我們愣頭愣腦進去逛了，如前面寫的，那些老闆像是舊時代冒出來的人，像《儒林外史》書裡的舊書店老闆。我記得我看上一枚小指甲大小的羊脂白玉，翻來覆去看，那色澤就是對，一看是個老件。我亂開了一個不可能的低價，跟老闆說我台灣來的，交個朋友吧？那像《儒林外史》書裡跑出來的老闆，也神祕笑著同意了。當晚我在旅館房間書桌上，一種貪了別人太大便宜的心虛，把玩著那枚羊脂白玉，跟妻說這沁色，怎麼看都是老白玉啊。一失手它掉落在桌上，但奇怪的是它彈了起來。那一瞬間我知道那老頭兒賣給我的，根本連塊石頭都不是，它是枚他媽橡膠啊。

我很難說清我在此際，回憶那光影暗魅的昨日之街，那行人如鬼，而塞在各框格店舖裡的各種玩意兒，又全是一些不存在時光，不存在之人的蛻物，那時以我和年輕的妻，我們其實都是窮年輕人，但我們迷迷糊糊闖進的「大陸」，和現在這個超現代、昂貴、大城市景觀的國度，好像是它還在一全身被破爛縛纏的忍術掙脫的怪物，我們恰好撞見它甩賣那些古老，與全球化資本主義物神無關，純粹就是老祖先們身軀剝下的鱗片、指甲，就形成一個覷瞇昏暗，層疊迷障的時光碼頭。

我曾去過那許多地方，但我什麼都不記得啦。

有一次，在寧夏南邊的，在那石窟山壁的陡險階梯間迴旋，有一個小女孩跟著我們，說只要五塊錢，她可以帶我們導遊。那次我們那個團的全陪，是個不溫暖的傢伙，他警告大家不可以給這些人錢（確實在那荒漠中的石窟山下，四處可見穿得破爛的當地老老少少，都追著或一團或三兩個的遊客，同樣是烈日晒成的棗紅臉，抱歉笑著低噥著「要導遊否？」），那會造成他們這裡的人成為一種「寄生蟲的循環」。當時我心裡想：那你的行業不是這種循環，更大的一種型態嗎？後來我和年輕的妻不理他的屁話，請了這小女孩當我們的導覽。但她其實滿靜的，只是像小山羊蹦跳在那高陡的階梯，告訴我們該看哪一窟，該從哪處迷宮的入口進去。後來天色慢慢昏暗，我們在停車場集合後，不記得這旅行團哪位女士提議：咦，小妹妹，妳要不要讓我們送一程回妳家啊。好哇，女孩開心的同意。但我們的小巴，在那我記憶中像月球表面一片荒瘠，起伏的土丘間繞，沒有任何植被。那師傅在唯一的蜿蜒小路上行著車，過了頗一會問坐他旁邊座位的小女孩：「這對不對啊？」那女孩兒安靜地說：「對。」一開始這些台灣大姊姊會找話逗她，叫什麼名字啊？怒孤雁。啊？什麼？我到現在，二十年過去了，還一閃那麼清晰女孩口中吐出的她名字的發音：怒。孤。雁。後來拿紙筆請她寫下：「奴姑燕」。可能是維族名字的發音吧？問她爸爸媽媽呢？家裡還有什麼人啊？每天妳都自己跑來這石窟當嚮導啊？她都乖靜靦腆的回答。但後來慢慢大家都被一種車窗外流過，那慢慢進入晚霞暗影浸沒，瑰麗又荒涼的時空震懾，而沉默了。我們經過車程顛簸的時間（可能開了有二十分鐘），換算這小女孩每天，自己一個，從家裡走多長的路，到那石窟；之後又走多長的路回家？應該加起來走三小時跑不掉吧。女孩的頭髮髒灰灰的，莫說是她這樣六、七歲的小孩，連個大人走在那樣的惡土地上，都會有一種「天地不親」，人如此渺小可憐的恐懼感吧？

那時約是一九九六、九七，我三十歲了，之前的小說閱讀時光，大約也認真過汪曾祺、阿城、李銳、韓少功、莫言、賈平凹、張承志的一些，他們寫土地，人就像是土地的泥巴捏出來的小偶，那麼可憐的能有的一切全是從那地平線一片黃禿禿的土地掘點長點。天寬地闊，時間在這裡毫不珍貴，人的自我感或也不珍稀。後來讀了V．S．奈波爾的《在自由的國度》，我好像反而能感受在那麼大空闊地面上，開著隨時會拋錨的車，在公路上跑的，你會被路「吃掉」的，不論沙漠、黃土地，那麼長而疲憊的車程。那些無言的山丘，好像累積了太長歷史，人們在其上移動的故事，常是殺戮、餓殍、災荒、異族被劃進現代國家版圖的，說不出的憂悒。那是我的「中國想像」，一種和在台北，父親帶我們去那些後來開始出現衰敗氣味的外省老頭開的館子，從小聽父親講的那逃難故事，他們這樣的人所逃離、失去的原鄉；或我們那年代念的歷史地理課本，那個每處故事環節之差異，裂解開來，像神燈巨人暴竄出完全不同景觀的公路電影的啟程。我們的車在深夜終於要進入包頭市之前，在一段山路遇到一個超現實奇景，我們眼前，或側邊可見那較上面的整個山路，像宮崎駿電影《風之谷》中的王蟲，一路列隊行駛著數百台一模一樣的卡車，白灼的車燈串連著前輛這樣甲蟲般形體的卡車黑影。我們的小巴師傅說：這些是「煤老大」，全是運煤卡車，他媽的他們是最大的幫派，在這裡跑車的誰都不要惹他們。我們曾在呼和浩特往包頭的那一段筆直公路，感覺一旁的陰山，灰藍色的山影，開了六、七小時，那山還是鬼魅的，形狀不變的列在北邊。車子唰的急彎開，公路中央一個人被撞死了，大大的肚子腆向蒼澈明亮的天空。就像累了那樣率性睡在路當中。我們的車駛過，從後窗看那躺著的人影黃土煙塵漸遠。這師傅拿出那年代還很少見大隻的大哥大報警。講第幾段幾公里處，「欸，欸，應該是死了」。

另一次更扯，我們在西藏，我已不記得是否是從日喀則返回拉薩，在一小村的公路塞車了，我們的師傅超過車一邊大吼「怎麼回事啦？」一堆三、四十人包圍一輛車，和後面一輛警車。一陣混亂中，那車內兩個傢伙被警察硬推上我們的小巴。我們的小巴在那群人發現，圍過來拍打車窗的瞬間，加油門衝離那裡。

那兩個上我們車的傢伙，是漢人，平常應該滿橫的；但這時兩人臉色慘白，講話都還在抖。剛剛那邊是個藏人村，他們就剛剛在那撞死一個藏人。那全村的人衝出來把他們車圍了，還戳破輪台，砸破車窗，他還聞到汽油味，好像他們已撬開油箱蓋，用管子在引他們車油，好像要燒死他們。

我沒遇過兩個看去也像狠角色的，被人家圍毆後，那驚魂未定的樣子。「阿若沒遇到你們這車，我兩會被打死啊。」

另一年我和一雜誌社的攝影師到西寧，我們先在蘭州待一晚，然後搭火車進青海。原先想像的高原反應啥的都沒有（倒是那年幾個月後真正進拉薩，才領教了高原反應的可怕），那時是盛夏，但按旅遊書寫的，到了日月山頂那段，真的是要穿上大衣，隨著繩散開的彩色經幡，那確實有在台灣冬日上高山前的氣壓和緊張。但說實話，許多年過去，因為這趟旅程是對台灣一雜誌的旅遊版，攝影師簡直進入一「攝影師們的聖地」，因之我記憶中仍殘留著的，便是這樣跟著攝影師之眼，四處趕場的，山巔上風吹獵獵的彩色經幡；或塔爾寺那些戴面具的馬頭明王祭，那些年輕藏僧；或仆伏在地磕長頭的藏族老婦。我記得的，怎麼就像沒去過，但在白銀閃光的電影、旅遊影片、照片，上頭的印象一般。透明的空氣，飽滿的光照，甚至後來到了青海湖畔，看到那數以千計的水鳥，造成眼球撩亂繁錯之美，那個讓胸臆深處抽口冷氣的大，好像也符合「即使沒到過青海，但腦中想像的青海，就該是那麼銀亮無邊」之印象。

主要是我們租的那輛吉普車師傅很有意思，他是河南人，但在西寧跑車載人入藏，在這條公路跑十幾年了。因為我們到了西寧，我才從資料看到，往都蘭去會有一處「吐蕃王陵」群，臨時跟台灣的雜誌社通電話商量改路線，這師傅開口要跑都蘭的話，要加四千人民幣。我不知十年前和現在對這樣一筆錢數目的感受，有多大變化，但當時我們和他像要打起來那樣的爭吵。主要是我們的感受性，無法換算成在那段空曠公路上跑，燃燒汽油的價格。這師傅覺得我們非常怪，從西寧一路往西，跑到都蘭，那幾乎就要到格爾木了，那之後就是他們這種跑車人進藏，一路海拔上升，經過天人之界的可可西里，到唐古拉山口，所有人跑到那樣的遠距，都是要準備血液含氧不足，腦中出現空幻之景，皮膚說不出冰冷，的入藏行程。沒有人跑到都蘭，再回程近七、八百公里回西寧。對他來講，那就是傻B燒汽油。他一路跟我們哈啦這類事，說有一年他載到幾個黑老大，神頭鬼臉的，一路問他那兒可以買到槍，幾個人交談間故意講些他們曾經幹過的狠事。他想他們是要搭白車了吧？過了格爾木，他就一路飆車，通常進藏，他們會在哪個小鎮停一停，緩一緩，讓人體習慣那海拔的陡升。但那回他故意一路上行，最後入夜停在一小鎮（我忘了他說的地名），那夥人全奄了，趴在車邊吐，哀求他快帶他們進拉薩。總之他說的全是這類事。

但我現在回想，覺得當時那照著地圖，胡亂想像就劃定的那段師傅眼中傻B之路，非常值得。當時我私心是為了正在寫的長篇《西夏旅館》，想跑一趟當年讓李元昊幾度慘敗的吐蕃王朝的陵墓群，想抓那種詭魅，高原中騎兵軍在一種空氣甚至身體存在感都無比稀薄的光中奔跑的感覺。但真到了都蘭，車子開進一片荒涼的「陵墓群」，那景象大失所望，一口口被盜墓者挖開的洞，像個死去巨人對著藍天張大了嘴，而那嘴裡慘不忍睹，全被拔光牙，裸露一個個窟窿。當地一個臨時請來帶路的地方文物工作者，跟我們說，那時這一帶農民盜墓啊，是全村租好幾輛挖土機啊，用炸彈炸開，挖土機亂挖，當時只知道挖出來的金器值錢啊，那些吐蕃貴族墓藏的絲綢啊，畫帛啊，被亂扔在這些瓦礫荒土上。囂張到這地步。總之，眼前只是一片荒枯的寂靜山丘，好像這一片區域，連土地下的神靈，或歷史的時間幻覺之類，都被死亡穿透了，抽空了，乾涸了。

但就是從西寧到都蘭，再從都蘭奔回西寧，那段公路之景，我想可能此生我再不會有幸收攝，經歷，那麼美的公路電影的播放了。後來我也去過西藏，也從拉薩往藏東，一路看珠峰山脈美不可言的山稜，但也沒有青海這段路，那麼像在另一顆星球，或像是我們這一輛車，其實是在一玻璃雪花球裡旋轉著的幻覺。我記得那公路在一些灰綠色的山巒間盤旋，那些天空的顏色，草原的顏色，整片山丘密密麻麻犛牛群的顏色，都像有一層薄薄玻璃覆住，一種奇異的析光，透明感。有時我們把車停在路旁，攝影師爬上那些綠色小丘頂拍照，我坐在車輪邊抽菸，覺得這一片祕境，安靜到，可以聽見那上百隻犛牛，集體咀嚼草莖，那原本極細微的聲響，組合而成的巨大和聲。我想描述那無邊無際的青海公路印象，很不搭的想到「村上春樹」或「夏卡爾」，因為那同樣有一種內部什麼細瑣結構或鐘錶機械的什麼，被摘除掉的兒童印象。好像上帝畫畫到世界的盡頭，其他的顏料都用盡了，只剩天空的亮藍，和灰綠，絨綠這幾種色料，於是就把這一片畫得特別乾淨。

在一片這樣空闊綠草原的公路，攝影師發現了一個藏帳，前頭坐著兩個藏人，似乎在晒太陽喝酒，這畫面在旅行版上多麼美！他要師傅停了車，拿著大砲筒照相機，下去啪啦啪啦照了幾張。一邊友善的對他們招手，誰想到其中一個穿著迷彩破軍外套的，歪歪倒倒朝我們走過來，嘴裡叨叨罵著什麼，然後拉開車門上了我們車後座。那原本一路吹噓他弄奄這入藏公路多少黑老大的師傅，這時卻毫無氣勢，只是大聲喊：「這是要幹啥？你上我車幹啥？」我上了車，擠在這是否我們拍照激怒他的黑紅臉軍裝牧民身旁，他嘴裡碎句不成話，渾身酒味。他還亂喊「爸爸」。這時攝影師也回上車（他坐前座），那另一個夥伴跟在車外，一臉抱歉地笑，要拖他朋友下車。我沒想到我們的反應如此笨拙，攝影師也亂了，吼師傅說：「你開車啊，我們耗這怎辦？」「他在我車上我怎辦？」後來我從口袋掏出兩包紅塔山，塞進那哥們口袋，又塞了一百人民幣，把他往外推，「好啦，兄弟，下回再找你喝酒。」這時我發現他的身骨那麼瘦嶙，他下車後，那原先溫和的夥伴還要湊進車，我又塞了另一包菸給他。我們師傅才踩滿油門，往前衝去。那時你覺得整片大地，除了那些羊群，只有我們這五個人類啊。

另外一次，我從蘇州往南京搭的的士車上，師傅是個蘇州人，年齡與我相仿，一九七〇年次的，健談且文氣。說起他小時候，家附近有個老太太，先生是國民黨的軍醫，四九年把她撂下，自己跟部隊跑去台灣，這女人後來就瘋了。她瘋也不是武瘋子，文文靜靜的，好像家裡還剩著那些旗袍啊，唉啊有的都破的不行，冬天她也還穿那些旗袍，單薄的不得了。賣一些爛掉的水果啊，撂點紙箱紙盒啊，很貧苦的過日子。重點是她這人有一點怪，她不接受施捨的，我母親看了覺得可憐，其實那時大家也窮，但這女人你覺得她哪天自己一人就餓死凍死病死，在那大雜院邊間的小破房。要我拿床舊棉被過去，欸她不要，拿回來還我們。有鄰居拿碗餛飩湯去分她，她又整碗不碰，拿回來還人，人家嫌她髒，整碗就倒掉了。後來我們家就搬走了，但我想她應該是死了，唉，也不曉得發生過什麼事。那時候，四年災害啊，十年文革啊，連我們蘇州這說魚米之鄉啊，都餓死人啊。許多人餓到沒東西吃啊，賣小孩啊，兩捆毛線就把一孩子賣了，這還奢侈的，有的就是買小孩的人，請這父母到街上哪飯館，一人吃碗熱湯麵，這樣就當成交咧。太久沒吃到東西咧。那個時候，人好像都瘋咧。我都親眼見到過「民兵交槍」那場面，那時候被毛澤東講的，全民皆兵，這些軍隊裡的槍都流到民間，不同派的人馬互相攻擊，這都像軍隊在打巷戰互相開槍射殺啊。我父親就親眼見過，他們廠裡，有一個人，是神槍手，當年是部隊裡射擊隊的。他們就讓他爬上去一個水塔，我們那時都有那種蓋很高一個水塔，他躲在上頭，身上披那棉花蘸水，乾了變硬，有點防彈衣的意思，他拿把槍在上頭，連著射殺了對方來的四、五個人，就像電影演的那種狙擊手，他槍法準啊。結果對方也去派來一個神槍手，躲下面的房子二樓窗後，瞄著他，等他一把那沾水棉被掀開，啪答一槍就把他打下來。他摔下來其實還沒死，哇那夥人全上來，拿那種彎刀啊，把他剁碎啦。我父親說，第二天都還沒人敢收屍，連手臂都那麼一截扔馬路上。那時候厲害啊，紅衛兵是真的抄家啊，你家有些國民黨時代留下來的黃金啊，美鈔啊，一些字畫啊，古董什麼玉啊，抄到你都要交代啊。所以很多井啊封起來了，我都猜那一口口井裡，都藏有好東西啊。

那師傅說，他那個小區有許多這樣的男人，反正當初老住處，或有地，被拆遷了，政府補償他幾套房，自己住一套，剩的租出去。或那也不是他的房，是他父母的。然後每天無所事事，到棋牌室打麻將，白天就喝得醉醺醺的。然後今天贏錢就請一起打牌的去吃頓好的，輸了呢，就跟著那贏錢的，混在一夥也去吃人家請的。欸這樣過日子他也可以。有的呢，搞好幾個女人，這種是按說我們路上遇到，說難聽點是姘頭吧，每次旁邊怎麼是個不一樣的女人，我們不好意思把頭撇開，他還喊我，欸好像這是個很炫耀的事。他們互相還較勁，你找個漂亮的，我下回找個更漂亮的；你找個三十歲的，我再找個更年輕、十八歲的。這變一種風氣咧。你說他們也不是頂有錢的人，但就這樣混日子。

我坐在後座聽著這師傅說著他的故事，我們的車像艘小太空船在夜空安靜的航行，這些年來大陸，覺得他們的高速公路好像比我幾十年記憶中我那島國的高速公路，更像一需要鋪展在那麼空曠無際的大地上的，人類的航道，車子那麼像在一靜止狀態中飄浮著，但黑暗包圍的車內空間的螢光儀表板，電子數字亮著，我們正以時速一百三十公里的速度疾駛。我覺得他的故事，他這個人，整個可以寫成一本像《繁花》或《春盡江南》那樣的小說，但我終只能像這許多次來大陸，在這樣奇異的從某城到某城的這兩三小時車程，一個奢侈，但無法追探更多的聆聽故事時光。他終只能是某個萍水相逢之人，像黑夜煙花冉冉綻放，一個個蒙太奇畫面，讓我聽得抓耳撓腮，他個人小小的生命史。但我無法聽到，或知道更多了。

前一晚在蘇州的晚宴上，聽著兩位（我內心頗尊敬的）前輩，說著中國各地的羊，其中一位笑著說：「在中國，羊是這樣，你說到河南啊、安徽啊、東北啊、內蒙啊、寧夏啊、湖南啊……各省，哪個小縣城，他們會自抑、謙虛，說咱們這地方文化不行，發展不行，說自己地方的短處。但一說到羊，那可是，沒有一個地方不神乎其神的誇自己在地的羊肉，是全中國最好的羊，這花樣多了。」他們且聊起跟各省人喝酒的可怕，哪些場面、如何活命，或也說曾喝過哪兒的啥麼酒，是真天上才堪有的那仙瓊哪。也聊起各省的美女，挨這話題總讓我聽得真像眼瞳被夜空獅子座流星雨的璀璨、迷離、魔幻給灼傷了。

而這次從蘇州繞去南京，恰是在台灣，出門前一個月，聽到南京大哥打電話給我母親說：他的大兒子幾個月前，跳樓自殺了。我母親便要我，無論如何去南京看望一下大哥。老實說我心裡也慌著，我在家裡，從小是老么，也真沒那經驗，撐著一個長輩的角色。南京大哥也是個老人了，我去到江心洲，輩分上，許多三十多歲的駱家年輕人，都要喊我「小叔爺」啊。這真像那電影《地心引力》，飄浮在地球軌域之外的一架人造衛星，可以接收到各種電台傳來的頻道，切換不同的訊號、流行樂、地球上各式各樣的人們的互尋溫暖的聲音，各地發生的災難、戰爭新聞、足球賽或NBA的賽況、哪一國飛機墜機了，又有幾十萬的難民被擋在德國或法國或匈牙利這種國家的邊境。但你眼前，是那麼巨大、發出藍寶石的光輝，盤捲著白色的雲層因此像一球薄荷冰淇淋的，那麼不真實的地球。

有一次我到杭州，他們安排我在一艘船上演講，那艘船是在京杭大運河上的兩個碼頭跑，可能是想重演當年宋代大運河上航行的情景。我當時缺乏這一趟航行的思古幽情預設的想像，糊裡糊塗想像那就像在我這十幾年「打書生涯」，在各種小書店裡談創作的小景框小講區，只是它（這個想像的小咖啡屋、小書店）是在河流上跑罷了。

這個設計，我覺得挺有些馬奎斯長篇《愛在瘟疫蔓延時》的結尾，阿里薩和費娥米納這對睽違了五十年的老情人，在那條內陸河上跑著，過去的一生皆歷歷如繪在這樣的航行中，像透明薄光的幻燈片，在流動中被召喚、重疊、百感交集。我覺得這特浪漫。

那主辦人前一天，提示我，因為這是在杭州，看我的演講能否圍繞著「白娘子和雷峰塔的故事」，和這個景致有關聯。

「誰？」我一時沒弄明白。

「白娘子啊，白素貞啊，我們中間有一段，經過的河道，會眺望到雷峰塔啊。看您能不能說些有關的典故。」

「好，沒問題。」我說。

那晚我在旅館裡，腦中約略跑了一輪可能的題材。我是這麼想的：白蛇傳基本上是個人妖戀、變形記、動物變態成人形而無法得到人間情愛的憂鬱故事。於是我想了幾個和這「變形記」相關的橋段，遂安心睡去。

但第二天上船後，我發現我的想像和眼前那空間的氣氛，好像有誤差。它不是個我習慣的「咖啡屋或小書店空間」，船艙內座位的排置，有點像電視劇中戰國主公和群臣的酒宴，我坐前方主桌，來賓們分據兩側的桌位，我們的桌上都放著一杯精緻青花瓷蓋碗茶的西湖龍井，一些果脯和小甜點碟。遊船的引擎聲和舷側被水波拍擊的響聲極大，舷窗外是河岸風光，我們看去可能是天際線被各大樓樓盤切斷，間錯一些淡灰的小山，但主辦的那位女士會不斷的提點，在古代這裡是什麼所在，是什麼歷史景點。湖光山色在我們四周，像電影播放著。來賓們也不是我習慣的小書店文青，是一些年紀和我相近或較我年長的大叔大嬸。他們臉上都帶著悠閒、明亮的郊遊流光。我應該不是拉住大家專注力的進行一場，關於「變形記或人獸戀」的演講；應該在這輕輕晃動的明亮河上空間，說些歷史掌故、穿插一些短笑話、思古之幽情的說說白蛇傳。

但我當時腦袋沒轉過來，就切進了原本準備的講稿之中。

我先講了小說中，一些關於「動物變形成人類，或人類變形成動物」，那個移形過渡的換日線，半人半獸的曖昧狀態（其實這是我喜歡的題材，想想火影忍者的漩渦鳴人，那恐怖巨大的查克拉，源自被他父親封印在他腔腹裡的九尾妖狐啊）。我講起一部愛斯基摩人的動畫片《男孩變成熊》。一個小男孩在嬰兒襁褓時，被一隻母北極熊闖入他們的冰屋抱走。他的人類母親悲痛欲絕，陷入憂鬱。另一邊，那頭母熊把他當一隻小熊那樣照顧，同時訓練他「如何成為一隻成熊」：如何捕撈冰下的魚、如何獵殺海豹、如何孤獨在雪原上生存、如何躲避人類獵槍的搜捕。他把北極熊的母熊當自己的媽媽，把另一隻小熊當自己妹妹。有一天，恐怖的事情發生了，他的人類父親（騎著一台雪地摩托車）終於找到了他，而且射殺了那頭母熊。把他帶回家。那之後是個悲慘的認知混亂的過程：這男孩認為自己是頭熊，無法重新融回人類的生活，他的父母在尋回失去的愛子之後，發現他們面對一更無能為力處理的「失去」：他們的孩子已長成一青少年的外形，但內在是一頭北極熊，最後他們怕他跑掉，還用鐵鍊拴著他。而在另外的場合，男孩遭遇人類青少年同伴的霸凌羞辱、在混亂中他意識進入「北極熊模式」，把那些青少年全重創痛擊。然後他奔跑回空曠的雪原，他像一洞窟裡的山神祈求，想變成真正的熊。那神祇說出一古老的，人類男孩變成熊的考驗：一，你要承受海洋裡最殘酷的激流。二，你要承受雪原上毀滅一切的暴風。第三個最難，你要忍受最痛苦的，天地之間無可依憑的孤獨。如果能通過這三個考驗而還活著，那就可以蛻變成一頭熊。第一關男孩差點被溺死，是海中的鯨因古老的傳統，救了他。第二關，男孩差點被那颶風扯碎，是雪原上的犛牛，因古老的祖先訓示，而排列成牆，護擋住他。最後一關，是這種「變形記」最美，也最讓人虛無畏懼的一段，在那巨大的孤獨裡，屬於人類的最後一點靈光，分崩離析，像穿過死蔭之境，男孩終於變成一頭北極熊了。

我發覺船上的聽眾們，在這樣原本預設進入「古代中國時光河流」的船艙內，被我講的內容，弄得頗困惑。我又講了墨西哥小說家卡洛斯．富恩特斯的《奧拉》，極美的一篇穿梭那疑形換影之縫的小說。透過歷史素材，死去老將軍的札記、日記、信件，這個年輕歷史學家困在一幢殖民時期的頹圮老豪宅中，發現那個精靈般的美人兒奧拉，其實是那委託他寫亡夫老將軍傳記的老太婆，那關於她自己青春美麗時期的執念，最後非常魔幻的發生的時光弔詭的「變形記」（我努力拉回：那在中國，就是白蛇傳的慾力啊）……

我隱約發現我串連這幾個「變形記」，其實後面有一個「當代所謂中國人，其實靈魂的內在，早經過了過去一百年來，那整個西方，或『現代』，像鑽地機穿鑿、炸開裡頭難辨其原貌的，各種羞辱、傷害、要讓自己變成不是自己，或有一天發現想變回自己……那一切的鑲嵌、碎片插在我們的內在各處。我們現在的船是機械動力，我們看到的河岸風景其實已是全球化所有城市的樓盤地產商的地貌，我們口袋有手機、我們喝著這蓋碗茶，但真實的感性，想像，其實是已經變形了的這個現代的時間分格、商品環伺、移動的便利、所有媒體的訊息殘影閃爍在我們腦前額。我們可能更接近能體悟白娘子的困苦，而非許仙或法海的穩定自我感吧……」

我感到氣氛變得僵固，一種說不出的迷惑與尷尬。船這時到了回返點的一處碼頭，暫停泊讓大家下去拍照。我自己站在船尾抽菸，為自己說不出的將這一航程，帶進一稠狀昏暗的敘事情境而生悶氣。但那些大叔大嬸是些非常好的人，他們先三三兩兩在我身邊拍照，然後和我攀談。跟我聊這杭州種種個人的經歷，打菸給我，說我怎麼這麼年輕，原本聽名字以為是個老頭。還抓小孩來和我合照……

國家圖書館出版品預行編目資料

匡超人 / 駱以軍著. -- 二版. -- 臺北市 : 麥田出版 : 英屬蓋曼群島商家庭傳媒股份有限公司城邦分公司發行, 2023.08
面； 公分. --（當代小說家 ; 27）

ISBN 978-626-310-448-8（平裝）

863.57 112005291

當代小說家 27

匡超人（新版）

作　　者 駱以軍
主　　編 王德威
校　　對 林秀梅　莊文松　駱以軍

版　　權 吳玲緯
行　　銷 闕志勳　吳宇軒　余一霞
業　　務 李再星　李振東　陳美燕
副總編輯 林秀梅
編輯總監 劉麗真
發 行 人 凃玉雲

出　　版 麥田出版
城邦文化事業股份有限公司
104台北市民生東路二段141號5樓
電話：(886)2-2500-7696 傳真：(886)2-2500-1967
發　　行 英屬蓋曼群島商家庭傳媒股份有限公司城邦分公司
104台北市民生東路二段141號11樓
書虫客服服務專線：(886)2-2500-7718、2500-7719
24小時傳真服務：(886)2-2500-1990、2500-1991
服務時間：週一至週五09:30-12:00・13:30-17:00
郵撥帳號：19863813　戶名：書虫股份有限公司
讀者服務信箱E-mail：service@readingclub.com.tw
麥田部落格：http://ryefield.pixnet.net/blog
麥田出版Facebook：https://www.facebook.com/RyeField.Cite/

香港發行所 城邦（香港）出版集團有限公司
香港灣仔駱克道193號東超商業中心1/F
電話：(852)2508-6231　傳真：(852)2578-9337

馬新發行所 城邦（馬新）出版集團 Cite (M) Sdn Bhd
41, Jalan Radin Anum, Bandar Baru Sri Petaling,
57000 Kuala Lumpur, Malaysia.
電話：(603) 9056-3833　傳真：(603) 9057-6622
E-mail：services@cite.my

設　　計 Jupee
電腦排版 宸遠彩藝工作室
印　　刷 前進彩藝有限公司

初版一刷 2018年1月2日
二版一刷 2023年8月1日
著作權所有・翻印必究（Printed in Taiwan）
本書如有缺頁、破損、裝訂錯誤，請寄回更換
定價／550元
ISBN：9786263104488
9786263104525（EPUB）

城邦讀書花園
www.cite.com.tw